성(城)

성(城)

프란츠 카프카 지음 | 김정진(전 서울대학교 명예교수) 옮김

차 례

성(城) • 15

카프카의 생애와 작품 세계 • 593

작가 연보 • 602

성(城)

역자의 말

체코의 프라하에서 태어난 프란츠 카프카는 유대계의 독일인 작가이다. 그는 영국의 조이스, 프랑스의 프루스트와 더불어 20세기 3대 문제 작가로 손꼽힌다.

카프카의 작품 세계에 지대한 영향을 미친 다섯 가지 요소는 다음과 같다.

첫째는 망국민의 비애를 들 수 있는데, 그는 나라 없는 민족의 슬픔이 골수에 사무친 유대인 가정에서 태어났다. 둘째는 그 당시 합스부르크 왕가가 다스리던 오지리와 헝가리 두 왕조의 통치하에 있던 체코의 프라하 태생이란 것이다. 프라하는 체코 인, 독일인 그리고 유대인 등 복잡한 민족 분포를 띠고 있었다. 셋째는 독특한 가정 분위기로서, 그는 서구화한 유대인 가정에서는 보기 드물게 폭군 같은 엄격한 부친 밑에서 콤플렉스를 느끼며 자랐다. 넷째는 신체상의 문제인데, 원래 몸이 허약했던 그는 평생 동안 병마에 시달렸으며 만년에는 폐결핵에 걸려 41세라는 아까운 나이로 요절했다. 다섯째는 이성 관계를 들 수 있는데, 내향적이며 다정다감했던 그는 펠리체, 브로흐, 밀레나, 디만트 등 많은 여성들을 열렬히 사랑했다. 그중 펠리체와는 몇 번이고 약혼과 파혼을 반복했으며 평생을 독신으로 지냈다.

카프카는 실존주의 문학에 입각한 초현실주의의 색채를 띤 이색적 작품을 썼다. 그는 단편, 장편, 서한, 일기, 잠언 등 수많은 걸작을 남겼는데, 그중에도 걸작 단편으로 꼽히는 《변신》은 그의 문학 세계를 단적으로 보여 주는 대표작이자 문제작이다.

장편 소설로는 이른바 '고독의 3부작'으로 일컬어지는 《심판》, 《아메리카》, 《성》의 3대 걸작을 들 수 있다. 그중 《심판》은 《죄와 벌》에, 《아메리카》는 《로빈슨 크루소》에, 그리고 《성》은 《파우스트》에 비교되기도 한다.

카프카의 최고 걸작인 장편 《성》은 책 전체에 어둡고 음산한 분위기가 감도는 아주 난해한 작품이다. 심오하고 무궁무진한 뜻을 담고 있는 이 작품의 줄거리는 다음과 같다.

어느 추운 겨울날, 온통 눈으로 뒤덮인 시골 마을에 K라는 익명을 가진 사람이 도착한다. 이 마을은 성(행정 기관)에 살고 있는 절대권자가 다스리는 곳이다. K는 측량 기사로 이곳에 초빙된 것이다. 그런데 이상하게도 K가 마을에 당도해 보니, 마을에서는 측량 기사가 필요치 않으며 초빙한 적도 없다고 하면서 아무도 그를 상대해 주지 않는다.

이리하여 K는 마을 사람들에게 무자비하게 퇴짜를 맞는다. 다만 마을에 잠정적으로나마 체류하는 것만 묵인될 뿐, K는 마을을 다스리는 성의 절대권자의 정체가 무엇인지, 그리고 측량 기사를 지휘 감독하는 상사가 누구인지 알 길이 없다. 그는 그곳에서 사귄 술집 아가씨 프리다와 두 명의 조수를 데리고 숙소로 지정된 학교에 묵게 되는데, 정식으로 체류 허가를 받지 못했을 뿐만 아니라 사소한 일로 오해가 생겨 그곳에서 쫓겨나게 된다. 사태가 이렇게 되자 조수들은 더 이상 그의 지시를 따르지 않게 되고, 그는 하는 수 없이 그들을 해고한다. 게다가 그의 애인 프리다마저 조수와 눈이 맞아 K를 버리고 떠나 버린다. 고독한 외톨이가 된 그는 정처 없이 방랑하는 타향 사람, 즉 이방인의 신세로 전락한다. 그 후 말할 수 없이 고생을 거듭하게 된 그는 어떻게 해서든 성안으로 들어

가기 위해 온갖 노력을 계속한다. 하지만 이방인이라는 낙인이 찍히고 안으로 들어갈 연줄을 찾지 못한 채 그의 모든 기도는 좌절되고 만다. 결국 그는 고독과 불안과 절망 속에서 부질없는 방황과 유랑을 되풀이한다.

작품은 여기서 끝을 맺지 못하고 미완으로 막을 내린다. 어떤 비평가는 작품에 등장하는 성이 천국, 혹은 신의 은총을 상징한다고 말한다.

또 카프카의 둘도 없는 친구였던 브로트는 당초 카프카가 이 작품을 구상하기를, 주인공 K가 절망한 나머지 기진맥진해서 죽은 다음, 성으로부터 이제 성안으로 들어와도 좋다는 최후 통첩을 받게 되는 것으로 구상되어 있었다고 전한다. 그러나 이것은 현인이 겪는 부조리와 당면한 한계 상황으로 미뤄 볼 때, 한낱 부질없는 망상이라고 할 수밖에 없다.

카프카는 평생 동안 진지한 태도로 고독과 불안과 절망 속에서 방황하는 현대인의 근본 문제와 대결하려고 애썼다.

그는 지극히 사실적인 기법으로 관념의 세계에서 연유된 순수하고도 상징적인 인간 존재의 정체와 그 실상을 적나라하게 파헤치고 있다. 즉 그는 그리스 신화에 나오는 시시포스의 굳은 의지와 불굴의 노력으로 현실과 환상의 미묘한 교착

속에서 인간 존재의 보편적 의의를 탐구했던 것이다. 그가 현대적인 신화로써 우주적이고 보편적인 것과 영원한 진실성을 탐구한 성실한 노력은 높이 평가할 만하다. 일찍이 시성 괴테는 파우스트적인 인간상을 통해서 영원한 보편타당성을 가진 위대한 인간성의 승리를 이룩한 바 있다. 이와 비교해 문학사상 카프카의 빛나는 업적 역시 괴테가 세운 찬란한 금자탑에 비유될 수 있을 것이다.

역자

† 주요 인물

K	주인공. 성에서 초빙한 측량 기사지만, 성 아래 마을에서는 그를 받아들이지 않는다. 성은 마을에 대해 신비한 지배력을 미치고 있으며, K는 어떻게 해서든 성에 들어가려고 하지만 뜻대로 되지 않는다. 다만 K는 술집 여종업원인 프리다를 얻을 수 있을 뿐이다.
프리다	신사관의 여종업원. K를 만난 그녀는 성 사람인 클람의 사랑을 뿌리치고 K와 동거 생활에 들어간다. 제멋대로이고 정열적이다.
아르투르와 예레미아스	성에서 K에게 할당한 조수들. 아직 철이 들지 않은 어린아이들처럼 K에게 아무런 도움도 되지 못한다. 그러나 K한테 쫓겨나고부터는 어른으로 변모한다.
바르나바스	'마을 팔푼이'라는 별명을 듣고 있는 어느 가정의 청년. 성과 K 사이에서 심부름꾼 역할을 한다. K는 바르나바스에게 커다란 소망을 건다.
올가	바르나바스의 누이. K에게 호의를 가지고 있으며 자신의 견해에서 마을과 성과의 관계를 K에게 들려준다.
아말리아	올가의 동생. 성 사람 소르티니의 구애를 물리친 대가로 집안 전체가 '마을 팔푼이'라는 취급을 받게 되는 원인이 된다. 올가가 말하는 아말리아 이야기의 중심인물이다.
클람	프리다를 사랑하는 성 사람.

1

 K가 도착한 것은 밤이 이슥한 뒤였다. 마을은 깊은 눈 속에 묻혀 있었다. 성(城)이 있는 산은 전혀 보이지 않았고, 안개와 어둠이 산을 둘러싸고 있는 탓에 큰 성의 소재를 알리는 희미한 불빛조차도 비치지 않았다. K는 오랫동안 큰길에서 마을로 통하는 나무다리 위에 서서 허허로이 보이는 저편을 쳐다보았다.
 그리고 나서 그는 숙소를 찾아 나섰다. 여관에서는 아직도 사람들이 자지 않고 있었다. 손님이 묵을 방도 없었으나 주인은 이 밤늦게 찾아온 손님에 어리둥절한 나머지 K를 식당에 있는 짚방석 위에 재우려고 했다. K는 그 말에 동의했다. 두세 명의 농부가 아직도 맥주를 마시고 있었지만 K는 아무와도 말하고 싶지 않았으므로 다락방에서 몸소 짚방석을 가져다가 난로 가까이에 깔고 드러누웠다. 방은 따뜻하고 농부들은 조용했다. K는 피곤한 눈으로 그들을 살피다가 어느덧 잠이 들어 버렸다.

그러나 K는 잠이 들자마자 바로 깨고 말았다. 도시인 같은 차림과 배우처럼 생긴, 눈이 가느다랗고 눈썹이 짙은 한 젊은이가 주인과 함께 K 곁에 서 있었다. 농부들도 아직 그 자리에 남아 있었으며, 그중 두세 명은 이쪽 상황을 보다 잘 보고 들을 양으로 의자를 돌리는 중이었다. 젊은이는 K를 깨운 데 대해 공손히 사과를 하며, 자신을 성의 집사(執事) 아들이라고 소개한 다음 이렇게 말했다.

"이 마을은 성의 영지입니다. 따라서 이곳에 살거나 묵는다는 것은 성안에서 거주하거나 숙박하는 것과 마찬가지입니다. 누구든 백작님의 허가 없이는 그런 일을 할 수 없습니다. 그런데 당신은 그런 허가장을 가지고 있지 않을뿐더러 보여 주지도 않았습니다."

K는 몸을 반쯤 일으키고 머리를 단정하게 쓰다듬은 다음 그 사람들을 밑에서 올려다보며 말했다.

"내가 길을 잘못 든 모양인데, 대체 여기가 어느 마을입니까? 여기가 성이라고요?"

"그렇습니다."

젊은이는 천천히 말했는데, 여기저기서 K를 수상하게 여기고 머리를 설레설레 내두르는 사람도 있었다.

"베스트, 베스트 백작님의 성입니다."

"그래서 숙박 허가가 필요하다는 겁니까?"

K는 물으면서 상대방이 아까 한 말이 꿈이 아닐까 하고 확

인이라도 하는 듯한 말투였다.

"허가가 없으면 안 됩니다." 젊은이가 대답했다.

이 젊은이가 팔을 뻗어 주인과 손님들에게 다음과 같이 묻고 있는 데에는 K에 대한 심한 조소가 포함되어 있었다.

"그게 아니면, 허가를 받지 않은 경우도 있을 수 있습니까?"

"그렇다면 나도 허가를 받아 와야겠군요."

K는 하품을 하면서 일어나려는 듯 이불을 밀어젖혔다.

"그래, 도대체 누구의 허가를 받겠다는 겁니까?"

"백작님에게서지요." 젊은이가 말했다.

"그 밖에 무슨 수가 있나요?" K가 말했다.

"이런 한밤중에 백작님의 허가를 맡아 오시겠다고요?" 젊은이가 외치면서 뒤로 한 걸음 물러섰다.

"안 된다는 말씀인가요?" K가 침착하게 물었다.

"그렇다면 왜 나를 깨웠지요?"

그러자 이번에는 젊은이가 화를 버럭 냈다.

"마치 부랑자 같은 태도군, 그래!" 그가 외쳤다.

"백작님의 관청에 대한 경의를 요구하겠소! 당신을 깨운 것은 지금 당장 백작님의 영토를 떠나야 함을 알리기 위해서요."

"농담은 그만두시오."

K는 아주 낮은 목소리로 말하고는 벌렁 드러누워 이불을 덮었다.

"젊은 친구, 도가 좀 지나친 것 같군요. 당신의 무례한 행동에 대해서는 내일 다시 이야기하기로 합시다. 주인과 저기 있는 분들이 증인이에요. 증인이 필요하다면 말이지요. 말이 나온 김에 하는 말인데, 나는 백작님이 초빙한 토지 측량 기사라는 것만 말해 두지요. 내 조수들은 내일 도구를 가지고 뒤쫓아 오기로 되어 있습니다. 사실 눈 때문에 지체되지나 않을까 우려했는데, 유감스럽게도 여러 번 길을 잃는 바람에 이렇게 늦게 도착했어요. 성으로 인사 가기에는 너무 늦은 시간이란 것쯤은 당신이 말하기 전부터 나도 잘 알고 있었어요. 그래서 나는 여기 이런 숙소라도 만족한 거요. 그런데 당신은 그것마저도 방해하는—좋게 말해서—실례를 범했어요. 이것으로써 내 말은 끝났어요. 잠이나 자세요, 다들."

그렇게 말하고 K는 난로 쪽으로 몸을 돌렸다.

"토지 측량 기사라고?"

뒤에서 머뭇거리며 묻는 소리가 들리더니 다시 모두들 조용해졌다.

그러나 젊은이는 곧 마음을 가다듬고 주인을 향해 말했다.

"전화로 물어보겠어요."

K가 자고 있음을 염두에 두고 있다는 사실을 내세우듯 그는 소리를 죽여, 그러면서도 K에게 충분히 들릴 만한 음성으로 말했다.

이런 시골 여관에 전화가 있다니? 설비를 참 잘 해 놓았는데. 하나하나 따지고 보면 K를 놀라게 하는 일이었지만, 전체적으로 보면 어느 정도는 예상했던 일이다. 전화기는 그의 머리맡에 설치되어 있었으나 졸려서 보지 못한 모양이었다. 젊은이가 당장 전화를 걸려면 아무래도 K의 잠을 방해하지 않을 수 없었다. 따라서 전화 거는 것을 그대로 내버려 두느냐 마느냐가 문제였다.

 K는 내버려 두기로 결심했다. 막상 그렇게 하기로 하자, 자는 체하는 것도 무의미한 일 같아서 K는 다시 반듯이 드러누웠다. 농부들이 모여 앉아 속닥거리는 것이 보였다. 이곳에서는 측량 기사 한 사람의 도착도 사소한 일이 아닌 모양이다. 부엌문이 열리며 문이 좁아 보일만큼 건장하고 뚱뚱한 안주인의 모습이 나타나자, 바깥주인은 그녀에게 상황을 설명하기 위해 발끝으로 살금살금 다가갔다. 이제 전화로 이야기가 시작되었다. 집사들은 자고 있었기에 보조 하급 집사―하급 집사 몇몇 중 한 사람―프리츠 씨가 전화를 받았다. 자신을 쉬바르처라고 소개한 이 젊은이는 K를 발견한 경과에 대해 대략 다음과 같이 말했다. 30대 남자로 형편없이 초라한 옷을 입고 있으며, 마디 있는 지팡이를 가까이 놓은 채 작은 배낭을 베개 삼아 짚방석 위에서 자고 있다. 물론 자신의 눈에는 이 남자가 수상하게 보인다. 여관 주인이 명백히 이행해야만 하는 의무를 소홀히 했기 때문에 사태를 밝히는 것은 자신, 즉 쉬바르처의 의무가 된다. 그런데 이 남자는, 자고 있는 것을 깨우고, 심문을 하면서 마땅히 백작의 영토에서 추방되어야 한다고 위협을 하자 아주 불쾌하게 생각하는 것 같다. 나중에 알게 된 일이지만, 그가 이렇게 불쾌하게 느낀 것도 아마 당연한 일이었을 것이다. 그것은 그가 자신을 백작이 초빙한 측량 기사라고 주장하고 있기 때문이다. 이 사람의 주장을

재검토해 보는 것은 형식적인 것에 불과하다. 그래서 쉬바르처 자신은 프리츠 씨에게 부탁이 있는데, 이런 측량 기사가 진짜 오기로 되어 있는지 아닌지 중앙 사무국에 가 보고 곧 그 답을 전화로 연락해 달라고 프리츠 씨에게 부탁을 한다고 했다.

전화가 끝나자 조용해졌다. 쉬바르처는 저쪽 성에서 사건을 조회하는 동안 회답을 기다리고 있었다.

K는 한 번도 돌아다보지 않고 그 일에 대해서는 전혀 관심이 없다는 듯 멍하니 앞만 바라보았다. 악의와 신중성이 뒤섞인 쉬바르처의 이야기로 봐서 적어도 그가 교양을 몸에 지니고 있는 자라는 걸 알 수 있었다. 성에서는 이렇듯 쉬바르처와 같은 하급 관리조차도 교양을 몸에 지니고 있었다. 그리고 성 사람들은 부지런한 점에 있어서도 부족함이 없었다. 중앙 사무국에서는 야근을 하고 있었고, 즉각 대답을 보내 왔다. 프리츠에게서 전화가 걸려 왔다. 성에서의 대답은 아주 간단했다. 쉬바르처는 화를 버럭 내면서 수화기를 내동댕이쳤다.

"그것 봐, 측량 기사란 새빨간 거짓말이야! 비천한 협잡 부랑배 같으니라고! 아마 더 악질일지도 몰라."

그 순간 쉬바르처를 비롯해 농부들과 주인, 주인마누라 할 것 없이 모두 K에게 덤벼들 것처럼 보였다. 우선 덤벼드는 것이라도 피하기 위해 K는 이불 밑으로 기어 들어갔다.

그때 다시 한 번 전화기가 울렸는데, K에게는 아까보다 더 세게 벨이 울린 것 같았다. K는 또다시 천천히 머리를 쳐들었다. 이번에도 K에 관한 전화라고 단정 지을 수는 없는데도,

모두들 머뭇거리는 와중에 쉬바르처가 전화기 옆으로 되돌아왔다. 그는 그곳에서 상당히 긴 설명을 듣고 있다가 드디어 나지막한 목소리로 말했다.

"그렇다면 무슨 착오라도 생긴 건가요? 이런, 불쾌한 노릇이 있나! 국장이 직접 전화를 걸었다고요? 그러면 측량 기사에게 뭐라고 설명해야 될까요?"

K는 조용히 귀를 기울였다. 그러고 보니 성에서 그를 측량 기사로 임명한 것은 분명했다. 그러나 한편으로 이것은 그에게 불리한 면도 있었다. 그를 측량 기사로 임명한 이상 성에서는 그에 관한 사항을 낱낱이 알고 있을 것이다. 뿐만 아니라 상대방은 세력관계까지 계산에 넣고 자신만만한 미소를 띠며 싸움을 받아들일 태세를 갖출 것이다. 또 한편으로는 대단히 유리한 면도 있다. 물론 이것은 K의 생각으로, 자신은 성에서 과소평가를 받고 있으며 기대했던 것보다 훨씬 자유로워질 수 있기 때문이다. 이제 그를 측량 기사로 인정했다는 사실은 자기들의 정신적인 우월성을 보여 주는 것이지만 이것으로 언제까지 그를 공포에 사로잡히게 할 수 있다고 생각한다면 오산이다. K는 약간 소름이 끼치기는 했지만 그렇다고 해서 대단한 것은 아니었다.

수줍어하면서 가까이 걸어오는 쉬바르처를 향해 K는 오지 못하도록 손짓했다. 모두들 방으로 옮기라고 권유했지만 K는 보기 좋게 거절하고 주인에게는 수면제가 될 만한 음료수를, 주인마누라에게는 비누와 타월과 세숫대야를 받아 들었다. 따라서 이 방에서 나가 달라고 요구할 필요조차 이제는 없어졌다. 내일이라도 당장 어젯밤 그 자식 아니냐고 할까 봐 두려워서인지 모두들 얼굴을 익히지 않으려고 외면한 채 부랴부랴 뛰쳐나가 버렸기 때문이다. 등불이 꺼진 다음에야 비로소 그는 잠을 잘 수 있었다. 뛰어다니는 쥐 때문에 한두 번 깰 뻔했을 뿐 다음 날 아침까지 깊이 잠들었으며 느긋하게 푹 쉬었다.

아침 식사 대금을 비롯해 K에게 드는 모든 제반 비용은 주인이 성에 신고하면 성에서 지불하기로 되어 있었다. 식사 후 그는 곧 마을로 가려고 했다. 그는 어젯밤 주인의 행동이 생각나서 지금까지 꼭 필요한 요건 외에는 이야기하지 않았다. 그런데 주인이 잠자코 그의 주위를 돌면서 애원하는 꼴이 보기 딱해 잠시 동안 자기 옆에 걸터앉도록 했다.

"아직 백작님을 뵌 적은 없지만 나 같은 기술자에게는 보수가 좋다는데 사실인가요? 나처럼 고향을 멀리 떠나 일하러 나와 있으면, 다만 얼마라도 집에 보내고 싶은 생각이 들거든요."

K가 말했다.

"그 점에 대해서는 걱정하지 않으셔도 됩니다. 보수가 나쁘다는 불평은 이제껏 들어 본 적이 없으니까요."

"하긴, 나도 겁쟁이는 아니니까 백작님에게 직접 내 생각을 말씀드릴 수는 있어요. 그러나 다른 분들과도 원만하게 타협해 나갈 수 있다면 그게 훨씬 낫다고 생각합니다."

K의 말이었다.

주인은 K를 마주하고 창 옆 의자에 앉아서 더 편안한 자세로 고쳐앉아야겠다는 생각은 하지도 못하고, 갈색 빛의 커다란 눈을 불안하게 굴리면서 K의 얼굴을 뚫어지게 쳐다보았다. 처음에는 그가 K 곁을 맴돌았지만, 지금은 될 수 있으면 도망치고 싶어하는 눈치였다. 백작에 대해 여러 가지로 물어볼까 봐 두려워서일까? 그렇지 않으면 K를 점잖은 신사로 생각하는 모양인데, 자고로 신사란 믿을 수 없는 존재라고 생각하고 두려워하는 것일까? K는 주인의 기분이나 주의를 다른 곳으로 돌려야겠다고 생각하고 시계를 보면서 말했다.

"이제 조수들이 올 시간이 되었는데, 그들이 이곳에 묵어도 괜찮겠습니까?"

"물론입니다. 하지만 그분들이나 선생님이나 성에서 숙박하시는 거 아닙니까?"

그로서는 이런 손님들, 특히나 K 같은 손님이라면 무조건 성으로 가라고 권하고 싶은 것은 아닐까? 이윽고 K가 입을 열었다.

"그 점은 아직 확실하지 않아요. 먼저 내가 할 일이 무엇인지 물어봐야만 하거든요. 예를 들어 성 아래 있는 이곳 마을에서 일하게 된다면 여기서 묵는 것이 현명하겠지요. 게다가 위에 있는 저 성안의 생활이 내 성미에 맞을지 안 맞을지도 염려되고요. 나는 언제나 자유의 몸이 되고 싶거든요."

"선생님은 성을 모르고 계시는군요."

주인이 나지막한 소리로 말했다.

"물론입니다. 너무 성급하게 판단을 내려서는 안 되지요. 지금 당장 내가 성에 대해 알고 있는 것이라곤, 성 사람들이 올바른 측량 기사를 선발할 줄 안다는 것뿐입니다. 아마도 성에는 이 밖에도 좋은 점이 있을지도 몰라요."

거기서 그는 불안스레 입술을 깨물고 있는 주인을 놓아주기 위해 일어섰다. 이 사람의 신용을 얻는 것은 결코 쉬운 일은 아니다.

집을 나설 때쯤, 벽에 걸려 있는 까만 사진틀 속의 어두운 초상화가 K의 눈길을 끌었다. 침상에 드러누워 있을 때도 눈에 띄기는 했지만 거리가 멀었기 때문에 세밀한 부분까지는 똑똑히 볼 수 없었다. 그래서 K는 그림 내용은 빼 버리고 다만 뒤에 댄 나무 바탕만 보인다고 생각하고 있었다. 그런데 지금 자세히 보니 그 그림은 나이가 쉰 정도 되어 보이는 남자의 반신상이었다. 남자는 머리를 가슴 위로 깊숙이 수그리고 있었기 때문에 이쪽에서는 그의 눈을 거의 볼 수 없었으나, 그런 각도로 기울이고 있는 관계로 육중하고도 높은 이마와 굳세게 아래로 처진 매부리코가 뚜렷이 드러나 보였다. 뺨에서부터 턱으로 텁수룩하게 난 수염 역시 머리를 수그리고 있는 탓에 턱에 억눌려 아래에서 부풀어 오른 것처럼 보였다. 왼손은 손가락을 펴서 더벅머리 속에 집어넣고 있었으나 이미 머리를 쳐들 수는 없는 모양이었다.

"저분은 누구시죠? 백작님인가요?"

K가 초상화 앞에 서서 주인 쪽을 돌아보지도 않고 물었다.

"아니에요. 집사예요."

주인이 대답했다.

"성안에는 미남 집사도 있더군요. 버릇없고 형편없는 녀석이라 유감스럽지만 말입니다."

"천만의 말씀입니다."

주인은 말하더니 K를 약간 자기에게로 잡아당기는 듯하면서 귓속말로 속삭였다.

"쉬바르처가 어제 좀 심했어요. 그의 부친은 겨우 하급 집사에 불과해요. 그것도 제일 아래지요."

그 순간 K는 주인이 마치 어린아이처럼 보였다.

"망할 자식!"

K가 웃으면서 말했지만 주인은 따라 웃지도 않고,

"그래도 그의 부친은 힘이 있어요."

하고 말했다.

"어리석은 소리 하지 말아요. 당신은 누구한테나 권력이 있다고 생각하는 모양인데, 나도 그렇다고 생각하나요?"

K가 쏘아붙였다.

"선생님에게 권력이 있다고는 생각지 않아요."

그는 은근히 수줍어하면서도 시치미를 딱 떼고 점잖게 말했다.

"당신은 통찰력이 있군요. 솔직히 말해서 나는 권력이 없어요. 그래서 권력 있는 사람에 대해서는 당신에게 지지 않을 만큼 존경하는 마음을 품지만, 당신처럼 솔직한 성격이 아니라서 그걸 절대로 고백하지 않을 따름이죠."

K가 말했다. 그리고는 주인을 위로해 주고, 자신에게 한층 더 호의를 갖도록 뺨을 가볍게 두드려 주었다.

그러자 이번에는 주인이 약간의 미소를 지었다. 사실 이 사람은 수염도 거의 나지 않은 보드라운 얼굴을 지닌 젊은이였다. 어떻게 해서 이 젊은이가 중년의 뚱뚱보 여편네와 살게 된 것일까? 안이 들여다보이는 창문을 통해 그 마누라가 옆방 부엌에서 두 소매를 팔꿈치까지 쭉 걷어붙이고 부지런히 일하는 모습이 보였다. K는 더 이상 이 사람을 괴롭혀서 빙긋이 띤 미소를 사라지게 하고 싶지 않았다. 그는 주인에게 문을 좀 열라며 눈짓을 하고는 맑은 겨울 아침의 햇빛 속으로 나갔다.

이제 K의 눈에는 저 멀리 맑은 공기 속으로 윤곽이 뚜렷하게 드러난 성이 보였다. 눈이 얇게 전체적으로 뒤덮여 있어서 모든 건물의 형상을 있는 그대로 드러내고 있었다. 이로 인해 성의 윤곽은 한층 더 뚜렷하게 나타났다. 산 위에는 아랫마을보다도 눈이 훨씬 적게 쌓여 있는 것 같았다. 마을에서는 어제 걸었던 큰길 이상으로 고생스러웠다. 이곳에서는 작은 집 창문께까지 눈이 쌓이고 낮은 지붕 위로 무겁게 덮여 있으나, 산 위에서는 모든 건물이 자유롭고 경쾌하게 솟아 있었다. 적어도 여기서는 그렇게 보였다.

대체로 성은 이곳 먼 데서 봐도 K의 기대에 어긋나지 않았다. 그것은 오래된 기사의 성도 아니고 화려하게 꾸민 현대식 저택도 아니었다. 옆으로 퍼진 폭 넓은 건축물로서 몇 개는 3층 건물과 오목조목 총총히 서 있는 많은 건물로 구성되어 있었다. 이것이 성이라는 사실을 미리 알지 못했다면 아마도 작은 도시라고 생각했을지도 모른다. 탑 하나가 K의 눈에 띄었는데, 그것이 주택 건물의 일부인지 아니면 교회의 것인지 구별할 수가 없었고 까마귀 떼들이 그 탑을 빙빙 돌고 있었다.
 K는 눈으로 성을 응시하며 계속 걸어갔다. 그 밖에는 그의 마음에 걸리는 것이 아무것도 없었다. 그러나 성에 가까이 이르고 보니 그는 적이 실망했다. 아무튼 아주 형편없는 작은 부락에다가 시골집이 모여 있는 것에 불과할뿐더러 겨우 사람들의 주목을 끄는 것이라곤 이 시골집들이 모두 돌로 만들어졌다는 것뿐이었다.
 그것도 겉칠은 모두 벗겨지고 돌은 허물어질 지경이었다. K는 언뜻 고향의 작은 도시를 떠올렸다. 고향의 도시 역시 이런 성에 비교하면 거의 손색이 없었다. 단지 이 성을 시찰하기 위한 것이라면 일부러 긴 여행을 할 필요도 없었을 것이다. 그렇다면 차라리 오랫동안 가 본 적이 없는 고향을 다시 한 번 방문하는 편이 더 현명했을지도 모른다. K는 고향에 있는 교회의 탑과 저쪽 위에 서 있는 탑을 머릿속으로 비교해 보았다. 떳떳하고 자신에 찬 모습으로 하늘을 향해 쭈뼛 솟아오르고, 넓은 지붕의 끄트머리가 붉은 기와로 끝나는 저 고향의 탑, 그것은 지상의 건물이지만 우리가 지상의 건물 이외에 다른 무엇을 세울 수 있으랴. 그러나 땅을 기는 것 같은 가옥의 무리보다 드높은 이상을 간직하고 있으며, 우울하게 일하는 일상의 표정보다도 훨씬 밝은 인상을 주었다. 여기에 솟아 있는 저 탑은 눈에 보이는 단 하나의 탑이었다. 아마도 성의 주요부인 듯한 탑인데, 그 단조롭고 둥근 건물의 일부에 댕댕이덩굴이 보기 좋게 덮여 있었다. 햇빛을 받아 번쩍거리는 작은 창문들은 어지럽게 느껴졌으며, 발코니처럼 생긴 것의 끝에는 톱니처럼 뾰족뾰족한 흉벽이 달려 있었는데—마치 겁을 먹거나 방종한 어린아이의 손으로 그려진 것처럼—불확실하고 불규칙적으로 부서지듯이 푸른 하늘에 울툭불툭 윤곽을 드러냈다. 그 모양이 꼭 법적 제재를 받아 집 안의 가장 외진 방에 감금당해 있는 우수 어린 거주자가 자기 자신을 세상에 드러내기 위해 지붕을 뚫고 가만히 몸을 드러낸 것 같았다.

K는 다시 걸음을 멈추었다. 마치 걸음을 멈추어야만 판단력이 더 강해지는 것처럼. 그러나 그는 이내 방해를 받았다. 그가 서 있는 바로 옆에는 마을의 교회가—이것은 단지 예배 드리는 곳에 불과했고, 신도들을 받아들이기 위해 창고를 확장한 것처럼 보였다—있었고, 그 뒤에는 학교가 서 있었다. 학교는 임시로 지어졌다는 것과 아주 낡았다는 인상이 이상스레 뒤섞인 나지막하고 기다란 교사(校舍)로서, 울타리로 둘러싸인 교정 저쪽에 서 있었다.

이 교정은 지금 전체가 눈의 벌판으로 변해 버렸다. 그때 마침 어린아이들이 선생과 함께 나왔다. 어린아이들은 웅성거리며 선생을 둘러싸고 있었는데, 눈길은 여전히 선생을 응시한 채 마구 지껄였다.

K는 빠른 어조로 말하는 그들의 말소리를 도무지 알아들을 수가 없었다. 몸집이 작고 어깨 폭이 좁은 젊은 선생은 몸을 아주 꼿꼿이 가누고도 그다지 이상하게 보이지 않았는데, 이미 멀리서 K를 똑바로 쳐다보고 있었다. 다만 이 선생과 어린아이들을 제외하고는 눈으로 덮인 이 넓은 벌판에서 사람이라고는 K밖에 없었다. K는 이방인이었기 때문에 이 거만하고

몸집이 작은 사나이에게 먼저 인사를 건넸다.

"안녕하십니까, 선생님!"

그가 말했다. 그 말을 듣자 어린아이들은 당장에 입을 다물어 버렸다. 그렇게 갑자기 조용해져서 자신이 말할 수 있는 기회를 잡게 된 선생은 적이 마음에 든 모양이다.

"성을 구경하십니까?"

선생은 K가 예상했던 것보다 부드러운 어조로 물었다. 그러나 성에 정신이 팔려 있는 K를 나무라는 말투였다.

"네, 이곳이 처음입니다. 어제 저녁에 도착했지요."

K가 이렇게 대답하자,

"성이 마음에 안 드십니까?"

하고 선생이 빠른 어조로 물었다.

"무슨 말씀이신지요?"

K는 약간 당황해서 되묻고는 보다 부드러운 어조로 질문을 되풀이했다.

"지금 성이 마음에 드느냐고 물으시는 겁니까? 왜 마음에 들지 않을 거라고 생각하십니까?"

"타향 사람에게는 마음에 들지 않으니까요."

선생이 대답했다. 상대방의 감정을 해치는 말은 일체 입 밖에 내지 않기 위해 K는 화제를 돌려서 물었다.

"선생님은 백작님을 알고 계시겠지요?"

"모릅니다."

선생은 그 말을 던지고는 자리를 뜨려 했다. 그러나 K는 악착같이 되물었다.

"아니, 백작님을 모르신다는 말씀인가요?"

"어째서 내가 백작님을 알 거라고 생각하십니까?"

선생은 나지막한 소리로 묻고는 음성을 높여 프랑스 어로 덧붙였다.

"순진한 어린아이들이 있다는 사실을 좀 기억해 주세요."

그 말을 듣자 K는 기회를 놓치지 않고 의연하게 물었다.

"선생님, 언제 선생님을 뵈러 가도 되겠습니까? 당분간 이곳에 머물러야 하는데 벌써부터 고독하고 쓸쓸해지는군요. 나는 농민의 벗도 아니고 성 사람도 아니란 얘깁니다."

"농민과 성 사람 사이에 그다지 큰 차이점이 있는 것은 아닙니다."

선생이 말했다.

"그럴지도 모르겠습니다. 하지만 그렇다고 해도 내 입장에는 조금도 변함이 없습니다. 언제 한번 찾아뵈도 되겠습니까?"

"저는 쉬바넨 거리에 있는 정육점에 살고 있습니다."

그것은 초대라기보다 주소를 알려준 데 불과했다. 그러자 K는,

"알겠습니다. 조만간 찾아뵙지요."

하고 말했다. 선생은 고개를 끄덕이더니 다시 재잘거리기 시작한 어린아이들을 데리고 멀리 가 버렸다. 이윽고 그들은 가파른 비탈길 아래로 사라졌다.

한편 K는 방심한 사람처럼 멍하니 서 있었다. 그로서는 이 대화가 약간 기분 나쁘게 느껴졌다. 그는 도착 이래 처음으로

심한 피로를 느꼈다. 여기까지 먼 길을 걸어왔지만 지쳤다고는 전혀 생각되지 않았다. 그는 하루하루를 얼마나 침착하게 한 걸음씩 옮겨 놓았던가! 그런데 하필이면 상황이 좋지 않은 이때에 지나치게 긴장한 결과가 나타났다. 그는 새로운 친구를 찾아야 한다는 억누를 수 없는 욕구를 느꼈지만, 그 새로운 친구가 생길 때마다 피로는 더욱 심해졌다. 오늘처럼 성의 입구까지 억지로 산책 코스를 찾는 일만 해도 그에게는 상당한 고역이었다.

이렇게 그는 또다시 앞으로 걸어갔다. 길은 기다랗게 뻗어 있었다. 큰길, 즉 마을의 큰길은 성이 있는 산으로 통해 있지 않았다. 단지 성이 있는 산에 가까이 접근하는 듯할 뿐, 실상은 짓궂게 구부러지곤 했다. 어쨌든 성에서 멀어지는 것은 아니었으나 그렇다고 해서 가까워지는 것도 아니었다. 나중에는 이 길이 틀림없이 성으로 구부러져 들어갈 것이라고 K는 줄기차게 기대를 걸고 걸어갔다. 이런 희망을 품고 있었기 때문에 그나마 앞으로 걸어갈 수 있었는지도 모른다. 그는 너무나 지쳐 있었기 때문에 오히려 이 길을 단념해 버릴 수도 없었다. 한없이 기다랗게 계속되는 이 마을을 보고 그는 적이 놀랐다. 아무리 가도 작은 집들과 얼어붙은 유리창 그리고 눈뿐이었고, 사람의 그림자라곤 하나도 보이지 않았다. 드디어 그는 자꾸 달라붙는 큰길에서 몸을 뿌리치고 간신히 좁은 골목으로 접어들었다. 눈은 더욱 깊어져서 쑥쑥 빠져 들어갔고 발을 빼기도 대단히 곤란했다. 땀이 흘러서 갑자기 걸음을 멈추었으나 더 이상 한 발짝도 내디딜 수가 없었다.

그러나 인가에서 먼 벌판에 혼자 서 있었던 것은 아니었다. 왼편에도 오른편에도 농가는 있었다. 그는 눈을 공처럼 만들어서 한 농가의 창문을 향해 던졌다. 곧 문이 열렸다. 이것은 그가 마을 길을 걷기 시작한 이래 처음으로 열린 문이었다.

갈색 가죽 잠바를 입은 늙은 농부가 고개를 갸우뚱 옆으로 기울인 채 친절하지만 맥 빠진 모습으로 문 앞에 서 있었다.

"몸이 아주 피곤해서 그러는데, 잠깐만 댁에서 쉬었다 가도 되겠습니까?"

그는 노인의 말을 도무지 알아들을 수 없었으나, 고맙게도 눈 위로 판자를 내밀어 주어 그것을 받아 들었다. 이 판자 덕분에 그는 눈 속에서 구출되었다. 두서너 걸음을 내딛자 곧 방 안이었다.

커다란 방은 어둠침침했다. 바깥에서 안으로 들어온 사람에게는 잠시 동안 아무것도 보이지 않는 법이다. K는 빨래 통에 걸려 비틀거렸으나 어떤 여자의 손이 그를 잡아 주었다. 한쪽 구석에서는 어린아이들의 시끄러운 소리가 들려왔다.

또 다른 구석에서는 연기가 뿌옇게 서리어 돌며 어스름 속에서 검은 그림자를 이루고 있었다. K는 마치 구름 속에 서 있는 것 같았다. 누군가,

"술 취한 사람이야!"

하고 말했다.

"누구시오?"

이번에는 또 다른 이가 거만한 목소리로 말하고 나서 노인에게 따지는 모양이었다.

"왜 이 사람을 끌어들였어요. 거리를 방황하는 사람을 죄다 끌어들여도 좋단 말이오?"

"나는 백작님의 측량 기사입니다."

K는 여전히 보이지 않는 상대방을 향해 변명했다.

"아, 측량 기사로군."

하는 여자 목소리가 들리더니 아주 조용해졌다.

"나를 아세요?"

K가 물었다.

"물론이지요."

같은 목소리가 짤막하게 대답했다. K로서는 자신을 알고 있다는 것이, K에 대해 좋은 인상을 갖고 있다는 의미로는 생각되지 않았다.

드디어 자욱했던 연기가 좀 사라지자 K는 차츰차츰 방 안의 상황을 알게 되었다. 빨래를 하려고 작정한 날인 모양이었다. 문 옆에서는 누군가 속내의를 세탁하고 있었다. 그러나 연기는 다른 쪽 구석에서 흘러나왔다.

그곳에는 K가 지금까지 본 적이 없는 커다란 나무통—침대 두 개만한 크기였다—이 놓여 있었고, 수증기가 자욱한 가운데 그 안에서 두 남자가 목욕을 하고 있었다. 그러나 그보다 더 사람의 주목을 끄는 것은 오른쪽 구석이었다. 그곳의 무엇이 사람들을 놀라게 하는지는 확실치 않았다. 다만 뒷벽에 있는 단 하나밖에 없는 큰 채광창에서—아마도 뜰에서 들어오는 것 같은—희미한 설광이 비쳐 들어왔다. 방구석 깊숙이 놓인 큰 안락의자 위에서 피곤한 모습으로 거의 드러눕다시피 앉아 있는 여자의 옷에 이 설광이 반사하여 마치 명주와 같은 광채를 냈다. 여자는 젖먹이를 품에 안았고, 주위에는 언뜻 보기에도 시골 아이들처럼 보이는 두세 명의 아이들이 놀고 있었는데, 그 여자가 이 어린아이들의 어머니인 것 같지는 않았다. 물론 질병과 피로로 시골 사람들은 창백하게 보였다.

"좀 앉으시오!"

남자들 중 한 명이 말했다. 얼굴 전체가 털로 덮여 있는 그는 입을 마냥 벌린 채 거칠게 숨을 쉬고 있었는데 코 밑에는 수염을 기르고 있었다. 이 사람은 조금 우습게 보이기 위해서 나무통의 테두리 너머로 나무 궤짝을 가리키다가 K의 얼굴에 온통 더운 물을 튀겼다. 벌써 이 궤짝 위에는 처음에 K를 끌어들인 노인이 멍하니 깊은 생각에 잠긴 채 걸터앉아 있었다. 어쨌든 K로서는 자신에게 자리를 내주니 고마울 뿐이었다. 이제 누구 하나 그에게 관심을 갖는 사람은 없다. 빨래 통 옆에 있는 혈기 왕성한 금발 여성은 나직한 소리로 노래를 부르면서 일하고 있었고, 목욕 중인 두 남자는 발을 구르기도 하고 몸을 빙 돌리기도 했다. 어린아이들이 두 남자에게 가까이 가려고 하다가 번번이 튀는 세찬 물방울에 물러서고 말았다. 그 튀는 물이 K에게라고 예외는 아니었다. 안락의자에 앉아 있는 여인은 품에 안은 어린아이를 쳐다보지도 않은 채 죽은 듯이 드러누워 우두커니 허공만 바라보았다.

K는 꼼짝도 하지 않는 이 아름답고 애처로운 여인의 모습을 오랫동안 응시하다가 어느덧 잠이 들었다. 누군가 큰 소리로 부르는 바람에 깜짝 놀라 눈을 떴을 때, 그는 곁에 앉아 있

는 노인의 어깨 위에 머리를 기대고 있었다. 두 남자는 목욕을 마친 후 옷을 입고 K 앞에 서 있었다. 대신에 어린아이들이 금발 여인의 감독하에 더운물 속에서 서로 쫓고 쫓기며 장난을 쳤다. 큰 소리로 말하는 털보는 이 두 사람 중에서 대수롭지 않은 사람 같았다. 이 털보와 비슷한 키에 수염이 훨씬 적게 난 또 한 사람은 사색적이며 말수가 적은 남자였는데, 체격도 당당하고 얼굴도 넓적했으나 고개를 푹 수그리고 있었다.

"측량 기사 양반, 미안하지만 당신은 여기 있을 수 없소."

그 사람이 말했다.

"폐를 끼치고 싶은 생각은 없습니다. 다만 조금 쉬었을 따름이에요. 이젠 다 됐으니 가 보겠습니다."

K가 말했다.

"틀림없이 이런 대우에 실망했을 것이오. 그러나 우리에게는 손님을 대접하는 풍습이 없을뿐더러 손님도 필요 없어요." 하고 그 사람이 말했다. 잠을 자고 난 터라 기력도 좀 회복되고 전보다 귀도 잘 들리게 된 K는 솔직한 말을 듣고 반가워했다. 그는 한결 가벼워진 몸으로 지팡이를 이리저리 내짚으면서 안락의자에 있는 여인에게 가까이 다가갔다. 그러고 보니 그 방에서 K가 제일 키가 컸다.

"그렇고말고요. 무엇 때문에 당신네들에게 손님이 필요하겠습니까? 그러나 어쩌다가 손님을 필요로 할 때가 생길 수도 있는 것입니다. 예를 들면 나와 같은 측량 기사를 손님으로 맞이할 때도 있는 법이지요."

K가 말했다.

"그런 건 내 알 바 아니오. 하지만 정말로 당신을 초빙했다면 그건 틀림없이 당신이 필요해서였겠지요. 그건 예외예요. 그러나 우리처럼 신분이 천한 사람들은 아무래도 규칙을 지켜 나가는 도리밖에 없습니다. 나쁘게 생각지는 마세요."

그 사람이 천천히 말했다.

"원, 별말씀을. 나는 당신뿐만 아니라 여기 계신 모든 분들에게 그저 감사의 말씀을 드릴 뿐입니다."

K는 말을 끝마치고 나서 새처럼 몸을 휙 돌려 순식간에 여자 앞으로 다가섰다. 그 여자는 피곤한 눈초리로 K를 쳐다보았다. 명주로 만든 투명한 머릿수건이 이마 한가운데까지 덮였으며 젖먹이는 그 품 안에서 새근새근 자고 있었다.

"당신은 누구십니까?"

K가 물었다. 그 여자는 멸시하는 듯이, 다만 그 멸시가 K를 향한 것인지는 확실치 않았다.

"성에서 온 여자예요."

그녀는 대답했다.

모든 것이 순식간에 일어났다. 곧 K는 좌우 양쪽으로 두 남자에게 붙들린 채 비명소리도 내지 못하고 억지로 문까지 끌려갔다. 그들은 이러한 완력을 쓰지 않고는 K를 이해시킬 방법이 없다는 태도였다. 이 꼴을 보고 뭐가 재미있는지 노인은 손뼉을 치며 좋아했다. 세탁을 하고 있던 여자도 갑자기 미친 듯이 시끄럽게 떠들기 시작한 어린아이들 옆에서 큰 소리로 웃어 댔다.

K는 당장 거리로 끌려 나왔고 남자들은 현관문에서 K를 살폈다. 눈은 여전히 펑펑 내리고 있었으나 오히려 좀 밝아진 듯했다. 털보가 초조하게 외쳤다.

"어디로 가실 거요? 이쪽은 성으로 가는 길이고, 저쪽은 마을로 통하는 길인데."

K는 이 남자에게 아무런 대답도 하지 않았다. 좀 우쭐대고는 있었지만 이자보다는 상냥해 보이는 다른 남자를 향해 말했다.

"당신은 누구시죠? 여러 가지로 폐를 끼친 데 대해 어느 분에게 인사드리면 될까요?"

"피혁 가게 주인 라제만입니다. 하지만 특별히 누구에게 감사할 필요는 없어요."

그 사람이 말했다.

"그래요. 언젠가 다시 만날 기회가 있을지도 모르겠군요."

K가 말했다.

"웬걸요."

그 남자가 말했다. 이때 털보가 손을 쳐들며 외쳤다.

"안녕하시오, 아르투르! 안녕하시오, 예레미아스!"

K가 뒤를 돌아보았다. 마을의 이런 길에도 사람이 나타나다니! 성 쪽에서 두 젊은이가 다가왔다. 두 사람 모두 중간 정도의 키에다가 날씬한 편이었고 옷차림도 말쑥했으며 얼굴까지 서로를 꼭 닮아 있었다. 암갈색의 얼굴에 난 뾰족한 수염은 유난히도 검어서 얼굴빛과 뚜렷한 대조를 이루었다. 길이 이처럼 눈에 파묻혀 형편없는데도 불구하고 그들은 놀랄 만

큼 빠른 속도로 걷고 있었으며, 그것도 보조를 맞추어서 기다란 다리를 내딛고 있었다.
"웬일이오?"
털보가 외쳤다. 그들은 멈추지 않고 무섭도록 빠르게 달리고 있었으므로 크게 소리를 지르지 않으면 무슨 소린지 알아듣지 못할 지경이었다.
"볼 일이 있어서요!"
그들이 웃으면서 대꾸했다.
"어디에요?"
"여관에요."
"나도 여관에 가는데!"
K는 갑자기 누구에게도 지지 않을 만큼 고함을 질렀다. 그리고 이 두 사람에게 거기까지 데려다 달라고 간곡히 부탁했다. 그들과 함께 가 봤자 그다지 소득이 있을 것 같진 않았지만 원기를 북돋아 줄 수 있는 좋은 길동무임엔 틀림없었다. 그들은 K의 말을 듣고 잠시 고개를 끄덕거렸을 뿐, 그대로 지나쳐 가버렸다.
K는 여전히 눈 속에 서 있었다. 일부러 눈 속에서 발을 빼서 또다시 깊은 눈 속으로 옮겨 놓을 생각은 없었다. 피혁 가게 주인과 그의 동료는 속 시원히 K를 쫓아낸 데 대해 자못 만족의 빛을 띠면서 K 쪽을 돌아다보았다. 그들은 약간 열려 있는 문틈으로 천천히 몸을 밀어 넣는 듯하면서 집 안으로 자취를 감추어 버렸다. K는 몸까지 파묻힐 듯한 눈 속에 홀로 남았다. '아무런 목적도 없이 이렇게 막연히 서 있어야 한다

면 약간 절망스러운걸.' K는 문득 이런 생각을 했다.

그때 왼쪽 집의 작은 창문이 열렸다. 닫혀 있을 때는 짙고 푸른빛으로 보였는데 아마도 눈이 반사한 때문인 듯했다. 그런데 막상 창이 열리고 보니 너무나 작은 탓인지 안에서 내다보고 있는 사람의 얼굴을 전체적으로 볼 수가 없었다. 단지 눈만이, 갈색의 늙수그레한 눈만이 보였다.

"저기 서 있어요."

K는 떨리는 여자의 음성을 들었다.

"저 사람이 측량 기사야."

이번에는 남자 목소리였다. 그 남자는 곧 창 옆으로 와서 적이 친절한 목소리로 K에게 물었다. 말투로 봐서, 마치 자기 집 앞에서 일어나는 일을 모조리 해결해 두지 않으면 꺼림칙하다는 듯이 들렸다.

"누구를 기다리는 거요?"

"썰매라도 태워 줄 사람이 없나 기다리는 중이에요."
하고 K가 말했다.

"여기는 썰매 같은 건 오지 않아요. 탈것이라곤 아무것도 없어요."

"그래도 여기는 성으로 통하는 길이지 않습니까?"

K가 이의를 달았다.

"아니, 그래도 여긴 탈것이라곤 아무것도 없어요."

그 남자는 무뚝뚝하게 말했다. 그러고 나서 두 사람은 아무 말도 하지 않았다. 그러나 필시 이 사람은 무슨 궁리를 하고 있음에 틀림없었다. 왜냐하면 연기가 흘러나가고 있는 창문을 아직 열어 두고 있었기 때문이다.

"길이 나쁜데요."

K는 이 사람의 궁리를 도와주기 위해 말을 끄집어냈다. 그런데 그 사람은,

"나쁘다마다요."

라고만 대답했을 뿐이다.

"원하신다면 제 썰매로 모셔다 드리지요."

"부탁해요, 꼭 부탁드립니다. 요금은 얼마면 되겠습니까?"

K가 기뻐하며 물었다.

"당신은 어쨌든 측량 기사니까 성에 소속되어 있는 셈이에요. 그건 그렇고 대체 어디로 가실 작정이에요?"

그 사람은 설명하는 투로 말하더니 나중에 그렇게 물었다.

"성으로요."

K가 재빨리 대답했다.

"그렇다면 나는 가지 않겠어요!"

그 남자가 딱 잘라 말했다.

"나는 성에 소속되어 있어요."

K가 그 사람의 말을 되풀이하면서 말했다.

"그럴지도 모르지요."

그 사람은 여전히 거부하는 투로 대답했다.

"그러면 여관으로라도 날 데려다 주세요."

K가 부탁했다.

"좋아요. 곧 썰매를 끌고 오겠어요." 하고 그 사람이 말했다.

그가 이런 말을 했다고 해서 각별히 친절한 인상을 주는 것은 아니었다. 오히려 K는 그가 대단히 이기적인 신경질쟁이이며, 거의 고집에 가까운 노력을 하고 있다고 느꼈다. 그 노력이란 다름이 아니라 K를 이 집 앞에서 내쫓아 버리려는 의도에서 나온 것이었다.

대문이 열리자 좌석도 없는 소화물 운반용의 작고 납작한 썰매가 빈약한 말에 끌려 나왔다. 뒤이어 허약해 보이는 한 남자가 나타났는데 허리는 구부러진 채 절름거리며 걸어왔다. 붉은빛을 띠는 여윈 얼굴을 보니 감기 기운까지 겹친 것 같았다. 그 머리에 둘둘 감은 털목도리 때문에 얼굴은 굉장히 작게 보였다. 이 남자는 병자임이 분명했는데 단지 K를 쫓아 버릴 목적으로 아픈 것을 무릅쓰고 나타난 모양이었다. K는 이 점에 대해 넌지시 암시를 주었으나, 남자는 손짓으로 그 말을 제지했다. 그가 들은 바에 의하면 남자는 마차꾼 게르스텍커라는 것과 마침 준비가 되어 있었기 때문에 불편하지만 이 썰매로 정했으며, 다른 썰매를 끌고 나오다가는 시간이 너무 오래 걸려서 지장이 많을 것이라는 정도였다.

"타십쇼."

그는 말하더니 말채찍으로 썰매의 뒤쪽을 가리켰다.

"나는 노형과 함께 나란히 앉아 가겠소."

K가 말했다.

"나는 걸어가겠어요."

게르스텍커가 말했다.

"건 왜요?"

K가 물었다.

"나는 걸어가겠어요."

게르스텍커는 같은 말을 되풀이하더니 갑자기 나온 기침 발작으로 몸이 몹시 흔들리는 바람에 두 다리를 눈 속에 꼿꼿이 버틴 채 두 손으로 썰매의 모서리를 꼭 붙들고 있어야만 했다. K는 더 이상 아무 소리도 하지 않고 썰매 뒤에 걸터앉았다. 기침이 천천히 가라앉자 두 사람은 출발했다.

K가 오늘 중에 도착할 수 있을 것이라고 희망했던 저 건너편의 성은 이미 이상스러울 만치 어두워진 채 점점 다시 멀어져 가고 있었다. 당분간 만나지 못한다고 작별 인사라도 하듯 성에서는 가슴을 울렁이게 하는 종소리가 울려 왔다. 막연한 동경을 실현시켜 주겠다고 위협하듯―종소리는 고통스럽기도 했기 때문에―일순간 마음을 전율케 하는 종소리였다. 그러나 곧 이 큰 종소리도 멎어 버리고, 아마 위쪽에서인지 마을에서인지 모를 단조로운 종소리가 대신 약하게 울려 왔다.

그러나 지금 울리는 종소리가, 느리게 달려가는 썰매나 초라하지만 완고한 마차꾼에게는 한층 더 어울렸다.

"여보시오!"

K는 갑자기―그들은 이미 교회 가까이 와 있었고 여관까지의 거리도 멀지 않았기 때문에 K는 대담하게 나올 수 있었다―소리쳤다

"노형이 제멋대로 나를 이렇게 멀리 끌고 나오다니, 대체 말이나 될 법한 일이오. 노형에게 그럴 권리가 있다는 거요?"

게르스텍커는 그 소리를 들은 체 만 체, 아주 무관심한 태

도로 말과 나란히 걸어갈 뿐이었다.

"여봐!"

하고 K는 외치더니 썰매 위에서 약간의 눈을 뭉쳐 게르스텍커의 귓전에 보기 좋게 명중시켰다. 그는 걸음을 멈추고 돌아다보았다. K가 여전히 가까운 곳에서 자신을 바라보자 마차꾼은 곧 정지했으나 썰매는 약간 앞으로 미끄러져 나갔다. 이 남자의 구부러진 허리와 어느 정도 학대를 받은 듯한 모습, 지칠 대로 지치고 마를 대로 마른 붉은 얼굴과 한쪽은 편편하고 또 한쪽은 쑥 들어가서 양쪽이 고르지 않은 뺨, 그리고 멍하니 벌린 입으로 두서너 개의 이가 드문드문 보였는데 이런 것들이 눈에 띠어서 K는 악의를 가지고 했던 말을 이번에는 동정심을 가지고 되풀이했다. 즉 K를 실어다 준 대가로 게르스텍커가 처벌당하는 일은 없는지 물어보지 않을 수 없었다.

"뭐지요?"

영문도 모르는 채 게르스텍커가 물었으나, 그는 더 이상 아무 설명도 들으려 하지 않고 말을 향해 소리 질렀다. 그는 다시 앞으로 썰매를 몰았다.

2

 그들이 여관―여관은 길이 구부러지는 곳에서 K의 눈에 띄었는데―가까이 왔을 때, 날이 아주 컴컴해진 데 대해 K는 깜짝 놀랐다. 그렇게 오랫동안 돌아다녔나? 기껏해야 하두 시간밖에 걸리지 않은 것 같은데 아무리 생각해도 K는 이상했다. 죄우간 아침 일찍 출발했고, 배도 전혀 고프지 않았을뿐더러, 조금 전만 하더라도 한결같이 환한 대낮이었는데 이렇게 빨리 어두워진단 말인가.
 "해가 짧군, 해가 짧아!"
 K는 혼자 중얼거리며 썰매에서 내려 여관을 향해 걸어갔다.
 입구의 정면에 있는 작은 계단 위에서는 마침 여관 주인이 서서 등불을 높이 쳐들고 K 쪽을 반갑게 비춰 주었다. 문득 마차꾼 생각이 나서 K는 걸음을 멈추었다. 어딘지 모를 컴컴한 곳에서 기침 소리가 들려왔다. 마차꾼의 기침 소리였다.

가까운 장래에 다시 만날 기회가 있을 것이다. 공손하게 인사하는 주인 옆으로 올라갔을 때, K는 비로소 문 양쪽에 두 남자가 서 있다는 것을 깨달았다. 그는 주인의 손에서 등불을 받아 들고는 이 두 남자를 비춰 보았다. 언젠가 만난 적이 있는 아르투르와 예레미아스라고 부르는 사람들이었다. 두 사람은 군대식으로 경례를 했다. 군대에 있을 때 행복했던 시절이 떠오르자 K는 웃었다.

"자네들은 누구지?"

하고 물으며 K는 한 사람 한 사람의 얼굴을 번갈아 보았다.

"선생님의 조수입니다."

두 사람이 대답했다.

"이들은 조수들이에요."

주인이 나지막한 소리로 확인해 주었다.

"뭐라고? 예전부터 내 조수이고, 내가 뒤따라오라고 한, 내가 기다리고 있던 바로 그 조수들이란 말인가?"

K가 묻자 두 사람은 그렇다고 대답했다.

"그것 참 잘됐군. 자네들이 와 주다니 아주 고마운 일이야."

잠시 후에 K가 말했다.

"하지만 어쨌든 너무 늦었어. 자네들은 게으름뱅이야."

K는 다시 뜸을 들인 후 말했다.

"길이 워낙 멀어서요."

한 사람이 말했다.

"길이 멀다고?" K는 되풀이하더니, "나는 성에서 돌아오는 길에 자네들을 만난 적이 있지."
라고 말했다.

"네."

두 사람은 이렇게만 대답했을 뿐 더 이상 아무런 설명도 하지 않았다.

"도구들은 어디다 두었지?"

K가 물었다.

"아무것도 가지고 있지 않습니다."

두 사람이 대답했다.

"내가 자네들에게 맡겨 두었던 도구 말이야."

K가 말하자 그들은, "아무것도 가지고 있지 않습니다." 라고 같은 말만 되풀이했다.

"아, 자네들은 참 답답하군. 그래 측량술에 대해선 얼마나 알지?"

"모릅니다."

두 사람이 대답했다. 그러나 K는, "자네들이 예전부터 내 조수라면 잘 알고 있을 텐데." 라고 말했다.

그들은 잠잠했다.

"어쨌든 들어가세."

K는 그들을 집 안으로 밀어 넣었다.

객실의 작은 탁자 한가운데에 K가 앉고 조수들은 각각 그 양쪽으로 앉아서 맥주를 마셨는데, 세 사람은 아무런 말도 하지 않았다. 그 밖에 어젯밤과 마찬가지로 농부들이 식탁 하나를 둘러싸고 앉아 있을 뿐이었다.

"자네들은 참 골칫거리야."

K는 이렇게 말하고 지금까지의 버릇대로 두 사람의 얼굴을 번갈아 보았다.

"도대체 자네들 두 사람을 어떻게 구별하면 좋지? 틀린 것이라곤 이름뿐이고 그 밖에는 두 사람이 너무 기막히게 닮았으니 말이야. 마치……."

거기서 그는 말문이 막혔으나 자신도 모르는 사이에 이렇게 말해 버렸다.

"마치 두 마리 뱀처럼 서로 너무 닮았어."

그들은 빙긋이 웃었다.

"그래도 사람들은 우리를 잘 분간하던데요."

그들이 변명했다.

"그럴 거야, 나도 직접 봤으니까. 그러나 나는 내 눈으로 자네들을 보고 있을 따름이지. 이 눈으로는 자네들을 구별할 수 없어. 그러니까 자네들 둘을 한 사람처럼 취급해서 두 사람 다 아르투르라고 부르겠어. 자네들 두 사람 중 한 사람은 그런 이름일 거야. 아마도 자네지?"

K가 한쪽 남자에게 물었다.

"아니요, 예레미아스예요."

그 남자가 말했다.

"아무래도 상관없어. 나는 자네들을 아르투르라고 부를 테니까 '아르투르, 어디 좀 갔다 와.'라고 하면 자네들 둘이서 갈 것이며, '아르투르, 일을 해.'라고 하면 함께해야 돼. 나로서는 자네들에게 따로따로 일을 시킬 수 없으니까 대단히 큰 손해지. 그 대신 내가 명령한 모든 일의 책임은 자네들 두 사람이 개별적이 아니라 공동으로 책임을 져야 하니까 그 점에서는 유리하기도 해. 자네들 둘이서 어떻게 일을 분담하든지 간에 내게는 아무 상관이 없어. 다만 둘이서 서로 책임을 전가하는 일이 있으면 안 되네. 내 눈으로 보면 자네들은 한 사람이나 마찬가지니까."

K가 말했다. 그들은 한참 생각해 보더니, "그건 기분 나쁜 일인데요." 하고 말했다.

"그럴 거야. 물론 기분 나쁘기는 하겠지만, 그건 그냥 그렇게 하기로 하지."

K가 말했다.

그런데 오래 전부터 한 농부가 식탁 주위를 가만가만 소리를 죽이며 걸어 다니고 있는 것이 눈에 띄었다. 잠시 후 이 농부는 어떤 결심이라도 한 듯 한쪽 조수에게 가까이 가서 귀엣말로 무언가 속삭이려고 했다.

"미안하지만……."

K는 손으로 탁자를 치며 일어나서 말했다.

"이 사람들은 내 조수이고, 지금 의논 중이오. 아무도 우리를 방해할 권리는 없소."

"아, 네. 실례했습니다."

농부가 겁을 집어먹으며 말하더니, 뒷걸음질을 치며 동료들이 있는 곳으로 물러갔다.

"그리고 무엇보다 이 점을 주의해야 해."

K가 다시 앉으면서 말을 시작했다.

"자네들 두 사람은 내 허가 없인 아무하고도 이야기해선 안 되네. 이곳은 타향이고, 자네들이 예전부터 내 조수라면 피차 타향 사람이긴 마찬가지 아닌가. 그러니까 우리 타향 사람 셋은 단결하지 않으면 안 돼. 그런 의미에서 내게 맹세한다는 악수를 해 봐."

그들은 곧 기뻐 날뛸 듯이 K에게 손을 내밀었다.

"손을 치워! 그러나 내 명령은 어디까지나 지켜야 돼. 나는 이제 잠을 잘 것이네. 자네들도 자는 게 좋을 것 같아서 미리 일러두겠네. 오늘은 하루 종일 아무 일도 못했으니까 내일은 아침 일찍부터 일을 시작해야 할거야. 성으로 타고 갈 썰매를 마련해서 아침 6시면 이 집 앞에서 떠날 차비를 하고 있으라고."

K가 말하자 조수 중 한 명이 대답했다.

"네, 알겠습니다."

그러자 다른 조수가 끼어들었다.

"너는 알았다고 말하지만 불가능하다는 걸 잘 알고 있지?"라고 덧붙였다. 그 말을 들은 K가 말했다.

"조용히 해! 벌써부터 개인행동을 취하고 싶은 모양이군."

그러나 그 말이 떨어지기가 무섭게 첫 번째 조수가 입을 열었다.

"이 친구의 말이 옳습니다. 그건 불가능해요. 타향 사람이 허가 없이 성안에 들어갈 수는 없어요."

"그 허가는 어디다 신청하면 되지?"

"자세히는 모르겠지만 아마 집사에게 해야 할 겁니다."

"그러면 전화로 신청하기로 하고, 자네 둘이 지금 집사에게 전화를 걸어 보게."

두 사람은 전화기 있는 데로 가서 집사에게 전화로—이 둘이 그곳에서 서로 옥신각신하는 광경은 한마디로 꼴불견이었다. 그들은 모두 외양이 우스울 만큼 양순했다—내일 K가 자기들과 함께 성에 가도 좋은지를 물었다.

"안 돼!"
하는 대답이 K가 있는 탁자에까지 들려왔다.
더욱이 그 대답 소리는 또렷했다. 이어서 전화기 너머로 다음과 같이 말했다.

"내일도 안 되고 다른 날도 안 된다고!"
"내가 직접 이야기해 보지."

K가 그렇게 말하며 자리에서 일어섰다. 조금 전에 농부 하나가 일으킨 그 사건을 제외하고는 이때까지 K와 두 명의 조수에게 관심을 보이는 사람은 없었다. 그런데 K의 이 한마디, 일어서며 던진 말이 모든 사람의 주목을 끌었다. 그곳에 있는 사람들은 K와 함께 일어나더니 주인의 만류에도 아랑곳하지 않고 전화기 옆에 모여서 K를 좁은 반원으로 둘러쌌다. 그들 가운데는 K가 아무런 허락도 얻지 못하리라는 의견이 지배적이었다. K는 그들의 의견을 듣고 싶어하는 것이 아니니 조용히 해 달라고 부탁했다.

수화기에서 윙윙거리는 소리가 울려 왔는데, K는 지금까지 한 번도 그런 소리를 들어 본 적이 없었다. 그것은 마치 수많은 어린아이들이 떠드는 소리 같았는데—사실 소음이라기보다는 멀고먼 곳에서 들려오는 노랫소리 같았다—이런 소음 속에서, 말하자면 불가사의한 방법으로 높고도 센 소리가 이루어지는 듯했다. 또 귓전에 울리는 이 소리는 단순히 빈약한 청각에 도달하는 것보다 더 깊은 곳으로 침입하겠다고 요구하는 것 같았다. K는 전화를 걸려고도 하지 않고 왼쪽 팔을 전화대 위에 버틴 채 단지 수화기에 귀를 기울였다.

시간이 얼마나 지났는지 K는 알 수가 없었다. 드디어 주인이 그의 상의를 잡아당기며 하인이 왔다고 알려 주었다.

"귀찮아!"

K는 참다 못해 큰 소리를 질렀는데, 아마도 전화기에다 대고 외쳤던 모양이다. 저쪽에서 누군가 대답하는 사람의 목소리가 들려왔다. 대화는 다음과 같이 계속되었다.

"나는 오스발트인데 당신은 누구십니까?"

엄숙하고 거만한 목소리였는데, K에게는 발음이 약간 좋지 않은 것처럼 느껴졌다. 정도에 지나칠 만큼 엄숙함을 과장함으로써 발음의 과오를 살짝 감추려는 것 같았다. K는 주저하며 자기 이름을 밝히지 못했다. 전화 통화에 대해서 이쪽은 무방비 상태이고 상대방은 K에게 공갈 협박할 수도 있을뿐더러 제멋대로 수화기를 놓아 버릴 수도 있기 때문이었다. 그렇게 되면 K로서는 그나마 중요하다고 생각되던 길이 차단되어 버리는 셈이다. K가 머뭇거리자 상대는 초조해했다.

"당신은 누구십니까?"

상대방은 되풀이 말하며 덧붙였다.

"당신이 이처럼 전화를 자주 걸지 않도록 해 주시면 대단히 감사하겠습니다. 조금 전에도 전화가 걸지 않았습니까?"

K는 이런 불평에는 조금도 개의치 않고 갑자기 이렇게 둘러댔다.

"나는 측량 기사의 조수입니다."

"어떤 조수요? 어느 분의? 어떤 측량 기사시죠?"

K는 문득 어제의 전화 이야기가 머리에 떠올랐다.

"프리츠에게 물어보시구려."

그는 짤막하고 무뚝뚝하게 대답했다. 설마 하고 생각했는데 놀랍게도 이 말의 효과가 나타났다. 그런데 그 효과가 나타났다는 것보다도 성안의 일이 통일성과 조직성을 가지고 움직이는 데 대해 한층 더 놀라지 않을 수 없었다. 이런 대답이었다.

"알겠습니다. 영원한 측량 기사시구면. 네에, 네, 그리고 또 무슨 말씀이시죠? 어느 조수이시지?"

"요제프."

K가 말했다. 뒤에 있는 농부들의 중얼거리는 소리에 약간 방해를 받았다. 농부들은 K가 진짜 자기 이름을 대지 않은 것에 대해 불만을 느끼고 있는 것 같았다. 그러나 이런 자들을 상대로 할 시간적 여유라곤 전혀 없었다. 전화 통화가 그에게는 더 중요해서 모든 신경을 집중시켜야만 했다.

"요제프?"

하고 그쪽에서 되물어 왔다.

"조수들의 이름은—잠시, 누군지는 모르지만 다른 사람에게 그 이름을 묻고 있는 모양이었다—아르투르와 예레미아스예요."

"그 사람들은 새 조수요?"

"아니 옛날부터 있던 조수지요."

라고 K는 대답했다.

"그들은 새로 온 사람들이에요. 나는 오래된 조수고, 측량기사의 뒤를 쫓아서 오늘 도착했어요."

"아니요!"

드디어 상대방이 외쳤다.

"그러면 내가 누구란 말이오?"

K는 지금껏 그래 왔듯이 태연하게 물었다. 잠시 시간이 경과한 후 상대방은 같은 목소리로 같은 발음의 과오를 범하면서 말했다. 그러나 마치 전혀 다른 사람인 양 깊이와 무게를 가지고 있는 음성이었다.

"당신은 오래된 옛날 조수야."

K는 그 음성에 귀를 기울이고 있다가 하마터면 그의 질문을 미처 알아듣지 못할 뻔했다.

"용건은?"

K는 될 수 있으면 수화기를 놓고 싶은 심정이었다. 이런 대화에는 아무런 기대도 걸 수 없었다. 그렇다고 그만둘 수도 없고 해서 할 수 없이 재빨리 물어보았다.

"우리 주인이 언제쯤 성으로 들어갈 수 있겠습니까?"

"절대로 불가능하지."

이것이 대답이었다.

"좋습니다."

K는 이렇게 말하고 나서 수화기를 놓았다.

뒤에 있던 농부들이 아주 가까이 다가왔다. 조수들은 힐끔힐끔 K 쪽을 곁눈질하면서 농부들을 멀리 쫓으려고 애썼다. 그러나 그 꼴이란 웃음거리에 지나지 않았다. 사실 농부들도 이 전화 문답의 결과에 만족하며 천천히 점잖게 물러갔다. 그때 뒤에서 농부들의 무리를 헤치고 한 남자가 빠른 걸음으로 다가오더니 K 앞에 허리를 구부려 인사하며 편지 한 장을 내주었다. K는 편지를 손에 든 채 그 사람의 얼굴을 쳐다보았다. 바로 그 순간 K의 눈에는 그 사람이 아주 중요한 사람처럼 보였다. 그 사람과 조수들 사이에는 닮은 점이 꽤 많았다. 몸이 늘씬한 것이 조수들과 같았고, 착 붙는 팽팽한 옷을 입고 있는 것 역시 꼭 같을뿐더러 동작에 절도가 있고 민첩한 점까지 신통하게 같았다. 그러나 완연히 다른 점도 있었다.

'저 조수 두 놈 대신 이 친구를 조수로 썼으면 좋겠군.'
하고 K는 생각했다. 그 사람에게는 피혁 장수의 집에서 본 적이 있는, 젖먹이를 안고 있던 여자를 상기시키는 점이 없지 않아 보였다. 그는 거의 흰색에 가까운 옷을 입고 있었는데, 물론 명주옷은 아니고 다른 사람들과 마찬가지로 겨울옷이었지만 마치 명주옷처럼 부드럽고 장중하게 보였다. 그의 환한 얼굴은 명랑해 보였으며 눈은 사뭇 컸다. 미소 짓는 그의 얼굴은 사람들의 마음을 아주 밝게 해 주었다. 이 미소를 쫓아 버리려는 듯 K는 얼굴 위로 손을 가져갔으나 뜻대로 되지 않았다.

"자네는 누군가?"

K가 물었다.

"바르나바스라고 합니다. 심부름꾼이에요."

그가 대답했다. 말을 하느라 씩씩거리며 입술을 열었다 닫았다 하는 것이 왠지 부드럽게 느껴졌다.

"여긴 어떤가?"

K는 자신에게 아직 흥미를 잃어버리지 않은 농부들을 손가락으로 가리키며 물었다. 그 농부들은 마치 숱한 괴로움을 겪은 듯한 얼굴이었으며, 정수리를 얻어맞아서 납작하게 찌그러진 듯이 보였다. 또 맞고 찌그러질 듯한 고통 속에서 얼굴 표정이 이루어진 것 같았다. 그들은 입술을 벌린 채 그를 쳐다보고 있었다. 그러나 어느 때는 쳐다보지 않았다. 왜냐하면 그의 눈초리가 가끔 엉뚱한 곳을 방황하다가 제자리로 돌아오기 전에 무언가 쓸데없는 물건에 쏠리곤 했기 때문이다. K는 조수들 쪽을 가리켰다. 조수들은 서로 껴안고 뺨을 댄 채 빙그레 웃고 있었는데, 공손한 것인지 아니면 조롱하는 것인지 분간할 수가 없었다. K는 이 사람들을 마치 무슨 특별한 사정이라도 있어서 자기에게 억지로 떠맡겨진 심부름꾼을 소개하는 것처럼 바르나바스에게 소개했다. 동시에 바르나바스가 이들과 자신을 똑똑히 구별해서 그 차이점을 인식해 줄 것을 바라고 있는 듯했다. 또 거기에는 친밀성이 깃들어 있었는데 그것이 K에게는 대단히 중대한 일이었다. 그런데 바르나바스는 언뜻 보기에도 무척 순진해 보인다는 것을 알 수 있었으나 이 질문에는 전혀 상대도 하지 않았을뿐더러, 교육을 잘 받은 하인이 단지 주인이 명령한 말에만 겉으로 복종하는 것

처럼 주인의 질문에 대한 예의를 차리듯 주위를 둘러보았다. 얼굴을 아는 농부에게는 손짓으로 인사하는가 하면 조수들과는 두서너 마디 말을 주고받았다. 그 모든 언행은 자유롭고 자주적인 태도였으며 이들과 함부로 어울리지는 않았다. K는 퇴짜 맞은 셈이었지만 부끄럽다는 생각은 들지 않았다. 손에 든 편지를 뜯어 보니 안에는 다음과 같은 사연이 실려 있었다.

'삼가 말씀드립니다. 귀하가 잘 아시는 바와 같이 귀하는 영주이신 백작의 성에 채용되어 근무하도록 되어 있습니다. 귀하의 직속상관은 이 마을의 면장이고, 당해 면장이 귀하에게 업무와 보수 조건에 관한 사항을 상세하게 통지하도록 되어 있는 동시에 귀하도 면장에게 보고할 의무를 갖게 될 것입니다. 그러나 한편 본관 역시 늘 귀하의 언동을 감시할 것입니다. 이 서한의 전달인인 바르나바스는 귀하의 요청을 알아본 후 본관에게 보고하기 위해 때때로 귀하를 방문할 예정입니다. 본관은 가급적 귀하의 요청에 응할 수 있도록 항상 준비를 갖추고 있으니 양해하시기 바랍니다. 좌우간 본관은 근로자에게 만족을 주는 것을 본분으로 생각하고 있습니다.'

서명된 글자는 읽을 수 없었으나 그 옆에 'X청 장관'이라는 인쇄 문자가 있었다.
"좀 기다려요!"
K는 인사하고 나가려는 바르나바스에게 말했다. 그러더니

주인을 불러서 자신의 방을 보여 달라고 부탁했다. 그는 잠시 혼자 이 편지의 내용을 연구하고 싶었다. 바르나바스에 대해서는 퍽 애정이 갔으나 단순한 심부름꾼에 불과하다는 것을 생각하고 맥주를 대접했다. 바르나바스가 그 맥주를 어떤 태도로 받아들일 것인지에 대해 K는 주목했는데, 그는 대단히 만족한 듯 단숨에 들이켰다. K는 주인과 함께 식당을 나왔다. 원래 이 작은 여관에는 K에게 배당할 수 있는 방이라곤 좁은 다락방 하나뿐이었다. 그러나 그것조차도 대단히 무리를 해서 마련한 것이었다. 그 이유는 지금까지 그 방에서 자던 하녀 두 사람이 다른 방으로 옮기지 않으면 안 되었기 때문이다. 게다가 하녀들을 쫓아냈다뿐이지 그 밖에 방 안이 달라진 것이라곤 하나도 없었다. 침대가 하나 놓여 있는 게 전부였고, 시트나 이불도 덮여 있지 않았으며, 쿠션 두서너 개와 말의 안장 덮개가 있을 뿐이었는데 이 모든 것들이 어젯밤부터 흩어져 있던 상태 그대로 놓여 있었다. 벽에는 성자의 그림 두서너 장과 군인들의 사진이 걸려 있었다. 방 안은 바람도 통하지 않았다. 여관 사람들은 새 손님이 오래 묵지 않기를 바라는 게 분명했으며, 따라서 붙잡는 눈치라곤 조금도 보이지 않았다. K는 그러한 눈치를 다 알아차렸지만 이불을 몸에 두른 채 책상을 향해 앉더니 촛불 아래에서 다시 한 번 편지를 읽기 시작했다.

편지의 내용은 일관된 것이 아니었다. 개인의 자유와 의지가 인정된 자유인을 대하듯이 K에게 말을 걸고 있는 구절도 있었다. 편지 겉봉의 쓰임이 그렇고 또 그의 희망에 관한 구절도 그랬다. 그러나 또 한편으로 보면 노골적으로 혹은 은연중에 K가 그 장관의 자리에서 보면 거의 눈에 띄지 않는 하찮은 노동자로밖에 취급되지 않은 구절도 있었다. 그런가 하면 명분상으론 장관이 '언제나 그의 행동을 감시하도록' 되어 있었다. 그런데 그의 상관은 기껏해야 이 마을의 면장에 지나지 않았으며 그는 이 면장에게 보고할 의무까지 지고 있다. 또 그의 유일한 동료라야 마을의 순경 정도일 것이다. 그것은 의심할 여지도 없이 모순이다. 틀림없이 계획적이라고 생각될 만큼 너무나 명백하게 드러나 보이는 모순이다. 관청의 결단성 없음이 작용해 이런 모순이 빚어진 것이었지만, K의 머리에는 관청에 대한 허무맹랑하고도 어리석다는 생각은 떠오르지 않았다. 오히려 그는 그 속에 공공연하게 제공되어 있는 선택의 자유를 보았다. 다시 말해, 이 편지의 내용으로 봐서 언제나 뛰어나려고 시도했지만 실은 겉으로만 성과 연관을 갖고 있는 마을의 노동자가 될 것인지, 아니면 어떤 일이든 바르나바스가 갖다 주는 통지에 의해서만 결정짓는 외양만의 노동자가 될 것인지에 대한 선택이 K에게 주어져 있었다. K는 주저하지 않고 선택했다. 가령 지금까지 경험이 없었다고 하더라도 주저하지 않았을 것이다. 그는 될 수 있는 한 성안의 사람들과 멀리 떨어져 마을의 노동자로 머무르는 경우에 한해서만 성안의 그 무엇에 도달할 수 있을 것이다. 아직 그를 조금도 믿지 않는 마을 사람들도, 가령 친구는 아니지만 마을의 주민으로서 그들의 동반자가 되었을 때 비로소 말을 걸어올 것이다. 또 언젠가는 그가 게르스텍커나 라제만과도 구별할 수 없는 인간이 되면, 그러고 보니 빨리 그렇게 될 필요가 있다. 말하자면 일 전체가 그것에 의해 결정된다고 해도 과언은 아니다. 그때가 되면 틀림없이 모든 길이 한꺼번에 K 앞에 열릴 것이다. 성 사람들이나 그 은총에만 맡겨 두면 모든 길이 차단될 뿐만 아니라 눈에 보이지 않게 될지도 모른다. 물론 위험성은 있다. 그 점은 편지에서도 충분히 강조되어 있을뿐만 아니라 피할 수 없는 것이라는 듯이 표현되어―일종의 기쁨을 가지고―있다. 여기서 위험성이란 노동자의 신분을 말한다. 편지는 근무·윗사람·노동·임금 규정·보고·노동자와 같은 말로 가득 차 있다. 그리고 다른 일, 개인적인 일이 언급되는 경우에는 항상 그 관점에서 논의되고 있다. 만일 K가 노동자가 되고자 한다면 가능한 일이지만, 단지 그때에는 다른 것이 된다는 희망은 다 버려야 하는 그야말로 소름이 끼칠 만큼 심각하고도 진지한 이야기다. K는 자기가 현실적인 강제의 위협을 받고 있는 것은 아니라는 사실을 잘 알고 있었다. 아닌 게 아니라 그는 일반적으로 현실적인 강제 같은 것을 무서워하지도 않았으며, 이 경우에는 거의 아무런 공포도 느끼지 않았다. 그러나 의기(意氣)를 꺾어 버리는 환경이라든가 낙담에 젖어 버리는 것, 순간순간 눈에 띄지 않는 영향, 이런 것들이 지니고 있는 무서운 폭력을 그는 두려워했다. 그러나 그는 이런 위험성과 감히 대결하지 않으면 안 되었다. 편지에는 만일 싸움이 벌어진다면 뻔뻔스럽게도 싸움을 건 책임이 K 쪽에 있다는 사실까지 언급되어 있었다. 다만 이것은 미묘한 표현으로 언급되어 있었기에 편안치 않은 양심만이—편안치 않은 양심일 뿐 나쁜 양심을 말하는 것은 아니다—깨달을 수 있었다. 그를 채용해서 근무토록 하는 데 관해서도 '귀하가 잘 아시는 바와 같이'라고 표현되어 있는 말이 그것이다. K는 이미 자기 이름과 도착했다는 사실을 신고해 놓았는데, 이미 편지 속에 드러나 있듯 관청에서는 자신의 채용 사실을 알고 있었다.

K는 벽에 걸려 있는 그림을 하나 떼서 그 못에다 편지를 꽂았다. 이 방에서 묵게 되는 이상 편지는 그곳에 걸어 두기로 작정했다.

그러고 나서 K는 식당으로 내려갔다. 바르나바스는 조수들과 함께 조그만 식탁 옆에 앉아 있었다.

"아, 자네 거기 있었군."

K는 특별한 이유도 없이 단지 바르나바스의 모습을 보는 것만으로 기뻐서 말했다. 그는 벌떡 일어섰다. K가 식당으로 들어오자마자 농부들은 자리에서 일어나 그에게 가까이 다가오려고 했다. 이제 K의 뒤를 쫓아다니는 것이 그들의 습관이 되어 버렸다.

"대체 당신들은 나를 어떻게 할 작정으로 그렇게 뒤쫓아 다니는 거야?"

K가 외쳤다. 그들은 이 말에 대해서도 기분 나쁘게 생각지 않고 천천히 꽁무니를 빼며 제자리로 돌아갔다. 그중 걸어가던 한 사람이 설명하려는 듯한 경솔한 말투로 설명을 했다.

"언제나 새로운 소식을 듣고 싶어서 그럽니다."

그러면서 그는 이상한 미소를 던졌으며, 다른 두서너 명도 그에게 호응해서 같은 미소를 지었다. 뿐만 아니라 그 사람은 새로운 것이 맛있는 음식이라는 듯이 자신의 입술을 핥고 있었다. K는 타협적인 이야기는 한마디도 하지 않았다. 아마도 그들이 존경의 마음을 가지고 자신을 어려워하도록 하는 것이 좋았을 것이다. 그런데 그가 바르나바스 옆에 앉자마자 목 뒤에서 농부의 입김이 느껴졌다. 이 농부는 소금 항아리를 가지러 왔다가 말했다. 그러나 K가 화가 바짝 나서 발을 굴리자 소금 항아리는 찾지도 않고 그대로 도망가 버렸다. K를 화나게 하는 것은 아주 쉬운 일이었는데, 예를 들면 그저 농부들을 그에게로 사주(使嗾)하기만 하면 되었다. K는 그들의 고집스럽고 집요한 관심이 다른 사람들의 비타협적인 태도보다도 한층 더 악질적으로 느껴졌다. 게다가 관심이라곤 하지만 그건 비타협적인 태도이기도 했다. 왜냐하면 만약에 K 스스로가 그들 식탁 옆에 앉는다면 그들은 그대로 자리에 앉아 있을 수 없기 때문이었다. K는 소동을 일으키려고 하다가 바르나바스가 그곳에 있다는 이유만으로 그만두어 버렸다. 그래도 그는 위협적인 태도로 농부들이 있는 쪽을 돌아다보았다. 그들도 이쪽으로 얼굴을 돌리고 있었다. 그러나 그들이 이처럼 각자 제자리에 앉아서 서로 이야기도 하지 않고, 또한 뚜렷한 관계도 없이 단지 그들이 K를 응시하는 것만을 인연으로 삼아 맺어져 있는 것을 보면 그들이 자기 뒤를 쫓아다니는 것도 전혀 악의에서 나온 것은 아닌 것처럼 느껴졌다. 어쩌면 그들은 그에게 바라는 것이 있지만 차마 그것을 입 밖으로 표현할 수가 없는 모양이었다. 그게 아니라면 한낱 순진함에서 나온 것인지도 모르겠지만 어쨌든 이곳에선 순진함이 당연한 것처럼 보였다. 이 집 주인은 손님에게 가지고 갈 맥주잔을 두 손에 든 채 걸음을 멈추고 K 쪽을 쳐다보며, 부엌의 작은 창문으로 상반신을 내밀고 소리를 지르는 마누라의 말을 건성으로 듣고 있었는데, 그 주인 남자 역시 순진하다고 할 수 있었다.

전보다 더 침착한 마음으로 K는 바르나바스를 쳐다보았다. 두 조수들을 멀리하고 싶었으나 좋은 구실을 만들어 낼 수가 없었다. 그들은 조용히 맥주를 쳐다보고 있었다.

"편지를 읽어 보았네만, 자네도 그 편지 내용을 아나?"

K가 말을 끄집어냈다.

"모릅니다."

바르나바스가 짧게 대답했다. 말보다도 눈의 표정이 더 풍부했다. K는 농부들에 대한 악의에 대한 생각이나 이 남자에 대한 선의에 대한 생각이나 모두 기대에 어긋난 듯했다. 그러나 이 남자로 인해 기분이 좋아짐에는 변함이 없었다.

"편지에는 자네 말도 나오네. 즉 자네는 나와 상관 사이를 오가며 통신하도록 되어 있지. 그래서 나는 자네도 편지 내용을 알고 있을 거라고 생각했는데."

"저는 단지 편지를 전해 드리고 다 읽으실 때까지 기다린 다음, 필요하시다면 구두나 서면으로 회답을 가지고 돌아오라는 명령을 받고 왔습니다."

바르나바스의 말이었다.

"좋아, 쓸 필요도 없어. 상관에게 말씀드려서 참, 그분의 성함이 무엇이었지? 서명을 봤지만 알아볼 수가 없어서 말이야."

K가 말했다.

"클람입니다."

바르나바스가 대답했다.

"그러면 클람 씨에게 채용해 주신 것과 각별히 친절과 호의를 베풀어 주신 데 대해 대단히 감사하고 있다고 말씀드려 주게. 하여간 나는 아직 이곳에선 아무런 증명도 되지 않는 인물이기 때문에 그런 친절을 대단히 고맙게 생각하고 있다고 말이야. 나는 그분이 원하는 대로 행동할 걸세. 그 외에 오늘 다른 요청은 없네."

한마디도 빠뜨리지 않기 위해 귀를 기울이고 있었던 바르나바스는 부탁받은 말을 K 앞에서 되뇌어도 좋은지에 대해 물었다. K가 허락하자 바르나바스는 K의 말을 전부 그대로 복송했다. 그리고 그만 작별을 고하려고 일어섰다.

K는 계속해서 바르나바스의 얼굴을 살펴보고 있었는데 지금 마지막으로 다시 한 번 그 얼굴을 음미해 보았다. 바르나바스의 키는 K와 거의 비슷했다. 그러나 K에 대해서는 눈을 아래로 뜨고 바라보는 듯했다. 그의 태도는 어디까지나 공손해서 이 사람이 다른 누구를 부끄럽게 하는 일은 없을 성싶었다. 물론 이 사람은 단지 심부름꾼에 불과하고, 자기가 배달하는 편지 내용도 알지 못할뿐더러, 자기 자신도 의식하지 못하는 사이에 그의 눈초리·미소·걸음걸이에까지도 심부름꾼이라는 신분이 잘 나타나 있었다. 사실 K는 작별하기 위해

손을 내밀었는데, 이 정다운 행동이 그를 깜짝 놀라게 한 모양이었다. 그도 그럴 것이 바르나바스는 인사만 하고 그대로 나가 버리려 했던 것이다.

바르나바스가 나가자—문이 열리기전에 K는 잠시 어깨를 문에 기대로 누구를 응시하는 것이 아닌 시선으로 주위를 한 바퀴 빙 둘러보다가—곧 K는 조수들에게 말했다.

"방 안에서 서류를 갖고 올 테니 먼저 일에 대해 상의하기로 하지."

그들은 일어서서 K를 따라가려고 했다.

"자네들은 여기 있어!"

K가 말했다. 그래도 그들은 여전히 따라가려고 했다. K는 더욱 엄숙한 어조로 명령을 되풀이했다. 그런데 이미 현관에는 바르나바스의 모습이 보이지 않았다. 지금 막 나갔는데 말이다. 그리고 집 앞에서도—눈이 다시 퍼붓기 시작했다—그의 모습은 보이지 않았다.

"바르나바스!"

하고 불러 보았으나 아무 대답이 없었다.

아직도 집 안에 남아 있는 것일까? 아무리 생각해 보아도 다른 가능성이 있을 것 같지 않았다. 그러나 K는 다시 한 번 있는 힘을 다해서 그의 이름을 불러 보았다. 바르나바스라는 이름이 마치 산울림처럼 어둠 속을 울렸다. 저 먼 곳에서부터 희미한 대답 소리가 들려왔다. 그러고 보니 바르나바스는 벌써 그렇게 먼 곳까지 가 버린 것이었다. K는 그에게 돌아오라고 소리치며 동시에 자기 자신도 그 사람 쪽으로 걸어갔다.

두 사람이 만난 장소는 여관에서 너무 멀리 떨어진 곳이라 그들의 그림자조차도 보이지 않았다.

"바르나바스."

K가 떨리는 목소리로 말했다.

"자네에게 하고 싶은 말이 있어서 말이야. 내 쪽에서 성에 무언가 부탁할 사항이 있을 때 자네가 우연히 찾아오기만을 하늘처럼 믿고 있다가는 큰 낭패라는 것을 깨달았어. 다행히도 내가 만일 자네의 뒤를 쫓아오지 않았다면—자네는 나는 새처럼 빠르군. 나는 자네가 아직도 여관에 있는 줄로만 알았어—다음에 자네가 다시 와 줄 때까지 얼마나 오랫동안 기다려야 하는지 알 수 없는 노릇이잖아."

"선생님이 정해 주신 시간에 어김없이 오갈 수 있도록 제가 상관에게 부탁드리는 건 어떻습니까?"

바르나바스의 말이었다.

"그것으로는 충분치 않아. 아마도 나는 일 년 동안 아무 말도 하지 않을 거야. 아니면 자네가 떠난 지 십오 분도 채 지나지 않아 긴급하게 전할 일이 생길지도 모르고."

K가 말했다.

"그렇다면 제가 상관과 선생님 사이를 오갈 뿐 아니라 다른 연락 방법도 강구해 달라고 상관에게 말씀드릴까요?"

바르나바스가 말했다.

"아니야, 아니야. 꼭 그렇진 않아. 단지 겸사겸사 말했을 뿐이야. 다행히도 오늘은 운이 좋아 이렇게 자네 뒤를 쫓아오게 되었네."

K가 말했다.

"여관으로 되돌아갈까요? 새로운 부탁 말씀이라도 있으실지 모르니까요."

바르나바스는 이미 여관 쪽으로 한 발짝 걸음을 옮겨 놓고 말했다.

"바르나바스, 그럴 필요는 없네. 잠시 자네와 함께 걷기로 하지."

K가 말했다.

"왜 여관으로 가려 하지 않으십니까?"

바르나바스가 물었다.

"뻔뻔스런 농부들을 자네도 눈으로 보지 않았는가. 그자들이 귀찮아 죽겠어."

K가 말했다.

"둘이서 선생님 방으로 갈 수도 있을 텐데요."

바르나바스가 말했다.

"그런데 거기는 하녀들 방이야. 더럽고 곰팡이 냄새가 나서 숨이 막힐 지경이라고. 그것을 피하기 위해서라도 자네와 잠시 걷고 싶네. 자네는 그저……."

K는 스스로 주저하는 기색을 억지로 없애기 위해 덧붙여 말했다.

"자네의 팔짱을 끼도록 해 주게. 자네 걸음걸이가 더 확실하니까 말이야."

K는 그렇게 말하고 바르나바스의 팔에 자신의 팔을 끼려고 기대었다. 주위는 아주 깜깜하고 바르나바스의 얼굴은 전혀

보이지 않았으며 몸 전체의 윤곽조차 희미했다. K는 조금 전에도 그의 팔을 손으로 더듬어 만져 보려고 했다.

K의 말에 따라 두 사람은 여관을 등지고 멀찍이 걸어갔다. K는 자신이 아무리 기를 써 봐도 이 사람과 같은 보조로 걸어갈 수 없을 뿐만 아니라, 오히려 이 사람이 자유롭게 걸어가는 데 방해가 될 것이라고 느꼈다. 게다가 보통 때 같으면 이런 대수롭지 않은 일에도 꼼짝 못할 정도로 녹초가 되어 틀림없이 뒷골목에서 쓰러졌을 것이다. 오늘 아침만 해도 호젓한 골목길에서 눈 속에 파묻혀 오도 가도 못했는데, 지금도 바르나바스가 도와주지 않는다면 이 길에서 빠져나갈 수 없을 것이라고 K는 생각했다. 그러나 K는 이런 걱정을 보기 좋게 떨쳐 버렸다. 더군다나 바르나바스가 입을 열지 않고 잠자코 있었기 때문에 한결 기분이 가벼웠다. 두 사람은 입을 다물고 걸어갔다. 그러고 보니 바르나바스 역시 그저 앞으로 걸어가는 것, 단지 그것만이 두 사람이 함께 있는 목적이고 보람일 것이다.

두 사람은 계속 걷기만 했는데 K는 어디로 가는지 알 수가 없었다. 더욱이 분간할 수 있는 목표물이라고는 아무것도 없었다. 이미 교회 앞을 통과했는지 어떤지도 알 도리가 없었다. 단지 걸어가는 것 때문에 지쳐 버리고, 지쳤기 때문에 자기 생각을 마음대로 좌우할 수 없었다. 머릿속에서 확실한 목표를 지향하지 못하고 생각은 산산이 흩어져 버렸다.

끊임없이 고향 생각이 머리에 떠오르고, 그러자 추억으로 가슴이 벅차올랐다. 고향의 광장(廣場)에도 교회가 있어서 여기저기 오래된 묘지로 둘러싸이고, 그 묘지는 높은 담으로 둘러싸여 있었다. 담 위로 기어 올라갈 수 있는 것은 아주 극소수의 애들뿐이었고, K 역시 끝내 올라가지 못했다. 호기심에 못 이겨서 어린아이들이 그런 짓을 한 것은 아니었다. 묘지는 어린아이들의 눈에 그리 신비스런 것도 아니었다. 작은 창살문을 통해 아이들은 이미 몇 번이고 묘지 안으로 들어갔다. 아이들은 단지 높고 미끄러운 담을 정복하고 싶었을 뿐이다. 어느 날 오전, 조용하고 인기척 없는 광장은 밝은 빛으로 넘쳐나고 있었다. K는 이전에도, 또 그 후에도 광장의 이런 광경을 본 적이 없었다. K는 놀랄 만큼 쉽게 이 담을 정복했다. 몇 번이고 시도했으나 여지없이 실패했던 그 장소에서, 작은 깃대를 입에 문 채 단숨에 담 위로 기어 올라갔다. 담 꼭대기로 올라가니 조약돌이 주르륵 굴러 내렸다. 깃대를 꽂으니, 마침 불어오는 바람을 안고 팽팽하게 나부꼈다. 그는 아래를 내려다보고 사방을 돌아보며 땅에 가라앉은 수많은 십자가들을 바라보았다. 지금 이 자리에서만큼은 아무도 따를 수 없을 정도로 위대했다. 그때 우연히 선생님이 지나가다가 노기 띤 눈초리로 K를 바라보며 아래로 내려오라고 했다. 뛰어내릴 때 무릎을 다친 K는 간신히 집에 돌아왔다. 그러나 담을 정복했다는 것에는 변함이 없었다. 이 승리감은 그때부터 그의 긴 생애를 통해 하나의 발판처럼 느껴졌는데, 그것은 그리 어리석다고 할 수만은 없었다. 왜냐하면 그때부터 오랜 세월이 흘러간 지금에 와서, 그가 바르나바스의 팔에 기대어 걸어가는 눈 내리는 밤에 그것이 도움이 되었기 때문이다.

그는 아까보다 더 바짝 바르나바스의 팔에 매달렸다. 바르나바스는 그를 끌고 가다시피 했다. 침묵은 전혀 깨지지 않았다. K가 길에 관해서 아는 것이라고는 거리의 상태로 미루어 보아 아직도 옆길로 구부러지지 않았다는 것뿐이었다. 아무리 길이 걷기 어렵다고 해도, 또 돌아오는 길이 어떻게 된다고 해도 K는 걸음을 멈추지 않으리라 속으로 굳게 맹세했다. 결국은 질질 끌려가고 말 테니까, 그의 체력으로도 넉넉하다고 할 수 있을 것이다. 그런데 과연 길이 무한히 이어져 있다는 것이 가능하기나 한 걸까? 낮에 보니, 성은 쉽게 도착할 수 있는 목표물처럼 눈앞에 가로 놓여 있었을 뿐만 아니라 심부름꾼 바르나바스는 틀림없이 지름길을 알고 있을 테니까 말이다.

거기서 바르나바스가 멈춰 섰다. 여기는 어디쯤일까? 벌써 길이 막혀 버린 것일까? 아니면 바르나바스가 K에게 작별이라도 하려는 것일까? 그렇게는 안 될 것이다. K는 자기 몸이 아플 정도로 바르나바스의 팔을 꼭 붙들었다. 어쩌면 믿을 수 없는 기적이라도 일어나서 두 사람이 이미 성안이나 성문 앞에 와 있는 것은 아닐까? 그러나 K가 알고 있는 한, 두 사람이 언덕길을 올라온 기억은 전혀 없었다. 그게 아니라면 바르나바스가 눈치 채지 않도록 자신을 몰래 끌고 언덕길을 올라왔단 말인가?

"대체 여기가 어디지?"

K는 나지막한 소리로 바르나바스에게라기보다 혼잣말하듯 물었다.

"집이에요."

바르나바스 역시 나지막한 목소리로 대답했다.

"집이라고?"

"미끄러지지 않도록 주의하세요. 경사가 급해서 아래로 내려가거든요."

"내려가는 길이라고?"

"단지 두서너 걸음에 불과해요."

그가 덧붙여서 말하기가 무섭게 벌써 문을 두드렸다.

처녀 하나가 문을 열었다. 그들 두 사람은 큰 방 입구에 서 있었다. 방 안은 거의 깜깜했고, 왼편 깊숙한 곳의 식탁 위에는 보잘것없는 석유램프 하나가 매달려 있을 뿐이었다.

"함께 오신 분은 누구시지, 바르나바스?"

처녀가 물었다.

"측량 기사님이셔."

그가 크게 말했다.

"측량 기사라고?"

처녀는 식탁 쪽을 향해 더 큰 목소리로 되물었다. 그 소리를 듣자 안쪽 깊숙한 곳에 있던 늙은 부부와 다른 한 처녀가 일어섰다. 사람들이 모두 K에게 인사했다. 바르나바스는 가족 전부를 그에게 소개했다.

부모를 비롯해 누이인 올가와 아말리아였다. K는 그들 쪽을 거의 바라보지도 않았다. 가족 중에는 K의 흠뻑 젖은 상의를 벗겨서 난로 옆에다 말려 주는 사람도 있었다. K는 그들이 하는 대로 내버려 두었다.

여기는 두 사람의 집이 아니라 바르나바스만의 집이다.

'그런데 대관절 우리가 어떻게 여기에 있는 것일까?'

K는 바르나바스를 옆으로 불러다 물어보았다.

"왜 자네 집으로 온 거지? 자네들은 성의 영내(領內)에 살고 있는 것 아니었어?"

"영내라고요?"

바르나바스는 K가 한 말의 뜻을 모르겠다는 듯 되물었다.

"바르나바스, 자네는 여관에서 성으로 가려는 것 같았는데……"

K가 말했다.

"아니에요. 저는 집으로 오려고 했어요. 성에는 아침 일찍 갈 뿐이고 그곳에서 묵지는 않아요."

바르나바스가 말했다.

"그래, 자네는 성으로 가려고 한 것이 아니라 여기로 오려고 한 것이었군."

K가 말했다.

K는 바르나바스의 얼굴에 떠오른 미소가 전보다 더 넋 빠진 것처럼, 그리고 사람 자체도 더 초라한 것처럼 느껴졌다.

"왜 자네는 내게 그렇게 말하지 않았지?"

"선생님이 제게 물어보지 않으셨기 때문입니다. 선생님이 제게 무슨 부탁을 하시려고 하면서 식당에서나 방에서는 말씀하시기를 꺼리시기에 저는 이렇게 생각했지요. 제 부모의 집이라면 아무런 방해도 받지 않고 그 부탁을 말씀하실 수 있지 않을까 하고 말예요. 만일에 선생님이 명령만 하신다면 모두들 자리를 비켜 줄 수도 있습니다. 또한 이곳이 마음에 드신다면 묵으셔도 좋고요. 제가 무슨 옳지 못한 일이라도 했습니까?"

K는 대답할 수가 없었다. 오해가 있었다. 천하고 야비한 오해라도 있었던 모양이다. 그래서 K는 이 사람에게 완전히 몸을 맡겼던 것 같다. 몸에 착 붙은 명주처럼 번지르르하게 윤이 나는 바르나바스의 윗도리에 매력을 느끼고 정신이 팔렸던 모양이다. 그런데 지금 바르나바스가 이 윗도리의 단추를 풀어 젖히자 그 밑으로 초라하니 시꺼멓게 더럽혀진 누덕누덕 기운 허름한 셔츠가 젊은이의 굳세고 튼튼한 가슴 위로 드러났다. 그 주위에 있는 모든 것이 너덜너덜한 이 셔츠와 어울릴뿐더러 오히려 그것을 능가하고 있었다. 중풍을 앓고 있는 늙은 아버지는 천천히 내딛는 듯하면서 움직이는 뻣뻣한 다리보다도 오히려 손으로 더듬으면서 겨우 걸어 다니고 있었다. 또 어머니는 굉장히 뚱뚱해서 가슴 위로 손을 합치고 아주 느리게 조금씩밖에는 앞으로 나아가지 못했다. 이 두 사람은 K가 방 안에 들어왔을 때부터 앉아 있던 방구석에서 K 쪽으로 발을 옮겨 놓았는데 아직도 그에게 이르지 못한 상태였다. 금발의 누이들은 체격도 좋고 몸도 튼튼했으며 서로 닮았을 뿐만 아니라 바르나바스와도 비슷했다. 하지만 그보다 더 쌀쌀한 표정을 가진 누이들은 새로 온 K를 둘러싸고 무슨 인사말이라도 받을까 하고 바라고 있었다. 그런데 그는 한마디도 할 수가 없었다. 이 마을에서는 누구나가 다 자신에게 중요한 사람들이라고 믿고 있었으며, 또 사실 그랬으나 이 집

사람들은 예외적 존재여서 K는 그들에게 전혀 관심이 없었다. 만일 여관으로 가는 길을 알아서 혼자라도 돌아갈 수 있다면 망설이지 않고 떠나 버렸을 것이다. 아침 일찍이 바르나바스와 함께 성으로 갈 수 있다는 생각에도 아무런 매력조차 느끼지 못했다. 그는 오늘 밤중에 바르나바스의 안내로 사람들의 눈에 띄지 않고 성으로 들어갔으면 했다. 다만 그 안내를 하는 바르나바스가 여태까지 K의 눈에 비친 대로의 바르나바스, 즉 이 마을에서 만난 누구보다도 친밀감이 느껴지고 표면상의 신분보다도 훨씬 긴밀하게 성과 결합되어 있다고 K가 믿고 있는 장본인이 아니면 안 된다. 그런데 이 집의 아들 바르나바스는 완전히 이 집안에 속하고 이미 가족들과 식사를 같이하며 앉아 있었다. 주목할 만한 사실은 아직 한 번도 성에서의 숙박 허가를 받지 못한 이 사람과 대낮에 팔을 끼고 성으로 간다는 것은 아무래도 불가능한 일이며, 가망성이 박약한 시도라는 것이었다.

결국 여기서 묵되, 그 밖에 그 어떤 것도 이 가족의 신세는 지지 말자고 결심하며 K는 창 옆에 있는 의자에 앉았다. K는 그를 쫓기도 하고, 또 그를 무서워하기도 하는 마을 사람들이 자신이 생각했던 것보다는 위험스럽지 않은 것처럼 느껴지기 시작했다. 그들은 결국 자기 자신만을 의지하라고 그에게 암시를 준 것이나 마찬가지며, 그의 힘을 축적하고 집중하도록 도와준 셈이다.

오히려 언뜻 보기에 그의 원조자 같은 사람들이, 즉 약간의 탈을 쓴 탓에 그를 성으로 데리고 가는 대신 자기 가족에게로 안내한 이 사람들이야말로 그들이 원했던 원치 않았던 간에 K를 목표로 삼은 길에서 빗나가게 하고, 그의 힘을 파괴시키는 역할을 한 것이다. 가족들이 앉아 있는 식탁에서는 어서 오라며 권유를 했으나, 그런 소리는 듣는 둥 마는 둥 K는 고개를 수그리고 의자에 앉아 움직이려 하지 않았다.

바로 그때 올가—두 자매 중 비교적 얌전한 성격이었으며 처녀답게 어쩔 줄 모르고 당황의 빛까지 띠고 있었는데—가 일어서더니 K에게로 와서 빵과 베이컨이 준비되어 있고 맥주도 가져올 테니 식탁으로 오라고 권했다.

"어디서 가져옵니까?"라고 K가 물었다.

"여관에서 가져오죠."라고 그녀는 대답했다.

K는 잘됐다는 생각이 들었다. 그래서 그녀는 맥주를 가져오는 것은 그만두고 그저 자기를 여관까지 데려다 달라고 그녀에게 부탁했다. 그런데 이야기를 들어 보니 그녀는 자기가 묵었던 그 먼 여관으로 가려는 것이 아니라 바로 옆에 있는 또 다른 여관인 신사관(紳士館)으로 가려는 것이었다. 그래도 그는 따라가게 해 달라며 부탁했다. 틀림없이 그 여관에서 숙박할 수 있을 것이라고 생각했기 때문이다. 그 여관의 잠자리가 어떨지는 모르지만 이 집에서 제일 좋다는 침대보다는 나을 것이라고 K는 생각했다. 올가는 곧바로 대답하지 않고 식탁 쪽을 돌아보았다. 식탁에서는 바르나바스가 일어서서 찬성의 표정으로 고개를 끄덕거리며 말했다.

"선생님이 원하신다면 함께 갈게요."

찬성의 말을 듣자, K는 자신의 부탁을 철회하고 싶은 생각이 간절했다. 이 사람은 하찮은 일밖에는 동의할 줄 모르는 사람이다. 그러나 K를 여관에서 받아 줄지 어떨지 그 문제를 가지고 가족들이 모두 걱정을 해도 K는 한사코 데려가 달라고 졸라 댔다. 그러면서도 그는 자신의 부탁에 대해 납득이 갈 만한 이유를 찾아내지 못했다. 이 가족들은 본성까지 드러나는 그의 말을 그대로 받아들이지 않으면 안 되었다. 말하자면 그는 이 가족에 대해 조금도 수치스러운 감정을 품고 있지 않았다. 가족 중에서 단지 아말리아만이 진지하고 솔직하고 태연했지만 약간 둔한 눈초리로 그의 마음을 산란케 했다.

여관까지는 아주 가까운 거리였다. 도중에—K는 올가의 팔짱을 끼고 그녀에게 몸을 의지한 채, 물론 그 밖에는 별 도리가 없었지만, 앞서 길에서 바르나바스에게 끌려오다시피 한 것처럼 이번에는 그녀에게 거의 끌려가다시피 했다—들은 바에 의하면 그 여관은 원래가 성 사람 전용으로 지정되어 있어서, 성 사람들이 마을에 무슨 용무가 있어 내려올 때면 식사나 때로는 숙박을 하기로 되어 있는 곳이었다. 올가는 다정한 말투로 K와 나지막하게 이야기를 나누었다. 그래서인지 그녀와 걷는 것이 바르나바스와 걸을 때와 마찬가지로 한없이 좋았다. K는 이런 쾌감을 억제하려고 애썼으나 도저히 억제할 수가 없었다.

여관은 언뜻 보기에 K가 숙박하고 있던 먼저 여관과 매우 비슷했다. 대체로 이 마을의 집들은 겉으로 보기에 큰 차이점이 없었다. 그나마 이 여관이 먼젓번 여관과 세세한 점에 있어서 차이가 좀 난다는 것을 쉽게 알 수 있었다. 그것은 입구의 계단에 난간이 달려 있고, 문 위에는 아름다운 등이 설비되어 있다는 것이었다. 이들이 건물 안으로 들어서자 두 사람의 머리 뒤에서 천이 펄럭였는데, 그것은 백작 집안임을 표시하는 물들인 깃발이었다. 현관에서 두 사람은 주인과 딱 마주쳤다. 주인은 순시 감독을 하고 있었던 모양이다. 이 사람은 지나가면서 이들을 살펴보는 눈치였고, 졸린 것처럼 보이는 눈으로 K 쪽을 바라보며 말했다.

"측량 기사는 술집까지밖에는 못 가요."

"알고 있어요."

올가가 K의 편을 들며 입을 열었다.

"이분은 나를 따라온 것뿐이에요."

그러나 주인은 야속하게도 올가 곁을 지나 K를 한쪽으로 데리고 갔다. 올가는 그들이 이야기를 나누는 동안 현관 구석에서 초조하게 기다렸다.

"여기서 묵고 싶습니다."

K가 말했다.

"미안하지만 그건 안 됩니다. 잘 모르시는 모양인데, 이 집은 성에서 오신 분만 쓰실 수 있습니다."

주인의 대답이었다.

"그것이 규정일지는 몰라도 한쪽 구석을 내주는 것쯤은 가능할 것 같은데요."

K가 반박했다.

"손님의 뜻을 받아들인다면 좋겠지만, 지금 손님이 타향에서 오신 분과 같은 말투로 말씀하신 그 규정이 엄격하지 않다

해도 그것은 안 될 말입니다. 성의 양반들은 대단히 신경질적이거든요. 아무래도 그 양반들은 타향 사람의 모습을 보면 견딜 수가 없나 봅니다. 적어도 예기치 않은 때에 타향 사람을 보게 되면 견딜 수 없어하는 것 같아요. 그러니 내가 당신을 여기 재운다 해도 만일 우연히—더욱이 이 우연이라는 것은 언제나 성 양반네들 편이지만—발각되는 날에는 내 모가지가 달아날 뿐만 아니라 당신도 나와 같은 운명이 돼요. 어리석은 소리 같겠지만 사실인데 어쩌겠습니까?"

주인은 이렇게 말했다. 키가 크고 단추를 꼭 채운 이 주인은 한 손은 벽에, 또 한 손은 허리에 짚고서 두 발을 꼬고 있는 K에게 상반신을 약간 구부리며 정답게 말을 걸었다. 이 주인은 농촌 사람들이 경사 때나 제사 때 입는 것 같은 색깔 옷을 입고 있었으나 아무리 보아도 촌사람 같지는 않았다.

"그래요, 당신 말이 옳아요. 내 표현이 서툴러서 그랬는지는 몰라도 규정의 중요성을 무시한 건 절대로 아니에요. 단 한 가지, 내가 당신의 주의를 환기시키고자 하는 것은 내가 성에 귀한 연고자를 갖고 있을 뿐만 아니라 앞으로 아주 중요한 인물과 관계를 맺게 될 것이라는 점이에요. 그런 연고자들은 내가 여기 묵어서 생길 수도 있는 위험성으로부터 당신을 보호해 줄 겁니다. 뿐만 아니라 작은 호의에 대해서도 내가 충분히 사례할 수 있는 신분이라는 걸 보증해 줄 수 있어요."

K의 말이었다. 주인은,

"나도 알고 있어요."

라고 말하더니 또 한번 되풀이해서,

"나도 그것은 알고 있습니다."
라고 말했다. 처음 같았으면 K는 이쯤에서 자신의 요구를 더욱 강경하게 주장할 수도 있었을 것이다. 그러나 주인의 대답에 맥이 탁 풀려 버린 그는 그저 이렇게밖에는 물어보지 못했다.

"오늘은 성 양반들이 많이 묵고 있나요?"
"그 섬에서라면 오늘은 상황이 좋습니다. 단 한 분만 묵고 계시니까요."

주인은 유혹하는 듯한 말투로 이야기했다. 그 말을 듣고도 K는 억지를 쓰지 못했으나 그럭저럭 받아 줄 것도 같아서 그 양반의 이름을 물어보았다.

"클람."

주인은 대수롭지 않게 말하면서 자신의 아내를 돌아다보았다. 때마침 그녀는 시대 유행에 뒤떨어지는 데다 헐어 빠진 단과 구김살투성이이긴 하지만 그래도 도회지 냄새를 풍기는 화려한 옷을 입고 옷자락을 팔랑거리며 이쪽으로 걸어왔다. 상관이 어떤 일로 부른다고 하면서 주인을 데리러 온 것이다. 주인은 떠나기 전에 다시 K 쪽으로 몸을 돌렸다. 숙박을 하고 안 하고는 자신이 결정할 문제가 아니라 K 자신이 결정하지 않으면 안 된다는 눈치였다. 그러나 K는 한마디도 입 밖에 낼 수 없었다. 공교롭게도 바로 그의 상관인 클람이 묵고 있다는 현실 앞에서 K는 적이 당황하고 어이가 없을 지경이었다. 스스로도 똑똑히 설명할 수 없는 일이었지만, 클람에 대해서만큼은 성의 다른 사람에게서 느끼는 것처럼 자유로운 기분을 가질 수가 없었다. 여기서 갑자기 현장이 발각된다 하더라도, 주인이 말한 것처럼 깜짝 놀랄 일은 없겠지만 말할 수 없이 괴롭고 난처한 것임에는 틀림없었다. 마치 신세를 진 사람에 대해 경솔하게도 어떤 쓰라린 고통을 주는 것 같은 그런 기분이었다. 그와 동시에 이와 같이 심상치 않은 사태 속에서 전부터 두려워하고 있던 하급자의 신분이라는 좋지 못한 결과가 뚜렷하게 나타났다. 뿐만 아니라 두려워하고 있던 결과가 이렇게 뚜렷하게 나타난 이 마당에도 그것을 극복할 수 없다는 사실을 자각하고는 무겁게 짓눌리는 듯한 심란한 기분에 사로잡히고야 말았다. 그는 우뚝 선 채 입술을 깨물며 한마디도 입 밖에 내지 못했다. 주인은 안으로 자취를 감추기 전에 도리어 다시 한 번 K 쪽을 돌아다보았다. K는 주인의 뒷모습을 바라본 채 그 자리에서 움직이려고도 하지 않았다. 드디어 올가가 와서 그를 데리고 갔다.

"여관 주인에게 무슨 용무라도 있으셨어요?"

올가가 물었다.

"이 집에서 묵으려고 했어요."

K가 말했다.

"우리 집에서 묵으셔도 좋은데."

올가가 의아스럽다는 듯 말했다.

"확실히 그래요."

K는 대답하고 나서 이 말뜻의 해석은 그 여자에게 맡겼다.

3

 술집은 한가운데에 아무것도 놓여 있지 않은 큰 방이었다. 농부 몇몇은 벽에 기대어 나란히 놓인 통 옆에 자리 잡기도 하고, 또 직접 통 위에 앉기도 했다. 그들은 K가 머무르고 있는 먼젓번 여관의 농부들과는 다르게 보였다. 그들은 회색빛을 띤 노랗고 거친 천의 옷을 입고 있었는데 훨씬 산뜻했으며 서로들 비슷한 옷차림을 하고 있었다. 윗도리는 헐렁헐렁했으나 바지는 몸에 착 붙어 있었다. 언뜻 보기에도 서로가 무척 닮은, 몸집이 자그마한 사람들이었으며 얼굴은 넓적하고 뼈가 드러났으나 두 볼은 둥글둥글했다. 그들은 말수가 적고 거의 움직이지도 않았다. 다만 그들은 그곳에 들어온 K와 올가에게 시선을 던질 뿐이었으며 그것조차 천천히 그리고 아주 무관심한 태도였다. 그럼에도 불구하고 사람 수가 많은 데 비해 아주 조용했기 때문에 K에게는 그것이 꽤나 인상적이었다. K는 또 한번 올가의 팔을 잡았다. 여기 있는 사람들에게 자신이 이곳에 있는 이유를 설명해 보이기 위한 것이었다. 그때 구석에 있던 한 남자가 일어섰다. 올가와 아는 사이였으므로 그녀에게로 가까이 오려는 것이었다. 그런데 K는 팔짱을 끼고 있던 팔로 올가의 몸을 다른 방향으로 돌려 버렸다. 그녀 이외에는 아무도 눈치 채는 사람이 없었으나 그녀는 곁눈질로 미소를 띠면서 K가 하는 대로 잠자코 있었다.

접대를 하는 사람은 프리다라고 하는 젊은 여자였다. 몸집이 작고 사람 눈에 잘 띄지 않는 금발 아가씨로서, 애수 띤 눈에 야윈 뺨 그리고 각별히 도도함을 나타내는 그녀의 눈초리는 사람의 마음을 뒤흔들 만했다. 이 눈초리가 K에게 쏠렸을 때, K는 바로 이 눈초리가 자신의 일신상에 관계된 일을 해결해 줄 것처럼 느껴졌다. 그러나 정작 이것은 그런 일의 존재를 자기 자신에게 확신시킬 뿐이었다. 프리다가 올가와 말문을 열기 시작했을 때도 K는 곁에서 물끄러미 그 여자의 얼굴만 쳐다보고 있었다. 올가와 프리다는 냉담하게 두서너 마디의 말을 주고받았을 뿐 친구처럼 보이지는 않았다. K는 두 사람 사이에 다리를 놓아 주기 위해 프리다에게 다짜고짜 이렇게 물었다.

"클람 씨를 아십니까?"

올가가 웃음을 터뜨렸다.

"뭐가 우스워요?"

K가 성을 내며 물었다.

"웃는 게 아니에요."

올가는 그렇게 말하면서도 웃음을 멈추지 않았다.

"올가는 아직도 어린애군."

K는 그렇게 말하고 목로 위로 상반신을 구부렸다. 다시 한 번 프리다의 시선을 자신에게로 끌려고 하자 그녀는 눈을 아래로 내리깐 채 낮은 목소리로 말했다.

"클람 씨를 만나시려고요?"

K는 그를 만나게 해 달라고 부탁했다. 그녀는 자신의 바로 왼쪽에 있는 문을 가리켰다.

"여기 작은 구멍이 있는데 이 구멍으로 들여다보면 보일 거예요."

"그럼 여기 있는 사람들은?"

K가 물었다. 그녀는 아랫입술을 삐쭉 내밀며 부드럽기 그지없는 손목으로 K를 잡고 문 쪽으로 데리고 갔다. 분명 동정을 살피기 위한 목적으로 뚫어진 구멍이었는데, 이 작은 구멍을 통해서 보면 옆방을 모조리 들여다볼 수 있었다. 클람은 방 한가운데 옆의 둥근 안락의자에 기분 좋게 앉아서 눈앞에 나지막하게 매달린 백열등의 조명을 받아 눈부시게 빛나고 있었으며 중키에 몸이 육중해 보이는 뚱뚱보였다. 얼굴은 매끈매끈 윤이 났으나 양쪽 뺨은 나이를 먹은 관계로 약간 처져 있었으며 코밑의 검은 수염은 무척 길게 뻗어 있었다. 코 위에 비스듬히 걸친 코안경이 양쪽 눈에 번쩍거리며 광선을 반사했다. K 쪽을 향하고 있었으므로 클람이 제대로 책상을 대하고 있었다면 똑바로 그 얼굴을 볼 수 있었을 것이다. 클람은 왼쪽 팔꿈치를 책상 위에 올려놓고, 버지니아 여송연을 들고

있는 오른손을 무릎 위에 얹은 채 앉아 있었다. 책상 위에는 맥주잔이 놓여 있었다. 책상 테두리의 장식이 높아서 그 위에 서류가 놓여 있는지 어떤지 확실히 볼 수는 없었지만 K에게는 아무것도 없는 것처럼 느껴졌다. 그는 그것을 확인하기 위해 프리다에게 구멍을 들여다보고 서류가 있는지 어떤지 알려 달라고 부탁했다. 그런데 조금 전에 이 방에 다녀온 그녀는 책상 위에 서류가 놓여 있지 않다는 사실을 대번에 확인해 주었다. K가 프리다에게 이제는 가 봐야 되는 것 아니냐고 물어보니까 그녀는 마음껏 들여다보아도 상관없다고 답했다.

K와 프리다 단둘만 남았다. 재빨리 주위를 살펴보니, 아는 남자 옆으로 간 올가가 통 위에 걸터앉아서 발을 퉁퉁거리며 통을 두드리고 있는 것이 보였다.

"프리다, 클람 씨와는 잘 아는 사이인가요?"

K가 속삭이듯 말했다.

"아, 네. 잘 알고말고요."

그녀가 말했다. K와 나란히 등을 기대고 있던 그녀는, 지금에서야 K의 눈에 띈 사실이지만, 앞가슴이 넓게 파인 시원스러운 크림색 블라우스를 만지작거리며 옷매무새를 고치고 있었다. 이 블라우스는 그녀의 빈약한 몸에 아주 어색하게 보였다. 그러자 그녀가 말문을 열었다.

"좀 전에 올가가 웃었던 걸 기억하고 계세요?"

"아무렴, 예의를 모르는 여자요."

K가 말했다.

"그래도……."

그녀가 부드러운 어조로 말했다.

"나름대로 웃을 이유가 있었어요. 제게 클람을 아느냐고 물으셨지만 저는……."

여기서 그녀는 무의식중에 약간 몸을 일으켰다. 그러자 지금 화제에 올랐던 것과는 아무 상관도 없는 그녀의 뻐기는 듯한 눈초리가 슬쩍 K의 얼굴 위를 지나갔다.

"저는 그분의 애인이에요."

"클람의 애인이라고요?"

K가 묻자 그녀는 고개를 끄덕거렸다.

"그렇다면 내가 당신에게 경의를 표해야겠군요."

K는 두 사람 사이에 거북한 공기가 떠돌지 않도록 미소를 띠면서 말했다.

"당신에게 있어서만이 아니에요."

그녀는 정답게 말했으나, 그의 미소를 상대하지도 않았다. K는 그녀의 거만한 태도를 꺾을 만한 방법을 알고 있었으므로 그 방법을 써 먹기 위해 다음과 같이 물었다.

"그렇다면 성에 가 본 적 있습니까?"

그러나 이 질문은 아무런 효과가 없었다. 그녀는 다음과 같이 대답했다.

"아뇨, 제가 이 술집에 있는 것만으로 충분하지 않나요?"

그녀의 허영심은 확실히 광적이었고 지금 이 순간 K에게서 그 허영심을 만족시키려고 하는 모양이었다.

"물론 당신은 이 술집에서 주인이 해야 할 몫까지도 하고 있겠죠."

K의 말이었다.

"그래요. 그러나 나는 교정관(橋亭館)이라는 여관의 마구간 하녀부터 시작했어요."

그녀가 말했다.

"그 가느다란 손으로."

반은 물어보는 것처럼 말했지만 K는 자신이 단지 그녀의 비위를 맞추기 위해 그런 소리를 한 것인지, 아니면 그녀에게 반해서 그러는 수작인지 스스로도 도무지 알 수가 없었다. 그녀의 손은 확실히 작고 연약했다. 오히려 너무 가느다랗고 길어서 형편없다고 비평할 수가 없었다.

"그 당시는 아무도 그런 것에 주의하지 않았어요. 그리고 지금도……."

그녀가 말했다. K는 의심쩍은 눈초리로 그녀를 쳐다보았다. 하지만 그녀는 머리를 흔들며 더 이상 말을 계속하려고 하지 않았다.

"물론 당신에게는 당신만의 비밀이 있을 테고, 겨우 반 시간 전에 알게 된 남자에게, 다시 말해 아직 자신의 신변에 대해 이야기할 기회도 갖지 못했던 남자에게 말하고 싶은 생각은 들지 않겠지요."

K의 말이었다. 그런데 곧 드러난 사실이지만 이것은 적당치 못한 발언이었다. K에게는 졸면서 꿈꾸는 듯한 그녀의 상태가 안성맞춤이었지만 결과적으로 이 말은 그녀를 눈뜨게 하고 말았다. 그녀는 허리띠에 차고 있던 가죽 주머니에서 작은 나뭇조각을 끄집어내 안을 들여다보는 구멍을 막아 버렸

으나, 이내 마음이 변한 것을 상대방이 눈치 챌까 봐 두려워서인지 눈에 띌 정도로 기분을 억누르려고 애쓰면서 K를 향해 다음과 같이 말했다.

"선생님에 관해서는 이미 잘 알고 있어요. 선생님은 측량 기사시죠?"

그리고 다시 말을 이어서,

"이제 그만 일을 시작해야겠어요."

하면서 목로 뒤에 있는 자기 자리로 되돌아갔다. 그 사이에도 그녀에게 술을 부어 달라고 여기저기서 빈 잔을 쳐드는 자들이 있었다. K는 사람들의 눈에 띄지 않게 그녀와 이야기하고 싶어졌다. 그래서 선반에서 빈 잔을 가지고 그녀에게로 가서 다음과 같이 말을 걸었다.

"프리다 양, 한마디만 더 허락해 주세요. 마구간 하녀로 시작해서 목로의 여급이 된다는 것은 정말 대단한 일일 뿐만 아니라 뛰어난 재간이 필요해요. 그러나 그것만으로 우수한 인재가 최종 목적을 달성했다고 할 수 있겠어요? 어리석은 질문이지요. 프리다 양, 웃지 마세요. 당신의 눈은 지나간 과거의 싸움보다도 앞으로 닥쳐올 미래의 싸움을 여실히 말하고 있어요. 세상의 저항이란 어려운 것이고 목표가 커지면 커질수록 그 저항은 더 센 법이지요. 그러니까 아무런 힘도 없고 빈약한 인간임에 틀림없지만 당신과 마찬가지로 싸우고 있는 남자의 조력을 확보해 두는 것도 수치스런 일은 아닐 거예요. 이렇게 많은 사람들이 의아한 눈으로 힐끔힐끔 쳐다보는 분위기가 아니라 마음을 터놓고 자유롭게 이야기할 수 있는 기회가 앞으로 있을 거라고 생각해요."

그 말을 듣자 그녀는,

"무슨 말씀이신지 잘 모르겠군요."

하고 말했다. 그녀의 목소리는 본의 아니게 지금까지처럼 생활의 승리가 아닌 한없는 실망을 공명하고 있는 것처럼 느껴졌다.

"당신은 아마도 나를 클람에게서 떼어 놓으려는 모양이군요. 아, 하느님 맙소사!"

그녀는 그렇게 말하고 손뼉을 쳤다.

"내 마음속을 들여다보셨네요."

K는 이렇게 말하면서 많은 사람들의 불신의 화살을 받고 자못 시달린 듯한 난처한 표정으로 외쳤다.

"그게 바로 내가 속으로 생각했던 계획이었어요. 클람을 버리고 내 애인이 되어 달라는 것이지요. 자, 이제 할 말을 했으니 가 봐야겠어요. 올가! 집으로 갑시다."

올가는 고분고분하게 통 위에서 아래로 미끄러져 내려왔지만 남자들이 그녀의 주위를 둘러싸고 있는 바람에 빠져나올 수가 없었다. 바로 그때 프리다가 위협적인 눈초리로 K를 노려보면서 나지막하게 말했다.

"언제 선생님과 이야기할 수 있을까요?"

"여기서 내가 묵어도 되겠습니까?"

K가 물었다.

"네."

프리다가 대답했다.

"이대로 여기 계속 있어도 좋다는 말이오?"

"일단, 올가와 함께 나가세요. 그러면 내가 여기 있는 사람들을 쫓아내겠어요. 그러고 나서 잠시 후에 다시 들어오세요."

"알았어요."

K는 초조한 기색으로 올가가 돌아오기를 기다렸다. 그런데 농부들이 그녀를 놓아주지 않았다. 그들은 일종의 춤을 생각해 냈는데 그 중심인물이 올가였다. 둥그런 원을 그리면서 춤추고 돌아다니다가 그들 모두가 한꺼번에 소리 지르면 그때마다 한 사람씩 그녀에게 다가가서 한 손으로 그녀의 허리를 껴안고 소용돌이처럼 그녀를 뱅뱅 돌렸다. 이렇게 해서 원무의 템포는 더욱 빨라지고 무엇엔가 굶주린 듯, 목구멍에서 가래가 끓듯 골골거리는 소리를 냈다. 그들이 외치는 소리는 점점 한 덩어리의 부르짖음으로 변해 갔다. 조금 전까지 웃으면서 그 원을 뚫고 나오려던 올가도 이제는 머리를 풀어헤친 채 이 남자의 손에서 저 남자의 손으로 비틀거리며 돌아다닐 뿐이었다.

"글쎄, 저런 사람들을 제게 보낸다니까요."

화가 난 프리다가 얇은 입술을 깨물며 말했다.

"저 사람들은 누구죠?"

K가 물었다.

"클람의 하인들이에요. 그는 자꾸만 저런 사람들을 데리고 오는데, 저들이 있으면 아주 마음이 뒤숭숭해져요. 측량 기사님, 오늘 내가 기사님과 무슨 이야기를 했는지 도통 알 수가 없어요. 기분 나쁜 일이라도 있었다면 용서해 주세요. 이게 다 저 사람들 때문이에요. 저들은 내가 아는 사람 중에서 제일 수준이 낮고 가장 보기 싫은 사람들이에요. 그런데 저 사람들 잔에 맥주를 따라 주지 않으면 안 돼요. 저런 사람들을 이곳에 데리고 오지 말아 달라고 클람에게 몇 번이나 부탁했는지 몰라요. 만약 다른 사람의 하인들마저 내가 참아 내야 한다면 클람이 나를 생각해 주었을지도 모르겠어요. 그러나 아무리 부탁해 봐도 소용이 없었어요. 그가 도착하기 한 시간 전이면 언제나 가축들이 외양간 속으로 들어가듯 저들이 떼를 지어 몰려와요. 그렇지만 저들을 마땅히 있어야 할 축사로 보내지 않으면 안 돼요. 만일 선생님이 여기 안 계신다면 이 문을 열어젖혀 버리겠어요. 그러면 클람이 직접 그들을 쫓아 버려야 할 거예요."

프리다가 말했다.

"저 시끄러운 소리가 그의 귀에는 들리지 않나요?"

K가 물었다.

"안 들려요. 자고 있으니까요."

프리다가 대답했다.

"뭐라고요? 자고 있어요? 내가 방 안을 들여다보았을 때는 책상 앞에 앉아 있었는데."

K가 외쳤다.

"항상 그런 자세로 앉아 있는 거예요. 선생님이 들여다보셨을 때도 이미 잠들어 있었어요. 그렇지 않으면 내가 그 방을 당신에게 보여 드렸을 것 같아요? 그것이 바로 그의 취침 자세라는 거예요. 성 양반들은 지나치게 잠만 자죠. 상상도 하지 못할 정도예요. 하긴, 만일 그렇게 잠을 자지 않는다면 대체 그가 어떻게 저 사람들을 배겨 내겠어요? 이제 내가 직접 저 사람들을 몰아내야겠어요."

프리다가 말했다. 그녀는 방구석에 있는 채찍을 손에 들자, 마치 염소 새끼가 뛰는 것처럼 다소 서투르긴 했지만, 한 번 펄쩍 높이 뛰더니 사람들이 춤추고 있는 곳으로 내려갔다. 그들은 새로운 무용수가 온 줄 알고 그녀를 향해 몸을 돌렸다. 그런데 바로 그 순간, 프리다는 채찍을 떨어뜨릴 뻔했다. 그러나 이내 채찍을 쳐들더니 이렇게 외쳤다.

"클람의 명령이니 마구간으로 가세요! 다들 마구간으로 가란 말이에요!"

그들은 그 말을 사실로 받아들였다. 그러자 K에 대한 알 수 없는 공포에 휩싸인 그들이 뜰 뒤로 물러가기 시작했다. 선두에 선 사람이 문을 밀치고 나가자 밤바람이 흘러 들어왔다. 그 순간 프리다와 함께 모두들 자취를 감추고 말았다. 그녀는 분명히 뜰을 지나 마구간까지 사람들을 몰고 갔을 것이다.

그때 갑자기 정적이 흐르는 가운데 현관에서부터 누군가 걸어오는 발소리가 K의 귓가에 들려왔다. 어떻게 해서든 몸을 감추기 위해 K는 목로 뒤로 뛰어 들어갔다. 목로 아래 말고는 숨을 만한 곳이 아무 데도 없었다. 물론 술집에 남아 있는 것이 금지되어 있는 것은 아니었지만 그래도 여기서 묵으려고 생각한 이상, 사람들의 눈에 띄지 않도록 주의하지 않으면 안 되었다. 그래서 예상한 대로 문이 진짜 열렸을 때는 술상 밑으로 미끄러져 들어갔다. 물론 이런 곳에서 들키는 것도 위험천만이겠지만, 좌우간 그때는 농부들의 난폭한 행동을 피하기 위해 숨었다고 변명을 늘어놓으면 그럴듯하게 들리지 않을 것도 없다. 그곳에 온 사람은 다름 아닌 주인이었다.

"프리다!"

그는 프리다를 찾으며 방 안을 두서너 번 왔다 갔다 했다.

다행히도 프리다는 곧 돌아왔다. 그녀는 K에 대한 이야기는 입에 올리지도 않은 채 농부들에 대한 불평을 늘어놓으며 K를 찾기 위해 목로 뒤로 걸어갔다. 그래서 K는 그녀의 발을 만질 수 있었으며 드디어 안도감을 느끼게 되었다. 프리다가 K에 대해서 언급하지 않았기 때문에 결국 주인 쪽에서 말문을 열었다.

"그런데 측량 기사 양반은 어디로 갔어요?"

주인이 물었다. 자고로 주인이란 고위층 사람들과 오랫동안 자유롭게 교제해 온 터라 정중하고 예의가 바른 법이다. 이 여관 주인은 프리다와 이야기할 때 각별히 공손한 말씨를 썼다. 이런 공손한 태도가 유난히 주목을 끈 첫째 이유는 고용주로서 피고용인에 대한 예의를 지키고 있다는 점이었는데, 그도 그럴 것이 그 피고용인이 뻔뻔스럽기 짝이 없는 여자였기 때문이다.

"아, 측량 기사 양반을 완전히 잊고 있었군요! 아마 훨씬 전에 나갔을 거예요."

프리다는 이렇게 말하면서 K의 가슴 위에다 귀여운 다리를 올려놓았다.

"현관에 쭉 있다시피 했는데 그 사람을 보지 못했어요."
주인이 말했다.
"어쨌든 이곳에는 없어요."
프리다가 시치미를 뚝 떼고 말했다.
"아마도 어딘가에 숨어 있는 것 같아요. 무슨 짓을 저지르고도 남을 사람처럼 생긴 인상이었거든요."
주인의 말이었다.
"그런 대담한 짓을 할 사람은 아닌 것 같던데요."
프리다는 K의 가슴 위에 올려놓은 발을 전보다 더 세게 누르며 말했다. 지금까지 깨닫지 못한 일이었지만 그녀의 성격에는 어딘가 모르게 쾌활함과 자유로움이 배어 있었다. 그런데 그러한 성격이 터무니없이 확대되어 갔다. 그녀는 느닷없이,
"틀림없이 그 사람은 이 밑에 숨었을 거예요."
하고 웃어 대면서 K 위에 허리를 구부리고 재빠르게 키스하는가 하면, 다시 뛰어오르는 것처럼 몸을 일으켜 이번에는 자못 슬픈 표정으로,
"아니에요, 여기는 없어요."
라고 말하는 것이었다. 한편 주인도 다음과 같은 말로 적이 사람을 놀라게 했다.
"그가 나갔는지 안 나갔는지 확인할 수 없다는 것은 아주 불쾌한 일이에요. 단지 클람 씨가 문제가 아니라 규칙이 문제예요. 프리다 양, 당신도 나와 마찬가지로 이 규칙을 지켜야만 해요. 술집은 당신이 책임져요. 다른 곳은 내가 더 찾아볼 테니까. 그럼 이제 편히 쉬어요!"

주인이 방에서 나가기가 무섭게 프리다는 스위치를 비틀어 전등을 꺼 버리고는 목로 밑의 K 옆으로 가서 드러누웠다.
"내 사랑! 그리운 내 애인!"
　그녀는 이렇게 속삭였으나 K의 몸에는 손가락 하나 대지 않았다. 그녀는 사랑이 깊어지고 그리움에 겨워서 정신을 잃은 듯이 벌렁 드러누워 두 팔을 쫙 벌렸다. 그녀의 달콤한 사랑 앞에서 시간은 끝이 없었다. 그녀는 노래라기보다는 탄식조로 흥얼거렸다. 그녀는 조용히 깊은 생각에 잠겨 있는 K를 보고 깜짝 놀라 일어났다. 이번에는 마치 어린아이처럼 그를 끌어당기면서,
"자, 나오세요. 이 밑에 있다가는 숨이 막히겠어요!"
라고 외쳤다. 두 사람은 서로를 껴안았다. 여자의 작은 몸은 K의 품 안에서 불타고 있었다. 두 사람은 마치 넋 잃은 사람처럼 두서너 발짝의 거리를 굴러서 돌았다. K는 끊임없이 이런 실신 상태에서 빠져나가려고 몸부림쳤으나 아무 소용이 없었다. 두 사람은 꼭 껴안은 채 클람의 방문에 쿵 하고 부딪힌 다음, 맥주와 그 밖의 바닥을 덮고 있는 쓰레기 속에 누워서 뒹굴었다. 두 사람의 호흡은 하나로 합쳐졌고, 심장 박동조차 혼연일체가 되어 몇 시간이 흘렀다. 그동안 K는 자신이 길에서 헤매는 듯한 느낌을 받았으며, 그 누구도 온 적 없는 타향에 발을 디뎌 놓았는데 만사가 너무나 낯설어서 숨이 막힐 지경이었다. 또 타향의 어리석고 의미 없는 유혹에 사로잡혀 보다 앞으로 걸어가든지 아니면 길에서 계속 방황하는 것밖에는 아무 도리가 없다는 생각을 품게 되었다.

클람의 방에서 점잖고 명령하는 듯한 냉엄한 목소리로 프리다를 부르는 소리가 들렸을 때, 그는 적어도 처음에는 공포를 느끼지 않았으며 오히려 마음을 즐겁게 해 주는 여명처럼 의식을 깨우는 한줄기 희망으로 느껴졌다.

"프리다!"

K는 프리다의 귓속에 속삭이며 이어서 그 속삭임을 되풀이했다. 프리다는 마치 온순함을 타고난 듯이 고분고분하게 일어나려고 했다. 그러나 그 순간 자신의 위치를 생각하고 기지개를 켜더니 싱긋이 웃으면서 말했다.

"나는 가지 않겠어요. 이제부터는 절대로 그에게 가지 않겠어요!"

K는 반대하려고 했다. 클람에게 가 보라고 타이르기 위해 그녀가 입었던 블라우스의 나머지 헝겊을 주워 모으기 시작했으나, 한마디도 할 수가 없었다. 프리다를 팔에 껴안고 있으니 마치 하늘에 오르는 듯 행복했다. 너무나 행복해서 동시에 말할 수 없는 불안까지 느끼게 되었다. 만일 프리다에게 버림을 받는다면 자신이 가지고 있는 모든 것을 잃는 거나 마찬가지라고 생각했기 때문이다. 한편 K의 동의를 얻은 프리다는 큰 힘이라도 생긴 듯이 주먹을 불끈 쥐고, 그 주먹으로 문을 두드리면서 외쳤다.

"나는 측량 기사님과 함께 있어요! 측량 기사님 곁에 있다고요."

그러자 클람은 조용해졌다. K는 몸을 일으켜 프리다 옆에 무릎을 꿇고 앉아서 희미하게 밝아 오는 여명 속을 들여다보았다. 무슨 일이 일어난 것일까? 내 희망은 어디로 사라져 버렸을까? 모든 것이 들통 난 마당에 새삼 프리다에게 무엇을 기대할 수 있을까? 싸움을 걸어오는 원수와 목표의 크기에 대비해 신중한 태도로 전진해야만 하는데, 난 밤새도록 맥주가 고인 곳을 여기저기 굴러다녔구나! 그 냄새는 머리가 어지러울 정도로 떠돌았다.

"너란 놈이 대체 무슨 짓을 한 것이냐? 우리 두 사람은 이제 끝장이다."

K는 혼잣말로 중얼거렸다.

"아니에요. 끝장인 것은 나 혼자로 족해요. 그래도 어쨌든 당신은 내 것이 되었어요. 안심하세요. 그리고 저기 보세요. 두 사람이 웃고 있어요."

프리다가 말했다.

"누구 말이오?"

K가 돌아다보았다. 목로 위에서 잠이 부족한 듯한 두 조수들이 유쾌한 얼굴로 앉아 있었다. 그것은 충실하게 의무를 이행한 데서 나오는 명랑함인 것 같았다.

"뭣하러 여기에 왔어?"

K는 마치 모든 것이 두 사람 잘못이라는 듯한 말투로 외쳤다. 그는 어제 저녁에 프리다가 가지고 있던 채찍을 찾으며 돌아다녔다.

"우리는 선생님을 찾아야만 했어요. 선생님이 우리가 있는 식당으로 내려오시지 않았으니까요. 그래서 바르나바스 집으로 선생님을 찾으러 갔는데 이렇게 결국 선생님을 만나게 되었지요. 우리 둘은 밤새 이곳에 앉아 있었어요. 근무하는 것도 대단히 힘들군요."

조수들이 말했다.

"내가 너희들을 필요로 하는 것은 낮이지 밤이 아니란 말이야. 둘 다 꺼져 버려!"

K가 말했다.

"지금은 낮이에요."

두 조수들은 꼼짝도 하지 않고 말했다. 아닌 게 아니라 벌써 낮이었다. 뜰로 통하는 문이 열리더니 농부들이 올가와 함께 떼를 지어 몰려왔다. K는 올가를 완전히 잊고 있었다. 옷은 단정치 못하고 머리도 잘 손질하지 않은 상태였지만 여전히 어제 저녁과 마찬가지로 생기가 있었으며, 안으로 들어오자마자 재빨리 눈을 굴리며 K를 찾고 있었다.

"왜 저와 같이 집으로 가지 않으셨어요?"

그녀는 눈물을 글썽거리며 말하더니,

"고작 그런 여자 때문에!"

라고 덧붙이며 같은 말을 두서너 번 되풀이했다. 잠시 동안 자취를 감추었던 프리다가 얼마 되지 않는 속옷 보따리를 가지고 되돌아왔다. 올가는 슬픈 기색을 띠며 옆으로 물러섰다.

"자, 가시지요!"

프리다가 말했다. 그녀가 교정관으로 가려 한다는 것은 말하지 않아도 짐작할 수 있었다. K와 프리다 그리고 그 뒤에 조수 두 사람이 따랐는데, 이것이 그들 일행이었다. 농부들은 멸시의 눈초리로 프리다를 쳐다보았는데, 지금까지 그녀가 그들을 심하게 다루었던 만큼 그것은 당연한 것이었다. 그중 한 사람은 손에 지팡이를 들고, 그 지팡이를 넘지 않으면 보내지 않겠다는 위협적인 태도로 나오기까지 했다. 그러나 이런 남자를 쫓아 버리는 데는 그녀의 눈초리만으로도 충분했다. 바깥의 눈밭으로 나가자 K는 안도의 숨을 내쉬었다. 어쨌든 밖에 있다는 것 자체가 대단히 기쁜 일이어서, 이번에는 고생길이 훤해도 참아 낼 수 있었다. 만일 혼자였다면 보다 수월하게 걸을 수도 있었을 것이다. 여관에 도착하자마자 K는 방으로 가서 침대 위에 드러누웠다. 프리다는 침대 옆 마룻바닥 위에 잠자리를 마련했다. 조수들도 함께 들어왔는데 대번에 쫓겨나자 이번에는 창문으로 들어왔다. K는 너무나 피곤해서 그들을 쫓아낼 기운도 없었다. 안주인이 프리다를 만나기 위해 일부러 이곳에 올라왔다. 프리다는 그녀를 아주머니라고 불렀다. 그들은 키스하기도 하고, 오랫동안 껴안기도 하며 알 수 없을 만큼 정다운 인사를 계속 나누었다. 대관절 이 작은 방은 조용할 틈이 없었다. 남자 장화를 신은 하녀까지도 늘 퉁퉁거리며 들어와서 무얼 가지고 오기도 하고 가져가기도 했다. K가 자고 있는 침대 밑에는 여러 가지 물건들이 가득 차 있었는데, 그중 어느 물건이든 필요하기만 하면 사정없이 빼 가곤 했다. 그 여자들은 프리다를 동료로 생각하고 인사했다. 이처럼 무척 시끄러움에도 불구하고, K는 밤낮을 가리지 않고 마흔네 시간 동안 침대에 누워 있었다. 약간의 잔심부름은 프리다가 맡아서 해 주었다. 드디어 그 다음 날 아침, K는 아주 상쾌한 기분으로 자리에서 일어났다. 그것은 그가 마을에 묵게 된 지 이미 나흘째 되는 날이었다.

4

 그는 프리다와 단둘이서만 다정하게 이야기하고 싶었다. 그런데 조수들이―프리다도 가끔 그들과 함께 농담을 주고받거나 웃기도 했지만―단지 눈앞에서 뻔뻔스러운 태도를 취하는 것만으로도 그에게는 적지 않은 방해가 되었다. 그렇다고 해서 그들이 특별히 건방진 태도를 취한 것은 결코 아니었다. 그들은 구석진 마룻바닥 위에 헌 치마 두 벌을 깔고 잠자리를 마련했다. 측량 기사를 방해하지 말 것과 될 수 있으면 자리를 적게 차지할 것 정도가 그들이 종종 프리다와 이야기한 바 있는 그들의 큰 소원이었다. 그때마다 그들은 속삭이기도 하고 깔깔대며 웃기도 했는데, 이 점에 관해서 그들은 여러 가지 시도를 해 보았다. 팔다리를 끼기도 하고 두 사람이 한데 쭈그려 앉기도 했으며 어슴푸레한 속에서 보면 사람이 있는 구석에 단지 공처럼 감아 놓은 실뭉치 하나가 뭉쳐 있는 것 같았다. 그리고 낮에 본 바에 의하면 이 실뭉치는 다름 아닌 주의 깊은 관찰자였고, 유감스럽게도 언제나 가만히 K 쪽을 바라보고 있었다. 겉으로 보기에는 유치한 장난을 치고 두 손으로 망원경 보는 흉내를 내며 그와 비슷한 쓸데없는 수작을 부릴 때도 이 두 사람이 K 쪽을 엿보고 있기는 마찬가지였다. 또 K 쪽을 향해서는 단지 눈만 깜박거릴 뿐이고, 실은 자신들의 수염 손질에 바쁜 것처럼 보일 때도 역시 마찬가지였다. 이 수염에 대해서는 그들 모두 지대한 관심을 갖고 있었으며, 몇 번씩이나 그 길이와 분량을 서로 비교하고는 어느 쪽이 근사한지 프리다에게 판결을 내리게 했다. K는 가끔 침대에서 세 사람이 하는 짓을 물끄러미 쳐다볼 뿐이었다.

이제는 충분히 원기를 회복하고 침대에서 일어날 수 있겠다고 느꼈을 때, 이들 세 사람이 K를 돌보기 위해 다가왔다. 그러나 시중을 들어 준다는 이들의 간섭을 몸소 막아낼 수 있을 만큼의 원기를 회복한 것은 아니었다. 이로 인해 어떤 나쁜 결과를 가져오게 할지도 모르는 의존 상태에 빠졌다는 것을 깨달았지만 그들이 하는 대로 내버려 두는 수밖에 다른 도리가 없었다.

그뿐더러 식탁 옆에 앉아서 프리다가 갖다 준 맛있는 커피를 마시고, 프리다가 때 주는 난롯불을 쬐며, 졸렬하기는 했으나 그래도 열성적인 조수들에게 몇 번이고 계단을 오르락내리락시켜서 세숫물이며 비누와 빗, 거울 등을 가져오게 하고, 나중에는 K가 원하는 바를 작은 소리로 넌지시 암시한 탓도 있지만 술 한 잔까지도 가져오게 했을 때는 그다지 기분 나쁜 일만은 아니었다.

　이처럼 자기가 명령하기도 하고, 또 주위 사람들이 시중을 들어 주고 있는 동안 어떤 성과를 기대하느니보다는 유쾌한 기분으로,

　"자, 이제 자네들 두 사람은 좀 나가지 그래. 당분간 자네들은 필요 없어. 난 프리다 양과 단둘이서 이야기하고 싶어."
하고 말했다. 그들의 얼굴에 반항의 빛은 별로 보이지 않았기에 안 됐다 싶은 마음에 그들을 달래기 위해 덧붙여 말했다.

　"나중에 우리 셋이서 면장에게 가기로 하지. 자네들은 아랫방에서 기다려 주게."

　이상스러우리만치 그들은 온순하게 말을 잘 들었다. 다만 방을 나오기 전에,

　"우리도 여기서 기다리고 싶어요."
라고 말했다.

　"다 알고 있어. 하지만 나는 그걸 원치 않아."

　K가 대답했다.

　프리다는 조수들이 나가자 그의 무릎 위에 올라앉아서,

　"이봐요, 조수들의 어디가 그렇게 마음에 안 드세요? 우리가 저들을 속인다거나 무언가를 숨기는 건 좋지 않아요. 저들은 성실하니까요."
하고 말했다. K는 이 말이 화가 나기도 하고 또 어느 면에서는 은근히 귀가 솔깃하기도 했다.

　"성실하다고요? 그들은 늘 동정만 살피고 있어요. 어리석고도 지긋지긋한 일이죠."

K가 말했다.

"저도 당신의 말씀을 이해할 수 있어요."

그녀는 그 말과 동시에 그의 목에 매달려 말을 계속하려고 했으나 말문이 막혀 버렸다. 앉아 있던 의자가 마침 바로 옆에 있었기 때문에 그들은 침대로 비틀거리며 간신히 가더니 그 위에 쓰러져 버렸다. 그들은 그 위에 드러누웠다. 그런데 이제는 지난밤처럼 모든 것을 바치는 태도는 아니었다. 그녀는 무엇인가를 요구했으며 그는 무엇인가를 더듬었다. 미친 사람처럼 날뛰고 상을 찌푸리는가 하면 서로 고개를 상대방 가슴에 처박은 채 더듬고 있었다. 서로의 포옹이나 서로를 내던진 그들의 육체도, 그들이 요구하는 의무를 잊지 않게 했을 뿐더러 머리에 떠오르게 했다. 마치 절망한 개가 땅을 긁고 파듯이 그들은 서로의 몸을 긁고 문질렀다. 그리고 마지막 행복을 얻는 것조차 단념해 버리고, 절망한 나머지 서로 혓바닥을 내밀고 상대방의 얼굴을 핥는 일도 한두 번이 아니었다. 뒤늦게 찾아온 피로감만이 겨우 그들의 마음을 가라앉히고 상대에 대한 감사의 마음을 일으키게 했다. 그때 하녀들이 올라왔다.

"아이고 망측해라! 이 꼴 좀 봐요!"

그들 중 한 명이 말하더니 보기 민망한지 이불을 그들 몸에 덮어 주었다.

잠시 후 K가 이불을 걷어차고 주위를 둘러보니—놀라지는 않았으나—조수들이 늘 자리하고 있던 구석에 앉아 K 쪽을 손가락질하며 서로 점잖아야 된다고 경고하면서 시치미를 떼고 인사했다. 그 밖에도 침대 바로 옆에는 안주인이 앉아서 양말을 뜨고 있었는데, 거인처럼 거의 방 안을 어둡게 하고 있는 큰 덩치로서 이런 꼼꼼한 일을 한다는 게 조금도 어울리지 않았다.

"무척 오래 기다렸어요."

그녀가 얼굴을 쳐들며 말했다. 넓적한 얼굴엔 늙어서 주름살이 많이 잡혔지만 전체적으로 보면 아직도 윤이 돌고 있어서 옛날에는 아름다웠으리라 추측되었다. 그녀의 말은 나무라는 소리처럼, 게다가 얼토당토않게 비난하는 소리처럼 들렸다. K는 한 번도 그녀에게 와 달라고 부탁한 적이 없었기 때문이다. 그래서 그는 그녀의 말을 시인한다는 뜻으로 고개를 끄덕이고 몸을 일으켜 꼿꼿이 앉았다. 프리다는 K 곁을 떠나 안주인의 의자에 기대었다. K는 방심한 듯 말했다.

"아주머니, 아주머니께서 무슨 말씀을 하시려는지 모르겠지만 내가 면장을 만나고 올 때까지 보류해 주실 수 없을까요? 면장과 중요한 일을 상의해야 하거든요."

"이쪽 이야기가 더 중요해요. 정말이에요, 측량 기사님. 면장과의 이야기는 틀림없이 일에 관한 것이겠지만, 내 이야기에는 한 사람의 문제가 달려 있어요. 그건 바로 프리다, 내 사랑하는 하녀의 문제예요."

안주인이 말했다.

"아, 그렇군요. 그 문제는 우리 두 사람에게 맡겨 두면 될 일을 가지고 왜 그러시는지 알 수가 없군요."

K가 말했다.

"애정 문제니까 걱정이 돼서 그래요."
라고 말하며 안주인은 프리다의 머리를 휘감았다. 프리다는 서 있었는데 앉아 있는 안주인의 어깨에 겨우 닿을 정도였다.

"프리다가 아주머님을 이처럼 믿고 있으니 나도 믿는 수밖에요. 게다가 조금 전에 프리다가 내 조수들을 성실하다고 평했으니 어쨌든 우리 모두는 친구 사이나 다름없어요. 따라서 아주머니께 이렇게 말씀드리고 싶군요. 즉 나는 프리다와 결혼할 것이고, 그것도 아주 가까운 장래에 결혼할 텐데, 나로서는 그것이 최선의 방법이라고 생각해요. 물론 그렇다고 하더라도 프리다가 나 때문에 잃게 된 것들을 보상해 주지는 못하겠지요. 이를 테면 신사관의 직장이라든가, 클람과의 우정 관계 같은 거 말입니다"

프리다는 얼굴을 쳐들었다. 눈에는 눈물이 가득 고였으며 승리감 같은 건 조금도 찾아볼 수 없었다.

"왜, 하필이면 저예요? 왜, 하필이면 제가 그 때문에 선택됐다는 거예요?"

"뭐라고?"

K와 안주인이 동시에 반문했다.

"이런! 가엾게도 애가 정신이 나간 모양이에요. 한꺼번에 행복과 불행이 몰려와서 머리가 어떻게 되었나 봐요."

그때 프리다가 이 말을 증명이라도 하듯 K 위로 허물어지듯이 몸을 내던지며, 마치 이 방 안에는 두 사람밖에 없는 것처럼 폭풍 같은 키스를 퍼부었다. 그러더니 울면서 K의 몸을 안은 채 그 앞에 쓰러져 버렸다. K는 두 손으로 프리다의 머리를 쓰다듬으며 안주인에게 물었다.

"내가 옳다고 생각하시겠지요?"

"기사님은 훌륭한 분이세요."

안주인이 말했는데, 그녀 역시 눈물 섞인 목소리였다. 충격이 심했던 모양인지 약간 숨 가쁘게 호흡하고 있었으나 그래도 기운을 내서 다음과 같이 말했다.

"일이 이쯤 되면 기사님이 프리다에게 해 주어야 하는 몇 개의 보증에 대해 생각하셔야 해요. 아무리 내가 기사님을 존경한다 해도 결국 기사님은 타향 분이시니까요. 때문에 다른 사람을 증인으로 데리고 올 수도 없는 노릇이고, 기사님의 가정 사정에 대해서도 이곳에서는 도무지 알 수가 없어요. 그러니까 내 말은 보증이 필요하다는 거예요. 무슨 말씀인지 알아들으시겠지요? 측량 기사님, 기사님이 직접 말씀하신 것처럼 프리다는 기사님과 만난 탓에 앞으로 얼마나 잃게 될지 알 수 없어요."

"물론 보증은 확실히 필요해요. 제일 좋은 방법은 공증인 앞에서 증명하는 것이겠지요. 그런데 이 일은 백작님의 관청에서 간섭하려 들 것 같군요. 게다가 나는 결혼식 전에 꼭 해야 할 일이 있어요. 어쨌든 난 클람부터 만나야 해요."

K가 말했다.

"그건 말도 안 돼요. 그런 생각을 하시다니!"

프리다가 말했다. 그녀는 약간 몸을 일으키더니 K에게 기대었다.

"꼭 필요한 일이에요. 만일 내가 성공하지 못한다면 당신이

해야 돼요!"

K가 말했다.

"나는 안 돼요. K, 나는 안 된다니까요. 클람이 당신과 이야기할 것 같아요? 대체 클람이 당신과 이야기할 거라고 어떻게 믿느냔 말이에요."

프리다가 말했다.

"당신과는 이야기하나요?"

K가 물었다.

"나도 안 되고 당신도 안 돼요. 어쨌든 누구도 안 된단 말이에요."

프리다의 말이었다. 그녀는 양쪽 팔을 뻗은 채 몸을 안주인 쪽으로 돌리더니,

"아주머니, 이분의 소원 좀 들어 보세요."

하고 말했다.

"기사님은 참 이상하시군요. 왜 안 되는 일을 바라고 계시죠?"

안주인은 꼿꼿이 일어나 앉았는데, 얇은 치마 밑으로 두 다리를 벌린 채 굵고 억센 무릎이 솟아올라 있는 모습은 참으로 무서운 광경이었다.

"어째서 안 된다는 거예요?"

K가 물었다.

"설명해 드리지요."

안주인이 말했다. 그 말투로 미루어 보아, 이 설명이라는 것은 말하자면 최후의 호의라기보다는 그녀가 내리는 최초의

처벌인 것 같았다.

"기꺼이 설명해 드리겠어요. 물론 나는 성 사람도 아니고 한낱 여자에 불과해요. 그것도 겨우 여편네, 삼류 여관—최하류는 아니지만 거의 그런 수준인—의 여편네에 지나지 않아요. 그래서 당신은 어쩌면 내 설명을 대수롭지 않게 생각하실지도 몰라요. 그러나 나는 평생 두 눈을 뜨고 살아 왔을 뿐만 아니라 많은 사람들을 만나 왔으며 힘든 일이나 고생도 혼자서 짊어지고 왔어요. 물론 내 남편은 좋은 사람이긴 하지만 여관의 주인 자격은 없어요. 책임이란 건 조금도 모르는 사람이니까요. 기사님이 이렇게 이 마을에 있을 수 있는 것도, 또 침대에서 편안하고 기분 좋게 앉아 있을 수 있는 것도 모두—나는 이미 그날 밤부터 지쳐 쓰러져 버릴 지경이었지만—우리집 양반이 무관심한 덕분이에요."

"왜 그렇지요?"

K는 격분했다기보다는 오히려 호기심에 자극되어 일종의 방심 상태에서 깨어나면서 물었다.

"암 그렇고말고요! 그 양반이 무관심한 덕분이지요!"

안주인이 K를 향해 삿대질을 하면서 거듭 외쳤다. 프리다는 그녀를 달래기 위해 애썼다.

"뭐라고?"

안주인이 휙 돌아서서 말했다.

"측량 기사님이 내게 물으니 대답하지 않을 수 없잖아. 우리는 클람이 이분과 이야기하지 않으리라는 걸 뻔히 알고 있지만 어떻게 하면 그걸 이분에게 알려 드릴 수가 있지? 내가 지금 클람이 이분과 이야기하지 않을 거라고 말했지만 사실은 그게 아니라 결코 이야기할 수 없는 거 아냐. 내 말 좀 들어 보세요, 측량 기사님! 클람은 성 양반이에요. 그 사실 하나만으로도, 그러니까 그분의 지위 같은 건 도외시하고 생각하더라도 대단히 귀한 분이라고 할 수 있어요. 그런데 대체 당신은 뭐죠? 여기서 겸손한 태도로 굽실거리면서 결혼 승낙이나 얻고자 하는 당신은 성 사람도 아니고, 마을 사람도 아니며, 요컨대 아무것도 아니라고요. 그러나 유감스럽게도 당신은 그 무엇이기는 해요. 즉 당신은 타향 사람이고, 예상 밖의 사람이어서 어디를 가거나 방해되는 사람이에요. 당신으로 인해 늘 다른 사람들이 괴로움을 당하고 또 당신으로 인해 하녀들이 다른 곳으로 옮겨야만 하지요. 당신이 무슨 생각을 하고 있는지 알 수도 없으며, 우리의 귀여운 프리다를 유혹했으니 하는 수 없이 그 애를 아내로 줄 수밖에 없는 그런 사람이에요. 물론 이렇게 말한다고 해서 당신을 비난하는 건 아니에요. 당신은 당신 나름대로 하나의 인간이에요. 나는 나대로 지금까지 이런 꼴을 너무나 많이 당했으니까, 이와 같은 광경을 보고도 견딜 수가 있어요. 그런데 당신이 대체 어떤 요구를 하고 있는지 그 점을 잘 생각해 보세요. 당신이 클람 같은 분과 면회를 하고 싶다고요? 프리다가 당신에게 구멍을 들여다보게 했다는 이야기를 듣고는 마음이 괴로웠어요. 이 애가 그런 짓을 한 것도 당신 유혹에 넘어갔기 때문이겠지요. 그건 그렇다 치고 당신은 클람의 모습을 어떻게 보셨나요. 그걸 한번 말씀해 보세요. 아니, 대답할 필요도 없어요. 다 알고 있으니까요. 당신은 정통으로 보고도 남았겠지요. 하지만 그렇다고 해도 당신이 클람을 만나는 건 불가능해요. 이건 내가 뻐기느라고 하는 소리가 아니에요. 나 자신도 그를 만날 수 없으니까요. 당신은 클람을 만나고 싶어하지만, 클람은 마을 사람들과 면회하지 않아요. 그분이 지금까지 마을 사람들과 면회한 적은 한 번도 없어요. 하지만 그분은 적어도 프리다의 이름만은 언제나 부르고 있었고, 프리다는 마음 내키는 대로 언제나 그에게 말할 수 있었지요. 게다가 구멍을 들여다볼 수 있는 허가까지 받았어요. 이런 특전은 프리다로서는 대단한 명예이고, 나 역시 이 명예를 죽을 때까지 내 자랑으로 삼을 거예요. 그러나 그분이 가끔 프리다를 불렀다고 하지만 사람들이 흔히 생각하듯 어떤 큰 뜻이 있는 것은 결코 아니에요. 그분은 단지 '프리다'라는 이름을 불렀을 뿐이에요. 그분의 마음속을 누가 알겠어요? 프리다는 당연히 곧 그에게로 뛰어갔지만 그건 프리다에게만 관계되는 일이에요. 다만 이 애가 아무런 반대도 없이 클람의 방 안에 들어갈 수 있는 허가를 받은 것은 확실히 그분의 호의였는데, 그렇다고 해서 클람이 프리다를 불러들였다고 단언할 수는 없는 노릇이에요. 물론 이제는 영원히 지나간 과거사가 되고 말았지만, 아마 지금도 역시 '프리다'라는 이름을 부르고 있을지도 몰라요. 그것은 얼마든지 있을 수 있는 일이에요. 그러나 이제 이 애가 그분 방에 들어가는 것은 허락되지 않을 거예요. 당신과 관계를 가진 여자니까요. 다만 한 가지만은 내 빈약한 머리로 해결할 수가 없어요. 다른 사람들에게서 클람의—나는 이것이 과장된 표현이라고 생각하고 있지만—애인이라고 불리던 아이가 어떻게 해서 당신에게 마음이 움직였는가 하는 점이에요."

안주인의 말이었다.

"정말 이상한 일인데요."

K는 말하고 고개를 수그렸지만, 곧 자신의 동작대로 따라온 프리다를 무릎 위로 끌어당겼다.

"그러나 다른 점에 있어서 전부 당신이 믿고 있는 것과 같은 사정은 아닐 거예요. 클람에 비해 볼 때 나는 아무것도 아니라고 당신이 말씀하는 것도 당연해요. 그리고 내가 지금 클람과의 면회를 원한다고 해서, 또 당신의 설명을 듣고 조금도 용기를 잃지 않는다고 해서 아무런 거리감 없이 클람의 모습을 태연히 볼 수 있을 거라고 할 수는 없으니까, 그가 방 안에서 나오자마자 내가 도망하지 않는다고 장담할 수도 없는 노릇이지요. 그러나 아무리 정당하다고 해도 나로서는 이러한 염려만으로 일을 감행하지 못할 이유는 없어요. 만일 내가 그를 감당해 낼 수만 있다면 이미 그와의 면회 따위는 필요 없겠지요. 내 말이 그에게 준 인상을 확인하기만 하면 나는 그것으로 만족해요. 설령 내 말이 그에게 아무런 인상도 주지 못했다 해도 나로서는 권력자 앞에서 자유로이 말할 수 있었다는 소득이 생겨요. 그러나 주인아주머니, 당신은 인생과 인간의 문제에 능통하시고, 프리다는 프리다대로 어제까지 클람의 애인이었으니까—구태여 이런 말을 피할 필요는 없어요—두 분이 나를 위해서 클람과 이야기할 기회를 만들어 주는 것은 아주 쉬울 것 같아요. 만일 다른 방법이 없다면 신사관이라도 좋아요. 그는 틀림없이 오늘도 여관에 묵을 테니까요."

"그것은 안 될 말이에요. 당신은 그 이유를 도저히 납득하지 못하겠지요. 그런데 대체 클람과 무슨 이야기를 할 작정이세요?"

안주인이 말했다.

"물론 프리다와 관련된 이야기예요."

K가 대답했다.

"프리다에 관한 이야기라고요?"

안주인은 도무지 알 수 없다는 표정으로 반문하더니 프리다 쪽으로 몸을 돌렸다.

"들었어, 프리다? 네 일 때문에 이분이, 바로 이분께서 클람과 만나서 이야기하시겠단다. 클람과 이야기하신다는 거야."

"아이 참, 아주머니는 똑똑하시고 사람들에게 존경까지 받으시면서 언제나 쓸데없는 일에 놀라시기만 하는군요. 내가 프리다에 관해서 그와 이야기하겠다는 건 터무니없는 일이 아니라 지극히 당연한 일이에요. 내가 나타난 그 순간부터 프리다가 이미 클람에게 아무런 의미 없는 존재가 되어 버렸다고 생각하신다면 그건 분명 아주머니의 착각이에요. 정말로 그렇게 생각하신다면 그건 아주머니가 그를 과소평가하신 겁니다. 이런 일로 당신을 계몽한다는 게 주제넘은 짓이라는 것은 잘 알지만 그래도 그렇게 하지 않을 수가 없군요. 나 때문에 클람과 프리다의 관계가 변할 이유는 하나도 없어요. 다만 그들 두 사람 사이에 관계가 있었는지 없었는지 두 가지 경우밖에 없어요. 만일에 그렇다 할 관계가 없는 경우에는—이것은 원래 프리다에게 애인이라는 영광스러운 이름을 붙여 준 사람들이 하는 소리인데—그런 관계는 말하자면 현재도 없을 것이고, 또 어떤 관계가 있었다고 해도 그것이 어째서 나로 말미암아—당신도 잘 아시다시피 클람의 눈으로 보면 아무것도 아닌 나로 말미암아—파괴될 수 있을까요? 그런 어리석은 일은 사람들이 깜짝 놀란 처음 순간에만 믿는 것이에요. 그러나 조금만 생각해 보면 곧 고쳐지고 말아요. 어쨌든 이에 대한 의견을 프리다에게 들어 봅시다."

시선을 먼 곳으로 옮기면서 K의 가슴에 뺨을 댄 채 프리다가 말했다.

"아주머니가 말씀하신 대로예요. 클람은 이미 나에 관해서 아무것도 알려고 하지 않아요. 그렇다고 해서 이봐요, 당신이 왔다고 해서 그런 것도 아니에요. 그는 그런 것으로는 조금도 움직이지 않아요. 뿐만 아니라 우리가 저 목로 아래서 만난 것도 어쩌면 그분이 꾸민 장난일지 몰라요. 그 시간은 축복받아 마땅하지 결코 저주받을 것은 아니에요!"

"만일 그렇다면……."

K는 천천히 말했다. 프리다의 말이 너무 달콤했기 때문이다. 그는 프리다가 한 말을 음미하기 위해 이삼 초 동안 눈을 감고 있다가,

"만일 그렇다면 클람과 만나 이야기하는 것을 두려워할 이유는 더욱 없겠는데요."

하고 말했다.

"정말이지."

안주인은 이렇게 말하더니 높은 곳에서 K를 뚫어지게 내려다보면서,

"당신은 가끔 우리 주인을 생각나게 하는군요. 당신이나 그이나 외고집쟁이다가 어린아이처럼 유치해요. 당신은 여기 온 지 이삼 일밖에 되지 않으면서 무엇이든 이 고장 사람들보다 많이 알려고 해요. 할멈인 나보다, 또 신사관에서 많은 경험을 쌓은 프리다보다 더 많이 알고 싶어한다고요. 번번이 규칙에 어긋나고 오랜 관습에서 벗어나는 일을 한다 해서 언젠가는 재수 좋게 성공하는 일이 없다고는 단언할 수 없겠지요. 나로서는 아직 그런 경험이 없지만 적어도 그와 비슷한 일은 있었어요. 그러나 그것은 지금 당신이 취하고 있는 방법이나 태도와는 달랐어요. 당신은 늘 '아니다, 아니다' 하고 말하면서 자신의 머리만 믿고 호의에 넘치는 충고를 귀담아듣지 않기 일쑤지요. 대체 당신은 내가 당신을 걱정하고 있다고 생각하시나요? 당신이 혼자 계시는 동안 내가 당신에 관해 여러 가지로 관심을 가졌던가요? 그렇게 하는 것이 얼마나 좋았는지 모르겠고, 많은 일을 피하려면 피할 수도 있었을 거예요. 그 당시 내가 당신에 관해 주인에게 한마디 한 게 있는데, 그것은 '그 사람을 피하세요.'라는 말이었어요. 만일 프리다가 지금 당신의 운명에 휩쓸려 들지 않았다면 나는 지금도 똑같은 소리를 되풀이했을 거예요. 당신의 마음에 들건 들지 않건 내가 당신을 염려한다든가 각별히 고려하는 것도 모두 이 애

덕택이에요. 당신은 함부로 나를 구박할 수 없어요. 왜냐하면 당신은 나에 대해서, 즉 이 귀여운 프리다를 어머니처럼 걱정하면서 보살피고 있는 여자에 대해서 무거운 책임을 지고 있기 때문이에요. 정말로 프리다의 말이 옳고, 지금 벌어진 사건은 모두 클람의 지령일지도 몰라요. 그러나 나는 지금 클람에 관해서 아무것도 몰라요. 앞으로도 결코 그분과 만날 기회도 없을 것이고, 또 그분은 내 손이 전혀 미치지 않는 곳에 계시는 분이에요. 그런데 당신은 여기에 앉아서 프리다를 껴안고, 동시에 내게—그런 일을 감추어 둘 필요도 없지만—나에게 잡혀 있는 거나 마찬가지예요. 내가 당신을 이 집에서 쫓아낸다면 개집이든 어디든, 당신이 이 마을에서 묵을 데가 있나 한번 찾아봐요."
라고 말했다.

"고마워요. 솔직한 말씀이군요. 당신의 말씀을 그대로 믿겠어요. 그러고 보면 내 입장이나, 또 내 입장과 관련되어 있는 프리다의 입장이나 상당히 불안하긴 마찬가지네요."

K가 말했다.

"아니에요!"

안주인은 그의 말이 다 끝나기도 전에 미친 사람처럼 날뛰면서 외쳤다.

"프리다의 입장은 당신의 입장과 손톱만큼도 상관이 없어요. 프리다는 내 집 사람이에요. 내 집에 속하는 이 애의 입장을 불안하다고 말할 권리를 가진 사람은 이 세상에 한 사람도 없을 거예요."

안주인이 말했다.

"좋아요, 좋아요. 나도 그 점에 있어서는 당신이 옳다고 인정해요. 더군다나 이유를 알 수는 없지만, 프리다는 당신을 대단히 무서워하는 모양이어서 이런 논의에는 한몫 끼려고도 하지 않으니 더 말할 것도 없지요. 그러면 이야기를 오로지 내 일신상에 관한 것에만 국한시키기로 합시다. 지금 내 입장이란 극도로 불안해요. 이것은 당신도 부정하지 않을 뿐더러 증명하려고까지 애쓰고 계시지요. 이것도 당신의 말씀대로 대개는 옳지만 하나에서 열까지 전부 옳다고는 할 수 없어요. 말하자면 나는 언제고 마음이 내키는 대로 들 수 있는 근사한 숙소를 하나 알고 있어요."

K가 말했다.

"어디예요? 대체 어디냔 말이에요?"

프리다와 안주인이 이구동성으로 호기심을 가지고 외쳤다. 두 사람이 같은 동기에서 질문하는 것 같은 말투였다.

"바르나바스네 집이에요."

K가 말했다.

"저 건달들! 능구렁이처럼 교활한 자식들! 바르나바스네 집이라고요? 좀 들어 봐요······."

안주인은 이렇게 외치더니 방 안 한구석을 돌아다보았다. 그런데 조수들이 어느 틈엔가 나타나서 서로 팔짱을 끼고 안주인 뒤에 버티고 서 있었다. 안주인은 기댈 만한 것이 없어서 곤란하다는 듯이 조수 한 사람의 손을 붙들고,

"들어 봐요, 이분들이 어디를 헤매고 돌아다녔는지! 하필이

면 바르나바스네 집이라고! 물론 거기라면 언제나 묵을 수 있을 거야. 아아! 신사관에 들지 말고 차라리 거기에 묵는 쪽이 더 나았을지도 몰라. 그런데 대체 당신네들은 어디서 기다렸지요?"
하고 물었다.
 "주인아주머니!"
 조수들이 대답하지 못하고 있는 사이에 K가 말했다.
 "이 두 사람은 내 조수들이에요. 그런데 당신은 이 두 사람을 당신의 조수이자 내 감시인을 겸한 것처럼 취급하고 있어요. 적어도 다른 일에 관해서는 될 수 있는 대로 공손하게 당신과 토론할 마음의 준비를 갖추고 있지만 조수들에 관해서는 비판의 여지가 없어요. 왜냐하면 그것은 사리가 너무나 명백하기 때문이에요. 제발 내 조수들과는 이야기하지 마세요. 이렇게 부탁드렸는데도 이루어지지 않는다면, 나는 두 사람이 당신에게 대답하는 것을 금지시켜 버리겠어요."
 "그렇다면 나는 당신네들과 이야기할 수 없어요."
 안주인이 이렇게 말하자 세 사람은 다 웃었다. 안주인의 웃음은 조소적이었으나 K가 생각했던 것보다는 훨씬 부드러운 웃음이었다. 조수들의 웃음은 늘 웃는 웃음 그것이었으며, 뜻 깊은 것 같으면서도 뜻이 없는 것 같고 모든 책임을 거부하는 것 같은 그런 웃음이었다.
 "화는 내지 마세요."
하더니 프리다가 말했다.
 "당신은 우리가 흥분하고 있는 것에 대해 이해하셔야만 해요. 우리가 서로 떨어질 수 없는 인연을 맺게 된 것도 다 바르나바스 때문이니까요. 내가 처음으로 술집에서 당신의 모습을 보았을 때, 당신은 올가와 팔짱을 끼고 들어오셨어요. 나는 그때 이미 당신에 관한 이야기를 몇 가지 들었던 터였어요. 그래서 당신은 내게 있어서 아무래도 상관없는 존재였지요. 아니, 당신뿐만 아니라 거의 전부가 아무래도 상관없었어요. 나는 그 당시 불만이 많았으며, 여러 가지 일에 대해서 골을 내고 있었어요. 대체 그것은 어떤 불만이며 또 어떤 분노였을까요! 예를 들면 술집에서 손님 한 사람이 나를 모욕한 일이 있었어요. 그들은 늘 내 뒤를 쫓아다니기만 했지요. 당신도 아마 그곳에 있던 젊은이들을 보셨을 거예요. 그런데 더 지독한 자들이 왔어요. 클람의 하인들이 제일 지독한 것은 아니었어요. 그런데 그들 중 한 명이 나를 모욕한 거예요. 그것이 결국 내게 어떤 의미를 부여했을까요? 나는 그것이 마치 몇 해 전에 일어난 일처럼 느껴졌어요. 또 그런 일이 전혀 일어나지 않은 것처럼 느껴지기도 했지요. 그런 소리를 말로만 들은 것처럼, 또는 나 자신도 이미 다 잊어버린 것처럼 느껴진 거예요. 클람이 나를 버리고 난 다음부터는 모든 것이 다 달라졌어요."

거기서 프리다는 말을 끊었다. 그녀는 슬픈 듯이 고개를 푹 수그리고 무릎 위에 두 손을 깍지 끼고 있었다.

"좀 보세요."

안주인은 외쳤다. 그 말투는 그녀 자신이 말하는 것이 아니라, 프리다 내심의 부르짖음에 대해 자기 목소리를 빌려 주고 있는 것 같았다. 그녀는 프리다 옆으로 바싹 다가앉으며 계속해서 말했다.

"측량 기사 양반, 당신이 한 일의 결과를 보세요. 물론 나는 그들과 말할 자격도 없지만 당신의 조수들도 장래를 위해서 한 가지 교훈을 잘 알아 두는 것이 좋을 것 같군요. 지금까지 이 애에게 주어진 가장 행복한 상황에서 당신이 이처럼 성공한 것은 당신이 올가의 팔에 매달려 바르나바스네 집으로 넘겨지는 것처럼 보였을 때, 무엇보다도 프리다가 지나치게 순진한 동정심에 사로잡혀 그 꼴을 차마 보고만 있을 수 없었기 때문이에요. 이 애는 당신을 구한 대신 자신을 희생하고 말았어요. 이제 일은 이렇게 되어 버렸고, 프리다가 가지고 있던 모든 것을 단지 당신의 무릎 위에 앉는다는 행복과 바꿔 버린 이 마당에 당신이 찾아와서 최후 수단을 쓴답시고 언젠가 바르나바스네 집에 묵을 수도 있다는 가능성을 주장하고 있어요. 아마도 당신은 그렇게 말함으로써 당신이 엄연히 내게서 독립해 있다는 것을 증명하고 싶었겠지요. 아닌 게 아니라 만일 당신이 바르나바스네 집에 묵었더라면 틀림없이 당신은 완전히 독립해서 지금이라도 당장 내 집을 떠나 버려야만 했을 거예요."

"바르나바스네 집의 죄과에 대해서는 아무것도 몰라요."

K는 마치 생기를 잃은 듯해 보이는 프리다의 몸을 조심스럽게 안아서 천천히 침대 위에 올려놓고 자기 자신은 일어서면서 말을 계속했다.

"그 점에 있어서 어쩌면 아주머니 말씀이 옳을지도 몰라요.

그러나 내가 우리 두 사람, 즉 프리다와 나 두 사람 사이의 일을 우리에게 맡겨 달라고 부탁한 것은 확실히 내가 옳아요. 아주머니는 사랑과 걱정에 관해 무슨 말씀인가 하셨는데 나는 각별히 그 이상은 염두에 두지도 않았어요. 반면 증오라든가 조소, 추방에 대해서는 더욱더 머리를 썼지요. 아주머니가 프리다를 내게서, 또 나를 프리다에게서 떼어 놓으려고 생각하셨다면 그건 아주 교묘한 수단이로군요. 아주머니는 분명 그것에 성공하지 못할 거예요. 만일 성공한다면 아주머니는 그것을—약간의 공갈 협박적인 말을 쓰는 것을 용서하세요—굉장히 후회하실 거예요. 또 빌려 주신 거처에 대해서는—거처라고는 하지만 아주머니에게는 지긋지긋한 굴(窟)에 지나지 않을 테지만—아주머니가 자진해서 빌려 주셨는지 어쩐지 대단히 의심스러워요. 아마도 이 점에 대해서는 백작의 관청에서 지령이 내려오지 않았나 싶어요. 만약 그렇다면 나는 이곳에서 쫓겨난 사실을 신고하겠어요. 내가 다른 거처로 배정되면 아마도 아주머닌 안도의 숨을 내쉬겠지요. 그러나 나는 그 이상으로 안심할 거예요. 그건 그렇고, 나는 이제 여러 가지 일로 면장한테 다녀와야겠어요. 미안하지만 프리다만이라도 돌봐 주세요. 아주머닌 어머니와 같은 설교와 꾸지람으로 프리다를 지독하게 혼내셨으니까요."

그러고 나서 그는 조수들이 있는 쪽으로 몸을 돌렸다.

"이리 와!"

그는 조수들에게 소리치며 못에 걸린 클람의 편지를 빼내 나가려고 했다. 안주인은 잠자코 그를 쳐다보다가, 그가 문의 손잡이에 손을 대었을 때 비로소 말을 끄집어냈다.
"측량 기사 양반! 가시는 길에 뭣 좀 드릴 것이 있어요. 당신이 어떤 연설을 해도, 또 나와 같은 할멈을 아무리 모욕한다 해도 당신은 프리다의 장래 남편감이니까요. 그래서 참고 삼아 드리는 말씀인데, 당신은 이곳 사정에 대해 아주 무지해요. 당신 말을 듣고 있으면, 그리고 그 말과 생각을 현실과 비교해 보면 아주 머리가 지끈지끈할 지경이에요. 이런 무지는 한 번에 고쳐지지도 않고, 어쩌면 절대로 고쳐지지 않을지도 모르겠어요. 그러나 당신이 조금이라도 내 말을 믿어 주신다면, 또 그런 무지를 언제나 기억하고 계신다면 많은 것이 보다 나아질 거예요. 그러면 당신은 당장이라도 내게 더 친절한 분이 되시겠지요. 또 내가 가장 귀여워하는 이 애가 음흉한 도마뱀과 인연을 맺기 위해 독수리를 버렸다는 사실에 내가 얼마나 깜짝 놀랐는지―그 당시의 놀라움이 아직도 가시지 않고 남아 있지만―그것도 깨닫게 되실 거예요. 도마뱀과 인연을 맺기 위해 독수를 버렸다고 말했지만 실은 이것보다도 훨씬 나쁜 것이지요. 나는 이것을 잊기 위해 언제나 노력해야만 할 거예요. 그렇지 않으면 나는 도저히 당신과 조용하게 말을 주고받을 수도 없을 거예요. 아, 당신은 또다시 화를 내시는 모양이군요. 아직 가시면 안 돼요. 한 가지 소원만은 들어주셔야 해요. 어디로 가시든 당신은 이곳에서 가장 무지한 사람이란 사실을 잊지 마시고 항상 조심하시기 바래요. 그러면 당신은 프리다가 있던 탓에 무안과 수치를 당하지 않고 넘어갈 수 있었던 여기 우리 집에서 속 시원하게 잡담을 하셔도 좋을 거예요. 또 그때는 당신이 왜 클람과 만나려 하는지를 우리에게 털어놓고 이야기하실 수도 있을 거예요. 그러나 정말이지 실천에 옮기는 것만은 제발 삼가 주세요."

그녀는 흥분에 못 이겨 비틀거리면서 일어나더니 K에게로 가서 그의 손을 잡고 애원하듯이 쳐다보았다.

"주인아주머니, 아주머닌 그런 대수롭지 않은 일을 가지고 왜 그토록 굽실거리면서 내게 부탁하는지 도무지 알 수가 없군요. 만일 당신 말씀대로 클람과 면회할 수 없다면 사람들이 내게 원하던 원치 않던 처음부터 내게는 성공하기 어려운 일이 아닐까요? 그러나 만일 그것이 가능한 일이라면 내가 해서는 안 된다는 법이라도 있나요? 더군다나 그것이 가능하다면 아주머니의 중대한 반대 이유가 없어지는 것과 동시에 아주머니의 다른 여러 가지 염려도 대단히 의심스러운 것이 될 거예요. 물론 나는 무지해요. 이것은 대단히 슬픈 일이지만 사실은 사실이니까 어쩔 수 없어요. 그러나 한편으로 무지한 자는 용감무쌍할 수 있다는 이점도 있으니까 나는 그 무지나 그로 인한 형편없는 결과까지도 당분간 힘이 자라는 한 참고 있으려고 해요. 그러나 여러 가지 결과란 뭐니 뭐니 해도 본질적으로 내게만 해당되는 것이겠지요. 그래서 나는 당신이 왜 내게 탄원하시는지 그 점을 납득할 수 없어요. 여하튼 프리다만은 앞으로 당신이 여러 가지로 돌봐 주실 것이라고 믿어요. 그리고 만일에 내가 프리다의 눈앞에서 완전히 사라져 버린다고 해도 당신에게는 그것이 오히려 행복을 뜻하는 것 외에는 아무것도 아니겠지요. 상황이 이런데 대체 당신은 무엇을 두려워하시는 거지요? 그렇지 않으면 당신은 혹시 무지한 자에게는 무한한 가능성이 있는 것처럼 보여서…….”

여기까지 말하고 K는 문을 열었다.

“혹시 클람을 생각하고 염려하시는 겁니까?”

안주인은 재빨리 계단을 내려가는 그의 모습과 그 뒤를 따르는 조수들을 물끄러미 바라보고 있었다.

5

 면장과의 면담이 그다지 걱정되지 않는 것에 대해 K는 스스로 이상하게 생각하고 있었다. 지금까지 백작의 관청과 직무상의 교섭이 너무나 간단했기 때문에 이러한 경험이 머릿속에 남아 이렇게 태연한 것이라고 억지로 이유를 붙여 보기도 했다. 아무튼 K의 사건 처리에 있어서 외견상으로는 그에게 아주 유리한 근본 원칙이 세워졌으며, 관청 사무 계통은 감탄할 만큼 통일성을 유지하고 있었다. 이 통일성이란 언뜻 보기에 통일성이 없는 곳에 완전한 통일이 있는 것처럼 느껴지는 따위였다. K는 이 유리한 근본 원칙과 통일된 사무 계통을 생각할 때마다 자신의 입장을 만족스럽게 느꼈다. 이렇게 자못 만족을 느끼고 기분이 좋아지자, 바로 여기에 언제나 위험성이 내포되어 있다고 재빠르게 중얼거리기도 했다.
 백작의 관청과 직접 교섭하는 일은 그다지 곤란하지 않았다. 왜냐하면 이 관청이 아무리 잘 조직되어 있다고 하더라도 멀리 떨어져 있는 그리고 눈에 보이지 않는 성 사람들의 이름만으로 언제나 멀리 떨어져서 눈에 띄지도 않는 사람을 옹호해야만 할뿐더러, K는 아주 절실한 신변의 일로, 즉 자기 자신을 위한 일로 투쟁하지 않으면 안 되었기 때문이다. 더욱이 K는 적어도 애초에는 스스로 자원하여 투쟁한 사람, 즉 공격자였다. 그리고 그는 혼자서 자기 자신을 위해 투쟁했을 뿐만 아니라 분명 다른 힘들도 그를 도와주었다. 그는 그런 힘을 알지 못했지만 관청의 처분으로 미루어 보아 그 힘의 존재를 믿을 수 있었다. 그런데 관청은 하찮은 일을 가지고―지금까지 오로지 하찮은 일밖에는 문제가 되지 않았지만―K의 비위를 맞추기 위해 애써 왔지만 그것으로 말미암아 오히려 그는 관청을 상대로 투쟁해서 간단히 그리고 문제없이 승리하는 기회를 놓쳐 버렸다. 동시에 승리에 따르는 만족감과 앞으로 일어날 더 큰 투쟁에 대해 자신만만하게 대결할 수 있는 힘을 잃어버렸다. 그 대신 관청은 K로 하여금―물론 마을 안에서뿐이었지만―제멋대로 여기저기 쏘다니게 하여 나쁜 습관에 젖게도 하고 나약하게도 만들어 버렸다. 동시에 투쟁이란 것이 이 마을 안에서는 일어나지 않도록 하고, 그 대신에 직무를 떠난 아주 걷잡을 수 없는 우울하고도 기이한 생활 속으로 그를 몰아넣었다. 이와 같이 하여 관청에서 아무리 친절하게 해 준다 하더라도, 또 정도에 지나치게 쉬운 직무상의 의무를 그가 완전히 이행했다고 하더라도 자신에게 속없이 건성으로 보여 준 호의에 눈이 어두워져 자신도 모르는 사이에 직무 외의 생활을 아주 경솔하게 보내게 되었다. 그 결과 그는 여기서 좌절하는가 하면 관청 쪽에서는 여전히 온건하고도 우호적인 태도를 보이고—말하자면 자기네들의 의사와는 반대로 할 수 없이 한다는 듯이—K도 모르는 공적 질서라는 명목 아래 K를 추방하게 될지도 모를 일이었다. 그런데 여기서 직무 외의 생활이란 대체 무엇일까? K는 공무와 사생활이 이처럼 중복되어 있는 것을 다른 곳에서는 아직 본 적이 없었다. 공무와 사생활이 서로 혼동되어 있는 것이 아닌가 의심이 될 정도로 공사(公私)가 뒤바뀌었다. 예를 들어 지금까지 K의 직무에 미치는 클람의 형식적인 세력은, 같은 클람이 K의 침실에서 발휘하고 있는 세력과 비교해 볼 때 과연 어떤 뜻을 가지고 있는 것일까? 이 고장에서는 관청과 직접 대결하는 경우에 약간의 경솔한 행동이 있어도 상관이 없다. 즉 조금 긴장을 늦추어도 상관이 없다는 뜻이다. 그런데 그 밖에 다른 경우에 있어서는 커다란 주의가, 즉 한 발짝 내디딜 때마다 언제나 사방을 둘러봐야 하는 조심성이 필요하다.

K는 면장을 통해 이 고장의 관청에 대한 자신의 견해가 옳다는 사실에 확신을 얻었다. 면장은 뚱뚱하고 매끈하게 수염을 깎은 남자로서 친절하게 보였으며, 중풍으로 인해 침대에 누운 채 K를 맞았다.

"우리의 측량 기사가 오셨구먼!"

그는 그렇게 말하면서 인사하려는 듯하다가 이불 속에 다시 누워 버렸다. 창이 작은 데다가 커튼이 처져 있어서 방 안은 더욱 어두웠으나, 그 어슴푸레한 분위기 속에서 희미한 그림자처럼 보이는 부인이 K를 위해 잠자코 침대 옆에 의자를 갖다 놓았다.

"앉으시오, 어서 앉으시오. 측량 기사! 앉아서 소원이나 희망 같은 것이 있으면 말해 보시오."

면장이 말했다. K는 클람의 편지를 낭독하고 거기에 몇 마디 덧붙여서 말했다. 또다시 그는 관청과 교섭하는 것이 거저먹기라는 느낌을 받았다. 관청은 어떠한 무거운 짐이라도 지고 나갈 수 있으므로, 이쪽에서는 관청에 대해 무엇이든 부담시킬 수가 있고 자기 자신은 모르는 체하고 자유로운 기분으로 지낼 수도 있다. 면장도 그 눈치를 챈 듯 기분 나쁘다는 듯이 돌아눕더니, 이윽고 말을 끄집어냈다.

"측량 기사 양반, 당신도 짐작했겠지만 나는 이 사건 전체에 대해 샅샅이 알고 있소. 그러나 내가 직접 이 일에 착수하지 않은 이유는 두 가지가 있소. 첫째로는 내가 병을 앓고 있다는 것과 둘째로는 당신이 너무 오랫동안 오지 않았기 때문에 당신이 단념해 버린 줄 알았기 때문이오. 그런데 이렇게 친절하게도 당신이 몸소 나를 방문해 주었으니, 불쾌한 일이긴 하지만 사실을 사실대로 말하지 않을 수 없군요. 당신은 당신 말대로 측량 기사로 채용되었소. 그러나 유감스럽게도 우리가 측량 기사를 원하고 있던 것은 아니오. 측량 기사가 할 일이라고는 하나도 없다고 해도 과언이 아니니까. 우리가 지금 관리하고 있는 작은 영토는 말뚝으로 경계선을 표시하고 있으며, 모든 것이 제대로 기록되어 있소. 소유지의 변동은 거의 일어나지 않고, 경계에 대한 사소한 사건은 우리 스스로가 조정해서 해결하고 있지요. 그러니 우리로서는 무엇 때문에 측량 기사가 필요한지 알 수가 없는 일이오."

지금까지 그런 일을 깊이 생각해 본 것은 아니었지만, K는 이와 비슷한 말이 나올 줄 예기하고 있었다. 그래서 그는 곧 대답할 수가 있었다.

"말씀을 듣고 보니 참으로 놀랍군요. 마음속에 품고 있던 내 기대들이 송두리째 뒤집히고 말았어요. 무슨 오해라도 있는 것 아닙니까? 그것만이 제게는 단하나의 희망입니다."

"미안하지만, 오해 같은 건 없소. 내가 말한 그대로요."

면장이 대답했다.

"그러나 아무리 생각해도 있을 수 없는 일입니다! 이렇게 한없이 먼 여행을 하고 왔는데, 무자비하게 돌아가야 한다니 말이나 됩니까!"

K가 말했다.

"그것은 다른 문제예요. 내 결재권 밖의 문제지요. 그런데 어떻게 해서 이런 오해가 벌어졌는지 그 점에 대해서는 설명할 수 있소. 백작님의 관청처럼 그런 커다란 관료 기관에 있어서는 과(課)에 따라 갑(甲)의 사항을, 또 을(乙)의 사항을 전담하는 관계상, 각각의 과에서는 다른 과에서 맡은 일을 모릅니다. 물론 상부의 감독 통제는 철저하지만, 그 성격상 하달이 늦은 것이 보통이어서 늘 분규가 일어나곤 하지요. 물론 그것은 당신의 경우처럼 언제나 미미한 일에 불과해요. 중대한 사건에 있어서는 아직 과오가 있었다는 소리를 들어 본 적이 없는데, 하찮은 일일수록 두통거리가 되기 일쑤지요. 당신의 일에 관해서는 직무상 비밀에 붙이지 않고—나는 그런 것을 하는 관리가 아니라 어디까지나 농부일뿐더러 평생 농부임에는 변함이 없어요—사건의 전말을 솔직히 이야기하겠습니다. 오래 전 일인데, 당시 나는 면장이 된 지 채 두서너 달밖에 되지 않았던 때였소. 그때 명령이 내려왔어요. 어느 과에서 그 명령을 발송했는지 알 수는 없었지만 거기에는 독특하고 단정적인 표현으로 측량 기사를 초빙하라고 써 있었으며, 마을은 측량 사업에 필요한 계획서와 도면들을 준비하라고 되어 있었소. 이 명령은 몇 해 전 이야기니까 당신에게 관계되는 것은 아니겠지요. 만약 내가 지금 이렇게 병으로 침대에 누워서 쓸데없는 일을 곰곰이 생각할 시간적 여유가 없었다면 그렇게 우습기 짝이 없는 일이 머릿속에 떠오르지도 않았을 거요."

"미치!"

그는 갑자기 이야기를 중단하고 여전히 아주 바쁘게 방을 지나가고 있는 아내를 불렀다.

"미안하지만, 거기 장 속을 좀 뒤져 봐요. 아마도 명령서가 있을 테니까."

"이 명령서는 내가 처음 관리로 취임했을 때의 것이오. 당시 나는 무엇이든 보관해 두는 버릇이 있었소."

그는 K를 향해 설명하는 것처럼 말했다. 면장 부인은 곧 장을 열었고, K와 면장은 그쪽을 바라보았다. 장에는 서류들이 가득 들어 있었다. 장을 열자마자 마치 장작 묶음처럼 둥그렇게 동여맨 커다란 서류 다발이 굴러 나와서 깜짝 놀란 부인은 옆으로 물러섰다.

"아래에 있을지도 모르오. 아래에."

면장은 침대 속에서 이렇게 지시했다. 부인은 남편 말에 고분고분 복종하며 두 팔로 서류를 내던져 장을 비우더니 보다 아래에 깔린 서류들을 끄집어냈다. 당장에 방 안의 절반이 서류로 파묻혀 버렸다.

"일이 거창해졌군."

면장은 혼자서 고개를 끄덕거리며 말했다.

"이건 일부분에 불과하오. 대부분은 광 속에다 보관하고 있었는데 거의 분실되고 말았지요. 그 누군들 죄다 보존해 둘 수 있겠소? 그런데도 아직 광 속에는 서류들이 많이 남아 있어요."

그러더니 그는 다시 부인을 향해 말했다.

"명령서를 찾을 수 있을 것 같소? 표지에 '측량 기사'라는 글자가 쓰여 있고, 아래에 푸른 잉크로 줄을 그은 서류를 찾아야 해요."

"여기는 너무 어두워서 촛불을 가져와야겠어요."

부인은 이렇게 말하더니 종이가 높이 쌓인 곳을 넘어서 방 밖으로 나갔다.

"이런 잡다한 공무를 집행할 때면 집사람이 큰 도움이 됩니다. 더욱이 이런 일은 부수적인 일로 처리하지 않으면 안 되거든요. 나는 서류 작성을 위해 또 한 사람의 학교 선생을 조수로 쓰고 있는데, 그래도 일을 다 해내지 못해서 하다 남은 일거리를 저기 상자 속에 모아 두었소."

면장은 다른 장을 가리키며 말했다.

"설상가상으로 내가 지금 병을 앓고 있어서 더욱 쌓이기만 합니다."

그는 자못 피곤한 기색이었으나 그래도 자랑스럽게 몸을 뒤로 기대면서 말했다.

"괜찮으시다면 제가……."

K가 말했을 때 부인이 촛불을 가지고 돌아와서는 상자 앞에 무릎을 꿇고 앉아 명령서를 찾기 시작했다.

"사모님을 도와서 함께 찾아볼까요?"

면장은 빙그레 웃으면서 머리를 흔들었다.

"이미 말씀드린 바와 같이 당신에 대해 직무상의 비밀 같은 것은 없소. 그렇다고 해서 당신에게 직접 서류를 찾게 할 수는 없는 노릇입니다."

방 안은 아주 고요했으며 바스락거리는 종이 소리만 들릴 뿐이었다. 면장은 약간 졸고 있는 듯했다. 그때 가볍게 문을 두드리는 소리가 들려와서 K는 뒤를 돌아다보았다. 틀림없이 조수들일 터였다. 여하튼 그들은 약간의 교육을 받은 탓인지 당장에 방으로 들어오지는 않고 문을 조금 열어 문틈으로 속삭였다.

"바깥이 너무 추워서 죽겠어요."

"누굽니까?"

면장이 깜짝 놀라며 물었다.

"제 조수들인데 어디서 기다리게 해야 좋을지 모르겠습니다. 바깥은 몹시 춥고 또 여기는 여기대로 폐를 끼치게 될 것 같아서요."

K가 대답했다.

"여기 있어도 상관없어요. 들어오라고 하세요. 두 사람이 낯이 익군요. 전부터 아는 사이입니다."

면장이 친절하게 말했다.

"하지만 제게는 지장이 많습니다."

K는 솔직히 말하고 나서 조수들과 면장을 번갈아 바라보았다. 그런데 세 사람이 입 언저리에 띠고 있는 미소가 너무나 닮아서 누가 누군지 가릴 수 없을 지경이었다. 그래서 그는 시험 삼아,

"벌써 방 안에 들어왔군. 그렇다면 그냥 여기 있기로 하고, 저기 계신 사모님을 도와 서류를 좀 찾아봐. 표지에 '측량 기사'라는 글자가 쓰여 있고, 아래에 푸른 잉크로 줄을 그은 서류인데."

라고 말했다. 면장은 아무런 반대도 하지 않았다. K에게는 서류에 손을 대는 것이 허락되지 않았지만 조수들은 그 일을 해도 좋은 모양이었다. 두 사람은 곧장 산더미 같은 서류로 덤벼들었으나 찾는다기보다는 종이 뭉치를 파헤치고 뒤적거리기만 했다. 한 사람이 서류의 표지 제목을 한 자씩 토막으로 끊어 읽으면, 꼭 또 한 사람은 그것을 상대방의 손에서 채가곤 했다. 부인은 빈 상자 앞에 무릎을 꿇고 앉아 있었는데 전혀 찾고 있는 것 같지 않았다. 어쨌든 촛불은 그녀가 있던 곳에서 상당한 거리에 놓여 있었다.

"당신은 조수들이 거치적거려서 귀찮나 보오. 그래도 어쨌

거나 당신의 조수잖소."

면장은 그렇게 말하면서 만족스러운 미소를 지었다. 마치 모든 것이 자기 지령에서 나왔는데, 아무도 그 눈치를 채지 못하고 있다고 비웃는 듯한 미소였다.

"저들은 내가 이곳에 당도한 후에 뒤쫓아 왔습니다."

K가 냉담하게 대답했다.

"뒤쫓아 왔다니 이상한 표현이로군요. 아마도 배치됐다고 말씀하시려는 거겠지요."

면장이 말했다.

"그렇다면 배치되었다고 해 두지요. 그런데 저들은 하늘에서 떨어진 거나 마찬가집니다. 그 배치란 것이 아닌 밤중에 홍두깨 격 아니고 무엇이겠습니까?"

"이곳에서 일어나는 일치고 허튼짓이라고는 없소."

면장은 발이 쑤시고 아픈 것조차 잊은 채 몸을 똑바로 일으키며 말했다.

"허튼짓이라고는 하나도 없다고 말씀하셨지만 저에 관한 문제는 어떻습니까?"

K가 물었다.

"당신의 초빙 문제는 충분히 검토했어요. 단지 부수적으로 문제가 복잡해져서 사건을 혼란시키고 있을 뿐이지요. 서류로 그 증거를 보여 드리겠소."

면장이 말했다.

"서류를 찾을 것 같지 않은데요."

K가 말했다.

"찾을 것 같지 않다고요?"

면장이 말했다.

"미치, 빨리 좀 찾아봐요. 설령 서류가 나오지 않는다 해도 당신에게 말씀드릴 수는 있어요. 이미 말씀드린 바와 같이 그 명령에 대해 우리는 유감스럽게도 측량 기사는 필요 없다고 대답했소. 그런데 그 대답이 명령이 나온 본래의 과―가령 이것을 A과라고 부른다면―인 A과로 되돌아가지 않고 어떤 착오로 인해 B과로 전달된 것 같습니다. 그러니 A과는 우리의 대답을 접수하지 못했고, 유감스럽게도 B과 역시 우리의 대답을 온전히 받았다고 할 수도 없었지요. 서류의 알맹이가 우리 손에 남아 있는 것인지, 아니면 도중에 분실된 것인지 어느 쪽도 알 수는 없지만 과 안에서 분실된 것은 절대로 아니라는 점을 내가 장담하겠소. 좌우간 B과는 단지 서류의 봉투 밖에는 접수하지 못했소. 그 봉투 겉에는 안에 든 서류가 측량 기사의 초빙 문제를 다루고 있다는 사실만이 기록되어 있을 뿐이었지요. 그러는 동안 A과에서는 우리의 대답을 기다리고 있었소. 물론 A과에는 그 문제에 대한 기록이 남아 있어요. 이런 일은 흔히 일어날 수 있는 일이고, 모든 수속 절차를 정확히 한다 해도 자주 발생할 수 있는 일이지요. 그래서 보고자는 우리의 대답을 고대하다가 그 대답을 본 후에 측량 기사를 초빙하든지, 아니면 우리와 좀 더 통신 연락을 하든지 어느 쪽이든 태도를 결정하려고 한 거요. 그런데 보고자는 사건을 기록해 두는 것을 소홀히 해서 그만 다 잊어버리게 되었지요. 그러나 B과에서는 양심적인 것으로 유명한 보고자가 그 서류 봉투를 받았소. 소르디니라는 이름의 이탈리아 사람인데 내정을 잘 알고 있는 나로서는 그 사람처럼 유능한 사람이 어째서 아랫자리에만 머물러 있는지 이해하기 어렵지만, 어쨌든 소르디니는 그 빈 봉투를 우리에게 돌려보내고 내용을 넣어 다시 보내라고 요청했어요. 그러나 그것은 A과가 맨 먼저 문서를 보낸 지 몇 년은 아니더라도 몇 달이 지난 후였지요. 설명할 필요도 없을 만큼 명백한 일이지만, 대개 문서가 제대로 배달되는 경우에는 늦어도 하루면 해당 과에 전달되어 그날로 처리되게 마련입니다. 그러나 반대로 문서가 길을 잃고 헤매는 경우에는—관청 조직이 훌륭한 만큼 문서는 길을 잘못 들어 더욱 빗나갈 수밖에 없어요—그야말로 시간이 굉장히 오래 걸리지요. 따라서 소르디니가 보낸 문서를 받았을 때, 우리는 그 사건에 관해 희미한 기억밖에 없었소. 그 당시 우리는 미치와 나 둘만이 일을 보고 있었고, 학교 선생은 아직 배치되지 않아서 아주 중대한 문건 외에는 사본을 따로 보관해 두지도 않았지요. 요컨대 우리는 그런 초빙 문제에 관해서는 아무것도 모르며, 측량 기사는 소용없다고 대답하는 수밖에 다른 도리가 없었소. 그런데……."

면장은 여기서 자기가 너무나 이야기에 열중했다는 듯이, 혹은 적어도 지나치게 이야기에 열을 올린 것 같아 두렵다는 듯이 이야기를 중단해 버렸다.

"이야기가 지루하지요?"
하고 물었다.

"천만의 말씀입니다. 퍽 재미있는 이야기로군요."

K가 이렇게 말하자 면장은,

"심심풀이로 하는 이야기가 아닙니다."

하고 말했다.

"제가 재미있다고 한 것은 면장님의 말씀을 듣고 보니 하찮은 착오가 경우에 따라서는 인간의 생활을 결정적으로 좌우한다는 사실을 통찰하게 되었기 때문입니다."

K가 말했다.

"아직 통찰하시진 못했소."

면장이 정색을 하고 말했다.

"그러면 다시 이야기를 시작하겠습니다. 물론 소르디니 같은 사람은 우리의 대답에 만족하지 않았소. 그런 점에서 나는 그에게 아주 감탄하고 있지요. 사실 그런 그가 내게는 두통거리지만 어쨌든 그는 아무도 믿지 않아요. 예를 들어 그는 지금까지 몇 번이고 믿을 수 있을 만큼 사귀어서 아는 사람이라 할지라도 다음 번에는 다시 전혀 모르는 사람처럼, 더 정확하게 말하면 건달 대하듯 전혀 신용하지 않아요. 물론 그것은 옳은 일이오. 관리는 마땅히 그렇게 행동해야 하는 법이니까. 그러나 유감스럽게도 나는 내 성미가 이상해서 그런지 이 원칙을 지킬 수가 없어요. 보시는 바와 같이 나는 이렇게 생전 처음 보는 당신에게조차 아무 이야기나 털어놓는 유형이오. 나로서는 그렇게밖에 할 수가 없어요. 그런데 소르디니는 우리의 대답을 믿지 않았소. 그래서 빈번한 통신 왕래가 벌어지게 되었지요. 소르디니는 나에게, 왜 측량 기사를 초빙할 필요가 없다고 하는지를 물었어요. 나는 미치의 우수한 기억력을 빌어서 최초의 제안은 직무상 그쪽에서 나온 것이며, 이쪽에서 측량 기사를 부르자고 제안한 일은 없다고 대답했소.(제안한 것은 다른 과라는 사실을 아주 까맣게 잊어버렸어요.) 여기에 대해서 소르디니는 처음 관청에서 온 서한의 이야기를 왜 이제야 비로소 끄집어내느냐고 내게 물었어요. 나는 지금에서야 그 일이 생각났기 때문이라고 겨우 대답했지요. 이어서 소르디니와 나 사이에는 다음과 같은 말을 옥신각신 주고받았소. 소르디니―그것 참 괴상한 일이오. 나―오랫동안 끌어 오던 문제니까 조금도 괴상하지 않소. 소르디니―어쨌든 이상한 일이오. 당신이 기억하고 있다는 서한이 없으니. 나―그 서한이 없는 것은 당연하오. 서류가 모두 분실되었으니까. 소르디니―그렇다고 해도, 처음 서한이 장부에 기입되어 있어야 하는데 그런 건 보이지 않소. 그래서 나는 그만 말문이 막히고 말았지요. 왜냐하면 감히 소르디니의 과에 과오가 있다고 주장할 수도 없는 노릇이었고, 또 믿어지지도 않았기 때문이었소. 측량 기사 양반, 당신은 아마 속으로 소르디니를 비난하고 있을지도 모르겠소. 내 주장과 의견을 고려해서 다른 과에 그 일을 조회하는 성의를 보여 주었어야 하는 것 아니냐고 나무라실지 모르겠지만 그 생각은 옳지 않아요. 나로서는 당신의 머릿속에서나마 이 사람에 대한 나쁜 인상이나 오점을 남기고 싶지 않소. 대체로 과오가 생길 수도 있다는 가능성을 전혀 계산에 넣지 않는 것이 관청 사무의 원칙이니까요. 전체 조직이 잘 되어 있으면 이 원칙은 정당한 것으로 통해요. 또 일을 아주 빨리 처리해야 될 때는 이 원칙이 필요하지요. 그래서 소르디니가 다른 과에 조회한다는 것은 있을 수 없는 일이었어요. 설령 조회했다고 하더라도 상대편 과에서는 절대로 대답을 보내오지 않았을 거요. 혹시나 그 과에 과오가 있어서 그것을 조사하기 위해 조회하는 것이 아닌가 하고 눈치를 채게 되기 때문이오."

"면장님, 말씀 도중에 실례지만 잠깐 질문할 게 있습니다. 아까 감독관청에 관한 이야기를 하신 적이 있는데, 말씀을 들어 보니 관청의 운영 방법에 있어서 감독 통제가 없는 경우를 상상만 해도 기분 나쁠 정도로 엄중하군요."

K가 말했다.

"말씀이 엄격하십니다."

면장은 이렇게 말하며 이어서,

"그러나 당신이 그 엄격성을 천 배 만 배로 곱하더라도 관청이 스스로에게 과하고 있는 엄격성에 비하면 아무것도 아닙니다. 감독관청이 있느냐고 묻는 사람은 당신처럼 아무런 사정도 모르는 타향 사람들뿐이에요. 성에는 감독관청밖에 없소. 물론 일반적인 뜻으로, 과오를 찾아내는 것이 감독관청의 역할은 아닙니다. 왜냐하면 과오가 일어나지 않기 때문이에요. 가령 당신의 경우처럼 과오가 일어났다 하더라도 대체 누가 그것이 과오라고 단정 내릴 수 있단 말입니까?"

하고 말하는 것이었다.

"퍽 색다른 의견이군요."

K가 말했다.

"내게는 케케묵은 이야기일 뿐입니다."

그러자 면장이 다시 말하기를,

"과오가 일어났다는 점에서는 나도 당신과 그다지 다르지 않소. 소르디니는 그 일에 절망한 나머지 중병에 걸리고 말았지만 말이오. 과오의 근원을 적발하는 제1감독관청도 이때만큼은 과오를 인정했어요. 그러나 제2감독관청이 똑같이 판단하고 제3, 제4 그 밖에 다른 감독관청들도 똑같은 판정을 내릴 것이라고 누가 장담하겠소?"
라고 하는 것이었다.

"그럴지도 모르지요."

K가 입을 열어,

"그러나 저는 어떤 간섭을 하기 위해 그런 일을 생각하고 싶지는 않습니다. 감독관청 이야기도 금시초문이고, 아직 잘 이해하지도 못하고 있는 형편이니까요. 단지 제가 생각하는 것은 여기서 두 가지를 구별해야만 한다는 것입니다. 첫째는 관청 내부에서 일어난 일이라든가 관청의 입장에서 여러 가지로 해석할 수 있다는 점입니다. 둘째는 '나'라는 현존하고 있는 인간입니다. 즉 관청 밖에 있기도 하거니와 관청으로부터 어떤 손해를 입으려 하고 있지만 그것이 언뜻 보기에는 대수롭지 않아서 위험이 정말로 다가왔는지 생각조차 못하고 있는 '나'라는 인간 말입니다. 면장님, 면장님은 기가 막히게 관청 사정에 능통하고 계시지만, 면장님의 그런 풍부한 지식을 다 쏟아서 이야기해 주신 것은 아마도 제가 말씀드린 첫 번째 경우라고 생각됩니다. 그러나 저는 이 '나'라는 인간에 관해서도 한마디 듣고 싶습니다."

라고 말했다.

"당신에 관해서도 이야기하겠소. 그러나 미리 몇 마디 설명하지 않고는 이해하기 어려울 것 같군요. 지금 내가 감독관청에 관한 이야기를 했지만 그것조차 시기상조라는 느낌이 듭니다. 따라서 화제를 돌려 소르디니와의 어긋난 대화에 대해 언급하겠소. 이미 말씀드린 것처럼 내 방어력은 점점 약해져 갔어요. 그런데 소르디니가 어떤 사람에 대해 아주 사소할지라도 유리한 점을 손에 쥐고 있다면 그건 이미 그가 승리한 것이나 마찬가지예요. 왜냐하면 그럴 경우 그의 주의력과 정력, 침착성이 훨씬 높아지기 때문이오. 따라서 그는 공격을 받는 상대에게는 무서운 존재인 반면 공격받는 상대의 적에게는 참으로 훌륭한 존재가 되겠지요. 나는 우연한 기회에 이 후자의 경우를 직접 경험했소. 지금 이처럼 그에 관한 이야기를 할 수 있는 것도 그런 이유 때문이오. 하지만 그럼에도 불구하고 나는 아직 그를 직접 본 적이 없어요. 그는 너무나 바빠서 아랫마을로 내려올 수가 없거든요. 사람들이 말하는 바에 의하면 그의 사무실은 커다란 서류 묶음이 몇 층으로 쌓여서 기둥처럼 되어 있고, 사방의 벽은 이 서류의 기둥으로 덮여 있다고 합디다. 소르디니가 일할 때 필요한 것이라고는 단지 서류뿐이지요. 그리고 그 산더미처럼 쌓인 서류 더미 속에서 늘 서류를 잡아 빼기도 하고 속으로 집어넣기도 하는데, 그런 동작이 굉장히 빠른 속도로 이루어지기 때문에 기둥처럼 높이 쌓인 서류 더미가 언제나 허물어져서, 쿵 하며 무너지는 소리가 꼬리에 꼬리를 물고 끊임없어 들려오는 것이 바로 소르디니 사무실의 특색이라더군요. 정말이지 소르디니는 일꾼 중의 일꾼이며, 아주 사소한 일에조차 중대한 일처럼 세심한 주의를 아끼지 않아요."

면장이 말했다.

"면장님, 면장님께선 언제나 제 문제를 아주 하찮은 일로 취급하고 계시는데, 사실은 이 문제 때문에 많은 관리들이 바쁘게 일해야만 합니다. 이 문제가 처음에는 극히 사소한 일이었을지는 모르겠으나 소르디니 씨와 같은 관리가 열심히 일한 결과 지금은 중대한 문제가 되어 버렸어요. 이것은 참으로 유감스럽고 제 뜻과는 어긋나는 일입니다. 제 자존심은 저에 관한 서류가 산더미처럼 쌓였다가 한꺼번에 무너지는 것을 바라는 것이 아니라 한 사람의 측량 기사로서 자그마한 제도 책상 옆에 조용히 앉아서 일하기를 원하기 때문이에요."

K가 말했다.

"아니지요. 그건 중대한 문제는 아니에요. 그 점에 대해 당신이 불평할 이유는 없다고 생각해요. 그건 사소한 일 중에서도 가장 사소한 일이니까요. 일의 규모로 문제의 중요도를 결정지을 수는 없어요. 당신이 그런 생각을 품고 있다면 백작님의 관청을 이해하는 데는 아직도 멀었소. 설사 일의 규모가 문제 된다고 하더라도 당신의 경우는 아주 사소한 일에 불과해요. 보통의 일, 즉 일을 하는 데 있어서 소위 과오가 일어나지 않도록 하는 것은 보람 있는 일이지만 훨씬 힘들어요. 어쨌든 당신은 당신에 관한 문제 때문에 관청이 한 일에 대해서는 아직 아무것도 모르고 있소. 지금부터 그걸 이야기하리다.

먼저, 소르디니는 나를 그냥 내버려 두었지만 그의 부하 관리들이 매일같이 신사관으로 찾아와서 마을의 유력한 사람들을 심문하고 조서를 작성했어요. 대개는 내 편을 들었지만 그중 완고한 자가 몇 명 있었지요. 측량의 문제가 농부들에게는 절실한 모양이었고, 그들은 배후에 어떤 비밀 협정이나 부정행위라도 있는 것이 아닌가 하고 냄새를 맡고 돌아다녔으며, 더욱이 거기에 지도자 격인 인물을 발견해 냈소. 그래서 소르디니는 자연히 그들의 진술을 듣고 다음과 같은 확신을 갖게 되었소. 즉 내가 면 의회에 문제를 제기했으면 측량 기사 초빙 문제에 대해 모두들 반대하지는 않았을 것이라고 말입니다. 그래서 명백한 일—측량 기사는 필요 없다는—이 문제가 될 여지를 갖게 되었지요. 특히 브룬스비크라는 자가 이 일에 유난히 많은 활동을 했소. 당신은 그 사람을 모르시겠지만, 그 사람은 나쁜 인간이라고까지 할 수는 없지만 우둔하고 공상을 즐기며 라제만과는 의형제 사이예요."

면장이 말했다.

"피혁 가게 주인 라제만 말입니까?"

K는 이렇게 물으며 라제만의 집에서 만난 텁석부리에 관해 이야기했다.

"네, 바로 그 사람입니다."

면장이 말했다.

"저는 그분의 부인도 알고 있어요."

K는 짐작으로 말했다.

"그러시겠지요."

면장은 이렇게 말하고 입을 다물었다.

"미인이더군요. 하지만 안색이 좋지 않고 환자처럼 보이던데, 아마도 성 출신이지요?"

K는 반은 질문하는 듯한 말투로 말했다.

면장은 시계를 쳐다보더니 숟가락에 약을 가득히 따라 성급히 마셔 버렸다.

"성안의 일은 사무 조직에 관한 것밖에는 모르십니까?"

K는 약간 실례가 될 정도로 물어보았다.

"그렇소."

면장은 풍자까지 섞어서 고맙다는 듯이 미소를 띠며 K에게 말했다.

"사실은 그 사무 조직이 제일 중요한 것이지요. 그런데 브룬스비크라는 작자 말입니다. 그자를 이 마을에서 내쫓을 수만 있다면 모두들 기뻐할 거예요. 라제만이라고 해서 기뻐하지 않을 리가 없지요. 그 당시 브룬스비크는 약간의 세력을 갖고 있었어요. 물론 그는 웅변가는 아니지만 큰 소리로 외쳐대는 사람이었고, 많은 사람들은 그 점을 마음에 들어했소. 그래서 나는 그 문제를 면 의회에 제기해야만 했지요. 아무튼 당장은 브룬스비크 혼자서 판쳤으니까요. 뿐만 아니라 면 의회는 물론 대다수가 측량 기사 한 사람의 일쯤은 아무래도 상관없다는 태도를 보였어요. 벌써 몇 년 전 일이지만 그때부터 지금까지 계속해서 이 문제는 낙착을 보지 못한 채 질질 끌어온 거예요. 이것은 한편으로 보면 소르디니의 양심적인 태도에서 나온 것이라고 할 수 있어요. 소르디니는 다수파가 주장하는 근거뿐 아니라 반대파의 의견까지도 지극히 면밀한 조사에 의해 규명하려 했으니까요. 또 한편으로는 브룬스비크의 우둔함과 명예욕도 한몫했지요. 그는 백작님의 관청과 여러 가지로 개인적인 연고가 있었는데, 독특한 망상으로 여러 가지를 꾸며 내고는 그것을 선전하고 연관성이 끊어지지 않도록 노력했어요. 물론 소르디니는 브룬스비크에게 속아 넘어가지는 않았어요. 브룬스비크가 어떻게 소르디니를 속일 수 있겠소? 그러나 그렇게 속아 넘어가지 않기 위해 소르디니는 새로운 조사를 해야만 했지요. 그런데 그 조사가 채 끝나기도 전에 브룬스비크는 또다시 새로운 것을 생각해 냈어요. 그만큼 브룬스비크라는 자는 민첩했는데, 결국은 그것도 그의 우둔함의 일부겠지요. 자, 이제 관청의 특수한 성격에 대해 이야기할 때가 온 것 같소. 관청의 조직은 지극히 정교하고 치밀할 뿐만 아니라 아주 민감해요. 예를 들어 오랫동안 질질 끌어 오던 어떤 문제가 있다고 칩시다. 그런데 그 검토가 아직 끝나기도 전에 전혀 예기할 수도 없는 장소, 또 나중에 가서는 이미 어디였는지 알 수도 없는 장소에서 갑자기 번갯불처럼 해결의 서광이 비추어 오는 수가 있지요. 그래서 대개 결과적으로 보면 옳은 것이지만 제멋대로 그 문제의 끝을 맺게 되는 일도 있습니다. 그것은 마치 관청이 어떤 사소한 문제 때문에 몇 년 동안이나 자극을 받고 계속 긴장하는 사이에 이제 더는 견디지 못하여 결국 관리의 힘을 빌리지 않고 스스로 결말을 지어 버리는 것과 같소. 물론 그것은 기적이라고는 할 수 없어요. 아마도 관리 중 누군가가 그 처결을 문서에 기록했든지, 아니면 문서에 쓰지도 않고 그대로 매듭지어 버렸든지 둘 중 하나일 거예요. 그러나 이 경우 어떤 관리가 결정을 지었든, 또 어떤 근거에서 그러한 결론을 내렸든지 간에 우리는 물론 관청 측에서도 확인할 길이 없어요. 다만 훨씬 나중에 가서 감독관청만이 확인하게 되어 있지요. 그렇게 되면 우리는 알 도리가 없어요. 아무튼 그때쯤 되면 거의 모든 사람들이 그 문제에 흥미를 갖지 않을 테니까 말이오. 먼저 말씀드린 것처럼 이 결정은 아주 훌륭한 것입니다. 다만 이러한 결정으로 곤란한 것은—자연히 그렇게 되는 수밖에 없지만—오랜 시간이 지난 후에 이 결정에 대해서 알게 된다는 점과, 따라서 결정의 가부를 알게 될 때까지는 아주 오래 전에 낙착된 문제를 여전히 그리고 지극히 열심히 상의하고 있다는 거예요. 당신의 경우에도 이런 결정이 내려졌는지 어쩐지 나로서는 알 수 없지만, 거기에는 긍정과 부정의 양론이 성립하고 있어요. 결정이 내려졌다고 해도 이미 당신을 초빙한다는 통지서가 당신에게 발송되고, 이어서 당신은 먼 여행길에 올라 여기까지 오셨으니 퍽 오랜 시간이 흐른 것이지요. 그동안 소르디니는 이곳에서 여전히 같은 문제로 씨름하며 기운이 다 빠질 정도로 일에 몰두하고, 브룬스비크는 음모를 꾸몄으며, 나는 이 두 사람에게 고통을 받아 온 것이오. 지금으로서는 오로지 이런 일이 있었을지 모른다는 가능성만 점칠 뿐이지만 나는 아주 뚜렷하게 알고 있소. 그것은 우리가 옥신각신하는 사이에 감독관청 쪽에서는 몇 해 전 측량 기사에 관해 A과가 면사무소에 공문을 발송했는데 아직껏 회답을 받지 못하고 있다는 사실을 발견한 것이에요. 최근에 내게도 조회가 왔는데 그때 모든 정황이 밝혀졌지요. 그래서 A과는 측량 기사가 필요치 않다고 써 보낸 내 회답에 만족했으며, 소르디니는 자신이 이 문제에 관해 권한이 없다는 사실과 물론 자기 잘못은 아니지만 지금까지 쓸데없는 일을 해 왔다는 사실을 솔직히 인정하지 않을 수 없었소. 만약 새로운 일이 평상시와 같이 사방에서 구름 떼처럼 밀려오지 않았다면, 또한 당신의 문제가 단지 쓸데없는 문제에 불과한 것이 아니었다면—사실 당신의 일은 사소한 문제 중에서도 가장 사소한 문제입니다—우리 모두는 틀림없이 숨을 크게 내쉬었을 거예요. 나는 소르디니도 나와 같았을 것이라고 생각해요. 단지 브룬스비크만이 원한을 품었을 텐데, 그것 참 우스운 일이지요. 그런데 측량 기사 양반, 내가 얼마나 실망했는지에 대해 좀 알아주시오. 다행히도 사건 전부가 처리된 후에—그때부터 이미 오랜 세월이 흐른 지금—느닷없이 당신이 나타나서 모든 일을 처음부터 다시 시작해야 하는 상황이 되었으니까요. 나로서는 절대로 그런 일을 용납하지 않을 작정이오. 그 점에 대해선 당신도 잘 아시겠지요?"

면장은 무척이나 장황한 이야기를 끝냈다.

"네, 알겠습니다. 그런데 그보다 제가 더욱 잘 아는 것은 이 땅에서 저에게 굉장한 불법 행위를 자행하고 있다는 사실입니다. 아마도 법률의 힘을 빌어서까지 제 권리를 침해하고 있는 것 같습니다. 그래서 저로서는 그것을 막아 낼 작정입니다."

K가 말했다.

"어떻게 막겠다는 것이오?"

면장이 물었다.

"그것은 말할 수 없습니다."

K가 말했다.

"나는 당신에게 억지를 쓸 것은 없소. 설마 당신은 나를 당신의 친구라고 말하려는 생각은 아니겠지요? 우리는 초면이니까요. 말하자면 우리는 직무상의 동료일 뿐이라는 점을 명심해 주시리라 믿소. 단, 당신을 측량 기사로 채용하는 일만은 인정하지 않지만, 그 밖의 일로 당신이 나를 신용하는 건 언제든지 좋아요. 내 힘이 닿는 데까지 최선을 다해 보겠소. 그렇다고 해서 내가 무슨 큰 권력이라고 갖고 있는 것은 아니지만 말이오."

면장이 말했다.

"지금 제가 측량 기사로 채용될 것인지 아닌지에 대해 말씀하시는데, 저는 이미 채용되었습니다. 이것이 바로 클람의 서한이에요."

K가 말했다.

"클람의 서한이라고요? 그건 참으로 귀하고 얻기 어려운 것인데요. 클람의 서명을 보니 틀림없는 그의 필적처럼 보이는군요. 그러나 나 혼자만의 감정(鑑定)으로 되는 일은 아니지요. 미치!"

그는 아내를 부르더니,

"대체 자네들은 무얼 하고 있지?"

하고 물었다.

  면장과 K는 상당한 시간 동안 조수들과 미치를 잊고 있었다. 그들은 여전히 찾고 있는 서류를 발견해 내지 못한 듯했다. 그들은 함부로 끄집어낸 서류를 억지로 장 속에 넣으려 했으나 산더미 같은 서류 무더기를 간추리지 않은 탓에 먼젓번처럼 되지는 않았다. 그래서 결국은 조수들이 한 가지 꾀를 내어 그것을 실천에 옮기고 있는 모양이었다. 그들은 장을 바닥에 눕혀 놓고 서류를 꾹꾹 처넣은 다음 미치와 함께 장문 위에 앉아서 그것을 지근지근 누르고 있었다.

  "아직도 서류를 찾지 못한 게로군."

  면장이 말했다.

  "참 안 됐습니다. 어쨌든 지금까지 쭉 이야기했으니까 줄거리는 대강 아시겠지요? 하기야 이제 서류 같은 건 필요 없게 되었소. 언젠가 서류를 찾게 될 테지만, 아마도 선생이 가지고 있을 거요. 그는 아직도 굉장히 많은 서류를 갖고 있으니까요. 자, 미치! 촛불을 가지고 이리 와서 내게 이 편지를 읽어 줘요."

  미치가 침대 가로 다가와 걸터앉더니 튼튼하고 힘 좋게 생긴 남편에게 몸을 기대었다. 남편은 아내를 포옹하고 있었는데, 그러고 보니 그녀는 전보다 더 파리하고 초라하게 보였다. 촛불에 비친 그녀의 작은 얼굴은 이채를 띠고 있었으며, 얼굴 윤곽은 뚜렷하고 근엄해 보였는데, 늙어서 쇠약한 탓인지 부드럽게 보였다. 그녀는 편지에 시선을 떨어뜨리고 가볍게 두 손을 합치며 '클람에게서' 하고 말했다. 그러고는 내외가 함께 편지를 읽으며 두서너 마디 정도 속닥거렸다. 한편, 조수들은 누르고 있던 장문을 잠그는 데 성공해서는 '만세!' 하고 고함을 질렀으며, 미치는 고마운 시선으로 잠자코 그들을 바라보았다. 그때 면장이 입을 열었다.

"미치 역시 나와 같은 의견이기 때문에 솔직하게 말씀드리겠습니다. 이것은 공문이 아니라 사사로운 편지에 불과해요. 그것은 '삼가 말씀드립니다.'라는 첫 문장만 보아도 똑똑히 알 수 있어요. 그것은 그렇다 치고 이 편지 속에는 당신을 측량 기사로 채용했다는 소리는 일언반구도 없소. 단지 일반적인 의미로 영주에 대한 봉사라는 것이 언급되어 있을 뿐이고, 그것조차 의무적이거나 강제적인 것이 아니라 '귀하가 잘 아시는 바와 같이'라는 단서를 붙여서 채용된 것이란 말이오. 그 말인즉슨 당신이 채용된 것에 대한 책임은 당신 자신이 져야 된다는 뜻입니다. 마지막으로 당신의 직속상관은 바로 내가 되고, 직무와 관련된 사항에 대해서는 전적으로 상관인 나의 지휘 감독을 받으라고 명령하고 있소. 그렇다면 내가 당신에게 전달하도록 되어 있는 세세한 일들을 대부분 다 말씀드린 것이나 다름없는 줄로 압니다. 관청의 공문을 잘 읽을 줄 아는 사람, 그리고 공문 외에도 사신을 잘 해독하는 사람에게는 이런 일이 너무나 명백하지요. 따라서 이러한 사정을 잘 알지 못하는 당신이 상황을 이해하지 못하는 것은 그다지 이상한 일이 아닙니다. 결국 이 편지의 취지는 당신이 백작님의 관청에 채용될 경우 클람이 사적으로 당신을 돌봐 주겠다는 의미 외에는 아무것도 아니에요."

이것이 면장의 이야기였다.

"면장님, 면장님은 이 편지를 아주 멋지게 해석하셨는데 너무나 근사하게 해석하신 나머지 한 장의 백지에 쓴 서명밖에는 남는 것이 없군요. 그렇게 하시는 것이 귀하신 분이라고 입에 올린 클람의 이름을 멸시하는 것이라는 걸 왜 깨닫지 못하십니까?"

K가 말했다.

"그것은 오해예요. 내가 편지의 뜻을 잘못 해석한 게 아닙니다. 제멋대로 해석해서 그 편지를 무시하는 태도는 결코 취하지 않았소. 오히려 그 반대요. 클람의 사신은 단연 공문보다도 훨씬 중요한 뜻을 가지고 있어요. 그렇지만 당신이 그 편지에서 찾으려 하는 그런 뜻은 담겨 있지 않소."

면장이 말했다.

"쉬바르처를 아십니까?"

K가 물었다.

"아니, 몰라요. 미치! 당신은 아오? 당신도 모른다고? 우리 두 사람 다 모르는데요."

면장이 말했다.

"그것 참 이상하군요. 그는 하급 집사의 아들입니다."

K가 말했다.

"측량 기사 양반, 대체 내가 어떻게 그 많은 하급 집사를, 그것도 그의 아들을 알 수 있겠소?"

면장이 말했다.

"좋습니다. 그렇다면 일단 쉬바르처가 하급 집사의 아들이라고 해 둡시다. 제가 이곳에 도착한 날, 저는 이미 쉬바르처와 감정적으로 다투었어요. 그때 그자는 프리츠라는 하급 집사에게 전화를 걸어 조회한 결과, 내가 측량 기사로 채용되었다는 사실을 알게 되었습니다. 면장님, 그렇다면 이것은 또 어떻게 설명하시겠어요?"

"그 또한 아무것도 아니에요. 당신은 실질적으로 아직 한 번도 우리 관청과 교섭해 본 적이 없어요. 당신이 지금 말씀하시는 것과 같은 교섭은 모두 건성인데, 그거야 사정을 모르시니까 교섭이라고 생각하시는 것이겠지요. 전화 이야기가 나왔으니 말인데 보시는 바와 같이 나는 전화 없이도 얼마든지 관청과 교섭하고 있어. 식당 같은 데서는 전화가 도움이 될지 몰라도—말하자면 자동 피아노처럼—그 이상의 역할은 하지 못해요. 당신은 아마도 이곳에 오셔서 전화를 걸어 보신 적이 있지요? 그렇다면 내 말을 잘 알아들으실 거예요. 성안에서는 전화의 용도가 매우 크답니다. 사람들의 말에 따르면 성안에서는 끊임없이 전화로 연락하고 있다더군요. 물론 그것을 통해 사무 능률을 상당히 올리고 있는 건 사실이에요. 우리가 마을 전화로 성에다 전화를 걸면 그쪽에서는 전화 소리가 그칠 새 없이 떠들썩하게 또는 노랫소리처럼 들리는데, 그 노랫소리 같은 것은 마을의 전화가 우리에게 전달해 주는 것 중에서 가장 올바른 것, 신용할 만한 것이고 다른 모든 것은 가짜고 협잡이지요. 성과 마을 사이에는 아무런 전화 연락이 없을뿐더러 우리의 요청을 그쪽으로 연결해 주는 중앙 전화국 같은 것도 없어요. 여기서 전화를 걸어 성의 누군가를 불러내려고 하면 저쪽에서는 가장 하급에 속하는 여러 과의 전화기가 한꺼번에 울려요. 그뿐만 아니라 이 역시 내가 잘 알고 있는 사실인데, 대개의 전화기의 전령(電鈴) 장치를 단절해 놓았으니까 그 정도로 그치는 것이지 만일 그렇지 않았다면 성 전체의 전화기가 한꺼번에 울리게 되었을 거요. 그러나 가끔 피곤한 관리가 심심풀이로—주로 저녁때나 밤이지만—그 전령 장치를 연결하는 일이 있어요. 그럴 때 우리는 마치 농담으로밖에는 들리지 않는 대답을 받을 때가 있지요. 물론 그것도 이해가 갑니다. 언제나 굉장히 중요한 일들이 맹렬하게 진행되고 있는데, 그 와중에 개인적인 사소한 용무 때문에 전화를 걸고 폐를 끼치는 일이 대체 누구에게 허락될 수 있단 말입니까? 더군다나 내가 납득할 수 없는 일은, 이곳에 처음 도착한 타향 사람이라고 할지라도, 예를 들면 소르디니에게 전화를 걸어 그를 불러냈을 때 자신에게 대답하고 있는 상대방이 정말로 소르디니라고 어떻게 믿을 수 있느냐 말이오. 얼토당토않게 상대는 어쩌면 다른 과의 보잘것없는 기록 계원일지도 모르는 일이잖소. 그와 반대로 시간을 잘 선택해서 그 기록 계원을 불러내려고 했는데, 도리어 소르디니가 대답하는 일도 있을 수 있겠지요. 그럴 때는 목소리를 듣기 전에 수화기를 내리고 도망가는 것이 낫습니다."

면장이 말했다.

"그 정도까지인 줄은 몰랐습니다. 그런 자세한 것까지는 알지 못했으니까요. 저 역시 전화로 이야기하는 것에 대해서 그다지 믿지는 않아요. 다만 성안에서 경험하거나 얻은 일만이 중요한 것이라고 늘 의식하고는 있지요."

K가 말했다.

"아니지요."

면장은 한마디도 빠뜨리지 않겠다는 듯이 이어서 말했다.

"그런 전화의 대답일수록 중요한 뜻이 있는 겁니다. 그렇지 않겠어요? 성의 관리가 알려 주는 일이 어째서 무의미할 수 있을까요? 클람의 편지 이야기가 나왔을 때 이미 말씀드렸지만, 지금 하는 말은 직무상의 뜻을 가지고 있지 않아요. 만일 당신이 이런 말에 직무상의 뜻이 있다고 생각하신다면 큰 잘못입니다. 말하자면 그런 말은 회의적인 뜻이건 적대시하는 뜻이건 간에 개인적인 뜻을 다분히 가지고 있어서 대개는 직무상의 뜻보다 더 크니까요."

"좋습니다."

K가 말했다.

"사정이 그렇다면 저는 성안에 좋은 친구들을 많이 가지고 있는 것이나 다름없어요. 잘 생각해 보면, 이미 오래 전에 언젠가 측량 기사를 부르게 되리라고 그 과에서 계획을 세운 것은 저에 대한 호의에서 나온 것 같습니다. 그리고 그 후 계속해서 호의적인 행동으로 저를 유인해 놓고, 정작 이번에는 저를 쫓아내려는 무자비한 행동을 감행하려는 것이로군요."

K가 말했다.

"당신의 견해에도 일리는 있소. 성에서 하는 말을 액면 그대로 받아들여서는 안 되는데, 그 점에 있어서는 당신 말이 옳아요. 그러나 조심성이라는 것은 어딜 가든지 간에 필요한 것이지요. 그리고 문제의 중요성이 크면 클수록 조심성은 더 필요한 법이고요. 그래서 나로서는 당신이 유인당했다고 말씀하시는 것을 납득할 수가 없어요. 두서없이 여러 가지로 이야기했지만, 내가 설명한 내용을 더 자세히 살펴보면 당신을 여기로 초빙하는 문제는 아주 복잡해서 이렇게 이야기를 주고받으면서 문제에 대한 해답을 줄 수는 없다는 걸 틀림없이 아시게 될 거예요."

면장이 말했다.

"그러면 이 문제의 결말은 흐리멍덩하게 해결도 안 된 채 결국에 가서는 제가 추방당할 운명을 맞이하는 것뿐이겠군요."

K가 말했다.

"측량 기사 양반, 누가 당신을 추방한단 말입니까? 지금까지 여러 가지 선결 문제를 애매하게 다룬 것은 당신에 대한 예의를 지켜서 올바른 대우를 보장해 드리려는 태도에서 나온 것입니다. 보아하니 당신은 무척 신경질적인 것 같소. 아무도 당신을 이곳에 붙잡아 두진 않겠지만 그렇다고 해서 그것이 당신을 추방하려는 것은 아니잖소?"

면장이 말했다.

"아아, 면장님. 면장님은 무엇이든 날카로운 통찰력을 가지고 제 속까지 들여다보시는군요. 이제 저를 이곳에 붙들어 매고 있는 몇 가지 이유에 대해 말씀드려야겠습니다. 고향을 떠나올 때 제가 바친 희생과 길고 길었던 고생스러운 여행, 이곳에 채용될 것을 전제로 해서 가슴에 품었던 여러 가지의 희망과 기대, 잃어버린 재산, 이제 다시 고향으로 돌아가면 다른 적당한 일을 구할 수 없다는 것 등등입니다. 그리고 마지막으로 가장 중요한 이유는 이 마을에 살고 있는 제 약혼자 때문입니다."

"아, 프리다 말인가요."

면장은 조금도 놀란 기색 없이 말했다.

"알고 있어요. 프리다는 당신이 가는 곳이라면 어디든 따라갈 테지요. 그리고 그 밖의 일에 관해서는 당연히 깊이 생각해 봐야겠지요. 그 일에 대해서는 성에 보고하겠어요. 성의 결정이 내려오기 전이라도 당신에게 물을 것이 있다면 사람을 보내겠소. 아시겠습니까?"

면장이 말했다.

"아니, 찬성할 수 없습니다. 나는 성으로부터의 어떤 은총이나 자선 같은 것을 바라는 것이 아니라 제 권리를 주장할 따름입니다."

K가 말했다.

"미치!"

면장은 자기 아내에게 말했다. 그녀는 여전히 남편에게 몸을 기대고 붙어 앉아서 몽상에 잠긴 채 클람의 편지를 만지작거리고 있었다. 그녀는 편지지를 작은 배처럼 접어 놓았는데, 그것을 본 K는 깜짝 놀라 편지를 빼앗았다.

"미치, 다리가 또다시 쑤시고 아프기 시작해요. 약을 갈아붙여야겠소."

K는 일어서서,

"이만 실례하겠습니다."

하고 말했다. 미치는 남편을 향해,

"네."

하고 대답하더니 재빨리 연고(軟膏)를 준비하면서,

"문바람이 셉니다."

하고 말했다.

  K는 뒤를 돌아다보았다. 조수들은 평소와 다름없이 일에는 열심이지만 서투르고 어색한 태도로 K의 말을 듣자마자 문 좌우로 가서 양쪽 문을 열어젖혔다. K는 세게 불어 들어오는 바람이 환자 방으로 스며들지 못하도록 조심하면서 면장에게 가볍게 인사를 했다. 그러고는 조수들을 잡아끌다시피 하면서 방에서 뛰어나와 재빨리 문을 닫았다.

6

 여관 앞에서는 주인이 그를 기다리고 있었다. 이쪽에서 묻지 않으면 말을 붙이지도 않을 것 같아서 K는 무슨 용무냐며 주인에게 먼저 말을 걸었다.
 "새 여관은 정하셨나요?"
 주인은 시선을 땅 위에 떨어뜨린 채 물었다.
 "주인아주머니의 부탁으로 묻는 것이겠지요? 아마도 주인아주머니에게 잡혀서 사시는 모양인데……."
 K가 말했다.
 "원, 천만에요. 집사람의 부탁을 받고 묻는 것이 아니라니까요. 집사람은 선생님 때문에 흥분해서 슬퍼하고 있어요. 일도 안 하고 드러누운 채 끊임없이 한숨만 쉬며 한탄하고 있다고요."
 주인이 말했다.

"주인아주머니를 찾아뵐까요?"

K가 물었다.

"부탁드려요. 사실은 선생님을 모셔 가고 싶어서 면장 댁 문 앞에서 귀를 기울이고 있었어요. 두 분이 한참 이야기하고 계셔서 방해가 될까 염려되기도 하고, 집사람 일도 걱정이 돼서 빨리 되돌아왔지요. 그런데 집사람은 내가 곁에 있는 것을 좋아하지 않기 때문에 선생님이 돌아오시기를 기다리는 수밖에 없었어요."

주인이 말했다.

"그렇다면 따라오세요. 주인아주머니의 마음을 가라앉혀 드릴 테니까."

K가 말했다.

"그렇게 되면 좋으련만……."

주인이 말했다.

두 사람은 밝은 부엌을 지나갔다. 하녀들 서너 명이 서로 떨어진 곳에서 잡일을 하고 있다가 K의 모습을 보자 적이 놀란 듯 멈칫했다. 듣자 하니 안주인의 탄식 소리가 부엌에까지 들려왔다. 그녀는 얇은 판자벽으로 부엌과 분리되어 있는 창문도 없는 칸막이 방에 누워 있었다. 그곳은 이인용 침대와 장롱 하나를 놓을 자리밖에는 없었다. 침대는 부엌을 내다보며 일을 감시할 수 있는 위치에 놓여 있었다. 이와 반대로 부엌에서는 그 칸막이 방 안의 아무것도 볼 수가 없었다. 방 안은 상당히 어두워서 불그스름한 이부자리만 희미하게 보일 뿐, 어둠에 눈이 익숙해지기까지는 아무것도 분간하지 못할 지경이었다.

"지금 오셨어요?"

안주인이 힘없이 말했다. 그녀는 사지를 편 채 천장을 쳐다보며 드러누워 있었는데, 숨을 쉬는 것이 힘에 겨운지 새털이불을 발치로 걷어치우고 있었다. 침대에 누워 있으니 일어나서 옷을 입고 있는 것보다 훨씬 젊게 보였다. 그녀는 레이스를 두른 얇은 나이트캡을 머리에 쓰고 있었는데, 너무나 작아서 벗겨질 것처럼 머리 위에서 간들간들 흔들려서 파리한 얼굴이 더욱 애처롭게 보였다.

"부르지도 않으셨는데 이렇게 찾아와서 폐가 되지 않을까요?"

K가 부드러운 음성으로 말했다.

"오랫동안 당신을 기다리고 있었어요."

그녀의 말투에는 환자다운 고집이 드러나 있었다.

그녀는 침대 가를 가리키며,

"걸터앉으세요."

하고 말하더니 대뜸,

"다른 분들은 나가 주세요!"

하고 외쳤다. 어느 사이에 조수들뿐만 아니라 하녀들까지도 방 안에 들어와 있었다.

"나도 나가야지, 가르데나?"

주인이 말했다. K는 그제야 비로소 안주인의 이름을 처음으로 들었다.

"물론이에요."

그녀는 천천히 말하면서 다른 생각에 잠긴 듯 건성으로 덧붙이며,

"당신이 여기에 남아서 무얼 어쩌겠다는 거예요?"

하고 말했다. 사람들이 모두 부엌으로 물러나자―조수들도 이번에는 바로 말을 들었다. 그것도 한 하녀의 꽁무니를 쫓았기 때문이다―눈치 빠른 가르데나는 칸막이 방에 문이 없으므로 여기서 말하는 소리가 부엌에 다 들린다고 판단하고, 부엌에서도 나가라며 명령했다. 명령은 당장에 실행되었다.

"측량 기사님, 저 장을 열면 바로 앞턱에 숄이 걸려 있어요. 미안하지만 그것 좀 집어 주세요. 그것을 몸에 걸치고 싶군요. 이 새털 이불은 답답해서 견딜 수가 없어요."

가르데나가 말했다. K가 숄을 집어 주니까,

"참으로 아름다운 숄이지요?"

하고 그녀가 말했다. K는 그 숄이 보통 흔히 볼 수 있는 털로 짠 것으로밖에는 보이지 않았다. 그래서 호의로 한 번 슬쩍 만져 보았을 뿐 아무 소리도 하지 않았다.

"이것은 정말로 근사한 숄이에요."

그녀는 이렇게 말하더니 그 숄로 몸을 감쌌다. 이번에는 마음이 놓인다는 듯 드러누워 있었다. 모든 걱정 근심이 없어졌다는 그런 표정이었다. 그녀는 누워 있는 탓에 머리카락이 흐트러진 것을 깨닫고 잠깐 몸을 일으키더니 나이트캡 둘레의 머리카락을 손질했다. 참 탐스러운 머리칼이었다.

K는 참을 수가 없어서 이렇게 입을 열었다.

"주인아주머니, 내가 다른 거처를 정했는지 아주머니께서

내게 물어보라고 시켰지요?"

"내가 사람을 시켜서 기사님에게 물어보라고 했다고요? 아니에요, 그건 오해예요."

안주인이 말했다.

"바깥양반께서 방금 내게 그것에 관해 물었어요."

"그럴 거라고 생각했어요. 그이는 딱 질색이라니까요. 당신이 이곳에 숙박하는 것을 내가 탐탁지 않게 여겼을 때 그이는 당신을 이곳에 붙들어 놓고, 지금 당신이 이곳에 묵고 계신 것을 내가 기쁘게 생각하니까 이번에는 당신을 쫓아내려 하고 있어요. 그이가 하는 짓은 언제나 그렇다니까요."

안주인이 말했다.

"그러면 나에 대한 생각이 달라졌다는 건가요? 한두 시간 사이에?"

K가 물었다.

"생각이 달라진 것은 아니에요."

안주인이 약해진 음성으로 말했다.

"손을 내밀어 보세요. 내게 악수하며 약속해 주세요. 모든 것을 다 고백하겠다고 말예요. 나도 그렇게 할게요."

"네, 그런데 두 사람 중에서 누가 먼저 시작하지요?"

K가 물었다.

"내가 먼저 시작하겠어요."

안주인이 말했는데, K의 비위를 맞추기 위해서 그렇게 말한 것 같지는 않고 오히려 먼저 말하고 싶어서 참을 수 없는 모양이었다.

그녀는 요 밑에서 사진 한 장을 끄집어내더니 K에게 보여주었다.

"이 사진 좀 보세요."

그녀는 애원하듯이 말했다. K는 사진을 좀 더 잘 보기 위해 부엌으로 한 발짝 내디뎠으나 사진에 무엇이 박혀 있는지 분간하기가 어려웠다. 사진이 너무 오래되고 색이 바래서 희미한 데다가 여기저기 찢어지고 구겨지고 얼룩까지 져 있었기 때문이다.

"아주 못쓰게 되었는데요."

K가 말했다.

"유감스러운 일이에요. 몇 년 동안 몸에 지니고 다니다 보면 자연히 그렇게 된답니다. 그러나 자세히 들여다보면 죄다 아시게 될 거예요. 틀림없어요. 내가 도와드릴 테니 무엇이 보이나 말씀해 보세요. 이 사진에 관한 얘기를 듣는 것은 참 재미있어요. 그래, 무엇이 보이나요?"

안주인이 말했다.

"젊은 남잔데요."

K가 말했다.

"맞았어요. 그런데 뭘 하고 있지요?"

안주인이 물었다.

"판자 위에 드러누워서 기지개를 켜며 하품하고 있군요. 그렇게 보이는데요."

안주인이 웃었다.

"완전히 틀렸어요."

그녀가 말했다.

"하지만 분명 여기에 판자가 있고 남자가 드러누워 있어요."

K는 자기 의견을 고집하며 말했다.

"더 자세히 들여다보세요. 정말로 드러누워 있나요?"

그녀는 안타깝다는 듯이 물었다.

"아, 틀렸군요. 누워 있는 것이 아니라 허공에 떠 있어요. 그래요, 이것은 판자가 아니라 끄나풀인 것 같아요. 그러니까 이 젊은이는 높이뛰기를 하고 있는 거로군요."

K가 말했다.

"그래요. 그것은……."

안주인은 자못 기쁜 듯이 말했다.

"높이 뛰고 있는 거예요. 관청의 사환들은 이렇게 연습한답니다. 나는 당신이 아실 거라고 생각했어요. 그러면 얼굴도 분간하실 수 있겠어요?"

"얼굴은 잘 알 수가 없네요. 하지만 몹시 힘을 쓰고 있는 것 같아요. 입은 벌어져 있고, 눈은 감겨져 있으며, 머리칼은 바람에 나부끼고 있어요."

K가 말했다.

"네, 잘 맞히셨어요. 직접 만난 적이 없다면 그 이상 분간하기는 어려울 거예요. 그분은 아주 잘생긴 청년이었어요. 나는 이 잘생긴 남자를 한 번 슬쩍 봤을 뿐인데 결코 잊혀지지가 않아요."

안주인이 말했다.

"대체 누군데 그러십니까?"

K가 물었다.

"이 사람은 사환이에요. 클람이 맨 처음 나를 불렀을 때 이 사람이 심부름을 왔지요."

그녀가 말했다.

K는 안주인이 무슨 말을 하는지 잘 알아들을 수가 없었다. 창문이 덜컹거리는 소리에 정신이 팔렸기 때문이다. 그 방해의 원인은 곧 드러났는데, 바깥뜰의 눈 위에서 조수들이 두 발을 번갈아 뛰고 있었던 것이다. K를 다시 보는 것이 자못 반갑다는 듯 그들은 기쁨에 넘쳐 펄쩍펄쩍 뛰면서 K를 손가락질했고, 그 바람에 그들의 손가락 끝이 끊임없이 부엌 창문에 닿아서 똑똑 두드리는 소리를 냈다. 그러다 K가 위협적인 태도를 보이면 곧 멈추어 서서 서로 상대방을 떠밀며 뒤로 물러가는 시늉을 했지만, 곧 어느 쪽이라고 할 것도 없이 날쌔게 몸을 피해서 어느새 창문 앞으로 달려와 있었다. K는 재빨리 칸막이 방으로 들어가 버렸다. 그곳에서라면 바깥에서 조수들에게 보일 염려도 없을뿐더러 이쪽에서 조수들의 모습을 보지 않아도 좋았기 때문이다. 그러나 K가 방 안으로 숨어 들어온 후에도 창문을 두드리는 소리가 여전히 애원하듯 나지막하게 그의 귓전을 울렸다. 그 소리는 오랫동안 지속되었다.

"또 조수들이……."

K는 변명이라도 하듯이 안주인에게 말하고 바깥을 가리켰다. 그러나 그녀는 이 말을 염두에 두지도 않았다. 그녀는 이미 K의 손에서 사진을 빼앗아 뚫어지게 쳐다보더니 이내 그

것을 어루만진 다음 다시 요 밑에 밀어 넣었다. 동작이 전보다 둔해졌지만 그것은 피곤 때문이 아니라 한없는 추억과 회상으로 가슴이 벅차올랐기 때문이다. 그녀는 K에게 모든 걸 이야기하려고 했지만 이야기 도중에 그만 K의 존재를 완전히 잊어버렸다. 그녀는 숄의 레이스를 만지작거렸다. 그리고 잠시 후에야 비로소 눈을 위로 뜨더니 손으로 눈꺼풀을 비비고 나서 말을 시작했다.

"이 숄도 클람이 준 것이고, 이 작은 나이트캡 역시 마찬가지예요. 사진과 숄과 나이트캡 이 세 가지는 클람의 기념품이랍니다. 나는 프리다처럼 젊지도 않고, 그 애처럼 허영심도 강하지 않으며, 또 그렇게 섬세한 감정을 가지고 있지도 않아요. 그 애는 참 부드러운 마음씨를 가졌어요. 어쨌든 나는 살림살이에 적응하게 되었지만 솔직히 말해서 이 세 가지가 없었다면 이곳에서의 생활을 이처럼 오래 지탱해 나가지 못했을 거예요. 그래요, 아마 하루도 배겨 낼 수 없었을지 모르지요. 당신 눈에는 이 세 가지 기념품이 하찮아 보이겠지만 좀 생각해 보세요. 프리다는 그렇게 오랫동안 클람과 교제했는데도 기념이 될 만한 것이라곤 하나도 갖고 있지 않아요. 그 애는 공상을 좋아하고 욕심이 많지요. 그와 반대로 나는 클람에게 세 번밖에 간 적이 없지만—그 후로는 더 이상 사람을 보내서 나를 부르는 일이 없었어요. 왜 그랬는지는 도무지 알 수가 없는 일이지만—이 기념품을 받았어요. 마치 짧은 인연을 예감이라도 한 것처럼 말이지요. 한 가지 염두에 둘 것은 클람에게서 마음에 드는 물건이 눈에 띄면 그것을 달라고 조르면 된다는 거예요."

　K는 아무리 자신과 관련이 있다 하더라도 이런 이야기를 듣는 것이 기분 나빴다.

　"대체 그 이야기는 몇 해 전 일입니까?"

　K는 한숨을 쉬며 말했다.

　"이십 년 전이에요. 아니, 이십 년도 훨씬 넘었지요."

　안주인이 말했다.

　"상당히 오랫동안 클람을 생각하며 지내오셨군요. 주인아주머니, 당신의 고백을 듣고 앞으로의 내 결혼 문제를 생각하니 크게 걱정하지 않을 수가 없습니다."

　K가 말했다.

　안주인은 이야기 중에 K가 자신의 일을 얘기하며 뛰어든 것이 못마땅해서 곁눈으로 흘겨보며 화를 냈다.

　"그렇게 화내지 마세요, 주인아주머니! 내가 클람에 대해 반대한 것은 아니잖아요. 하지만 나는 여러 가지 사건으로 인해 클람과 어떤 관계를 맺고 있어요. 클람을 가장 숭배하는 사람도 이 사실만은 부정할 수 없을 거예요. 일이 그렇게 되어 버렸어요. 그래서 나는 클람의 얘기가 나오면 언제나 내일부터 생각하게 돼요. 그건 어쩔 수가 없어요. 그런데 주인아주머니!"

　여기서 K는 그녀가 머뭇거리는데도 불구하고 그녀의 손을 꼭 잡았다.

　"먼젓번에는 이야기하다가 아주 어색하게 끝을 냈는데 이번에는 좀 사이좋게 헤어집시다."

"옳은 말씀이에요."

안주인은 이렇게 말하고 나서 고개를 수그렸다. 이어,

"그러나 내 사정도 봐주세요. 나는 다른 사람처럼 민감하지도 못해요. 모두들 여러 가지로 감수성이 예민하지만, 나는 단지 이 일에 대해서만 민감해요."
라고 말했다.

"공교롭게도 그 일에 대해서는 나 역시 민감해요."

K가 말했다.

"그러나 나는 충분히 자제할 수 있어요. 그런데 주인아주머니, 설명 좀 해 주세요. 결혼한 후라도 프리다가 클람에 대해 터무니없이 정조를 지킨다면 나는 견딜 수 없을 것 같아요. 만약 프리다가 그 점에 관해서 당신과 같다고 한다면 말입니다."

"터무니없는 정조라고요?"

안주인은 으르렁거리며 이 말을 되풀이했다.

"대체 그것이 정조예요? 나는 남편에 대해 정조를 지키고 있지만 클람에 대해서라고요? 나는 과거에 클람의 애인이었어요. 내가 앞으로 이 지위를 잃는 일이 있을까요? 그리고 당신은 프리다가 그런 태도로 나오면 어떻게 견딜 수 있겠느냐 이 말이지요? 아, 측량 기사님! 당신이 그런 걸 물으시다니 대체 어찌 된 셈이지요?"

"주인아주머니!"

K는 상대의 심한 말투에 경고하는 기색을 보이며 말했다.

"미안해요."

안주인이 부드럽게 말했다.

"우리 주인은 그런 걸 묻지 않았어요. 당시의 내 입장과 지금 프리다의 입장 중 어느 쪽이 더 불행한지는 알 수 없어요. 프리다는 제멋대로 클람을 버렸지만 내 경우는 클람이 나를 부르기 위해 사람을 보내지도 않았어요. 어느 쪽이 비참한 건지는 모르겠지만 아마 프리다가 더할 거예요. 물론 그 애는 전적으로 그 점에 관해서는 잘 모르는 것 같아요. 그러나 당시의 나는 지금보다도 훨씬 불행하다는 생각에 사로잡혀 있었어요. '왜 이렇게 되어 버렸지? 클람이 나를 부르기 위해 세 번씩이나 사람을 보냈지만 아마 네 번째는 보내지도 않을 거야. 네 번째는 절대로 보내지 않을 거야!' 하고 늘 스스로에게 물었고, 지금도 사실은 계속해서 의문을 품고 있어요. 당시 그것 말고는 내 마음을 가득 채운 것이 없었어요. 그런 일이 있고 난 직후에 내가 결혼한 주인과 다른 일에 관해서 이야기할 수 있겠어요? 낮 동안에는 우리에게 틈이 없었어요. 형편없는 상태에서 이 여관을 넘겨받았기 때문에 여관을 일으켜 세우기 위해 애써서 일해야만 했으니까요. 그러나 밤은 달랐어요. 우리는 몇 년 동안이나 클람에 관해서, 그리고 왜 그의 마음이 변했는지에 관해서만 이야기했어요. 이 이야기를 하고 있는 사이에 주인이 잠들어 버리면 나는 주인을 깨워 이야기를 계속했지요."

"그런데 당신이 허락하신다면 대단히 실례의 말씀이지만 여쭤 볼 게 있어요."

K가 말했다.

안주인은 아무런 대답이 없었다.

"질문하면 안 되는 모양이군요. 그렇다면 좋아요."

K가 말했다.

"그야 뭐, 괜찮아요. 더군다나 당신이 물어보신다는데. 당신은 무엇이든 오해하는 버릇이 있고, 내가 대답하지 않은 것까지도 오해하시는군요. 당신은 오해하는 것밖에는 다른 능력이 없나 봐요. 물어보셔도 상관없어요."

안주인이 말했다.

"만일 무엇이든 오해하는 버릇이 있다면 다음과 같은 질문 자체도 오해겠지요. 따라서 어쩌면 그렇게 실례가 되는 질문이 아닐지도 모르겠군요. 단지 나로서는 아주머니가 어떻게 주인을 알게 되었으며, 이 여관이 어떻게 해서 아주머니의 소유가 되었는지 알고 싶은 거예요."

K가 말했다.

안주인은 이마를 찡그리더니 무관심하게 대꾸했다.

"그 이야기는 간단해요. 우리 아버지는 대장간을 경영했고, 지금 남편인 한스는 대지주의 말구종이었어요. 그래서 한스가 아버지에게 자주 놀러오곤 했지요. 당시는 내가 클람과 마지막으로 만난 직후였어요. 나는 그때 퍽 불행했는데, 사실은 불행해서는 안 되었는지도 모르겠어요. 왜냐하면 모든 것이 올바르게 되었기 때문이에요. 내가 클람을 만나서는 안 된다는 것은 바로 다름 아닌 클람이 결정한 일이고, 따라서 그것은 옳다고 할 수 있어요. 다만 클람의 마음이 변한 이유만은 애매해서 그것을 캐어 볼 권리는 내게 있었지요. 그래서 불행해서는 안 되었는지도 모르겠어요. 그러나 나는 역시 불행해서 일이 손에 잡히지 않았고, 따라서 나는 집의 작은 앞뜰에 온종일 앉아 있기만 했어요. 그곳에서 한스는 나를 쳐다보았고 곧잘 내 옆으로 와서 앉곤 했지요. 나는 그에게 내 고민에 관해서 말하지는 않았지만 그는 내가 무엇 때문에 고민하는지 알고 있었어요. 그는 마음씨가 고운 젊은이였기 때문에 나와 함께 울어 주곤 했어요. 당시 여관 주인은 상처를 해서 여관 경영을 그만두지 않으면 안 되었는데—게다가 그는 이미 할아버지였어요—그분이 언젠가 뜰 앞을 지나다가 우리가 앉아 있는 것을 보고는 걸음을 멈추었어요. 그러고는 다짜고짜 이 여관을 세놓겠다고 했지요. 그분은 우리를 믿었기 때문에 선금도 받지 않고 아주 싼값에 세를 놓았어요. 나는 아버지를 괴롭히고 싶지 않다는 생각만 했을 뿐이고, 그 밖에는 아무래도 상관없었어요. 그래서 나는 여관 일이라든가 다른 새로운 일을 생각하고, 그런 일들이 다소라도 과거의 일을 잊게 해 줄 거라고 믿으며 한스의 청혼을 받아들였어요. 단지 그것뿐이에요."

잠시 동안 두 사람은 아무런 말 없이 가만히 있다가 드디어 K가 입을 열었다.

"그 여관 주인의 행동은 훌륭하긴 하지만 좀 경솔했다는 느낌이 드는군요. 그게 아니라면 그 사람에게 당신들을 믿을 만한 무슨 특별한 이유라도 있었나요?"

"그분은 한스를 잘 알고 있었어요. 한스의 아저씨였으니까요."

안주인이 말했다.

"그렇다면 잘 알고 있었겠군요. 그러고 보면 한스네 가족들에게는 당신과의 결혼 문제가 중요했었나 봐요?"

"그럴지도 몰라요. 나는 잘 알지도 못했지만 그런 걸 염두에 두지는 않았어요."

안주인이 말했다.

"그러나 뭐니 뭐니 해도 중요했을 거예요. 돈벌이를 희생해 가면서 까다로운 조건도 내걸지 않고 더군다나 담보도 없이 여관을 당신 부부에게 양도해 주었으니까요."

K가 말했다.

"나중에 깨닫게 된 것이지만 그건 그리 경솔한 일은 아니었어요. 나는 일에 몰두했으니까요. 대장장이의 딸이었으니 몸이야 튼튼했지요. 하녀나 하인도 필요치 않았어요. 식당, 부엌, 외양간, 뜰, 어느 곳이든 내가 다 도맡아서 일했어요. 게다가 음식 솜씨도 좋아서 '신사관'의 손님까지도 빼앗아 올 정도였지요. 당신은 아직 식당에 오신 적이 없으니까 점심 먹으러 오는 손님들을 알지 못하실 거예요. 처음에는 지금보다 훨씬 많았는데, 그때와 비교하면 지금은 많이 준 셈이에요. 어쨌든 결과적으로 보면 우리는 집세를 꼬박꼬박 냈을 뿐만 아니라 이삼십 년 후에는 여관을 고스란히 사고, 빚도 모두 청산했지요. 거기까지는 좋았지만 나는 그로 인해 지나치게 일한 탓에 건강을 해치고 심장병을 앓게 되어 결국 이런 할머니가 되고 말았어요. 아마 당신은 틀림없이 내가 한스보다 훨씬 위라고 생각하시겠지만 사실은 그가 겨우 두서너 살 아래에 불과해요. 뿐만 아니라 앞으로도 그는 결코 나이를 먹지 않을 거예요. 좌우간 그런 일로 소일하면—담뱃대나 빨며 손님들 이야기나 듣고 담뱃재를 떨거나 가끔 맥주를 나르기만 하면—절대 늙을 수가 없지요."

안주인이 말했다.

"정말이지 당신의 공적이 대단하십니다. 그 점은 의심할 여지도 없어요. 그러나 저러나 우리는 지금 당신이 결혼하기 전 이야기를 하던 중 아니었나요? 말하자면, 한스의 가족들이 자신들의 돈벌이를 희생해 가며 위험을 무릅쓰고 이런 큰 여관을 양도하면서까지 두 사람을 기어코 결혼시키려고 했다는 사실과 동시에 아직 어느 정도인지 알 수 없는 당신의 수완, 예전에 이미 무능하기 짝이 없다고 소문이 돌았을 한스의 수완, 이 두 가지밖에 없었다는 것은 아무리 생각해도 기묘한 일이에요."

K가 말했다.

"그러고 보면 참……."

안주인은 지친 목소리로 말했다. 이어서,

"나는 당신이 어디에 목표를 두고 있는지, 또 그 목표에서 멀리 빗나가 있다는 것까지 알 수 있을 것 같아요. 이 이야기는 클람과는 아무 상관도 없어요. 무엇 때문에 클람이 나를 돌봐 주겠어요. 더 정확히 말하면, 대체 클람에게 나를 돌봐 줄 능력이 있었던가요? 그분은 나에 관해서 아무것도 알지 못했어요. 그가 나를 부르러 사환을 보내지 않았다는 것은 그가 나를 잊어버렸다는 증거예요. 사환을 보내 나를 부르지도 않는다는 건 이미 잊어버린 거나 마찬가지지요. 이런 소리는 프리다 앞에서 하고 싶지 않아요. 아니, 잊어버린 것뿐만 아니라 그보다 단수가 더 높아요. 잊어버린 사람이라면 다시 사귈 수도 있어요. 그러나 클람에게는 그런 일도 있을 수가 없어요. 그가 상대에게 사환을 보내지 않는다는 건 상대의 과거를 모조리 잊었을 뿐만 아니라 미래까지도 완전히 잊어버린 거예요. 내가 기를 쓰고 노력하면 당신과 같은 생각을 할 수도 있어요. 그러나 당신의 고향에서는 그러한 생각이 통했을지 몰라도 이 땅에서는 어리석기 짝이 없는 일이에요. 아마 당신은 클람이 일부러 한스 같은 사람을 내게 보내서 앞으로 언젠가 나를 다시 부를 때 지장이 없도록 한 것이라고 생각하실지도 모르겠어요. 하지만 그 이상 가는 꼴불견은 없을 거예요. 클람이 신호를 보냈을 때, 내가 클람에게 달려가는 것을 방해할 수 있는 남편이란 아무 데도 없을 테니까요. 이런 어리석은 일을 이것저것 공상하고 있다가는 미치고 말 거예요." 하고 말했다.

"아니지요."

K는 이렇게 말하고 다시 말을 이었다.

"피차 미치고 싶지는 않아요. 나는 당신이 상상하는 그런 정도로까지 생각지는 않았어요. 사실 그런 경향도 있었지만, 내가 좀 이상하다고 느껴지는 것은 친척들이 이 결혼에 대해 큰 기대를 품었다는 것과 더구나 그 기대가 실현되었다는 점이에요. 그것은 당신의 심장과 건강을 희생해서 이루어진 일이기는 하지만, 이 사실과 클람과의 사이에 어떤 연관성이 있을지도 모른다는 추측의 이야기를 들었을 때도 물론 머리에 떠오르긴 했지만, 지금 당신이 말씀하신 것처럼 심하지는 않았어요. 거기까지는 생각이 미치지 못했으니까요. 당신은 또 나를 여지없이 혼낼 수 있다고 생각하고 분명히 그게 재미있어서 그런 말씀을 하셨겠지요. 그러면 재미를 기대해 보세요. 그러나 내 생각은 좀 달라요. 그러니까 나는 두 사람이 결혼하게 된 동기는 뭐니 뭐니 해도 클람에게 있다고 생각해요. 클람이 없었다면 당신이 불행에 빠지지 않았을 것이며, 일이 손에 잡히지 않아서 우두커니 앞뜰에 앉아 있는 일도 없었을 거예요. 클람이 없었다면 한스는 앞뜰에 있는 당신을 보았을 리 없을 테고, 당신이 슬픔에 잠기지 않았다면 수줍은 한스가 당신에게 말을 걸 용기도 내지 못했을 거예요. 클람이 없었다면 당신은 한스와 함께 눈물 젖는 일도 없었을 것이며, 클람이 없었다면 늙은 여관 주인아저씨께서 당신과 한스가 어깨를 나란히 하고 그곳에 정답게 앉아 있는 모습도 보지 못했을 거예요. 또 클람이 없었다면 당신이 인생에 대해서 그렇게 무관심한 태도를 취하지 않았을 것이며, 따라서 한스와 결혼하지도 않았을 거예요. 이 모든 것에 클람의 그림자가 깃들어 있는 것처럼 느껴져요. 그러나 이것만으로 그치는 것은 아니에요. 클람과의 관계가 없었다면 당신은 과거를 잊으려고 노력하지도 않았을 것이며, 몸도 돌보지 않은 채 무리해서 일하려고 하지 않았을뿐더러, 사업이 그토록 번창해지는 일도 없었을 거예요. 따라서 여기에 클람의 그림자가 깃들어 있다고 할 수 있어요. 게다가 그 점은 제쳐 두고라도 당신 병의 원인은 클람일 수도 있어요. 당신의 심장은 이미 결혼하기 전부터 불행한 사랑으로 인해 멍들어 있었기 때문이에요. 뒤에 남은 문제는 한스의 친척들이 무슨 이유로 두 사람을 그토록 결혼시키려 들었는가 하는 것뿐이에요. 좀 전에도 클람의 애인이 되는 것은 지위를 높이고 출세하는 것이라고 말씀하셨는데, 이것에 한스 집안사람들의 마음이 끌렸을지도 몰라요. 그 밖에도 당신에게는 이런 희망이 있었을 거예요. 당신은 운이 좋아서 클람에게 불려가는 신세가 되었지만—이것은 운이 좋다고 가정해서 하는 소리이며, 당신이 그렇다고 주장하시지만—그 운명의 별은 당신의 것이고, 따라서 언제까지나 당신의 몸에 붙어 있을 거예요. 그 운명의 별이란 클람과는 달라서 느닷없이 당신을 저버리는 일은 없을 것이라는 희망이에요."

"진심으로 그렇게 생각하시는 건가요?"

안주인이 물었다.

"진심입니다."

K가 빠른 어조로 말했다.

"다만 내 생각을 말하자면 한스의 친척들이 기대하고 있던 것이 그렇게 이치에 맞는 일이 아니며, 그렇다고 해서 전혀 안 맞는다고도 할 수 없다는 거예요. 또 나로서는 그 희망으로 인해 일어난 과오까지도 알 것 같아요. 겉으로 보면 모든 일이 잘된 것처럼 보이잖아요. 한스는 생활에 대한 걱정 없이 예쁘고 훌륭한 아내를 얻었으며, 사람들에게 존경을 받을 뿐만 아니라 살림을 꾸려 나가는 데 있어 빚도 없는 상태니까요. 그러나 따지고 보면 만사가 전부 잘된 것만은 아니에요. 어쩌면 한스는 자신을 대단한 첫사랑으로 여기고 사랑해 주는 소박한 소녀와 함께 사는 것이 훨씬 행복했을지도 몰라요. 당신이 비난하시는 것처럼 한스는 가끔 식당에 우두커니 앉아 있곤 했는데, 아닌 게 아니라 꼭 넋 잃은 사람 같더군요. 그렇다고 해서 그가 꼭 불행하다는 것만은 아니에요. 그 정도는 나도 알고 있어요. 그러나 분명한 것은 똑똑하고 잘생긴 그가 다른 여자와 결혼했다면 더 행복할 수도 있었다는 겁니다. 사실 '행복'이라는 말에는 다른 사람에게 의존하지 않은 채 근면하고 사내답게 된다는 뜻이 포함되어 있어요. 그런데 당신 역시 분명 행복하지는 않아요. 당신 말처럼 세 가지 기념품이 없다면 당신은 살아갈 용기를 잃을 뿐만 아니라 심장까지 병들어 버렸을 테니까요. 그렇다면 한스의 친척들이 희망을 품은 것이 과연 잘못이었을까요? 나는 그렇게 생각하지 않아요. 축복은 바로 당신의 머리 위에서 빛나고 있었는데 아무도 그것을 자기들 있는 곳으로 끌어내릴 줄 몰랐을 뿐이에요."

"대체 소홀하게 놓쳤다는 것이 무엇이지요?"

안주인이 물었다. 그녀는 이제 누워서 사지를 쭉 뻗은 채 천장을 쳐다보고 있었다.

"클람에게 물어보세요."

K가 말했다.

"그렇다면 다시 당신 문제로 되돌아온 셈이군요."

안주인이 말했다.

"아니지요, 내 문제가 아니라 바로 당신 문제지요. 우리 문제는 서로 밀접하게 연관되어 있어요."

K가 말했다.

"그러면 당신이 클람에게 바라는 것은 무엇인가요?"
하고 안주인이 물었다. 그녀는 몸을 일으켜 꼿꼿이 앉았지만, 그 상태로 등을 기댈 수 있도록 정면으로 K를 쳐다보았다.

"나는 당신에게 나에 관한 모든 일을 터놓고 얘기했어요. 좀 참고가 되셨을지도 모르겠네요. 이번에는 당신 차례예요. 대체 클람에게 무엇을 물으려고 하는 건지 나처럼 솔직하게 말씀해 주세요. 방에 가서 기다리라고 프리다를 간신히 설득했어요. 그 애가 있으면 당신이 마음 놓고 솔직하게 얘기하지 않을 수도 있다는 생각에 두려웠거든요."

"숨기는 것이라고는 아무것도 없어요. 그보다 먼저 당신의 주의를 좀 환기시켜야겠군요."
하고 K가 말했다.

"당신은 클람에게 건망증이 있다고 말씀하셨어요. 하지만 나로서는 그게 가능한 일인지 의심스럽군요. 그것은 증명하기가 어렵겠지요. 클람의 총애를 받던 처녀들이 머릿속에서 꾸며 낸 이야기에 불과할 뿐이에요. 당신이 그런 허무맹랑한 이야기를 믿으시다니 참 이상한 일이군요."

"꾸며 낸 이야기가 아니에요. 그것은 모든 사람들의 경험에서 나온 결론이에요."

안주인이 말했다.

"그렇다면 새로운 경험으로 그걸 반박할 수도 있겠군요. 그리고 당신의 경우와 프리다의 경우에는 상당한 차이가 있어요. 클람이 프리다를 부르지 않게 되었다는 것은 아직 일어나지도 않은 일이에요. 오히려 클람이 그녀를 불렀는데 그녀가 따라가지 않았지요. 클람이 언제나 프리다를 기다리고 있을 수도 있는 일이에요."

안주인은 입을 다문 채 말이 없었다. 다만 K를 힐끔힐끔 쳐다보며 살필 뿐이었다. 그러자 입을 열고,

"당신 말을 끝까지 잠자코 들어 보겠어요. 내 감정이 상하지 않을까 두려워 마시고 솔직히 말씀해 주세요. 단 하나 소원이 있다면 당신이 클람 얘기를 할 때 클람이라는 이름으로 부르지 말라는 거예요. '그분'이라든가 아니면 다른 어떤 것으로 불러 주세요. 제발 이름만은 부르지 마세요."

하고 말했다.

"알겠습니다. 어쨌든 내가 그에게 무엇을 바라는지는 정말 표현하기가 어렵군요. 무엇보다도 나는 그를 가까이서 보고 싶고, 그의 목소리를 듣고 싶고, 그리고 그가 우리의 결혼에 대해 어떠한 태도를 취하는지 알고 싶어요. 내가 그에게 무슨 부탁을 해야 할지는 그와 얘기해 봐야 알겠어요. 좌우간 여러 가지 이야기가 나오겠지만 내게 가장 중요한 것은 그와 대면한다는 것 자체입니다. 나는 아직 한 번도 성의 진짜 관리와 직접 얘기해 본 적이 없어요. 그 일은 생각했던 것보다 참 어렵군요. 그렇다면 나는 고용인이 아닌 개인으로서 그와 이야기할 의무가 있어요. 나로서는 이것이 더 실천하기가 쉬울 것 같아요. 우선 관리로서 그를 만나고자 한다면 그의 사무소로

찾아가야 하는데, 사무소에서는 만나 줄 것 같지가 않아요. 게다가 그 사무소가 성안에 있는지, 그렇지 않으면 신사관 안에 있는지도 모르고요. 그러나 한 개인으로서 그를 만나게 된다면, 집 안에서든 길에서든 만날 수만 있다면 어느 곳에서든 이야기할 수 있어요. 물론 그와 동시에 관리로서 그를 상대하게 된다 하더라도 아무 상관 없어요. 그렇다고 이것이 나의 첫째 목적은 아닙니다."

K의 말이었다.

"좋아요."

안주인은 이렇게 말하고 나서 무슨 뻔뻔스러운 말이라도 하듯이 베개에다 얼굴을 파묻어 버렸다.

"만약 내 주선으로 인해 당신이 그토록 소원하는 클람과 만나게 될 경우에는 회답이 올 때까지 당신이 멋대로 독단적인 행동을 하지 않겠다고 내게 먼저 약속해 주세요."

"그 약속은 곤란합니다. 당신의 요청대로 하고 싶고, 또 당신의 기분을 맞춰 주고 싶은 생각은 간절하지만 사태가 워낙 급해서요. 면장과의 담판 결과가 신통치 못해서 더군다나 더 그래요."

K가 말했다.

"그런 반대 의견은 이치에 맞지 않아요. 면장은 정말 하찮은 인물이에요. 설마 그 점을 깨닫지 못한 건 아니시겠죠? 부인이 모든 걸 처리해 주지 않는다면 면장은 단 하루도 그 지위를 유지하지 못할 거예요."

안주인이 말했다.

"미치 말인가요?"

K가 물으니, 안주인이 고개를 끄덕거렸다.

"내가 갔을 때도 그곳에 있었어요."

K가 말했다.

"그분이 자기 의견을 말씀하시던가요?"

안주인이 물었다.

"아니에요. 그러나 부인의 수단이 놀랍다는 인상은 받지 못했습니다."

K가 말했다.

"그러니까 당신은 하나에서 열까지 모조리 잘못 보신 거예요. 어쨌든 면장이 당신에 대해 처리한 일은 결코 대단한 일이 아니에요. 내가 적당한 기회에 부인과 상의해 보겠어요. 그리고 새삼스런 일이지만 클람의 회답이 늦어도 일주일 안에 올 것이라는 약속을 당신에게 해 드리지요. 그러면 내 말을 들어주지 않겠다는 이유는 서지 않을 테니까요."

안주인이 말했다.

"아직 이렇다 하고 결정 내릴 수는 없어요. 다만 나는 내 결심이 확고하고, 거절의 회답이 오더라도 결심한 일은 끝까지 해 볼 생각이에요. 처음부터 이런 의도를 가지고 있었으니까 중간에 사람을 넣고 면담을 신청할 수는 없어요. 물론 신청하지 않고 다짜고짜 부딪치다가—악의 없는 대담한 시도일지는 몰라도—거절의 회답을 받게 되면 노골적인 반항으로 변해 버릴지도 몰라요. 이것이 훨씬 나쁘지만 말예요."

K가 말했다.

"나쁘다고요? 어쨌든 그건 반항이나 마찬가지예요. 그렇다면 마음대로 하세요. 거기 치마 좀 집어 주세요."

K가 있어도 그녀는 조금도 주저하는 기색 없이 치마를 입더니 부엌으로 달려갔다. 꽤 오래 전부터 시끄러운 소리가 식당 쪽에서 들려왔다. 누군가 부엌과 식당 사이에 나 있는 조그마한 들창을 두드렸다. 조수들은 창문을 열어젖히고 안을 향해 배가 고프다고 소리쳤다. 드디어 다른 사람들도 차례차례로 그곳에 얼굴을 디밀었다. 작은 소리로 합창하는 노랫소리까지 들려왔다.

K와 안주인이 이야기하는 바람에 점심 식사 준비가 대단히 늦어졌고, 아직 채 되지도 않았는데 손님들이 모여들어 웅성거렸다. 그렇다고 안주인의 금지 명령을 거스르고 부엌에 발을 디뎌 놓을 용기 있는 자는 아무도 없었다. 창문을 들여다보고 있던 자들이 안주인이 온다고 말하자, 하녀들은 곧 부엌으로 뛰어 들어갔다. 막상 식당으로 들어가 보니 놀랄 만큼 많은 사람들이, 남녀 합쳐서 스무 명도 넘는 사람들이, 시골풍의 옷차림이기는 하나 그렇다고 농사꾼 냄새가 배어 있지는 않은 사람들이, 지금까지 떼를 지어 있던 창문에서부터 식탁으로 우르르 몰려가서 서로 자리를 잡으려고 다투었다. 한 구석에 자리한 작은 식탁에는 이미 한 쌍의 부부가 어린아이 두서넛을 거느리고 앉아 있었다. 푸른 눈을 가진 친절한 남편은 회색 머리칼과 수염이 잡아 뜯긴 것처럼 거칠고 텁수룩했는데, 아이들 쪽을 향해 약간 허리를 구부리고 서 있었다. 아이들은 나이프를 가지고 노랫소리에 장단을 맞추면서도 노랫

소리가 커지지 않도록 조심하고 있었다. 아마도 어린아이들에게 노래를 부르게 하여 배고픔을 잊게 할 심산이었던 모양이다. 안주인이 사람들 앞에서 아무렇게나 변명했는데도 그녀를 나무라는 사람은 아무도 없었다. 그녀는 주위를 살피며 남편을 찾았으나, 남편은 사태가 심상치 않음을 깨닫고 재빨리 도망쳐 버렸다. 그리고 나서야 그녀는 천천히 부엌으로 들어갔다. K는 프리다를 만나기 위해 서둘러 방으로 갔다. 안주인은 K를 본 체도 하지 않았다.

7

 위층에서 K는 선생을 만났다. 다행히도 방 안은 알아보기 어려울 만큼 모양이 달라져 있었다. 프리다가 부지런히 일한 덕택이었다. 충분히 환기가 된 방에는 난롯불이 후끈 달아올라 있었으며 마룻바닥은 깨끗해지고 침대는 정돈되어 있었다. 하녀들이 남겨 놓고 간 폐물들은 그림과 더불어 완전히 자취를 감추었고, 빵 부스러기로 가득 차 있던 식탁 위에는 어느 새 흰 편물 책상보가 덮여 있었다. 이제는 손님을 접대해도 좋을 만했다. 난로 옆에는 프리다가 아침에 빨아 넣었음직한 K의 자질구레한 세탁물이 걸려 있었지만 그다지 방해되지는 않았다. 선생은 프리다와 함께 식탁 옆에 앉아 있었다. K가 방 안으로 들어가자 두 사람이 일어섰다. 프리다는 K에게 키스로 인사하고, 선생은 몸을 약간 앞으로 구부려 인사했다. K는 안주인과 이야기하느라고 흥분된 마음이 채 가시지 않은 채 어수선해 있었으나, 지금까지 선생을 방문하지 못한 것에 대해 변명을 늘어놓기 시작했다. 그것은 마치 K의 방문을 기다리다 못해 선생 쪽에서 먼저 찾아온 것으로 생각하는 듯한 말투였다. 그러나 선생은 점잔을 빼며 언젠가 K가 자신을 방문하겠다고 한 약속을 상기하는 체했다.

"측량 기사님, 당신은 타향에서 오신 것 맞지요? 이삼 일 전에 교회 마당에서 서로 이야기한 일이 있었는데……."

그가 천천히 물었다.

"그렇습니다."

K는 짤막하고 무뚝뚝하게 대답했다. 그 당시는 혼자였으므로 할 수 없이 참았다고 하지만, 지금 자신의 방 안에서는 타향 사람처럼 천대받을 이유가 없다. 그는 프리다를 향해 자신은 중요한 방문을 앞두고 있으며, 될 수 있는 대로 좋은 옷을 입어야 할 것 같은데 어떻게 생각하느냐고 물었다. 프리다는 자세한 내용은 묻지도 않고 새 식탁보를 열심히 감상하고 있는 두 조수를 불러 아래 뜰에서 K의 옷을 잘 손질할 것과 구두를 닦으라고 명령했다. K는 곧 구두와 옷을 벗기 시작했다. 그녀는 줄에 널어놓았던 셔츠 하나를 거둬서 다림질을 하기 위해 부엌으로 내려갔다.

K는 잠자코 식탁 옆에 앉아 있는 선생과 단둘이 남게 되었다. K는 조금만 더 기다려 달라고 선생에게 말한 후, 셔츠를 벗고 세숫대야의 물로 얼굴을 씻기 시작했다. 그제야 비로소 K는 선생에게 등을 돌린 채 방문한 이유를 물었다.

"면장님의 부탁을 받고 왔습니다."

선생이 말했다. K는 그 용건에 관해 들으려고 했다. 그런데 물이 찰랑거려서 K의 말을 잘 알아들을 수 없게 되자 선생은 하는 수 없이 가까이 와서 K 옆에 있는 벽에 기대었다. K는 이처럼 얼굴을 씻고 수선을 떠는 것은 급히 방문할 곳이 있어서 그런 것이라고 변명했다. 선생은 그런 변명을 듣는 둥 마는 둥 하면서 다음과 같은 말을 끄집어냈다.

"당신은 면장님에게 대단히 실례가 되는 행동을 하신 모양이더군요. 그분은 많은 공적을 쌓고 경험도 풍부할 뿐만 아니라 존경할 만한 노인입니다."

"내가 공손치 못했는지 어쩐지는 잘 모르겠어요."

K가 얼굴의 물기를 닦으며 말했다.

"고상한 행동과는 거리가 멀었다고 할 수 있습니다. 왜냐하면 내게는 죽느냐 사느냐의 문제였으니까요. 뻔뻔스러운 관청의 횡포로 말미암아 내 생존이 송두리째 위협을 받았어요. 당신도 관청의 현직원 중 한 분이니까, 세세한 일을 하나하나 말씀드리지 않아도 잘 아시겠지요. 면장님이 나에 관해 어떤 불평이라도 하시던가요?"

"대체 면장님이 누구에 대해서 불평을 하신단 말입니까? 가령 그런 상대가 있다고 해도 그분이 불평을 하시겠습니까? 나는 면장님이 부르시는 대로 당신과 면장님과의 대화 내용을 조서로 간단하게 꾸몄을 뿐이지만, 그것만으로도 면장님의 친절한 태도와 당신의 답변 태도를 충분히 알 수 있었어요."

프리다가 어딘가에 넣어 두었을 것 같은 빗을 찾으면서 K가 말했다.

"조서라고요? 내가 얘기할 때는 그림자조차 비치지 않았던 사람이 나중에 내가 자리에 없을 때 기록을 만들었다고요? 물론 기록을 만드는 건 나쁘지 않아요. 그런데 그 기록을 대체 왜 조서라고 부르지요? 우리의 대화 내용이 사적이었던 건가요?"

"아니에요. 반은 공적이었어요. 조서 역시 반만 공적인 것에 불과해요. 조서를 작성하게 된 것은 우리의 모든 일에는 엄연한 질서가 유지되어 있어야 하기 때문이에요. 어쨌든 당신에 관한 조서는 다 작성되어 있어요. 당신에게는 명예롭지 못한 조서지만요."

선생이 말했다. 침대 속으로 들어간 빗을 찾은 탓에 K는 전보다 더 침착하게 말했다.

"조서가 작성되었다고 해도 내 알 바 아니지만 그것을 알리러 오셨나요?"

"아닙니다. 나는 로봇이 아니에요. 그렇다면 내 개인적인 의견을 말씀드리지 않을 수가 없군요. 아무튼 내가 부탁을 받고 온 말씀을 전해 드리면 면장님이 친절하신 분이라는 게 명백해질 거예요. 특히 내가 말씀드리고 싶은 것은 면장님이 왜 이토록 친절하신지 나로서는 알 수 없다는 것과 내가 굳이 이 명령을 실행하는 것은 나로서는 부득이한 일이며 또 한편으로는 면장님을 존경하고 있기 때문이라는 겁니다."

선생이 말했다. K는 얼굴을 씻고 머리를 빗은 후 준비된 의상과 셔츠를 기다리기 위해 탁자 옆에 앉았다. 그는 선생이 자신에게 전달해 줄 말이 무엇인지에 대해 아무런 흥미조차 느끼지 못했다. 게다가 면장을 무시하는 여관 안주인의 태도에 은근히 영향을 받고 있었다.

"벌써 점심때가 지난 모양이군요?"

K는 이제부터 어느 길을 어떻게 가야 할지 생각하며 물었는데, 곧 자신의 말을 정정하듯이 선생에게 다시 물었다.

"내게 전달할 말씀이라도 가져오셨나요?"

"물론입니다."

선생은 어깨를 움츠리며 말했다. 꼭 자신의 모든 책임을 몸에서 털어 버리려는 것 같았다.

"면장님이 두려워하시는 것은 당신에 관한 결정이 차일피일 미뤄질 경우 당신이 독단적으로 경솔한 짓을 저지르지나 않을까 하는 점이에요. 내 개인적으로는 면장님이 왜 그런 일을 염려하시는지 모두지 알 수 없지만 말예요. 나로서는 당신이 하고 싶은 일을 마음대로 하는 것이 가장 좋다고 생각해요. 어쨌든 우리는 당신의 수호신이 아니며, 당신이 가는 곳마다 쫓아다닐 의무는 없다고 생각해요. 그렇지만 면장님은 다르시더군요. 백작부(伯爵府)에서 해야 할 결재는 면장님으로서도 어쩔 수 없지만, 그분은 자신의 권한이 미치는 범위 내에서는 아주 너그러운 처분을 내리려고 하세요. 물론 그것을 받아들일지 안 받아들일지는 전적으로 당신에게 달려 있지만요. 그분은 먼저 당신에게 학교의 소사 자리를 마련해 주셨어요."

선생이 말했다. 자신에게 마련된 취직 자리였지만 K로서는 당장에 마음이 쏠리지 않았다. 그러나 자신에게 무언가가 제공되었다는 것에는 적이 중요한 뜻이 내포되어 있는 것 같았다. 그 사실로 미루어 보건대, 면장은 K라는 사람이 자신을 보호하기 위해 어떤 짓을 할지 모르니, 그것을 막기 위해서는 마을에서 약간의 자금을 내야 한다고 생각하는 것 같았다. 그러고 보니 자신의 일을 대단히 중대하게 여기는 모양이다! 이미 꽤 오랫동안 나를 기다려 왔으며, 또 조금 전에 조서까지 작성했다는 이 선생은 분명 면장에게 쫓기다시피 해서 이곳으로 달려왔을 것이다. 선생은 자신의 말을 듣고 깊이 생각에 잠긴 K를 보며 말을 계속했다.

"나는 그 의견에 반대했어요. 지금까지 학교 소사는 필요 없었다고 말입니다. 교회 하인의 처가 가끔씩 청소를 하고, 여선생 기이자 양이 그것을 감독하는 것으로 충분해요. 나는 아이들 일만으로도 지긋지긋하게 골치를 앓고 있기 때문에, 소사 일로까지 두통거리를 사고 싶지 않다고 면장님에게 말씀드렸지요. 이 말씀을 듣고 면장님은 학교 안이 굉장히 더럽지 않느냐고 하셨어요. 나는 사실대로 그다지 심하지 않다고 대답했어요. 그러고 나서 이렇게 덧붙였지요. '그 사람을 소사로 쓰면 더러운 것이 고쳐질까요?' 난 도저히 가망이 없을 거라고 말했어요. 그 사람은 소사가 무슨 일을 하는지도 모를 거라는 사실은 그만두고라도 학교 건물에는 방 없이 큰 교실 두 개만 있을 뿐이다, 소사는 가족들과 그 교실에서 먹고 자고 해야 한다, 그렇게 되면 학교 건물은 깨끗해질 수 없을 것이라고 죄다 말씀드렸지요. 그러나 면장님은 곤란을 겪고 있는 당신에게 일자리를 마련해 주면 당신을 구제하는 것이 될 테고, 따라서 당신은 최선을 다해 직무를 완수할 것이라고 했어요. 나아가 면장님은 우리가 당신을 소사로 채용할 경우 당신의 부인과 두 조수의 힘까지 빌릴 수 있게 되니까 학교 건물뿐 아니라 학교 정원까지도 이상적으로 정리 정돈될 것이라고 하셨지요. 나는 서슴지 않고 그 의견에 반박했어요. 나중에는 면장님도 당신을 위해 어떠한 제의도 내놓지 못하시면서, 그래도 당신은 측량 기사니까 교정에 있는 화단을 각별히 아름답게 가꿀 수 있을 것이라고 말씀하셨어요. 아무튼 내가 이것에 대해 기를 쓰고 반박해 봤자 아무 소용 없다는 걸 알기 때문에 면장님의 부탁을 당신에게 전달하기 위해 이곳에 온 것뿐이에요."

"쓸데없는 걱정을 하고 계시는군요. 선생님, 나는 그 일을 맡을 생각이 조금도 없어요!"

K가 말했다.

"대단하시군요. 무조건 거절하는 걸 보니 정말 대단해요."

그는 그렇게 말하고 나서 모자를 손에 들고 인사하더니 방 밖으로 나가 버렸다.

곧 이어서 프리다가 당황한 표정으로 올라왔다. 다림질하지 않은 셔츠를 그대로 든 채 무엇을 물어보아도 대답하지 않았다. 그녀의 마음을 풀어 주고 위로하기 위해 K는 선생 이야기라든지, 그가 가지고 온 취직자리에 관해서 이야기했다. 그녀는 그 이야기를 듣자마자 셔츠를 침대 위에다 내던지고 성급히 방 밖으로 뛰쳐나갔다. 그녀는 곧 선생을 데리고 되돌아왔다. 선생은 기분이 나쁜 듯했고 인사조차 하지 않았다. 프리다는 그에게 좀 참아 달라고 부탁했다. 분명 이곳으로 데리고 오는 도중에도 여러 차례 같은 부탁을 했을 것이다. 그 다음에 그녀는 K를 끌고, 그가 지금까지 그런 것이 있으리라고는 전혀 알지도 못했던 옆문을 통해서 다락방으로 데리고 가더니 비로소 자신의 신변에 일어난 사건의 전말을 이야기했는데, 흥분해서 숨이 끊어질 듯 허덕거렸다.

"주인아주머니가 몹시 성을 냈어요. 그녀는 당신에게 모든 것을 고백했는데, 게다가 당신이 클람과 만나서 이야기하는 데 대해서도 그녀가 양보하는 태도로 나왔는데, 당신이 냉정하고 옳지 못한 말투로 거절했다며 무척 화를 냈어요. 그래서 더 이상은 당신을 이 집에 둘 수가 없대요. 'K 양반이 성과 관련이 있다면 하루빨리 그곳을 이용하라고 해. 오늘, 아니 지금 당장 이 집을 나가 달라고 해야겠어. 성에서 특명이나 압력을 가하지 않는 한 나는 다시는 그 양반을 받아들이지 않을 거야. 다만 성에서 그런 태도로 나오지 않기를 바랄 뿐이지. 나도 성과 손이 닿을 수 있는 길이 있으니까 그 길을 취해 봐야겠어. 그 양반은 우리 집주인이 등한시한 탓으로 이 집에 묵게 된 것이니까, 우리 집이 아니어도 곤란한 일은 없겠지. 오늘 아침만 해도 언제든지 가서 잘 곳이 있다며 자랑했으니까.' 라고 말하지 뭐예요. 그러면서 나는 남아 있으래요. 만약 내가 당신과 같이 가 버린다면 주인아주머니는 비참한 심정을 느낄 거예요. 지금도 주인아주머니는 내가 부엌에서 나갈 걸 예측하고는 울면서 난로 옆에 쓰러져 버렸어요. 아, 심장

병을 앓고 있는 불쌍한 주인아주머니! 주인아주머니는 이제 어쩔 수가 없어요. 클람과의 추억을 마음속에 소중히 간직한 채 오로지 거기에서만 삶의 보람을 찾고 계시니까요. 주인아주머니는 그렇다 치고 어쨌든 나는 당신을 따르겠어요. 그곳이 눈 속이건 얼음 속이건 가리지 않을 거예요. 이제 이런 이야기는 더 이상 할 필요도 없어요. 지금 우리 두 사람이 처한 곤란한 상황에서 면장님의 말씀을 듣고 보니 얼마나 기쁜지 몰라요. 당신에게는 적당한 일자리가 아니겠지만 임시직이니까 괜찮을 거예요. 그 일을 하다가 시간적인 여유가 생기면 다른 일자리를 찾을 수도 있잖아요. 설사 마지막에 가서 안 좋은 결과가 나온다고 해도 어쩔 수 없어요."

프리다는 여기까지 이야기하고 나서 마침내 K의 목에 매달리면서 말했다.

"만약 우리에게 위험한 고비가 닥치면 그때 다른 곳으로 떠나면 되잖아요. 우리가 꼭 이 마을에 있어야만 할 이유는 없으니까요. 그러니까 우선 면장님의 제의를 받아들이세요. 내가 선생을 데리고 왔으니까 승낙의 말씀만 하세요. 그러면 돼요. 그러고 나서 학교로 이사해요."

"그건 좀 곤란해."

K는 이렇게 말했지만 진정으로 한 소리는 아니었다. 왜냐하면 주택 문제 같은 것은 거의 걱정되지도 않았기 때문이다. 그나저나 이 다락방은 벽이나 창문 없이 직접 지붕으로 연결되어 있기 때문에 살을 에는 것 같은 찬 바람이 스며들어서 셔츠 바람의 K로서는 추워서 견딜 수가 없었다.

"당신이 방 안을 이렇게 깨끗이 치워 놓았는데 또 나가다니 말이 돼? 아무리 생각해도 그 취직자리는 탐탁지가 않아! 잠시 동안이라지만 그 너절한 선생 나부랭이 앞에서 고개를 수그린다는 것은 견딜 수가 없어. 어쨌든 그자가 나보다 윗사람이니 딱한 노릇이지. 어떻게 해서든 여기서 잠깐만 버티면 오늘 오후쯤에는 사정이 달라질 거야. 우선은 당신 혼자 이곳에 남고, 선생에게는 애매한 말로 얼버무려서 형세를 보아 가며 시기를 기다리자고. 나 혼자라면 잠자리 하나쯤은 언제든지 물색할 수 있거든. 형편이 안 된다면 바에서라도……."

프리다는 손으로 그의 입을 틀어막았다.

"그건 안 돼요."

그녀는 불안하게 말했다.

"제발 그런 말씀은 두 번 다시 하지 마세요. 그 밖에 다른 거라면 무엇이든 따르겠어요. 당신이 원하신다면 아무리 슬퍼도 혼자 여기 남아 있겠어요. 또 당신이 원하신다면 면장의 제의도 거절하겠어요. 어쩐지 거절해서는 안 될 것 같지만 말예요. 만약 오늘 오후에라도 당신이 새로운 취직자리를 구할 수 있다면 학교 소사 자리는 당장에 포기하는 것이 마땅해요. 그것을 방해하는 사람은 아무도 없을 거예요. 당신은 선생 앞에서 고개를 수그리는 것이 아니꼽다고 하셨는데, 그 일은 내게 맡겨 주세요. 당신이 조금도 불쾌하지 않도록 내가 주선하겠어요. 내가 직접 상의할 테니까 당신은 잠자코 옆에만 계세요. 나중에라도 당신이 원하지 않으시면 그분과 직접 대면하지 않아도 돼요. 물론 나 혼자 선생의 부하 직원이 되겠다고 말하고는 있지만, 사실 나도 선생의 부하는 되지 않을 거예요. 나는 그 사람의 약점을 알고 있어요. 그러니 여기서 우리가 그 일자리를 받아들이면 아무런 손해가 없지만 만약 거절하게 되면 큰 손해를 보게 돼요. 당신이 오늘 안으로 성에서 아무런 성과도 거두지 못한다면 이 마을에서는 당신 혼자만의 잠자리도 구하기 힘들어질 거예요. 여기서 잠자리란 당신의 아내가 될 사람이 부끄럽게 생각지 않을 만큼의 훌륭한 잠자리를 말하는 거예요. 만약 당신이 잠자리를 구하지 못한다면, 나로서는 당신이 추운 겨울밤을 헤매고 돌아다닌다는 것을 뻔히 알면서 나 혼자만 따뜻한 방에서 잘 수가 없어요."

K는 그러는 동안 조금이라도 몸을 녹이기 위해 두 팔을 가슴 위에 포개 얹고 손으로 등을 두드리고 있었다. 이윽고 K가 말했다.

"그러면 받아들이는 것밖에 다른 도리가 없겠군. 가지!"

방으로 들어가자마자 그는 곧장 난로 옆으로 달려갔다. 선생은 염두에도 없었다. 선생은 탁자 옆에 앉아 있다가 시계를 꺼내어 보더니 말했다.

"너무 늦었어요."

"그래도 어쨌든 우리의 의견이 완전히 일치했어요. 우리가 그 직무를 맡겠어요."

"좋아요. 그러나 일자리는 측량 기사에게 제공된 것이니까, 측량 기사 본인이 직접 의사 표시를 하셔야만 합니다."

선생이 말했다. 프리다가 K의 편을 들었다.

"물론이에요. 이분이 그 직무를 맡으실 거예요. 그렇지요,

K?"

　K는 간단히,

　"으음."

하고 대답했으나, 이것은 결코 선생에게 한 소리가 아니고 프리다에게 한 소리였다.

　"그러면 당신의 근무상 의무를 설명할 일만 남았군요. 그건 서로가 일하는 데 있어서 의견이 어긋나지 않고 완전한 일치를 이루기 위해서예요. 측량 기사 양반, 당신은 매일같이 교실 두 개를 청소하고, 난로에 불을 지피며, 학교 건물과 비품 또는 체조 기구의 간단한 수선을 자기 손으로 직접 처리하고, 학교 정원으로 통하는 길 위에 쌓인 눈을 치워서 사람들이 걸어 다닐 수 있도록 해야 해요. 또 나와 여선생을 위해서 잔심부름을 하고, 따뜻한 계절에는 정원을 가꾸어야만 합니다. 대신에 당신에겐 두 개의 교실 중에서 마음에 드는 곳을 택할 권리가 있어요. 교실 양쪽에서 동시에 수업이 이루어지는 것이 아니지만, 만약 당신이 묵는 교실에서 수업을 하게 되는 경우에는 다른 교실로 옮겨 주어야만 해요. 그리고 학교에서의 취사는 금지되어 있습니다. 그 대가로 당신과 당신 가족들의 식사는 마을의 비용으로 이 여관에서 제공하도록 되어 있어요. 다만 학교의 체면이 손상되지 않도록 품위 있는 행동을 취할 것과 특히 어린이들에 대해서는 수업을 실시하고 있는 동안은 말할 것도 없고, 어느 때를 막론하고 당신 가정생활의 아름답지 못한 면을 보이는 일이 없도록 주의해야만 해요. 당신도 교양이 있을 테니까 그쯤은 알고 계시리라 생각됩니다.

다만 그것과 관련해서 잠깐 말하자면, 당신이 프리다와의 관계를 하루빨리 합법적으로 처리해 주었으면 하는 거예요. 그밖에 다른 요건이라든가 세세한 점에 관해서는 고용 계약서를 작성하도록 되어 있는데, 그건 당신이 학교 건물로 이사 오는 대로 서명하기로 하지요."

선생이 말했다. K는 이 모든 일이 그다지 중요한 일로 여겨지지 않았다. 마치 자신과는 아무런 상관도 없거나, 그렇지 않더라도 어쨌든 자신을 속박하거나 부담을 주지는 않을 것이라고 생각했다. 다만 선생의 거만한 태도가 거슬렸기 때문에 가벼운 말투로,

"그래요, 아주 평범한 조건이군요."

하고 말했다. 이 말이 주는 표면적인 인상을 약간 부드럽게 하기 위해 프리다가 보수에 대해서 물었다.

"보수를 지불하느냐 하지 않느냐에 대해서는 우선 한 달만 일을 시켜 보고, 그 일의 성과를 검토한 다음 작성하기로 하지요."

선생이 말했다. 그러자 프리다가,

"그것은 너무나 가혹한 처사예요. 우리는 거의 돈 없이 결혼하는 것이기 때문에 생활비를 무에서 만들어 내지 않으면 안 돼요. 선생님, 조금이라도 좋으니까 봉급이 나올 수 있도록 면사무소에 청원할 수는 없을까요? 그렇게 하는 것이 좋다고 생각지 않으세요?"

하고 말했다.

"아니요."

선생은 여전히 K를 향해 말을 걸었다.

"내가 그런 청원을 하면 들어줄 것이라고 생각하는 모양인데, 나는 그런 중간 역할을 하지 않겠어요. 일자리를 주는 것 자체가 당신에 대한 호의에서 나온 것인데, 공적인 책임을 잊지 않기 위해서는 호의라는 것도 정도에 지나치지 않을 만큼 적당히 해 두는 것이 좋다고 생각해요."

K는 여기서 본의가 아닌 말을 입 밖에 내뱉었다.

"호의라는 점에 관해서 선생님은 뭔가 잘못 생각하고 계시는군요. 그런 호의라는 것은 오히려 내 쪽에 있어요."

"아니지요."

선생은 미소를 띠면서 말했다. K에게 억지로 말을 시킨 것이 성공했기 때문이다.

"당신의 사정에 대해서는 나도 잘 알고 있어요. 하지만 우리에게는 학교 소사나 측량 기사나 그 필요한 정도에 있어서는 조금도 다름이 없어요. 소사든, 측량 기사든, 우리에게는 똑같이 짐만 될 뿐이지요. 이런 인건비 지출의 이유를 마을 사람들에게 어떻게 설명할 것인가, 이것은 오랫동안 두고두고 연구해 봐야겠지요. 이러한 요구는 그냥 책상 위에 내동댕이쳐 놓고 아무런 이유도 붙이지 않는 것이 상책이며, 또 가장 사실에 부합하는 방법이라고 생각됩니다."

그러자 K는,

"나도 동감입니다. 당신은 당신 뜻과는 다르게 나를 채용해야만 해요. 이것에 대해 당신이 괴로워하며 여러 가지로 생각지 않으면 안 된다고 하더라도 결국 당신은 나를 채용하도록 되어 있어요. 만일 갑(甲)이 을(乙)을 채용하도록 강요하고, 을이 자기가 채용되는 것을 승낙한다면, 여기서 친절한 것은 을이라고 할 수 있어요."
하고 말했다.
"이상한 말씀을 하시는군요. 대체 누가 당신을 채용하라고 우리에게 강요한단 말인가요? 우리를 강요하는 것은 단지 면장님의 착하신, 특별히 착하신 마음씨뿐이에요. 측량 기사 양반, 내가 보건대 당신이 여러 가지 쓸데없는 공상을 버리지 않는 한 당신은 유능한 소사가 되지 못할 거예요. 당신이 지금 말씀하시는 그런 의견은, 혹시나 봉급을 주려고 생각하는 사람들의 기분을 아주 잡치게 하고 마는 결과가 될 거예요. 거기다가 유감스럽게도 당신의 태도나 행동이 앞으로 나에게 상당한 두통거리가 될 거라는 점을 인정하지 않을 수가 없군요. 나와 이야기하고 있는 동안에도 당신은 쭉―계속해서 이 눈으로 직접 보고 있으면서도 내 눈을 의심할 지경인데―셔츠와 팬츠 바람으로 계셨습니다."
선생이 말했다.
"정말이네!"
K가 손뼉을 치면서 웃었다.
"지독한 조수들 같으니라고! 대체 그놈들은 어디 있어?"
프리다가 빠른 걸음으로 문 쪽으로 가자, 선생은 K가 이미 자신과는 이야기를 하지 않을 것이라고 여기며 나가고 있는 프리다에게 당신은 언제 학교로 이사 오느냐고 물었다.
"오늘요."

프리다가 말했다.

"그러면 내일 아침 시찰하러 가겠습니다."

선생은 손짓으로 인사를 하고 나서 프리다가 열어 놓은 문을 통해 밖으로 나가려고 했다. 그런데 그때 마침 갖가지 소지품을 가지고 방 안으로 들어오는 하녀들과 부딪쳤다. 이 하녀들은 누구를 만나건 간에 절대로 뒤로 물러서거나 양보할 것 같지 않았다. 때문에 선생은 그녀들 사이를 간신히 빠져나가다시피 했다. 프리다가 그의 뒤를 따랐다.

"꽤나 바삐 서두르는군."

K는 전과는 달리 아주 만족한 기색으로 그녀들을 맞이하며 말했다.

"우리가 아직 이 방에 머물러 있는데, 이렇게들 몰려오는 건가?"

하녀들은 아무런 대답도 하지 않고 그저 당황하면서 손에 들고 있던 보따리를 빙 돌렸다. 그 보따리 속에서 눈에 익은 더러운 헝겊이 비죽 나와 늘어져 있는 것이 보였다.

"당신네들은 한 번도 옷을 세탁한 일이 없는 모양이군."

K가 말했다. 하지만 그것은 심술궂은 말이 아니라 일종의 애정을 가지고 한 말이었다. 하녀들은 눈치를 채고 무뚝뚝한 입을 벌려 아름답고 튼튼한 동물 같은 이빨을 보이면서 소리내지 않고 웃었다.

"자, 어서들 오지. 당신네들 방이니까 마음대로 사용하라고."

K가 말했다. 그녀들은 여전히 머뭇거리고 있었다. 자신들

의 방이 너무나 변해 버린 것에 대해 멍한 모양이었다. K는 그들 중 한 사람의 팔을 붙들고 더 들어오라고 당기려 했다. 그러나 그는 곧 그 팔을 놓았다. 하녀들이 서로 눈길을 주고받더니 그 뒤로 계속 놀란 빛으로 K를 뚫어지게 쳐다보았기 때문이다.

"이제 내 얼굴은 싫증이 나도록 구경했겠지?"

K는 스스로 어떤 불쾌한 감정에 사로잡히는 것을 막으려고 애쓰며 말했다. 그때 마침 프리다가 옷과 구두를 가지고 왔기 때문에 그것들을 받아 주섬주섬 입기 시작했다. 프리다는 조수 두 사람을 거느리고 수줍은 모습으로 나타났는데, K는 언제나, 그리고 지금도 왜 프리다가 조수들을 잠자코 보고만 있는지 도무지 알 수 없었다. 그녀는 이 두 조수들에게 뜰에서 양복을 손질하라고 명령했는데, 오랫동안 찾은 결과 그들은 아래층 식당에서 점심 식사를 하기 위해 아주 태연하게 앉아 있었다. 그들은 아직 솔질조차 하지 않은 양복을 무릎 위에 올려놓은 채 더욱 쭈글쭈글해지게 짓누르고 있었다. 그래서 프리다는 자신이 직접 양복에 솔질을 하고 구두를 닦아야만 했다. 그러나 아랫사람들을 잘 부릴 줄 아는 그녀는 듣기 싫은 잔소리를 하지 않았다. 뿐만 아니라 그들 앞에서 그들의 엄청난 태만함을 사소한 농담처럼 이야기하고, 한 조수의 뺨을 애교스럽게 가벼이 두드리기까지 했다. K는 가까운 장래에 이 일로 그녀를 꾸짖어야겠다고 마음먹었다. 그런데 그때 바로 떠나야 할 시간이 임박했다.

"자네들은 이곳에 남아 있어. 이사할 때 프리다를 도와주어야 하니까."

K가 말했다. 물론 그런 일을 승낙할 조수들이 아니었다. 배도 부르고 기분이 좋았으니 약간의 운동이라도 하고 싶었던 것이다. 그들은 프리다가,

"그래요, 당신들은 이곳에 남아 있어요."
라고 말했을 때, 겨우 그 말에 따랐다.

"내가 어디로 가는지 알고 있어?"

K가 물었다.

"네."

프리다가 말했다.

"그러면서도 당신은 나를 말리려고도 하지 않는군."

K가 물었다.

"당신은 아마도 여러 가지로 곤란을 겪으실 거예요. 하지만 내가 무슨 말을 해도 아무런 소용 없을 거예요!"

그녀가 말했다. 그녀는 K에게 작별의 키스를 하고 점심 식사를 하지 않은 K에게 아래에서 가져온 빵과 소시지가 들은 작은 보따리를 건넸다. 그리고 돌아올 때는 이곳으로 오지 말고 직접 학교로 오라고 이르며, 그의 어깨에 손을 얹고 문 앞까지 따라와 배웅했다.

8

 무엇보다도 K는 하녀들과 조수들이 우글거리던 더운 방을 빠져나와 휴우 하고 숨을 돌렸다. 바깥은 다소 온도가 내려가 있었기 때문에 눈이 굳어서 걷기가 수월했다. 이윽고 해가 저물 것에 대비해 그는 걸음을 서둘렀다.
 성은 이미 어둠 속으로 그 윤곽이 사라지기 시작했으나 여전히 조용한 그림자를 드리우고 있었다. K는 이 성안에 사람이 살고 있는 징조를 아직 한 번도 본 일이 없었다. 이렇게 먼 데서 무엇을 인식한다는 것은 절대로 불가능한 일일 것이다. 그래서 K의 눈은 기필코 무언가를 인식하겠다는 갈망으로 가득했으며, 이 조용한 성의 모습을 그대로 참아 내며 보고 있으려 하지 않았다. 성을 쳐다보고 있자니 마치 어떤 사람을 보고 있는 것처럼 느껴졌다. 그 사람은 태연히 거기에 앉아 우두커니 앞을 바라보고 있으며, 그렇다고 멍하니 생각에 잠겨 있는 것이 아니라 모든 사물로부터 동떨어져서 완전히 자기 혼자 서 있고 아무도 쳐다보는 사람조차 없다는 듯 자유롭고도 무심한 태도를 간직한 인간 같았다. K가 그런 인간을 쳐다보고 있으니까 자연히 상대방도 K가 자신을 쳐다보고 있다는 사실을 깨닫고 있는 것 같았다. 그러나 그러한 사실이 이 사람의 평온한 기분을 조금도 해치는 것 같지는 않았다. 그리고 사실─그것이 원인인지 결과인지 알 수는 없지만─관찰자 K의 시선은 아무 데도 멈출 곳 없이 미끄러져 떨어져 버렸다. 이런 인상은 오늘 일찍이 깃든 어둠으로 말미암아 더 심해졌다. 오래 쳐다보고 있으면 있을수록 모든 것을 분간하기가 더욱 어려워졌으며, 점점 황혼 속으로 깊이 가라앉아 버렸다.

　K가 아직 불이 켜 있지도 않은 신사관에 도착했을 때, 마침 2층 창문이 하나 열리면서 수염을 곱게 깎고 털가죽 옷을 입은 뚱뚱한 젊은이가 창문 밖으로 상반신을 내밀었다. 이 사람은 잠시 동안 그대로 창문에 기대어 있었다. K가 인사를 했음에도 불구하고 고개 한 번 까딱하려는 기색마저 보이지 않았다. 현관에서나 술집에서도 K는 아무도 만나지 않았다. 변질된 맥주 냄새는 전보다 더 심했는데, 이런 일은 아마도 교반관에서는 있을 수 없는 일일 것이다. K는 곧장 클람을 들여다본 적이 있던 문 옆으로 가서 조심스럽게 손잡이를 돌려 보았지만 문은 잠겨 있었다. K는 들여다보는 구멍을 손으로 더듬어 보았다. 자물쇠가 꼭 박혀 있는 듯, 이렇게 손으로 더듬어서는 그 자리를 제대로 찾을 것 같지 않았다. 그래서 다시 성냥불을 켜 보았다. 그때 사람이 외치는 소리를 듣고 K는 깜짝

놀랐다. 문과 조리대 사이의 구석에 있는 난로 옆에 젊은 처녀가 쭈그리고 앉아 있었다. 성냥불을 비치자 그녀는 졸린 눈을 방긋이 뜨고 K를 쳐다보았다. 프리다의 뒤를 이어 취직한 처녀임에 틀림없었다. 그녀는 곧 정신을 차리고 전등을 켰으나 K를 알아보고는 흥분한 얼굴 표정을 한참 동안 거두지 못했다.

"아아, 측량 기사님."

그녀는 웃으면서 말하더니 손을 내밀어 자기소개를 했다.

"제 이름은 페피라고 해요."

그녀는 몸집이 작지만 혈색이 좋아 건강해 보였으며, 불그스름하고 숱이 많은 갈색 머리를 단단하게 땋아 내렸는데 곱슬곱슬한 머리칼이 얼굴 주변에서 둥그렇게 물결치고 있었다. 그녀는 그다지 어울리지 않는 옷을 입고 있었다. 그것은 회색빛의 번쩍이는 천으로 만든 매끄러운 내리닫이 옷이었다. 어린아이처럼 비단 리본으로 보기 어색하게 아래를 졸라매고 있었기 때문에 아주 거북스러워 보였다. 그녀는 프리다에 관해서 물었고, 또 곧 돌아오지 않느냐고 물었는데 이것은 거의 심술궂은 질문이었다.

"프리다가 나가고 나서 바로 이곳으로 불려 왔어요. 아무나 사람을 쓸 수는 없잖아요. 저는 지금까지 손님방을 맡은 하녀였는데, 여기로 옮겨 오고 보니 별로 나을 것도 없네요. 저녁부터 밤까지 일이 너무나 많아서 배겨날 것 같지가 않아요. 프리다가 이 일을 집어치운 것도 무리가 아니라는 생각이 들어요."

그녀가 말했다.

"프리다는 이곳에서의 일에 대단히 만족하고 있었어요."

K는 페피가 소홀히 하고 있는, 그녀와 프리다와의 차이점에 대해서 주의를 환기시키려고 했다.

"그녀의 말을 곧이들어서는 안 돼요."

하더니 페피는,

"프리다는 아무도 흉내 내지 못할 정도로 스스로를 억제하는 힘을 가지고 있어요. 그녀는 자기가 고백하지 않겠다고 생각하는 일은 절대로 고백하지 않아요. 그럴 때면 주위 사람들은 그녀가 고백할 건더기를 가지고 있다는 것을 아무도 눈치채지 못해요. 저는 그녀와 함께 여기에서 근무한 지 벌써 이삼 년이 되었고, 더군다나 늘 한 침대에서 잤지만 다정한 사이는 아니었어요. 아마도 지금쯤은 저를 완전히 잊어버렸을 거예요. 그녀의 친구라고는 교반관에 있는 늙은 주인아주머니 단 한 분밖에 없을 거예요. 그 역시 프리다다운 점이지만요."

하고 말했다.

"프리다는 내 약혼자요."

K는 이렇게 말하면서도 들여다보는 구멍을 손으로 더듬거렸다.

"알고 있어요. 그러니까 드리는 말씀이에요. 그렇지 않다면 이런 말씀 드려 봤자 아무 소용이 없을 거예요."

페피가 말했다.

"알았어요. 내가 아주 옹졸하고 어울리지도 않는 여자를 소유하게 된 것을 자랑 삼고 있다고 생각하시는 모양이군요."

K가 말했다.

"그래요."

그녀는 자신이 프리다에 대해 K로부터 암묵의 양해를 얻는 데 성공했다는 듯 만족스러운 웃음을 띠었다.

들여다보는 구멍을 찾는 것에서 조금이라도 K의 관심을 끌고 주의를 돌리게 한 것은 그녀의 말이 아니라 대체로 그녀의 외모였으며, 또 그녀가 이 자리에 있다는 사실 그 자체였다. 물론 그녀는 프리다보다 훨씬 젊은, 거의 어린아이 수준이었고 복장도 우스웠다. 확실히 그녀는 목로 여급에 대해 품고 있는 과장된 생각에 걸맞은 그런 옷차림을 하고 있었다. 그러나 이 과장된 생각이 그녀로서는 무리가 아니었다. 왜냐하면 아무리 생각해도 그녀에게는 적당치 않은 이 자리가 당분간이라는 조건으로, 자격도 없는 그녀에게 갑자기 돌아왔으며, 프리다가 늘 허리띠에 지니고 있던 가죽 지갑은 그녀에게 맡겨지지 않았기 때문이다. 따라서 그녀가 이 자리에 대해서 불만이 있다면 그것은 너무나 정도에 지나치게 자기 자신을 높이 평가하기 때문이다. 그러나 어린아이처럼 지각이 없긴 하지만 분명히 그녀도 성과 관계를 가지고 있을 터였다. 본인의 말이 거짓말이 아니라면 그녀는 객실을 맡았던 하녀였다고 하지 않은가. 그녀는 자신이 갖고 있는 성과의 관계가 얼마만큼의 가치가 있는지도 알지 못하고 매일 이곳에서 낮잠만 자고 있는 것이다. 그러나 오동통하고 약간 등이 둥그런 그녀의 육체를 품에 껴안으면, 그녀가 지니고 있는 소중한 물건을 빼앗지는 못해도 그 포옹은 K를 몸부림치게 하고 원기를 북돋아서 가시덩굴의 길도 극복해 나갈 수 있도록 해 줄지도 모르는 일이었다. 그렇다면 프리다의 경우와 조금도 다름이 없지 않을까? 아니, 그래도 다르다. 그것을 이해하기 위해서는 프리다의 눈초리를 생각해 보기만 하면 된다. 페피는 어떤 일이 있어도 K의 몸에 손을 대지 않을 것이다. 그러나 지금 그는 잠시 눈을 가리지 않으면 안 되었다. 그처럼 정욕에 불타는 눈초리로 그녀를 쳐다보고 있었던 것이다.

"불을 켜 둘 필요는 없어요."

페피는 다시 스위치를 돌려 전기를 꺼 버렸다.

"너무 놀라서 전기를 켰을 뿐이에요. 대체 이곳에 무슨 용무가 있으신가요? 프리다가 무슨 물건이라도 잊고 갔나요?"

"그래요."

K는 문 쪽을 가리키며 말했다.

"여기 옆방에 있는 흰 편물 책상보를 잊었어요."

"아, 그분의 책상보……. 지금 생각났는데 그건 아주 훌륭한 물건이에요. 그걸 만들 때 제가 그분을 도와드렸거든요. 그런데 아마 이 방에 없을걸요."

페피가 말했다.

"프리다 말로는 있다고 하던데요. 대체 이곳에는 누가 묵고 있습니까?"

K가 물었다.

"아무도 없어요. 여기는 성 양반들의 방이고, 이곳에서 먹고 마시고 하시지요. 이 방은 그런 목적으로 사용하도록 되어 있어요. 그러나 대부분의 양반들은 위층에 있는 자기 방에 계시고 이곳에 내려오시지는 않아요."

페피가 말했다.

"지금 옆방에 아무도 없다는 것이 확실하면 들어가서 책상보를 찾았으면 좋겠는데……. 그러나 그것도 어떨지 모르겠군요. 클람이 혼자 앉아 있다고 하니까."

K가 말했다.

"클람은 옆방에 없어요. 지금 곧 출발하시거든요. 썰매가 이미 마당에서 대기하고 있어요."

페피가 말했다.

K는 한마디 설명도 없이 술집에서 바로 뛰쳐나갔다. 현관에서 출구 쪽으로 나간 것이 아니라 건물 내부를 향해 몇 걸음 안 가서 안뜰에 이르렀다. 이곳은 매우 조용하고 아름답다! 네모진 안뜰은 삼면이 건물에 면해 있고, 거리에 면한 쪽은—이 거리는 K도 모르는 뒷골목이었는데—희고 높은 담으로 경계를 짓고 있었는데, 담에는 크고 육중한 문이 달려 있었으며 때마침 그것이 열려 있었다. 건물은 안뜰로 면한 부분보다도 더 높아 보였다. 적어도 2층은 완전히 증축해서 겉에서 보는 것보다도 더 훌륭했다. 2층 주위를 빙 둘러싼 목조 복도는 안뜰에서 보면 눈의 높이쯤에 작은 틈을 만들고 있을 뿐이고, 나머지는 판자를 촘촘히 댔기 때문에 훌륭하게 보이는 것 같았다. K의 앞에 비스듬히 건물로 들어가는 입구가 문도 없이 열린 채로 있었다. 그것은 아직도 중앙 건물에 속해 있었지만 K의 맞은편 옆 건물과 연결되는 모퉁이에 위치해 있

었다. 그 앞에 말 두 필이 끄는 거무스름한 썰매가 있었는데 문은 닫혀 있었다. 마부를 제외하고는 사람의 그림자라고는 하나도 보이지 않았다. 마부도 멀리 떨어진 곳에 있고, 주위에는 황혼이 짙었기 때문에 K는 마부라고 생각했다기보다는 마부라고 추측만 할 뿐이었다.

  K는 손을 주머니에 넣고 조심스럽게 주위를 돌아다보면서 담장을 따라 안뜰 양끝을 돌아 썰매 가까이에 이르렀다. 마부는 며칠 전에 술집에 있었던 농부 중 한 사람이었으며, 짐승의 털가죽으로 몸을 감고 차가운 눈길로 K가 가까이 다가오는 것을 쳐다보고 있었는데, 마치 고양이가 걸어가는 것을 좇는 눈초리였다. K가 그 사람 가까이 가서 인사를 하고, 더욱이 어둠 속에서 사람의 그림자가 떠오른 탓에 불안해진 말이 놀라 소란을 떨었을 때도, 그 사람의 태도는 아주 태연했다. K에게는 다행스런 일이었다. 담에 기대어 도시락을 풀고 이렇게 먹을 것을 챙겨 준 프리다에게 감사하면서 건물 내부의 모양을 살펴보았다. 직각으로 구부러진 계단이 아래로 통해 있어서 천장은 낮지만 보기에도 깊숙한 복도와 엇갈리고 있었다. 모든 것이 깨끗하고 흰색으로 칠해져서 윤곽이 뚜렷하게 드러나 있었다.

  K는 생각했던 것보다 오랫동안 그곳에서 기다려야 했다. 이미 도시락은 오래 전에 다 먹어 버렸다. 추위가 몸에 스며들고 해는 져서 어느덧 황혼이 어둠의 장막으로 변해 버렸는데도 클람은 여전히 나타나지 않았.

  "앞으로도 시간이 얼마나 걸릴지 모르겠군."

갑자기 귓전에서 쉰 목소리가 들리자 K는 깜짝 놀라 몸을 움츠렸다. 그것은 마부였는데 지금 잠에서 깼다는 듯이 기지개를 켜더니 큰 소리로 하품했다.

"얼마나 걸릴지 모르다니요?"

K가 묻자 마부는 방해된다는 듯 못마땅하게 생각하지는 않았다. 조용함과 긴장감이 오래 계속해서 이미 싫증이 난 터였기 때문이다.

"당신이 물러갈 때까지요."

마부가 말했다. K는 그의 말을 이해할 수 없었으나 더 이상 묻지는 않았다. 묻지 않고 그대로 내버려 두는 것이 이 거만한 사람에게 말을 시키는 가장 좋은 방법이라고 생각했기 때문이다. 이 어둠 속에서 대답을 하지 않는 것은 상대방에게 말하라고 자극을 주는 것이나 마찬가지였다. 아닌 게 아니라 마부는 잠시 후에 물었다.

"코냑 좀 드릴까요?"

"그러죠."

K는 깊이 생각해 보지도 않고 말했다. 추워서 몸이 떨리던 차였기 때문에 마부가 한 소리에 무척 매력을 느꼈다.

"썰매의 문을 열어 보쇼. 문에 달린 주머니에 술이 두서너 병 들어 있으니까. 거기서 한 병 꺼내서 들이켜요. 그 다음은 내게 돌려주시오. 털가죽 옷을 입고 있어서 내리는 것이 거북해서 그렇소."

이런 잔심부름을 해 주는 것은 불쾌한 일이었지만, 마부와 상대하려면 어쩔 수 없다고 생각하며 K는 그의 말에 따랐다.

썰매 옆에서 갑자기 클람에게 습격당할 수도 있다는 위험을 무릅쓰면서, 폭이 넓은 문을 열고 문 안쪽에 달려 있는 주머니에서 당장이라도 병을 끄집어낼 수 있었는데, 막상 문을 열고 보니까 썰매 속으로 들어가고 싶은 충동이 솟구쳐 올랐다. 그 충동에 사로잡혀 K는 잠시 동안이라도 안에 걸터앉아 볼까 하고 생각했다. 그는 안으로 살짝 기어 들어갔다. 썰매 안은 이상하게 따뜻했다. 문을 닫아 버릴 용기가 없어서 훤히 열린 채로 그냥 놔두었는데도 불구하고 따뜻한 온기가 그대로 유지되고 있었다. K는 자신이 의자에 앉아 있다고 느껴지지 않을 만큼 폭신폭신한 담요 쿠션과 털가죽 속에 파묻혀 버렸다. 어느 방향으로든 몸을 돌리고 펼 수도 있었으며, 폭신폭신하고 따뜻한 털가죽 속으로 K의 몸은 점점 파묻혀 들어갔다. 양쪽 팔을 쭉 뻗고 K를 기다리고 있던 것처럼 폭 싸 주는 쿠션에 고개를 기댄 채, K는 드디어 어두운 건물 속을 쳐다보았다. 클람이 아래로 내려오는 데 왜 이렇게 시간이 오래 걸릴까? 눈 속에 오랫동안 서 있었던 터라 썰매 안의 훈훈한 온기가 온몸에 배어서 정신까지 몽롱해졌다. K는 클람이 빨리 와 주었으면 하고 바랐다. 그 소원을 살며시 방해하기라도 하듯 차라리 이런 상태에서는 클람의 눈에 띄지 않는 것이 더 낫지 않을까 하는 생각이 의식에 떠올랐는데, 그것은 아주 희미한 것에 불과했다. 이런 몽롱한 망각의 세계에서 헤매게 된 것도 마부 덕분이었다. 마부는 그가 썰매 속에 있는 것을 알 텐데도 코냑을 달라고 하지 않고 그를 그냥 내버려 두었다. 상당히 사정을 봐주는 듯한 태도였으나 K는 오히려 자신이 이 사람에게 상당히 봉사해 주고 있는 셈이라고 생각했다. 그는 자세를 바꾸지 않은 채 힘들여 문의 주머니 속으로 손을 뻗었는데 열려져 있는 문이 아니라 자기 뒤에 닫혀 있는 문 쪽이었다. 열려져 있는 문은 너무나 거리가 멀었기 때문이다. 그러나 결과적으로 보면 아무래도 좋았다. 닫혀 있는 문에도 술병이 들어 있었던 것이다. K는 병을 하나 끄집어내어 마개를 비틀어 뺀 다음 냄새를 맡아 보았다. 그는 자신도 모르게 미소를 지었다. 그 향기가 대단히 감미롭고 매혹적이어서, 마치 아주 좋아하는 사람이 친절한 말을 걸어 주거나 칭찬해 주었을 때 무슨 영문인지도 모르고, 또 그것을 조금도 알려고도 하지 않은 채 단지 말을 걸어 주는 사람이 자기가 사랑하는 사람이라는 사실을 의식하는 것만으로 한없이 행복에 겨워하는 때와 비슷했다.

"이것이 코냑인가?"

K는 스스로에게 물어보며 호기심에 못 이겨 시험 삼아 조금 맛보았다. 놀랍게도 그것은 진짜 코냑이었고 가슴속이 불타오르면서 몸이 후끈후끈 달아올랐다. 이 액체를 마시면 어떤 변화를 일으키는 것일까! 처음에는 그윽한 향기를 지니고 있는 액체에 지나지 않지만 점점 마부가 마시는 데 적합한 술로 변한다.

"이럴 수도 있을까?"

K는 자기 자신을 나무라는 투로 물어보고는 또 한 모금 마셨다.

그때 K는 마침 코냑을 단숨에 들이켜고 있는 판이었는데 주위가 환하게 밝아졌다. 집 안의 계단, 복도, 현관은 물론이고, 집 바깥 입구의 추녀 밑에도 전등이 켜졌다. 계단을 내려오는 발소리가 들리자 K의 손에서 병이 미끄러지면서 땅에 떨어졌다. 털가죽 위에 코냑을 엎지른 것이다. K는 썰매에서 뛰어나와 간신히 문을 닫았다. 쾅 하고 요란스러운 소리가 나면서 문이 닫혔다. 곧이어 건물 속에서 신사 한 사람이 천천히 그 모습을 드러냈다. 그 사람은 클람이 아니었는데, 불행 중 다행으로 그것이 오히려 마음이 놓였다. 아니 유감스러운 일이었던가? 나타난 사람은 K가 조금 전에 2층 창문가에서 본 적이 있는 바로 그 젊은이였다. 그는 언뜻 보기에 대단히 건강하며 살결이 희고 혈색이 좋아 보였으나 아주 고지식하게 보였다. K 역시 우울한 기색으로 그를 쳐다보았는데, 사실은 그 눈초리로 자기 자신을 쳐다보는 것이었다. K는 자기 대신 차라리 조수 두 사람을 이곳으로 파견하는 것이 더 나을 뻔했다는 생각이 들었다. 자기가 저지른 행동 정도는 조수들도 넉넉히 할 수 있는 것이었다. K와 마주친 젊은이는 여전히 입을 다문 채로 있었다. 그렇게 폭 넓은 가슴을 가졌으면서도 말을 끄집어내기에는 숨이 찬 모양이었다.

"이거 놀랍군요."

드디어 젊은이가 입을 열면서 모자를 이마에서 약간 치켜올렸다. 뭐라고? 이 사람은 K가 썰매 속에 있다는 사실을 모르는데, 무슨 무서운 일이라도 있는 듯이 말하고 있지 않은가! K가 안뜰에 들어갔다고 그렇게 말하는 것일까?

"대체 여길 어떻게 오셨나요?"

그 젊은이는 나지막한 목소리로 숨 가쁘게 말했는데, 어쩔 수 없는 일을 참고 있다는 태도였다. 무슨 질문인가! 무슨 대답인가! 많은 기대를 품고 출발한 길이 결국 수포로 돌아갔다는 사실을 이 사람에게 그대로 말할 것인가? K는 대답도 하지 않고 썰매 쪽으로 가서 문을 열더니 그 속에서 잊고 있던 모자를 끄집어냈다. 코냑이 썰매의 발판 위에 엎질러진 것을 보자 K는 기분이 나빠졌다.

K는 다시 젊은이 쪽으로 몸을 돌렸다. 자신이 썰매 속에 앉아 있었던 사실을 이 사람에게 알려 주어도 무방할 것이라고 생각했다. 그 사실 자체는 그다지 나쁜 일이 아니었다. 만약 질문을 받게 된다면—묻지 않으면 그럴 필요도 없지만—마부 쪽에서 먼저 유혹했으며, 적어도 썰매의 문을 여는 것만은 마부가 자기를 부추겨서 시킨 일이라고 털어놓을 참이었다. 그런데 정말 잘못된 것은 느닷없이 젊은이가 나타난 탓에 몸을 숨길 만한 시간적 여유가 없었고, 따라서 마음 놓고 클람을 기다릴 수 없게 되었다는 사실이다. 그렇지 않았다면 썰매 속에 앉아서 문을 닫아 버리고 털가죽 위에 앉은 채로 클람을 기다릴 만한 마음의 여유를, 적어도 그 젊은이가 가까이 올 때까지 썰매 속에 그대로 앉아 있을 만한 침착한 태도를 유지했을 텐데. 그러나 혹시 클람이 당장 나타날지도 모르는데 그럴 경우 썰매 밖으로 뛰어나가서 그를 공손히 맞이하는 것이 훨씬 낫다는 것은 더 말할 나위도 없었다. 정말이지 이때 생각해야 할 것이 한두 가지가 아니었는데 이제는 아무런 의미가 없어졌다. 일이 다 끝났기 때문이다.

"나와 함께 갑시다!"

젊은이가 말했다. 그 말 자체는 명령적인 말투는 아니었지만, 명령은 말 속에 포함되어 있는 것이 아니라 말을 입 밖에 내면서 일부러 쌀쌀하게 손을 흔든 그 태도 속에 포함되어 있었다.

"나는 여기서 어떤 사람을 기다리고 있어요."

K는 무슨 효과를 노린다기보다 사실 그대로를 말했을 뿐이었다.

"따라오세요!"

젊은이는 조금도 서슴지 않고 말했다. K가 누군가를 기다리고 있다는 사실을 조금도 의심하지 않는다는 걸 보여 주려는 것 같았다.

"당신과 함께 가면 기다리던 만남을 이루지 못해요."

K가 몸을 떨면서 말했다. 여러 가지 일이 일어났음에도 불구하고 자신이 지금까지 얻은 것은—물론 아직도 겉으로만 확보하고 있는 데 지나지 않지만—일종의 소유물이며, 하찮은 명령으로 그것을 포기할 수는 없다고 K는 생각했다.

"여기서 기다리든 아니면 나와 함께 가든, 어쨌든 당신은 그분을 만나지 못해요."

젊은이는 자신의 의견을 굳세게 주장했으나 K의 생각에 대해서만큼은 이상스럽게도 양보하는 태도로 나왔다.

"그래도 여기서 기다리다가 만나지 못하는 편이 차라리 낫겠어요."

K는 반항적인 투로 말했다. K는 젊은이가 내뱉은 말만으로

는 전혀 움직일 기색을 보이지 않았다. 이 말을 듣자, 젊은이는 거만한 자세로 고개를 뒤로 젖히고는 잠시 동안 눈을 감고 있었다. 마치 K의 몰이해로부터 자기 자신의 이성으로 돌아오려는 태도 같았다. 그는 혀끝으로 조금 열린 입술 언저리를 핥더니 마부를 향해 말했다.

"말을 썰매에서 떼어 주게!"

마부는 K 쪽을 곁눈질하며 심술궂게 쳐다보았는데, 털가죽 옷을 입은 채 젊은이가 하는 소리에 고분고분 복종하며 마부석에서 내려와야만 했다. 그리고 젊은이가 명령을 취소하는 건 기대하지 않지만, K 쪽에서 생각을 달리하기를 바란다는 듯이 몹시 머뭇거리면서 썰매를 붙인 채 말을 뒷걸음질시켜 옆 건물이 있는 쪽으로 몰고 가기 시작했다. 그 건물에 있는 큰 문을 열면 틀림없이 내부에 마구간과 차고가 설비되어 있을 것이다. K는 자기 혼자 뒤에 남아 있음을 깨달았다. 한쪽에서는 썰매가, K가 걸어온 쪽에서는 젊은이가 서로 무척 느린 속도로 멀어져 갔는데, 그것은 K에게 그의 힘으로 이 양자를 잡아끌 수 있다는 사실을 보여 주려는 것 같은 태도였다.

어쩌면 K는 그들을 다시 잡아끌 수 있는 힘을 가지고 있었을지도 모른다. 그러나 그 힘이 무슨 소용이 있단 말인가. 썰매를 다시 되돌아오게 하는 것은 자기 자신을 쫓아 버리는 것과 마찬가지였다. 그래서 그는 이 자리를 지키는 단 한 명의 인간으로 잠자코 그곳에 머물러 있었다. 이것은 기쁨이 따르지 않는 승리였다. 그는 젊은이와 마부 쪽을 번갈아 보았다. 젊은이는 이미 K가 맨 처음 안뜰로 나온 문에 이르렀는데, 거기서 다시 한 번 K 쪽을 돌아다보았다. K는 자신이 너무나 완고해서 이 사람이 고개를 살살 내두르고 있는 것처럼 느껴졌다. 그러고 나서 젊은이는 이제 마지막이라는 듯 결단성 있는 재빠른 동작으로 몸을 돌려 현관에 발을 디뎌 놓으며 자취를 감추었다. 마부는 보다 오랫동안 안뜰에 남아 있었다. 아마도 썰매를 치우는 데 상당히 힘이 들었을 것이다. 마부는 묵직한 마구간의 문을 열어 썰매를 제자리에 갖다 놓고, 다시 말을 썰매에서 떼어내어 여물통 있는 곳으로 끌고 가야만 했다. 그는 그런 모든 일을 한눈 한 번 팔지 않고 성실하게 해냈으나 곧 다시 출발할 기미는 없을 성싶었다. K 쪽을 곁눈질하지도 않고 잠자코 일을 처리하는 마부의 태도를 보아하니, 그 젊은이의 행동보다도 훨씬 엄격한 비난처럼 느껴졌다. 마부는 마구간 일을 끝마치고는 특유의 태연한 걸음걸이로 몸을 좌우로 흔들면서 안뜰을 비스듬히 가로지르더니 큰 문을 닫고 되돌아왔다. 그는 이런 모든 거동을 눈 속에 남겨진 자신의 발자국만을 보면서 천천히 그리고 제대로 했다. 그런 다음 마구간 속으로 들어가 버렸고, 이어서 전등을 모조리 꺼 버렸다. 누구를 위하여 전등을 켜 두는 것일까? 위에 있는 목조 회랑의 틈에서는 여전히 밝은 빛이 새어 나와 허공에서 헤매는 눈길을 약간 잡아 둘 수 있었다. 이제 K는 다른 사람과의 관계를 모두 중단한 채 과거 어느 때보다도 자유롭게, 보통 때 같으면 출입이 금지되어 있을 곳에서 얼마든지 클람을 기다릴 수 있게 되었다. 이 자유란 자신이 쟁취한 것이며 다른 사람은 흉내조차 낼 수 없다. 아무도 그에게 손을 대거나 그를 쫓아내는 것이 허락되지 않을 뿐더러, 그에게 말을 붙이는 것조차 용납되지 않을 것이라고 K는 생각했다. 그러나—다음과 같은 확신도 이에 못지않을 만큼 강했는데—그와 동시에 이렇게 자유로운 것, 이렇게 기다리는 것, 이렇게 다른 사람에게 아무런 침해도 받지 않는 것, 이런 것보다 더 무의미하고 절망적인 일은 없는 것처럼 느껴졌다.

9

 그래서 그는 안뜰에서 건물 안으로 재빨리 되돌아왔다. 이번에는 담장을 따라간 것이 아니라 정원 한복판의 눈 속을 걸어갔다. 복도에서 주인을 만났는데, 주인이 잠자코 인사를 하며 술집의 문 쪽을 가리키기에 K는 그의 지시에 따랐다. 추워서 더는 견딜 수가 없었고 사람의 그림자가 그리웠기 때문이다. 일부러 갖다 놓은 것으로 보이는 작은 탁자—여기서는 언제나 통을 식탁 대용으로 쓰고 있었기 때문이다—옆에는 아까 만났던 그 젊은이가 앉아 있었으며, 이 젊은이의 맞은편에—K를 낙담케 하는 광경이었지만—교반관의 안주인이 서 있는 꼴을 보았을 때는 자못 실망하지 않을 수 없었다. 페피는 거만한 태도로 고개를 뒤로 젖힌 채 언제나 그대로의 미소를 띠면서 자신의 품위를 거슬릴 정도로 의식하며 다녔다. 땋아 내린 머리는 몸을 돌릴 때마다 흔들거렸고 우선은 맥주를,

그 다음에는 잉크와 펜을 가져왔다. 젊은이가 서류를 앞에 펴놓고 서류의 날짜와 탁자의 가장자리에 있는 서류의 날짜를 비교한 다음 무언가를 쓰려 했기 때문이다. 안주인은 입술을 밖으로 약간 말아 올린 채 쉬고 있는 것처럼 보였다. 그녀는 자기가 서 있는 위치에서 젊은이와 서류를 내려다보고 있었는데, 필요한 일은 이미 다 말했고 그것도 전부 그녀의 뜻대로 받아들여졌다는 표정이었다.

"드디어 측량 기사 양반이 오셨군!"

젊은이는 K가 들어오는 걸 힐끔 쳐다본 후 다시 자신의 서류에 열중했다. 안주인 역시 전혀 놀라는 기색 없이 지극히 무관심한 태도로 K에게 슬쩍 시선을 던졌을 뿐이다. 페피는 K가 목로 앞으로 가서 한 잔 주문했을 때야 비로소 K가 왔다는 사실을 깨달은 모양이었다.

K는 목로에 기댄 채 양쪽 눈 위를 손으로 누르고 있었을 뿐 아무것도 염두에 두지 않았다. 그리고 나서 코냑을 한 모금 마셨는데 맛이 없어서 더는 마실 수 없다는 듯 잔을 밀어 놓았다.

"여러분들도 좀 드셔 보세요."

페피는 무뚝뚝하게 말하고는 잔 속의 남은 양을 비운 뒤 씻어서 선반에다 놓았다.

"여기 양반들은 보다 나은 것을 갖고 계시군요."

K가 말했다.

"그럴지도 모르죠. 하지만 제게는 없어요."

페피가 말했다. 그녀는 더 이상 K를 상대하지 않고 다시 젊은이를 도우러 갔다. 그런데 그 젊은이는 할 일이 아무것도 없었기 때문에 그녀는 젊은이 뒤로 반원을 그리며 끊임없이 왔다 갔다 하면서 어깨너머로 수줍게 서류를 바라보려고 했다. 물론 이것은 걷잡을 수 없는 호기심과 거만한 허영심에 불과했다. 그러자 안주인이 눈살을 찌푸리며 불만의 뜻을 나타냈다.

그런데 갑자기 안주인이 귀를 기울인 채 온몸의 신경을 청각에 집중시키면서 허공을 뚫어지게 바라보았다. K도 곧 돌아보았으나 특별한 소리는 들리지 않았다. 다른 사람에게도 어떤 특별한 소리는 들리지 않는 모양이었다.

안주인은 발꿈치를 들고 안뜰로 통하는 뒤쪽 문으로 성큼성큼 걸어가더니 열쇠 구멍 안을 살그머니 들여다보았다. 그러고는 눈을 크게 뜨고 얼굴을 붉히면서 사람들이 모인 쪽을 돌아다보고 손가락질하며 불렀다. 모두들 그쪽으로 가서 번갈아 가며 들여다보았다. 안주인은 마지막까지 가장 열심이었으며, 페피 역시 무슨 일인지 궁금히 여겼는데, 왠일인지 그 젊은이만은 비교적 냉담한 태도였다. 페피와 젊은이는 곧 되돌아왔지만 안주인만은 여전히 긴장한 채, 몸을 깊숙이 구부리고 거의 무릎을 꿇은 자세로 안을 들여다보았다. 사람들은 이 광경을 보고 마치 그녀가 자신의 몸을 통과시켜 달라고 열쇠 구멍에 하소연하고 있는 것 같은 인상을 받았다. 왜냐하면 이미 볼 만한 것이라곤 없었기 때문이다. 얼마 후 그녀는 간신히 몸을 일으키고는 두 손으로 얼굴을 어루만지고 머리카락을 가지런히 손질한 후 심호흡을 한 다음 자신의 눈을 이곳의 사람들에게 익숙해지게 해야 한다는 듯 행동했는데 선뜻 내키지 않는 그런 태도였다. 그 시점에서 K는 다 아는 사실을 확인하기 위한 것이 아니라 마음속으로 두려워하고 있던 안주인의 공격에 대해 선수를 쓰기 위하여,

"클람이 벌써 떠났나요?"
하고 말했는데, 그토록 그의 신경이 예민해진 탓이었다. 안주인은 아무런 대답도 하지 않고 그의 옆을 지나쳤다. 그러자 그 젊은이가 조그만 탁자에서 K 쪽을 향해 말했다.

"그래요. 당신이 감시를 멈추자 클람이 떠난 거예요. 어쨌든 클람의 신경과민에는 놀라지 않을 수가 없군요. 주인아주머니, 클람이 얼마나 불안하게 주위를 살폈는지 깨달으셨겠지요?"

안주인은 아무것도 깨닫지 못한 모양이었지만 젊은이는 그것에 구애받지 않고 계속 말했다.

"다행히 아무것도 눈에 띈 게 없나 봅니다. 마부가 눈 위의 발자국까지 쓸어 없애 버렸나 봐요."

"주인아주머니는 아무것도 깨닫지 못하신 것 같습니다."

K가 말했다. 그것은 어떤 기대를 가지고 한 말이 아니라, 그 젊은이의 주장이 너무나 독단적이고 고답적이었기 때문에 그것에 자극을 받아 약간 흥분한 탓이었다.

"내가 열쇠 구멍으로 들여다보지 않았을 때겠지요."

안주인이 젊은이를 변호하며 말했다. 그러고는 클람이 한 일이 옳다고 주장하려는 듯 덧붙여서 말했다.

"나는 클람이 그렇게 신경과민이라고는 생각지 않아요. 우

리는 클람을 염려하고 그의 신변을 보호하려고 애쓰는데, 우선 우리는 클람이 대단히 신경질적이라고 가정하고서 일을 시작하죠. 물론 그것도 좋아요. 클람 역시 그것을 바라고 있으니까요. 하지만 속사정이 어떤지는 알 수가 없어요. 클람은 자신이 얘기하고 싶지 않은 사람과는 절대로 만나지 않을 거예요. 그 사람이 클람을 만나기 위해 아무리 애를 쓰고, 악착같이 일을 꾸미며, 참을 수 없을 정도로 뻔뻔스런 태도를 취한다 해도 안 될 거예요. 클람은 자기가 만나기 싫은 사람과는 결코 말하는 법이 없고, 자신 앞에 나타나지도 못하게 한다는 사실만으로도 충분해요. 그런데 대체 클람이 누군가를 꼴 보기 싫어한다는 일이 있을 수 있을까요? 그런 건 증명할 수 없어요. 그건 결코 실험할 수도 없으니까요."

젊은이는 정말 그렇다는 듯 열심히 고개를 끄덕거렸다.

"물론 근본적으로는 나도 같은 의견입니다. 다만 나는 약간 다르게 내 생각을 표현했는데, 그것은 측량 기사 양반이 알아듣기 쉽도록 하기 위해서였어요. 아까 클람이 밖에 나갔을 때 계속해서 주위를 살펴본 것은 사실입니다."

"분명 그는 나를 찾고 있었을 거예요."

K가 말했다.

"그럴듯하군요. 거기까지는 생각지 못했습니다."

젊은이가 말하자 모두들 한꺼번에 웃었다. 페피는 무슨 영문인지도 모르면서 가장 큰 소리로 웃어 댔다.

"지금 이렇게 한데 모여 다들 즐거운 기분에 젖어 있는 동안, 측량 기사 양반께서 미비한 점에 대해 두서너 마디 보충해 주셨으면 합니다."

젊은이가 말했다.

"굉장히 많이 쓰여 있는데요."

K는 멀리서 서류를 바라보며 말했다.

"네, 이런 건 나쁜 습관이지요. 그런데 당신은 내가 누군지 아시나요? 나는 클람의 재야 비서(在野秘書) 모무스라고 합니다."

이 한마디로 방 안 전체에 무거운 공기가 감돌았다. 안주인과 페피는 물론 이 젊은이를 알고 있었으나 그 이름과 위엄 있는 직분이 직접 소개되자 자못 놀란 시늉을 했다. 거기다가 이 젊은이는 자신이 마치 분에 넘치는 말을 입 밖에 냈다는 듯이, 또 자신의 말속에 포함되어 있는 엄숙한 음향이 뒤에 남는 것만은 제발 피하고 싶다는 듯이 서류 속에 얼굴을 처박고 무언가를 쓰기 시작했으므로 방 안에는 글씨 쓰는 소리밖에 들리지 않았다.

"대체 재야 비서가 무엇입니까?"

잠시 후 K가 물었다. 모무스는 자기소개를 해 버린 마당에 스스로 그것에 관한 설명을 하는 것은 적당치 않다고 생각했으므로 안주인이 대신 나서서 대답했다.

"모무스 씨는 다른 비서 분들과 마찬가지로 클람의 비서 중 한 분이세요. 그러나 이 양반의 근무지와—내가 잘못 생각한 것이 아니라면—직무상의 권한을 보면……."

모무스는 쓰고 있던 손을 멈추고 세차게 고개를 내둘렀다. 그래서 안주인은 하는 수 없이 말을 고쳤다.

"아니, 권한의 문제가 아니라 근무처에 관해 말씀드리자면 지역적으로 이 마을을 관할하고 계세요. 모무스 씨는 문서상으로 마을의 사무를 처리하고 정책들을 집행하시죠. 또 마을에서 사건이 일어나면 클람 앞으로 보내는 청원서도 모두 이분이 접수하세요."

K는 이런 여러 가지 설명을 들은 후에도 거의 감동하는 기색을 보이지 않았을뿐더러 허무한 눈길로 안주인을 쳐다보았다. 이에 그녀는 당황해서 덧붙여 말했다.

"말하자면 그런 위치에 계시다는 거예요. 성 양반들은 모두 재야 비서를 갖고 있는 셈이지요."

모무스는 오히려 K보다도 훨씬 주의 깊게 그 말을 듣고 있었는데, 이어서 더 보충하겠다는 듯이 안주인을 향해 말했다.

"재야 비서는 대개 단 한 분을 위해서 일하지만, 나는 클람과 발라베네 두 분의 일을 맡아하고 있어요."

"그렇고말고요."

안주인은 자기 스스로도 그 일을 생각하면서 말했다. 그리고 K를 향해,

"모무스 씨는 클람과 발라베네 두 분의 일을 맡아 보고 계세요. 그러니까 두 가지를 겸임하고 계시는 재야 비서지요."
하고 말했다.

"아, 겸임하고 계시다고요!"

K는 사람들 앞에서 칭찬받는 어린아이를 대하듯 모무스에게 고개를 끄덕여 보였다. 모무스는 이제 몸을 완전히 앞으로 내밀다시피 하면서 K를 정면으로 쳐다보았다. K는 일종의 멸

시하는 빛을 보였는데, 두 사람이 이를 눈치 채지 못했다거나 아니면 멸시당하기를 바라고 있었던 거나 마찬가지였다. 하필이면 클람이 우연으로도 만나 주지 않을 K 앞에서, 클람의 가장 가까운 측근의 공적이 상세하게 나열되었다. 더군다나 억지로라도 K에게 감탄과 칭찬을 받으려는 노골적인 의도를 가지고 있는 속셈이 빤히 들여다보였다. 그런 것에 대한 올바른 감각을 공교롭게도 K는 가지지 못했다. 있는 힘을 다해 한순간이라도 클람을 만나 보려고 노력하긴 했지만, 모무스 같은 사람의 지위를—설령 그가 클람 가까이에서 생활하도록 허락되어 있다고 해도—높이 평가하지도 않았으며 더욱이 감탄하거나 질투의 감정을 일으킨 적은 거의 없었다. 클람과 가까워진다는 사실 자체가 그렇게 애쓸 만한 보람이 있는 것도 아니었기 때문이다. 다른 누구도 아닌 이 K라는 자만이, 다른 어떤 사람도 아닌 K 자신의 소원을 가지고 클람에게 접근하는 것만이 노력해 볼 만한 가치가 있는 일이었다. 그것은 클람의 옆에서 편안하게 지내기 위해서가 아니라 그의 옆을 지나가기 위해서, 한걸음 더 나아가 성안으로 들어가기 위해서였다.

그래서 K는 시계를 쳐다보며 말했다.

"이제 서서히 집으로 돌아가야겠어요."

갑자기 사정이 변해서 모무스에게 유리한 상황이 되었다.

"네, 그렇겠지요. 소사 일 때문에 학교로 가 봐야 할 거예요. 그러나 잠시 동안 시간 좀 내주셔야겠습니다. 두서너 가지 간단하게 물어볼 말이 있거든요."

모무스가 말했다.

"흥미 없으니 그만두겠어요."

K는 문 쪽으로 가려 하면서 말했다. 그러자 모무스가 문서 하나를 손에 들고 탁자를 치며 일어섰다.

"클람의 이름으로 내 질문에 대답하기를 당신에게 요구합니다!"

"클람의 이름으로요?"

K는 그대로 되받아 말했다.

"대체 그분이 내 일을 염두고 두고 있기라도 한가요?"

"그것은 판단할 수 없습니다. 더군다나 당신은 판단하기가 어려워요. 그러니 그것은 서로 안심하고 당사자에게 맡겨 두기로 합시다. 다시 한 번 말하지만 나는 클람에게 위임받은 직책상의 권한으로 당신에게 이곳에 남아 대답할 것을 요구합니다."

모무스가 말했다.

"측량 기사 양반!"

안주인이 참견했다.

"나는 이제 더 이상 당신에게 충고하지 않겠어요. 나는 지금까지 그나마 어디서도 경험할 수 없는 친절한 충고를 당신에게 해 주었는데 가차 없이 거절당하고 말았어요. 내가 지금 여기 비서님한테—나는 숨길 것이 아무것도 없어요—온 것도 이분이 당신의 거동과 의도를 관청에 적당히 보고해서 당신이 또 내 집에 묵는 일이 절대로 없도록 하기 위해서예요. 결국 우리는 이런 사이가 되어 버렸지만, 앞으로도 그런 관계는 변하지 않을 거예요. 따라서 지금부터 내 의견을 말씀드리는 것은 당신을 도우려는 것이 아니라 비서님의 어려운 직무를, 당신 같은 사람을 상대하는 그런 일을 조금이라도 덜어 드리기 위해서예요. 하지만 나는 아주 공평하고 솔직한 사람이니까—나는 당신과 솔직하게밖에는 교제할 수 없어요. 그것이 내 본의는 아니에요—당신 마음이 내키신다면 내 말을 당신에게 유리하도록 이용할 수도 있어요. 이 기회에 당신 주의를 좀 환기시키기 위해서 하는 말인데, 이 비서님의 조서만이 당신이 클람에게 도달할 수 있는 유일한 길이에요. 표현이 과장되었을까 봐 두려워서 하는 말인데 어쩌면 그 길도 클람과 통하지 않을지도 몰라요. 아마도 그 길은 클람의 훨씬 앞에서 끊어져 있을지도 모르죠. 그것은 비서님의 생각에 달려 있어요. 어쨌든 당신이 클람과 통할 수 있는 길은 이 길밖에 없다는 걸 알아 두세요. 그런데도 당신은 그저 반항하기 위해 단 하나밖에 없는 이 길을 단념하실 건가요?"

"아, 주인아주머니. 그것은 클람과 통할 수 있는 단 하나의 길도 아니고, 다른 것보다 더 나은 길도 아니에요. 그리고 비서 양반, 당신이 내가 여기서 한 말을 클람에게 상신할 것인지 아닌지 판정하신다고요?"

K가 말했다.

"물론입니다."

모무스는 이렇게 말하며 거만스럽게 눈을 아래로 내리깔고 시선을 좌우로 돌려 주위를 살펴보았으나 아무것도 눈에 띄지 않았다.

"그렇지 않으면 대체 내가 무엇 때문에 비서 노릇을 하겠소."

"주인아주머니, 클람에게 가는 길보다도 우선 이 비서 양반에게 통하는 길이 필요한 것 같군요."

K가 말했다.

"나는 비서님에게 통하는 길을 당신에게 열어 주려고 했어요. 그래서 당신의 청을 클람에게 올릴까 하고 오전에 문의한 거잖아요. 당신의 청은 반드시 비서님의 손을 거치도록 되어 있어요. 그런데 당신은 그 제의를 거절해 버렸어요. 하지만 다시 생각해 봐도 당신에게는 이 길밖에 남아 있지 않은 것 같아요. 하지만 오늘처럼 클람의 약점을 찌르려 하다가는 성공 가능성도 희박해져요. 곧 사라지려고 하는 실낱같은 희망, 원래는 전혀 존재하지도 않는 희망이 그나마 당신이 의지하는 한 가닥 희망이지요."

안주인이 말했다.

"주인아주머니, 어째서 그렇지요? 당신은 처음에 내가 클람을 만나러 간다고 하니까 그토록 강하게 말리시더니, 이제 와서는 내 청을 아주 진지하게 생각하면서 만약 내 계획이 실패로 돌아가는 경우에는 나를 타락한 인간으로 취급할 것 같군요. 클람과 만나려는 내 노력이 헛된 것이라고 진지하게 충고해 주시던 분이, 지금 이처럼 클람에 이르는 길을 곧장 나아가라고 선동하는 태도로 나오다니, 설령 그 길이 클람과 통하지 않는다고 해도 대체 이런 일이 있을 수 있는 겁니까?"

K가 말했다.

"당신이 시도해 봤자 희망이 없다고 말하는 것이 앞으로 나아가라고 선동하는 결과가 되나요? 만약 당신이 자신의 책임을 내게 돌리려 한다면 그것은 정말이지 뻔뻔스럽기 짝이 없는 행동이에요. 당신이 그런 생각을 한 것은 분명히 비서님이 눈앞에 계시기 때문이에요. 하지만 천만의 말씀이에요. 측량기사 양반, 나는 결코 당신에게 무언가를 하라고 선동하지는 않아요. 단 한 가지 고백하자면, 나는 당신을 처음 만났을 때 당신을 좀 높이 평가했었어요. 당신이 순식간에 프리다의 마음을 빼앗았기 때문에 나로서는 깜짝 놀랐고, 앞으로 무슨 짓을 어떻게 할지 그 점이 미지수였어요. 그래서 더 이상 불행이 일어나는 것을 막아야겠다고 생각했고, 그러기 위해서는 애걸이나 협박이라도 해서 당신의 마음을 움직여 보는 수밖에 달리 도리가 없었어요. 그러는 동안 나는 전체를 생각하게 되었지요. 어쨌든 이제는 당신 좋도록 하세요. 하지만 당신이 하는 일은 눈 위에다 발자국을 남기는 것뿐이고 그 이상은 불가능할 거예요."

안주인이 말했다.

"내 눈에는 모순이 전부 해결된 것 같지 않군요."

K는 이렇게 말하고 나서 다시 덧붙였다.

"모순을 지적한 것만으로는 부족해요. 비서 양반, 한 가지 부탁 말씀이 있습니다. 아주머니 말대로라면 당신이 나에 관한 조서 작성을 완성하면 경과에 따라 클람과의 면회가 실현될지도 모른다는데, 그것이 과연 옳은 의견인지 아닌지 말씀 좀 해 주세요. 만일 그 의견이 옳다면 나는 지금 당장이라도 모든 질문에 대답할 용의가 있어요. 클람과 만날 수만 있다면 무슨 짓이라도 할 테니까요."

모무스는 다음과 같이 말했다.

"조서와 면담 사이에 그런 관련성은 없어요. 단지 클람의 사무 장부를 기록하기 위해서 오늘 오후 마을에서 일어난 사건을 정확하게 기록해 두지 않으면 안 될 뿐입니다. 이미 기록은 다 되어 있으니까 마무리를 위해 두서너 개의 빈 칸만 채워 주시면 됩니다. 다른 목적이란 있을 수 없고, 설령 있다고 해도 이루어지지는 않아요."

K는 입을 다물고 안주인을 쳐다보았다.

"왜 내 얼굴을 쳐다보세요?"

안주인이 물었다.

"내가 뭐 틀린 소리라도 했나요? 이분은 언제나 이래요. 언제나 이렇다니까요. 다른 사람한테 들은 소문을 제멋대로 뜯어 고쳐서, 잘못된 소문을 들었다고 주장하지요. 이분은 클람을 만날 수 있는 희망 같은 건 손톱만큼도 없다는 사실을 오래 전부터 타일러 왔고, 지금도 늘 그런 말만 하고 있어요. 어쨌든 희망이라고는 전혀 없으니까 이 조서를 통해서도 희망을 얻지는 못할 거예요. 이보다 더 명백한 일이 있나요? 더 자세히 말하자면 이분은 이 조서를 통해서만이 클람과 참다운 공무상의 관계를 맺을 수 있어요. 이것은 의심할 여지도 없는 사실이에요. 하지만 이분은 한결같이 내 말을 믿지 않고―도대체 무슨 목적으로 그렇게 하는지 알 수 없지만―자신의 사고방식대로 해석하지요. 이분에게 도움이 될 수 있는 것이라곤 클람과 단 하나의 공무상의 관련성, 즉 이 조서뿐이에요. 나는 그걸 말하려고 했던 거예요. 다른 무엇을 주장하는 사람이 있다면 그건 내 말을 악의적으로 비꼬아서 말하는 거예요."

"주인아주머니, 사정이 그렇다면 나를 용서하세요. 당신은 나를 오해하셨어요. 잘못되었다는 것이 지금 밝혀졌지만 나로서는 당신이 먼저 하신 말씀을 듣고 그래도 한 가닥의 희망은 있다고 생각했어요."

K가 말했다.

"그래요, 물론 나도 그렇게 생각하고 있어요."

안주인은 계속해서 말했다.

"당신은 또 내 말을 곡해하고 있군요. 이번에는 반대쪽으로 곡해하고 있어요. 당신에게는 그런 희망이 있을 수 있어요. 물론 그 희망의 근거는 이 조서에 있지요. 그러나 '당신의 질문에 대답하면 클람과 만날 수 있는가?' 하는 질문으로 선뜻 비서님을 습격할 수 있는 형편에 있는 것은 아니에요. 어린아이가 그런 말을 한다면 사람들은 웃겠지만 어른이 그런 말을 한다면 관청을 모욕하는 결과가 되니까요. 다행히 두 비서님이 교묘하게 대답해 주시는 바람에 당신의 실례를 덮어 주셨지요. 내가 여기서 말하는 희망이란 당신이 조서를 통해 클람과 일종의 연관성을 가질 수 있다는 뜻이에요. 이것이야말로 훌륭한 희망 아닐까요? 이런 희망의 선물을 받을 만한 자격이 당신에게 있느냐고 물으면 당신은 아주 사소한 공적이라도 끄집어낼 거예요. 이 희망에 관해서는 상세하게 설명할 수가 없고, 특히나 비서님은 직무의 성격상 그것에 대해 조금도 암시를 줄 수 없을 거예요. 이분이 직접 말씀하신 대로 비서님에게는 오늘 오후에 일어난 사건을 기술하는 것만이 중요해요. 만약에 당신이 지금 당장 내가 한 말과 관련해서 무언가를 물어본다 해도 비서님은 아무것도 언급하지 않을 거예요."

"비서님, 대체 클람이 이 조서를 읽기는 하나요?"

K가 물었다.

"아니요."

모무스는 이어서 말했다.

"아무리 클람이라고 해도 조서를 전부 훑어볼 수는 없어요. 게다가 클람은 읽는 것을 좋아하지 않아요. 그는 언제나 '조서 같은 건 진저리가 나.' 하고 말하지요."

"측량 기사 양반."

안주인은 자못 난처하다는 듯이 말했다.

"당신은 대체 그런 어리석은 질문으로 언제까지 나를 괴롭힐 작정이세요? 대체 클람이 이 조서를 읽고 당신 생활에 관해 아무 소용도 없는 사실을 거기에 써 있는 대로 이해하는 것이 필요할까요? 아니, 필요하지 않을지라도 그가 원할 만한 일이라도 되나요? 그보다 차라리 클람에게 이 조서를 보이지 말아 달라고 부탁할 마음은 없으세요? 물론 이것 역시 결국은 미련한 소원일 거예요. 왜냐하면 클람 앞에서는 아무것도 감출 수 없으니까요. 그러나 전보다 좀 더 동정심을 유발할 수는 있을 거예요. 그렇다고 해서 대체 그것이 소위 당신이 바라는 바를 위해서 필요할까요? 클람이 당신을 보든 말든, 또 당신 말에 귀를 기울이든 말든, 당신은 그분 앞에서 이야기할 수 있는 기회를 얻기만 하면 만족한다고 하지 않으셨어요? 당신은 적어도 이 조서를 통해 그 정도는, 아니 오히려 그 이상으로 성취할 수 있지 않겠어요?"

"그 이상이라고요? 어떤 방법으로요?"

K가 물었다.

"당신이란 양반은 언제나……."

안주인이 소리쳤다.

"어린아이처럼 무엇이든 곧 바로 먹을 수 있도록 마련해 놓지 않으면 납득하지 못하시는군요! 대체 누가 당신의 그런 질문에 대답할 수 있겠어요? 이 조서는 클람의 사무 장부에 올리도록 되어 있는데, 그것에 관해서는 이미 들으셨잖아요. 더 이상은 확실하게 말씀드릴 수가 없어요. 당신은 조서라든가, 비서님이라든가, 사무 장부가 뜻하는 바를 죄다 아시나요? 비서님에게 심문을 받는다는 게 무엇을 뜻하는지 아세요? 아마 두 비서님들도 그것을 모르실 거예요. 십중팔구는 그럴 거예요. 단지 이곳에 태연하게 앉아서 자신이 말한 것처럼 정리하기 위해 직무를 수행하고 있을 따름이지요. 그러나 생각 좀 해 보세요. 클람은 이분을 임명했고, 이분은 클람의 대리인으로 사무를 보고 계세요. 따라서 이분이 하시는 일이 클람에게 보고되지 않는다 해도 처음부터 클람의 동의를 얻고 있는 것이나 다름없어요. 어쨌든 클람이 동의를 하고 있는 이상, 클람의 정신이 배어 있지 않을 리가 있겠어요? 내가 지금 이런 말을 한다고 해서 서투르고 어색하게 비서님의 비춰를 맞출 생각은 눈곱만큼도 없어요. 이분 역시 그런 일은 거절하실 거예요. 나는 이분의 독립된 인격에 대해서 말하는 것이 아니라 클람의 동의를 얻고 있는 이분에 관해서 말하는 거예요. 그러니까 이분은 말하자면 클람의 손이나 도구처럼 움직이는 집행 기관이에요. 이런 분의 말씀을 듣지 않는다면 누구든 좋지 않을 거예요."

K는 이러한 안주인의 공갈 협박 따위에 무서워하지도 않았고, 자신의 환심을 사기 위해 희망을 강조하는 그녀의 말에도 싫증이 났다. 클람은 먼 곳에 있었다. 언젠가 안주인이 클람을 독수리에 비교했을 때는 어리석은 말처럼 생각되었지만 지금은 그렇지 않았다. 클람과의 먼 거리, 침해할 수 없는 그의 주거, 아직도 K가 귀담아 들은 적 없는 큰 부르짖음에 의해서만 중단시킬 수 있는 그의 침묵, 위에서 내려다보는 것 같은 날카로운 눈초리, 이것은 절대로 확인할 수도 없었다. 정체가 무엇인지 파악되지 않는 율법으로 둘러싸인 위에 있는 성의 세력권은 K처럼 아래에 사는 낮은 신분의 사람들이 깨뜨릴 수도 없는 것이었으며 순간적으로만 눈에 띌 뿐이었다. K는 이런 것들을 생각해 보았다. 이런 것들은 모두 클람과 독수리의 공통된 요소였다. 그러나 조서는 이런 것과는 아무런 관계도 없다. 지금 모무스의 조서 위에는 소금과 과자 부스러기가 잔뜩 흩어져 있다. 소금 뿌린 과자를 쪼개서 맥주 안주로 먹다가 떨어뜨린 것이다.

"편안히 주무세요. 심문이라면 지긋지긋해요."

K는 정말로 문으로 다가가며 말했다.

"저 사람 역시 돌아가는군요."

모무스는 자못 불안한 기색으로 안주인에게 말했다.

"설마 그럴 리가요."

안주인이 말했지만 K에게는 더 이상 들리지도 않았다. 현관으로 나오자 추위가 혹독했고 거센 바람이 불었다. 맞은편 문에서 주인이 나왔다. 그는 들여다보는 구멍을 통해 현관을 감시하고 있던 모양이다. 바람에 윗도리 자락이 날렸기 때문에 주인은 그 옷자락을 손으로 누르고 있었다.

"벌써 돌아가십니까?"

그가 말했다.

"지금 가면 이상한가요?"

K가 물었다.

"물론이지요. 왜 심문을 받지 않으십니까?"

주인이 말했다.

"심문 같은 건 받고 싶지 않아요."

K가 말했다.

"왜 그렇지요?"

주인이 물었다.

"내가 왜 심문을 받아야 하는지 알 수가 없어요. 게다가 관청의 기분인지, 농담인지, 변덕인지 분간할 수 없는 일에 왜 내가 따라야만 하는지 이해할 수 없어요. 아마 다음번에는 내 기분과 농담과 변덕에 의해 심문을 받을지는 몰라도 오늘만큼은 절대로 받지 않겠어요."

"네, 그러시겠죠."

주인이 말했다. 그러나 이것은 예의상의 동의일 뿐 결코 그의 확신에서 나온 것은 아니었다. 그는 이어서 이렇게 말했다.

"자, 그러면 하인들을 술집 안으로 들여보내야겠군요. 벌써 그 시간이 다 되었어요. 단지 심문하는 데 방해가 될까 봐서……."

"당신은 그 일이 그렇게 중대하다고 생각하십니까?"

K가 물었다.

"네, 물론입니다."

주인이 말했다.

"그러면 거절해서는 안 되겠군요."

K가 말했다.

"네, 거절하는 것은 좋지 못했습니다."

K가 잠자코 있으니까 주인은 K를 위로하려고 그런 것인지 아니면 빨리 떠나보내기 위해 그런 것인지 다음과 같이 덧붙여서 말했다.

"뭐, 그렇다고 해서 지금 당장 공중에서 유황(硫黃)이 비처럼 쏟아지는 일은 없을 거예요.(구약 성서 '창세기' 19장 24~25절 소돔과 고모라의 고사 참조)"

"네, 그렇지요. 그런 날씨처럼 보이지도 않아요."

K가 말했다. 그래서 두 사람은 웃으면서 헤어졌다.

10

 K는 바람이 거세게 부는 바깥 계단으로 나와 어둠 속을 쳐다보았다. 형편없이 나쁜 날씨였다. 아무튼 이 일과 관련해서 고분고분하게 조서에 따르게 하려고 안주인이 상당히 애쓴 것과, 그럼에도 불구하고 자신이 그녀의 권고를 듣지 않고 고집을 부렸던 일이 머릿속에 떠올랐다. 사실 그녀의 그런 노력은 솔직한 마음에서 나온 것이 아니라 그런 구실로 그를 몰래 조서에서 떼어 버리려는 생각에서 나온 것이다. 결국은 그가 저항한 것인지, 아니면 복종한 것인지는 알 수 없었다. 상대는 상당히 음모를 좋아하는 사람이었다. 멀리 타향에서 정체를 알 수 없는 사명을 띠고 와서는 아주 태연자약한 태도로 일하고 있다. 마치 바람과도 같이.
 큰길을 몇 발자국 걸어가지도 않았는데 먼 곳에서 등불 두 개가 흔들리는 것이 보였다. 이 생명의 표지를 보고 반가운 마음에 등불 쪽으로 걸음을 서둘렀는데, 등불 쪽에서도 이쪽을 향해 흔들거리며 접근해 왔다. 그것이 두 조수라는 걸 알았을 때는 환멸과 비애를 느꼈지만 왜 그랬는지는 자신도 알 수 없었다. 아마도 프리다가 두 조수를 내보낸 것 같았다. 주위에서 시끄럽게 울부짖으며 덤벼드는 것 같은 어둠을 물리쳐 준 두 개의 등불은 자신의 소유물임에 틀림없었다.

그런데도 불구하고 그는 실망했다. 그가 기대했던 것은 낯선 사람이지, 이처럼 괴롭고도 무거운 짐이 되는 낯익은 지인은 아니었다. 그런데 마중 나온 것은 두 조수뿐만 아니었다. 두 사람 사이의 어둠 속에서 바르나바스의 모습이 나타난 것이다.

"바르나바스!"

K는 그 사람 쪽으로 손을 뻗치며 외쳤다.

"나를 찾아온 건가?"

전에 바르나바스 때문에 화를 낸 적이 있었지만 느닷없이 다시 만난 놀라움에 분격을 잊었다.

"네, 선생님을 찾아가던 길입니다."

바르나바스는 전과 조금도 다름없이 정답게 말했다.

"클람에게서 편지 한 장을 가져왔어요."

"클람이 보낸 편지라고?"

K는 고개를 뒤로 젖히고 말하더니 바르나바스의 손에서 편지를 날쌔게 낚아챘다.

"비춰 주게!"

그가 조수들에게 말하자 두 조수는 좌우에서 바짝 다가와 등불을 높이 쳐들었다. 바람의 방해를 받지않으려면 큰 편지를 아주 작게 접어야만 했는데 편지의 내용은 다음과 같았다.

'교반관에 묵고 계시는 측량 기사 귀하! 귀하가 지금까지 이룬 측량의 업적에 대해 본관은 만족하며 경의를 표하는 바입니다. 조수들의 근무 상태 또한 칭찬할 만합니다. 귀하는 그들을 격려하여 일에 종사케 하는 요령을 터득하고 계십니다. 앞으로도 열심히 그리고 꾸준히 일하는 그들의 열의가 식지 않도록 주의해 주시기 바랍니다. 일을 끝까지 완수하고 좋은 성과를 거두도록 노력해 주십시오! 만약 일을 중단한다면 본관은 분격을 금치 못할 것입니다. 하지만 어쨌든 안심하십시오! 일을 마쳤을 때 지급하는 임금과 관련해서는 곧 결정이 날 것입니다. 본관은 항상 귀하를 주시하고 있습니다.'

K보다도 훨씬 느린 속도로 편지를 읽은 조수들은 이 반가운 소식에 기쁜 나머지 만세 삼창을 하면서 조수들이 등불을 흔들자 K는 겨우 편지에서 눈을 떼고 위를 쳐다보았다.
"조용히 해!"
그리고 나서 그는 바르나바스를 향해 말했다.
"이건 오해야."
바르나바스는 그의 말을 이해하지 못했다.
"이건 오해라고."
K는 같은 말을 되풀이했다. 오후의 피로감이 다시금 되살아났다. 학교까지의 거리는 아직도 상당히 먼 것 같았다. 바

르나바스의 등 뒤로 그의 집안 식구들의 모습이 떠올랐다. 조수들은 여전히 몸으로 밀며 달려들었다. K는 하는 수 없이 그들을 팔꿈치로 떼밀었다. 프리다에게 조수들을 붙들어 두라고 명령했건만, 어째서 그들을 내보냈단 말인가! 자기 혼자라도 돌아가는 길은 알 수 있을 것이다. 그들과 함께 가느니, 차라리 혼자 가는 편이 훨씬 마음 편하다. 게다가 한 놈이 목에 두른 머플러가 바람에 나부끼며 K의 얼굴을 두서너 번 치기까지 했다. 물론 그럴 때마다 다른 조수 한 놈이 간들간들 움직이는 기다랗고 뾰족한 손가락으로 K의 얼굴에서 머플러를 치웠지만 그렇다고 해서 사태가 더 나아진 것은 아니었다. 두 사람은 바람과 밤의 불안에 은근히 흥분한 것 같더니만 이번에는 근처를 여기저기 왔다 갔다 하는 데 흥미를 느끼기 시작한 모양이었다.

"이 자식들아, 꺼져 버려!"

K는 소리를 질렀다.

"너희들은 여기까지 일부러 찾아오면서 왜 내 지팡이는 갖고 오지 않은 거야? 대체 무엇을 휘둘러서 너희들을 쫓아내야 한단 말이냐!"

두 사람은 바르나바스 뒤로 살짝 숨어 버렸다. 그렇다고 그다지 걱정스러운 눈빛도 아니었으며 방패가 된 바르나바스의 양 어깨 위에 등불을 올려놓았다. 물론 그것은 곧 떨어져 버렸다.

"바르나바스!"

K가 말했다. 바르나바스가 자신을 명백히 이해하고 있지

않은 것 같아서 그의 마음은 무거워졌다. 또 그렇게 아름답게 빛나던 그의 윗도리가 이처럼 중요할 때는 아무 소용도 없고 그저 자신을 방해하는 것처럼 보이는 것도 우울한 일이었다. 그것은 소극적인 반항이었으므로 이쪽에서 덤벼들고 따질 수도 없는 노릇이었다. 단지 그의 미소만이 밝게 빛났을 뿐인데, 그것조차 하늘에서 반짝이는 별이 땅 위의 폭풍을 어찌할 수 없는 것처럼 아무 도움도 되지 않았다.

"이봐! 클람이 내게 이런 것을 써 보냈어!"

K는 그의 눈앞에 편지를 들이대며 말했다.

"그는 잘못 봤어. 나는 측량에 관해서는 아무런 일도 하지 않았을뿐더러 이 조수들이 얼마나 신통치 못한지는 자네 눈으로 봐도 알 거야. 대체 하지도 않은 일에 중단이 어디 있으며, 이에 클람이 분격한다는 것 또한 있을 수 없는 일이지. 내가 이 사람에게 인정받을 만하다고 생각해? 게다가 무엇보다도 마음을 놓을 수가 없으니 말이야."

"제가 중간 역할을 해서 그 말씀을 클람에게 전하겠습니다."

바르나바스가 말했다. 그는 K가 말하는 동안 편지를 쭉 훑어보았지만, 너무나 얼굴 가까이 갖다 대는 바람에 거의 읽을 수가 없었다.

"아, 자네가 그것을 이행하겠다고 장담한다고 해서 내가 그 소리를 곧이곧대로 들을 거라고 생각하나? 나는 믿을 만한 심부름꾼이 필요해. 더군다나 지금으로서는 더더욱!"

K는 초조한 빛으로 입술을 깨물며 말했다.

"측량 기사님!"

바르나바스가 고개를 한쪽으로 가볍게 갸우뚱하면서 말했다. 그런 바르나바스의 몸짓에 속아 K는 하마터면 바르나바스를 믿을 뻔했다.

"제가 책임지고 클람에게 말씀드리겠습니다. 선생님이 먼젓번에 부탁하신 말씀도 꼭 전하겠어요."

"뭐라고?"

K가 외쳤다.

"자네, 아직도 그 말을 전하지 않은 건가? 그 다음 날 성으로 가지도 않았단 말이야?"

"네, 가지 못했어요. 선생님께서도 보시다시피 제 아버지는 노인이십니다. 게다가 일이 잔뜩 밀려서 아버지를 도와 드리지 않으면 안 되었어요. 하지만 곧 성으로 갈 거예요."

"대체 자네는 무얼 하고 있었나? 별 이상한 놈 다 봤군!"

K가 자기 이마를 치며 말했다.

"다른 어떤 일보다도 클람의 용건이 더 중요한 것 아닌가? 자네는 심부름꾼이라는 중요한 직책을 맡았으면서도 그렇게 형편없이 임무를 수행하는 것이 부끄럽지도 않아? 자네 아버지의 일은 내가 알게 뭐야! 클람은 보고를 기다리고 있어. 자네는 달리다가 넘어지는 것보다 마구간에서 말똥이나 긁어내는 게 더 좋단 말인가?"

"제 아버지는 구둣방을 하십니다."

바르나바스가 서슴지 않고 말했다.

"아버지는 브룬스비크한테서 주문을 받으셨어요. 그리고

저는 아버지 밑에서 일하는 직공입니다."

"구둣방, 주문, 브룬스비크."

K는 말 한마디 한마디를 없애 버리겠다는 듯 심술궂게 말했다.

"이 길은 늘 사람의 그림자라곤 하나도 보이지 않는데 대체 누가 신발이 필요하다는 건가? 또 구둣방의 영업이 대관절 나와 무슨 상관이 있다는 거야? 내가 자네에게 심부름을 부탁한 것은 구둣방에서 심부름을 잊어버리라거나 일을 망쳐 버리라는 게 아니라 성의 그 양반에게 전해 달라는 것이었어!"

여기서 K는 클람이 쭉 신사관에 묵고 있었으니 성에는 없었을 것이라는 생각을 떠올리고는 마음을 약간 가라앉혔다. 그런데 바르나바스는 자신이 K의 첫 보고를 아직도 생생히 기억하고 있다는 사실을 증명하기 위해 당시를 회상하며 암기하기 시작했을 때 K는 더 이상 듣고 싶지 않아 골을 냈다.

"됐어, 더 알고 싶지도 않아."

K가 말했다.

"노하지 마십시오, 나리!"

그는 무의식중에 K에게 벌을 주려는 듯 시선을 돌리더니 눈을 아래로 떨어뜨리며 말했다. 그러나 K가 소리를 질렀기 때문에 당황한 듯했다.

"자네에게 화를 낸 것이 아닐세."

K가 말했으나 마음속의 불안한 동요가 은연중에 퍼졌다.

"자네 때문에 화가 난 것이 아니라 중대한 용건을 전하는

데 있어서 자네 같은 심부름꾼밖에 없다는 것이 안타까워서 그러네."

"이보세요, 나리님!"

바르나바스는 심부름꾼의 체면을 유지하려는 데 급급해서 허락된 이상으로 지나치게 말을 끄집어내려 했다.

"클람이 설마 보고를 기다리고 있겠습니까? 더군다나 제가 가면 그는 화를 낼 겁니다. 그 양반은 전에도 '또 새 보고란 말인가?' 하고 말씀하신 적이 있었어요. 제가 멀리서 오는 것만 봐도 일어서서 옆방으로 가 버리고는 만나려고도 하지 않아요. 또 제가 통지할 일이 있다고 해서 그것을 가지고 가도록 되어 있는 것도 아니에요. 차라리 그렇게 결정되어 있다면 곧 가지고 갔을 거예요. 그러나 그것에 대해서는 무엇 하나 결정되어 있는 것이 없어요. 보고를 가지고 가지 않는다고 해서 제가 재촉받을 일은 없어요. 보고를 가지고 가는 것은 제가 자발적으로 하는 거예요."

"그렇군."

K는 일부러 조수들에게서 눈길을 돌려 바르나바스를 쳐다보며 말했다. 두 사람이 이야기하고 있는 동안, 조수들은 바르나바스의 어깨 뒤에 숨어서 마치 참호에서 고개를 내밀 듯이 번갈아 고개를 내밀곤 K를 보며 깜짝 놀랐다는 듯한 바람 소리 같은 가벼운 휘파람을 불면서 곧 다시 번개처럼 고개를 움츠리곤 했다. 그들은 이런 장난을 오랫동안 즐겼다.

"클람이 있는 곳이 어떻게 되어 있는지 나로서는 알 수가 없네. 그런데 자네가 그곳을 자세히 알고 있다는 사실 자체가 좀 이상하군. 설사 그것이 자네에게는 가능한 일이라고 할지라도 지금 이 문제를 호전시킬 수는 없어. 그러나 자네가 심부름을 하는 것만은 가능하니까 지금 이렇게 자네에게 부탁하는 걸세. 아주 간단한 심부름에 불과해. 내일 당장 클람에게 가서 당일로 내게 회답을 전하거나 아니면 적어도 클람이 자네를 어떻게 맞이했는지 그것만이라도 알려 주게. 그것이 가능한 것인지 하는 것보다는 그렇게 할 뜻이 있느냐 말이야. 그렇게만 해 준다면 나한테는 굉장한 도움이 될 거야. 또한 자네에게 상당한 사례도 할 테고. 아니, 지금 당장 이 자리에서 자네 소원이 있으면 말해 보게."

"말씀대로 이행하겠습니다."

바르나바스가 말했다.

"그러면 내 부탁을 위해 가급적 노력해 주겠다는 뜻으로 받아들이겠네. 내 부탁을 직접 클람에게 전하고, 클람에게서 회답을 받아 오게. 지금 당장 서둘러. 아니, 내일 오전 중이라도 괜찮으니까 그렇게 해 주겠나?"

"최선을 다해 보겠습니다. 물론 언제나 그렇게 하고 있습니다만……."

"자, 이제 말다툼은 그만두기로 하지. 전해 달라고 하는 말은 다름이 아니라, 측량 기사 K는 상관님을 직접 면회하기를 희망하고 있고 그것이 받아들여질 수 있도록 청원하는 바라고 말이야. 그리고 이것이 허락되는 경우 발생할 수 있는 모든 조건을 K는 이미 승낙했다고. 이런 청원을 하게 된 이유는 지금까지 중간에 선 사람들이 모두 무능하기 짝이 없었기 때문이라고도 전해. 그 증거로 K는 오늘까지 측량과 관련해서 아무런 일도 하지 못했고, 면장의 통지에 의하면 앞으로도 결코 측량 일을 하지 못하게 되어 있다고 말이야. 따라서 최근에 받은 상관님의 서한을 절망적인 감정으로 읽어야만 했는데, 사태가 이렇게 되었으니 상관님을 직접 방문하는 것 외에는 달리 해결할 방도가 없다고. 측량 기사는 이러한 청원이 얼마나 불손한 것인지를 알고 있으나, 되도록이면 상관님에게 폐를 끼치지 않을 것이고, 모든 시간제한에도 따를 것이며, 회담 시 사용할 말의 개수도 상관님이 필요하다고 인정하는 결정에 따를 것이라고. 그는 기껏해야 열 마디면 충분할 것이라고 생각하고 있으며, 깊은 존경을 가지고 상관님의 결정을 기다리고 있다고. 이상과 같이 내 말을 전해 주게나."

마치 클람의 문전에서 문지기와 지껄이듯이 K는 자기 자신을 잊은 채 말했다.

"생각했던 것보다도 길어졌군."

하고 말하더니 K는 이어서 다음과 같은 말을 했다.

"어쨌든 자네는 이것을 꼭 말로 전해야만 하네. 편지는 쓰고 싶지 않거든. 만약 이 일을 편지로 쓰게 되면 아마 소속 불명으로 이리저리 한없이 돌아다니게 될 거야."

하지만 K는 바르나바스를 위해 한 조수의 등에다 종이 한 장을 대고 좀 전에 자신이 말한 내용을 거적거렸는데, 다른 조수 하나가 등불을 비춰 주었다. 그런데 바르나바스는 문구를 하나하나 잊지 않고 기억하고 있어서 조수가 옆에서 틀린 소리를 해도 거기에 구애받지 않고 초등학교 어린이처럼 정확하게 암송했다. 따라서 K는 바르나바스의 구술에 의해 종이에 받아쓰는 꼴이 되었다.

"자네의 기억력은 대단하군."

K는 바르나바스에게 종이를 건네며 말했다.

"하지만 다른 면에서도 비상한 점을 보여 주게. 그건 그렇고 대체 자네 소원은 뭔가? 아무것도 없나? 솔직히 말해서 자네가 소원을 말해야 이번 심부름에 대해 조금이라도 안심할 수 있겠네."

바르나바스는 잠자코 있다가 드디어 입을 열었다.

"제 누이들이 선생님께 안부를 전해 달라고 합니다."

"누이라고? 그 키가 크고 튼튼한 처녀들 말이지?"

K가 물었다.

"둘 다 선생님께 안부 전해 달라고 했습니다. 그중에서도 특히 아말리아가 더했어요. 아말리아는 오늘도 선생님을 위해서 이 편지를 성에서 제게 가지고 왔어요."

이 말을 근거로 삼아 K는 다급히 물었다.

"아말리아도 내 부탁을 가지고 성까지 갈 수 있는 건가? 그렇지 않다면 두 사람이 모두 가서 각자 잘되는지, 안 되는지 봐줄 수는 없어?"

"아말리아는 사무국에 들어갈 자격을 갖고 있지 않아요. 그렇지 않다면 아주 기쁘게 이번 일을 해 드렸을 텐데."

바르나바스가 말했다.

"내가 내일 자네 집을 찾아갈 걸세. 그 전에 자네가 먼저 회답을 갖고 내게 오게. 학교에서 기다리겠네. 그리고 자네 자매들에게 내가 안부 묻더라고 전해 줘."

  K가 말했다. 이 약속으로 바르나바스는 대단히 기뻐하는 것 같았다. 작별의 악수를 주고받은 후 바르나바스는 다시 한 번 K의 어깨에 살짝 손을 댔다. 이렇게 해서 바르나바스가 멋진 옷차림을 하고 처음 식당의 농부들 사이에 나타났을 때의 모습이 그대로 재현된 듯했다. K는 미소를 띠면서 바르나바스가 자기 어깨에 손을 댄 것은 그러한 행동으로 자신을 추켜세우려는 듯한 뜻이 담겨져 있는 것이라고 생각했다. K는 어느 때보다도 기분이 좋아졌으므로, 돌아가는 길에는 그냥 조수들이 하는 대로 내버려 두었다.

11

 그는 추위에 온몸이 얼다시피 해서 학교에 도착했다. 등불 안의 초는 벌써 다 타 버린 지 오래였다. 주위는 어둠의 장막 속에 완전히 가려 지척도 분간할 수 없었다. 이미 학교의 구조를 샅샅이 파악한 조수들의 안내로 K는 손으로 더듬어 가면서 교실로 올라갔다.
 "처음으로 칭찬받을 만한 일을 했군."
 클람의 편지를 생각해 내면서 K가 말했다. 교실 한구석에서는 꿈속을 헤매고 있는 듯한 프리다가 외쳤다.
 "K를 자게 내버려 두세요! 그를 방해하지 마세요!"
 잠을 이기지 못해 K가 돌아올 때까지 기다릴 수는 없었으나 그녀의 머릿속은 K의 일로 가득 차 있었다. 그제야 불이 켜졌지만 석유가 얼마 남지 않아서 램프의 불꽃을 크게 할 수가 없었다. 이사한 지 얼마 되지 않았기 때문에 부족한 살림살이가 한두 가지가 아니었다. 불을 때기는 했지만 체조장으로 사용되었던 커다란 방이었기 때문에—체조 기구가 주위에 놓여 있기도 하고 천장에 매달려 있기도 했는데—이미 저장해 놓았던 장작은 전부 다 때 버린 상태였다. 이들이 말하기를 한 번은 기분 좋게 불을 쬐고 훈훈했는데, 유감스럽게도 얼마 지나지 않아 다시 차디차게 식어 버렸다는 것이다. 창고 안에는 장작이 잔뜩 저장되어 있었지만 자물통으로 잠겨 있는 데다가 열쇠마저 선생이 보관하고 있었으며, 단지 수업 시간에 한해서만 장작을 때도록 되어 있었다. 침대라도 있어서 그 속에 들어갈 수만 있다면 참을 수 있겠지만, 침구라고는 짚을 넣은 이불 하나밖에 없었다. 그것은 털로 짠 프리다의 숄로 깨끗하게 덮여 있었다. 그러나 새털로 만든 요도 없고 엉성하고 빳빳한 이불로는 몸을 따뜻하게 할 수가 없었다. 짚으로 만든 형편없이 빈약한 이불을, 그래도 조수들은 욕심을 내면서 바라보고 있었다. 물론 그 위에 드러누울 가능성은 없었다. 프리다는 K를 불안스럽게 쳐다보았다. 교반관에서는 아주 더러운 방도 사람이 살 수 있는 방으로 뜯어고치는 솜씨를 보여 준 프리다였으나, 이곳에서는 돈이 없어서 아무것도 할 수가 없었다.

"방 안의 장식품이라고는 체조 기구밖에 없어요."

그녀는 눈물 어린 얼굴에 억지로 미소를 띠면서 말했다. 그러나 가장 곤란한 일, 즉 만족스러운 잠자리와 땔감이 없는 것에 대해서 그녀는 내일 당장 무슨 방법을 써서라도 해결하겠다고 K에게 약속하며, 제발 그때까지 참아 달라고 부탁했다. 말이나 얼굴 표정으로 보아서 K에 대한 그녀의 마음에는 어떠한 불평도 없는 것 같았다. 그런데 그녀를 신사관과 교반관에서 억지로 끌고 나온 것은 K였다. 이 점에 관해서는 K 자신도 인정하지 않을 수 없었다. 따라서 K는 괜찮다고 말하려 했으며, 그것은 그다지 어려운 일도 아니었다. 바르나바스와 하염없이 걸으면서 클람에게 전하는 말을 한마디씩 되풀이하는 장면을 머릿속에 그려 보았기 때문이다. 다만 그 말은 바르나바스에게 구술해 주었던 대로가 아니라, 바르나바스가 클람 앞에서 보고할 때 상상되는 말투까지도 되풀이했다. 그와 동시에 프리다가 알코올램프 위에서 커피 끓이는 것을 보자 진심으로 기뻤다. K는 점점 식어 가는 난로에 기대어 그녀가 민첩하고 익숙한 동작으로 일하는 모습을 일일이 눈으로 좇았다. 그녀는 꼭 덮어야만 하는 식탁보를 교탁 위에 편 후, 꽃무늬가 그려진 커피 잔을 늘어놓은 다음, 빵과 베이컨과 정어리 통조림을 끄집어냈다. 이제 모든 준비가 갖추어졌다. 프리다는 지금까지 식사를 하지 않은 채 K가 오기를 기다리고 있었다. 의자가 두 개 있었으므로 K와 프리다는 식탁을 향하여 의자 위에 걸터앉고, 두 조수들은 발치에 있는 교단 위에 앉았다. 그들은 조금도 얌전하지 않았다. 식사 중에도 수선스럽게 심술만 부리고 있었다. 자신의 몫을 충분히 받고서 그것을 다 먹기까지는 아직 시간이 꽤 남았는데도, 가끔씩 일어서서 식탁 위에 먹을 것이 많이 남아 있는지, 또 자기네들이 음식을 더 받을 수 있는지를 확인했다. K는 이 두 사람을 염두에 두지도 않다가 프리다가 웃었기 때문에 비로소 눈치를 챘다. 그는 식탁 위에 놓인 그녀의 손 위에다 애교를 부리면서 자신의 손을 얹고 가느다란 목소리로 물었다. 왜 저들의 행동을 관대하게 넘기고, 버릇없을 정도로 실례가 되는 일까지 너 그렇게 받아들이는지를. 이런 방법으로는 도저히 그들을 떼어 버릴 수 없다. 말하자면 어느 정도 강경한 자세, 그들의 행동에 걸맞은 취급을 하면 그들을 제어할 수 있을지도 모른다. 이렇게 하면 형편이 좀 더 나아지거나, 아니면 그들 쪽에서 싫증을 느끼고 결국에는 도망쳐 버리든지 할 것이다. 아무래도 학교에서 산다는 것은 기분 좋은 일이 아니다. 어쨌든 이곳에서 오래 살게 되지는 않겠지만 조수들이 나가고 자기네들 둘만 이 조용한 교사에서 살게 되면 여러 가지 부자유스러운 일도 그다지 마음에 걸리지는 않을 것이다. 프리다는 그들이 날이 갈수록 뻔뻔스럽게 변하는 꼴이 눈에 띄지 않는 양, 그들이 저렇게 날뛰는 것도 그녀가 자리에 있을 때뿐이며, 그녀 앞에서는 K도 다른 때와 달라서 멱살 잡고 혼내 주는 일도 없다고 생각하는 모양이다. 그 밖에 그들을 손쉽게 쫓아낼 방법이 있겠지만 그런 방법은 그녀 역시 알고 있을 것이다. 그것은 그녀가 이곳 사정에 익숙하기 때문이다. 어떻게 해서든 조수들을 쫓아버리게 되면 그것은 그들에게 한 가지 친절을 베풀어 주는 셈이 된다. 이곳에서의 생활이 그렇게 안락할 것 같지 않으며, 그들이 지금까지 즐겨 온 태만한 생활도 이곳에서는 일부분이라도 청산하지 않으면 안 된다. 그들은 일을 해야만 하며, 프리다는 며칠 동안 흥분해 있었으니 쉬어야만 한다. 그리고 K는 K대로 곤경에 빠진 상태에서 벗어날 수 있는

활로를 찾기 위해 힘을 다해야만 한다. 여하튼 조수들이 나가기만 하면 마음도 대단히 편해져서 소사의 일이나 다른 모든 일도 손쉽게 해낼 수 있을 것만 같았다.

프리다는 K가 이야기하는 소리에 주의 깊게 귀를 기울이다가 살그머니 K의 팔을 어루만지며 다음과 같이 말했다. 지금 K의 이야기는 자기 자신도 똑같이 생각했던 바이며, K는 조수들의 좋지 못한 품행에 대해서 너무나 신경을 써서 문제라고. 그들은 성격이 쾌활한 데다가 약간 어리석어서, 성의 엄격한 규율에 견디다 못해 쫓겨났고, 이제 처음으로 낯선 사람 밑에서 일하게 된 것이라고. 따라서 그들은 약간 흥분한 나머지 얼굴이 상기되어 더욱 놀란 토끼처럼 보이는 거라고. 그래서 그들은 어쩔 수 없이 갖가지 어색한 짓을 하고 우둔한 일을 저지르는 것이니까 화를 내는 것도 무리는 아니지만 웃고 넘기는 것이 더 현명하다고. 그녀 역시 가끔 웃음을 참지 못할 때가 있다고. 그러나 그들을 쫓아내고 단둘이서 지내는 것이 가장 좋다고 생각하는 점에서는 K와 의견이 일치한다고 말하고는 K에게 바싹 다가와 그의 어깨에 얼굴을 묻었다. 그녀는 그의 어깨에 얼굴을 묻은 채 이야기를 계속했는데, 도무지 알아들을 수가 없어서 K는 그녀에게 상반신을 구부려야만 했다. 그랬더니 프리다는 다음과 같이 말했다. 조수들을 쫓아낼 방법은 모르겠지만 K가 제안한 일은 가능성이 희박해서 두려워하고 있다고. 그녀가 알기로 그 두 사람을 요청한 것은 K 자신이니까, 현재는 물론 앞으로도 계속 옆에 데리고 있게 될 것이라고. 가장 좋은 방법은 그들을 있는 그대로 그저 경솔한 인간으로 취급하는 것이라고. 그렇게 되면 그들을 참고 묵묵히 지켜볼 수 있을 것이라고.

K는 이 대답에 만족할 수 없어서 농담 반 진담 반으로 말했다. 프리다는 그들과 결탁하고 있거나, 적어도 그들에 대해 굉장한 애착을 느끼는 것 같다고. 물론 그들은 젊은 미남들이지만, 약간의 호의를 가졌다고 해서 그들을 내쫓지 못할 이유는 없으며, 그 예로 이 조수들을 내쫓을 수도 있다는 것을 프리다에게 보여 줄 것이라고 말했다.

프리다는 그것이 성공한다면 K에게 감사하겠다고 말했다. 또 앞으로는 절대로 그들과 웃거나 쓸데없는 이야기를 지껄이는 일도 없을 것이라고 덧붙였다. 이제 그들을 보더라도 이상하게 여기지는 않겠지만 끊임없이 두 사람의 시선이 집중되는 것도 사소한 일은 아니라고. 프리다 역시 그들을 K와 같은 눈으로 보게 되었다고. 이러는 동안에도 조수들이 아직도 먹을 것이 남아 있는지 일어서서 살펴보기도 하고, 동시에 두 사람이 오랫동안 속삭이고 있는 얘기를 엿들으려고 했을 때 그녀는 몸을 움츠렸다. K는 될 수 있으면 이 기회를 이용하여 프리다가 조수들에게 싫증이 나도록 유도했다. K는 프리다를 옆으로 바싹 끌어당겨서 함께 식사를 끝마쳤다. 잠자리에 들 시간이 되었는지 모두들 굉장히 피곤했다. 한 조수는 식사 중에 그만 잠들어 버렸다. 또 한 조수는 그 꼴을 보자 대단히 재미를 느끼고 K와 프리다가 잠자고 있는 조수의 넋 빠진 얼굴을 클로즈업해서 볼 수 있도록 하기 위해 애썼지만 잘 되지 않았다. 두 사람은 조수의 그런 시도 같은 것에는 아랑곳없이 높은 곳에 앉아 있었다. 견딜 수 없을 정도로 추웠기 때문에 두 사람은 잠자기를 주저하고 있었다. 그래서 K는 견디다 못해 '불을 좀 피워야겠어. 안 그러면 잘 수가 없어.' 하고 말했다. K는 도끼를 찾았다. 조수들이 도끼 둔 곳을 알아서 가지고 들어왔다. 그러고는 모두들 장작 창고로 달려갔다. 잠시 후, 얇은 문이 부서졌다. 조수들은 이런 근사한 일은 처음이라는 듯이 기뻐하며 서로 부딪치고 장난하면서 장작을 교실로 나르기 시작했다. 순식간에 교실에는 장작이 산더미처럼 쌓였다. 잠시 뒤 불을 피운 후, 모두들 난로를 둘러싸고 드러누웠다. 조수들은 이불 하나로 몸을 감았다. 이불은 하나만으로 충분했다. 왜냐하면 두 사람 중 한 사람은 자지 않고 앉아서 불이 꺼지지 않도록 보살펴야만 했기 때문이다. 그러는 동안 난로 옆은 후끈 달아올라 이불 같은 건 필요 없게 되었다. 램프도 꺼졌다. K와 프리다는 따뜻하고 조용한 분위기에 만족하며 잠자리에 들었다.

무슨 소리에 잠이 깬 K가 졸린 눈으로 프리다 쪽을 더듬어 보니, 프리다 대신 조수 한 사람이 자신과 나란히 누워 있는 것이 보였다. 이 마을에 와서 이렇게 깜짝 놀란 적은 없었다. 아마도 신경과민 때문일 것이다. 갑자기 잠에서 깬 것도 그 때문이었다. K는 고함을 지르면서 몸을 반쯤 일으키고는 무의식적으로 조수를 한 대 갈겼다. 얻어맞은 조수는 울기 시작했다. 좌우간 사정은 이러했다. 이전에 프리다는, 적어도 그녀로서는 그렇게 느껴졌지만 무엇인지 모를 커다란 동물이, 아마도 고양이 같았는데, 그녀의 가슴 위로 뛰어올랐다가 다시 내빼는 바람에 잠에서 깼다. 그녀는 일어나서 양초에 불을 붙이고 교실 구석구석 동물을 찾아 돌아다녔다. 이때 조수 한 사람이 기회를 이용해서 짚단 속으로 기어 들어갔고, 잠시나마 따뜻하게 있기 위해서였다. 하지만 결과적으로 이 조수는 자신의 행동으로 말미암아 단단히 혼이 났다. 한편 프리다는 아무것도 발견하지 못하고—틀림없이 착각했던 모양이다—K에게 되돌아왔다. 프리다는 저녁때 K와 약속한 일을 잊어버린 듯 쭈그리고 앉아서 신음하고 있는 조수의 머리를 가엾다는 듯이 쓰다듬어 주었다. K는 그것에 대해 아무 소리도 하지 않았다. 다만 조수들에게 불을 그만 때라고 명령했을 뿐이다. 산더미처럼 쌓였던 장작을 전부 다 때 버렸기 때문에 더워서 견딜 수가 없었던 것이다.

12

 아침이 되어 모두들 눈을 떴을 때는 일찍 등교한 어린이들이 이미 교실에 들어와 호기심 어린 눈으로 잠자리를 둘러싸고 있었다. 그것은 기분 나쁜 일이었다. 새벽녘에 다시 차가운 공기가 떠돌았지만, 어젯밤에 불을 너무 많이 땐 탓에 모두들 셔츠까지 벗고 있었기 때문이다. 마침 옷을 입기 시작했을 때, 여선생 기이자 양이 문 앞에 나타났다. 그녀는 금발 머리에 키가 크고, 아름다운 용모를 가지고 있었지만 좀 딱딱한 인상을 주는 처녀였다. 그녀는 새로 들어온 소사를 만나게 될 줄 미리 예상하고 있었던 모양이다. 게다가 이미 남선생에게 어떻게 행동해야 하는지에 대해서 지시를 받은 것 같았다. 그 증거로 그녀는 교실 문턱에 들어서자마자 다짜고짜 이렇게 말했다.
 "도저히 참을 수가 없군요. 대체 이 꼴이 뭐죠? 당신네들은 교실에서 잠자는 것을 허락받았을 뿐이지 내가 당신네들의 침실에서 수업해야 할 의무는 없어요. 소사의 가족이라는 사람들이 아침 늦게까지 이불 속에서 우물쭈물하고 있다니, 세상에 이런 일이 어디 있어요. 별꼴 다 봤네!"

이제 그 말에 대해 무슨 대꾸라도 해야만 했다. 특히 가족과 침실이라는 말에 대해서는 무슨 변명이라도 해야 할 필요가 있다고 K는 생각했다. K는 프리다와 힘을 합해 이 일에 조수들을 끌어들이지는 않았다. 그들은 여전히 마룻바닥 위에 누운 채 깜짝 놀란 눈으로 여선생과 어린이들을 물끄러미 쳐다보았다. 평행봉과 목마(木馬)를 재빨리 밀고 와서 양쪽에 이불을 걸쳐 작은 공간을 마련한 다음, 어린이들의 눈에 띄지 않도록 옷을 입는 것만은 가능하도록 했다. 그러나 잠시도 마음이 놓이진 않았다. 우선 여선생이 세숫대야에 깨끗한 물이 없다고 야단법석이었다. K는 자신과 프리다를 위해 세숫대야를 가져오려는 줄 알았다. 그러나 여선생의 감정을 자극하지 않기 위해서 우선 그 생각을 버렸다. 그러나 그 생각을 버려도 아무 소용이 없었다. 곧이어 쾅 하는 요란한 소리가 들려왔다. 불행히도 어제 저녁 식사 후 교탁 위를 치우지 않았는데, 여선생이 자로 그것을 단번에 후려친 모양이다. 먹다 남은 음식물이 한꺼번에 땅바닥에 떨어져서 떼굴떼굴 굴렀다. 정어리기름과 커피 찌꺼기가 흘러나오고 커피 주전자가 망가졌다. 그런데도 여선생은 이런 것은 자신과 아무 상관이 없으며 반드시 소사가 뒤처리를 해야 한다는 눈치였다. 아직 옷을 다 입은 건 아니었지만 K와 프리다는 평행봉에 기대어 자신들의 망가진 자질구레한 소지품을 쳐다보고 있었다. 조수들은 여전히 옷을 주워 입지 않은 채 이불 틈으로 이 광경을 엿보고 있어서 어린이들의 좋은 웃음거리가 되었다. 망가진 커피 주전자 때문에 가장 가슴이 아팠던 사람은 물론 프리다였다. K가 곧 면장에게 가서 배상을 요구하고 대용품을 가져오겠다고 프리다를 위로하자 그녀는 간신히 마음을 가라앉혔다. 그녀는 식탁보라도 더럽히지 않고 찾아오기 위해 셔츠와 속치마 바람으로 작은 공간을 뛰쳐나갔다. 여선생은 정신을 산란하게 하려는 듯 자로 끊임없이 교탁을 두드리며 프리다를 제지하기 위해 애썼다. 다행히 프리다는 식탁보를 벗겨 왔다. K와 프리다는 옷을 다 입은 후 조수들에게 명령하기도 하고 떼밀고 때리기도 하면서 옷을 입으라고 재촉했다. 하지만 재촉으로 끝나는 것이 아니라 더러는 손수 옷을 입혀 주어야만 했다. 그들은 연달아 일어난 사건 때문에 정신이 나간 사람처럼 멍하니 있었다. 모두들 옷을 다 갖추어 입자 K가 앞으로 해야 할 일들을 할당했다. 조수들은 장작을 운반해서 불을 피울 것, 그것도 다른 교실에서부터 시작할 것 등이었다. 하지만 다른 교실에는 더 큰 위험이 도사리고 있었다. 이미 그곳에 남선생이 와 있을지도 모르기 때문이었다. 프리다는 마룻바닥을 청소하고, K는 물을 길어다가 다른 곳을 청소하고 정리하기로 했는데 아침 식사에 관해서는 생각할 겨를도 없었다. K는 여선생의 눈치를 살피기 위해 맨 먼저 울 밖으로 나가기로 했다. 다른 사람들은 K가 나오라고 했을 때 나오기로 했다. K가 이런 대책을 강구한 것은 조수들의 어리석은 행동으로 사태를 악화시키고 싶지 않았을 뿐만 아니라 될 수 있으면 프리다를 보호하고 싶었기 때문이다. 그 이유로 그녀는 명예욕을 갖고 있었지만 자신은 그렇지 않았고, 또 그녀는 사리에 민감했지만 자신은 그렇지 않으며, 그녀는 눈앞에 일어나는 사소한 일만을 생각하고 있으나 자신은 바르나바스와의 앞으로의 일을 생각하고 있다는 점을 들 수 있었다. 프리다는 어떤 말에도 그대로 따랐으며 K에게서 눈길을 떼지 않았다. K가 울 밖으로 나가자 여선생은,

"편히 쉬셨어요?"

하고 물었다. 어린이들은 깔깔대고 웃었는데 그 웃음소리는 그칠 줄을 몰랐다. 여선생의 말은 질문이라고 할 것도 없어서 K는 신경 쓰지 않고 그대로 세면대 쪽으로 뛰어가려는데 여선생이 다시 물었다.

"대체 미체에게 무슨 짓을 한 거예요?"

크고 나이 든 살찐 고양이가 사지를 쭉 편 채 탁자 위에 드러누워 있었다. 여선생은 다쳤을지도 모를 고양이의 다리를 살폈다. 그러고 보니 프리다의 판단이 옳았다. 물론 이 고양이가 그녀의 몸 위로 올라간 것은 아니었다. 왜냐하면 이 늙은 고양이는 이제 뛸 기력조차 없었기 때문이다. 다만 고양이는 프리다의 몸 위를 기어서 넘어갔을 뿐이다. 보통 때는 인기척조차 없었던 이 건물에 사람들이 있자 깜짝 놀란 고양이가 성급히 숨는 바람에 다쳤던 것이다. K는 이렇게 된 원인에 대해 조용히 여선생에게 설명하려고 했다. 그러나 여선생은 결과만을 쳐들며 말했다.

"당신들은 이 고양이에게 상처를 입혔어요. 첫인사치고는 아주 멋지군요. 이것 좀 봐요!"

그녀는 K를 교단 위로 부르더니 고양이 다리를 그에게 보여 주었다. 눈 깜짝할 사이에 그녀는 고양이의 발톱으로 K의 손등을 할퀴었다. 발톱은 날카롭지 않았지만 여선생 쪽에서 고양이 같은 건 전혀 고려하지도 않고 사정없이 꾹 눌러 할퀴는 바람에 피가 기다란 선으로 맺혀서 피부가 부풀어 올랐다.

"그러면 이제 일을 시작해요!"

그녀는 초조하게 말하면서 고양이 쪽으로 몸을 구부렸다. 프리다는 조수들과 함께 평행봉 뒤에서 이 광경을 지켜보았는데, K의 손등에서 피가 흐르는 것을 보고 소리를 질렀다. K는 다친 손을 어린이들에게 보이면서 말했다.

"이것 좀 봐라! 저 나쁜 고양이가 이렇게 했단다!"

물론 그는 어린이들에게 이런 소리를 한 것은 아니었다. 어린이들이 부르짖는 소리와 웃음소리는 이미 그 자체만으로 너무나 확대되어서, 새삼스럽게 집적거리거나 건드릴 필요도 없었으며, 또 너무 소란해서 이쪽에서 말하는 소리가 어린이들의 귀에 들어가 그들의 마음을 움직일 만큼 영향을 준다는 것은 사실상 있을 수 없는 일이었다. 여선생 쪽에서도 이 모욕적인 언사에 대해 단지 곁눈질로 힐끔 대답했을 뿐이고, 그 후에는 여전히 고양이를 상대하고 있었다. 즉 그녀의 첫 분노 K의 손등을 피로 물들이는 것으로 일단락 지은 셈이었다. 그래서 K는 프리다와 조수들을 불렀다. 드디어 일은 시작되었다.

K는 더러운 물의 양동이를 비우고 깨끗한 물을 길어다가 천천히 교실의 먼지를 쓸기 시작했다. 그때 열두 살 정도 되어 보이는 어린아이가 의자에서 일어나 다가오더니 K의 손에 자신의 손을 대고 무슨 말인가 했는데, 도무지 이 소란 속에서는 알아들을 수가 없었다. 그때 갑자기 소란이 멎었기 때문에 K는 뒤를 돌아다보았다. 아침부터 쭉 두려워하고 있던 일이 일어난 것이다. 문에는 남자 선생이 우뚝 서서 몸집은 작지만 왼쪽과 오른쪽 양손에 조수의 멱살을 하나씩 잡고 있었다. 조수 두 사람이 장작을 꺼내다가 현장에서 들킨 모양이었다. 남자 선생은 굵고도 거센 목소리로 한마디씩 똑똑 끊어가며 소리소리 질렀다.

 "장작 창고 문을 부수고 들어간 놈이 누구야? 그 자식 어디 있어? 당장에 죽여 버릴 테니까!"

 그때 여선생의 발밑에서 열심히 마룻바닥을 닦고 있던 프리다가 몸을 일으켜 K를 쳐다보았다. 힘을 얻었으면 하는 표정이었다. 그리고 전과 같은 우월성을 눈빛과 태도에 약간 내비치면서 말했다.

 "제가 했어요, 선생님. 다른 도리가 없었어요. 아침 일찍부터 난로에 불을 피우라고 해서 창고 문을 열지 않으면 안 되었어요. 그 시간에 당신에게 열쇠를 가지러 갈 수도 없는 노릇이고, 집 양반은 신사관에 가 있어서 아침까지 들어올지 어쩔지도 모르겠고 해서 저 혼자 결정한 거예요. 일이 잘못되었다면 그건 제가 너무 서둘러서 그런 것이니 용서해 주세요. 집 양반이 보고 제가 한 짓을 굉장히 나무라더군요. 뿐만 아니라 집 양반은 아침 일찍이 난로에 불을 피우는 일도 그만두라고 했어요. 선생님이 창고에 열쇠를 채워 두신 것은 선생님이 오시기 전에는 불을 피워서는 안 된다는 뜻이라고 집 양반이 판단했기 때문이에요. 따라서 불을 피우지 않은 것은 집 양반의 책임이지만, 창고 문을 두들겨 부순 것은 제 책임이에요."

"문을 두들겨 부순 것은 어떤 놈이야?"

남자 선생은 조수들에게 물어보았다. 조수들은 여전히 멱살 잡힌 손을 뿌리치려고 했으나 아무 소용도 없었다.

"주인입니다."

조수 두 사람은 그렇게 말하고 나서 의심할 여지가 없도록 일부러 K를 가리켰다. 프리다는 웃었다. 이 웃음소리를 들으니 그녀가 한 소리가 더욱 사실인 것처럼 느껴졌다. 그녀는 마룻바닥을 닦은 걸레를 양동이 속에서 짜기 시작했다. 그녀의 설명으로 말미암아 이 돌발적인 사건은 끝이 났으며, 조수들의 발언은 농담에 지나지 않는다고 말하는 것 같은 눈치였다. 그녀는 다시 일을 계속하기 위해 마룻바닥에 무릎을 꿇었을 때 비로소 다음과 같이 변명했다.

"우리 조수들은 상당히 나이를 먹었지만 아직 어린이 의자에 앉혀도 좋을 만한 수준이에요. 어제 저녁에 창고 문을 도끼로 두들겨 부순 것도 저 혼자서 한 짓이에요. 아주 간단했어요. 조수들의 손을 빌리지 않아도 되었지요. 그들에게 도와 달라고 해 봐야 방해만 됐을 거예요. 그리고 밤이 되어서 돌아온 집 양반이 부서진 것을 보고는 자신이 고치겠다고 말하면서 나갔어요. 그때 조수들도 뒤따라 나왔지요. 이곳에서 단둘이 남는 것이 무서웠던 모양이에요. 그래서 집 양반이 부서진 문에서 일하고 있는 것을 본 것이지요. 저들이 지금 그런 소리를 하는 건 그 때문이에요. 정말 어린아이들이라니까요."

조수들은 프리다가 설명하고 있는 동안 끊임없이 고개를 흔들면서 부정했고, 또다시 K를 가리키면서 얼굴 표정만으로 프리다의 말을 변경시키려고 애썼다. 그러나 그것이 잘 되지 않자, 나중에는 얌전해져서 프리다의 말을 명령으로 받아들이고 남자 선생이 새로 물어도 대답도 하지 않았다.

"그런가? 그렇다면 너희들이 거짓말을 한 게로군. 경솔하고 비굴하게도 소사에게 죄를 뒤집어씌우려고 했지?"

그들은 여전히 잠자코 있었다. 그러나 몸부림치면서 겁을 집어먹은 눈초리가 마치 죄를 의식하고 있는 것 같았다.

"그렇다면 너희들을 때려 줘야겠는걸!"

남자 선생은 어린이 하나를 다른 교실로 보내어 등나무 회초리를 가져오게 했다. 그가 회초리를 쳐들었을 때, 프리다가 외쳤다.

"조수들이 거짓말을 한 건 아니에요. 사실을 말하기는 했어요!"

그녀는 낙담하며 걸레를 양동이 속에 던졌다. 그러자 물이 높이 튀었다. 그녀는 평행봉 뒤로 달려가서 숨었다.

"거짓말쟁이!"

여선생이 외쳤다. 여선생은 그때 마침 고양이 다리에 붕대를 감고 난 뒤 무릎 위에 고양이를 올려놓았다. 이 고양이는 너무나 커서 그녀의 무릎에 벅찰 지경이었다.

"그렇다면 소사는 이곳에 남아 있어."

남자 선생은 조수들을 떠밀고 나서 K 쪽으로 몸을 돌렸다. K는 아까부터 빗자루에 몸을 의지한 채 가만히 이야기를 듣고 있었다.

"소사는 자신이 저지른 비열한 행동의 죗값이 다른 사람에게 전가되는 것을 비겁하게도 그대로 보고만 있구려."

"그렇지만……."

K는 이렇게 말했으나 프리다가 개입함으로써 남자 선생의 화가 다소 누그러졌다는 사실을 알았다.

"조수들이 좀 얻어맞았다고 해도 나는 아무렇지도 않았을 겁니다. 그놈들은 지금까지 열 번씩이나 관대하게 봐주었으니까 얻어맞아도 싸요. 그러니 지금 억울하게 맞음으로써 한꺼번에 죄를 속죄할 수도 있어요. 그렇게 되지 않는다 해도 선생님, 나와의 정면충돌을 피할 수 있었으니까 잘된 일이지요. 당신 쪽에서도 형편상 그게 더 나았을 겁니다. 어쨌든 프리다가 조수들을 위해서 나를 희생했군요."

여기서 K는 잠시 쉬었다. 주위는 고요했는데, 평행봉에 걸쳐진 이불 뒤에서 프리다가 흐느껴 우는 소리가 들렸다.

"이제 정말 사건의 흑백을 가려야만 하는 단계에 이르렀어요."

K가 말했다.

"원, 별소리 다 듣겠네."

여선생이 말했다.

"나도 당신과 같은 의견이에요, 기이자 양!"

남자 선생이 말했다.

"그리고 소사 양반! 당신은 당신의 직무를 이런 식으로 비열하고 게을리 했으니까 당장 해직입니다. 여기에 따르는 벌은 잠시 보류하기로 하지요. 그러니 이제 당신의 짐을 모조리 싸서 이곳에서 곧 나가 주시오. 그러면 우리들은 한숨 돌리겠소. 그래야 늦춰진 수업도 제대로 시작할 수 있는 것이고. 그러니까 우물쭈물하지 마시오."

남자 선생이 말했다.

"나는 꿈쩍도 하지 않겠어요."

K는 이렇게 말하고 나서 덧붙였다.

"당신은 나의 상관임에는 틀림없지만 내게 이 일자리를 마련해 준 사람은 아닙니다. 이 직무를 내게 주신 분은 면장님이니까요. 따라서 나는 그분의 해직 통지밖에는 받아들일 수가 없어요. 면장님이 설마 내가 여기서 내 아내와 조수들이 함께 얼어 죽으라고 이 일을 주신 것은 아닐 겁니다. 당신이 말했듯이 내가 자포자기해서 지각없이 행동하는 것을 막기 위해서지요. 그러니 지금 당장 나를 파면하는 것은 전적으로 면장님의 뜻에 어긋나는 일입니다. 면장님 입에서 나를 해임한다는 소리를 직접 듣지 않는 한 나는 받아들이지 않겠어요. 그리고 내가 당신의 해직 명령에 따르지 않는 것이 분명 당신에게도 유리할 겁니다."

"그렇다면 당신은 내 말을 듣지 않겠다는 겁니까?"

남자 선생이 물었다. K는 듣지 않겠다고 고개를 끄덕였다.

"잘 생각해 보세요. 당신의 결심이 언제나 최상의 것이라고는 할 수 없어요. 예를 들어 어제 오후, 당신이 심문을 거부했을 때의 일을 생각해 보세요."

남자 선생이 말했다.

"왜 지금 그런 말씀을 하시지요?"

K가 물었다.

"말하고 싶어서 합니다. 자, 이제 마지막으로 말하겠지만 어서 나가시오!"

그러나 이것이 아무런 효과가 없자, 남자 선생은 교단 옆으로 가서 여선생과 나지막한 목소리로 상의했다. 그녀는 경찰의 힘을 빌리는 것이 어떻겠느냐고 제안했지만, 남자 선생은 거부했다. 그러나 나중에는 두 사람이 의견의 일치를 보았다. 남자 선생은 아이들에게 다른 교실로 가서 다른 반 아이들과 함께 합반 수업을 하라고 명령했다. 교실을 바꾸게 된 아이들은 모두 기뻐하며 웃고 소리 지르고 떠들면서 교실에서 나갔다. 남자 선생과 여선생도 맨 끝에 따라서 나갔다. 여선생은 출석부 위에 살찐 고양이를 얹어서 가져갔다. 고양이는 아주 무관심한 표정이었다. 남자 선생이 고양이를 여기다 두고 가는 게 어떨까 싶어 슬쩍 이야기를 내비치니, 여선생은 K가 잔인성을 띠고 있다는 이유로 그 의견에 반대했다. 그래서 K는 무척이나 화가 났지만 골칫거리인 고양이를 남자 선생에게 넘겼다. 남자 선생은 문을 나서며 K에게 마지막으로 말했다. 고양이를 맡고 있는 것이 이곳에서도 적지 않은 영향을 미치고 있는 모양이었다.

"기이자 양은 어린이들과 함께 이 교실을 나가야겠다고 결심했소. 그 이유는 첫째 당신이 내 해직 명령에 강경히 맞선 탓이고, 둘째는 젊은 기이자 양에게 이 더러운 당신네 살림살이 속에서 수업을 하라고 권할 수는 없기 때문이오. 그러니 당신네들만 여기 남아요. 예의 그 단정한 구경꾼들의 반감을 사는 일도 없을 테니까 어디 한 번 여기서 마음대로 판쳐 보시지. 그러나 오래 계속되지는 않을 거요. 그 점은 내가 장담하지요."

이렇게 말하면서 남자 선생은 문을 닫았다.

13

모두들 방에서 나가자 K가 조수들에게 외쳤다.

"나가!"

그들은 느닷없는 명령에 어리둥절해서 그대로 움직였다. 그러나 그들이 나간 후 K가 문을 닫아 버리자 두 사람은 다시 들어오기 위해 방 밖에서 울면서 문을 두드렸다.

"너희들은 파면이다. 이제 너희들을 두 번 다시 내 조수로 쓰지 않겠어."

K가 소리쳤다. 두 사람은 당연히 이 말을 믿으려 하지 않았다. 그래서 손과 발로 문을 요란스럽게 두드리고 찼다.

"제발 주인님께 돌아가게 해 주세요!"

그들은 울부짖었는데, 마치 K가 있는 곳은 마른 육지이고 그들은 금방이라도 큰물에 휩쓸려 죽게 될 익사자 같았다. 그러나 K는 그들을 용서하지 않았다. 시끄러운 소동이 참을 수 없이 확대되어 남자 선생이 간섭하지 않으면 안 되게 될 상황을 초조하게 기다렸다. 곧 예상했던 대로 일이 벌어졌다.

"저 고약한 조수들을 좀 들여보내세요."

남자 선생이 외쳤다.

"나는 저놈들을 파면했어요!"

K가 큰 소리로 대꾸했다. 이 대답은 예상치도 않았던 부작용을 일으켰다. 즉 단순히 해직 통지에 그치는 것이 아니라 그것을 실행할 만한 힘을 가지고 있으면 어떤 결과가 되는지를 남자 선생에게 직접 보여 준 셈이었다. 남자 선생은 친절한 말로 조수들을 타일렀다. 그들이 이곳에서 얌전히 기다리고 있으면 나중에는 틀림없이 K가 그들을 방 안에 넣어 줄 것이라고. 그리고 그는 가 버렸다. 어쩌면 그것으로 가라앉을 수 있었을지도 모르겠다. 그러나 K는 조수들을 향해 또다시 소리치기 시작했다. K는 그들에게 이것이 마지막 해직 통고이며, 앞으로 다시는 조수로 채용되는 일은 없을 테니까 단념하라고 야단쳤다. 이 말을 듣자 조수들은 먼저와 마찬가지로 소동을 일으켰다. 또다시 남자 선생이 나타났는데 이번에는 아무런 상의도 없이 보다 무서운 등나무 회초리를 쳐들고 그들을 학교 건물 밖으로 내쫓아 버렸다.

그들은 다시 체육 교실의 창문 앞에 나타나서 유리창을 두드리며 무어라고 소리쳤는데, 도무지 무슨 소린지 알아들을 수가 없었다. 그러나 그들은 그곳에 오랫동안 머물러 있지 않았다. 불안한 기분을 좀 가시게 하기 위해 여기저기 뛰어다니고 싶었지만 이 깊은 눈 속에서는 그것조차 불가능했다. 그래서 학교 마당의 울타리 옆으로 달려가서 돌 축대 위로 뛰어올랐다. 물론 거리는 상당히 멀었지만 이 축대 위에서라면 창문 앞에서 보는 것보다 교실 안을 더 잘 들여다볼 수가 있었다. 그들은 울타리를 붙들고 축대 위를 왔다 갔다 했다. 그러고는 잠시 걸음을 멈춘 채 두 손을 모으고 K 쪽으로 내밀며 애원하는 듯한 태도를 취했다. 마치 무슨 짓을 해도 아무런 소용이 없다는 사실을 잊어버린 사람들 같았다. 그들의 꼴이 보기 싫어서 K가 창문의 커튼을 내렸지만 그들은 여전히 같은 짓을 되풀이했다.

커튼을 내려 어둠침침해진 교실 안에서 K는 프리다를 보기 위해 평행봉이 있는 쪽으로 걸어갔다. K의 시선이 집중되자, 그녀는 일어나서 흐트러진 머리를 고치고 눈물을 닦더니 아무 말 없이 커피를 끓이기 시작했다. 그녀 역시 사건의 모든 경과에 대해 잘 알고 있었지만, K는 조수들을 내쫓은 데 대해 일단 그녀에게 말했다. 그녀는 단지 고개만 끄덕거릴 뿐이었다. K는 아동용 의자에 걸터앉아 피곤해 보이는 그녀의 동작을 응시했다. 발랄하고 도도한 태도가 그녀의 보잘것없는 육체를 아름답게 보이도록 했는데, 이제는 그 아름다움을 빼앗기고 말았다. K와 함께 지낸 짧은 시간 동안이 그녀를 이렇게 만들어 버린 것이다. 술집 일은 결코 쉬운 일은 아니었지만 그래도 그녀의 성격에는 잘 맞았을 것이다. 아니면 클람과 떨어져 있는 것이 이렇게 야위게 된 중요한 원인일까? 클람과 가까이 있다는 사실이 그녀를 그처럼 매력적으로 만들었고, 그 매력에 끌려 그녀를 억지로 데리고 나왔는데, 이제 그녀는

K의 팔에 안겨 시들어 가는 것이었다.

"프리다!"

K가 말했다. 그녀는 커피 가는 기계를 손에서 놓고 의자에 앉아 있는 K에게 다가왔다.

"내게 화나셨지요?"

그녀가 물었다.

"아니야, 당신으로선 다른 방법이 없었을 거야. 당신은 신사관에서 편하게 살고 있었어. 당신을 거기에 그냥 내버려 둘 걸 그랬어."

K가 말했다.

"네?"

프리다는 슬픈 눈초리로 우두커니 앞을 바라보며 말했다.

"당신이 나를 거기에 그대로 내버려 두었으면 좋았겠지요. 나는 당신과 같이 살 만한 자격이 없는 사람이에요. 나에게서 해방되면 당신은 무엇이든 원하시는 대로 되실 거예요. 당신은 나를 염려하느라 거만하기 짝이 없는 남자 선생에게 억울한 꼴을 당하고, 또 이런 형편없는 일자리를 맡게 되고, 갖은 고생을 다하면서 클람과 면회하려고 애쓰시는 거잖아요. 모두 나 때문인데 변변히 보답도 못해 드리고."

"아니야."

K는 위로하려는 듯 한 손으로 그녀를 껴안으며 말했다.

"당신이 말한 이야기는 지극히 사소한 거야. 나는 조금도 슬프지 않아. 그리고 클람을 만나려고 하는 것은 당신을 위해서만은 아니야. 당신은 내게 여러 가지 호의를 베풀어 주었어. 이 마을에 와서 당신을 알기 전까지는 어떻게 해야 좋을지 도무지 갈피를 잡지 못했지. 아무도 나를 반갑게 받아 주는 사람도 없었고, 내가 힘들게 찾아가도 다들 모르는 체하는 형편이었어. 그리고 상대가 허락하면 이번에는 내가 빠져나와야만 하는 그런 집뿐이었지. 바르나바스네 가족들처럼……."

"그분 집에서 도망쳐 왔나요? 당신……."

프리다는 K의 말을 가로채면서 말했다. K가 머뭇거리면서,

"그래."

하고 말하자, 프리다는 풀이 죽어서 시름없이 축 늘어져 버렸다. 그러나 K에게는 이미 프리다와의 동거로 인해 만사가 자신에게 유리한 쪽으로 호전되었다고 설명할 용기가 없었다. 그는 천천히 그녀를 안았던 팔을 풀었다. 두 사람은 잠시 동안 아무 소리 없이 앉아 있었다. 드디어 프리다가, 마치 K에게 안겼을 때 K의 팔에서 전파되는 따뜻한 체온이 이제 그녀에게 없어서는 안 된다는 듯한 어조로 말했다.

"나는 이런 생활은 더 이상 참을 수가 없어요. 만일 당신이 나를 버리시지 않을 작정이라면 남쪽 프랑스나 스페인 쪽으로 이주해야만 해요."

"나는 그쪽으로 옮길 수 없어. 나는 이곳에 살려고 온 거야. 나는 이 땅에서 살 거야."

K는 이렇게 말하더니 혼자 독백처럼 덧붙였다. 그 말에는 모순이 있었지만 그는 조금도 그 모순을 해명하려고 하지 않았다.

"이 땅에 주거를 정하고 살겠다는 희망이 없으면 대체 무엇 때문에 이 쓸쓸한 땅에 매력을 느꼈겠는가!"

그는 계속해서 말했다.

"당신은 이곳이 고향이니까 이곳에 머물기를 원하겠지. 단지 당신에게는 클람만이 부족해서 절망적인 생각에 빠지는 거야."

"내게 부족한 건 클람뿐이라고요? 이 땅에 클람 같은 사람은 얼마든지 있어요. 가는 곳마다 클람 천지고, 발에 치어서 곤란할 지경이에요. 사실 나는 클람을 피하기 위해 이 땅을 떠나고 싶은 거예요. 부족한 것은 클람이 아니라 바로 당신이에요. 당신 때문에 떠나려고 하는 거예요. 여기서는 모두들 나를 주목하고 끌어당기기만 해서 당신과 흡족하게 지낼 수가 없어요. 당신 곁에서 조용히 지낼 수 있도록 내게서 아름다운 가면이 벗겨지고 내 육체가 보잘것없이 초라해진다면 좋겠어요."

K는 그 말 중에 한 가지만 알아들을 수 있었다.

"클람은 지금도 당신과 연락하고 있나? 당신을 부르던가?"

그가 물었다.

"클람에 관해서는 아무것도 몰라요. 나는 지금 다른 사람들 이야기를 하고 있어요. 예를 들면 조수들 같은 사람들 말이에요."

프리다가 말했다.

"아, 저 조수들! 그 녀석들이 당신을 쫓아다니나?"

K가 깜짝 놀라 물었다.

"그 눈치를 채지 못하셨어요?"

프리다가 물었다.

"아니, 전혀 몰랐어."

K는 그 점에 관해 생각해 내려고 애썼으나 아무것도 떠오르지 않았다.

"뻔뻔스럽고 여자를 좋아하는 놈들이긴 하지만, 그놈들이 당신에게 치근거릴 줄은 꿈에도 생각지 못했어."

"눈치 채시지 못했다고요? 교반관의 방에서 그들을 쫓아낼 수가 없었으며, 그들이 질투 섞인 심술궂은 눈으로 우리 관계를 감시하는가 하면, 그들 가운데 누군가 어젯밤 내 잠자리로 기어들어오기도 하고, 지금도 당신을 쫓아내어 당신 신세를 망치게 하고 나와 함께 살기 위해 당신에게 불리한 진술을 했는데, 이 모든 것들을 눈치 채시지 못했단 말이에요?"

프리다가 말했다.

K는 아무런 대답도 하지 않고 프리다의 얼굴을 쳐다보았다. 조수들에 대한 프리다의 비난은 옳긴 했지만, 동시에 그것은 그들의 유치하고 변덕스런 성질로 미루어 볼 때 천진난만하게 해석될 수도 있었다. 하지만 그들은 언제나 K 뒤를 쫓아다니려 했고, 프리다와 뒤에 남으려고 하지 않았던 사실이 프리다의 말을 반박해 주는 것 아닐까? K는 그런 논리에 대해 약간 언급했다.

"그건 위선이에요. 그것조차 알아채지 못하셨나요? 당신은 내가 말한 것 같은 그런 이유에서가 아니라면 왜 그들을 쫓아냈나요?"

프리다가 말했다. 그녀는 창문 옆으로 가서 커튼을 약간 밀어젖힌 후 바깥을 내다보며 K를 창문가로 불렀다. 조수들은 여전히 학교 마당에 남아 있었고, 피곤한 듯 보이긴 했으나 그래도 가끔 있는 힘을 다해서 학교 건물 쪽으로 팔을 뻗어 애원하는 시늉을 해 보였다. 그들 중 한 사람은 끊임없이 울타리를 붙들고 있지 않아도 되게끔 아예 윗도리를 울타리의 살창 끝에 꿰고 있었다.

"어유 불쌍해요! 어유 불쌍해!"

프리다가 말했다.

"조수들을 왜 내쫓았느냐고? 그 직접적인 동기는 당신이었어."

K가 말했다.

"나 때문이라고요?"

프리다는 여전히 바깥을 내다보면서 물었다.

"조수들을 다루는 당신의 태도가 너무나 친절해. 그들의 못된 행동을 관대하게 봐 넘기지를 않나, 웃음으로 용서하고 머리를 쓰다듬어 주며 언제나 그들을 동정해서 '어유 불쌍해, 어유 불쌍해.' 하고 입버릇처럼 말하지를 않나. 그리고 아까 일어난 사건에서는 조수들을 회초리에서 구하기 위해 나라는 인간을 형편없이 깎아내렸잖아."

K가 말했다.

"네, 그래요. 아까부터 내가 말하고 있는 것이 바로 그 점이에요. 그것이 나를 불행하게 하고 나를 당신에게서 멀리 떼어 놓는 거예요. 그렇다고 해서 당신 곁에 있는 것보다 더 큰 행복이 있느냐고 하면 그렇지도 않아요. 어쩐지 우리에겐 이 지상에서 서로 마음 놓고 사랑하며 지낼 수 있는 곳이 없는 것 같아요. 이 마을은 물론 다른 어느 곳에도 없는 것처럼 느껴져요. 그래서 나는 깊고 좁은 무덤구덩이를 상상하고 있어요. 거기서라면 우리가 집게에 끼어져 꼭 죄어진 듯 서로 껴안고 얼굴을 파묻어도 아무도 우리를 보지 못할 거예요. 그러나 여기서는, 조수들 좀 보세요! 그들이 지금 이쪽을 향해 손을 모으고 있는 것은 당신한테 그러는 게 아니라 나한테 그러는 거예요."

프리다가 말했다.

"그리고 그들이 하는 짓을 열심히 보고 있는 것은 내가 아니라 당신이지."

K가 말했다.

"물론 나지요."

프리다는 거의 화를 내면서 말했다.

"그래서 아까부터 그 말씀을 드리는 거잖아요. 그런 일이 사실이 아니라면 조수들이 내 뒤를 쫓아다니는 것이 문제가 될까요? 가령 클람이 그들을 파견했다고 하더라도 말이에요……."

"클람이 저들을 파견했다고?"

K가 말했다. 그들에게 이런 딱지를 붙인다는 것이 당연하게 느껴지긴 했으나 그 말을 듣자 그는 참으로 깜짝 놀랐다.

"틀림없이 클람이 파견한 거예요."

이어서 프리다는 말했다.

"클람이 두 사람을 파견했다고 해도 역시 어리석은 인간들이라는 점에는 변함이 없고, 그들을 교육하는 데도 아직 회초리를 휘두를 필요가 있어요. 얼마나 밉살스러운 사람들이에요. 얼굴을 보면 어른이나 대학생처럼 느껴지지만 하는 짓이라곤 어린아이처럼 유치한 짓만 하고 있어요. 정말 지긋지긋해요! 당신은 내가 그런 일도 모른다고 생각하시나요? 나는 그들을 부끄럽게 생각하고 있어요. 그들이 나로 하여금 반발을 느끼게 하는 것이 아니라 내가 그들을 부끄럽게 생각하는 거예요. 그래서 늘 그들을 쳐다보게 돼요. 모두들 그들에 대해서 화를 낼 때 나는 웃고 있지 않으면 안 되고, 모두들 그들을 때리려고 할 때는 그들의 머리를 쓰다듬어 주지 않으면 안 되었어요. 또한 밤에 당신 옆에 드러누워서도 잠을 이루지 못하고 당신 너머로 두 사람이 무얼 하고 있는지 살펴보지 않으면 안 되었어요. 한 사람은 이불을 몸에 둘둘 말다시피하고 잠들어 있고, 또 한 사람은 난로 아궁이를 열고 그 옆에 무릎을 꿇고 앉아서 불을 피우고 있는데, 나는 자연히 당신 위에 몸을 꾸부려서 그런 꼴을 보느라고 당신의 잠을 깨울 뻔하기도 했어요. 어젯밤 고양이 사건만 하더라도 고양이가 나를 깜짝 놀라게 한 것이 아니라―아, 나는 고양이 같은 건 진기하게 생각지도 않고, 술집에서 불안하게 졸다가 깜짝 놀라 잠에서 깨는 밤을 간혹 경험하기도 했어요―내가 나 자신에게, 즉 제 겁에 놀란 거예요. 어쨌든 고양이 같은 괴물은 조금도 필요 없어요. 나는 작은 소리만 들어도 깜짝 놀라서 몸을 움츠리고 몸부림치곤 해요. 당신의 잠을 깨워서는 안 된다고 생각하면서도 한편으론 일어나서 촛불을 켜 놓고 당신이 빨리 눈을 떠서 나를 지켜 주기를 은근히 바라고는 했어요."

"그런 일은 꿈에도 생각지 못했어. 하지만 나 역시 그런 예감이 있었기 때문에 저들을 쫓아낸 거야. 이제 저들이 가 버렸으니 모든 일이 잘될 거야."

K가 말했다.

"네, 끝내 두 사람은 가고 말았어요."

프리다는 이렇게 말했지만 그녀의 얼굴에는 기쁜 기색 없이 고민의 그림자가 드리워져 있었다.

"우리는 저들이 어떤 인간인지 알지 못해요. 나는 장난 삼아 클람이 저들을 파견한 것이라고 말했지만, 어쩌면 정말 그럴지도 몰라요. 저 사람들의 눈, 소박하지만 반짝이는 눈, 정말이지 그 눈은 클람의 눈을 연상시키더군요. 가끔 내 눈을 뚫어지게 쳐다보는 저들의 눈빛에는 클람의 눈빛이 어려 있어요. 그러니까 내가 저들을 부끄러워한다고 말하는 것은 사실 옳지 않아요. 아닌 게 아니라 그랬으면 하고 원하고 있기도 해요. 하여간 다른 장소에서 다른 사람들이 그랬다면 불쾌하고 비위에 거슬리는 행동도 저들이 하는 경우에는 그렇게 느껴지지 않았어요. 내 스스로 그 점을 의식하고 있어요. 존경과 감탄의 마음으로 저들의 어리석은 행동을 보고 있었지요. 만약 저들이 클람이 파견한 사람들이라면 우리가 저 두 사람에게서 해방될 수 있을까요? 또 해방된다 해도 그것이 과연 좋은 것일까요? 차라리 저들을 다시 불러들이는 것이 낫지 않을까요? 그래서 만약 저들이 돌아와 준다면 그것을 다행스럽게 여겨야 하지 않을까요?"

"당신은 내가 저 두 사람을 다시 받아들이기를 바라는 거야?"

K가 물었다.

"아니에요, 그게 아니에요. 그런 건 조금도 바라지 않아요. 물결처럼 밀려오는 저들의 모습, 나와 다시 만나서 좋아하는 저들의 기쁨, 어린아이들처럼 날뛰기도 하고 의젓한 남자처럼 팔을 뻗치는 동작들을 나는 참고 볼 수 없을지도 몰라요. 만약 당신이 저들에게 여전히 쌀쌀한 태도를 취한다면 클람 자신이 당신에게 가까이 오는 것을 거부해 버리는 결과가 되지 않을까 염려가 돼요. 그래서 나는 갖은 수단과 방법을 다해서 그렇게 되지 않도록 당신을 수호하고 싶은 거예요. 그러니까 나는 당신이 저들을 다시 불러들였으면 좋겠어요. 될 수 있는 대로 빨리 그렇게 해 주세요! 나에 관해서는 조금도 염려하지 마세요. 대관절 나란 사람이 뭐란 말인가요. 나도 될 수 있는 한 내 몸을 지키겠어요. 그러나 아무래도 망치게 될 것만 같아요. 그때는 그 원인이 당신을 위한 것이었다고 생각할 거예요."

프리다가 말했다.

"나는 당신 이야기를 듣고 나서 조수들에 관한 내 판단이 옳았다는 확신을 얻었을 뿐이야. 그들을 다시 불러들이자는 당신 의견에는 동의하지 못하겠어. 내가 그들을 추방했다는 것은 우리가 그들을 마음대로 좌지우지할 수 있다는 것을 증명하는 것이고, 뿐만 아니라 그렇게 할 수 있다는 것은 그들과 클람과의 사이에 본질적인 관계가 없다는 증거 아닐까? 어제 저녁에 클람에게서 한 통의 편지를 받았는데, 그 내용으로 추측할 수 있는 건 클람이 조수들에 대해서 아주 나쁜 소문을 듣고 있다는 점이었지. 그것으로 미루어 조수들은 클람에게 대수롭지 않은 존재라는 결론이 나오게 돼. 그렇지 않다면 클람은 조수들에 대해서 정확한 보고를 입수했을 거야. 당신이 그들을 통해 클람의 그림자를 보는 것은 아무 근거도 없는 거야. 그것은 당신이 유감스럽게도 주인아주머니의 영향을 받아 가는 곳마다 클람의 그림자를 보고 있기 때문이지. 아직도 당신은 클람의 애인이라 생각하고, 내 아내라는 입장과는 거리가 멀다고 느끼는 거야. 가끔 그런 생각만 해도 내 마음은 슬퍼져. 그럴 때면 모든 것을 잃은 것처럼 생각되거든. 또 간신히 마을에 도착했던 그때처럼 느껴져. 그것도 희망으로 가슴이 부풀어 오른 것이 아니라—사실 내가 마을에 도착했던 당시에는 희망으로 가득 차 있었지만—환멸의 비애만이 나를 기다리고 있다는 그런 의식을 갖게 되지. 그것을 차곡차곡 맛보고 나중에는 마지막에 가라앉은 찌꺼기까지도 맛보지 않으면 안 되는 것처럼 느껴진다고"

K가 말했다. K는 자신의 말을 듣고 프리다가 쓰러진 것을 보자,

"단지 가끔 그랬을 뿐이라고."
라고 덧붙여 말하면서 빙그레 웃었다.

"당신이 내게 암시를 주었지만 그것은 결국 유익했어. 당신이 지금 당신이나 조수들 중 하나를 선택하라고 요구한다면

말할 것도 없이 조수들의 참패로 돌아가는 거야. 당신과 조수들 중 어느 쪽을 골라잡으라고 하다니 생각만 해도 우스운 일 아니야? 그들과는 결정적으로 인연을 끊어 버리겠어. 그들 이야기는 두 번 다시 입 밖에 내지도 않고 생각도 하지 않겠어. 그건 그렇고 우리 둘이 약한 마음에 사로잡혀 있는 것은 아직도 우리가 아침 식사를 하지 않은 데 있다고 생각하는데 그렇지 않아?"

"그럴 수도 있어요."

프리다는 말하고 나서 피곤한 듯 씁쓰레한 미소를 띠며 일에 착수했다. K도 빗자루를 손에 들었다.

14

얼마 후 가볍게 문을 두드리는 소리가 들려왔다.
"바르나바스!"
K는 빗자루를 내동댕이치며 껑충 뛰어서 문으로 다가갔다. 무엇보다도 그 이름에 깜짝 놀란 프리다가 K를 쳐다보았다. K는 서툰 솜씨로 자물쇠를 열려고 했으나 낡은 자물쇠는 쉽게 열리지 않았다.
"곧 열어 줄게!"
그는 끊임없이 그 말을 되풀이하며 문을 두드리는 자가 대체 누구인지 물어보려 하지도 않았다. 드디어 문을 활짝 열어젖히자 들어온 사람은 바르나바스가 아닌 전에 잠깐 K에게 말을 걸려고 했던 작은 사내아이였다. 그런데 K는 이 아이가 누군지 떠올리려고도 하지 않았다.
"이곳에 무슨 볼 일 있니? 수업은 옆방에서 하고 있는데."

그가 말했다.

"그 옆방에서 왔어요."

사내아이는 갈색 눈을 치켜뜨고 침착하게 그를 쳐다보면서 두 팔을 옆구리에 바짝 붙이고 단정하게 서 있었다.

"무슨 용무로? 빨리 말해 봐!"

아이가 나지막한 소리로 말했기 때문에, K는 아이 쪽으로 약간 몸을 구부렸다.

"도와드릴 일은 없어요?"

사내아이가 물었다.

"이 아이가 우릴 도와준대."

K가 프리다를 쪽을 향해서 말하더니,

"이름이 뭐니?"

하고 물어보았다.

"한스 브룬스비크라고 합니다. 제4반 학생이고, 마델라인 거리에서 구둣방을 하고 있는 오토 브룬스비크의 아들이에요."

사내아이가 말했다.

"브룬스비크라고?"

K는 보다 정다운 태도로 물었다.

한스의 말에 의하면, 여선생이 고양이 발톱으로 K의 손등을 할퀴어 빨갛게 부풀어 오른 것을 보고 너무나 딱하고 불쌍해서 자신은 그때부터 K의 편을 들겠다고 결심했다는 것이다. 이 아이는 굉장한 처벌을 받을 수도 있는 위험을 무릅쓰고 자진해서 탈주병처럼 옆 교실에서 몰래 빠져나온 것이다.

이 아이의 머리를 지배한 것은 무엇보다도 어린아이다운 상상인 것 같았는데, 그의 행동에서 엿보이는 진지한 성격도 그 상상에 어울리는 것이었다. 처음에는 수줍어서 우물쭈물했으나 따뜻하고 맛있는 커피를 대접받았을 때는 곧 K와 프리다에게 정들어서 숫기가 좋고 정다운 태도로 변했다. 아이는 두 사람에게 열심히 꼬치꼬치 질문했는데, 될 수 있는 대로 중요한 일을 파악한 다음 K와 프리다를 위해 있는 힘을 다하겠다고 결심하는 눈치였다. 아이의 태도에는 어딘가 모르게 사람에게 명령하는 듯한 점도 있었지만 어린아이다운 천진난만한 동심이 배어 있었으므로 두 사람은 진심 반 장난 반으로 아이의 말을 들어 주었다. 어쨌든 이 아이는 두 사람의 관심을 한 몸에 받았다. K와 프리다는 일하던 손을 멈추었고, 아침 식사는 계속해서 늦춰졌다. 아이는 아동용 의자에 걸터앉고, K는 교탁에, 프리다는 그 옆 안락의자에 앉아 있었는데 마치 한스가 선생이 되어 학생들을 시험하고 그 대답에 판정을 내리고 있는 것처럼 보였다. 아이의 부드러운 입가에 떠도는 미소로 보건대, 지금 문제가 되는 것은 단지 장난에 불과하다는 것을 스스로가 의식하고 있는 것 같았다. 더욱이 장난인 만큼 더욱 진지하게 이 문제와 대결하고 있는 셈이고, 그의 입가에 떠도는 것은 미소라기보다는 어린 시절의 행복 그 자체였을 것이다. 그는 많은 시간이 지난 다음에야 비로소 사실은 K가 라제만에게 들렀을 때부터 이미 K를 알고 있었다고 말했다.

K는 이 말을 듣고 아주 기뻐했다.

"그때 너는 어느 부인의 발치에서 놀고 있었지?"

K가 물었다.

"네, 그분은 제 어머니세요."

한스가 대답했다. 그래서 아이는 자신의 어머니에 대해 이야기하지 않으면 안 되었는데, 처음에는 머뭇거리다가 몇 번 재촉당한 뒤에야 이야기를 끄집어냈다. 그의 말투에는 아직도 그가 어린아이에 지나지 않는다는 사실이 묻어 있었다. 그러나 간혹 이 아이가 질문할 때 보면, 아마도 미래에 대한 예감이나 불안한 기분으로 긴장해서 듣고 있는 사람의 착각 때문인지는 모르겠으나 정력적이고 현명하며 장래를 내다볼 줄 아는 남자 어른이 이야기하고 있는 것처럼 느껴졌다. 그런가 하면 곧 별수 없는 초등학생으로 변해서 질문의 뜻을 전혀 모르거나 잘못 오해하기도 했다. 또 어린아이답게 상대방을 고려하지 않아 소리가 너무 작다고 몇 번씩이나 주의를 줬는데도 불구하고 들리지 않을 정도로 나지막한 소리로 이야기하거나, 나중에는 꼬치꼬치 물어보는 질문에 대해서 제 고집을 세우거나 심통이 난 듯 입을 꼭 다물어 버리기도 했다. 더군다나 상대방의 질문에 대해서 조금도 당황하는 빛을 띠지 않는 점도 어른과 다르다고 할 수 있었다. 대체로 이 아이의 태도를 보면 질문하는 것은 자신에게만 허락되어 있고, 다른 사람이 자기에게 질문하는 것은 규칙 위반이며, 귀중한 시간을 낭비하는 거라는 사고방식을 갖고 있는 것 같았다. 다른 사람이 질문할 때면 이 아이는 상체를 꼿꼿이 한 채 머리만 수그리고 아랫입술을 밖으로 내민 채 오랫동안 그대로 앉아 있었다. 이 모양이 프리다의 마음에 들어서 그녀는 아이에게 종종 질문을 했는데, 그 질문으로 아이의 말문을 막았으면 하고 은근히 바랐다. 그런데 사실 그것이 몇 번 성공했으나 K는 그럴 때마다 기분이 나빠졌다. 결과적으로 이 아이에게서 들은 이야기는 아주 적었다. 그의 어머니는 병을 앓고 있지만 어떤 병인지는 알 수가 없었다. K가 찾아갔을 때 그의 어머니가 무릎 위에 안고 있던 어린아이는 한스의 누이동생이고, 이름은 프리다라고 했다.(한스는 자기 누이동생이 자기에게 귀찮게 꼬치꼬치 캐묻는 부인과 이름이 똑같다는 것을 알고는 불쾌한 표정을 지었다.) 그들은 모두 마을에 살고 있지만 라제만의 집은 아니며, K가 그곳에 들렀을 때는 목욕하기 위해서 거기에 와 있었을 뿐이었다. 라제만은 큰 대야를 갖고 있었고, 작은 아이들은(한스는 거기에 한몫 끼지 못했다.) 그 속에서 목욕을 하며 쫓고 쫓기는 장난을 특히 즐겼다. 한스는 자기 아버지를 무서워하고 두려워하며 이야기했는데, 그것은 단지 어머니가 화제에 오르지 않을 때에 한했고, 어머니에 비하면 아버지의 가치는 분명히 작은 것이었다. 이 밖에 가정생활에 관한 질문에는 K와 프리다가 아무리 입을 열게 해도 일체 대답하지 않았다. 아버지의 직업과 관련해서는, 아버지는 이 고장에서 가장 큰 구둣방을 경영하고 있고, 아무도 그를 따를 사람이 없으며—전혀 다른 질문을 받았을 때도 한스는 가끔 이 말을 되풀이했다—더군다나 다른 구둣방에, 예를 들면 바르나바스의 아버지에게 일거리를 제공하고 있다는 사실을 알 수 있었다. 여기서 바르나바스의 아버지에게 일거리를 주는 것은 오로지 특별한 호의에서 나온 것처럼 느껴졌다. 적어도 한스가 자랑스럽게 고개를 돌린 태도에서 그러한 점을 암시하고 있었다. 그 모양을 보고 프리다는 참다못해 교단에서 뛰어내려 아이에게 키스를 해 주었다. 지금까지 성에 가 본 적이 있느냐는 질문에 대해서는 몇 번이고 질문을 되풀이한 다음에야 겨우 대답했는데, 그것도 '없어요.'라는 단 한마디뿐이었다. 어머니에 관한 질문에는 도무지 대답조차 없었다. 드디어 K는 싫증이 났다. K는 이제 이런 질문이 쓸데없는 일 같았으며, 이 점에 관해서는 아이의 태도가 옳은 것처럼 느껴졌다. 순진한 어린아이를 통해서 간접적으로 가정의 비밀을 탐지하는 것은 부끄러운 일일뿐더러, 캐서 물어보아도 알아내지 못한다는 것은 더더욱 수치스러운 일이었다. 그래서 K는 이야기를 끝맺기 위해 대체 한스가 무엇으로 자신들을 도와주려고 하는지에 대해서 물었다. 그 질문에 대해 한스는 자신이 도와주려고 하는 것은 남자 선생과 여선생이 더 이상 K에게 잔소리하는 일이 없도록 하는 것이라고 대답했는데, K는 그 대답을 듣고도 놀라지 않았다. K는 한스에게 다음과 같이 설명했다. 우선 그런 도움은 필요치 않으며, 잔소리하는 것은 학교 선생의 본성이니까 그들이 시키는 대로 아무리 일을 열심히 해도 잔소리나 바가지는 피하지 못할 것이라고 했다. 일 자체는 까다롭지 않으나 오늘은 우연한 사정 때문에 일이 밀렸을 뿐이고, 잔소리를 듣는다고 해도 자신은 학교 아이들처럼 그렇게 심각하게 느끼지는 않는다고도 했다. 또 설사 약간의 잔소리를 듣는다 해도 상대하지 않고 넘겨 버릴 것이므로 사실 문제 삼을 필요조차 없다고 했다. 무엇보다도 K는 머지않아 선생의 눈에 띄지 않는 곳으로 사라져 버릴 속셈이었다. 그래서 K가 선생에게 책망을 듣지 않도록 도와주려고 한 것에 대해 무엇보다도 고맙게 생각하지만 이제 한스도 제자리로 돌아가는 것이 좋겠다고 했다. 아마도 지금 돌아가면 벌을 받지는 않을 것이라고 K는 말했다. K는 자신이 선생에게 대항하는 데 대해서는 그 누구의 도움도 필요치 않다는 사실을 의식적으로 강조한 것이 아니라 넌지시 암시만 주었다. 그는 다른 사람의 도움이 필요한지 어떤지에 대해서는 보류해 두었다. 그런데 한스는 이 말을 똑똑히 알아듣고서 혹시 K가 다른 사람의 도움을 필요로 하는 것은 아니냐고 물었다. 한스는 기꺼이 K를 도와주겠다고 말하면서, 만일 자신이 해결하지 못하는 경우에는 어머니에게 부탁할 것이며 그렇게 하면 틀림없이 성공할 것이라고 말했다. 간혹 아버지가 곤란을 겪을 경우 아버지도 어머니에게 힘을 빌려 달라고 한다고. 그리고 그의 어머니가 언젠가 K에 대해 물어본 적이 있었다고 했다. 어머니는 거의 집을 떠나는 일이 없으며, 먼젓번에 라제만의 집을 방문한 것은 아주 드문 일이었단다. 한스는 가끔 라제만의 집에 가서 아이들하고 노는데, 어머니가 그 후 라제만의 집에 측량 기사가 또 찾아오지 않았느냐고 물어본 적이 있다고 했다. 그의 어머니는 몸이 몹시 쇠약했기 때문에 한스는 쓸데없이 어머니를 자극하지 않기 위해 측량 기사를 본 적이 없고 그 이상 이야기는 하지 않았다고 했다. 그런데 한스는 학교에서 K를 보았고 그 때문에 말을 걸 수밖에 없었다. 그렇지 않으면 어머니에게 보고할 수 없을 테니까 말이다. 확실한 명령은 없었지만 어머니의 소원을 이루어 드리면 어머니는 너무나 기뻐하기 때문이라고 한스는 말했다. 그 말을 듣고 잠시 생각에 잠긴 후 K가 말했다. 자신은 도움을 필요로 하지 않으며 필요한 것은 모두 갖고 있다. 그러나 K를 도와주려는 한스의 마음이 신통하고 고맙다. 다만 언젠가 힘을 빌릴 일이 있으면 주소를 알고 있으니까 그때는 한스에게 부탁하게 될 것이다. 그 대신 지금은 자신이 한스를 약간 도와줄 수가 있다. 한스의 어머니는 아프고, 이 땅에서는 그 병을 고칠 수 있는 의술이 없는 것 같아 유감이며, 치료도 하지 않고 그런 상태로 내버려 두면 본래 가벼운 병도 중병이 되는 경우가 가끔 있다. 그런데 K는 약간의 의학 지식을 갖고 있고 환자를 치료해 본 귀중한 경험도 있고, 의사들이 고치지 못한 병을 자신이 고친 적이 몇 번 있어서 고향에서는 병을 고치는 신비로운 힘을 가지고 있다고 해서 모두들 자신을 '쓰디쓴 약초'라고 불렀다. 좌우간 K는 한스의 어머니를 만나서 꼭 이야기해 보고 싶다고 말했다. 아마도 큰 도움이 되는 충고를 할 수 있을 것이며, 한스를 생각해서 꼭 그렇게 해 드리고 싶다고도 말했다. K가 이렇게 제의하자 비로소 한스의 눈이 처음으로 빛났다. 그것에 힘을 얻어 K는 더욱 열을 올려 제의를 되풀이했으나 결과는 신통치 못했다. 즉 한스는 여러 가지 질문을 받아도 그다지 슬픈 표정을 보이지 않았으며, 병든 어머니를 잘 보호해 드려야 하므로 얼굴을 잘 아는 사이가 아니면 그 누구도 어머니에게 문병을 와서는 안 된다고 말했다. 먼젓번 라제만의 집에서 K는 한스의 어머니와 거의 아무런 이야기도 하지 않았는데, 그 후 어머니는 며칠을 침대에 누워 있었고 사실 그런 일은 드문 일이 아니라는 것이다. 아버지는 그때 K에게 화를 내셨으니 K가 어머니를 문병하는 일은 결코 허락되지 않을 것이다. 아버지는 그 당시 K의 행동을 추궁하고 비난하기 위해서 K를 찾아내려고 했는데 어머니가 제발 그러지 말라고 아버지를 말렸다. 그러나 무엇보다도 어머니 자신이 아무와도 이야기하려고 하지 않는다. 그래서 어머니가 K에 관해 물었다고 해서 예외를 인정한 것이라고 할 수는 없는 것이며, 천만의 말씀이다. 일부러 K에 관한 말을 입 밖에 냈으니까, 그때 어머니가 K를 만나고 싶었다면 분명 의사 표시를 할 수도 있었을 것이다. 그러나 어머니가 말을 끄집어내지 않은 걸 보면 그것으로 어머니의 뜻을 똑똑히 짐작할 수 있다. 어머니는 K의 소식을 듣고 싶은 것이지 K와 면회하고 싶은 것은 아니다. 거기다가 어머니가 앓고 있는 병은 결코 진짜 병은 아니다. 어머니 자신이 병의 원인을 잘 알고 있어서 가끔 그런 말을 내비칠 때도 있는데, 어머니는 대체로 이 땅의 공기를 못 견뎌하는 것 같다. 그러나 어머니의 병세가 전보다 나아졌다고 하더라도 남편과 아이들을 생각해서 이 땅을 떠나려고 하지는 않는다. K가 한스에게서 들은 이야기는 대충 이런 줄거리였다. 한스는 K를 도와주겠다고 말하면서도 자신의 어머니를 K에게서 지켜야만 한다고 생각할 때는 사고력이 뚜렷하게 커졌다. 한스는 K를 어머니와 만나게 하고 싶지 않다는 착한 목적을 달성하기 위해서 자신이 먼저 말한 것과 모순된 발언을 했다. 예를 들면 병에 관한 것이 그랬다. 그런데도 불구하고 K는 한스가 지금도 여전히 자신에게 호의를 갖고 있는 것으로 받아들였다. 다만 한스는 어머니 일 때문에 다른 모든 일을 잊어버리곤 했다. 누구를 막론하고 한스 어머니의 상대가 되면 나쁜 사람 취급을 받고 마는 것이었다. 지금은 공교롭게도 K가 그 역할을 맡았으나 그것이 아버지라도 상관없었다. K는 이것을 시험해 보려는 생각에 한스의 마음을 떠보았다. 그래서 다음과 같이 말했다. 한스의 아버지가 어머니를 괴롭히지 않으려고 조심하고 계신 것은 확실히 현명한 일이다. K도 당시에 그런 눈치를 조금이라도 채고 있었다면 어머니에게 말을 걸지 않았을 것이다. 그래서 좀 늦은 감이 있지만 집에 돌아가거든 K가 어머니에게 사과하더라고 전해 달라고 했다. 그러나 K가 도저히 납득할 수 없는 점은 한스가 말한 것처럼 병의 원인이 그렇게 확실하다면 왜 아버지는 어머니의 전지 요양을 말리는 것인가 하는 바로 그 점이었다. 아무래도 아버지가 어머니를 만류하고 있다고밖에는 달리 생각할 수가 없다. 아이들과 아버지를 생각해서 어머니가 집을 떠나지 못하고 있다. 그러나 아이들은 함께 데리고 갈 수도 있으며 오랜 기간 먼 거리까지 갈 필요도 없다. 바로 위에 있는 성의 산만 해도 공기는 아주 다르다. 아버지는 전지 요양에 드는 비용을 염려할 필요도 없을 것이다. 이 고장에서 제일가는 구둣방을 경영하고 있고, 성에서 어머니를 기꺼이 맞이해 줄 친척이나 지인이 아버지 쪽에 있거나 어머니 쪽에 있을 것이다. 아버지는 어째서 어머니를 놓지 않는 것일까? 아버지 역시 이런 병을 경시하고 있지는 않을 것이다. K는 한스의 어머니를 언뜻 보았는데, 안색이 나쁘고 몸이 너무나 쇠약해 보여서 깜짝 놀라 말을 걸어 보고 싶은 충동을 느꼈었다. 그때 이미 K는 아버지가 저 목욕탕 겸 세탁장의 더러운 공기 속에 병든 어머니를 내버려 두고, 자신은 높은 소리로 떠드는 것조차 삼가려고 하지 않는 데 대해 깜짝 놀라지 않을 수 없었다. 아버지는 무엇이 중요한지 문제의 초점을 잘 모르는 모양이다. 아마도 최근에 병세가 좋아진 것 같지만, 그렇다고 해도 이런 병은 변덕스러워서 안심하고 있으면 나중에는 걷잡을 수 없게 되어 시기를 놓칠 수가 있다. 가령 K가 어머니와 이야기할 수 없다 하더라도 아버지와 만나서 주의를 주는 것이 좋겠다고 K는 말했다.

한스는 K의 말에 긴장한 채 귀를 기울이고 있었는데 대충은 알아들었다. 이해할 수 없는 부분에서는 거센 협박감을 느끼기도 했다. 그런데도 불구하고 그는 말했다. K는 아버지와 이야기할 수 없다. 아버지는 K를 싫어하기 때문이다. 또 아버지는 남자 선생이 한 것처럼 K를 취급할 것이다. 한스는 K를 입에 올릴 때는 미소를 띠고 수줍어하면서도, 아버지 이야기를 입에 올릴 때는 못마땅해하면서 씁쓸하고 불쾌하고 슬픈 표정으로 말하는 것이었다. 한스는 또 이렇게 덧붙였다. 어쩌면 K는 어머니와 이야기할 수 있을지도 모른다. 다만 아버지 모르게 비밀에 붙여야 한다. 그러고는 마치 벌을 받지 않고 금지된 일을 하기 위해 방법을 모색하는 여자애처럼 잠깐 눈을 부릅뜨고 응시하며 생각에 잠겨 있다가 드디어 입을 열었다. 아마도 모레면 가능할지도 모른다. 아버지가 저녁때 신사관에서 사람들과 약속이 있다. 그러니까 한스가 저녁때 이곳에 와서 K를 어머니에게 안내하겠다. 물론 어머니가 동의한다는 전제하에서 하는 말이지만 이것은 상당히 어려운 일일 것이다. 더군다나 어머니는 아버지의 뜻에 거슬리는 일은 절대로 하지 않으며 만사를 아버지 말에 따른다. 이에 대해서는 한스 자신도 이치에 맞지 않는 것 같다고 말했다. 아닌 게 아니라 한스는 K가 아버지에 대해서 대책을 강구해 주기를 바랐다. 한스는 자신이 K를 도와주려고 생각하고 있었지만, 사실은 전부터 알고 있던 주위 사람들을 아무도 믿을 수 없기 때문에 하는 수 없이 갑자기 나타난 데다가 어머니의 입에까지 오른 이 낯선 남자에게 몸을 의지해 볼 수 있지 않을까 해서 탐지해 보려는 것이었다. 결국 한스는 자기 자신을 속이고 있는 거나 마찬가지였다. 이 아이는 거의 무의식중에 본심을 감추었는데 정말이지 음흉하기 짝이 없었다. 지금까지 이 아이의 태도나 말씨에서는 거의 엿볼 수 없었으나, 지금 시간이 좀 흐르긴 했지만 반은 우연히 반은 의식적으로 이 아이에게 고백시킴으로써 비로소 그것을 알 수 있었다. 그런데 아이는 K와 오래 이야기하는 동안 극복해야만 하는 곤란에 대해서 말했다. 한스로서는 아무리 생각해 보아도 거의 극복하기 어려운 곤란이었다. 한스는 깊이 생각에 잠기면서 또 도와 달라고 애원하는 눈빛으로 불안하게 눈을 깜박거리며 K의 얼굴을 뚫어지게 응시했다. 아버지가 집을 나가기 전에는 어머니에게 아무런 말도 할 수 없다. 만일 사실을 말하게 되면 아버지가 그 사실을 알게 되고, 만사가 수포로 돌아가 버린다. 그러니까 나중이 아니면 그 일을 입 밖에 낼 수가 없다. 지금 말한다 하더라도 어머니의 건강을 생각해서 성급히 말해서는 안 되고 적당한 기회를 봐서 천천히 이야기해야만 한다. 그래야 비로소 어머니의 동의를 얻게 되고, K를 데리러 올 수가 있다. 그러나 그렇게 되면 너무 늦지 않을까? 아버지가 금방 돌아오지 않을까? 아니다, 역시 불가능하다. K는 한스의 비관적인 태도에 대해 그다지 절망적인 것은 아니라고 확언했다. 시간이 부족하다고 걱정할 필요는 없다. 잠깐 동안 만나서 이야기하는 것으로 충분하다. 뿐만 아니라 K를 부르러 올 필요도 없다. 한스의 집 근처에 숨어 있다가 한스가 신호를 보내면 곧 들어가겠다고 했다. 그러자 한스가 안 된다고 말했다. 집 근처에서 K가 기다리면 안 된다. 또다시 한스는 어머니 일 때문에 신경과민이 되어 버렸다. 어머니에게도 알리지 않은 채 K가 출발하면 안 된다. 어머니 몰래 K와 비밀 협정을 맺을 수는 없다. 한스는 자신이 학교로 K를 데리러 와야 하며, 그것도 어머니에게 사유를 말하고 동의를 얻고 나서가 아니면 안 된다고 했다. K는 좋다고 말했다. 그러나 그것은 사실 위험이 많고 아버지에게 현장을 들켜 붙들리는 일은 없을 것이라고 장담할 수가 없다. 설사 들키지 않는다고 하더라도 어머니는 그것이 두려워서 절대로 K를 가까이 하지 않을 것이다. 그렇게 되면 결국 아버지 때문에 만사가 수포로 돌아가고 말 것이다. 거기에 대해 이번에는 한스가 반박했으며, 이리하여 옥신각신 토론은 그칠 줄 몰랐다. 이미 오래 전부터 K는 아동용 의자에 앉아 있는 한스를 교단의 자기 옆으로 불러 무릎 사이로 끌어당기고, 가끔 달래듯이 쓰다듬어 주었다. 이렇게 두 사람이 가까이 있게 된 덕분에 때때로 한스의 반대에 부딪혔음에도 불구하고 두 사람은 그럭저럭 의견의 일치를 보게 되었다. 합의 내용은 다음과 같았다. 한스는 먼저 어머니에게 진실을 전부 이야기한다. 어머니가 쉽게 동의하도록 K는 브룬스비크와도 이야기하고 싶어한다고 전한다. 물론 그것이 어머니 때문이 아니라 다른 용건 때문이라고 덧붙여서 말한다. 그 결론은 사실 옳았다. 이렇게 말하고 있는 사이에 K의 머리에 언뜻 생각이 떠올랐다. 즉 브룬스비크가 평상시에는 위험스럽고 나쁜 사람이라고 할지라도 자신의 원수는 아니다. 적어도 면장이 알려 준 바에 의하면 브룬스비크는 정치적인 이유에서 그랬다고 하지만, 측량 기사의 초빙을 요구한 사람들의 두목이었다. 따라서 K가 마을에 도착한 것을 브룬스비크로서는 환영할 만한 일이다. 그렇다면 첫날 K에게 인사를 했을 때의 불쾌한 태도와 한스가 말한 싫어하는 기색이라는 것은 아무래도 알 수 없는 일이다. 혹시 브룬스비크는 K가 맨 먼저 자신에게 도움을 요청하지 않은 것에 대해 노여워하고 있거나 다른 오해를 품고 있는지도 모르겠다. 그런 오해라면 두서너 마디의 이야기로 풀릴 것이다. 사태가 이쯤 됐으니, K가 남자 선생이나 면장에게 대항하는 데 있어서 브룬스비크가 기둥 역할을 해 줄 것이며 배경이 되어 줄지도 모른다. 좌우간 관청에서 일삼고 있는 기만—대체 그것이 기만이 아니고 무엇이겠는가—과 면장을 비롯한 남자 선생의 방해 공작으로 백작의 관청에 보내지도 않고 억지로 소사 자리를 맡겨 버린 사기 행위 전체를 폭로할 수도 있을 것이다. 브룬스비크와 면장 사이에, K를 둘러싸고 새삼 싸움이 벌어진다면 브룬스비크는 틀림없이 K를 자기편으로 끌어넣을 것이다. K는 브룬스비크의 손님이 될 것이다. 브룬스비크는 면장에게 반항해서 K에게 그 세력을 자유롭게 이용할 수 있도록 맡겨 둘 것이다. 그 덕분에 일은 K에게 얼마나 유리하게 전개될 것인가? 도저히 알 수 없는 노릇이다. 좌우간 브룬스비크 부인에게는 가까이 갈 수 있을 것이다. K는 이러한 몽상에 잠기고 주위에서는 꿈이 아롱거렸는데, 그동안 한스는 어머니만을 생각하면서 입을 다물고 있는 K를 심란하게 쳐다보고 있었다. 그것은 마치 어려운 상황에 직면한 의사가 난관을 모색하기 위해 궁리하고 있는 장면을 쳐다보는 격이었다. 측량 기사로서 아버지인 브룬스비크와 면회하려는 K의 제안에 한스는 동의했으며, 물론 그렇게 되기만 하면 아버지로부터 어머니를 보호해 줄 수 있을 뿐만 아니라 일이 곤란해져서 변명을 해야 하는 일은 거의 생기지 않을 것이라고 생각했다. 한스는 또 K가 늦은 시간에 방문하는 것을 아버지에게 어떻게 설명할 것인지에 대해 질문했는데, K는 소사라는 직무를 견딜 수가 없었으며 선생이 사람을 멸시하는 등의 대우를 했기 때문에 절망감에 사로잡힌 나머지 분별을 잃고 말았다고 변명하겠다는 K의 소리에 약간 우울한 표정으로나마 납득했다.

 이와 같이 벌어질 수 있는 사태에 대해 미리 고려하고, 성공의 가능성이 아주 없는 것도 아니라는 희망이 보였기 때문에 한스는 심란함에서 해방되어 자못 즐거운 모양이었다. 그래서 그는 처음에는 K를 상대로, 그 다음에는 프리다를 상대로 잠시 어린아이다운 순진한 태도로 떠들었다. 프리다는 오랫동안 다른 일을 생각하는 듯 그곳에 앉아 있었는데 이때 비로소 이야기에 끼게 되었다. 다른 말끝에 그녀는 겸사겸사 해서 한스에게 무엇이 되려고 생각하는지에 대해 물었다. 한스는 그다지 깊이 생각해 보지도 않고 K와 같은 인물이 되겠다고 대답했다. 왜 그런지 그 이유를 물었으나 한스는 물론 대답하지 못했다. 학교 소사 같은 것이 되겠느냐고 물었더니 그것은 그렇지 않다고 똑똑히 부정했다. 질문이 계속되면서 비로소 그 아이가 어떤 경로를 거쳐서 그런 희망을 품게 되었는지 그 진상이 밝혀졌다. 현재 그의 신분은 결코 부러워할 만한 것이 못 되고, 슬프고도 멸시당하는 존재라는 사실을 한스 자신도 잘 알고 있었기 때문에 그걸 인식하기 위하여 일부러 다른 사람의 생활을 관찰할 필요는 조금도 없었다. 한스 자신도 스스로, 될 수 있으면 K가 어머니를 쳐다보거나, 어머니에게 말을 걸지 못하도록 말리고 싶은 생각이 간절했다. 그런데도 불구하고 한스는 K에게 찾아와서 원조를 청하였으며, K가 그 청을 응낙하자 기뻐했다. 한스의 입장에서 볼 때 K에게는 타인과 특별히 다른 점이 있다고는 생각지 않았으나 무엇보다도 어머니 자신이 K의 이야기를 입 밖에 냈다는 사실을 무시할 수가 없었다. 한스는 이런 모순 속에서 지금 K는 비천하고 형편없는 신분이지만 거의 생각해 볼 수도 없는 먼 장래에 있어서 다른 모든 사람을 능가할 것이라는 확신을 얻게 되었다. 이리하여 마침내 이 어리석기 짝이 없는 머나먼 장래와 그 장래를 향하여 이루어져야 할 자랑스러운 발전에 대해 한스는 무한히 마음이 끌렸다. 그래서 한스는 현재의 K를 장래의 값으로 사려고 생각했는데, 이 소원 속에는 어린아이의 깜찍한 성격이 깃들어 있었다. 그것은 한스가 K를 구태여 나이 어린 동생이나 후배처럼 내려다보고 그 장래를 자기 자신의 장래보다도 훨씬 멀리 있는 것처럼 생각한 점이다. 그래서 한스는 프리다에게 연달아 질문을 받고 또 그것에 대답해야 하는 곤란을 느끼면서도 거의 침울하고 심란한 기분으로 이런 이야기를 한 것이다. 따라서 K가 입을 열고 다시 이야기를 시작했을 때 비로소 이 아이의 얼굴에는 다시 명랑한 빛이 떠올랐다. 한스가 무엇 때문에 K를 부러워하는지는 잘 알고 있다. 즉 K가 가지고 있는 마디진 아름다운 지팡이 때문이겠지. 그 지팡이는 탁자 위에 놓여 있었으며, 한스는 이야기 중에도 무심코 그것을 만지고 있었다. 그런데 이런 지팡이를 만드는 것은 어렵지 않다. K는 만약 그들의 계획이 성공한다면 한스에게 더 훌륭한 지팡이를 만들어 주겠다고 말했다. 한스는 사실 지팡이밖에는 염두에 두지도 않았던 것처럼 생각되었다. K가 약속을 하자 한스는 그토록 반색하며 기쁜 마음으로 작별했는데 작별할 때 K의 손을 꼭 잡고,

"그러면 모렙니다."
하고 다짐을 받았다.

한스가 교실을 나간 시간은 아슬아슬했다. 그가 나가자마자 남자 선생이 갑자기 문을 열고 한가하게 앉아 있는 K와 프리다를 보고 소리를 질렀기 때문이다.

"방해해서 미안하지만 대체 언제 교실을 치울 거야? 우리는 지금 저쪽 교실에서 콩나물처럼 촘촘히 앉아 있는데 도대체 비좁아서 수업을 못하겠어. 그런데 당신네들은 이 넓은 체조장에서 사지를 맘대로 펼치고 몸을 뻗을 대로 뻗고 있으니, 원. 그것도 부족해서 조수들까지 내쫓았지. 자, 일어서 봐! 움직이기라도 하란 말이야!"

그리고 나서 K에게 말했다.

"자네는 지금 곧 교반관으로 가서 점심 식사를 가져와."

남자 선생은 펄펄 뛰고 화를 내면서 소리 질렀지만 비교적 말씨는 부드러웠다. 그 자체가 거칠게 들리는 '자네'라는 말조차 그랬다. K는 곧 명령에 복종하려고 했으나 남자 선생의 마음을 떠보기 위해 다음과 같이 말했다.

"아마도 나는 해고당했을 겁니다."

"해고당했건 당하지 않았건 간에 점심 식사를 가져오란 말이야!"

남자 선생이 말했다.

"해고당했는지 아닌지 그 점을 알고 싶습니다."

K가 말했다.

"무슨 소리를 지저분하게 떠벌리는 거야? 자네는 해고 통지를 거부했잖아!"

"해고 통지를 무효로 하는 데 그것만으로 충분합니까?"

K가 물었다.

"물론 나는 그것으로 충분하다고 생각지 않아. 하지만 면장은 그것으로 충분하다고 생각하는 모양이야. 도무지 알 수가 없어. 자, 빨리 뛰어가. 그렇지 않으면 이번엔 정말로 여기서 나가라고!"

남자 선생이 말했다. K는 만족스러웠다. 그렇다면 이 사람이 어느새 면장과 만나서 이야기한 모양이다. 그게 아니라면 이 사람은 면장과 전혀 면회하지도 않고 단지 면장이 말했을 것 같은 의견을 추측했을 뿐인지도 모르겠다. 이 의견은 확실히 K의 귀에 솔깃하게 들렸다. 그래서 K는 곧 점심 식사를 가지러 가기 위해 바삐 서둘렀다. 그러나 얼마 가지도 않아서 다시 남자 선생에게 소환당했다. 시험 삼아 점심 식사를 가져오라는 명령을 내려서 K가 근무에 얼마나 열심히 임하고 있는지 앞으로 그것을 참고하려는 것일까? 아니면 K에게 급한 심부름을 시켜 달음박질하게 해 놓고 또다시 다른 명령을 내려 사환처럼 날쌔게 되돌아오는 꼴을 보고 즐기려는 것일까? 둘 중 어떤 쪽인지는 알 수 없으나, 좌우간 남자 선생은 그를 소환했다. K로서는 그가 하라는 대로 자신이 지나치게 복종하면 남자 선생의 노예나, 바꿔치기 소년(궁중에서 귀족의 자제가 맞아야 할 매를 대신 맞는 소년—옮긴이)밖에는 되지 못한다는 사실을 잘 알고 있었지만 어느 한도까지는 남자 선생의 변덕을 참고 받아들이기로 했다. 왜냐하면 지금까지 드러난 바와 같이 남자 선생은 K를 합법적으로 해고할 수는 없어도, K의 지위를 견딜 수 없을 만큼 괴롭힐 수는 있었기 때문이다. 그런데 이 지위는 지금의 K에게 있어선 전보다 더 중요한 것이었다. 한스와의 대화를 통해 K는 사실무근에 실현 가능성이 없다 하더라도 결코 잊을 수 없는 희망을 새로 품게 되었기 때문이다. 이 희망으로 인해 바르나바스의 그림자까지도 거의 가려질 지경이었다. K는 이 희망 외에는 달리 어떻게 할 수도 없었기 때문에 자연히 모든 힘을 여기에 모으고 다른 일, 즉 식사라든가 주택, 면사무소, 심지어 프리다의 일까지도 고려하지 않았다. 그러나 사실을 말하자면 프리다의 일만이 문제였다. 그 밖의 다른 일은 프리다와의 관계만 없다면 아무 상관도 없었다. 그래서 K는 지금의 신분을—그것은 프리다의 생활에 약간의 안정감을 주고 있는데—유지하기 위해 노력해야만 했다. 이러한 목적 때문에 K는 남자 선생의 무례를 다른 때 같으면 도저히 불가능하다고 생각될 만큼 참고 견디어 냈다. 그렇다고 그런 일을 후회하는 것은 당치도 않았다. 그 모든 것이 너무나 고통스러울 정도는 아니었기 때문이다. 이런 일은 일상생활에서 끊임없이 일어나는 사소한 고뇌의 일부분일 뿐이며, K가 지금 추구하고 있는 것에 비교하면 아무것도 아니었다. K가 이곳에 온 것은 명예를 얻고 편안한 생활을 보내기 위한 것은 아니었다.

이리하여 여관에 심부름을 가려던 K는 남자 선생이 명령을 변경한 탓에 우선 교실부터 치우고 여선생이 아이들과 함께 들어올 수 있도록 해야만 했다. 그런데 교실 청소는 굉장히 빨리 해야만 했다. 바로 이어서 점심 식사를 가져와야 하기 때문이다. 남자 선생은 무척 배가 고프고 목이 말라 있었다. K는 지시대로 다 하겠노라고 장담했다. 남자 선생은 K가 서둘러 잠자리를 치우고, 제초기를 제자리에 정돈하며, 빠르게 바닥을 쓸어내는 장면을, 그리고 프리다가 교단을 닦고 문지르는 광경을 잠시 쳐다보고 있었다. 두 사람이 열심히 일하고 있는 모양을 보자 남자 선생은 자못 흡족해하는 것 같았다. 남자 선생은 다시 문 앞 난로에다 장작 한 덩어리를 준비하라고 시켰다. 그는—K를 창고로 보내고 싶지는 않았지만—곧 돌아와서 현장을 살피겠다고 을러대며 아이들이 있는 쪽으로 가 버렸다.

  잠시 동안 K와 프리다는 묵묵히 일했는데, 마침내 프리다가 대체 남자 선생에게 왜 그렇게 고분고분하게 복종하는지에 대해 물었다. 그것은 확실히 동정과 염려에서 나온 질문이었으나, K는 처음에 프리다가 자신을 남자 선생의 명령이나 난폭한 행동에서 지켜 주겠다고 약속했는데도 불구하고 그것이 거의 잘 되지 않은 것을 생각하고는 일단 소사가 된 이상 직무를 이행하지 않을 수 없을 뿐이라고만 간단히 대답했다. 그러고 나서 두 사람은 입을 다물어 버렸다. 나중에 K는—그때까지 상당히 오랫동안 프리다가 걱정에 잠겨 근심하고 있는 것 같다는 점, 특히 한스와 자신이 이야기하고 있는 동안에도 거의 쭉 그러고 있었다는 점, 그것이 K는 지금 잠깐 이야기했을 뿐인데 생각났다—장작을 날라 안으로 들이면서 대체 무얼 생각하고 있는지 그녀에게 터놓고 물었다. 그녀는 천천히 얼굴을 들고 그를 쳐다보면서 어떤 분명한 것을 생각하고 있는 것이 아니라 안주인의 일과 안주인이 말한 여러 가지가 맞는다는 사실 등을 그저 두서없이 생각하고 있을 따름이라고 대답했다. K가 계속 재촉하고 그녀가 그것을 몇 번 거부한 후에야 비로소 그녀는 전보다 더 자세한 대답을 했다. 동시에 그녀는 일손을 놓지 않았는데 그것은 일에 열중한 때문이 아니라―그 증거로 일은 조금도 진척되지 않았다―그러고 있으면 K의 얼굴을 보지 않아도 되었기 때문이다. 프리다는 다음과 같이 이야기했다. 즉 그녀는 K와 한스의 이야기를 처음에는 잠자코 듣고 있었다. 그러나 K의 몇 마디 말을 듣고는 깜짝 놀라서 그 말의 뜻을 명백히 파악하기 위해 노력하기 시작했다. 그 후 K의 말 속에서 안주인이 프리다에게 해 준 경고의 말이 증명되는 것을 듣게 되었는데, 프리다로서는 지금까지 그 경고가 결코 정당하다고 믿지 않았었다. K는 프리다의 막연한 표현에 기분이 상하고 눈물겹게 호소하는 듯한 소리를 듣고 나서 감동했다기보다는 초조해져서―무엇보다도 지금 다시 안주인이 적어도 기억을 통해서 그의 생활에 관계하고 있기 때문이다. 기억을 통해서라고 하는 이유는 사실 안주인이 지금까지 거의 개인적으로는 K의 생활에 간섭해서 성공한 적이 없었기 때문이다―팔에 안고 온 장작을 내동댕이쳤다. 그러고는 마룻바닥에 철퍼덕 주저앉으며 진지한 말투로 똑똑히 해명해 달라고 그녀에게 요청했다. 그러자 프리다는 다음과 같은 말을 하기 시작했다.

"처음부터 주인아주머니는 내게 당신을 의심하게 하려고 여러 차례 애써 왔어요. 그렇다고 당신이 거짓말쟁이라고 주장한 것은 아니에요. 절대로 그렇지는 않았어요. 그러니까 주인아주머니 말은 이래요. 당신은 어린아이처럼 솔직한 사람이라고. 그러나 당신은 우리와는 아주 다르니까, 설사 당신이 솔직하게 말한다 해도 우리로서는 도저히 당신의 말을 믿을 수 없고 따라서 좋은 친구라도 있어서 일찌감치 우리를 구해 주지 않는 한, 우리가 당신의 말을 믿기까지에는 쓰라린 경험을 해야만 할 것이라고. 주인아주머니는 나름대로 사람 보는 날카로운 눈을 가지고 있었지만 별수 없다고 말했어요. 그러나 교반관에서 당신과 마지막으로 이야기한 다음에 주인아주머니는, 주인아주머니의 말을 그대로 되풀이한다면 당신의 '모략을 알았다'는 거예요. '이제 K에게는 속아 넘어가지 않아. K가 아무리 모르는 체해도 안 돼.' 하고 말했어요. 그러면서도 당신은 뒤에 무언가를 감추거나 하는 사람은 아니라고 늘 되풀이해서 말했어요. 그러면서 이런 말도 하더군요. 언제든 기회가 있으면 당신 말을 잘 들어 보라고. 그것도 건성으로가 아니라 귀를 잘 기울이고 신중히 들어 보라고. 주인아주머니는 더 이상의 말은 하지 않았지만 동시에 나에 관한 다음과 같은 정보를 들려주더군요. 당신이 내게 접근해 온 것은—주인아주머니는 이런 수치스런 표현을 썼어요—단지 내가 우연히 당신의 눈에 띄어서 그런 것뿐이라고요. 거기다가 당신이, 목로집 여급이란 손님이 손을 내밀기만 하면 그 누구에게도 자신을 바치도록 결정되어 있다고 잘못 생각한 탓이래요. 뿐만 아니라 주인아주머니가 신사관 주인에게 들은 바에 의하면, 당신은 당시 어떤 이유를 들어 신사관에 묵으려고 했으며 그러기 위해서는 아무래도 나를 이용해야만 했다는 거예요. 이것만으로도 그날 저녁 당신이 나를 애인으로 삼을 만한 동기가 충분하다고 했어요. 그러나 우리 사이가 그 이상 발전하기 위해서는 다른 원인이 있어야만 하는데 그 원인이 클람이라는 거예요. 주인아주머니는 당신이 클람에게 무엇을 요구하는지 알고 있다고는 주장하지 않았어요. 단지 당신이 나와 알기 전에도 또 알게 된 후에도 마찬가지로 기를 쓰고 클람을 만나고 싶어한다고 주장했어요. 주인아주머니의 견해는 다음과 같아요. 즉 당신이 나를 알기 전에는 클람을 만날 희망이 전혀 없었지만, 나를 알게 된 후로는 나를 통해서 머지않은 장래에 정말로 떳떳하게 클람 앞에 나타날 수 있는 확실한 수단 방법을 손아귀에 넣었다고 생각하고 계시는데 그것이 그 전과 다른 차이점이라고 하더군요. 당신이 나를 알기 전에는 이곳에서 어떻게 해야할 지 갈피를 잡지 못하고 헤맸다고 말씀하셨을 때—물론 이 이야기는 깊은 근거가 있는 것이 아니라 단지 지나가는 말로 슬쩍 나온 데 지나지 않지만—나는 적이 깜짝 놀랐어요. 아마도 그와 똑같은 이야기를 주인아주머니도 말했거든요. 또 주인아주머니는 이렇게 말했어요. 당신이 나를 알게 된 후에야 비로소 목적을 의식하게 됐는데, 당신이 그렇게 된 원인은 당신이 클람의 애인인 나를 손아귀에 넣었으니까 최고 가격이 아니면 함부로 내놓지 않는 담보를 확보하고 있는 것이나 마찬가지라고 당신 스스로 생각하기 때문이며, 이 최고 가격, 즉 임금과 관련해서 클람과 교섭하는 것이 당신의 단 하나의 과제라고 말씀하셨어요. 당신에게 나라는 여자는 전혀 문제 될 것 없고, 돈에만 모든 것이 걸려 있으므로 당신은 나에 관해 서슴지 않고 다른 사람의 비위를 맞추는 데 급급할 것이나 다만 돈에 관해서는 아주 고집을 부릴 것이라고 주인아주머니는 얘기했어요. 그래서 당신은 내가 신사관에서 실직한 것이라든가 교반관을 나와야만 했던 일, 그리고 이 힘든 소사 일을 하지 않으면 안 되는 것까지도 무관심한 태도를 취하시는 거예요. 당신은 애정이라곤 조금도 없을 뿐더러 나를 위해서는 시간도 내주지 않아요. 나를 두 조수에게 내맡긴 채 질투하지도 않고, 내가 당신에게 그저 가치가 있는 건 단지 클람의 애인이라는 것뿐이죠. 당신은 영문도 모르고 나로 하여금 클람을 잊지 않도록 만들고, 그것은 나중에 결정적인 시기가 닥쳐왔을 때 내가 맹렬히 반항하지 못하도록 애쓰시는 거라고요. 그처럼 냉정하신 당신이 주인아주머니와는 곧잘 다투시더군요. 당신은 나를 당신에게서 빼앗을 수 있는 것은 오로지 주인아주머니뿐이라고 생각했기 때문에 주인아주머니와 맹렬히 다툰 다음 나를 데리고 교반관을 나오셨잖아요. 그러면서도 어떤 일이 있어도 나는 당신의 소유물이고, 내가 책임을 지고 내 마음대로 할 수 없는 한, 즉 마음이 변할 염려는 없을 거라는 점에 관해 굉장히 자신이 있으신 모양이에요. 당신은 클람과의 면담을 현금을 거래하는 장삿속과 마찬가지라고 생각하고 계세요. 그리고 당신은 여러 가지 가능한 경우를 계산에 넣고 계세요. 만약 기대하는 가격을 얻을 수만 있다면 당신은 무슨 짓이라도 할 거예요. 클람이 나를 원한다면 서슴지 않고 나를 내줄 것이며, 그가 당신더러 내 옆에 가 있으라고 하면 내 곁에서 떠나지 않을 것이며, 또 그가 나를 버리라고 요청하면 당신은 그대로 나를 차 버릴 거예요. 그뿐만 아니라 필요하다고 생각되면 당신은 연극까지 꾸미고도 남을 거예요. 또 당신에게 유리하다고 생각되면 나를 사랑하는 척할 수도 있을 거예요. 그때에 클람이 태연한 태도를 취하면 클람에게 싸움을 걸 것인데, 그 방법으로 당신은 자신이 하찮은 사람이라는 것을 구태여 드러내고 그런 하찮은 사람에게 애인을 빼앗겼다는 사실을 쳐들어서 클람으로 하여금 무안케 하려는 거지요. 또 다른 방법으로는 그 사람에 대한 내 사랑의 고백을—사실 나는 사랑을 고백했는데—그 사람에게 전하고, 물론 희망하는 금액을 지불한다는 조건으로 나를 다시 받아들여 달라고 부탁할 거예요. 그래도 어쩔 수 없다면 K 부부의 이름으로 거지와 같은 행세를 할 거예요. 만일 그렇게 되면—주인아주머니는 그렇게 결론을 내렸지만—지금까지 당신의 추측과 희망과 클람에 대한 공상과 클람과 나와의 관계에 대한 상상 그런 것들이 죄다 착각이었다고 깨닫게 되면 그때부터 내 지옥이 시작될 거예요. 그렇게 되면 나는 정말 당신의 소유물이 되니까요. 당신은 그 소유물에 의지하고 있는데, 그 소유물이 가치가 없다는 사실이 이미 증명되었으니, 당신은 그 소유물에 걸맞은 취급을 하시겠지요. 당신은 나에 관해 소유자로서의 감정 외에는 아무런 감정도 가지고 있지 않기 때문이에요."

K는 입을 일자로 꼭 다문 채 자못 긴장한 상태로 귀를 기울이고 있었다. 아래에 깔고 앉았던 장작이 떼굴떼굴 굴러 나와서 하마터면 마룻바닥 위로 미끄러질 뻔했는데도 그는 그것에는 조금도 신경쓰지 않았다. 그는 간신히 일어서서 교단 위에 걸터앉아 프리다의 손을 잡았는데, 그녀는 힘없이 그 손을 빼내려고 했다. 그러고 나서 그가 말했다.

"당신 이야기를 듣고 있자니, 당신과 주인아주머니의 의견을 똑똑히 분간할 수 없는 대목이 있어."

"이것은 전부 주인아주머니의 의견이에요. 나는 주인아주머니를 존경하고 있기 때문에 아주머니 말씀이라면 무엇이든 귀를 기울였어요. 내가 아주머니의 의견을 전적으로 거부한 것은 그때가 처음이에요. 아주머니의 말은 너무나 한심스러웠으며 우리 둘에 대한 이해가 너무 형편없는 것 같았어요. 오히려 내게는 그분이 말한 것과 정반대의 일이 옳은 것처럼 느껴졌어요. 나는 우리가 첫날밤을 보낸 후의 저 우울한 아침을 생각했어요. 당신이 내 옆에 무릎 꿇고 앉아서 이제 모든 게 수포로 돌아가 버렸다는 시선을 보였던 그 장면을 말이에요. 그리고 사실 나로서는 열심히 일을 하는데도 당신에게 도움이 되기는커녕 방해만 되고 있는 상황이란 것을 절실히 느꼈어요. 나 때문에 주인아주머니는 당신의 원수가 되어 버렸어요. 당신은 지금도 그분을 업신여기고 계세요. 당신은 여러 가지로 나를 걱정해 주시고, 나를 위해 일자리를 구하고 싸워야만 했으며, 면장에 대해 불리한 입장에 서게 되었어요. 또 학교 선생에게 복종하게 되었고, 조수들에게까지 약점을 잡혀 완전히 그들 손아귀에 들게 되었어요. 그런데 가장 나쁜 것은 당신이 나 때문에 아마도 무례한 짓을 했으리라는 거예요. 당신은 클람에게 가려고 애썼지만 그것은 어떻게 해서든 그를 달래고 화해시키려는 허무한 노력에 지나지 않았어요. 이런 사정에 대해 틀림없이 나보다 더 잘 알고 있는 주인아주머니는 내게 귀띔해서 심한 자책에 사로잡히지 않도록 나를 염려해 준 것이라고 나는 혼자 생각했어요. 친절하지만 헛수고였지요! 나는 당신에 대한 나의 애정으로 모든 장애물을 거뜬하게 넘어갔어야만 했으며, 또 마지막에는 나의 애정으로 당신도 앞으로 나아가야만 했어요. 이 마을이 아니면 다른 어느 곳에서라도 말이에요. 이 애정의 힘은 이미 증명이 끝난 셈이고, 당신은 이 힘을 바르나바스의 가족에게서 구해 준 거예요."

"그게 당시 당신의 생각이란 말이지? 그러면 그 생각은 어떻게 변했지?"

K가 물었다.

"나도 모르겠어요."

프리다는 그녀의 손을 잡고 있는 K의 손을 보며 말했다.

"아마 아무것도 변하지 않았을 거예요. 당신이 이처럼 내 옆에 계시고, 이렇게 침착하게 물으시면 나는 조금도 변하지 않았다는 생각이 들어요. 그러나 사실은……."

그녀는 K의 손을 뿌리치고, K와 마주 보며 자세를 똑바로 한 채 앉아서 자신의 얼굴을 가리지도 않고 울었다. 그녀는 눈물을 흘리며 얼굴을 그에게로 돌렸는데, 그 모양은 마치 자기 자신 때문에 울고 있는 것이 아니니까 아무것도 감출 것이 없으며, 단지 K에게 배신당한 것이 슬퍼서 울고 있는 것처럼 보였다. 따라서 K에게 우는 꼴을 보여 주는 것은 당연하다고 말하는 것 같았다. 그녀는 먼저 꺼낸 말에 이어서 말했다.

"그러나 사실 당신이 한스와 이야기하는 것을 들은 다음부터 모든 게 달라졌어요. 당신은 아주 순진한 척 시치미를 떼면서 말을 끄집어냈고, 가정 사정과 그 밖의 여러 가지 일에 관해 이것저것 물으셨어요. 그 모습은 마치 당신이 다정한 태도로 술집에 들어오셔서 천진난만하고 열정적으로 내 시선을 좇던 모습을 다시금 내 눈앞에 재현하는 것 같았어요. 정말이지 그때와 조금도 다름없었어요. 그래서 나는 주인아주머니가 여기 계셔서 당신의 말을 듣고 자기의 의견을 고집한다면 참 재미있을 것이라고 생각했어요. 그러나 그 다음에 나는 어떻게 해서 그렇게 되었는지는 모르겠지만 당신이 무슨 목적으로 한스와 이야기하셨는지 깨닫게 됐어요. 당신은 동정어린 말로 얻기 어려운 그 아이의 신용을 획득했는데 그것은 아무런 방해를 받지 않고 당신의 목표를 향해서 돌진하기 위한 것이었어요. 말씀을 듣고 있는 동안 당신의 목표는 점점 확실해졌는데, 그것은 바로 브룬스비크 부인이었어요. 당신은 겉으로는 부인을 염려하고 계신 것처럼 말씀하셨지만, 그 이야기를 듣고 보니 당신은 자기 자신의 일밖에는 염두에 두지도 않는다는 걸 알았어요. 당신은 부인을 얻기도 전에 이미 부인을 기만하셨어요. 당신의 말씀을 듣고 나의 과거뿐만 아니라, 나의 미래가 어떠할 것인지 알 수 있게 되었어요. 내게는 마치 이렇게 느껴졌어요. 즉 주인아주머니가 내 옆에 앉아서 내게 모든 사정을 설명한다, 나는 있는 힘을 다해서 주인아주머니를 뿌리친다, 그런데 이런 노력에 희망이 없다는 사실을 깨닫게 된다. 그런데 그때 사기 당한 것은 나와는 전혀 다른 사람이고 나는 결코 사기 당하지는 않았어요. 알지도 못하는 부인이었지요. 그래서 나는 다시 용기를 내서 한스에게 무엇이 되겠느냐고 물었더니, 한스는 당신과 같은 사람이 되겠다고 답했어요. 그때 한스는 이미 완전히 당신의 소유가 되어 버린 거예요. 이쯤 되면 좋지 못한 일에 이용당한 착한 한스와 그 당시 술집에 있었던 나와 대체 얼마나 차이가 있을까요?"

"당신의 말은……."

K는 말했는데, 비난에 익숙해지는 데 따라서 침착한 태도로 되돌아갔다.

"어떤 의미에서는 옳아. 확실히 틀리지는 않았지만 적개심이 들어 있군. 당신이 그것이 아무리 자신의 생각이라고 믿고 있어도 그것은 내 원수인 주인아주머니 생각에 불과해. 그래서 나는 당신의 말을 듣고도 안심했어. 그러나 그 생각에는 교훈적인 점도 많을뿐더러 주인아주머니에게도 배울 수 있는 것들이 많다는 생각이 들어. 주인아주머니는 그 밖의 일로는 나를 소중히 여기지도 않았지만, 지금처럼 그런 심한 소리는 내게 하지 않았어. 그녀가 당신에게 그런 무기를 맡긴 것은 당신이 나한테 특별한 곤란을 느끼거나 아슬아슬할 때 사용하기를 바란 거야. 만일 내가 함부로 당신의 인권을 남용했다면 주인아주머니 역시 똑같이 당신의 인권을 남용한 것이 된다고. 그런데 프리다, 생각 좀 해 봐. 만사가 주인아주머니가 말한 대로 된다고 하지만, 형편이 아주 나쁜 경우란 당신이 나를 사랑하지 않는 때에 한해서만이야. 그럴 때에 한해서만 내가 당신을 미끼로 폭리를 취하고 수지를 맞추기 위해 지독한 타산과 모략으로 당신을 소유했다고 할 수 있을 거야. 그렇게 보면 그때 내가 당신의 동정심을 자아내기 위해서 올가와 팔짱을 끼고 당신 앞에 나타난 것도 내 모략 중 하나가 되겠지. 다만 주인아주머니가 내 죄과를 열거할 때 이것을 계산에 넣는 것을 잊었을 따름이야. 그러나 이렇게 극단의 경우가 아니라, 즉 교활한 맹수가 당신을 빼앗아 간 게 아니라 나와 당신이 동시에 손을 뻗어 서로를 환영하고, 두 사람 모두가 다 자기 자신을 잊은 채 상대방을 발견했다고 하면 프리다, 그때는 대체 어떨까? 나는 나 자신의 일과 당신의 일을 함께 변호하는 입장에 서게 되는 거야. 그렇게 되면 나의 일과 당신의 일을 가린다는 건 있을 수 없고 단지 적개심을 품고 있는 주인아주머니만이 그것을 구별할 수 있을 뿐이지. 이 원칙은 모든 것에 해당될 뿐만 아니라 심지어 한스의 경우에도 해당돼. 여하간 당신은 나와 한스의 이야기를 판단하는 데 있어서 당신의 착한 마음씨 때문에 일을 과장해서 생각한 거야. 한스의 의도와 내 의도가 완전히 일치하지 않는다고 해도 양자 사이에서 대립과 비슷한 상태가 벌어지는 데까지는 가지 않았으니까 말이야. 게다가 우리 부부 사이의 의견 대립과 불화를 한스가 눈치 채지 못하고 있을 리 없잖아. 만일 당신이 한스가 눈치 채지 못하고 있다고 생각한다면, 그 약삭빠른 어린아이의 가치를 대단히 얕게 평가한 거야. 그리고 가령 한스가 모든 일을 눈치 채지 못하고 있다고 해도 피해를 입은 사람은 아무도 없으며, 또 그러기를 바라."

"일을 올바르게 이해하기란 참으로 어려워요."

프리다는 한숨을 내쉬며 말했다.

"나는 당신에게 의심을 품은 일도 없지만, 만일 의심 같은 감정이 주인아주머니에게서 내게로 전염되었다면, 나는 그것을 기꺼이 털어 버리겠어요. 그리고 무릎 꿇고 당신에게 용서를 빌겠어요. 내가 아무리 욕설을 퍼붓는 여자라고 해도 이것만은 쭉 실행해 왔어요. 그러나 당신에게 비밀이 많다는 점에는 변함이 없어요. 당신은 돌아오셔도 곧바로 나가시곤 했는데, 어디서 오셔서 어디로 가는지 나는 모르고 있어요. 아까 한스가 문을 두드렸을 때만 해도 당신은 바르나바스의 이름을 부르셨어요. 나는 그 이유도 알 수 없거니와 당신은 그 지긋지긋한 이름을 아주 정답게 부르셨지요. 단 한 번만이라도 나는 당신이 내 이름을 그렇게 정답게 불러 주셨으면 했어요. 당신이 나를 조금도 믿어 주시지 않는데 어째서 나는 당신에게 의심을 품어선 안 될까요? 나를 믿지 않는다는 것은, 나를 전적으로 주인아주머니에게 맡겼다는 증거예요. 당신의 태도는 주인아주머니의 말을 뒷받침하고도 남아요. 물론 모든 게 다 그렇다고 말하는 것은 아니에요. 당신이 하나에서 열까지 주인아주머니의 말을 뒷받침하고 있다고 그렇게 주장하는 것은 아니라고요. 좌우간 당신은 나 때문에 조수들을 내쫓으셨어요. 아, 당신의 모든 행동이나 말씀에 있어서 가령 그것이 나를 괴롭히는 것이라 하더라도 나는 나에게 유리한 점을 발견하기를 얼마나 바라고 있는지 그것을 알아주셨으면 좋겠어요."

"무엇보다도 프리다, 나는 당신에게 감추고 있는 것이 조금도 없어. 주인아주머니는 나를 무척 미워하고 있을 뿐만 아니라 나에게서 당신을 빼앗으려고 노리고 있어! 게다가 얼마나 비겁한 수단을 쓰는지 몰라! 프리다, 당신은 모든 걸 주인아주머니에게 얼마나 양보했느냐 말야! 내가 당신에게 그 무엇을 감추겠어? 내가 클람을 만나고 싶어하는 것은 당신도 알고 있잖아. 당신이 나를 도와서 클람과 면회시켜 주지 못하기 때문에 나 혼자 힘으로라도 하지 않으면 안 된다는 것을 당신도 잘 알고 있을 텐데. 그리고 지금까지 그것에 성공하지 못했다는 사실도 당신은 잘 알고 있을 거야. 이처럼 쓸데없는 시도만으로도 나는 충분히 몸서리 쳐지도록 자존심이 상하는데, 그것을 또다시 이야기함으로써 이중으로 자존심을 다치게 하고 싶은 거야? 클람의 썰매 옆에서 추위에 벌벌 떨며 오후의 기나긴 시간 동안 클람을 기다렸는데, 기다리다가 맥이 빠져 버린 이야기를 자랑 삼아 당신에게 이야기하라는 거야? 나로서는 더 이상 그런 일은 생각지 않아도 된다고 기뻐하면서 당신에게 돌아오는 거야. 그런데 당신은 나를 기다리고 있다가 내게서 그런 기억하고 싶지 않은 일을 억지로 상기시키려고 하지. 그리고 바르나바스가 뭐 어쨌다고? 그래, 나는 바르나바스가 오기를 기다리고 있어. 그는 다름 아닌 클람의 심부름꾼이야. 내가 그를 심부름꾼으로 쓴 일은 한 번도 없어."

K가 말했다.

"또 바르나바스예요!"

프리다가 외쳤다.

"그는 좋은 심부름꾼이 아니에요."

"아마도 당신의 말이 옳을지도 몰라. 하지만 그는 내게 파견된 단 하나의 심부름꾼이야."

K가 말했다.

"그렇다면 더욱더 나쁘군요. 그럴수록 그를 더욱 조심해야 해요."

"유감스럽게도 그는 지금까지 한 번도 그럴 만한 동기를 보여 주지 않았어."

K가 미소를 지으면서 말했다.

"그는 거의 오지도 않고, 또 온다 해도 가져오는 것이 신통치 않아. 다만 그것이 클람에게서 직접 나왔기 때문에 가치가 있을 뿐야."

"그렇지만 당신의 목표는 결코 클람이 아니에요. 나는 그 점이 가장 불안해요. 당신은 언제나 나를 제쳐 놓고 클람과 면회하려고 하시는데 그게 나빠요. 그리고 지금은 클람에게서 멀어지는 것 같은데 그것은 더 나쁜 일이에요. 주인아주머니가 전혀 예상도 하지 못했던 일이지요. 주인아주머니의 말에 따르면 내 행복은—정말로 행복인지 아닌지 의심스럽기는 하지만, 그러나 확실히 맛보고 있는 이 행복은—당신이 클람에 대한 희망이 수포로 돌아갔다고 결정적으로 깨닫는 날 끝나는 거래요. 그런데 당신은 벌써부터 그런 날이 오기를 기다리고 있잖아요. 갑자기 어린아이가 들어오니, 당신은 그 애의 어머니를 손아귀에 넣으려고 그 애와 다투기 시작했어요. 마치 생존하는 데 필요한 공기를 얻으려고 하는 것처럼."

프리다가 말했다.

"당신은 내가 한스와 이야기한 내용을 죄다 알아들었군. 사실이 그래. 그러나 당신의 과거 모든 생활을 송두리째 심연 속으로 떨어지게 하고(물론 주인아주머니는 제외하고 말이야. 주인아주머니는 떼밀려서 함께 심연 속으로 떨어질 여자는 아니니까.) 앞으로 나아가기 위해서는 투쟁을 겪지 않으면 안 된다는 사실을, 훨씬 아래에서 올라오는 경우에 특히 그렇다는 사실을, 그런 사실들을 당신이 잊어버린 것은 아닐까? 조금이라도 희망이 있는 것이라면 모두 이용해 봐야 하는 것 아냐? 내가 이곳에 도착한 날, 나는 여기저기 헤매던 끝에 라제만에게 잘못 찾아갔지. 그때 그 부인이 말하기를 자신은 성에서 왔다고 했어. 그렇게 말하는 사람에게 충고나 원조를 구하는 것보다 더 절실한 일이 있을까? 주인아주머니가 클람과 만나는 것을 방해하는 모든 장애에 대해 아주 잘 알고 있다면 이 부인은 아마도 거기에 이르는 길을 알고 있을 거야. 자기 스스로 그 길을 통해 성에서 내려왔으니까."

K가 말했다.

"클람에게 이르는 길 말인가요?"

프리다가 물었다.

"물론 클람에게로 통하는 길이지. 대체 그거 말고 어디로 가는 길이 있겠어."

K가 말했다. 그러더니 그는 펄쩍 뛰어 일어나서,

"자, 일분일초도 우물쭈물할 수가 없어. 점심 식사를 가지러 갈 시간이야!"

하고 외쳤다. 프리다는 이곳에 있어 달라고 정도에 지나칠 정도로 K에게 간청했다. 그가 여기에 남아 있어야만 비로소 그가 지금까지 위로해 준 말이 증명된다는 눈치였다. 그러나 K는 프리다에게 남자 선생을 상기시키며, 지금 당장이라도 천둥처럼 요란한 소리를 내며 활짝 열릴지도 모르는 문 쪽을 가리켰다. 그리고 곧 돌아오겠다는 약속과 함께 자기가 돌아와서 하겠으니 난로에 불을 지피지 않아도 좋다고 그녀에게 말했다. 마침내 프리다는 잠자코 그의 말에 따랐다. K는 밖으로 나와 눈 위를 터벅터벅 걸어갔다. 이미 훨씬 전에 길 위에 쌓인 눈을 치워야만 했는데 여태껏 치우지 않은 것을 보고 스스로 깜짝 놀랐다. K는 울타리 옆에서 조수 하나가 죽은 사람처럼 녹초가 되어 축 늘어진 채 달라붙어 있는 꼴을 보았다. 한 명밖에 눈에 띄지 않는데 또 한 명은 어디로 갔을까? 그렇다면 적어도 한 사람은 K의 압력에 견디다 못해 도망친 걸까? 물론 뒤에 남은 조수는 아직도 상당히 열성을 띠고 있었다. 이 조수는 K를 보자마자 숫기 좋게 팔을 쑥 내밀기도 하고, 안타까운 듯이 눈을 부릅뜨기도 했는데 그 모양만 봐도 그 열성을 짐작할 수가 있었다.

"저자의 고집은 찬양할 만하군!"

K는 혼잣말로 중얼거렸으나 이렇게 덧붙여서 말하지 않을 수 없었다.

"그렇게 고집을 부리다가는 울타리에서 얼어 죽어!"

K는 노골적으로 조수에게 주먹을 쑥 내밀고 가까이 와서는 안 된다고 위협했으나 그것은 단지 태도만 그랬을 뿐이었다. 그러자 조수는 겁을 집어먹고 뒤로 슬슬 물러갔다. 그때 마침 프리다가 창문을 열었는데 그것은—이미 K와 상의한 일이었지만—불을 피우기 전에 실내를 환기시키기 위함이었다. 조

수는 곧 K를 단념하고 은근한 태도로 가만히 창 옆으로 다가섰다. 프리다는 조수에게는 정다운 표정으로, K에게는 어쩔 줄 몰라하는 난처한 표정으로 얼굴을 찌푸리더니 위에 있는 창문에서 손을 흔들었다. 그것이 조수를 쫓으려는 것인지 K에게 인사하려는 것인지는 알 수가 없었다. 그러나 프리다가 손을 흔드는 것을 보고 조수가 당황해서 창으로 접근하기를 주저하는 기색은 없었다. 프리다는 재빨리 덧문을 닫았다. 그러나 그녀가 창문 옆을 떠난 것은 아니었고 창문 뒤에서 문고리를 잡은 채 고개를 갸우뚱 한쪽으로 기울이며 눈을 부릅뜨고 어색한 미소를 띠고 있었다. 그녀가 그런 태도를 취하면 그것이 조수를 무섭게 하기는커녕 오히려 자기에게 마음이 끌리게 하는 결과가 된다는 사실을 그녀는 알고 있을까? 그러나 K는 더 이상 뒤를 돌아보지 않았다. 그보다는 차라리 빨리 갔다가 빨리 와야겠다는 생각뿐이었다.

15

 마침내 어둠이 꽤 짙어졌다. 퍽 늦은 오후였던 모양이다. K는 학교 정원에 쌓인 눈을 쓸어 길 양쪽에 높이 쌓아 올리고 단단하게 굳히기 위해 두드렸다. 이것으로 오늘 일은 끝난 셈이다. 그는 정원 문 옆에 서서 주위를 둘러보았으나 사람이라곤 하나도 보이지 않았다. 조수는 이미 몇 시간 전에 쫓겨났고 그는 상당히 멀리까지 쫓겨 갔다. 조수는 정원과 오두막 사이의 어느 곳에 숨어 버렸는데 찾아낼 수도 없었으며 그 후로는 완전히 자취를 감추고 말았다. 프리다는 교실 안에 있었다. 세탁을 하고 있거나 그렇지 않으면 여전히 기이자 양의 고양이를 씻기고 있을 것이다. 기이자 양이 프리다에게 이 일을 맡긴 것은, 그녀로서는 프리다를 대단히 신뢰하고 있다는 사실을 나타낸 것이었다. 물론 그것은 구미에 당기지 않는 부적당한 일이었다. 여러 가지로 일을 게을리 해 왔기 때문에 기이자 양에게 은혜를 베풀어 줄 수 있는 기회는 모조리 이용하는 것이 낫겠다고 생각했기 때문이지, 그렇지 않았다면 이런 일을 프리다가 맡는 것을 보고 K는 잠자코 있지 않았을 것이다. 기이자 양은 K가 다락방에서 어린이 목욕통을 가져와서 물을 데우고, 나중에는 고양이를 목욕통 안에 조심스럽게 넣는 것을 보고 흡족한 듯 쳐다보았다. 기이자 양은 고양이를 완전히 프리다의 손에 맡겨 버렸다. 왜냐하면 K가 마을에 도착한 첫날 저녁에 만난 바 있는 쉬바르처가 찾아와서, 그날 밤에 빚어낸 공포의 감정과 소사에게 어울리는 멸시의 감정이 섞인 그런 표정으로 K에게 인사한 다음 기이자 양과 함께 다른 교실로 가 버렸기 때문이다. 지금도 두 사람은 여전히 그곳에 있었다. 교반관에서 K가 소문으로 들은 바에 의하면, 쉬바르처는 집사의 아들로 기이자 양에게 반해서 이미 오랫동안 마을에 살고 있으며, 여러 가지 연고 관계를 통해 마을에서 조교원(助敎員)이라는 자리를 얻었다. 그러나 그가 그 직책을 어떻게 완수하고 있느냐 하면, 기이자 양의 수업 시간에 결석한 적이 없고 다른 아이들 사이에 섞여 아동용 의자에 앉아 있거나, 그렇지 않으면 기꺼이 기이자 양의 발치나 교단에 앉아 있거나 한다는 것이었다. 그렇다고 이것이 수업에 방해가 되었느냐 하면 조금도 그렇지 않았다. 이미 오래 전부터 어린이들은 이 습관에 젖어 있었기 때문이다. 이처럼 익숙해진 것도 쉬바르처가 어린이들에 대해 애정이나 이해를 가져서가 아니라, 오히려 어린이들과 아무런 말도 하지 않고 단지 기이자 양의 체조 시간만을 맡아할 뿐이며 그 밖에는 기이자 양 가까이에서 그녀와 같은 공기를 마시고 그녀의 체온을 느끼면서 생활하는 것에 만족하고 있었던 만큼 아마도 더욱 그렇게 되기가 쉬웠을 것이다. 이 사람의 가장 큰 기쁨은 기이자 양 옆에 앉아서 어린이들의 연습장을 고쳐 주는 일이었다. 오늘도 두 사람은 이 일을 하고 있었다. 쉬바르처는 공책을 산더미처럼 가져왔으며 남자 선생은 언제나 자기 책임량까지도 이 두 사람에게 시켰다. 그래서 해가 남아 있는 동안에는 이 두 사람이 창가의 작은 책상에 앉아서 서로 머리를 맞대고 함께 일하는 광경을 볼 수 있었다. 이제 그곳에는 두 개의 촛불만이 가물거릴 뿐이었다. 이 두 사람을 맺어 주는 것은 진지하고도 말없는 사랑이었다. 이 사랑에서 주도권을 잡고 이끌어 나가는 것은 바로 기이자 양 쪽이었다. 그녀의 둔하고도 답답한 성격은 난폭해져서 모든 한계를 넘는 일이 많았으나, 장본인인 그녀도 이런 경우에 다른 사람이 자신과 비슷한 짓을 했으면 결코 그것을 그냥 보아 넘기지는 못했을 것이다. 그래서 활발한 쉬바르처도 그것에 보조를 맞추어 천천히 걸었고, 느리게 말했으며, 되도록 침묵을 지키지 않으면 안 되었다. 그에게는 단지 기이자 양이 잠자코 자신의 눈앞에 있다는 사실만으로 모든 보상을—이것은 누가 보아도 분명한 일이지만—충분히 받고도 남았다. 그런데 어쩌면 기이자 양은 그를 조금도 사랑하지 않는지도 모른다. 어쨌든 한 번도 깜박거리지 않는 것 같은 그녀의 동그란 잿빛 눈, 오히려 동공 속에서 회전하고 있는 것처럼 보이는 그녀의 눈은 그런 질문에 대해서는 아무런 대답도 하지 않았다. 다만 알 수 있는 것은 그녀가 별 이의 없이 쉬바르처를 달게 받아들이고 있다는 것뿐이었다. 그러나 그녀는 집사의 아들에게 사랑을 받는다는 것이 얼마나 영광스러운 일인지에 대해 분명히 이해하지 못한 것 같다. 쉬바르처가 그녀의 뒷모습을 좇건 말건 언제나 다름없이 침착하고 원기 왕성하고 풍만한 자태로 걸어다녔다. 여기에 대해 쉬바르처는 마을에 머물러 있어야만 하는 한결같은 희생을 그녀에게 바쳤다. 그를 데려가기 위해 늘 찾아오는 아버지의 심부름꾼을 그는 대단히 분개해서 돌려보내곤 했다. 그런 심부름꾼 때문에 성의 일이라든가 자식 된 도리를 순간적으로나마 상기하게 되는 것이 그의 행복을 몹시 그리고 치명적으로 방해한다고 느끼는 것 같았다. 그러나 사실 그에게는 자유로운 시간이 얼마든지 있었다. 기이자 양이 그 사람 앞에 나타나는 것은 보통 수업 시간과 연습장을 둘러볼 때뿐이었기 때문이다. 이것은 물론 그녀의 타산에서 나온 것이 아니라 안락한 생활을 좋아하는 그녀의 성격에서 나온 것이다. 그녀는 단지 자기 혼자 있는 것을 무엇보다도 좋아했으며, 집에 남아서 아주 편안한 기분으로 기다란 의자 위에―고양이가 있었지만 거의 움직일 수 없었으니 조금도 방해되지 않았다―드러누울 때 가장 행복해했다. 이리하여 쉬바르처는 하루의 대부분을 일도 하지 않은 채 시간을 보냈으나 그것이 또한 그에게는 좋았다. 그럴 때면 언제나 기이자 양이 살고 있는 '사자의 거리'라는 곳으로 찾아갈 수 있는 가능성이 있고, 사실 또 그 기회를 잘 이용하고 있었다. 그럴 때면 그는 기이자 양이 살고 있는 다락방으로 올라가서 언제나 쇠가 채워져 있는 문 앞에서 귀를 기울이고 그녀의 동정을 살피곤 했는데, 방 안이 언제나 알 수 없을 정도로 고요한 것을 확인하면 성급히 그곳을 떠나 버리곤 했다. 어쨌든 이런 결과로써 그도 가끔은—기이자 양과 함께 있을 때는 결코 그런 일이 없지만—순간적으로 고개를 쳐드는 관료적인 거만성을 우습게도 폭발시켰다. 그런데 그 관료적인 거만성이라는 것은 현재 그의 신분으로는 당치도 않은 것이었다. 그럴 때면 언제나 그다지 좋은 결과를 맺지 못했다. 이것은 K도 경험한 바 있는 사실이었다.

적어도 교반관에서는 화제의 내용이 존경할 만한 일이라기보다 오히려 우스운 일인 경우에도 모두들 존경하는 마음을 가지고 쉬바르처의 이야기를 했는데, 여기에는 놀라지 않을 수가 없었다. 기이자 양까지도 한몫 끼어서 이 존경하는 마음의 은전을 받게 되었다. 그런데도 불구하고 조교원인 쉬바르처가 K와 비교해서 굉장히 뛰어나다고 생각한다면 그것은 옳지 않다. 그런 우월성이란 존재하지도 않는다. 학교 소사라는 존재는 교원에게 있어서 더군다나 쉬바르처와 같은 교원에게 있어서는 대단히 중요한 인물이고, 이 사람을 멸시해도 벌을 받지 않는다는 것은 있을 수 없다. 만일 자신의 신분상 경멸의 태도를 보이는 것을 단념할 수 없다면, 적어도 이 사람에 대해서만은 상당한 답례를 가지고 만족시켜야 한다. K는 때때로 그렇게 생각해 보았다. 쉬바르처는 K와 만난 첫날밤 이래 K에게 빚을 지고 있는 형편이다. 그 다음 날 이후의 경과로 볼 때 쉬바르처의 이런 대접은 본래 정당하다고 할 수 있지만 그렇다고 빚이 줄어든 것은 아니다. 왜냐하면 동시에 잊어서는 안 되는 일이 있기 때문이다. 쉬바르처의 그런 대접은 아마도 거기에 따르는 모든 것에 대해 나아가는 방향을 가리키고 있는 것인지도 모른다. 아주 어리석기 짝이 없는 일이지만 쉬바르처 덕분에 이곳에 도착한 처음부터 이미 관청의 주의가 전적으로 K에게 쏠리게 되었다. 그 당시 K는 이 마을의 사정에 대해 전혀 모르는 데다가 아는 사람조차 없었으며 도망갈래야 도망갈 곳도 없었을뿐더러, 머나먼 길을 걸어왔기 때문에 몸이 녹초가 되다시피 축 늘어졌으며 아무에게도 의지할 길 없이 저 짚단 위에 드러누웠으니, 관청의 손이 K에게로 뻗쳐 와도 막을 길조차 없었다. K의 도착이 하룻밤이라도 늦었더라면 만사가 다른 모양으로, 즉 반은 조용히 비밀리에 진행되었을 것이다. 좌우간 누구 하나 K에 관해서는 아무것도 몰랐을 것이며, 의심도 품지 않았을 것이다. 적어도 그를 방랑하는 놈이라고 생각하고 하룻밤 자기 집에 재우는 것쯤 그렇게 까다롭게 굴지도 않았을 것이다. 그리고 쓸모 있고 믿을 만한 젊은이라는 평을 받았을 것이며, 그 소문이 이웃간에 퍼져서 틀림없이 누구 집의 하인으로라도 들어갔을지 모른다. 물론 그 소문을 관청에서 모르고 지나칠 리 없었겠지만 K 때문에 중앙 사무국의 전화통 옆에 있던 누군가는 한밤중에 억지로 일어나 당장 결정하라는 요구를 당했고, 그 요구는 겉으로는 겸손한 말투였지만 사실은 귀찮고 무자비한 요구였다. 더군다나 그런 짓을 한 것은 바로 성 사람들이 모두 싫어하는 쉬바르처였다. 이렇게 일이 틀어지는 대신에 K가 그 다음 날 면장의 집무 시간에 그를 찾아뵙고, 사실은 이곳에 처음 온 나그네로서 마을의 어떤 사람 집에 묵고 있으며 다음 날 다시 떠날 것이라고 그럴듯하게 신고했다면 더 나았을 것이다. 단지 후자의 경우 전혀 있을 수 없는 사태가 벌어져서 K가 이곳에서 일자리를 구하는 일은 없을 것이라는 조건이 붙어 있다. 일자리를 구하는 것은 단지 이삼 일이면 된다. 더 이상은 이곳에 머무를 생각도 하지 않았기 때문이다. 쉬바르처만 없었다면 아마도 그렇게 되었을 것이다. 그때에도 관청은 계속해서 이 안건을 취급했을 테지만 상대의 초조함—관청으로서는 이것이 가장 참을 수 없지만—에 의해 조금도 방해를 받지 않고, 조용히 관청의 관례에 따라 일을 처리했을 것이다. 그렇게 따지고 보면 사실 K에게는 죄가 없고 쉬바르처에게만 죄가 있게 된다. 그러나 쉬바르처는 집사의 아들이고 적어도 표면상으로는 정당하게 행동했으므로 K만 곤경스럽게 되었다. 그리고 이 모든 어리석은 일에 대한 원인을 살펴보건대, 어쩌면 그날 애인인 기이자 양의 기분이 나빴기 때문일 수도 있다. 그래서 그날 밤 쉬바르처는 잠을 이루지 못하고 여기저기 쏘다니다가 결국 K에게 화풀이를 한 것일 수도 있다. 물론 다른 관점에서 본다면, 쉬바르처의 이런 행동 때문에 K가 덕을 봤다고 할 수도 있다. 오로지 이 덕분에 K는 혼자서 도저히 달성할 수도 없고 달성하려고 마음먹지도 못했던 일, 그리고 관청 측에서도 거의 인정하지 않았을 것 같은 일, 물론 대체로 이런 일은 관청에서 가능한 한도가 있지만 어쨌든 K는 처음부터 수단을 부리지 않고 공공연히 맞서 당당하게 되었다. 그러나 그것은 좋지 못한 선물이었다. 이 때문에 K는 여러 가지 거짓말을 하거나 남모르게 감출 필요도 없게 되었지만, 어쨌든 K는 거의 무방비 상태로 전투에서 불리한 입장에 서게 되었다. 이렇게 생각해 보면 낙담하게 되겠지만, 그것을 자위라도 하듯 K는 혼자 중얼거렸다. 관청과 K와의 힘의 차이는 유감스럽게도 굉장히 큰 것이어서, K가 아무리 거짓말을 하고 모략을 쓴다고 해도 사실 그 어마어마한 차이를 K에게 유리하도록 단축시킬 수는 없다. 그러므로 이것은 K가 스스로 위안을 느끼는 공상에 지나지 않았다. 쉬바르처는 여전히 빚을 지고 있었다. 그 당시 그는 K에게 손해를 입혔으므로 아마도 가까운 장래에 K를 도와줄 수 있을지도 모르겠다. K는 앞으로도 사소한 일, 즉 모든 일의 전제 조건에 있어서 조력이 필요할 것이다. 그 점에 있어서 바르나바스는 아무런 도움도 안 될 것처럼 보였다.

K는 상황을 살피기 위해 바르나바스의 집으로 가고 싶었지만 프리다를 고려해서 하루 종일 머뭇거렸다. 프리다가 보는 앞에서 바르나바스가 방문하지 않도록 지금까지 바깥에서 일하고 있었으며, 일이 끝난 다음에도 바르나바스가 오지 않을까 기다렸지만 그는 나타나지 않았다. 이제 바르나바스의 누이들에게 가 보는 수밖에 다른 도리가 없었다. K는 잠깐 동안만 바르나바스의 안부를 묻고는 다시 돌아올 생각이었다. 그는 눈 속에 삽을 그대로 꽂아 놓고 달려갔다. 헐레벌떡 바르나바스의 집에 도착한 K는 노크를 한 후 곧바로 문을 열어젖혔다. K는 안의 상황을 보지도 않고 물었다.

"바르나바스는 아직도 돌아오지 않았습니까?"

그때 비로소 깨달았지만 올가는 자리에 없었고, 노부부만이 먼저와 마찬가지로 문에서 훨씬 떨어진 어슴푸레한 어둠 속에 앉아 있었으며, 문에서 무슨 일이 일어났는지 확실히 알지도 못한 채 K를 향해 천천히 얼굴들을 돌렸다. 마지막으로 눈에 띈 것은 난로 옆 기다란 의자 위에서 이불을 덮고 누워 있던 아말리아가 K의 모습을 보고 깜짝 놀라 일어나더니 마음을 가라앉히기 위해 이마에다 손을 대고 있는 모습이었다. 올가가 이곳에 있다면 곧바로 회답을 받고 돌아갈 수 있었을 테지만, K는 어쩔 수 없이 두서너 걸음 아말리아에게 다가가서 손을 내밀며―그녀는 아무 소리 없이 그의 손을 잡고 악수했다―들떠 있는 양친이 걸어 나오는 일이 없도록 해 달라고 그녀에게 부탁했다. 그녀는 두서너 마디 하더니 K의 부탁에 따랐다. 아말리아의 말에 따르면 올가는 마당에서 장작을 패고 있고, 아말리아는 몹시 피곤해서―그 이유는 별로 대지 않았지만―잠시 드러누워 쉬는 중이었으며, 바르나바스는 아직 돌아오지 않았으나 성에서 묵는 일은 절대로 없으니까 곧 올 것이라고 했다. K는 여러 가지를 알려 준 데 대해 고맙다고 인사했다. 이제는 돌아가도 상관이 없었다. 그런데 아말리아가 그래도 올가가 돌아올 때까지 기다려 보지 않겠느냐고 묻기에 K는 유감스럽지만 시간이 없다고 대답했다. 그러자 아말리아는 오늘 올가와 이야기를 나누었는지에 대해서 물었다. 그는 놀라서 아니라고 대답하고, 올가가 자기에게 특별히 전할 말이라도 있느냐고 물어보았다. 이말리아는 약간 기분 나쁘다는 듯이 입을 일그러뜨리고 잠자코 고개를 끄덕거리더니—그것은 확실히 작별의 표시였다—또다시 드러누워 버렸다. 그녀는 누워서 그가 아직 그곳에 있는 것이 자못 이상스러운 듯 살펴보았다. 그녀의 눈초리는 언제나 다름없이 차고 맑았으며 움직이지 않았다. 그 눈초리는 쳐다보는 목표에 곧장 집중되는 것이 아니라—사람의 마음을 어지럽게 했다—거의 깨달을 수 없을 정도였지만 의심할 여지도 없이 목표를 스쳐서 지나가는 것이었다. 이것은 무기력하기 때문도 아니고 동시에 당황하거나 성실치 못한 때문도 아니었으며 다른 모든 감정을 능가하는 끊임없는 고독에 대한 갈망 때문인 것 같았다. 이 고독에 대한 갈망은 이렇게라도 하지 않으면 스스로도 의식하지 못했을지 모른다. K는 자신이 이곳에 처음 도착했던 날 저녁에도 마음이 이 눈초리에 쏠렸던 사실이라든가, 이 가정이 주는 불쾌하기 짝이 없는 인상의 모든 것이 틀림없이 이 눈초리—눈초리 자체는 불쾌한 것이 아니었지만 거만하고 타협하지 않는 표정 속에서도 진실성을 띠고 있었다—때문인 듯했다.

"아가씨는 언제나 슬퍼 보이는군요. 아말리아, 무슨 고민이라도 있나요? 말할 수 없어요? 나는 여태까지 당신 같은 시골 아가씨를 본 적이 없어요. 그걸 확실히 깨달은 것은 오늘이고, 그것도 바로 지금이에요. 아가씨는 이 마을 출신인가요? 이 마을에서 나셨나요?"

K가 말했다. 아말리아는 K가 단지 마지막 질문만을 한 것처럼 그렇다고 대답했다. 그러고 나서,

"선생님은 올가를 기다리시는 거죠?"
하고 말했다.
"무엇 때문에 자꾸 똑같은 질문을 되풀이하시나요? 나는 여기 오랫동안 있을 수가 없어요. 집에서 약혼자가 기다리고 있으니까."

K가 말했다. 아말리아는 팔꿈치를 괴고 몸을 의지했다. 그리고 약혼자에 대해서는 아무것도 모른다고 말했다. 프리다의 이름을 댔으나 아말리아는 프리다를 알지 못했다. 그녀는 올가가 그 혼인에 대해서 아느냐고 물었다. K는 알고 있을 거라고 생각한다며, 이미 K가 프리다와 함께 있는 것을 올가가 보았을 뿐만 아니라 이 소문이 마을에 퍼졌다고 대답했다. 그러자 아말리아는 K에게 다음과 같이 확언했다. 올가는 그것에 대해 알지 못할 것이며, 그 말을 들으면 대단히 슬퍼할 것이라고. 올가는 K를 사랑하고 있는 것 같다고. 물론 올가 언니는 수줍음이 많아서 솔직히 그런 말은 하지 않았지만 애정이란 건 무의식중에 은근히 알게 되는 것이라고. K는 아말리아가 잘못 생각하고 있다며 확언했다. 아말리아는 미소를 지었다. 이 미소에는 슬픔이 깃들어 있었으나 곧 심란하게 찌푸린 얼굴에 명랑한 기색을 띠면서 침묵을 깨뜨리고 말했는데, 서먹서먹했던 태도를 다정한 태도로 고치고 비밀을 털어 놓는 것이었다. 이것은 지금까지 소중히 지켜 오던 소유물—물론 다시 찾지 못하는 것은 아니지만 그러나 전부를 찾을 수는 없는 소유물—을 포기하는 것이나 다름없었다. 아말리아는 자기가 잘못 생각한 게 아니라고 말했다. 계속해서 그녀는 자

신은 여러 가지 일들을 알고 있으며, K가 올가에게 호의를 품고 이곳에 찾아오는 것도 바르나바스의 편지를 구실로 삼고 있긴 하지만 사실은 올가 때문이라는 것을 안다고 했다. 또 자신은 모든 것을 알고 있으니까 그렇게 거북하게 생각지 말고 종종 놀러와도 좋다고 했다. 이 이야기만은 K에게 할 생각이었다고 아말리아는 말했다. K는 고개를 흔들면서 자신은 이미 약혼했다고 말했다. 아말리아는 이 약혼에 대해 그다지 중요하게 생각하는 것 같지 않았다. 설령 약혼했다고 하더라도 지금 혼자서 그녀 앞에 오뚝 서 있는 K의 직접적인 인상이 그녀에게는 결정적이었다. 다만 그녀는 겨우 이삼 일 전에 도착한 당신이 대체 언제 그 아가씨와 사귀게 되었는지 물을 뿐이었다. K는 신사관에서 있었던 그날 저녁에 관해 이야기했다. 아말리아는 그 말에 대해 그때 자신은 K를 신사관으로 데리고 가는 데 대해 절대 반대했었다고 짧게 말했다. 그녀는 올가를 증인으로 불렀다. 때마침 한쪽 팔에 장작을 잔뜩 안고 올가가 들어왔다. 찬바람을 쐰 탓에 뺨이 붉고 원기 왕성한 모습이었다. 일을 했기 때문인지 일전에 방 안에서 우울하게 서 있던 모습과 비교해 보면 완전히 변한 모습이었다. 그녀는 장작을 내동댕이치고 순진하게 K에게 인사하더니 곧 프리다에 관해 물었다. K는 아말리아에게 눈짓을 했으나, 그녀 쪽에서는 K가 자신의 말을 반박하고 있는 것으로 생각지 않는 모양이었다. 그런 모습을 보자 K는 좀 기분이 이상했는지 프리다에 관해 보통 때보다도 더 자세하게 이야기를 하고는 그녀가 학교에서 곤란한 생활을 하면서도 그 어려운 조건을 극복하며 그럭저럭 살림을 맡아하고 있다는 이야기를 성급히 하느라—곧 집으로 돌아가기 위해—작별 인사를 한다는 것이 그만 자매에게 꼭 한 번 놀러 오라고 초대하고 말았다. 그 순간 K는 깜짝 놀라 말문이 막혔지만 아말리아는 그에게 입을 열 일각의 시간 여유도 주지 않고 찾아가겠다고 대답했다. 올가도 한몫 끼지 않을 수 없게 되자 그녀는 자기도 찾아가겠다고 말했다. K는 빨리 작별해야 한다는 생각에 마음이 조급해진 데다가 아말리아의 시선을 받자 불안한 기분에 사로잡혀 더 이상 꾸며 댈 생각도 하지 않고 사실을 고백해 버렸다. 지금 자신이 초대를 하긴 했지만 그것은 잘 생각해 보지도 않고 개인적인 감정에서 순간적으로 튀어나온 말이며, 유감스럽게도 이 초대가 꼭 성사될지는 알 수 없다고 말했다. 왜냐하면 K로서는 도무지 알 수 없는 일이지만, 아말리아와 프리다 사이에 큰 반목이 존재하고 있기 때문이라고 말했다.

"반목은 아니에요."

아말리아는 긴 의자에서 일어서서 담요를 자기 뒤로 던지며 말했다.

"그것은 그렇게 큰 사건은 아니에요. 세상 사람들의 말을 그대로 되풀이하는 데 지나지 않아요. 자, 빨리 가세요! 약혼자가 있는 곳으로 가시라니까요! 대단히 바쁘시겠어요! 우리의 방문에 대해서는 걱정하실 필요 없어요. 처음부터 장난삼아 말했을 뿐이니까요. 그러나 선생님은 종종 이곳에 놀러 오세요. 당신이 오신다고 해서 일이 잘못되지는 않을 거예요. 심부름꾼인 바르나바스에게 볼일이 있어서 왔다고 핑계를 대시면 되잖아요. 선생님이 거리낌 없이 올 수 있도록 말해 볼까요? 사실 바르나바스가 선생님께 전할 소식을 성에서 가져온다고 해도 그것을 선생님에게 알리기 위해 학교까지 갈 수는 없어요. 바르나바스는 그렇게 쏘다닐 시간이 없어요. 말하자면 불쌍한 청년이지요. 그는 언제나 심부름하느라고 기진맥진해 있으니까, 선생님께서 직접 통지를 받으러 오시지 않으면 안 될 거예요."

K는 지금까지 아말리아가 이처럼 조리 있게 오랫동안 말하는 목소리를 들어 본 적이 없었다. 이야기하는 투도 보통 때와는 달랐다. 일종의 거만한 태도가 엿보였는데, 그것은 K뿐만 아니라 아말리아에 대해 샅샅이 잘 알고 있는 그녀의 언니까지도 느낀 모양이었다. 올가는 조금 떨어진 곳에서 두 손을 무릎 위로 내려뜨리고 언제나 하던 버릇대로 발을 약간 벌려서 몸을 앞으로 기울인 채 서 있었다. 눈은 아말리아에게 향해 있었으나 아말리아는 K의 얼굴만을 바라보았다.

"내가 바르나바스를 진심으로 기다리고 있지 않다고 생각한다면 그건 큰 착각이에요. 관청과의 사이에 산재해 있는 여러 가지 문제를 해결하는 것이 내 최대의 소원이자 유일한 소원이니까요. 나는 그 일을 바르나바스가 도와줄 것이라고 기대하고 있어요. 물론 그가 내게 커다란 실망을 안겨 준 적도 있지만 그것은 그의 탓이라기보다는 내 탓이 더 컸어요. 더군다나 그 일은 내가 처음 이곳에 도착했을 당시의 어수선 속에서 일어났으니까요. 그날 저녁, 나는 잠깐 동안 산책하면서 무엇이든 쉽게 해결할 수 있으리라 생각했어요. 그래서 불가능한 일이 가능해졌을 때도 그의 잘못이라고 원망할 지경이었지요. 아가씨네 집안이라든가 두 분 아가씨에 대한 내 인상에도 그런 요소들이 영향을 미쳤어요. 그건 다 이미 지나간 일들이고 지금은 아가씨들을 전보다 더 잘 이해하고 있다고 생각해요. 뿐만 아니라 아가씨들은……."

K는 여기서 적당한 말로 표현하려고 애썼으나 금방 머리에 떠오르질 않자 임시의 말로 만족하면서,

"아가씨들은 내가 지금까지 알고 있는 범위 내에서는 아마도 이 마을의 어느 누구보다도 마음씨가 고와요. 하지만 아말리아는 바르나바스가 하는 일을 경시하는 것이 아니라 해도 어쨌든 그가 나에게 지닌 중대한 뜻을 경시함으로써 은근히 내 머릿속을 어지럽히고 있어요. 아마도 아가씨는 바르나바스가 하는 일에 대해서 자세히 모를 거예요. 그렇다 하더라도 상관은 없는 것이고, 더 이상은 캐어묻지 않기로 합시다. 하지만 아마도 아가씨는 잘 알고 있을 텐데―오히려 나는 그런 인상을 받아요―그렇다면 그것은 옳지 않아요. 왜냐하면 아가씨의 오빠가 나를 속이고 있다는 뜻으로 해석할 수도 있으니까요."

하고 말했다.

"진정하세요. 나는 몰라요. 그런 것에 간섭해서 사정을 캐보자고 내 마음을 움직이게 하는 것은 아무것도 없어요. 선생님을 위해서 여러 가지로 돌봐 드린다고는 하지만, 그렇다고 선생님을 고려해서 그렇게 해 보자고 마음이 동하는 일은 없어요. 왜냐하면 선생님 말씀대로 우리는 마음씨가 고우니까

요. 어쨌든 올바른 일이라면 오빠에게 맡겨 두세요. 내가 오빠가 하는 일에 대해 아는 것이라고는, 듣기도 싫은데 가끔씩 귀에 들려오는 소문뿐이에요. 하지만 올가는 선생님에게 무엇이든 알려 드릴 수 있을 거예요. 올가는 오빠와는 아주 잘 통하는 사이니까요."

아말리아는 이렇게 말하고 나서 양친에게 다가가 무언가를 속삭이더니 이내 부엌으로 사라져 버렸다. K에게 작별 인사도 하지 않고 가 버린 것이다. 그녀의 태도를 보면 K가 계속해서 이곳에 머무를 것이므로 작별 인사 따위는 필요 없다고 생각하는 듯했다.

16

 K는 약간 놀란 표정으로 남아 있었는데, 올가는 그런 그를 웃으면서 난로 옆의 긴 의자로 그를 끌고 갔다. 그녀는 이제야 비로소 K와 단둘이 앉아 있게 된 것을 행복하게 여기는 듯했다. 그것은 분명 평화스러운 행복이었고 질투의 감정으로 말미암아 흐려지는 것은 아니었다. 질투의 감정과 거리가 멀다는 것과 따라서 아무런 거북함이나 가혹함도 없다는 것이 K로서는 기분이 좋았다. 그는 올가의―유혹하거나 거만하지 아니하고 수줍어하며 조용히 참고 있는―푸른 눈을 기꺼이 들여다보았다. 프리다와 안주인의 경고를 들어 왔던 탓에 이곳에서의 모든 일에 대해 마음이 보통 때보다 너그러울 것은 없었지만 확실히 그는 보다 주의 깊고 예민해진 것 같았다. 그는 올가가 왜 하필 아말리아에게 마음씨가 곱다고 했는지, 아말리아는 여러 가지 성격을 갖고 있지만 마음씨가 곱다고

는 도저히 말할 수 없다고 말했을 때 기분 좋게 웃었다. 거기에 대해 K는 이렇게 설명했다. 마음씨가 곱다는 찬사는 당연히 올가에게 어울리는 것이라고. 아말리아는 너무나 거만해서 자기 앞에서 말하는 소리를 모조리 자기 것으로 소유해 버릴 뿐 아니라 모두들 자발적으로 무엇이든 그녀에게 나누어 주게 된다고.

"정말로 그래요."

올가는 약간 정색하면서 말했다.

"선생님이 생각하는 것 그 이상이지요. 나보다도 젊고 바르나바스보다도 어리지만 좋은 일이건 나쁜 일이건 간에 집안 살림을 도맡아서 결정권을 행사하는 것도 그 애예요. 물론 그 애는 장점이건 단점이건 다른 사람보다도 많이 가지고 있어요."

K는 지나친 과장이라고 생각했다. 뭐니 뭐니 해도 아말리아 자신이 이렇게 말하지 않았던가. 자신은 오빠 일에는 조금도 간섭하지 않으며 반대로 올가는 무엇이든 오빠 일에 관해 알고 있다고.

"그것을 어떻게 설명하면 좋을까요?"

올가가 말했다.

"아말리아는 바르나바스에 관한 일이나 나에 관한 일은 염두에도 없어요. 원래 그 애는 부모님 외에는 아무것도 걱정하지 않아요. 낮이건 밤이건 부모님만을 돌보고 있지요. 지금도 부모님이 좋아하시는 음식을 장만하기 위해 부엌으로 간 거예요. 부모님을 위해서라면 무리를 해서라도 일어나거든요.

그 애는 낮부터 몸이 불편해서 이 긴 의자에 누워 있었어요. 그 애는 나와 바르나바스의 일은 염두에 두지도 않지만 그래도 우리는 그 애를 나이 많은 언니나 누나처럼 의지하고 있어요. 만약 그 애가 우리한테 어떤 조언을 한다면 우리 남매는 그 조언을 따를 거예요. 하지만 그 애는 조언을 하지 않아요. 그 애 눈에는 우리가 남같이 보이나 봐요. 선생님은 이 사회에 대한 경험도 많으시고 타향에서 오셨는데, 그 애가 특별히 똑똑한 것처럼 보이지 않으시던가요?"

올가가 물었다.

"아말리아는……."

K가 말했다.

"특별히 불행한 사람처럼 보여요. 그러나 두 분이 그녀를 존경한다는 것과 바르나바스가 심부름꾼의 일을—아말리아가 확실히 멸시하고 있지만—한다는 것과 어떻게 일치할까요?"

"무언가 다른 일을 찾는다면 바르나바스 역시 심부름하는 일을 집어치울 거예요. 그 일에 조금도 만족하고 있지 않으니까요."

"바르나바스는 솜씨 좋은 구두 수리공이잖습니까?"

K가 물었다.

"그래요. 바르나바스는 부업으로 브룬스비크의 일을 돕고 있어요. 밤낮으로 일이 있으니까 마음만 먹으면 수입도 충분해요."

올가가 말했다.

"그렇다면 심부름하는 일에 대해 보충이 될 텐데요."

K가 말했다.

"심부름에 대한 보충이라고요? 돈 때문에 그 일을 맡았다고 생각하세요?"

올가가 깜짝 놀라서 물었다.

"그래요. 조금 전에 바르나바스가 심부름하는 일에 만족하지 않는다고 말했잖아요."

K가 말했다.

"네, 그래요. 그런데 거기에는 여러 가지 이유가 있어요. 그것은 성에 대한 봉사거든요. 적어도 일종의 봉사라고 할 수 있어요. 당연히 그렇게 생각해야 하는 거 아니에요?"

올가가 말했다.

"뭐라고요? 그런 일에도 여러분들은 의심을 품고 있나요?"

K가 물었다.

"아니에요. 사실은 그렇지 않아요. 바르나바스는 사무국에 가서 하인들과 대등한 교제를 하고 있어요. 또 관리 두서너 명을 맞이할 때도 그곳에 있을 뿐만 아니라 상당히 중요한 편지도 접수하고, 말로 전하지 않으면 안 되는 일까지도 맡고 있어요. 이것은 정말 대단한 일이에요. 그런 젊은 나이에 그만큼 출세했으니 우리로서는 그것을 자랑할 만하지요."

올가가 말했다. K는 고개를 끄덕거렸다. 집으로 돌아갈 생각은 하지도 않았다.

"전용 제복도 갖고 있나요?"

K가 물었다.

"그 윗도리 말인가요? 아녜요. 그것은 심부름꾼이 되기 전에 아말리아가 만들어 준 것이에요. 그런데 정말이지 선생님은 아픈 데를 따끔하게 찌르시는군요. 그는 이미 오래 전에 제복이 아니라—성에는 제복 같은 건 없으니까—관복을 정식으로 당당하게 받았어야 했어요. 그런 확약까지도 있었지요. 그런데 그 점에 있어서는 성 양반들의 동작이 아주 느리더군요. 불행히도 그 느린 동작이 대체 무엇을 뜻하는 건지 알아낸 사람은 없어요. 어쩌면 그것은 일이 관청식으로 처리된다는 것을 뜻하는 건지도 모르겠어요. 그게 아니면 관청은 아직 일을 시작조차 하지 않았고, 따라서 바르나바스에 관해서 지금이라도 시험해 보려는 의도를 갖고 있는 건지도 모르겠어요. 또 마지막으로 관청의 일은 이미 끝났으며, 어떤 이유로 인해 그 확약이 취소되어 바르나바스는 이제 관복을 지급받을 수 없다는 것을 의미하고 있는지도 모르겠고요. 더 이상 자세한 일은 알 수도 없고 안다고 해도 훨씬 나중에나 가능할 거예요. 선생님도 아시겠지만 속담에 이런 말이 있잖아요. 관청의 결정은 새색시처럼 수줍어하고 부끄러워한다고요."

올가가 말했다.

"참 멋진 관찰이군요."

K가 말했다. 그는 올가의 말을 올가보다 더 진지하게 해석했다.

"멋진 관찰이에요. 관청의 결정은 다른 점에서도 새색시 같은 성질을 띠고 있는 것 같아요."

"아마 그럴지도 몰라요. 선생님이 어떤 뜻으로 말씀하시는 건지는 모르겠지만 칭찬의 뜻으로 말씀하시는 거겠지요. 그런데 관복에 대해서 말하자면 그것이야말로 바르나바스의 걱정거리가 아닐 수 없어요. 우리 남매는 걱정을 함께 나누고 있으니까 그것은 동시에 내 걱정이기도 해요. 왜 관복을 지급받지 못하는지에 대해 우리는 서로에게 물어보지만 아무 소용도 없어요. 일이 그리 간단한 것이 아니에요. 관리들은 관복을 갖고 있지 않은 것 같아요. 이 마을에서 우리가 아는 바로는, 그리고 또 바르나바스의 말에 의하면 관리들은 아름다운 옷을 입고 다니기는 하지만 그것은 평상복이라고 하더군요. 어쨌든 선생님도 클람을 보셨지요? 그런데 바르나바스는 관리는 물론 가장 아래 계급에 속하는 관리도 아닐뿐더러 관리가 되려는 분에 넘치는 생각은 하지 않아요. 그러나 바르나바스가 그러는데 이 마을에서는 비교적 상급에 속하는 하인 역시―물론 그들의 모습은 볼 수 없지만―관복을 갖고 있지 않대요. 그렇다면 마음이 놓이지 않느냐고 사람들은 그렇게 생각할지 모르지만 그것은 거짓말이에요. 그런데 과연 바르나바스가 상급에 속하는 하인일까요? 아니에요. 아무리 그를 좋아하고 그의 편을 든다고 해도 그렇게 말할 수는 없어요. 상급 하인은 아니니까요. 그가 마을로 온다는 사실과 이곳에 살고 있다는 사실이 이미 그 반대의 증거지요. 상급 하인은 관리보다도 더 소극적이고 보수적인 태도를 취하고 있어요. 그것은 당연한 일일지도 모르겠고 어쩌면 그들이 오히려 다른 많은 관리들보다도 윗자리를 차지하고 있는 건지도 몰라요. 두서너 가지로 그것을 증명할 수도 있어요. 우선 그들은 그렇게 많이 일하지 않아요. 그리고 바르나바스의 말에 따르면 이처럼 특별히 몸집이 크고 강건한 사람들이 천천히 회랑을 걸어가는 광경은 정말로 장관이라고 해요. 바르나바스는 언제나 이들 옆을 따라 조심조심 걸어 다닌다는 거예요. 그러니 바르나바스가 상급 하인인지 아닌지는 이미 화제에 올릴 필요조차도 없어요. 그래서 하급 하인의 신분이라도 갖기를 소원하는데, 바로 이 사람들이 관복을 입고 있어요. 적어도 마을로 내려올 때는 그렇거든요. 정식 관복은 아니고 제각기 다른 점도 있지만 그래도 그 복장만으로 성의 하인이라는 걸 알 수 있어요. 그 복장의 특색은 대개가 몸에 착 들러붙는다는 점이에요. 농부나 직공에게는 그런 옷이 소용없을 거예요. 따라서 바르나바스는 그런 옷을 갖고 있지 않아요. 이것은 부끄럽다든가 불명예스러운 것은 아니에요. 차라리 그렇다면 참을 수도 있겠지만 특히 슬플 때는—바르나바스와 나는 그럴 때가 있지만—모든 것에 대해 의심을 품게 돼요. 바르나바스가 하는 일이 과연 성에 대한 봉사라고 할 수 있을까 하고 말이에요. 그럴 때면 우리는 질문을 하지요. 바르나바스는 분명 사무국으로 가요. 그런데 그 사무국이 과연 본래의 성일까요? 그리고 설령 사무국이 성에 속한다고 해도 바르나바스의 출입이 허가되어 있는 곳이 정말 사무국일까요? 어쨌든 그는 사무국으로 들어가요. 그러나 그것은 전체 사무국의 일부분에 지나지 않아요. 그 앞에는 울타리가 있고, 울타리 뒤에는 또 다른 사무국들이 많이 있어요. 그가 그 이상 가서는 안 된다고 금지되어 있는 것은 아니에요. 그러나 그가 자기 상관들을 만나고 상관들이 그를 붙들고 심부름을 시킨 다음 다시 파견하는 경우, 그는 더 이상 앞으로 뚫고 나갈 수가 없어요. 뿐만 아니라 그곳에서는 누구나가 끊임없이 감시당하고 있는데, 적어도 누구나 그렇게 생각하고 있어요. 그리고 가령 그가 앞으로 뚫고 나간다고 해도 그곳에서는 바르나바스가 아무런 공적인 일도 없는 일개 침입자에 지나지 않는다면 그것이 무슨 소용 있겠어요? 그렇다고 선생님은 이 울타리를 어떤 경계선으로 생각하시면 안 돼요. 바르나바스도 이 점을 언제나 내게 되풀이해서 주의시키고는 해요. 울타리는 그가 가는 사무국에도 있어요. 따라서 그가 통과하는 울타리도 있는 셈이고, 그 울타리가 아직 그가 넘지 못한 울타리와 다른 점은 없어요. 그러니까 바르나바스가 이미 들어가 본 적이 있는 사무국이 있는데, 그 사무국과는 본질적으로 다른 사무국이 마지막 울타리 뒤에 있다고 처음부터 생각해서는 안 돼요. 아까 말씀드린 바와 같이 단지 마음이 심란할 때면 그렇게 믿기도 하지만요. 그럴 때면 자꾸만 의심이 생겨서 막아낼 도리가 없어요. 바르나바스는 관리들과 이야기하고 심부름 거리를 얻어요. 그런데 과연 그들은 어떤 관리들이고 또 어떤 심부름일까요? 바르나바스는 자기가 말한 대로 클람에게 소속되어 있고 직접 그에게서 명령을 받아요. 정말 대단한 일이지요. 상급 하인에게도 그런 일은 일어나지 않으니 거의 과분한 특전이라고 할 수 있으니까요. 그래서 마음속으로 은근히 걱정되기도 해요. 클람에게 직접 배속되어 그와 서로 맞대면하며 이야기한다고 생각해 보세요. 그게 사실일까요? 네, 사실 그래요. 그런데 바르나바스는 왜 그곳에서 클람이라는 이름으로 불려지는 관리가 정말로 클람인지 의심을 품고 있을까요?"

올가가 말했다.

"올가, 농담하지 말아요. 클람의 외모에 대해서는 의심할 여지가 없어요. 그 사람의 외모에 대해서는 누구나 다 알고 있어요. 나도 직접 그를 본 적이 있어요."

K가 말했다.

"분명한 건 아니에요, K씨. 이건 농담이 아니라 나의 가장 진지하고도 심각한 걱정거리예요. 그렇다고 내 마음을 가볍게 하고 선생님의 마음을 무겁게 하기 위해서 이 이야기를 꺼내는 것은 절대 아니에요. 선생님이 바르나바스에 관해서 내게 물으셨고, 또 아말리아 역시 그 이야기를 하라고 했으며, 게다가 더 자세한 내막을 아시는 것이 선생님에게 도움이 될 것이라고 생각했기 때문에 말하는 거예요. 또 바르나바스를 위해서도 이야기하는 것이 더 나아요. 왜냐하면 선생님이 그에게 너무나 큰 기대를 걸지 않고, 그가 선생님을 실망시키지 않으며, 선생님이 실망하심으로써 그가 스스로 고민하는 일이 없도록 해야 하니까요. 그는 아주 신경이 예민해요. 지난밤에도 거의 잠을 이루지 못했는데, 그것은 어제 저녁 선생님이 그를 탐탁지 않게 여겼기 때문이에요. 선생님은 이렇게 말씀하셨다지요? 바르나바스 같은 심부름꾼밖에 없는 것이 불행하다고. 그는 그 말을 듣고 잠을 이루지 못했어요. 물론 선생님은 그가 얼마나 흥분했는지 깨닫지도 못하셨겠지요. 성의 심부름꾼은 자기 자신을 억제해야만 해요. 그런데 그 억제라는 것이 결코 쉬운 일은 아니며 선생님과의 관계에서는 더욱 그래요. 선생님 스스로는 그에게 과분한 일을 요구하고 있다고 생각지 않으실 거예요. 선생님은 자고로 심부름꾼의 사명에 대해 명확한 개념을 갖고 계시고, 그것에 의해 자신의 요구를 달아 보지요. 그러나 성에서는 심부름꾼의 사명에 대해 다른 생각을 갖고 있어요. 이것은 선생님이 생각하시는 것과는 일치하지 않아요. 바르나바스가 그 사명에 완전히 몸을 바치고 있다고 해도 마찬가지예요. 불쌍하게도 그는 사명에 대해 만반의 준비를 갖추고 있는 것처럼 보이지만요. 그가 하고 있는 일이 정말로 심부름꾼의 사명이라는 사실에 의심을 품지 않는다면 무조건 따라야 하고, 그것에 반대해서는 안 돼요. 더욱이 그것에 대해 의심스럽다는 말조차 입에 올려서는 안 되는 거예요. 만일 그가 그런 짓을 한다면 그것은 자신의 존재를 매장시키는 것과 다름없으며 자신이 지배받고 있는 율법을 유린하는 결과가 되어 버려요. 어떨 때는 내게도 솔직히 이야기해 주지 않아요. 내가 그에게 키스를 하거나 비위를 맞춰 준 후 비로소 의심하고 있다는 사실을 알게 되었는데, 그는 이야기해 버린 다음에도 경계를 해서 그 의심을 의심이라고 인정하지 않으려고 기를 쓰며 막고 있어요. 그리고 핏속에 아말리아와 무엇인가 통하는 게 있나 봐요. 그는 나를 완전히 신뢰하고 있지만 그렇다고 내게 모든 걸 터놓고 이야기하지는 않아요. 그러나 우리는 가끔 클람에 대해 상의하곤 해요. 나는 아직 한 번도 클람을 본 적이 없어요. 아시겠어요? 프리다는 나를 좋아하지 않기 때문에 클람의 모습을 들여다볼 수 있는 영광을 내게 한 번도 베풀어 주지 않았어요. 물론 마을 사람들은 클람의 외모를 잘 알고 있어요. 몇 사람이 그의 모습을 본 적이 있거든요. 마을 사람들은 한 사람도 빠짐없이 그에 관한 이야기를 소문으로 들어 알고 있어요. 눈으로 목격하고, 귀로 듣고, 또 다른 야심까지 거짓으로 겹쳐져 한 개의 클람 상(像)이 만들어졌지요. 그러나 중요한 점에 있어서는 그것이 본인과 일치하고 있을지 모르지만 그것은 단지 중요한 점에 한해서만이에요. 그 밖에 다른 점에 있어서는 변하기 쉬워요. 물론 변한다고는 하지만 아마도 클람의 외모가 변한 만큼 그렇게 변하진 않을 거예요. 사람들 말로는 그가 마을에 올 때는 마을을 떠날 때와는 전혀 다른 사람처럼 보인다고 해요. 맥주를 마시기 전과 마신 후가 다르고, 눈을 뜨고 있을 때와 잠자고 있을 때가 다르며, 혼자 있을 때와 사람들과 이야기할 때가 다르다는 거예요. 그리고 이런 일로 인해 알게 된 사실이 성에서는 아주 딴판이라고 해요. 그래서 마을 내부의 사정이 현실과는 상당히 멀게 보고되어 있다는군요. 또 그의 키나 태도, 몸집, 수염 등도 차이가 나는데, 단지 복장에 관해서는 다행히도 보고가 맞아떨어지고 있어요. 그는 언제나 똑같은 옷, 즉 옷자락이 기다란 검은 윗옷을 입고 있어요. 이런 모든 차이가 어떤 마술에서 나온 것은 아니에요. 목격자는 대부분 순간적으로밖에 그를 볼 수 없기 때문에 그때의 기분이나 흥분의 정도, 희망과 절망의 무수한 단계, 그런 것들에 의해 차이가 생겨나는 것이겠지요. 이 모든 이야기는 바르나바스가 내게 설명해 준 그대로를 되풀이해서 말씀드리는 거예요. 그러니까 이런 일에 개인적으로 직접 관계하고 있는 사람이 아니라면 이것으로써 어느 정도는 안심할 수 있을 거라고 생각해요. 그런데 우리에게는 그것이 불가능해요. 자신이 진실로 클람과 이야기하고 있는 것인가 아닌가는 바르나바스에게 있어서 죽느냐 사느냐의 중대한 문제니까요."

"나도 같은 입장이에요."

K가 말했다. 두 사람은 난로 옆 긴 의자 위에 서로 가까이 다가앉았다.

올가의 이야기는 모두 K에게 이롭지 않은 소식이었다. 물론 K는 이 이야기를 듣고 당황했지만 그래도 다음과 같은 점에서 대강 그 손해를 메울 수 있다고 생각했다. 그것은 적어도 외적 사정이 자신과 비슷한 사람, 따라서 자신이 벗으로 사귈 수 있는 사람을 발견했다는 것과 프리다보다는 정말로 많은 점에 있어서 서로 이해할 수 있는 사람을 발견했다는 점이었다. K에게는 바르나바스가 심부름꾼의 역할을 제대로 해낼 것이라는 희망이 희박해졌지만, 그래도 성안에서의 바르나바스의 사정이 악화되면 악화될수록 그는 K에게 가까이 올 것이다. K는 이들 남매가 하는 그런 불행한 노력이 이 마을에서 생기리라고는 한 번도 생각지 못했다. 물론 올가의 설명은 아직 충분치 않고, 어쩌면 점점 전혀 반대 방향으로 쏠릴지도 모른다. 올가의 순진한 성격에 정신이 팔려 다짜고짜로 바르나바스의 성실성까지 믿어 버리는 과오를 범해서는 안 된다. 올가는 계속해서 말했다.

"클람의 외모에 관한 여러 가지 보고에 대해 바르나바스는 아주 잘 알고 있어요. 전부터 이러한 보고를 많이, 그것도 지나치게 많이 모으기도 하고 비교해 보기도 했어요. 언젠가는 마을에서 마차의 창 너머로 클람을 본 적도 있대요. 아니, 그는 보았다고 믿고 있지요. 그래서 그는 클람을 분간할 수 있는 준비를 충분히 갖추고 있어요. 그런데 전에 언제—선생님은 이것을 어떻게 설명하실래요?—바르나바스가 성의 사무국에 들어간 적이 있어요. 그때 누군가 그에게 많은 관리 중 한 사람을 가리키며 그 사람이 클람이라고 말했는데, 그때 그는 클람을 알아보지도 못했을 뿐만 아니라 그 후로도 오랫동안 그 사람이 클람이라는 생각은 들지 않더래요. 따라서 만약 선생님이 지금 바르나바스에게 세상 사람들이 보통 클람이라고 생각하고 있는 인간과 진짜 클람과는 어떤 점이 다르냐고 물어보셔도 그는 대답하지 못할 거예요. 대답한답시고 어쩌면 성에서 본 관리의 모습을 묘사할지도 몰라요. 그러면 그가 그려 보이는 클람의 모습과 우리가 알고 있는 모습은 일치되겠지요. 그러면 나는 '그런데 너는 어째서 의심하고 고민하는 거니?' 하고 말할 거예요. 그러면 그는 분명히 난처한 기색으로 성에서 본 관리의 특징을 상세하게 늘어놓기 시작하겠지요. 이때의 동생의 모습은 특징을 설명하고 있다기보다 자신의 머릿속에서 생각하고 있는 것을 말하는 것처럼 보일 거예요. 더욱이 아주 신통치 못한 특징뿐일 테지요—예를 들면 특색 있게 고개를 끄덕거리는 고갯짓이라든가 기껏해야 단추를 빼놓은 조끼의 옷차림이라든가 하는 그런 시시한 것들이겠지요—그래서 아무도 진지하게 생각하거나 곧이들을 수가 없어요. 나는 바르나바스가 어떻게 클람을 만나고 오는지 그 수단 방법이 더 중요하다고 생각해요. 바르나바스는 내게 그것에 관한 이야기를 자주 해 주는데, 때로는 그림을 그려서 설명해 줄 때도 있어요. 보통 바르나바스는 큰방으로 안내를 받는대요. 그러나 그곳이 클람의 사무소는 아니라는군요. 관리 한 사람 한 사람의 사무실이란 없으니까요. 이 방은 세로로 벽에서 벽까지 닿는 책상이 하나 놓여 있고, 그것으로 말미암아 방이 두 부분으로 나뉘어져 있대요. 이렇게 책상으로 구분되어 있는 좁은 쪽은 두 사람이 간신히 스쳐서 지나갈 정도인데, 이것이 관리의 방이에요. 넓은 쪽은 진정을 내는 사람들이나 방청객, 하인, 심부름꾼들의 방이지요. 책상 위에는 큰 책들이 펼쳐진 채로 여러 권 놓여 있고, 대부분의 책 옆에는 관리가 서서 그 책을 읽고 있대요. 그러나 항상 똑같은 책 옆에 서 있는 것은 아니래요. 책을 바꾸는 것이 아니라 자리만 바꾸는 것이지요. 이것도 장소가 좁기 때문이긴 하지만 그처럼 자리를 바꿀 때 관리들이 저렇게 부딪치면서 어떻게 지나갈 수 있을까 기겁할 지경이라고 해요. 앞턱으로 책상에 바로 붙어서면 서기가 앉아 있는 낮고 작은 책상이 있는데, 이 서기들은 관리들이 명령하는 말을 받아쓴대요. 바르나바스는 언제나 이 받아쓰기에 놀라고 있어요. 관리들이 뚜렷하게 명령하는 것도 아니고, 그렇다고 높은 소리로 받아쓰게 하는 것도 아니니까요. 받아쓰고 있다고는 거의 느끼지 못할 정도이고, 오히려 관리는 책을 읽는 것으로밖에는 보이지 않는데,

다만 그때에 관리들은 끊임없이 무언가를 속삭이고 있으며 동시에 서기는 그걸 듣고 있다는군요. 서기가 그대로 앉은 채로는 무슨 소린지 전혀 알아들을 수 없을 정도로 나지막한 소리로 받아쓰게 할 때도 있대요. 그럴 때면 서기는 자리에서 일어나 그 소리에 귀를 기울이고 다시 잽싸게 의자에 걸터앉아 그것을 받아쓰는가 하면, 또다시 벌떡 일어나 먼저 했던 동작을 되풀이한대요. 도대체 그 꼴이 너무나 이상해서 뭐가 뭔지 하나도 모르겠대요. 바르나바스는 이런 광경을 관찰할 시간적 여유를 얼마든지 갖고 있어요. 왜냐하면 방청석에서 몇 시간이고, 경우에 따라서는 며칠이고 서 있어야 비로소 클람의 눈길이 그에게 떨어지니까요. 설사 그의 모습이 클람의 눈에 띄어 바르나바스가 부동의 자세를 취한다고 해도 일이 결정되는 것은 아니래요. 왜냐하면 클람이 다시 시선을 돌려 책을 들여다보거나 그를 잊어버리는 일도 있으니까요. 그런데 그런 일이 자주 있대요. 이렇게 하찮은 심부름꾼의 일이란 대체 무엇일까요? 그래서 바르나바스가 아침 일찍이 성으로 간다는 소리를 들으면 마음이 우울해져요. 아무리 생각해도 소용이 없고 보람도 없는 길, 아무리 보아도 헛수고만 하고 허탕만 치는 하루, 아무리 살펴도 허무하기 짝이 없고 공전만 거듭하는 희망, 이런 것이 대체 무엇일까요? 그러는 동안 집에는 만들어야 할 구두가 산더미처럼 쌓이게 돼 브룬스비크는 자꾸 재촉하는데, 바르나바스 외에는 할 사람이 없어요."

"그러면 좋아요. 명령을 받을 때까지 바르나바스는 오랫동안 기다려야겠지요. 이 마을에는 고용원들이 넘쳐흐르니까 그것도 무리는 아닐 거예요. 누구라도 매일같이 명령을 받을 수는 없는 노릇이죠. 이 점에 대해서 당신네들이 한탄할 필요는 없다고 생각해요. 누구나 다 그러니까 말이에요. 그러나 결국 나중에는 바르나바스도 명령을 받게 될 거예요. 이미 내게 편지를 두 장이나 전해 주었으니까."

K가 말했다.

"우리가 한탄한 것이 잘못이었는지도 모르겠어요. 특히 나로서는 소문을 통해 알고 있을 뿐이고, 아무래도 여자니까 바르나바스처럼 잘 이해하지 못하는지도 모르겠어요. 게다가 그는 아직도 내게 말해 주지 않은 게 많이 있어요. 그런데 편지, 선생님께 보낸 편지에 관해 좀 들어 보세요. 그 편지는 클람에게서 직접 받은 것이 아니라 서기에게서 받았어요. 어느 날 어떤 시간에—성의 일을 한다는 것은 편안한 것처럼 보여도 실은 대단히 피곤한 일이에요. 언제나 긴장하고 있어야 하니까요—서기가 그를 생각하고 불렀대요. 그렇다고 클람이 시켜서 그런 것 같지는 않아요. 클람은 조용히 자기 책을 읽고 있었다나 봐요. 종종—물론 보통 때도 클람은 그렇게 하지만—그는 바르나바스가 가면 으레 코에 거는 안경을 닦곤 했대요. 그럴 때면 그는 으레 바르나바스를 쳐다본대요. 이것은 클람이 일반적으로 코에 거는 안경 없이도 본다는 것을 전제 조건으로 하지만, 바르나바스는 그 점을 의심하고 있어요. 클람은 그럴 때면 거의 두 눈을 감고 있기 때문에 자는 것처럼 보이거나 꿈속에서 안경을 닦고 있는 것처럼 보이기도 한

대요. 그러는 동안 서기는 책상 밑에 있는 수많은 문서와 서류 중에서 선생님에게 보내는 편지 한 장을 찾아낸대요. 그러니 그것은 서기가 그때 바로 받아쓴 편지는 아니에요. 오히려 봉투 상태로 보아 이미 오랫동안 그곳에 깔려 있던 오래된 편지였지요. 그런데 그렇게 오래 묵은 편지라면 어째서 바르나바스를 그다지도 오랫동안 기다리게 했을까요? 그리고 선생님도요. 마지막으로 그 편지도요. 왜냐하면 그 편지는 케케묵은 것이 되어 버렸으니까요. 그 때문에 바르나바스는 형편없고 느릿느릿한 심부름꾼이라는 나쁜 평판을 듣게 됐어요. 서기가 하는 일은 아주 간단해서 바르나바스에게 편지를 내주며 '클람에게서 K에게로'라고 말하고는 바르나바스를 내보내는 거예요. 그러면 바르나바스는 집으로 돌아와요. 숨 가쁘게 허덕거리면서 간신히 건네받은 편지를 셔츠 밑의 몸에 착 붙여서 감춘 채 달려오는 것이죠. 그러고는 지금의 우리처럼 이 긴 의자에 걸터앉아서 그가 이야기를 하면 우리 둘은 모든 것을 일일이 검토하고 그가 한 업적을 평가해 봐요. 그리고 결국에는 그것이 대단히 하찮은 것이며, 비록 사소한 것일지라도 의심할 여지가 있다는 사실을 알게 돼요. 그러면 바르나바스는 편지를 내동댕이쳐 버리고 그것을 배달할 용기를 잃고 말아요. 그렇다고 자러 갈 생각도 하지 않고 구두 짓는 일에 착수해서 밤새도록 낮은 의자에 앉아 일을 해요. 어쨌든 사정은 이래요. K씨, 이것이 내 비밀이에요. 이제 선생님은 아말리아가 내 비밀을 알려고 하다가 단념해 버린 사실에 대해 이상하게 여기지 않으시겠지요?"

올가가 말했다.

"편지는?"

K가 물었다.

"편지요? 잠시 후에 내가 바르나바스를 재촉하면—그러는 동안 며칠이고 몇 주일이고 그냥 지나가는 일도 있지만—어쨌든 그는 편지를 들고 배달하러 나가요. 이런 대수롭지 않은 일에 그는 내 말을 잘 들어요. 일단 그가 말한 것에 대한 첫인상을 지워 버리고 나면 나는 다시 마음을 가라앉히고 정신을 차려요. 그러나 그는 너무 많이 알고 있는 탓인지 그것이 불가능해요. 그래서 그럴 때면 나는 몇 번이고 되풀이해서 이렇게 말해요. '바르나바스, 대체 네가 바라는 게 뭐니? 너는 어떤 삶을, 어떤 목표를 꿈꾸는 거야? 너는 우리를, 아니 나를 완전히 버리려 하는 거니? 그것이 네 목적이야? 나로서는 그렇게밖에 생각할 수 없구나. 그렇지 않으면 네가 지금까지 성취한 일에 대해 그렇게 불만을 느낄 필요가 없지 않니? 도무지 알 수 없는 노릇이야. 우리 주변에 너 같은 사람이 어디 있는지 둘러보란 말이야! 그렇지, 그들의 사정은 우리와는 다르지. 우리처럼 잘살려고 노력할 아무런 이유도 없지. 그러나 아무튼 그런 비교를 해 보지 않더라도 네 경우에 있어서는 만사가 척척 잘되어 가고 있다고 누구나 생각할 거야. 여러 가지 장애와 갖가지 회의, 환멸도 있겠지만 그것은 우리가 옛날에 알고 있던 사실에 지나지 않아. 너는 다른 사람에게서 무엇 하나 공짜로 얻으려는 것이 아니라 오히려 아무리 작은 일이라도 네 힘으로 얻으려는 뜻밖에는 없잖아. 그것을 자랑하지 못할망정 그렇게 풀이 죽을 이유는 없지 않니? 그리고 네가 싸우는 것은 우리를 위한 것도 되잖니. 우리를 위해서 투쟁한다는 것이 네게는 아무 의미도 없는 일이야? 네게 새로운 힘도 주지 못하는 거니? 내가 너 같은 동생을 두었다는 것, 그것을 거만할 정도로 자랑으로 삼는다는 것, 그것이 네게 아무런 확신도 주지 못해? 네가 성에서 하는 일에 나는 실망하지 않지만, 내가 너와 함께 있으면서 한 일을 생각하면 슬퍼지는구나. 너는 성안의 출입을 허가받은 몸이고, 언제든 사무국에 가서 하루 종일 클랍과 같은 장소에서 지낼 수 있으며, 또 인정받는 심부름꾼이니 관복도 요청할 수 있고, 중요한 편지를 접수하고 배달할 수가 있어. 그 모든 일을 네가 하고 있고, 또 해도 괜찮게 되어 있다고. 그런데 네가 성에서 마을로 내려오면 사실은 행복에 겨운 눈물을 보이면서 둘이 얼싸안아야 하는데, 너는 나를 보자마자 용기를 잃고 기운이 빠지는 모양이구나. 너는 모든 것에 대해 의심을 품고, 단지 구두 짓는 일에만 몰두하고 싶은가 봐. 우리의 장래를 보장해 줄 편지는 놔두고 말이야.' 나는 이렇게 동생을 타이르곤 했어요. 그리고 내가 며칠이고 이런 말을 되풀이해야 비로소 동생은 한숨을 지으며 편지를 들고 나가는 거예요. 그렇다고 내 말이 효과가 있어서 그런 건 아닐 거예요. 그저 다시 성으로 가고 싶은 마음에 그러는 거겠지요. 명령을 다 이행하지 않고서는 감히 성으로 갈 수가 없을 테니까요."

올가가 말했다.

"하지만 당신이 바르나바스에게 해 준 말은 모두 옳은 말이에요. 당신은 바르나바스가 하는 일에 대해 놀랄 만큼 정확하게 간추려 말하는 솜씨를 보여 주었어요. 굉장히 머리가 좋은데요."

K가 말했다.

"아니에요. 당신이 잘못 생각하고 있는 거예요. 어쩌면 나는 동생을 속이고 있는 건지도 몰라요. 대체 그가 무엇을 성취했다는 거죠? 물론 그는 사무국의 출입을 허락받고 있는 몸이에요. 그러나 그곳은 사무국이 아니고 사무국의 옆방이라고나 할까요. 아니, 그것도 아닐 거예요. 진짜 사무국에 들어가는 허락을 받지 못한 사람들을 모두 모아 두는 그런 방일지도 몰라요. 물론 그는 클람과 이야기해요. 그러나 그것이 과연 진짜 클람일까요? 누군지는 모르지만 혹시 클람을 좀 닮은 사람은 아닐까요? 기껏해야 비서 같은 사람 아니면, 클람을 좀 닮았거나 더 닮으려고 노력하는 사람, 클람이 흔히 하는 것처럼 꿈꾸는 듯 흐리멍덩하게 잠이 깬 모습이면서도 자못 점잔을 빼고 잘난 체하는 그런 사람일지도 몰라요. 그것은 클람의 성격 중 가장 흉내 내기 쉬운 것들이니까요. 물론 흉내 낸다고 해도 그 밖의 다른 것들은 조심해서 건드리지도 않지만 시험해 보는 사람은 많이 있어요. 그리고 모두들 열렬히 동경하고 있는 데도 클람의 경우처럼 거의 만날 수 없는 사람, 그런 사람에 대해서는 각자의 머릿속에서 여러 가지 모습으로 상상을 하고 있어요. 예를 들어 클람은 모무스라는 비서를 고용하고 있어요. 그렇지요? 당신도 아시죠? 그 사람 역시 숨어서 소극적인 생활을 하고 있어요. 나 역시 그를 두서너 번 본 적이 있는데 젊고 건강한 사람이더군요. 그렇지요? 그런데 그는 클람과 조금도 닮은 것 같지 않아요. 그래도 마을 사람들 중에는 모무스가 바로 클람이라고 장담하는 사람까지 있어요. 그런 식으로 사람들은 자신들의 독특한 혼란과 분규를 가중시키는 거예요. 성안에서도 대개 이것과 비슷한 상태일 거예요. 어떤 사람이 바르나바스에게 '저 관리가 클람이야.'라고 말했다고 쳐요. 사실 그 관리와 클람 사이에는 어느 정도 닮은 점이 있어요. 그러나 이 닮은 점에 대해 바르나바스는 늘 의심을 품고 있어요. 그리고 이 모든 사실이 그의 의심에 근거가 있다고 증명해 주거든요. 클람이 그런 속된 장소에서 다른 관리들 틈에 끼어 연필을 귀 뒤에 꽂고 함께 서성거릴 필요가 있을까요? 그건 있을 수 없는 일이에요. 바르나바스는 좀 순진하게—퍽 믿을 만한 것이지만—가끔 이렇게 말하는 버릇이 있어요. '그 관리는 클람과 꼭 닮았어요. 그가 자신의 전용 사무실에 앉아서 전용 책상 옆에 자리를 잡고, 문에 클람이라는 이름만 붙어 있다면 나는 아무런 의심도 품지 않을 거예요.' 이것은 순진한 이야기지만 그래도 조리에 닿는 얘기예요. 물론 다음과 같이 말하면 더 조리 있을 거예요. 그것은 성에 갔을 때 그 자리에서 바르나바스가 두서너 명에게 진짜 사정은 어떻게 된 것인지에 대해 물어보는 거죠. 그의 말에 따르면 방 안 여기저기에 굉장히 많은 사람들이 서 있다고 해요. 그들의 주장이, 물어보지도 않는데 저 사람이 클람이라고 말한 사람의 주장보다 더 믿을 만하다고 말할 수는 없지만, 적어도 그들의 다양성으로 말미암아 어떤 일치점 같은 게 생기지 않을까요? 하지만 이것은 바르나바스의 생각이지 내 생각은 아니에요. 그리고 그는 자신의 생각을 대담하게 실행할 수 있는 용기를 갖고 있지 않아요. 자칫 잘못해서 자신이 알지 못하는 규칙을 뜻하지 않게 위반하여 지위를 잃을지도 모른다는 두려움 때문에 감히 아무에게도 말을 걸지 못하는 거예요. 그토록 자기 자신을 불안정하게 느끼고 있는 거죠. 그런데 이 불안감이 다른 수많은 묘사나 표현보다도 그의 입장을 여실히 나타내 주고 있어요. 그가 이런 천진난만한 질문에도 감히 입조차 열지 못하는 것을 보면 그의 눈에 사무국의 모든 것이 얼마나 의심스럽고 무서운 것으로 비쳐지는지 잘 알 수 있어요. 그것만 생각하면 나는 나도 모르는 장소에 그를 혼자 내버려 둔 것에 대해 가책을 느끼지 않을 수 없어요. 그곳에서 진행되는 일을 보면 겁쟁이가 아니라 오히려 대담무쌍한 그조차도 공포에 떨고 있는 것이 틀림없는 사실이에요."

"당신의 말은 이제 결정적인 시점에 다다랐다는 느낌이 드는군요. 즉……."

K는 이어서 말했다.

"당신의 말을 듣고 나서 이제 나는 겨우 눈을 떴어요. 바르나바스는 이 임무를 수행하기에는 너무 어려요. 그가 말한 것 중에서 무엇 하나 곧이들을 만한 것이 없군요. 성에서의 그는 공포에 질려 아무것도 관찰할 수가 없어요. 그런 그에게 억지로 본 이야기를 시키니까 어수선하고 어지러운 이야기밖에는 들은 게 없다고 할 수밖에요. 나는 조금도 이상하게 생각지 않아요. 관청에 대한 경외심은 이 마을의 당신네들로서는 타고난 것이며, 앞으로 평생을 두고 여러 방면으로 갖가지 쇠뇌를 받게 될 것이고, 당신네들 스스로도 될 수 있는 한 그 일에 협력하게 될 거예요. 나도 근본적으로는 그것에 대해 이러쿵저러쿵 반대하는 것은 아니에요. 자신이 좋아하는 관청에 대해 경외심을 느껴서는 안 된다고 할 수는 없지요. 하지만 그렇다고 해도 바르나바스처럼 마을 밖으로 나가 본 경험도 없는 젊은이를 갑자기 성으로 보내어 사실을 보고하게 하고, 그의 말 한마디 한마디를 계시의 말인 양 꼬치꼬치 캐어서 검토해 보거나, 나중에는 그 말을 해석하는 데 그의 행복이 좌우되도록 놔두어서는 안 되지요. 그보다 더 그릇된 일은 없어요. 물론 나도 당신과 마찬가지로 그 때문에 착각을 일으켰어요. 그에게 기대를 걸고 있었던 만큼 환멸도 느끼게 되었지만 기대나 환멸이나 모두 그의 말을 근거로 한 것이었으니까 따지고 보면 아무 근거도 없는 거나 마찬가지예요."

올가는 잠자코 있었다. 그래서 K는 말을 계속했다.

"바르나바스에 대한 내 믿음이 흔들리는 것은 나로서는 쉬운 일이 아니에요. 그래도 나는 당신이 얼마나 그를 사랑하고 있는지, 또 그에게서 무엇을 기대하고 있는지쯤은 알고 있어요. 그러나 그것은 필연적으로 그렇게 되는 것이지 당신의 애정과 기대 때문은 아니에요. 당신이 사랑과 희망을 가지고 있느니만큼 더욱더 그러면 안 되지요. 왜냐하면 생각해 보세요. 늘 무엇인가가 당신을 방해하고 있어서―그것이 무엇인지 알 수는 없지만―바르나바스가 스스로 얻은 것이 아니라 그에게 수여된 것을 당신은 완전히 인식할 수 없어요. 그는 사무국의―당신의 생각대로 옆방이어도 상관없지만―출입을 허락받은 상태예요. 이제 여기가 옆방이라고 가정하면, 여기에는 앞으로 통하는 문도 있고, 만약 교묘한 기술을 가지고 있다면 넘어갈 수 있는 울타리도 있어요. 나 같은 사람은 이 옆방이라는 곳에 적어도 당분간은 들어갈 수가 없어요. 바르나바스가 거기서 누구와 이야기하고 있는지는 알 수 없어요. 아마도 바르나바스가 말한 그 서기는 가장 말단 관리일 거예요. 그러나 가령 서기가 가장 말단 관리라 할지라도, 그는 바로 위의 직속상관에게는 바르나바스를 데리고 갈 수 있어요. 데리고 갈 수 없다고 해도 적어도 그 사람의 이름을 대 줄 수는 있어요. 그것마저도 아니라면 누구라도 이름을 댈 수 있는 사람을 가리켜 거기로 가라고 지시할 수도 있어요. 소위 클람이라고 자칭하는 사람은 진짜 클람과는 손톱만큼의 공통점도 가지고 있지 않아요. 비슷하다고 본 이유는 바르나바스가 흥분한 나머지 눈이 어두워졌기 때문이에요. 그는 관리 중에서 가장 하급 관리일지도 모르고, 또는 전혀 관리가 아닐지도 몰라요. 그러나 그도 책상 앞에 자리 잡고 앉아서 무슨 임무를 띠고 있는 것만은 사실이고, 자신의 큰 책을 펴놓고 무언가 읽고 있으며, 서기에게 무언가를 속삭이기도 하고, 오랜 시간이 흘러 그의 시선이 잠깐 동안 바르나바스에게 떨어지면 마치 그가 무엇인가 생각하고 있는 것처럼 보일 수도 있겠지요. 그것이 모두 거짓이고, 또 그와 그의 행위가 아무것도 뜻하지 않는다 해도 좌우간 그 사람을 그 자리에 배치한 누군가가 있을 것이며, 그 사람을 그 자리에 배치한 뜻이 있을 거예요. 그런 것을 생각해 볼 때 적어도 나는 무엇인가 거기에 있다, 무엇인가 바르나바스에게 제공되어 있다고 말하고 싶어요. 이로 인해 내가 회의와 불안과 절망 외에 아무것도 얻을 수 없다면 그 책임은 오로지 바르나바스에게 있다고 주장하고 싶군요. 그런데 나는 전혀 있을 수 없는, 가장 불리한 경우에서부터 출발하고 있어요. 왜냐하면 그것은 우리 손에 편지가 들려 있기 때문이에요. 물론 나는 이 편지를 그다지 신용하지 않지만 그래도 바르나바스의 말보다는 훨씬 믿을 만해요. 가령 이것이 가치 없는 낡은 편지이고, 더군다나 이것과 똑같이 가치 없는 편지가 산처럼 쌓아 올려진 더미 속에서 아무렇게나 빼낸 편지이며, 해마다 열리는 큰 시장에서 운명 점을 치기 위해 무더기 속에서 제비를 뽑을 때 카나리아를 이용해서 입으로 쪼아 오게 하는 식으로 편지를 빼냈다고 해도, 이 편지는 적어도 나와 어떤 관계를 가지고 있어요. 내게 유리한 쪽으로 도움이 되지 않는다 해도 어쨌든 내게 보내온 것만은 확실하니까요. 뿐만 아니라 이 편지는 면장 내외가 증명한 바에 의하면 클람이 손수 쓴 것이고, 또 면장에게 들은 바에 의하면 단순히 개인적인, 그것도 거의 분명치 않은 뜻을 가지고 있는 편지라고는 하지만 중대한 뜻을 가지고 있어요."

"면장님이 그렇게 말씀하셨나요?"

올가가 물었다.

"네, 그렇게 말했습니다."

K가 대답했다.

"그렇다면 그 이야기를 바르나바스에게 해 주겠어요. 동생이 그 이야기를 들으면 분명 원기를 북돋을 수 있는 계기가 될 거예요."

올가가 빠르게 말했다.

"바르나바스에게 원기를 북돋아 줄 필요는 없어요. 그를 고무시키는 것은 말하자면 네가 옳다, 지금까지의 태도로 계속 밀고 나가야 된다고 그에게 타이르는 거나 마찬가지죠. 그러나 그런 방법으로는 결코 아무것도 성취하지 못할 거예요. 이를테면 두 눈을 다쳐서 붕대로 감은 사람에게 용기를 북돋아 준답시고 붕대를 통해서 앞을 응시하라고 한다면 그 사람은 아무것도 보지 못할 거예요. 붕대를 풀어 주어야만 비로소 볼 수 있게 되는 것이죠. 그러니까 바르나바스에게 필요한 것은 그런 도움이지 격려는 아니에요. 좀 생각해 보세요. 저 산 위에는 얽혀서 풀 수 없는 복잡한 큰 관청이 있어요. 이곳에 오기까지 나는 그 관청이 어떤 것인지 대충 알고 있다고 생각했는데, 그건 아주 어리석기 짝이 없는 일이었어요. 어쨌든 그곳에는 관청이 있고 바르나바스는 그곳을 향해 전진하는데, 자기 외에는 아무도 없으며 가엾고 안타깝게도 혼자예요. 만약 그가 평생 동안 사무국의 어둠침침한 구석에 쭈그리고 앉아 존재가 무시되는 일이 없다면 그것만으로도 그에게는 무상의 영광이라고 아니할 수 없어요."

K가 말했다.

"K씨, 바르나바스가 맡은 임무의 중대성을 우리가 과소평가하고 있다고 생각하시면 안 돼요. 우리는 관청에 대한 경외심을 충분히 갖고 있어요. 당신도 그렇게 말씀하셨잖아요."

올가가 말했다.

"그러나 그것은 그릇된 경외심이에요. 그릇된 경외심은 그 대상의 명예를 손상시켜 품위를 떨어뜨리는 법이죠. 바르나바스는 그곳으로 들어가는 입장 허가를 받았고, 그러한 은전을 거기서 무위하게 허비한다면 과연 그것을 경외심이라고 말할 수 있을까요? 또 그가 마을로 내려와서 방금 그가 무서워 떨고 있던 그들을 의심하고 비난해도 그것을 경외심이라고 말할 수 있을까요? 아니 이쯤 되면 이미 경외심이라고 할 수도 없어요. 그런데 올가 양, 이 비난은 한걸음 더 나아가서 당신 자신에게까지 미친다는 사실을 알아야 해요. 나는 당신까지도 비난하지 않을 수가 없군요. 당신은 관청에 대해 경외심을 갖고 있다고 믿으면서도 그렇게 젊고 연약한 바르나바스를 홀로 성으로 보냈으니까요. 적어도 못 가게 말리지는 않았잖아요."

K가 말했다.

"당신이 지금 내게 비난하시는 바를 나 역시 이미 오래 전부터 나 자신에게 하고 있었어요. 다만 내가 바르나바스를 성으로 보냈다는 비난은 당치도 않아요. 내가 그를 성으로 보낸 것이 아니라 그가 제 발로 걸어갔어요. 그러나 당신은 그렇다면 갖은 수단을 다 동원하고 그를 설복시켜서 강제로라도 그를 만류했어야만 했다고 내게 말씀하시겠지요. 그래요, 어쩌면 나는 그를 못 가도록 붙들어야만 했었는지도 몰라요. 그러나 만약 오늘이 그날, 그러니까 결정적인 날이라고 치고 내가 바르나바스의 역경과 우리 가족의 곤궁을 전과 다름없이 오늘도 느끼고 있을 뿐 아니라 바르나바스가 모든 책임과 위험을 명백히 의식하면서도 다시 미소를 띠며 조용히 나와 헤어져 떠나간다면, 나는 그동안 모든 경험을 해 왔음에도 불구하고 오늘도 역시 그를 잡지는 않을 거예요. 당신도 내 입장이라면 그 밖에 다른 도리가 없을 거예요. 당신은 우리의 곤궁을 모르시잖아요. 그러니까 우리를, 특히 바르나바스를 부당하게 취급하시는 거겠죠. 그 당시 우리는 지금보다도 더 많은 희망을 갖고 있었어요. 그러나 그 당시에도 우리의 희망은 그다지 큰 게 아니었어요. 컸다면 우리의 곤궁뿐이었고, 지금도 그 상태가 계속되고 있어요. 그런데 프리다가 우리에 관해서 아무 이야기도 하지 않던가요?"

올가가 말했다.

"암시만 조금 주었어요. 결정적인 이야기는 하지 않았지요. 여하간 당신네들 이름만 들어도 흥분하니까요."

K가 말했다.

"주인아주머니도 아무 말 없었나요?"

"네, 아무 말 없었어요."

"그러면 그 밖에 다른 사람들도 아무 말 없었나요?"

"네, 아무도 말하는 사람이 없었어요."

"물론 그럴 거예요. 아무도 이야기하지 못할 거예요. 누구든지 우리에 관해서 조금씩은 알고 있어요. 그것이 진실이든—그것도 사람들의 귀에 들리는 한도 내에서만—아니면 적어도 사람들에게서 들은 소문이든 혹은 대부분 자기가 멋대로 꾸며 낸 유언비어든 조금씩은 알고 있다는 거예요. 우리에 관해서 누구나 필요 이상으로 생각하고 있지만 그 어떤 것도 솔직하게 다른 사람에게 이야기하지는 않을 거예요. 누구나 이것을 입에 올리기를 삼가고 있어요. 그들이 그러는 것도 당연해요. 이것을 말한다는 것은, K씨, 아무리 당신이라고 해도 어려운 일이에요. 그리고 당신과는 관계가 없는 듯 보인다 해도 이 이야기를 들은 다음에는 떠나가든가 우리에 관해서는 더 이상 알려고 하지 않을 수도 있으니까요. 그러면 우리는 당신을 잃게 되는 거예요. 이제 당신은 내게 있어서 바르나바스의 성 근무보다도 더 소중하게 되었어요. 그 점을 고백할게요. 그러나―이 모든 모순으로 말미암아 나는 밤새도록 고민했어요―이 사실을 아셔야만 해요. 그렇지 않으면 우리가 어떤 처지에 놓여 있는지 도무지 이해하실 수 없을 테고 언제까지나 바르나바스를 부당하게 취급하실 텐데, 그것은 참 가슴 아픈 일이에요. 더군다나 서로에게 필요한 완전한 인화(人和)를 이루지 못하게 될 뿐 아니라, 당신은 우리를 도와주시지도 못할 것이며, 반대로 우리의 도움을―대단히 이상한 도움일지 몰라도―받으실 수 없게 돼요. 그리고 또 한 가지 묻고 싶은 것이 있는데, 그것은 대체 당신이 그것을 정말 알고 싶어 하는가 하는 것이에요."

"왜 그런 말을 하지요? 꼭 필요하다면 알고 싶은 것이 당연하지 않아요? 왜 그런 말을 하는 거예요?"

K가 물었다.

"미신 때문이에요. 당신은 아무런 죄도 없으시고 바르나바스처럼 순진하시지만 결국 우리의 사건에 휩쓸리고 말 거예요."

올가가 말했다.

"어서 이야기해 보세요. 나는 두렵지 않아요. 게다가 당신은 여자들의 불안 심리 때문에 사실보다 훨씬 나쁘게 생각하고 있어요."

K가 말했다.

17

"스스로 판단하세요. 당신한테는 아주 간단한 말처럼 들릴 거예요. 그런 중대한 뜻이 있으리라고는 당장 알 수 없을 테니까요. 성에는 소르티니라고 하는 아주 높고 귀한 관리 한 분이 계세요."

올가가 말했다.

"그분에 관해서는 나도 들은 적이 있어요. 나에 관한 처우 문제에 관여해서 큰 역할을 하셨지요."

K가 말했다.

"아니, 그렇지 않을 거예요. 그분은 공석에 모습을 잘 드러내시지 않아요. 소르디니라고 하는 이탈리아 사람이 있는데, 그 d자를 쓰는 사람과 혼동하신 게 아닐까요?"

올가가 물었다.

"아, 그렇군요. 소르디니였어요."

K가 말했다.

"그래요, 모두들 소르디니에 관해서는 잘 알고 있어요. 그는 아주 부지런한 관리라고 사람들의 소문이 자자해요. 그와 반대로 소르티니는 대단히 소극적이고 늘 틀어박혀 있는 사람이어서 사람들은 대개가 그를 잘 몰라요. 나는 삼 년도 훨씬 전에 그의 모습을 본 적이 있는데, 그때가 처음이자 마지막이었어요. 7월 3일에 소방대의 축하식이 거행되었는데, 성 양반들이 거기에 참석해서 새 소방펌프 한 대를 기부했어요. 소방대 문제를 취급하고 있던 소르티니도(아마 그분은 대리로 그 자리에 참석했을 거예요. 대개의 관리들은 서로의 대리 노릇을 하고 있거든요. 따라서 관리들 간의 권한과 관할을 분간하기는 참으로 어려워요.) 소방펌프의 양도식에 참석했어요. 그 밖에도 성의 여러 양반들이 참석했지요. 관리와 하인들 말이에요. 소르티니는 그 사람다운 일이기는 하지만 아주 뒷전에 물러서 있었어요. 키도 작고 체격이 작았는데, 무슨 생각에 잠긴 것처럼 보였어요. 소르티니의 모습을 본 사람들이 한결같이 기묘하게 느낀 점은 그의 이마에 잡힌 주름살이었어요. 모든 주름살이—지금도 분명 마흔 살은 넘지 않았을 텐데 굉장히 주름살이 많이 잡혔어요—부채 모양으로 이마 전체와 콧잔등까지 퍼져 있었어요. 그렇게 주름살이 많은 사람은 지금까지 한 번도 본 적이 없어요. 나와 아말리아는 이미 몇 주 전부터 이 축하식을 기쁜 마음으로 고대하고 있었어요. 주일날 입는 아름다운 나들이옷도 새로 장만해 놓았지요. 아말리아의 옷은 특히 아름다웠는데, 그녀의 흰 블라우스는 몇 겹으로 레이스를 겹쳐 달아서 앞이 불룩하게 나와 있었어요. 그것은 어머니가 가지고 있던 레이스를 전부 빌려 주신 거였지요. 나는 그때 너무 샘이 나서 축하식 전날 밤새도록 울면서 밤을 새우다시피 했어요. 아침이 되어 교반관 아주머니가 우리의 모습을 구경하러 와서야 비로소……."

올가가 말했다.

"교반관 아주머니요?"

K가 물었다.

"네, 그분은 우리와 아주 친한 사이였어요. 그런데 그분이 보시기에 아말리아 쪽이 나보다 훨씬 낫다는 것을 깨닫고는 내 마음을 누그러뜨려 주기 위해 자신이 갖고 있던 석류석 목걸이를 빌려 주셨어요. 드디어 출발 준비가 다 되었고, 아말리아가 내 앞에 서자 우리 모두는 그 애의 모습을 감탄하며 쳐다보고 있었어요. 그때 아버지는 '모두들 내 말을 잘 기억해 둬라. 오늘 아말리아는 신랑을 얻을 거야.' 하고 말씀하셨지요. 나는 왜 그랬는지는 모르겠으나 그때 내가 자랑으로 삼던 목걸이를 풀어 아말리아의 목에 걸어 주었어요. 샘 같은 것은 더 이상 없었어요. 즉 그 애의 승리 앞에 고개를 수그리게 되었는데, 나뿐만 아니라 누구라도 그 애 앞에서는 틀림없이 고개를 수그릴 거라고 생각했어요. 아마도 아말리아가 보통 때와 아주 달라 보였기 때문에 우리가 놀랐던 것 같아요. 원래 그 애는 아름답지는 않았지만 어두운 눈초리는—그때부터 그 애는 쭉 그런 눈초리를 지니고 있었지만—우리 위를 높이 스쳐 지나갔기 때문에 사실상 거의 그 애 앞에서는 자기도 모르게 머리를 수그리게 되었지요. 모두들 그것을 알고 있었어요. 우리를 데리러 온 라제만 부부도 그랬어요."

올가가 말했다.

"라제만?"

K가 물었다.

"네, 라제만이요. 우리의 인기는 정말 대단했어요. 우리가 없었다면 축하식의 멋진 시작은 없었을 거예요. 왜냐하면 아버지는 소방대의 세 번째 연습 지휘자였거든요."

올가가 말했다.

"그럼 아버님은 아직도 그렇게 정정하신가요?"

K가 물었다.

"아버지가요?"

올가는 자세히 모르겠다는 듯이 반문했다.

"삼 년 전, 아버지는 아직 젊은이라고 해도 좋을 정도로 원기가 왕성했어요. 신사관에 불이 났을 때만 해도 갈라터라는 몸이 육중한 관리를 업고 나와 구출했을 정도니까요. 나도 그때 그 자리에 있었지만, 사실 화재의 위험은 없었어요. 난로 옆에 놓아두었던 마른 나무가 그슬려서 불이 붙기 시작했을 뿐이니까요. 하지만 갈라터는 겁을 집어먹고 창문에 대고 사람 살리라고 소리쳤지요. 그래서 소방대가 쫓아오고 아버지는 그를 구출해야만 했어요. 이미 그때는 불은 꺼져 있었지만요. 좌우간 갈라터는 뚱뚱해서 잘 움직이지도 못했으니까 그런 경우에는 조심해야만 했지요. 나는 지금 오로지 아버지를 위해서 얘기하는 거예요. 그때부터 고작 삼 년 남짓한 세월이 흘렸지만 저기 앉아 계신 아버지를 보세요."

 그때야 비로소 K는 아말리아가 다시 방 안에 돌아와 있다는 것을 알게 되었다. 그러나 그녀는 멀리 떨어져 있는 식탁 옆에 앉아서, 신경통 때문에 팔을 움직이지 못하는 어머니에게 음식을 떠 드리고 있었다. 그와 동시에 아버지에게 말을 걸며 조금만 더 참으면 아버지에게도 음식을 떠 드리겠다고 말했다. 그러나 그녀가 그렇게 타일러도 아무 소용이 없었다. 수프를 먹고 싶은 생각이 간절했던 아버지는 허약한 몸에도 불구하고 억지로 기운을 내서 수프를 숟가락으로 떠먹으려 했고, 이어서 직접 수프 접시에 입을 대고 마시려 했다. 그러나 둘 다 뜻대로 되지 않자 툴툴거리며 불평을 했다. 사실 숟가락이 입에 닿기도 전에 이미 수프가 흘러서 조금도 남지 않았다. 거기다가 입에까지 닿아 본 적도 없었다. 축 늘어진 수염만이 언제나 수프 속에 담겨 있을 뿐, 국물은 여기저기 뚝뚝 떨어지기만 하고 입에는 거의 들어가지 않았다.

"삼 년 동안에 저렇게 되어 버리셨나요?"

 K가 물었다. 그러나 그는 여전히 이 노인들과 식탁 한 모퉁이에서 벌어지는 광경에 대해 아무런 동정심도 갖지 못했다. 다만 싫증을 느꼈을 뿐이다.

"네, 삼 년 동안에요."

 올가가 천천히 말했다.

"아니, 더 정확하게 말하면 어느 축제날 불과 두서너 시간 동안에 저렇게 되신 거예요. 축제는 마을 입구에 있는 작은 시냇물 옆의 목장에서 벌어졌어요. 우리가 도착했을 때는 이미 야단법석들이었지요. 이웃 마을에서도 많은 사람들이 모여들었어요. 사람들이 어수선하게 웅성거리는 시끄러운 소리에 머리까지 어지러울 지경이었어요. 물론 우리는 아버지에게 이끌려 먼저 소방펌프 있는 곳으로 가야만 했어요. 펌프를 보자 아버지는 기쁨에 넘쳐 껄껄 웃으셨지요. 새 펌프를 보시고 기뻐서 견딜 수가 없으셨던 거예요. 아버지는 펌프에 손을 대면서 일일이 설명하시기 시작했어요. 아버지는 다른 사람들이 아무리 반대하고 말려도 듣지 않으셨어요. 펌프 밑에 볼 것이 있으면 우리는 모두 몸을 쭈그리고 그 밑으로 기어들어 가야만 했지요. 바르나바스는 그것을 거부해서 매를 맞기도 했어요. 단지 아말리아만 펌프에 아랑곳하지 않고 아름다운 옷을 입은 채 거기에 서 있었어요. 하지만 아무도 그 애에게 말 한마디 건네지 못했어요. 나는 가끔 그 애에게 가서 팔을 붙들어 보기도 했지만 그 애는 잠자코 있었어요. 지금도 왜 그랬는지 알 수 없지만 여하튼 우리는 상당히 오랫동안 펌프 앞에 서 있었어요. 아버지가 펌프 옆을 떠났을 때야 비로소 우리는 소르티니가 그곳에 있다는 사실을 깨달았어요. 소르티니는 분명 그때까지 쭉 펌프 뒤에 숨어서 지렛대에 기대고 있었던 것 같아요. 그때 주위에서 아주 무서운 소동이 일어났어요. 그것은 축제 소동만은 아니었어요. 성에서는 소방대에 몇 개의 나팔도 기증했는데, 이 악기는 조금만 힘을 주어 불어도—그건 어린아이라도 가능했을 거예요—굉장히 요란한 소리를 냈어요. 그 소리는 꼭 터키 사람들이 눈앞에 쳐들어왔다고 생각될 정도였지요. 아무도 이런 소리에는 익숙지 못했어요. 그래서 나팔을 새로 불 때마다 모두들 몸을 움츠리곤 했지요. 그것은 새 나팔이었으니까 누구랄 것도 없이 서로들 불어 보고 싶어했으며, 마을 사람들의 축제여서 그런지 그것을 다 묵인해 주었어요. 마침 우리 주위에도—아마도 아말리아 때문에 모여든 것 같은데—나팔을 부는 사람이 두서너 명 있었어요. 이런 상태에서 침착하게 마음을 가다듬고 있기는 어려운 일이었지요. 더군다나 아버지의 명령에 따라 우리는 펌프에 주의를 집중시켜야만 했기 때문에 우리로서는 그야말로 사람이 할 수 있는 최고의 긴장 상태에 있었어요. 그래서인지 우리는 이상하게도 소르티니가 오랫동안 그곳에 있었다는 사실을 깨닫지 못했어요. 물론 우리는 그때까지 소르티니를 만난 적이 한 번도 없었지만 '저기에 소르티니가 있어요.' 하고 라제만이 아버지에게 속삭였어요—나는 두 분 옆에 서 있었는데—아버지는 그분에게 참으로 공손하게 인사하시더니 약간 흥분의 빛을 띠면서 우리에게도 인사하라고 눈짓하셨어요. 아버지는 소르티니를 만난 적이 없었지만 그래도 그를 소방대 문제의 전문가로서 쭉 존경해 왔고, 집에서도 그에 관해 종종 이야기하셨기 때문에 우리가 소르티니의 모습을 실지로 본다는 것은 대단히 뜻밖의 일이며 뜻 깊은 일이기도 했어요. 그러나 소르티니는 우리를 염두에 두지도 않았어요. 그렇다고 이것이 소르티니의 특성이라고 할 것까지는 없고, 대개 백성들의 눈에는 관리들이 아주 무관심한 것처럼 보이는 그런 것이었겠지요. 뿐만 아니라 그는 피곤해 보였어요. 단지 직무를 수행하기 위해서 이 마을에 머무르고 있는 데 불과했지요.

이와 같은 직무를 거북하게 느낀다고 해서 가장 나쁜 관리라고 할 수는 없어요. 다른 관리나 하인들은 오기는 왔으나 백성들 사이에 끼어 있었을 뿐이에요. 그러나 소르티니는 펌프 옆을 떠나지 않았어요. 그에게 탄원하거나 아부하거나 접근하려는 사람들을 침묵으로써 얼씬 못하게 했지요. 그래서 자연히 우리가 그를 알아보고 나서야 그는 우리에게 시선을 돌렸는데, 피곤한 눈빛으로 한 사람씩 차례로 쳐다보았어요. 그렇게 한 사람씩 쳐다보면서 한숨 쉬는 것 같기도 했는데, 나중에 가서는 그 눈빛이 아말리아에게 멎었어요. 그 애가 그보다 훨씬 키가 컸기 때문에 그는 눈을 위로 치켜뜨고 그 애를 쳐다보아야만 했어요. 그 순간, 그는 자못 놀란 듯이 우뚝 서더니 아말리아에게 가기 위해 손잡이를 뛰어넘었어요. 처음에 우리는 그것을 오해하고 모두들 아버지를 선두로 그에게 가까이 가려고 했어요. 그런데 그는 손을 쳐들고 우리를 제지하더니 그 다음에는 가라고 손짓을 했어요. 그뿐이었어요. 그리고 우리는 정말로 신랑감을 구했다고 아말리아를 놀렸어요. 우리는 지각없이 그날 오후 내내 걷잡을 수 없을 만큼 어쩔 줄 몰라하며 기뻐 날뛰었지요. 단지 아말리아는 전보다 말수가 더 적어졌어요. 이때 브룬스비크가 '아말리아가 은근히 소르티니에게 반한 모양이야.' 하고 말했는데, 이 사람은 약간 성격이 거칠어요. 뿐만 아니라 아말리아와 비슷해서 자연스러운 것에 대해서는 이해가 없어요. 그런데 그 순간만큼은 그의 말이 맞는 것 같다는 생각이 들었어요. 사람들은 그날 대부분 다 탈선했어요. 자정이 지나서 집에 돌아왔을 때는—아말리아를 제외하고—모두들 성에서 온 달콤한 술에 취해 있었어요."

"그러면 소르티니는?"

K가 물었다.

"네, 나는 축제 도중 여기저기 다니면서 소르티니를 여러 번 봤어요. 그는 가슴에 팔짱을 끼고 손잡이 위에 걸터앉은 채 성에서 마차가 올 때까지 꼼짝 않고 앉아 있었어요. 그는 소방 연습에는 가지 않았어요. 아버지는 연습하는 중에 소르티니가 보고 있을 거라고 생각하고, 또 그러기를 바라고 있었기 때문에 같은 연배의 남자들 중에서도 가장 눈부신 활약을 하셨어요."

"그러면 그에 관해서는 더 이상 아무 소식도 듣지 못했나요?"

K가 물었다.

"소르티니를 대단히 존경하고 있는 것처럼 보이는군요."

"네, 존경하고말고요."

"우리는 그에 관한 소문을 많이 듣게 되었어요. 다음 날 아침에도 우리는 취중에 있었는데, 그만 아말리아가 소리 지르는 바람에 잠에서 깨고 말았어요. 다른 사람들은 다시 침대로 움츠리고 들어갔지만, 나는 완전히 잠에서 깨어나 아말리아에게 달려갔어요. 그 애는 창 옆에 서서 편지 한 장을 손에 들고 있었어요. 그 편지는 방금 전에 한 남자가 창 너머로 준 것이었고, 그 남자는 회답을 기다리고 있었어요. 아말리아는 그 편지를—짧은 편지였는데—다 읽은 후 축 늘어진 손에 쥐고 있었어요. 그 애가 그렇게 지쳐서 녹초가 된 꼴을 보면 나는 언제나 강렬한 애정을 느껴요. 나는 그 애 옆에 무릎을 꿇고 앉아서 그 편지를 읽었어요. 내가 다 읽기가 무섭게 아말리아는 내 얼굴을 힐끔 쳐다보더니 편지를 빼앗아 다시 손에 쥐었어요. 그러나 편지를 읽을 생각도 하지 않고 다짜고짜 찢어 버리더니, 그 찢어진 종이 조각을 바깥에서 기다리고 있는 남자의 얼굴에 뿌린 후 곧바로 창문을 닫아 버렸어요. 이것이 결정적인 아침이라고 나는 말하지만, 그 전날 오후의 순간순간도 그 다음 날의 아침과 마찬가지로 결정적이었어요."

올가가 말했다.

"그런데 그 편지에는 무어라고 쓰여 있었나요?"

K가 물었다.

"아직 그 이야기를 하지 않았군요. 편지는 소르티니에게서 온 것이었고, 편지 받는 사람의 이름은 '석류석 목걸이를 건 소녀에게'라고 적혀 있었어요. 그 편지 내용을 그대로 되풀이할 수는 없지만 아무튼 신사관에 있는 자기에게 찾아오라는 요구였어요. 그러니까 자신은 30분 안에 출발할 테니 빨리 오라는 요구였지요. 편지는 그때까지 내가 한 번도 들어 본 적이 없을 만큼 야비한 말로 쓰여 있어서, 전체적으로 종합해 보건대 절반쯤 그 뜻을 추측할 수 있었어요. 아말리아를 잘 알지 못하는 어떤 사람이 이 편지를 읽었다면 한 남자에게서 이런 형편없는 편지를 받은 타락한 처녀는 누구일까 하고 생각했을 거예요. 가령 그 처녀가 아주 순결한 처녀라고 하더라도 말이에요. 그것은 연애편지는 아니었어요. 여자의 마음에 들 만큼 달콤한 말은 단 한마디도 쓰여 있지 않았지요. 오히려 그의 마음이 아말리아의 그림자에 사로잡혀서 일에 방해가 되었다고 분명히 화를 냈어요. 그래서 우리는 나중에 이 일을 이렇게 해석했어요. 즉 소르티니는 저녁때 성으로 돌아갈 생각이었는데 오로지 아말리아 때문에 마을에 남아 있었다. 그리고 밤새도록 아말리아가 잊혀지지 않아서 새벽녘쯤 노여운 상태에서 그 편지를 썼다고요. 그런 편지는 아무리 무감각하고 냉정한 사람일지라도 처음에는 격분했을 거예요. 그런데 그것이 아말리아 이외의 다른 사람이었다면, 그 다음 간악한 협박의 문구 때문에 격분하기보다는 불안한 마음이 더 지배적이었을 거예요. 그러나 아말리아의 경우에는 격분된 감정뿐이었어요. 그 애는 자기 자신에게도, 또 다른 사람에게도 불안이라는 것을 몰라요. 그 후 나는 침대 속으로 들어가 토막토막 끊어진 편지의 한 구절을 되풀이했어요. '그러니까 빨리 와야 해! 그렇지 않으면…….'이라는 문구였지요. 그동안 아말리아는 창문 옆 긴 의자에 앉아서 밖을 내다보고 있었어요. 그 모양은 마치 심부름꾼이 찾아오기를 기다리면서, 찾아오기만 하면 첫 번째 심부름꾼처럼 혼을 내주겠다고 벼르는 것 같았어요."

올가가 말했다.

"관리들의 상투적인 수단이었군요."

K가 머뭇거리면서 말했다.

"관리들 사이에서는 그런 수단을 쓰는 자들을 많이 볼 수 있어요. 그래서 당신 아버님은 어떻게 하셨지요? 직접 신사관으로 찾아가서 보다 확실하고 빠른 길을 택하셨다면 별 문제 없겠지만, 어쨌든 당국에 출두해서 소르티니를 강경하게 고소했어야 한다고 생각하는데요. 이 사건에서 가장 증오할 만한 점은 아말리아에 대한 모욕이 아니에요. 이런 모욕은 간단히 풀어 주고 보상할 수도 있어요. 그런 것에 대해서 당신이 왜 그렇게 중대시하는지 도무지 알 수가 없군요. 기껏 소르티니의 그런 편지 한 통이 아말리아의 신세를 영원히 위태롭게 했다고 생각하는 건가요? 당신의 말을 들으면 그렇게밖에 추측할 수가 없어요. 어쨌든 그런 일은 일어나지 않았겠지요. 아말리아는 아주 쉽게 명예를 회복할 수도 있었으며, 이삼 일만 지나면 이런 사건은 곧 잊혀지게 되었을 테니까요. 결국 소르티니는 아말리아의 신세를 위태롭게 한 것이 아니라 자기 자신을 위험 속에 빠뜨린 거예요. 따라서 내가 소르티니를 두려워하는 것은 그가 권력을 남용할 수 있다는 가능성 때문이에요. 아말리아의 경우에는 실패로 돌아갔지만, 그것은 말을 너무 노골적으로 했다는 것과 아주 속까지 들여다보이게 했다는 것 그리고 아말리아라는 아주 뛰어난 적수를 만났기 때문이지요. 그런데 이와 비슷한 다른 수많은 경우에 있어서—아말리아의 경우보다 더 불리한 경우도 있지만—완전히 성공하는 일이 있을 뿐 아니라, 어떤 사람의 눈도 피할 수 있으며 심지어는 유혹당한 본인의 눈까지도 벗어날 수 있는 법이에요."

"조용히 하세요. 아말리아가 이쪽을 보고 있어요."

올가가 말했다. 아말리아는 이미 부모에게 식사를 다 떠 드리고 난 후였고, 이번에는 어머니의 옷을 벗겨 드리려고 했다. 그녀는 어머니의 치마끈을 풀고 어머니의 두 팔을 자기 목에 걸치게 한 다음 그대로 어머니의 몸을 약간 쳐들어서 치마를 벗긴 후 가만히 의자에 앉혔다. 그녀의 아버지는 아말리아가 언제나 어머니의 시중을 먼저 드는 것이 불만이었고—사실 어머니가 아버지보다 더 기운 없는 몸이라는 점은 분명했지만—딸의 동작이 느리다고 멋대로 생각하며 그것을 나무라기라도 하듯 스스로 옷을 벗으려고 했다. 그래서 먼저 가장 불필요하고 가장 쉬운 일, 즉 헐거워서 자꾸 벗겨지려는 슬리퍼를 벗는 일에 착수했는데 아무리 애써도 벗을 수가 없었다. 곧 목구멍에서 골골 가래가 끓어 단념하지 않을 수 없게 되자 그는 다시 사지에 힘을 주어 의자에 기대어 버렸다.

"가장 중요한 점을 모르시는군요."

올가가 말했다.

"당신 말씀이 전부 맞을지도 몰라요. 그러나 가장 중요한 점은 아말리아가 신사관에 가지 않았다는 점이에요. 그 애가 편지 심부름꾼을 어떻게 취급했는지 그것은 그리 대단치 않은 일이었어요. 감쪽같이 처리해 버리겠다고 마음먹었으면 처리해 버렸을 수도 있어요. 그러나 그 애가 가지 않았다는 사실로 말미암아 우리 집안에 저주가 돌아왔어요. 일이 그쯤 되고 나면 심부름꾼에 대한 복수까지도 허락될 수가 없어요. 그뿐 아니라 이 사실이 마을에 파다하게 퍼지고 말았어요."

올가가 말했다.

"뭐라고요!"

K는 소리쳤으나 올가가 애원하듯이 손을 쳐들었기 때문에 소리를 죽이면서,

"설마 당신은 언니로서 아말리아가 소르티니의 편지를 받고 신사관으로 달려갔어야 했다고 말하려는 것은 아니겠지요?"

하고 말했다.

"아니에요. 제발 그런 오해는 말아 주세요. 왜 그렇게 생각하시나요? 나는 모든 행동에 있어서 아말리아처럼 올바른 행동을 하는 사람은 한 명도 보지 못했어요. 만일 그 애가 신사관에 갔더라도, 그래도 물론 나는 그 애를 여전히 옳다고 인정했을 거예요. 그러나 그 애가 가지 않은 것은 정말 잘한 행동이었어요. 나에 관해서 말하자면—숨기지 않고 고백하겠어요—만약 내가 그런 편지를 받았다면 나는 어쩌면 갔을지도 모르겠어요. 나 같으면 그 후에 오는 사태가 두려워서 견디지 못했을 거예요. 아말리아니까 그것을 해낸 거예요. 물론 빠져나갈 구멍은 얼마든지 있었어요. 다른 여자 같으면 아주 화려하게 치장했을지도 모르겠어요. 잠시 동안 그것으로 시간을 보내고, 그러고 나서 신사관에 도착했지만 소르티니는 이미 출발했다는 사실, 아마도 그는 심부름꾼을 보낸 다음 바로 출발했다는 사실을 알게 되었을지도 모르죠. 성 양반들의 기분은 시시각각으로 변하니까요. 그런 일도 충분히 있을 수 있어요. 그러나 아말리아는 이와 같은 일도, 또 이와 비슷한 일도 하지 않았어요. 그 애가 받은 모욕은 너무나 컸기 때문에 그 애는 무조건 대담하게 나왔어요. 단지 겉으로라도 따라가는

체했다면, 적어도 그때 신사관의 현관에 한 발짝이라도 디뎌 놓았다면 이런 액운은 피할 수 있었을 거예요. 이 마을에는 아주 똑똑하고 유능한 변호사들이 있어요. 그들은 무(無)에서 무엇이든 사람이 원하는 것을 만들어 낼 수 있지만, 이런 경우에 있어서는 그 유리한 무도 전혀 존재하지 않았어요. 반대로 존재하는 것이라곤 소르티니의 편지 속에 나타난 모욕적인 언사와 심부름꾼이 모욕을 당한 일이었어요."

올가가 말했다.

"대체 어떤 액운인가요? 또 무슨 변호사들인가요? 범죄자와 같은 소르티니의 못된 행동 때문에 아말리아가 고소를 당하거나 더욱이 처벌까지 당하는 일은 있을 수 없는 일이잖아요."

K가 말했다.

"그런데 그것이 가능했어요. 물론 합법적인 소송에 의한 것도 아니었고, 또 누군가가 그 애를 직접 처벌한 것도 아닌데 다른 방법으로 그 애를 처벌하고 말았어요. 아니, 그 애와 우리 가족 모두를 처벌했지요. 이 벌이 얼마나 무서운 것인지 깨달으셨을 거라고 믿어요. 물론 대단히 부당한 처벌이라고 생각하시겠지만 이 마을에서는 그런 의견을 가진 사람이라고는 당신밖에 없어요. 당신의 의견은 우리에게 호의적이어서 우리가 마음의 위안을 받기도 해요. 그러니 그 의견이 분명 잘못 생각하신 것이 아니었으면 좋겠어요. 나는 그것을 당신에게 증명해 드릴 수도 있어요. 동시에 프리다에 관한 말이 나오더라도 양해해 주세요. 프리다와 클람 사이에는―마지막 결과를 제외하면—아말리아와 소르티니 사이같은 관계가 생겼어요. 처음에는 깜짝 놀라셨을지 모르겠지만 지금은 옳다고 생각하고 계신 것 아니에요? 그런데 그것을 가지고 관습이라고 말할 수는 없어요. 단순한 판단이 문제가 될 때, 아무도 관습으로 말미암아 그렇게 무감각하게 될 수는 없어요. 오히려 오류를 벗어났을 따름이죠."

올가가 말했다.

"올가, 그렇지 않아요. 당신이 이 말에 왜 프리다를 끌어넣는지 알 수가 없군요. 사건의 성질이 전혀 다르니까요. 그렇게 근본적으로 다른 것을 서로 뒤섞지 말고 차근차근하게 이야기해 봐요."

K가 말했다.

"제발, 내가 다시 비교하겠다고 주장해도 오해하지 마세요. 당신은 그녀를 비교하는 데 있어서 두둔할 수밖에 없다는 생각이 들기는 하지만 당신은 프리다에 관해서 잘못 생각하고 계세요. 그녀를 두둔해 줄 필요는 전혀 없고 그저 칭찬만 해 주면 돼요. 내가 두 가지 경우를 비교한다고 해서 둘이 다 똑같다고 주장하는 것은 아니에요. 그들의 관계는 흑백의 대조나 다름없으니까요. 그러니까 백이 프리다라고 할 수 있어요. 최악의 경우라도 사람들은 프리다에 대해 웃으면 그만이에요. 내가 예의를 잃고—나중에 얼마나 후회했는지 몰라요—술집에서 한 것처럼 말이에요. 그러나 이 경우에 웃는 사람은 악의가 있거나 그렇지 않으면 질투하고 있거나 둘 중에 하나예요. 아무튼 여전히 웃을 수 있어요. 한편 아말리아의 경우에는 사람들이 그 애와 혈연관계가 없다면 그 애를 경멸할 뿐이에요. 그러니까 이것은 당신 말씀대로 근본적으로는 다른 이야기지만 그래도 결국은 비슷한 이야기예요."

올가가 말했다.

"비슷하지도 않아요."

K는 못마땅하다는 듯 고개를 살살 내두르며 말했다. 덧붙여서,

"이제 프리다 이야기는 그만둬요. 아말리아가 소르티니에게서 받은 것 같은 그런 추잡한 편지를 프리다는 한 번도 받아 본 적이 없어요. 프리다는 진정으로 클람을 사랑했어요. 의심스러우면 그녀에게 물어봐도 좋아요. 지금도 여전히 클람을 사랑하고 있으니까요."

하고 말했다.

"그러나 그것이 그렇게도 큰 차이라고 말할 수 있을까요?"

올가가 물었다. 잠시 후 그녀는 다음과 같이 말했다.

"클람이 프리다에게 소르티니와 똑같은 편지를 써 보낼 수는 없다고 생각하시나요? 성 양반들은 책상에서 일어서기만 하면 백성들의 실정이나 세상 물정에는 아주 깜깜해요. 그래서 그들은 방심한 상태로 아주 난폭한 언사를 쓰기 일쑤지요. 물론 전부가 다 그렇다고는 할 수 없지만 그런 분들이 많아요. 아말리아에게 보내온 편지도 그러했고, 실제로 종이 위에 쓴 글자는 조금도 주의하지 않은 채 그저 머릿속에서 생각나는 대로 써 버렸는지도 몰라요. 성 양반들이 대체 무슨 생각을 하는지 우리로서는 도무지 알 수가 없어요. 클람이 프리다

와 어떻게 교제했는지 직접 들으시거나 또는 다른 사람이 말하는 소리를 들으신 적은 없으세요? 클람이 몹시 난폭하다는 것은 모두가 알고 있는 사실이에요. 몇 시간이고 입을 다물고 있다가 갑자기 듣는 사람을 깜짝 놀라게 하는 말을 끄집어내기도 하죠. 소르티니가 난폭한지 어쩐지는 아무도 아는 사람이 없어요. 소르티니에 대해서 사람들이 알고 있는 것이라고는 소르디니와 이름이 비슷하다는 것뿐이에요. 만약 이름이 닮지 않았더라면 모두들 그에 관해서 아무것도 몰랐을 거예요. 소방대 전문가라는 것만 해도 그래요. 사람들은 소르티니와 혼동하고 있는 게 분명해요. 사실은 소르디니가 진짜 전문가인데, 그는 자신과 이름이 비슷한 소르디니를 이용하고 있는 것인지도 몰라요. 그것도 대표로서의 의무는 소르디니에게 전가해 버리고, 자신은 아무런 방해도 받지 않은 채 마음 편히 일에만 열중하려는 것이 가장 큰 목적이겠지요. 따라서 소르티니처럼 세상 물정도 모르는 미숙한 사나이가 갑자기 촌아가씨에 대한 애정에 사로잡히면—물론 그것은 인근의 가구 공장 직공이 반한 것과는 형태가 전혀 달라요—그러한 관리와 구둣방집 딸 사이에는 어떻게 해서든 다리를 놔 주어야만 해요. 다른 사람이라면 어떻게 했을지 모르지만 여하간 소르티니는 그런 방식으로 다리를 놓으려고 했어요. 물론 우리는 성에 속해 있기 때문에 그 사람이나 우리나 아무런 거리가 없으며, 따라서 다리를 놓아 줄 필요가 없다고 말하는 사람도 있어요. 그것은 아마도 일반적인 경우에 해당할지 모르겠지만, 유감스럽게도 막상 아주 중요한 때에 가서는 그러한 의견이 전혀 맞지 않을 때가 많아요. 내 말을 끝까지 들으시면 소르티니의 상투적인 수단을 아시게 될 테고, 또 지금까지 상상하시던 것처럼 그렇게 어마어마하게 생각하시지는 않게 될 거예요. 아닌 게 아니라 그의 수단 방법은 클람의 그것과 비교하면 훨씬 이해하기가 쉬워요. 휩쓸려 들어가는 한이 있더라도 클람의 경우보다는 훨씬 참고 볼 수가 있지요. 클람이 연애편지를 썼다면 그는 소르티니가 쓴 가장 난폭한 편지보다도 더 상대방을 괴롭혔을 거예요. 이렇게 말한다고 해서 나를 오해하지는 마세요. 클람을 비판하려는 것은 아니니까요. 다만 선생님이 두 사람에 관한 비교를 반대하시니까 비교해 보았을 뿐이에요. 아무튼 클람은 여군의 사령관 같은 지위를 갖고 있어요. 갑(甲)이라는 여자를 자기에게 오라고 명령하는가 하면, 다음에는 을(乙)이라는 여자에게 오라고 명령하는 판이지요. 어느 여자건 간에 곧 싫증을 느끼는 거예요. 그래서 그는 오라고 명령할 때와 똑같이 가라고 명령해요. 클람은 먼저 편지를 써 보내는 그런 귀찮은 짓은 하지 않을 거예요! 이런 점만 비교해 보더라도, 숨어서 소극적인 생활을 하고 있는 소르티니가, 적어도 여성 관계에 있어서는 미지수인 소르티니가 의자에 앉아 관료적인 아름다운 필체로 편지를—물론 지긋지긋한 내용의 편지라고 하지만—썼다는 사실은 어마어마한 일임에 틀림없어요. 그런데 이 경우에 있어서 두 사람 사이가 클람보다는 소르티니에게 유리하다고 하면, 그런 차이를 생기게 한 것이 과연 프리다의 애정 때문이었다고 말할 수 있을까요? 관리에 대한 부인들의 마음을 판단하는 것이

나로서는 아주 어렵든지 아니면 반대로 아주 쉽든지 둘 중 하나예요. 여자 쪽에 애정이 없는 경우는 없어요. 관리가 짝사랑을 하거나 실연당하는 일은 없지요. 따라서 이 점으로 미루어 볼 때, 한 소녀가 단지 사랑하기 때문에 관리에게 몸을 맡겼다고—그렇다고 여기서 프리다의 이야기를 하고 있는 것은 아니에요—사람들이 말한다 해도 그것이 칭찬받을 만한 일은 못 돼요. 그녀가 관리를 사랑하고 그에게 몸을 허락했다뿐이지, 자랑삼을 것은 하나도 없어요. 그런데 여기서 아말리아는 소르티니를 사랑하지 않았다고 당신은 항의하시겠지요. 네, 사실 그 애는 그를 사랑하지 않았어요. 그러나 어쩌면 사랑하고 있었을지도 몰라요. 그 점에 대해서 분명하게 말할 수는 없지만요. 누가 감히 판단을 내릴 수 있겠어요? 그건 그 애 자신도 모를 거예요. 아말리아는 관리가 그처럼 거절당한 예가 없을 정도로 아주 무자비하게 그를 차 버렸지만, 그렇다고 해서 그 애가 상대방을 사랑하지 않았다고 단언할 수 있을까요? 아말리아는 지금도 가끔 자신이 삼 년 전, 창문을 확 닫아 버렸을 때의 마음의 동요 때문에 떠는 일이 있다고 바르나바스가 말했어요. 이것은 사실이에요. 그러니까 그 애에게 물어볼 수도 없어요. 그 애는 소르티니와 관계를 끊었다는 것 외에는 아무것도 알지 못해요. 지금 자기가 그를 사랑하고 있는지 어쩐지는 그 애 자신도 모를 거예요. 그러나 우리는 잘 알고 있어요. 여자는 의젓한 관리가 자기한테 몸을 돌리기만 해도 이미 그를 사랑하지 않을 수 없게 돼요. 그녀들은 스스로 부정하려고 하지만, 애초부터 관리들을 사랑하고 있어요.

그리고 소르티니는 아말리아 쪽으로 몸을 돌렸을 뿐만 아니라 아말리아를 보았을 때 소방 수레의 손잡이를 뛰어넘었어요. 더군다나 책상에 앉아서 일하느라고 뻣뻣하게 굳은 다리로 말이에요. 당신은 아말리아는 예외라고 말씀하실지도 몰라요. 네, 그 애는 예외지요. 그 애는 소르티니에게 가지 않음으로써 그것을 증명했어요. 그것은 훌륭한 예외예요. 그런데 여기서 아말리아가 소르티니를 사랑한 적이 없다고 주장한다면 그것은 이미 예외의 남용이 되는 거예요. 그런 일은 이제 더 이상 알 수 없어요. 우리는 그날 오후 확실히 장님이 된 거나 마찬가지였지만, 그래도 그때 자욱하게 낀 안개 장막을 통해서 흐릿하게나마 아말리아의 그리움을 엿볼 수 있었던 것 같아요. 그 정도의 분별은 가지고 있어요. 그런데 이런 점을 모두 종합해서 비교해 볼 때, 대체 프리다와 아말리아 사이에는 어떤 차이점이 있을까요! 그것은 아말리아가 거부한 것을 프리다는 거부하지 않았다는 차이점뿐이에요."

"그럴지도 모르죠."

K가 말했다.

"그러나 내 입장에서 볼 때는 다음과 같은 큰 차이점이 있어요. 즉 프리다는 내 약혼자이고, 아말리아는 성의 심부름꾼인 바르나바스의 누이라는 점이에요. 그녀의 운명은 바르나바스의 근무 성적에 좌우된다는 점 외에는 나와 아무 상관도 없어요. 만약 어떤 관리 하나가 아말리아에게 그토록 못된 짓을 했다면—당신의 말을 듣고 처음에 나는 그렇게 생각했어요—나의 중대한 관심을 끌었을지도 몰라요. 물론 그것도 아말리아의 개인적인 고뇌라기보다는 공적인 문제로써 말이에요. 그런데 당신의 이야기를 듣고 보니 사정이 달라졌어요. 어떻게 달라진 것인지는 나로서도 알 수 없지만, 당신의 말이니까 그래도 믿을 수 있겠지요. 그래서 나는 이 일을 기억에서 완전히 지우려고 생각 중이에요. 나는 소방수도 아닌데 대체 소르티니가 나와 무슨 상관이 있을까요? 프리다라면 관계가 있을지도 모르죠. 내가 여기서 이상스러운 건, 나는 당신을 완전히 신용하고 있는데 당신은 아말리아를 통해 끊임없이 프리다를 공격하고 있고, 또 프리다를 의심하도록 내게 공작하고 있다는 점이에요. 일부러 악의를 가지고 그러는 것이라고는 생각지 않아요. 만약 그렇게 생각했다면 나는 이미 여기서 나가 버렸을 거예요. 당신은 고의적으로 그러는 것이 아니라 어떤 사정에 이끌려서 그럴 수밖에 없었겠죠. 아말리아에 대한 애정이 지나쳐서 당신은 그녀를 모든 여자들 위에 올려놓으려 애쓰고 있어요. 그런데 그녀에게서 이 목적에 맞는 미덕을 찾아볼 수 없으니까 하는 수 없이 다른 여자들의 트집을 잡고 그녀들에게 분풀이를 하려는 거예요. 어쨌든 아말리아의 행동은 이상스럽지만, 당신이 그녀의 행동에 관해 말하면 말할수록 그것이 위대한 일이었는지 소견 없는 행동이었는지, 현명했는지 어리석었는지, 용감했는지 비겁했는지 도무지 판단할 수가 없군요. 아말리아는 자기 행동의 동기를 가슴속에 숨겨 두었기 때문에 그 누구도 그녀에게서 그것을 빼앗을 수는 없을 거예요. 이와 반대로 프리다는 어떤 색다른 일을 한 것이 아니라 단지 자신의 마음에 따랐을 뿐이에요.

이것은 기꺼이 프리다의 마음을 헤아려 보려는 사람에게는 명백한 일이에요. 누구라도 확인할 수 있어요. 이러쿵저러쿵 떠벌릴 여지도 없어요. 나는 아말리아를 깎아내리려는 것도 아니고 프리다의 편을 들려는 것도 아니에요. 단지 내가 프리다와 어떤 관계에 있는가를, 그리고 프리다에 대한 공격 하나하나가 동시에 나라는 인간에 대한 공격이라는 것을 당신에게 밝히려고 했을 따름이에요. 나는 내 의지로 이곳까지 걸어와서 내 의지로 이곳에 묵고는 있지만, 이곳에 도착한 이래 일어난 모든 사건과 무엇보다도 내 장래의 희망—비록 희미하긴 하지만 어쨌든 희망은 있는 셈이니—이 프리다 덕분에 생겼다는 것을 누가 뭐래도 무시할 수가 없어요. 사람들은 나를 측량 기사로 받아들이기는 했지만 그것은 표면상 그랬을 뿐이고 사실은 모두들 나를 희롱하고 내쫓았어요. 지금도 희롱당하고 있기는 마찬가지지만 말이에요. 뿐만 아니라 더 까다로운 일이 생겼는데, 그것은 '부피가 늘었다는' 거예요. 이것은 정말 굉장한 일이에요. 이래 봬도 이제 나는 미력하나마 가정을 꾸리고 있고, 보잘것없지만 하나의 지위를, 실제 직업을 갖고 있어요. 나에게는 약혼자가 있어서 내가 다른 일로 바쁠 때면 직무상의 일을 대신해 주고 있어요. 나는 그녀와 결혼하고 이곳의 일원이 될 거예요. 나는 또 클람에 대해서 공적인 관계뿐만 아니라 지금까지 이용하지 못한 사적인 관계도 갖고 있어요. 그것이 대단치 않다고는 말할 수 없을 거예요. 내가 당신네 집으로 찾아오면 당신네들은 누구한테 인사를 할까요? 당신은 누구에게 당신네 집안사를 고백할까요?

당신은 누구에게서 어떤 도움의 가능성을—그것이 아무리 미미하고 시시한 것이라 할지라도—기대할까요? 설마 이 '나'라는 인간—불과 일주일 전에 라제만과 브룬스비크에게 강제로 바깥으로 내쫓긴 측량 기사—은 아니겠지요. 당신은 그런 도움을 이미 어떤 권력의 배경을 가진 남자에게 기대하고 있어요. 그런데 내가 얻은 이 권력의 배경은 바로 프리다 덕분이에요. 프리다는 겸손한 여자니까, 만약 당신이 그런 질문을 한다 해도 그 일에 관해서는 아무것도 모른다고 주장할 거예요. 이 모든 사정을 고려해 볼 때, 순진한 프리다 쪽이 저 거만한 아말리아보다는 더 많은 일을 한 것 같군요. 내 말 좀 들어 보세요. 당신이 지금 내게 도움을 구하는 이유가 나로서는 아말리아 때문이라는 인상을 받고 있어요. 그리고 그것은 결과적으로 결국 프리다의 도움을 구하고 있는 것 아니겠어요?"

"내가 정말 프리다에 관해서 그렇게 나쁘게 말했던가요?"

올가가 말했다.

"그렇게 말할 생각은 전혀 없었고, 또 실제 그렇게 했다고도 생각지 않지만 어쩌면 그랬을지도 모르죠. 우리는 세상 사람들과 사이가 나쁘니까요. 그래서 일단 불평을 늘어놓기 시작하면, 더는 견딜 수가 없어서 자신도 무슨 소리가 나올지 몰라요. 말씀하신 대로, 지금 우리와 프리다 사이에는 큰 차이점이 있어요. 그래서 그것을 강조해 보는 것도 좋을 거예요. 3년 전에 우리는 당당한 시민의 딸이었고, 그 고아 프리다는 교반관의 하녀였어요. 우리는 그녀를 거들떠보지도 않고 그녀 앞을 지나갔어요. 너무 거만한 행동이었지만 우리는 그렇게 교육을 받아 왔어요. 당신은 그날 저녁 신사관에서 시간을 보내셨으니까, 현재 상태를 잘 이해하셨을 거예요. 프리다는 손에 회초리를 들고 있었고, 나는 하인들 무리 속에 끼어 있었어요. 더욱 나쁜 것은 프리다가 우리를 업신여기고 있을지도 모른다는 점이에요. 업신여기는 것은 그녀의 입장에선 당연하니까요. 정말로 형편상 어쩔 수 없게 되었어요. 그러나 우리를 업신여기지 않는 사람이 어디 있겠어요! 우리를 멸시하기로 마음먹기만 하면 그것만으로 이미 모든 사람들의 그룹에 한몫 끼는 셈이 되는걸요. 프리다의 뒤를 이어서 들어온 여자를 아시나요? 페피라는 이름이었는데. 나는 그저께 저녁에야 비로소 그녀를 알게 되었어요. 지금까지 그녀는 손님방에서 심부름하는 하녀였지요. 나를 멸시하는 점에서 본다면 그녀는 확실히 프리다보다 단수가 높아요. 그녀는 내가 맥주를 가지러 오는 것을 창 너머로 보자마자 달려 나와 문을 닫아 버렸어요. 나는 그녀가 문을 열어 줄 때까지 오랫동안 애원하기도 하고, 머리에 단 리본을 주겠다고 약속까지 해야 했어요. 문이 열린 다음 페피에게 그것을 주었더니 그녀는 그것을 방구석에 내동댕이쳐 버렸어요. 그녀가 나를 멸시하고 있는 것도 무리는 아니에요. 사실 나는 그녀의 온정만 바랄 뿐이에요. 뿐만 아니라 그녀는 신사관에서 술집 여급 노릇도 하고 있어요. 다만 임시이긴 하지만요. 그녀는 그곳에서 계속 근무하는 데 필요한 성격이나 조건을 갖추고 있지 않아요. 그건 신사관 주인이 페피와 어떻게 이야기하는지 들어 보시면 알게 되실 거예요. 또 프리다와는 어떻게 이야기하는지 그 태도를 비교해 보는 것도 좋을 거예요. 그러나 페피는 그런 것에는 하등 구애받지 않고 이제 아말리아까지 멸시하고 있는 판이에요. 아말리아가 한 번 쏘아보기만 해도 땋은 머리에 편물 리본을 단 그 꼬마 페피는 당장 방 안에서 뛰어나 가 버려요. 그녀의 통통한 다리로는 도저히 낼 수 없는 속력으로 달아나 버리죠! 어제만 해도 그녀가 아말리아를 두고 수작질하며 약 올리는 소리를 들었는데, 나는 그 소리를 손님들이―물론 지난번에 보신 바와 같이 그런 꼴이지만―나를 돌봐 주려고 데리러 올 때까지 잠자코 듣고만 있었어요."

"당신은 마음이 굉장히 조마조마한가 보군요."

K가 말했다.

"나는 단지 프리다를 그녀한테 맞는 자리에 배치해 놓았을 뿐, 지금 당신이 생각하는 것처럼 당신네들을 깎아내리려고 한 것은 아니에요. 또 당신네들 집안은 내가 봐도 아주 각별한 것 같은데 그런 느낌을 나는 숨기려 하지 않았어요. 그러나 대체 이 각별한 것이 어떻게 해서 멸시의 계기가 되었는지 나로서는 도무지 알 수가 없군요."

"아, K씨. 당신도 곧 그것을 알게 되실 거라고 생각하니 염려가 돼서 죽겠어요."

올가가 말했다.

"소르티니에 대한 아말리아의 태도가 사람들에게 이처럼 멸시받게 된 최초의 동기였다는 사실을 도저히 이해하지 못하시겠어요?"

"그렇다면 그것은 너무나 이상스러운 일 아닐까요?"

K가 말했다.

"그것이 아말리아를 칭찬하거나 처벌할 수 있는 이유가 될지는 몰라도 어떻게 멸시의 이유가 되지요? 또 사람들이 나로서는 이해하기 곤란한 감정에서 아말리아를 멸시한다면, 왜 또 그 멸시의 감정을 당신네들한테까지, 즉 죄 없는 가족에게까지 미치게 하는 걸까요? 한 예로, 페피가 당신을 멸시하는 것만 봐도 그래요. 내가 다음에 신사관에 가면 그녀에게 보복해 주겠어요."

"K씨, 만일……."

올가가 말했다.

"나를 멸시하는 사람들의 생각을 모조리 바꾸실 생각이라면 그것은 참 어려운 일이에요. 왜냐하면 모든 것이 성에서 나온 것이니까요. 나는 그날 아침부터 점심때까지의 일을 지금도 생생히 기억하고 있어요. 그날도 우리의 허드렛일을 봐주던 브룬스비크가 보통 때처럼 나타났어요. 아버지가 그에게 일을 배당하고 그를 집으로 돌려보낸 다음, 우리는 아침상을 받았어요. 아말리아나 나뿐만 아니라 모두들 아주 활기에 넘쳐 있었지요. 아버지는 여전히 축제에 관한 이야기를 하셨어요. 아버지는 소방대에 관해서 여러 가지 계획을 품고 있었지요. 즉 성에는 전속 소방대가 있고, 잔치 때면 사람을 보내왔는데, 그것에 관해 소문이 자자했어요. 마침 그 자리에 참석했던 성 양반들은 우리 소방대의 연습을 보고 아주 유리한 논평을 가했고, 결과는 성 소방대와 비교해 볼 때 우리가 더 낫다는 쪽으로 낙착되었어요. 그래서 성 소방대를 새로 편성해야 한다는 필요성이 대두되었는데, 그러기 위해서는 마을에서 교도자가 나와야 한다고들 했지요. 물론 두서너 명의 후보자가 물망에 올랐지만, 아버지는 당신이 뽑혀서 그 임무를 맡게 될 희망에 들떠 계셨어요. 마침 아버지는 이 일에 대해 여러 가지로 이야기하셨어요. 아버지는 식사 때면 기분 좋게 팔 다리를 쭉 펴는 것을 좋아하셨지요. 그때도 두 팔로 식탁을 반쯤 껴안는 시늉을 하면서 걸터앉으시고는 열린 창문으로 하늘을 쳐다보시는데 정말로 청춘과 희망에 빛나는 것 같은 표정이셨어요. 그런데 그 후 그런 아버지의 모습을 다시는 볼 수가 없었어요. 그때 아말리아는 자신이 아주 잘났다는 말투로—아말리아에게 그런 점이 있으리라고는 생각지도 못했는데—'성 양반들의 말은 믿을 수가 없어요. 그들은 이런 경우에 흔히 마음에 드는 소리를 하기 마련이에요. 그것은 거의 아무 의미 없거나 전혀 의미가 없는 것 둘 중 하나예요. 입 밖에 내자마자 영원히 잊어버린다고요. 물론 다음 번에도 사람들은 그들에게 꼼짝 못하고 또 속아 넘어가게 되어 있지만요.' 하고 말하는 것이었어요. 어머니는 그 애를 나무라셨지요. 아버지는 단지 그 애가 성숙하고 약삭빠르다는 사실에 웃으셨을 뿐이었는데, 잠시 후 갑자기 몸을 움츠리시더니 무엇인가 없어졌다는 걸 깨달은 듯 찾는 체하셨어요. 그러나 없어진 것이라곤 하나도 없었어요. 아버지는 브룬스비크가 어떤 심부름꾼의 일과 찢어진 편지 이야기를 하더라고 하시면서, 그것이 누구와 관련된 것이며 어떤 일인지 아는 대로 말해 달라고 우리에게 말씀하셨어요. 우리는 잠자코 있었지요. 그런데 여전히 새끼 양처럼 나이가 어렸던 바르나바스가 어리석고 건방진 소리를 했어요. 모두들 다른 이야기를 하고 이 일은 그냥 잊어버렸어요."

"그러나 우리는 얼마 지나지 않아 이 편지에 관해 사방으로부터 질문을 받게 되었어요. 친구, 원수, 아는 사람, 모르는 사람들이 찾아왔지요. 그러나 오랫동안 머무르는 사람은 없었어요. 가장 친한 친구들일수록 총총히 떠나 버렸어요. 언제나 동작이 느리고 태도가 점잖던 라제만도 마치 방의 넓이를 검사하러 온 것처럼 들어와서는 방 안을 빙 둘러보더니 그대로 나가 버렸어요. 라제만이 나가버리자 아버지는 갑자기 다른 손님들을 떠나 성급히 그의 뒤를 쫓았는데, 문까지 달려가다가 그만 단념하시고 말았어요. 그 모습이 꼭 무서운 어린애 장난처럼 보이더군요. 브룬스비크도 와서는 아버지에게 독립해서 나가겠다고 말했어요. 때를 이용할 줄 아는 약삭빠른 사나이지요. 그리고 손님들이 와서 아버지가 수선하기 위해 창고에 놓아두었던 자기들의 신을 찾아냈어요. 처음에는 아버지도 손님들의 마음을 돌이켜 보려고 노력했으나—우리도 작은 힘이나마 있는 힘을 다해서 아버지를 거들었어요—나중에는 하는 수 없이 단념하시고는 잠자코 구두를 찾아가도록 도와주셨어요. 주문장에는 한 줄씩 선이 그어졌어요. 이제 우리 집에 놓아두었던 손님들의 가죽은 제각기 주인들에게 반환되었어요. 우리에게 진 빚도 갚았으며 모든 일을 조금도 다투지 않고 처리했어요. 우리와의 관계를 빨리 완전하게 청산할 수만 있다면 사람들은 그것으로 만족을 느끼고, 설사 약간 손해를 본다 해도 그것에는 조금도 개의치 않았어요. 그리고 드디어―예상했던 일이지만―소방 대장인 제만이 나타났어요. 그 광경이 지금도 눈앞에 선하군요. 키가 크고 뼈가 굵은 제만은 허리가 약간 앞으로 구부정한 폐병쟁이였지만 언제나 성실한 사람이었어요. 그는 도무지 웃는 일이 없었어요. 바로 그가 아버지 앞에―지금까지 아버지를 존경해 왔고 다정하게 이야기하면서 대장 대리의 지위를 약속해 준 일이 있었던 그가―서 있었어요. 그는 아버지에게 조합에서 아버지를 면직한 사실과 증서 반환을 요구하고 있다는 사실을 전해 주었어요. 마침 우리 집에 와 있던 사람들은 제각기 일손을 멈추고 두 사람 주위로 몰려들어 둥그렇게 원을 그리며 둘러쌌지요. 제만은 아무 말도 하지 못하고 끊임없이 아버지의 어깨를 두드리고만 있었어요. 그 모습이 마치 무슨 말인가 해야겠는데 무어라 말해야 좋을지 몰라 그 말을 아버지의 몸에서 두드려 내려는 것 같았어요. 그렇게 아버지의 어깨를 두드리면서 그는 한결같이 웃고만 있었어요. 웃는 것으로 말미암아 자기 자신이나 주위 사람들을 약간이라도 안심시키려는 것 같았지요. 그러나 그는 웃을 수가 없었을 뿐더러 모두들 그가 웃는 소리를 한 번도 들은 적이 없었기 때문에 아무도 그것을 웃고 있는 것이라고 생각하는 사람은 없었어요. 아버지는 이날 겪은 일 때문에 너무나 피곤한 데다 절망하고 계셔서 다른 사람을 도와준다는 것은 생각할 수도 없으셨어요. 네, 너무나 지쳐서 무엇이 문제가 된 것인지 그것조차 생각해 내실 수 없는 것 같았어요. 우리도 모두들 절망하기는 마찬가지였지만 단지 젊었기 때문에 그런 완전한 파멸이 정말로 있으리라고는 믿지 않았지요. 이렇게 방문객들이 줄을 지어서 오는 동안, 틀림없이 나중에는 누군가 와서 정지 명령을 내리고 모든 것이 원상으로 복구되도록 압력을 가해 줄 것이라고 우리는 줄기차게 생각했어요. 우리는 판별력이 부족했기 때문에 우리 눈에는 제만이 그러기에 안성맞춤의 인물처럼 보였어요. 저렇게 끊임없이 계속되는 웃음 뒤의 마지막에는 희망을 걸 수 있는 말이 튀어나오지 않을까 하고 바짝 긴장한 채 고대하고 있었지요. 우리의 신변에 일어난 이 어리석은 부정에 대해 웃는 것이 아니라면 대체 웃을 이유가 있었을까요? '대장님, 대장님. 이제 이 사람들한테 말씀해 주세요.' 우리는 그렇게 말할 생각으로 그 사람 옆으로 다가갔어요. 그러나 그것은 단지 그에게 이상한 선회 운동을 시키는 데 지나지 않았어요. 그는 드디어 입을 열었어요. 그것은 우리의 소원을 이루어 주기 위한 것이 아니라 바로 우리 주위에 있는 사람들의 원기를 북돋아 주고 화내면서 외치는 소리에 호응하기 위한 것이었지요. 그런데도 우리는 여전히 희망을 버리지 않았어요. 그는 무턱대고 아버지를 칭찬하는 말부터 시작했어요. 아버지를 조합의 영예이자 후배들이 도달하기 어려운 모범이며 없어서는 안 될 조합원이라고 부르면서 아버지가 퇴직하면 조합이 위태로워질 것이라고 말했어요. 여기서 그만두었다면 모조리 훌륭한 말이 되었겠지요. 그런데 그는 계속해서 말했어요. 그런데도 불구하고 조합이―물론 당분간이라고는 하지만―그런 인물인 아버지에게 퇴직을 요청하도록 결정했으니까, 조합이 이런 태도로 나올 수밖에 없는 중대한 이유를 사람들은 알 것이라나요. 어제 축하 연회에서도 아마 아버지의 빛나는 업적이 아니었다면 그만한 성과를 거둘 수도 없었을 것이라고요. 그런데 마침내 당신의 이 업적이 당국의 주의를 환기시키게 되었다고. 조합은 지금 세상 사람들의 주목을 받고 있으므로 전보다 더욱더 결백함에 유의하지 않으면 안 된다고. 그런데 갑자기 심부름꾼을 모욕한 사건이 발생하고 말았다고. 조합으로서는 다른 방도를 찾지 못해 자신이, 즉 제만이 그것을 전달해야 하는 어려운 역할을 맡게 되었다고. 아버지가 더 이상 자신을 곤란하게 하지 않기를 바란다고 하면서 말을 마쳤는데, 퍽 만족한 기색이었어요. 그는 자신의 말에 확신을 느낀 탓인지 지금까지처럼 그렇게 지나치게 수줍어하지는 않았어요. 그는 벽에 걸려 있는 사령장을 가리키며 떼어 오라고 손가락질했어요. 아버지는 고개를 끄덕이며 그것을 가지러 가셨는데, 그만 손이 너무 떨려서 못에서 빼낼 수가 없었지요. 그래서 내가 의자 위로 올라가서 도와드렸어요. 그리고 그 순간부터 모든 것이 끝나고 말았어요. 아버지는 사진틀에서 증서를 끄집어내려고도 하지 않고 그대로 제만에게 내주셨어요. 그러고는 한구석에 걸터앉은 채 움직이지도 않고 아무와도 이야기하지 않으셨어요. 그래서 우리만이라도 손님들과 이야기를 마무리하지 않으면 안 되었지요."

"그러면 당신은 이 이야기의 어느 부분에서 성의 영향이 미쳤을 거라고 생각하는 건가요?"

K는 이렇게 묻고 이어서,

"아직까지는 성이 이 사건에 간섭하고 있는 것 같지는 않은데, 당신이 지금까지 이야기한 것은 단지 사람들의 분별없는 불안이라든가, 이웃 사람이 손해를 입은 것을 보고 기뻐하는 심보라든가, 믿을 수도 없는 우정이라든가, 즉 어디서나 흔히 경험할 수 있는 일들이에요. 물론 당신 아버지 쪽도—모름지기 내게는 그렇게 느껴지지만—다소 도량이 좁았던 것 같아요. 왜냐하면 그 증서, 대체 그것이 무엇이죠? 그것은 다름 아닌 그의 능력의 증명서라는 것인데, 그 능력이란 그가 스스로 몸에 지니고 있는 것 아닐까요? 만일 그 능력이 그로 하여금 조합에 없어서는 안 되는 인물로 만들었다면 더욱더 좋았겠지요. 그리고 대장이 두 마디도 하기 전에 아버지가 그 사람의 발밑에 증서를 내동댕이치지 않는 한, 대장을 곤경에 빠뜨리지 못했을 수도 있어요. 그래도 당신이 아말리아에 대해 한마디도 언급하지 않은 것은 대단히 인상적이군요. 모든 것이 아말리아 때문이라고 하는데, 그녀는 시치미를 딱 떼고 뒤에 숨어서 집안의 재난을 바라보고만 있었던 모양이군요."
하고 말했다.

"아니에요. 아무도 나무랄 수 없어요. 그 누구라도 그렇게 행동할 수밖에 없었을 거예요. 이게 다 성의 영향 때문이에요." 올가가 말했다.

"성의 영향 때문이에요."

아말리아가 같은 말을 되풀이했다. 그녀는 어느새 뜰에서 들어와 있었다. 양친은 이미 침대 위에 누워 있었다.

"성 이야기를 하고 계시나요? 아직까지도 함께 앉아 계셨어요? K씨, 당신은 곧 돌아가실 것처럼 말씀하시지 않았던가요? 벌써 10시가 다 되어 가고 있어요. 대체 그런 이야기가 당신과 무슨 상관이 있지요? 이 마을에는 그런 이야기로 살을 찌우려는 사람들이 있어서, 마치 여기 계신 두 분처럼 한데 모여 앉아서 서로 입맛을 다시며 만담하는 사람들이 있긴 하지만 당신이 그런 부류의 사람이라고는 생각되지 않는데요."

아말리아가 말했다.

"천만의 말씀이에요. 나 역시 그런 부류에 속해요. 반대로 그런 이야기는 모르는 체하고, 다른 이야기에만 흥미를 갖는 사람에게는 그다지 큰 감명을 받지 못하는 법이죠."

K가 말했다.

"그래요. 사람들의 관심은 가지각색이니까요."

아말리아가 말했다. 그녀는 이어서,

"나는 언젠가 자나 깨나 쉴 새 없이 성의 일만 생각하는 젊은이에 관해서 이야기를 들은 적이 있어요. 그 사람은 다른 모든 일은 포기해 버렸다고 했어요. 그의 머리는 완전히 성의 일에만 골몰해 있어서 모두들 그의 평범한 상식을 의심할 지경이었다더군요. 그러나 결국 이 사람의 관심은 본래 성의 일이 아니었으며, 단지 사무국에 있는 어느 하녀의 딸을 사모하고 있었던 것이라는 사실이 밝혀지면서—물론 그 처녀를 손아귀에 넣었지만—그 후부터 만사가 순조롭게 되었다나 봐요."

하고 말했다.

"왠지 호감이 가는 사람이로군요." K가 말했다.

"그 남자가 마음에 드신다는 것이 의아스럽기는 하지만 아마도 그 부인만은 마음에 드실 거예요. 자, 그러나 내 걱정은 하지 마세요. 나는 먼저 잘 테니까요. 그리고 부모님 때문에 불을 꺼야 해요. 부모님은 깊이 잠드시기는 해도 한 시간만 지나면 단잠을 다 주무시고 아주 희미한 불에도 깨시거든요. 그러면 안녕히 가세요."

정말로 곧 어두워졌다. 아말리아는 양친의 침대 옆 마룻바닥 위 어딘가에 잠자리를 마련한 모양이었다.

"아말리아가 말한 그 젊은이가 대체 누굽니까?"

K가 물었다.

"글쎄요. 아마도 브룬스비크를 말하는 거겠지요. 이야기가 들어맞지는 않아도 또 다른 누구일지도 모르고요. 동생이 농담으로 하는 소린지 진정으로 하는 소린지 알 수 없을 때가 많아서 동생의 말을 똑바로 이해하기는 어려워요."

올가가 말했다.

"구구한 설명은 그만두세요." K는 이어서 말했다.

"대체 당신은 왜 동생한테 그렇게 의지하나요? 저 큰 불상사가 일어나기 전에도 그랬나요? 당신은 여태까지 동생에게 의지하지 않았으면 좋겠다고 바란 적이 한 번도 없나요? 대체 그러한 의뢰심에 무슨 그럴듯한 근거라도 있는 건가요? 그녀는 나이가 가장 어리니까 연소자로서 마땅히 복종해야 해요. 또 죄가 있든 없든 여하간 집안에 불행을 초래한 것은 바로 그녀니까 매일같이 가족들 한 사람, 한 사람에 대해서 새롭게 용서를 빌어야 하는데도 오히려 다른 식구들보다 더 거만해요. 그저 양친을 정성껏 돌봐 드리는 것 말고는 아무것도 염두에 두지 않을뿐더러 스스로도 말했듯이 무슨 일에도 휩쓸리는 것을 싫어해요. 그러다가 당신들과 이야기하는 것을 보면 그 이야기가 진정에서 우러나온 것일 테지만 마치 비꼬아서 하는 소리로 들려요. 혹시 당신이 여러 번 말했듯이 자신의 미모로 말미암아 집안을 지배하고 있는 건 아닌가요? 당신들 삼 남매는 서로 많이 닮긴 했지만, 아말리아가 당신을 비롯해 바르나바스와 다른 점이 그녀에게는 아주 불리한 점이에요. 처음 보았을 때부터 그 무감각하고 냉혹한 눈초리에 나는 정이 떨어져 버렸어요. 그리고 그녀가 가장 나이가 어린데도 불구하고 그러한 젊음을 그녀의 외모에서 조금도 찾아볼 수가 없었어요. 나이를 얼마 먹지 않았는데도 불구하고 과거에 젊었던 적이 없는 것처럼 나이를 초월한 여성의 모습을 하고 있어요. 당신은 날마다 보기 때문에 그녀의 딱딱한 얼굴 표정을 깨닫지 못할지도 몰라요. 그리고 보면 그녀에 대한 소르티니의 애착도 결코 진지하게 받아들일 만한 이야기 같지는 않군요. 아마도 그는 편지를 통해서 그녀를 처벌하려고 했을 뿐이지 부르려고 한 게 아닐지도 몰라요."

K가 말했다.

"소르티니 이야기는 하고 싶지도 않아요. 제일 예쁜 처녀든 아주 못생긴 처녀든 간에 성 양반들은 못하는 짓이 없어요. 그러나 그 밖의 점에서 선생님은 아말리아에 관해 잘못 생각하고 계세요. 아시겠어요? 아말리아를 위해서 내가 특별히 선생님을 매수해야 될 이유라곤 없으니까요. 그런데도 불구하고 내가 그렇게 하려는 것은 순전히 선생님을 위해서예요. 좌우간 아말리아는 우리가 처한 불행의 원인이었어요. 그것은 틀림없는 사실이에요. 그러나 이 불행으로 가장 큰 타격을 받은 아버지, 제대로 말조심해 본 적도 없었던—가정에서는 더군다나 그랬지만—아버지도 그런 최악의 경우에 있어서는 아말리아에게 단 한마디의 비난도 하지 않으셨어요. 그렇다고 해서 아버지가 아말리아의 행동을 시인한 것은 아니에요. 소르티니의 숭배자인 아버지가 어떻게 그것을 시인할 수 있으셨겠어요? 아버지로서는 도저히 그것을 이해할 수 없으셨어요. 가능했다면 아버지는 당신 자신과 당신이 갖고 있던 전부를 기꺼이 소르티니를 위해서 희생하셨을 거예요. 다만 그것은 소르티니의 분노—틀림없이 분노하고 있을 테니까—밑에서, 지금 실지로 그렇게 되어 버린 것 같은 그런 것은 아닐 테니까요. 우리는 그때부터 소르티니에 관한 소식이라곤 아무것도 듣지 못했으니, 확실히 분노하고 있을 거예요. 그가 그때까지 꼭 숨어서 살았다면 이젠 없어져 버린 거나 마찬가지예요. 정말이지 그 무렵의 아말리아를 당신에게 보여 드리고 싶군요. 우리는 뚜렷한 처벌이 내리지 않을 것이라는 사실을 모두 잘 알고 있었어요. 다만 사람들이 우리에게서 물러갔을 따름이지요. 마을 사람들이나 성이나 다 같이 말이에요. 물론 마을 사람들이 물러가고 있다는 것은 깨달았지만 성에 관해서는 아무것도 몰랐어요. 사실 우리로서는 그 전까지 성으로부터 염려와 은혜를 입고 있었다는 사실을 깨닫지도 못했지요. 그때 큰 변동이 있었다 해도 그것을 깨달을 수는 없었을 거예요. 이 고요함이 가장 나쁜 것이었어요. 이것과 비교해 볼 때 마을 사람들이 물러가는 것쯤은 전혀 문제도 되지 않았어요. 사실 그들은 어떤 굳은 신념이 있어서 그런 것도 아니고, 우리에게 심각한 적개심을 품어서 그런 것도 아니었을 거예요. 그때는 지금처럼 우리를 멸시하지도 않았으며 다만 불안한 마음에 우리를 추방했을 따름이에요. 그런 뒤에 그들은 앞으로 일이 어떻게 전개될 것인지 주시하고 있었어요. 그때만 해도 우리는 생활에 곤란을 느끼리라고는 전혀 생각지도 않았어요. 채무자들이 모두 빚을 갚아 주었고, 아주 수지맞는 거래였지요. 모자라는 식료품은 친척들이 남몰래 융통해 주기도 했어요. 때마침 추수기였기 때문에 그것은 아주 쉬운 일이었지요. 물론 우리는 밭 같은 건 갖고 있지 않았고, 우리를 채용한 곳도 없었어요. 말하자면 우리는 생전 처음 무위도식이라는 형벌을 선고받은 셈이었어요. 그렇게 해서 우리는 칠팔월 삼복더위에 창문을 닫은 채 함께 앉아 있었어요. 소환하는 일이나 보고 따위는 없었을 뿐만 아니라 통지나 방문, 그 밖의 어떤 것도 없었어요."

올가가 말했다.

"아무 일도 일어나지 않았고 어떤 뚜렷한 벌도 받을 것 같지 않았다면, 당신들은 무엇을 무서워했던가요? 대체 당신네는 어떤 사람들입니까?"

K가 말했다.

"이렇게 설명해 드리면 될까요?"

올가가 말하더니 이어서,

"우리는 앞으로 무슨 일이 닥쳐 올 것인지에 대해 무서워하지는 않았어요. 우선 당면한 일에 고통을 느끼고 있었지요. 말하자면 우리는 벌의 도가니 속에 있는 거나 마찬가지였어요. 마을 사람들은 오로지 우리가 그들을 다시 찾기를, 아버지가 다시 작업장을 열기를, 아말리아가—그 애는 아주 귀하신 분들의 옷을 지을 수 있었는데—다시 주문을 맡아 주기만을 고대하고 있었어요. 그러면서 실은 자기네들이 한 짓을 유감스럽게 생각하고 있었어요. 명망 있는 한 집안이 갑자기 소외당하면 그 때문에 마을에서는 누구나 약간의 손해를 입기 마련이니까요. 그들은 단지 자기네들의 의무를 이행하기 위해서 우리와 절교하게 된 거예요. 만약 우리도 그들과 같은 입장이었다면 역시 똑같은 태도를 취했을지도 몰라요. 사실 그들은 무엇이 문제였는지도 똑똑히 알지 못했어요. 단지 심부름꾼이 손아귀에 종이 조각을 움켜쥐고 신사관으로 되돌아 왔을 뿐인데, 그자가 밖으로 나갔다가 다시 돌아오는 모습을 프리다가 목격한 거예요. 프리다는 그 심부름꾼과 두서너 마디 주고받았는데, 갑자기 그녀가 들은 이야기가 마을에 퍼진 거예요. 그러나 이것은 우리에 대한 적개심에서 나온 것이 아니라 단순히 의무감에서 나온 것이라 할 수 있어요. 똑같은 경우에 처하면 누구라도 그렇게 하는 것을 의무라고 생각했을 거예요. 그래서 아까도 말했다시피 사건 전체가 잘 해결되었다면 마을 사람에게는 제일 좋았을 거예요. 그래서 만약 우리가 갑자기 마을 사람들을 찾아가서 만사가 잘 해결되었다고 말하고, 그동안 서로 이상한 오해가 있었지만 그 오해가 눈 녹듯 풀렸다든가, 과실이 있기는 했지만 그것이 다 보상되었다든가, 또는—이것만으로도 모두들 만족했을 테지만—성과의 연고 관계로 인해 이 사건을 감쪽같이 해결했다는 소식을 전해 주었다면 사람들은 틀림없이 다시 두 손을 벌려 우리를 맞이하고 키스와 포옹을 해 주며 축제가 벌어졌을 거예요. 다른 사람들로 인해 그런 일을 두서너 번 경험해 본 적이 있거든요. 그러나 그런 소식도 결코 필요치 않았을 거예요. 단지 우리가 제 발로 걸어가서 먼저 손을 내밀고 과거처럼 다시 교제를 하자고 제의하며 편지 사건에 대해서 단 한마디의 말도 경솔하게 입을 놀리지 않도록 주의했다면 그것으로 충분했을는지도 몰라요. 그러면 사람들은 그 사건에 관해 왈가왈부하는 것을 기꺼이 그만두었을 거예요. 사실 사정이 불안하기는 했지만 무엇보다도 사건 자체가 까다로운 것이었기 때문에 모두들 우리와 관계를 끊어 버렸어요. 무조건 우리와 관계를 끊고 더 이상 그 사건에 대해서 아무 소리도 듣지 않고, 아무 말도 하지 않으며, 아무 일도 생각하고 싶어하지 않았어요. 만일 프리다가 이 사건을 다른 사람들에게 누설했다면 그것은 사건을 즐기기 위해서가 아니라, 자기 자신이나 다른 사람들을 이 사건으로부터 수호하기 위한 것이었을 테고, 또 멀리 떨어져서 상관하지 말아야 하는 일이 발생한 데 대해 사람들의 주의를 환기시키기 위해서였을 거예요. 여기서 우리 가족 자체가 문제된 것이 아니라 단순히 이 사건이 문제였고,

그 사건이 우리가 관여되어 있었기 때문에 간접적으로 우리가 문제된 것이었어요. 그러니까 우리가 다시 사람들에게 다가가서 지난 일은 그대로 놔두고 어떻게든 이 사건을 극복했다는 사실을 보여 주었다면, 그리고 사람들이 그 사건이 어떤 성질의 것이었던 간에 이제 두 번 다시 화제에 오르는 일은 없을 것이라는 확신을 얻었다면 만사가 다 잘되었을 거예요. 게다가 옛날과 다름없이 곤란할 때면 언제나 도와주려 한다는 것을 알았을 것이며, 설사 우리가 이 사건을 완전히 잊지 못한다 해도 모두들 그것을 이해해 주고 우리가 완전히 잊을 수 있도록 도와주었을 거예요. 그러나 우리는 그런 노력은 전혀 하지 않고 그저 집 안에만 틀어박혀 있었어요. 대체 우리가 무엇을 기대하고 있었는지 나로서도 알 수가 없어요. 아마도 우리는 아말리아가 결심하기를 고대하고 있었을 거예요. 그 애가 그날 아침 집안의 지배권을 장악한 이래로 쭉 그래 왔지요. 그렇다고 그 애는 두드러지게 눈에 띌 정도로 권리를 주장하는 일도 없었고, 명령이나 청원도 하지 않았으며, 오로지 침묵으로 지배권을 꼭 쥐고 있어요. 물론 아말리아를 제외한 우리에게는 의논할 일이 산더미처럼 많았어요. 그래서 아침부터 저녁까지 끊임없이 속삭이기만 했지요. 아버지는 갑자기 불안감에 사로잡혀서 우리를 부르시는 일이 자주 있었어요. 그럴 때면 나는 침대 가에 걸터앉아 거의 밤을 새다시피 했어요. 또 바르나바스와 나는 가끔 같이 쭈그리고 앉아 있기도 했어요. 바르나바스는 겨우 모든 사정을 짐작할 만한 나이였는데, 아주 몸이 달아서 쉴 새 없이 설명해 달라고 몇 번이고 되풀이해서 요구했어요. 같은 또래의 젊은이들이 바라는, 그렇게 순진하게 보낼 수 있는 세월이 이미 자신에게는 존재하지 않는다는 사실을 바르나바스는 잘 알고 있었어요. 그처럼 우리는 함께―K씨, 지금 우리처럼요―앉아서 해가 지는 것도, 날이 새는 것도 다 잊은 채 앉아 있었어요. 어머니는 집안 식구들 중에서 가장 쇠약하셨는데, 그것은 집안의 공통된 고뇌뿐만 아니라, 가족 한 사람 한 사람의 고뇌까지도 함께 겪었기 때문이에요. 그래서 우리는 어머니에게 여러 가지 변화가 나타난 것을 보고 깜짝 놀랐어요. 이 변화는 동시에 집안 식구 전체가 당면한 그런 변화였어요. 어머니가 가장 좋아하시는 장소는 긴 의자의 한구석이었는데―그 긴 의자는 이미 오래 전에 치워지고 지금은 브룬스비크의 큰 방에 놓여 있지만―어머니는 거기에 걸터앉아서―어떻게 생각해야 좋을지 잘 모르겠지만―끄덕끄덕 졸기도 하고, 입술을 움직였기 때문에 그렇게 보인 것이겠지만 오랫동안 혼자서 중얼거리기도 하셨어요. 우리는 끊임없이 편지 사건에 관해 논의했는데, 모든 세부 사항과 모든 불확실성까지도 고려해서 이모저모로 검토한 것은 물론이었어요. 또 어떻게 해서든 해결의 실마리를 찾을 수는 없을까 서로 의견을 피력하기도 했어요. 그러나 이것은 좋은 일은 아니었어요. 그 때문에 우리는 회피하고 싶었던 구렁텅이 속으로 점점 깊숙이 빠져 들고 말았으니까요. 거기다가 아무리 뛰어난 의견이라 할지라도 머릿속에 떠오른 것만으로는 아무 소용 없었어요. 아말리아 없이는 일을 실천에 옮길 수도 없었으니까요. 그리고 그조차도 상의하는 정도 이상으로는 앞으로 나아갈 수 없었으니까 늘 싱거운 일로 끝났으며, 미리 상의한 결정 중에 무엇 하나 아말리아의 귀에 들어가지도 않았어요. 설사 아말리아의 귀에 들어간다고 해도 침묵 외에는 아무 반응도 없었을 거예요. 다행히도 나는 그 당시보다 지금 오히려 아말리아를 더 잘 이해하고 있어요. 그 애는 우리보다도 훨씬 무거운 짐을 짊어지고 있어요. 아말리아가 어떻게 그것을 견디어 냈는지, 또 오늘도 우리 틈에 끼어서 어떻게 전과 다름없는 생활을 보낼 수 있는지를 다 이해하기는 어려운 일이에요. 아마도 어머니는 우리의 모든 고뇌를 짊어지셨는지도 몰라요. 그 고뇌가 어머니의 책임으로 돌아갔기 때문에 짊어지신 것이지요. 그러나 어머니는 그 고뇌를 오래 짊어지지는 못하셨어요. 따라서 어머니가 지금도 그 무거운 짐을 짊어지고 있다고는 말할 수 없어요. 왜냐하면 어머니는 당시 이미 혼란 상태에 빠져 버렸으니까요. 한편 아말리아는 고뇌를 짊어지고 있었을 뿐만 아니라 그 고뇌를 통찰하는 분별력을 가지고 있었어요. 우리는 오로지 결과만을 보았는데 그 애는 원인까지도 파악하고 있었어요. 우리는 사소한 수단 방법에 희망을 걸었는데, 그 애는 대세가 이미 결정 났다는 사실을 알고 있었어요. 우리는 언제나 수군거리고 있었지만 그 애는 잠자코 있었지요. 그 애는 진실과 정통으로 맞서서 꿋꿋하게 산 거예요. 그리고 이런 생활을 그때나 지금이나 다름없이 참고 있어요. 우리가 아무리 고생한다고 해도 그 애에 비하면 아무것도 아니에요. 물론 우리는 우리가 살던 집을 떠나야만 했어요. 브룬스비크가 우리 집으로 이사 오고,

우리에게는 이 오두막집이 배당되었으니까요. 우리는 리어카 한 대를 빌려서 두서너 번 왕복 끝에 세간살이를 이곳으로 운반해 왔어요. 바르나바스와 내가 리어카를 끌고, 아버지와 아말리아가 뒤에서 밀었지요. 맨 먼저 이곳에 모셔다 놓았던 어머니는 짐짝 위에 걸터앉아서 리어카가 닿을 때마다 나지막한 소리로 울면서 우리를 맞이해 주셨어요. 지금도 기억하고 있지만 우리는 힘겹게 간신히 리어카를 끌고 가면서도―이건 참 부끄럽더군요. 리어카를 끌면서 수확물을 실은 차와 여러 차례 만났는데, 그 차에 탄 사람들이 우리를 보더니 입을 다물고 눈을 돌려 버렸어요―걱정과 여러 가지 계획에 대해 쉴 새 없이 서로 의논했어요. 그래서 자연 걸음을 멈추는 일이 한두 번이 아니었으며, 아버지가 '얘들아!' 하고 우리를 일깨우셨을 때야 비로소 우리는 우리가 할 일이 생각나기 일쑤였어요. 그러나 아무리 여러 가지로 논의했어도 이사한 후 우리의 생활은 조금도 변함이 없었어요. 단지 변한 점이 하나 있다면, 그것은 우리가 점차 빈곤의 고통을 느끼게 되었다는 거예요. 친척들의 도움도 끊기고 우리의 재산도 거의 바닥이 났지요. 그때부터 아시는 바와 같이 우리에 대한 멸시가 싹트기 시작했어요. 이제 그 편지 사건에서 우리가 도저히 빠져나올 수 없다는 사실을 사람들이 깨닫게 된 것이죠. 그리고 그것으로 말미암아 우리에 대한 감정이 나빠졌어요. 사람들은 자세히 알지는 못했으나 우리의 중대한 시련을 낮게 평가하지는 않았어요. 자기들 역시 이러한 시련을 우리보다 훌륭하게 극복할 수는 없을 것이라고 모두들 인식하고 있었지요. 그러니

만큼 사람들은 우리와 완전히 격리되는 것이 꼭 필요했어요. 만약 우리가 이 시련을 극복했다면 사람들은 우리를 상당히 존경했겠지만, 극복하는 데 실패했으니까 지금까지 일시적으로 보인 적대감을 본격적으로 보이게 된 것이지요. 우리들은 모든 단체나 회합에서 쫓겨났어요. 이쯤 되고 보니 사람들은 우리에 관한 이야기를 할 때 인간 대우도 해 주지 않았어요. 우리의 성(姓)을 불러 주는 사람조차 없었어요. 어쩔 수 없이 우리에 관한 이야기를 입에 올릴 때는, 집안에서 가장 천진난만한 바르나바스의 이름으로 가족 전체를 대표해서 불렀어요. 이 오두막집까지도 비난의 대상이 되었으니까요. 스스로 돌이켜 보신다면 선생님이 오두막집 안으로 발을 한 발짝 디뎌 놓았을 때, 사람들이 그렇게 경멸의 감정을 품었던 것도 무리는 아니었다고 말씀하시게 될 거예요. 나중에 사람들이 우리 집에 찾아왔을 때도 아주 사소한 일 가지고 콧잔등에 주름을 잡으면서 경멸의 감정을 나타내곤 했어요. 한 가지 예를 들면 작은 석유램프가 저기 식탁 위에 매달려 있다는 둥 그런 따위였지요. 그러면 식탁 위가 아니고 대체 어디에 램프가 달려 있어야 속이 시원할까요. 그러나 그들에게는 그것이 비위에 거슬린 모양이에요. 가령 우리가 그 램프를 어떤 다른 곳에 걸어 놓았다고 하더라도 그들의 마음에 들지 않는 것은 조금도 변함이 없었을 거예요. 우리의 인격이나 소유물은 모두 예외 없이 경멸의 대상이 되어 버렸어요."
라고 말하며 긴 이야기를 끝마쳤다.

18

"대체 우리는 그동안 무엇을 했을까요? 우리가 했던 것 중 가장 나쁜 일은 우리가 실지로 멸시당한 것보다 더 멸시당해도 할 수 없었던 일을 한 거예요. 즉 우리는 아말리아를 배반하고 그 애의 침묵의 명령에서 이탈했어요. 우리는 그런 생활을 계속할 수가 없었어요. 희망 없이는 전혀 살아 나갈 수 없었어요. 그래서 각자 제멋대로 성에다 용서해 달라고 애원하기도 하고, 무리하게 요청하기도 하는 등 여러 가지 방법을 시도해 보았지요. 물론 우리는 돌이킬 수 없는 일을 저질렀다는 사실을 알고 있었어요. 또 우리와 성과의 단하나의 희망이었던 연고 관계가—그것은 아버지에게 마음을 기울이고 있던 관리 소르티니를 뜻하는 것이지만—마침 그 사건으로 인해 우리의 손에 닿지 않는 것이 되어 버렸다는 사실을 알고 있었으나 그래도 우리는 일에 착수했지요. 아버지는 일을 시작하셨어요. 그렇게 해서 면장, 비서들, 변호사들, 서기들에 대해 아무 소용도 없는 탄원 행각이 시작됐어요. 대개는 면회도 하지 못하고, 상대방의 책략이나 우연으로 인해 설령 면회가 이루어졌다고 해도—그런 소식을 들었을 때 우리는 너무 기뻐서 두 손을 맞대고 얼마나 비볐는지 몰라요—아버지는 당장에 쫓겨나서 두 번 다시 받아들여지지 않았어요. 아버지에게 대답하는 것은 너무나 쉬웠어요. 성 입장에서 그런 일은 언제나 거저먹기였지요. 대체 어떻게 하려는 것이냐? 무슨 일이 일어난 것이냐? 대체 무엇을 용서해 달라는 것이냐? 성 사람 중에서 누가 네 손가락 하나라도 건드렸단 말이냐? 물론 당신은 형편없이 전락했고 손님을 잃었다, 그러나 그런 일은 직업상 혹은 장사하는 데 있어서 흔히 있을 수 있는 일상생활이다, 대체 성에서 그 모든 것을 다 염려해 주어야 한단 말이냐? 사실 성에서는 하나에서 열까지 전부 염려해 주고 있지만, 그렇다고 무턱대고 사건의 결과에 대해 간섭할 수는 없다, 오로지 사적으로 한 개인의 이해관계에 억지로 개입할 수는 없다, 그렇지 않으면 성에서 마을로 관리를 파견하라는 것이냐? 또 파견된 관리들로 하여금 일일이 당신 고객의 뒤를 쫓아가서 강제로 당신에게 돌려보내 달라는 것이냐? 하고 말했어요. 그럴 때면 아버지는 이렇게 항의했지요—우리는 이 일에 관해서 자기 전이나 아버지가 돌아오신 뒤 상세하게 논의했어요. 마치 아말리아의 눈을 피하려는 듯이 모여 앉아서 논의하곤 했어요. 아말리아는 물론 눈치를 챘으나 아무 말도 하지 않았어요—나는 나의 전락을 한탄하고 있는 것이 아니다, 지금까지 잃은 재산은 모조리 다시 회복하겠다, 지금까지의 일을 용서해 준다면 그까짓 것은 아무래도 좋다, 하고 말이에요. 그러면 상대방은 이렇게 대답했어요. 대체 무엇을 용서해 달란 말이냐? 지금까지 보고다운 보고는 받은 적 없다, 적어도 조서에는—변호사들끼리 통하는 조서에는—아무런 기록도 없다, 따라서 확인된 바에 의하면 당신에 대해 무슨 일을 꾸미는 것도 아니며 또 실천에 옮겨진 흔적도 없다, 그렇지 않으면 아버지에 대한 처분을 지시 명령했던 공문서의 목록을 집어낼 수 있느냐? 하고 말이에요. 물론 아버지는 집어낼 수가 없었어요. 당국에서 어떤 정치적인 간섭이라도 있었는지 물으면 아버지는 그런 일은 모른다고 대답했어요. 자, 당신은 모른다고 하고 또 아무 일도 일어나지 않았는데 대체 어쩔 셈이냐? 당신을 용서할 어떤 것도 없지 않느냐? 기껏해야 당신은 아무런 목적도 없이 이렇게 관청에 폐만 끼치고 있는데 이것이야말로 도저히 용서해 줄 수가 없다고 했어요. 그 말을 듣고 아버지는 가만히 계시지 않았어요. 아버지는 가까운 장래에 아말리아의 명예를 회복시켜 주겠다고 하루에도 몇 번씩 바르나바스와 나에게 말씀하셨어요. 물론 아주 나지막한 소리였지요. 아말리아가 그 말을 들어서는 안 되니까요. 그런데도 불구하고 그것은 아말리아더러 들어 보라고 한 말이었어요. 아버지는 명예 회복은 꿈에도 생각지 않고 단지 용서를 빌려고만 생각하셨으니까요. 그러나 용서를 받기 위해서는 먼저 죄가 성립되어야만 하는데, 관청에서는 그 죄를 부인했어요. 그래서 아버지는 이런 생각에 빠지셨지요. 그것을 보면 아버지가 이미 정신적으로 쇠약해지셨다는 것을 짐작할 수 있어요. 아버지가 돈 쓰는 것이 예전 같지 않으시니까 사람들이 아버지에게 그 죄를 비밀에 붙이고 있다고. 아버지는 그때까지 소정의 사례도 지불하지 못했어요. 그조차도 우리 집안 형편으로는 대단히 많은 금액이었지요. 좌우간 아버지는 돈을 더 써야겠다고 생각하셨어요. 그것은 확실히 잘못된 생각이었어요. 관청에서는 쓸데없는 이야기를 생략하기 위해서, 즉 행정의 간소화를 위해서 뇌물을 받는 습관이 있었는데 뇌물을 써도 아무런 효과가 없었어요. 그러나 이것은 아버지의 희망이었고 우리로서는 아버지를 방해하고 싶지 않았어요. 그래서 아버지가 여러 가지로 조사하고 다니는 비용을 마련해 드리기 위해 우리는 당시 가지고 있었던 재산을―거의 내놓을 수 없는 재산들이었지만―모두 팔아 버렸어요. 그리고 오랫동안 매일 아침 아버지가 나가실 때면 적지만 약간의 돈을 호주머니 속에 넣어 드리는 것에 만족하며 살았어요. 그러는 동안 우리는 온종일 굶을 수밖에 없었어요. 이렇게 돈을 마련함으로써 얻은 성과라고는 단 하나, 즉 아버지가 그래도 앞날에 대한 한가닥 희망을 품고 그것을 낙으로 삼고 계시다는 점뿐이었어요. 그러나 결국 이것도 거의 도움이 되지 못했어요. 아버지는 매일 쏘다니시느라고 굉장히 고생하셨지요. 사실 돈이 없었다면 선뜻 결말이 났을 일을 가지고 오히려 시간만 질질 끌었을 뿐이에요. 상대방은 지나치게 뇌물을 받아먹으면서도 무엇 하나 제대로 생각해 낼 수 없는 처지였기 때문에, 어느 서기는 가끔 겉으로 굉장히 힘쓰고 있는 체하려고 애썼어요. 그래서 서기는 조사해 보겠다고 약속하기도 하고, 혹은 희망의 징조와 성공의 실마리를 잡았으며, 자신의 직무는 아니지만 아버지를 위해서 특별히 노력해 주겠다는 뜻을 표시하곤 했어요. 아버지는 의심하기는커녕 상대방을 더욱 신용하게 되었지요. 아버지는 이 허망한 약속을 곧이듣고 그 날도 무슨 대단한 축복이라도 갖고 오신 것처럼 기분 좋게 집으로 돌아오셨어요. 그럴 때면 아버지는 언제나 아말리아의 등 뒤에서 상을 찌푸린 채 빙그레 웃으시며, 부릅뜬 눈초리를 아말리아에게 향하고 계셨어요. 아버지는 당신이 노력한 결과 아말리아가 구제되는 것도―아마 누구보다도 아말리아 자신이 깜짝 놀라겠지만―이제 시간문제다, 다만 모든 것은 아직 비밀이니까 비밀을 엄수해야 한다고 우리에게 넌지시 알리려고 하셨어요. 그럴 때의 아버지의 모습은 참으로 고통스러워 보였어요. 결국 나중에 가서 우리는 더 이상 아버지에게 돈을 드리는 것이 불가능하다는 결론에 도달했어요. 만일 그렇지 않았다면 지금 말씀드린 것보다 더 오랫동안 시간을 끌었을지도 몰라요. 그러는 사이 바르나바스는 아주 애처롭게 사정하여 간신히 브룬스비크의 보조원으로 채용되었어요. 단지 어두워진 저녁 무렵 주문을 맡으러 가서, 다시 어두울 때 일한 결과를 가지고 가는 방식으로 말예요. 그때 브룬스비크가 우리 사정 때문에 사업에 대한 위험을 무릅쓰고 바르나바스를 맡아 준 것은 인정하지만, 대신 그는 바르나바스에게 아주 적은 임금을 지불했어요. 바르나바스의 솜씨는 훌륭했지만, 채용이 되었어도 바르나바스의 임금으로는 간신히 목구멍에 풀칠이나 할 정도였어요. 우리는 미리 의논을 하고 될 수 있으면 아버지를 자극하지 않도록 조심하며 더 이상 돈을 보조해 드릴 수 없는 사유에 관해 말씀드렸어요. 아버지는 그저 조용히 그 말씀을 받아들이셨지요. 아버지의 이성으로는 이미 당신이 여러 가지로 애쓰시던 일이 비관적이라는 점을 통찰할 만한 능력을 잃어 가고 있었어요. 실망에 실망을 거듭하는 동안 지칠 대로 지쳐서 완전히 판단력을 상실했기 때문이에요. 다만 아버지는 이렇게 말씀하셨어요—아버지는 이제 전처럼 똑똑히 말씀하실 수 없게 되었어요. 전에는 너무 지나치게 똑똑히 말씀하셨거든요—아주 적은 금액이라도 좋으니 돈이 필요하다고, 그러면 그 다음 날 아니 그날 중에라도 모든 일을 다 알게 된다고. 그런데 이제는 다 틀려 버렸고, 오로지 돈 때문에 수포로 돌아가 버렸다고 하시더군요. 그러나 아버지의 말투를 들으면 아버지 역시 자신이 하는 말을 믿지 않으신다는 것을 알 수 있었어요. 그런가 하면 아버지는 또 난데없이 새로운 계획을 피력하시기도 했어요. 즉 죄를 입증하는 데 실패했기 때문에 공적인 방법으로는 더 이상 성공 가능성이 없으므로 전적으로 탄원에 의해 개인적으로 관리들과 접촉할 수밖에 없다고 말이에요. 관리 중에는 정말 친절하고 동정심을 가진 사람들도 있었어요. 물론 그들이 관청에서는 인정에 약해져서는 안 되지만, 관청 밖에서라면 적당한 시기에 그들을 찾아가서 어떻게든 사적으로 교제해 볼 수도……"

여기서, 그때까지 아주 풀이 죽어 고개를 수그리고 올가의 이야기에 귀를 기울이고 있던 K가 이야기를 가로채며 이렇게 물었다.

"하지만 당신은 그것이 옳은 방법이라고는 생각지 않았겠지요."

이야기를 계속하면 바로 대답이 나오겠지만 그는 당장에 그것을 알고 싶었다.

"네."

올가는 대답하고 이어서 말했다.

"친절이나 동정 같은 건 전혀 문제 되지 않아요. 우리가 아무리 젊고 경험이 없다 해도 그런 것쯤은 알고 있었어요. 물론 아버지도 알고 계셨지요. 단지 아버지는 다른 일도 모두 그렇지만 이 일도 완전히 잊고 있었을 따름이에요. 아버지는 성에 가까운 큰길 위에―그 위를 관리들의 차가 지나다녔는데―우뚝 서 있다가, 차가 지나가는 대로 붙들고 죄를 용서해 달라고 탄원할 계획을 세우셨어요. 솔직히 말해 이성적이지 못한 계획이었지요. 설사 불가능한 일이 가능하게 되고, 실제로 탄원이 관리의 귀에 들린다고 해도 그래요. 대체 관리가 단독으로 죄를 용서할 수 있단 말인가요? 그런 일은 관청 전체의 이름으로만 비로소 가능할 거예요. 더욱이 관청 전체의 이름으로도 십중팔구는 죄를 용서할 수 없으며, 오직 흑백을 가리는 것만이 가능할 뿐이에요. 그리고 가령 관리가 차에서 내려 탄원을 들어 본다고 한들, 가난하고 지치고 늙고 초라한 아버지가 입으로 중얼거리는 소리를 듣고, 어떻게 그 관리가 탄원 사건의 전모를 파악할 수 있겠어요? 관리들은 모두 교양이 있긴 하지만 그것은 대체로 한쪽에 치우친 것이어서 자기 전문 분야라야만 한마디만 들어도 전체를 조직적으로 통찰할 수 있지만, 다른 부분의 소관 사항은 몇 시간 동안 설명해 주어도―그 말을 듣고 그럴듯하게 고개를 끄덕거린다 해도―한마디도 알아듣지 못할 거예요. 네, 이런 일이야 물론 당연한 일이지요. 자신과 관련 있는 관청의 일로서는 그다지 중요치 않은 것, 관리가 어깨를 움츠리는 것만으로 해결할 수 있는 그런 하찮은 일을 찾아보세요. 그리고 그것을 철저하게 이해하려고 노력해 보세요. 아마 평생 걸려도 이해하시지 못할 거예요. 그러나 만일 아버지가 운 좋게 담당 관리를 만났다고 쳐요. 그렇다고 그 관리가 서류도 없이, 더군다나 거리에서 사무 처리를 할 수는 없는 노릇이잖아요. 그 관리는 사람의 죄를 용서할 수도 없고 단지 공적으로만 처리할 수 있을 뿐이에요. 이 목적을 이루기 위해서 기껏해야 또다시 공적인 수속을 지시해 주는 것이 고작이지요. 그런데 이런 정규 수속을 밟아 목적을 달성하고자 했던 아버지의 계획은 완전히 실패했어요. 대체 무슨 바람이 불어서 아버지는 또 이 새로운 계획을 관철시키겠다는 변덕을 부리셨는지 몰라요. 만일 그와 같은 가능성이 손톱만큼이라도 있다면 그야말로 저기 큰길은 탄원하는 사람들로 북새통을 이룰 거예요. 하지만 그런 것이 불가능하다는 것은 어린아이도 다 아는 사실이니까 그곳에는 사람의 그림자조차 눈에 띄지 않아요. 그러나 바로 사람의 그림자조차 보이지 않는다는 것이 아버지의 희망을 굳게 한 모양이에요. 아버지는 각 방면으로 당신의 희망을 키우는 사람이었어요. 또 그렇게 하는 것이 당시로서는 대단히 필요한 일이기는 했지만요. 정상적인 머리를 가진 사람이라면 그렇게 엄청난 일을 진지하게 생각지는 않을 것이고, 또 생각할 여지도 없이 그런 것이 불가능하다는 것을 똑똑히 알았을 거예요. 관리들이 마을과 성 사이를 왕래하는 것은 놀러 다니는 것이 아니라 마을이나 성에서 기다리고 있는 일을 처리하기 위해서예요. 그래서 그렇게 빨리 마차를 모는 거예요. 게다가 그들은 결코 창밖을 내다보거나 밖에 탄원하는 자가 있는지 살펴볼 생각은 하지도 않지요. 마차 안에는 관리가 검토해야만 하는 서류들로 가득 차 있으니까요."

"나는 관리의 썰매 내부를 본 적이 있는데, 거기에 서류 같은 것은 전혀 없었어요."

K가 말했다. 올가의 이야기는 K에게 너무나 크고 믿을 수 없는 세계로 다가왔기 때문에, K는 자신의 작은 체험으로 그 세계에 접촉하고, 그 존재와 자신의 존재를 더욱 똑똑히 확인해 보자는 충동을 억제할 수가 없었다.

"그야 있을 수 있는 일이죠."

올가는 계속해서 말했다.

"그러나 그 경우 상황은 더욱 나빠요. 그럴 때의 관리의 용건은 너무나 중요해서 서류가 굉장히 소중한 것이거나 아니면 부피가 너무 커서 마차 안에다 실을 수 없었기 때문이에요. 그런 관리들은 전속력으로 마차를 몰아요. 좌우간 아버지를 위해서 시간을 내주는 사람은 한 사람도 없었지요. 뿐만 아니라 성으로 올라가는 마찻길은 얼마든지 있어요. 어느 한 코스가 인기를 끌면 누구나 그곳으로 마차를 몰고, 또 다른 코스가 인기를 끌면 이번에는 모두들 거기로 몰려들어요. 어떤 규칙에 의해 이러한 교체가 이루어지는지는 아직 발견되지 않았어요. 예를 들면, 아침 8시 후에는 모두들 어느 코스를 선택해서 달려요. 반 시간 후에는 다른 코스를 달리다가, 10분 후에는 세 번째 코스를, 또 반 시간 후에는 다시 첫 번째 코스를 달리다가 그 후 계속 같은 코스를 달리지요. 그러나 그 코스가 어느 순간에 변할지는 아무도 몰라요. 물론 마을 가까이로 오면 모든 마차들이 하나로 합쳐지지만 그곳에서는 모든 마차들이 급하게 달리고 있어요. 다만 성에 가까워질수록 속도를 약간 떨어뜨리는 것이 보통이지요. 그렇지만 큰길이 규칙적이지 않아서 마차가 출발하는 것을 살펴볼 수 없는 것과 마찬가지로 마차의 대수를 알아맞히기도 역시 어려워요. 마차가 한 대도 보이지 않는 날이 있는가 하면 또 떼를 지어 달리는 날도 있지요. 그러면 이런 예비지식을 염두에 두고 우리 아버지를 생각해 보세요. 매일 아침 아버지는 제일 좋은 옷을 입고—물론 그는 단벌 신사지만—안녕히 다녀오시라는 가족들의 인사를 받으며 늠름한 모습으로 출근하세요. 아버지는 원칙대로라면 가져서는 안 되는 소방대의 작은 휘장을 지니고 계세요. 마을 밖으로 나가면 옷에다 꽂기 위해서예요. 마을 안에서는 휘장을 다른 사람에게 보이는 것을 두려워하셨는데, 사실 그것은 아주 작아서 두 발짝만 떨어져도 보이지 않을 정도예요. 아버지는 그것이 마차를 타고 지나가는 관리의 주목을 끄는 데 아주 효과적이라는 생각을 하셨어요. 성 입구에서 그다지 멀지 않은 곳에 야채 장수의 밭이 있어요.

베르투흐라는 사람의 것인데, 그는 성에 야채를 납품하는 지정 상인이에요. 아버지는 그곳 울타리의 좁은 받침대 위에 자리를 잡았어요. 베르투흐는 그것을 허락해 주었는데, 그것은 그가 예전에 아버지와 사이가 좋았고, 또 아버지의 가장 좋은 고객 중 한 사람이었기 때문이에요. 그는 발 하나가 약간 기형이었는데, 그 발에 꼭 맞는 구두를 만들어 주는 사람은 아버지밖에 없다고 생각했지요. 어쨌든 아버지는 날이면 날마다 거기에 앉아 계셨어요. 당시는 음산하고 비가 잦은 가을이었는데, 아버지에게는 그런 날씨 따위는 아무런 상관이 없는 것 같았어요. 아버지는 아침이면 일정한 시각에 문의 손잡이에 손을 대고 우리와 작별 인사를 하셨어요. 저녁때—어쩐지 아버지는 나날이 허리가 구부러지는 것처럼 보였어요—흠뻑 젖어서 돌아오시면 방 한구석에 피곤한 몸을 던지시고 먼저 그날의 작은 체험담부터 들려주셨어요. 예를 들면 베르투흐가 동정과 옛날 우정을 잊지 않고 울타리 너머로 이불을 던져 주었다든가, 지나가는 마차 속에 탄 어떤 관리가 아는 사람인 것처럼 느껴졌다든가, 어떤 마부가 당신을 보고 말채찍으로 건드리고 갔다든가 하는 그런 체험담이었지요. 그런데 아버지는 이런 이야기를 하는 것도 나중에는 그만두셨어요. 아버지는 이미 거기서 무언가를 얻을 수 있다는 희망을 잃어버리신 게 분명해요. 아버지는 나가서 하루를 보내는 것을 당신의 의무, 외로운 소명으로 밖에는 생각지 않으셨어요. 그 무렵부터 아버지는 신경통을 앓기 시작하셨지요. 겨울이 가까워지고 예년보다 눈이 빨리 내렸어요. 여기는 겨울이 금방 와요.

아버지는 비에 젖은 돌 위에 앉아 계셨듯 이번에는 눈 속에 앉아 계셨어요. 밤에는 아픔에 못 이겨서 신음하셨지요. 다시 아침이 되면 갈까 말까 망설이다가 결국 자기 자신을 이겨 내고 나가셨어요. 어머니가 매달려서 가지 못하시도록 말리기라도 하면 아버지는 사지가 뜻대로 움직이지 않아 마음이 약해져서 그런지 어머니의 동행을 허락하셨어요. 그래서 어머니도 결국 병이 들고야 말았어요. 우리도 종종 두 분이 계신 곳으로 갔어요. 식사를 가지고 가기도 하고, 그냥 찾아가기도 하고, 두 분을 설득해서 집으로 모시고 가려고 간 적도 있어요. 우리는 두 분이 그 좁은 장소에 쓰러져서 서로 기대어 있는 모습을 몇 번이고 봐야만 했어요! 두 분은 얇은 이불을 잘 두르지도 못한 채 쭈그리고 앉아 계셨고, 주위에는 잿빛 눈과 안개 외에는 아무것도 보이지 않았으며, 며칠을 두고 사방 어느 곳을 내다보아도 사람이나 마차의 그림자조차 눈에 띄지 않았으니 그게 대체 무슨 꼴인가 말이에요! K씨, 이 얼마나 살풍경한 일이에요. 드디어 어느 날 아침이었어요. 아버지는 뻣뻣하게 굳은 다리를 침대 밖으로 내밀 수 없게 되었어요. 너무나 절망적이어서 우리가 보기에도 안타까웠어요. 아버지는 가벼운 열에 사로잡혀 '저 위 베르투흐 집 옆에 마차 한 대가 서는구나. 관리가 마차에서 내리고 있어. 울타리 옆에 내가 있는지 없는지 살펴보는구나. 고개를 흔들고 화를 내면서 다시 마차 안으로 들어갔어.' 하고 중얼거리셨는데, 그런 광경이 눈앞에 선하다는 모습이었어요. 그럴 때면 아버지는 마치 이곳에서 저 위에 있는 관리에게 자기소개를 하고, 당신이 그곳에 없음이 얼마나 부득이한 일인지를 설명하려는 듯 굉장히 큰 목소리로 고함을 지르셨어요. 아버지는 오랫동안 그곳에 나가지 못하는 날이 지속되었지요. 그리고 아버지는 다시는 그곳에 나가지 못하셨어요. 몇 주일 동안 침대에 누워 계시지 않으면 안 되었으니까요. 아말리아는 시중을 들고 간호하고 치료하는 것 전부를 도맡아 했어요. 물론 중간에 잠시 쉴 때도 있었지만, 그런 생활을 오늘날까지 계속해 온 거예요. 그 애는 고통을 가라앉히는 여러 가지 약초에 대해 알고 있고, 거의 잠을 자지 않고 지낼 수도 있으며, 무엇에 대해서도 결코 놀라거나 두려워하는 일도 없을뿐더러 덤비거나 서두른 적도 없어요. 부모님을 위해서라면 무슨 일이든 다 했지요. 우리는 별로 도와드리지도 못하고 그 주위에서 허둥대기만 했는데 아말리아는 어떤 일이 있어도 침착한 자세를 잃지 않았어요. 그런 와중에 병환도 고비를 넘기고 아버지가 조심스럽게 부축을 받으며 침대에서 일어나시게 되자, 아말리아는 곧 물러나고 아버지를 우리에게 맡겼어요."

여기서 올가는 일단 긴 이야기를 매듭지었다.

19

"이번에는 아버지를 위해서 또 다른 일을 물색해야만 했어요. 적어도 아버지가 가족들의 죄를 씻는 데 도움이 되었다고 믿으실 만한 그런 일 말이에요. 그런 종류의 일을 물색하는 것은 그다지 어려운 일도 아니었어요. 그 어떤 일도 베르투흐의 정원 앞에 앉아 있는 것보다는 나았으니까요. 그리고 실지로 물색한 일은 나에게도 약간의 희망을 갖게 하는 일이었어요. 관청과 서기들이 있는 데서, 혹은 다른 어딘가에서 우리의 죄가 화제에 오를 때는 언제나 소르티니의 심부름꾼을 모욕했다는 것이 문제가 됐을 뿐, 사람들은 감히 그 이상은 간섭하지 못했어요. 그래서 나는 혼잣말로 말했어요. 사람들이 겉으로만이라도 심부름꾼 모욕 사건밖에는 문제로 삼지 않을 경우, 그 심부름꾼을 달랠 수만 있다면, 이것이 설사 또다시 형식적인 것만이라고 할지라도, 만사를 다시 한 번 처음으로 되돌릴 수 있지 않을까 하고 말이에요. 사실 사람들에게 들어 보면 아직 아무런 보고도 도착하지 않았고, 따라서 사건은 아직도 관청으로 넘어가지 않았으므로 용서는 심부름꾼 개인의 자유이고, 까다로울 것도 없다고 말했어요. 물론 이것은 아무런 결정적인 중요성을 띠지 않는 것이며, 단지 형식적인 것 외의 아무런 소득도 없다는 걸 잘 알았지만요. 그래도 이것은 아버지의 마음을 기쁘게 해 드릴 것이고, 아버지가 기뻐하시면 여러 가지 통지를 가져와서 아버지를 괴롭히던 사람들도 난처한 입장에 빠져 아버지가 숨을 돌릴 수 있을 것이라고 생각했어요. 그래서 우선 심부름꾼을 찾아내야만 했지요. 아버지에게 이 계획을 얘기했더니 처음에는 아주 화를 내셨어요. 아버지는 이미 굉장한 고집쟁이가 되어 버리신 거예요. 아버지는 언제나 중요한 순간에 우리가 당신을 방해했다, 처음에는 돈의 보조를 중지하더니 이번에는 침대에 억지로 눕혔다고 생각하셨어요. 이런 오해는 아버지의 병중에 더욱 심해졌어요. 아버지는 이미 다른 사람의 의견을 받아들일 수 없는 상태가 되셨어요. 내가 끝까지 말하기도 전에 계획은 거부당하고 말았지요. 아버지는 앞으로도 베르투흐의 정원에서 기다려야 하는데, 아버지가 매일같이 거기로 갈 수는 없으니까 우리가 리어카로 당신을 운반해야만 한다고 하셨어요. 그러나 나도 거기에 순순히 응하지 않았기 때문에 아버지는 우리의 계획과 점점 타협하게 되었어요. 그런데 곤란한 점은 이 일에 있어서만은 아버지가 내게 완전히 의지해야만 한다는 것이었어요. 왜냐하면 사건이 일어난 날 심부름꾼을 목격한 사람은 나뿐이었고, 아버지는 그에 관해 아무것도 모르셨기 때문이에요. 물론 나만 하더라도 하인들이란 원래 비슷비슷하게 생긴 법이니까 다시 그를 만난다 해도 꼭 그 사람인지 식별할 자신이 있었던 것은 아니에요. 아무튼 그래서 우리는 신사관에 가서 하인들을 찾아보기 시작했어요. 물론 그 심부름꾼은 소르티니의 하인이고, 소르티니는 두 번 다시 마을로 내려오지 않았지만, 성 양반들은 늘 하인을 교체하기 때문에 아마도 그가 다른 주인을 모시고 있을지도 모르는 일이잖아요. 설령 본인이 아니라고 해도 다른 하인들을 통해 그에 관한 소문을 들을 수 있다고 생각했어요. 어쨌든 그런 목적으로 매일 신사관에 가 봐야만 했는데, 어딜 가나 우리는 환영받지 못했어요. 더군다나 그런 장소에서는 더 말할 것도 없었지요. 사실 우리가 떳떳하게 돈을 내는 손님으로 들어가는 것도 꺼리는 형편이었어요. 그러나 그런 일이 있다보니 자연히 우리를 필요로 하는 일도 있다는 사실을 알게 되었어요. 그도 그럴 것이 프리다에겐 하인들이 얼마나 두통거리였는지 당신도 잘 아실 거예요. 그들은 쉬운 근무만 하다 보니 그것이 몸에 배서 둔하게 되었지만 대개는 온순한 사람들이에요. 관리들이 종종 '축사에서 하인 같은 팔자를 바라노라!' 하고 말하듯이 생활의 안락함만을 따진다면 하인이 성의 주인공이라고 해도 과언이 아니에요. 또 그들도 그것을 잘 인식하고 있어서 율법으로 움직이는 성에서는 조용히 그리고 얌전하게 품위를 지키고 있으며—그것은 여러 가지 소식통을 통해 장담할 수 있어요—마을에서도 하인들 사이에 그러한 면모가 남아 있음을 여실히 엿볼 수 있어요. 하지만 그러한 면모는 약간 남아 있는 것에 불과하고 일반적으로 마을에서는 성의 율법이 그들에게 완전한 효력을 발생시키지 못하므로 그들은 마치 돌변한 사람들처럼 보이기도 해요. 그들은 율법 대신 걷잡을 수 없는 충동에 지배되어 난폭하고 통제할 수 없는 백성이 되어 버려요. 그들은 부끄럼도 모르고 끝도 없이 뻔뻔스러워져요. 그래도 마을을 위해서 다행한 일은 그들은 명령 없이는 신사관을 떠날 수 없다는 거예요. 그래서 프리다는 그들이 신사관에 있는 동안은 그들과 정답게 지내야만 해요. 그것이 프리다로서는 대단히 고통스러운 일이었기 때문에 하인들을 무마하는 데 나를 이용한 것은 그녀로서는 잘한 일이었어요. 그때부터 이 년 넘게 적어도 일주일에 두 번씩 나는 마구간에서 하인들과 함께 밤을 보냈어요. 그때만 해도 아버지가 함께 신사관에 갔는데 아버지는 어느 방에서 묵으며 내가 아침에 보고를 가지고 오기를 기다리셨어요. 하지만 보고라고는 거의 없었어요. 우리는 여전히 그 심부름꾼을 발견하지 못했지요. 들리는 말에 의하면 그 심부름꾼은 자신을 높이 평가해 주는 소르티니에게 아직도 봉사하고 있다는 것이었어요. 그리고 소르티니가 아주 먼 관청으로 전근 갔을 때 그의 뒤를 따라갔다고도 했어요. 대개의 하인들도 우리가 그를 보지 못하게 된 이후로 그를 본 적이 없었어요. 어떤 사람은 그를 보았다고 주장하지만 아마 착각일 거예요. 그러니까 내 계획이 정말 실패한 것인지는 모르겠지만 완전히 실패했다고 할 수는 없어요. 물론 우리는 그 심부름꾼을 찾지 못했고, 유감스럽게도 신사관에 간 것이라든가 그곳에서 밤을 새운 일, 또 나에 대한 동정심 따위가—그것도 아버지에게 그만한 능력이 있는 동안의 일이긴 했지만—아버지에게는 치명상이 되어서 거의 이 년 동안이나 당신이 보시는 바와 같은 상태에 놓이게 되었어요. 매일같이 마지막인 듯 보이는 어머니보다는 그래도 아버지가 훨씬 나아요. 사실 아말리아의 초인간적인 노력 때문에 어머니의 목숨은 연장된 것이나 마찬가지예요. 그래도 내가 신사관에서 한 일은 성과 어느 정도 연고 관계가 있다고 할 수 있어요. 신사관에서 한 일을 내가 후회하지 않는다고 말해도 제발 나를 멸시하지 말아 주세요. 그게 무슨 그리 대단한 관계냐고 하실지 모르겠는데, 물론 그것도 옳은 말씀이에요. 성과의 연고 관계가 그리 훌륭하다고 할 수는 없지만 나는 지금 많은 하인들과 수년 동안 마을을 찾은 거의 모든 양반들의 하인을 알고 있고, 앞으로 성에 가는 일이 있더라도 그곳에서 생소한 일은 없을 거예요. 물론 그들은 마을에서만 하인일 뿐이고 성으로 가면 전혀 딴판이 되어 버려요. 아마 성에서는 아무도 그들을 분간할 수 없을 거예요. 따라서 마을에서 사귄 사람은 말할 것도 없고, 가령 성에서 다시 만나자고 마구간에서 천 번 만 번 맹세했던 사이라도 아무 소용이 없어요. 나는 그런 약속이 그들에게 얼마나 무의미한 것인지 직접 경험했어요. 그러나 가장 중요한 것은 그런 일이 아니에요. 나는 단지 하인을 통해서 성과 연고 관계를 맺고 있는 것이 아니에요. 기대할 수도 있는 일이지만 누군가 위에서 나 자신과 내가 하는 일을 봐주는 사람이 있어서—물론 많은 하인들을 관할하는 것은 관청 업무 중에서도 대단히 중요하고 힘이 드는 일이지만—어쩌면 내게 다른 사람보다 너그러운 판단을 내려 줄 것이며—내 수단과 방법이 형편없긴 하지만—내가 집안 식구를 위해서 고군분투한 사실과 아버지가 애쓰시던 사업을 계승했다는 사실을 인정해 주실 거예요. 즉 나는 이런 것으로 성과 연고 관계를 맺고 있는 거예요. 만약 이 사실을 통찰하신다면 내가 하인들에게 돈을 거둬서 그것을 식구들을 위해 쓰고 있는 것도 용서해 주실 거예요. 그 밖에도 내가 이룬 일이 있지만 당신은 그것을 내 잘못이라고 생각하실 거예요. 나는 하인들에게서 우회 작전을 쓰면 어렵지만 몇 해나 걸리는 공적인 채용 수속을 밟지 않고서도 손쉽게 성의 근무에 편입될 수 있다는 이야기를 많이 들었어요. 그런 경우에는 공적인 근무자가 아니라 남몰래 혹은 반쯤 승인된 사람이라는 데 지나지 않아서 권리나 의무도 없어요. 의무가 없다는 것은 그다지 좋은 일은 아니지만 무슨 일이 있을 때 성과 가까이 있으니까 한 가지 좋은 점은 있어요. 즉 좋은 기회를 노려 그것을 이용할 수 있다는 거예요. 아직 정식 근무자는 아니지만, 마침 무슨 일이 생겼는데 옆에 근무자가 없을 경우 그 사람을 부른다. 그래서 얼른 달려가면 그 사람은 조금 전까지만 해도 그렇지 않았던 존재가 되어 버리는 거예요. 그러니까 이미 근무자가 된 셈이지요. 물론 그런 기회가 언제 올 것인지가 문제겠지만, 대개는 들어가자마자 주위를 살펴볼 여유도 없이 기회는 찾아와요. 새로 들어온 사람치고 당장 기회를 잡을 만큼 침착성 있는 사람은 없어요. 처음에 그런 기회가 생기지 않으면 공적인 채용 수속을 밟는 것보다 오히려 더 오랜 세월이 걸려요. 그래서 그렇게 반쯤 인정된 사람은 결코 공적으로나 정식으로 채용되는 일이 없어요. 누구나 이 점을 깊이 생각하지 않을 수가 없어요. 즉 공적으로 채용될 때는 엄선된다는 사실, 조금이라도 평판이 나쁜 가정 출신은 처음부터 거절당한다는 사실에 대해 한마디도 언급되어 있지 않아요. 아무튼 그런 가정 출신이 이런 수속을 밟는다고 하면 그야말로 본인은 결과를 생각하고 몸부림칠 것이며, 세상 사람들은 어이가 없어서 어떻게 그처럼 희망 없는 일을 감행할 생각을 했느냐고 첫날부터 질문의 화살을 퍼붓고 야단법석을 떨 거예요. 본인으로 말할 것 같으면 달리 살아 나갈 방도가 없으니까 그래도 희망을 품어 보는 거예요. 그러나 몇 해가 지나서 아마도 백발노인이 된 다음에야 그 사람은 자신이 거절당했다는 사실을 겨우 인식하게 돼요. 모든 것을 잃고 자기 일생마저 수포로 돌아갔다는 사실을 알게 되는 것이죠. 물론 여기에도 예외는 있고 이 예외에는 누구나 속할 수 있어요. 결국에 가서는 평판 나쁜 사람들이 채용되는 일도 있으니까요. 관리들 중에는 그런 짐승의 냄새를 본의는 아니지만 무한히 좋아하는 사람이 있어서 채용 시험 때 코를 실룩거리며 냄새를 맡기도 하고, 입을 일그러뜨리기도 하며, 큰 눈을 부릅뜨고 쳐다보기도 해요. 그들에게는 지금 말한 것 같은 남자가 굉장히 구미에 당기나 봐요. 그것을 극복하기 위해서는 육법전서에 의지해야만 해요. 물론 그것은 대개 그 남자가 채용되는 데 도움은 되지 않아요. 다만 채용 수속이 한없이 연장

되어 갈 뿐이지요. 그 수속은 끝나는 것이 아니라 그 남자가 죽은 후에야 비로소 중지되는 것이에요. 따라서 채용이라는 건 불법이든 합법적이든 간에 다 마찬가지며, 겉으로 드러난 어려움과 뒤에 숨겨져 있는 어려움으로 가득 차 있어요. 따라서 그런 일에 착수하려면 그 전에 모든 일을 면밀하게 검토하는 것이 상책이지요. 그런데 바르나바스와 나는 결코 그런 점에 소홀하지 않았어요. 내가 신사관에서 돌아오면 우리는 같이 앉아서 최근 자신의 경험을 이야기하고 며칠 동안 시간 가는 줄도 모르고 이야기만 했어요. 그래서 바르나바스는 제법 오랫동안 한 가지 일만을 손에 잡고 있어야 했지요. 어쩌면 이런 점에서 나는 말씀하신 대로 죄가 있는지도 몰라요. 나는 하인들의 이야기가 그다지 믿을 만한 이야기는 되지 못한다는 사실까지 잘 알고 있어요. 하인들은 결코 내게 성에 관한 이야기를 하고 싶어하지 않았고, 언제나 화제를 다른 것으로 돌려 버리거나, 내가 재촉하지 않으면 중요한 이야기는 해 주지도 않았어요. 또 설사 그들이 마음에 내켜서 이야기를 한다 해도 서로 다투거나 쓸데없는 소리를 지껄이며 뽐내거나 호언장담을 하는가 하면, 서로 과장하거나 꾸며내어 이야기하기도 했어요. 저 어두운 마구간에서 연달아 끝없이 들려오는 부르짖음 속에 진실을 암시하는 말이 있다손 치더라도 기껏해야 하나 둘에 지나지 않았고, 그것조차 보잘것없는 암시처럼 느껴졌어요. 하지만 나는 기억나는 대로 바르나바스에게 모든 것을 되풀이해서 이야기해 주었어요. 바르나바스는 아직도 진실과 허위를 구별할 능력이 전혀 없는 데다가 가족들이 처해 있는 상태로 인해 욕심으로 가득 차서 거의 그런 것에 대한 갈망과 목마름으로 모든 것을 들이켜 버렸어요. 그러고도 모자라 정열에 복받쳐 또 다른 것을 열망했어요. 그리고 사실 내 새로운 계획이 잘되고 못되고는 바르나바스에게 달려 있었어요. 하인들한테는 더 이상 아무 소득도 얻을 수 없었어요. 소르티니의 심부름꾼은 찾아내지도 못하고 또 결코 찾아낼 수도 없었을 거예요. 소르티니와 그 심부름꾼의 그림자는 점점 희미해져 갔고, 따라서 종종 그의 외모와 이름까지도 완전히 잊게 되었어요. 나는 오랫동안 그들의 용모를 그려 보았으나 사람들은 어슴푸레하게 기억을 더듬을 뿐 그 밖에 아무런 효과도 없었어요. 그리고 나와 하인들과의 생활에 대해서 말씀드리면, 나는 사람들이 그것을 어떻게 판단할 것인지에 대해 아무런 힘도 없었어요. 기껏해야 그것이 행해진 그대로 받아들여지기를, 또 그것으로써 우리 집안의 죄가 조금이라도 덜어지기를 바라는 수밖에 없었지요. 하지만 그 희망이 이루어졌다고 생각되는 외적 증거는 하나도 얻을 수 없었어요. 그럼에도 불구하고 나는 여전히 그러한 짓을 계속했지만 우리 집안을 위해 성에서 무슨 일을 실현할 가능성이라곤 아무것도 보이지 않았어요. 그러나 바르나바스에게는 그런 가능성이 보였어요. 왜냐하면 내가 그럴 생각만 있으면, 물론 그럴 생각은 얼마든지 가지고 있었지만, 하인들의 이야기를 듣고 나서 성에 봉사하는 일에 채용된 사람은 자기 가족을 위해서 대단히 많은 일을 성취할 수 있을 거라고 추측했기 때문이에요. 여기서 하인들의 이야기를 어디까지 믿을 수 있는지 그것이 문제이긴 하지만요. 그런데 그것을 확인하기는 어려워요. 그다지 신용할 수 없다는 것만은 분명해요. 그 이유로 하인 하나가 내게—두 번 다시 그를 만나는 일이 없을 테고, 만난다 해도 이미 그를 분간할 수도 없겠지만—동생을 위해서 성의 어느 자리를 알선해 주겠으며, 그게 여의치 않으면 적어도 바르나바스가 어떤 다른 연줄로 성에 오게 될 경우 그를 봐주겠다고 했어요. 즉 그에게 힘을 북돋아 주겠다고 점잖게 약속해 준 일이 있었지요. 하인들의 말로는 한 자리라도 얻으려고 기대하는 사람들 중에는 기다리는 시간이 너무 길어서 돌봐 주는 사람이라도 없으면 그동안에 졸도하거나 갈피를 못 잡고 신세를 망쳐 버리는 수가 허다하다고 했어요. 그 하인은 이러한 이야기와 그 밖의 다른 이야기들을 내게 해주었는데 그것은 경고 비슷한 것이었지 거기에 맞는 약속으로는 어울리지 않았어요. 그러나 바르나바스에게는 그렇지 않았어요. 물론 나는 동생에게 섣불리 그 약속을 믿지 말라고 주의했는데, 내가 그 약속에 관해서 이야기를 하자마자 동생은 내 계획이 완전히 마음에 들었나 봐요. 내가 내 계획을 변호하기 위해서 열거한 것들은 거의 동생의 주목을 끌지 못했고, 그는 주로 하인들의 이야기에 강한 인상을 받은 듯했어요. 당시 내가 의지할 사람이라곤 나 자신밖에 없었어요. 부모님과 타협할 사람은 아말리아밖에 없었으며, 아말리아마저 내가 아버지의 과거 계획을 실현하기 위해 노력하면 할수록 내게서 멀어졌어요. 아말리아는 당신이나 다른 사람이 보는 앞에서는 나와 이야기하지만, 그 밖에 다른 때는 결코 입도 열지 않아요. 또 신사관의 하인들에게 나는 한낱 노리개에 불과했으며, 그들은 악착같이 이 노리개를 부숴 버리려고 했을 뿐이에요. 나는 이 년 동안 그들 중 누구와도 정다운 이야기를 나눠 본 적이 없어요. 단지 뒤에 무언가 숨겨 둔 것 같은 수줍은 이야기나 꾸며 댄 이야기들, 제정신이 아닌 것 같은 광적인 이야기들뿐이었지요. 그러고 보니 바르나바스만 남게 되었는데 그 바르나바스는 아직도 어린애였어요. 내 얘기를 듣는 동생의 눈동자는 언제나 이상한 빛―그 후로 쭉 그의 눈에 깃들어 있는 그런 빛―을 띠고 있었어요. 나는 그것을 보고 깜짝 놀랐지만 그렇다고 계획을 포기하지는 않았어요. 단지 나는 너무나 큰 것을 기대하고 있었던 것 같아요. 그렇다고 내가 아버지의 계획, 즉 허무하긴 하지만 커다란 계획을 품고 있던 것은 아니에요. 남자들에게서 볼 수 있는 결단성을 나는 갖고 있지 못했어요. 나는 여전히 심부름꾼의 모욕을 보상하고 명예 회복을 지향했을 뿐이며, 사람들이 나의 겸손한 태도를 보고 나에 대해 좋게 생각해 주기를 바라고 있었어요. 그리고 나 혼자서는 이루지 못했던 일을 바르나바스를 통해 다른 방법으로 확실하게 이루어 보려고 마음먹었지요. 그러니까 우리는 심부름꾼을 모욕하고 그를 내쫓았는데, 그렇다면 우선 바르나바스를 새로운 심부름꾼으로 내놓으면 어떨까? 우리에게 모욕을 당한 심부름꾼이 하던 일을 그에게 시켜 보면 어떨까? 그래서 모욕을 당한 그 심부름꾼이 분한 감정을 잊을 수 있도록 원하는 기간만큼 먼 곳에 가서 마음을 가라앉히게 해 주면 어떨까? 하는 생각을 했어요. 물론 나는 이 계획이 아무리 겸손한 것이라고 해도 역시 불손한 점이 없지 않아 있다는 것을 잘 알고 있었어요. 그러면 우리가 관청에 대해서 관청은 당연히 개인적인 문제까지도 해결하라고 독촉하는 것 같기도 하고, 관청은 자발적으로 가장 좋다고 생각하는 대로 처리할 수 있을 뿐만 아니라, 우리가 아직도 대책을 강구할 여지가 있다고 생각하기도 훨씬 전에 이미 처분이나 조치가 끝나 버렸다는 사실을 마치 의심하고 있는 것 같은 인상을 그들에게 줄지도 모르니까요. 나는 그렇게 알고 있었으나 한편으로는 다음과 같이 생각하기도 했어요. 즉 관청이 나를 그렇게 오해할 리는 만무하다, 만일 오해한다고 해도 고의는 아닐 것이다, 여하튼 내가 하는 모든 일을 자세히 조사해 보지도 않고 처음부터 함부로 거부하는 일은 없을 것이다, 하고 말이에요. 그래서 나는 여전히 계획을 중지하지 않았고, 바르나바스는 바르나바스대로 명예욕이 여전했어요. 이런 준비 단계에서 바르나바스는 너무 거만해져서 구둣방 일 같은 것은 자기처럼 앞으로 관청에 근무하게 될 사람에게는 너무나 비천한 일이라고 생각하게 되었지요. 그뿐 아니라 아말리아가 아주 드물게 어쩌다 그에게 말 한마디라도 건네면 그는 마치 근본적으로 큰 의견 차이라도 있는 듯이 아말리아에게 눈에 불을 켜고 대들었어요. 나는 바르나바스의 이러한 순간적인 기쁨을 기꺼이 받아 주었어요. 미리 예측한 바와 같이 이 순간적인 기쁨과 거만한 태도는 그가 성으로 나가게 된 첫날부터 완전히 사라지고 말았어요. 이렇게 해서 이미 말씀드린 것처럼 형식적인 근무가 시작됐어요. 다만 적이 놀란 것은 바르나바스가 처음인데도 불구하고 성으로, 더 정확히 말해서 그 후 소위 그의 일터가 된 사무실로 거리낌 없이 그리고 서슴지 않고 들어 갔다는 거예요. 이런 성과를 거둔 데 대해 나는 당시 거의 미친 사람처럼 날뛰었어요. 저녁때 집으로 돌아오면서 바르나바스가 그 이야기를 내 귓가에 속삭였을 때, 나는 곧 아말리아에게 달려가서 그 애를 붙잡아 구석에 처박고서는 맹렬히 키스를 퍼부었어요. 그 애는 놀라고 아파서 울기 시작했어요. 나는 흥분해서 아무 말도 못했지요. 아닌 게 아니라 우리는 오랫동안 서로 이야기한 적도 없었으니까요. 그래서 나는 며칠 뒤 다시 이야기하기로 했어요. 그러나 막상 그날이 되자 이야기할 거리라고는 아무것도 없었어요. 사태는 그 뒤 조금도 진전을 보지 못하고, 첫날 그렇게 빨리 도달한 점에 그대로 정지하고야 말았어요. 바르나바스는 이미 이 년 동안이나 이렇게 단조롭고 가슴을 짓누르는 듯한 숨가쁜 생활을 보내 왔어요. 하인들은 아무런 도움도 되지 않았지요. 나는 바르나바스를 통해 그를 잘 보살펴 달라는 짤막한 편지를 하인들에게 보냈고, 그들이 내게 한 약속을 환기시켰어요. 그래서 바르나바스는 하인을 보기만 하면 곧 편지를 끄집어내서 보여 주었대요. 그런데 웬일인지 바르나바스가 만난 하인들 중에는 나를 모르는 사람들이 무척이나 많았고, 또 나를 아는 사람들은 잠자코 편지를 내미는 바르나바스의 태도가—바르나바스는 성에서는 감히 아무 말도 하지 못해요—신경에 거슬렸던지 아무도 바르나바스를 도와주는 사람도 없었다니 너무 심하지 않아요? 그래서 하인 하나가 편지를—아마도 이미 두서너 번이나 편지를 보게 된 사람 같은데—꾸깃꾸깃 뭉쳐서 쓰레기 더미 속에 버렸을 때는 마치 구제된 것처럼 숨을 돌렸대요. 물론 그런 구제받는 분위기라면 오래 전에 우리가 스스로 비용을 내서라도 마련할 수 있었을지 모르겠어요. 그 사람이 편지를 버리면서 이렇게 말해도 상관없었을 것이라고 나는 생각했어요. '누가 뭐라 해도 너희들이 편지 다루는 법은 역시 별수 없어.'라고 말이에요. 이 이 년이라는 세월 동안 아무런 소득이 없었다고 해도 일찍이 어른이 된 것에 큰 도움이 되었다고 한다면, 좌우간 바르나바스에게는 대단히 유리한 기간이었어요. 사실 동생은 여러 가지 점에 있어서 보통 어른 이상으로 점잖고 현명했어요. 가끔 동생의 얼굴을 쳐다볼 때면 이 년 전의 소년다운 모습이 머리에 떠올라서 뭐라 말할 수 없는 슬픈 기분에 잠길 때가 있어요. 그럼에도 불구하고 이제 어른이 된 동생이 내게 주어도 좋을 위안이나 지지를 나는 조금도 받지 못하고 있어요. 내가 없었다면 그가 성에 가는 일도 없었을 텐데, 어쨌든 성으로 들어간 뒤부터 그는 내게 의지하지 않고 서서히 독립해 갔어요. 나는 그에게 있어서 단 하나 있는 믿을 만한 사람인데도 불구하고 그는 자신이 생각하고 있는 것의 일부밖에는 내게 이야기하지 않았어요. 그는 내게 성에 관한 이야기를 많이 들려주었지만, 그런 자세한 이야기로도 어떻게 해서 그가 변했는지는 알 수가 없는 노릇이었어요. 그중에서도 특히 알 수 없는 일은 소년 시절에는 어른들을 실망시킬 정도로 지나치게 원기 왕성했던 동생이 어른이 된 후에는 성에서 시달려서 그런지 기운을 모두 상실한 듯이 보인다는 점이에요. 하기야 저렇게 우두커니 서서 기다리는 것, 매일같이 되풀이해서 아무 변화의 희망조차 없이 지낸다면 사람을 연체 동물처럼 줏대 없는 인간으로 만들어 버리고, 회의에 젖게 할 뿐만 아니라, 나중에는 될 대로 되라는 심정에서 서 있는 것 외에는 아무런 능력도 없는 자포자기의 인간으로 만들어 버릴 거예요. 그런데 사실이 정말 그렇다면 동생은 왜 처음부터 전혀 저항해 볼 생각을 하지 않았을까요? 아마도 그는 다음과 같은 사실을 깨달았을 거예요. 즉 올가의 말이 옳다, 이 성에는 명예욕을 만족시킬 만한 것이라고는 없다, 하지만 우리 집안의 상태를 개선하는 데 도움될 만한 것은 있을지도 모르겠다고 말이에요. 그곳에서는 하인들의 변덕을 제외하고는 만사가 굉장히 소극적으로 진행돼요. 명예욕이란 사업 속에서 충족되는 것인데, 그렇게 되면 사업 자체가 우위를 점하게 되니까 명예욕은 아주 소멸해 버리고 어린이다운 순진한 원망은 들어갈 여지가 없게 돼요. 다만 바르나바스가 내게 이야기해 준 바에 의하면, 그는 자신의 출입이 허락되어 있는 방의 지극히 수상한 관리라 할지라도 그 권력과 지식이 얼마나 대단한지를 똑똑히 보고 있다고 했어요. 관리들이 눈을 반쯤 감은 채 손가락을 살살 움직이면서 빨리 필기를 시킨다든지, 단지 검지손가락만으로 불평을 늘어놓는 하인들을 쫓아내는 모습이라든지, 하인들은 그럴 때면 숨가쁘게 허덕이면서 자못 즐거운 듯 미소를 띤다고 해요. 아니면 책 속에서 중요한 대목이라도 발견해서 관리들이 힘차게 책을 두드리면 하인들이 그 좁은 곳으로 가능한 모여들어 목을 쑥 빼고 그 대목을 보려고 덤벼드는 모양이라든지, 그런 광경을 보고 바르나바스는 그 관리들을 대단한 존재로 생각하게 되었다고 했어요. 그래서 바르나바스는 만일 그들에게서 인정을 받고, 그들과 몇 마디—타인으로서가 아니라 관청의 한 동료로서, 물론 지위가 훨씬 낮은 동료로서—말하는 것이 허락되는 정도에 이르면, 우리 집을 위해 뜻하지도 않았던 것을 얻을 수 있지 않을까 하는 인상을 받게 되었대요. 하지만 아직 거기까지 이르지는 못했어요. 바르나바스는 그런 데에 도움이 될 만한 일을 감히 해 보려고도 하지 않아요. 다만 그로서는 아직 젊긴 하지만 집안의 불행한 사태로 인해 책임이 무거운 가장의 지위에 있다는 사실을 잘 알고 있어요. 이제 마지막으로 하나 더 고백할 게 있어요. 선생님은 일주일 전에 이곳에 오셨어요. 나는 신사관에서 누군가 그 말을 하는 소리를 들었지만 염두에 두지도 않았지요. 측량 기사가 왔다는데 그것이 무엇인지도 알지 못했어요. 그런데 다음 날 저녁 바르나바스가—전부터 나는 일정한 시간에 중간까지 그를 마중 나갔는데—보통 때보다 일찍 집에 돌아왔더군요. 그는 방 안에 있는 아말리아를 보더니 나를 집 밖으로 끌고 나가서 내 어깨에 얼굴을 대고 몇 분 동안이나 울었어요. 예전의 동심으로 돌아간 것이죠. 무슨 일인지 그로서는 도저히 감당하지 못할 일이 일어난 모양이에요. 갑자기 그의 눈앞에 아주 새로운 세계가 전개된 것 같았어요. 그는 그처럼 완전히 새로운 행복과 걱정 근심을 참아낼 수가 없었나 봐요. 사실 일어난 일이라고는 단지 그가 당신에게 보내는 편지 한 장을 맡았다는 것뿐이었어요. 하지만 말할 것도 없이 그것은 그가 처음으로 손에 쥐어 본 첫 번째 편지이자 첫 번째 일이었지요."

올가는 여기서 이야기를 끊었다. 주위는 고요했다. 다만 숨이 가쁘고 골골하는 노부모의 호흡 소리만이 가끔씩 들릴 뿐이었다. K는 아주 가벼운 마음으로 올가의 이야기를 보충하려는 듯 입을 열었다.

"그렇다면 당신네들은 나에게 위선적인 태도를 취하셨군요. 바르나바스는 그 일을 아주 오래하고 또 대단히 바쁜 심부름꾼처럼 내게 편지를 갖다 주었고, 당신이나 당신과 한통속이 된 아말리아까지도 심부름꾼의 직무나 편지 같은 건 단지 부업이나 덤처럼 취급했으니까요."

"당신은 우리를 한 사람씩 구별하셔야만 해요."

올가가 말했다.

"바르나바스는 그 편지 두 통으로 인해 다시 행복한 어린아이의 모습으로 돌아갔어요. 자신의 활동에 대해 여러 가지 의심을 품고 있긴 하지만, 이 의심은 단지 동생과 나 둘만의 문제예요. 동생은 상대방이 당신인 경우에 있어서는 참다운 심부름꾼으로서, 즉 자신의 상상에 의한 참다운 사자로서 행동하는 것이 다시없는 명예라고 생각하고 있어요. 그래서 나는 두 시간 안에 동생의 바지를 적어도 그것이 몸에 꼭 붙는 관복 바지 비슷하게—동생은 이제 정식 관복을 입고 싶다는 희망에 가득 차 있지만—고쳐 주어야만 했지요. 나는 그가 그 바지를 입고 선생님 앞에 나아갈 때 조금도 부끄럽게 생각되지 않도록 해 주고 싶었어요. 여기에 오신 지 얼마 되지 않으셨으니까 복장쯤은 감쪽같이 속일 수 있었어요. 이것이 바로 바르나바스 얘기예요. 그러나 아말리아는 심부름꾼의 역할을 무시하고 있어요. 바르나바스가 약간의 성과를 거둔 것처럼 생각되는 지금에 와서―바르나바스나 나를 보고, 혹은 우리가 함께 앉아서 쑥덕거리는 꼴을 보면 그 애도 곧 알게 될 테지만―그 애는 전보다도 더욱 심부름꾼의 역할을 무시하고 있어요. 그러니까 아말리아는 진실을 말하고 있는 셈이에요. 오해로 인해 그것에 대해 의심을 품어서는 안 돼요. 그러나 K씨, 만약 내가 심부름꾼의 역할을 모독한 일이 있다면 그것은 당신을 속이려고 한 것이 아니라, 불안에 못 이겨서 그렇게 된 거예요. 바르나바스의 손을 거쳐 지금까지 전달된 이 두 통의 편지는 삼 년간 우리 가족의 손에 쥐어졌던 최초의, 물론 아직도 충분히 의심의 여지는 있지만 최초의 은총의 표시였어요. 이 전환은 참다운 전환이고 단순한 착각은 아니라는 전제로 말씀드리는 것이지만―참다운 전환이기보다는 단순한 착각인 경우가 많지만―당신이 여기에 도착하신 것과 관계가 있어요. 어느 면에서 보면 우리의 운명은 당신 손에 달려 있다고 해도 과언이 아니에요. 아마도 이 두 통의 편지가 단지 발단에 지나지 않으며, 바르나바스는 앞으로 당신에 대한 심부름꾼의 역할뿐 아니라 그 활동이 더욱 확대되어 가겠지만―적어도 허용되는 한도 내에서 우리는 그것을 기대하고 싶어요―어쨌든 지금 당장 우리는 모든 일에 있어서 당신만을 목표로 하고 있어요. 우리는 위에 있는 성에서 할당하거나 배치하는 대로 만족해하고 복종해야 하지만, 이곳 아랫마을에서는 자신의 힘에 따라 무슨 일이든 할 수 있어요. 다시 말해 당신의 호의를 확보해 두는 것, 적어도 우리를 싫어하시지 않도록 조심하는 것, 또 이것이 가장 중요한 일이지만 성과의 연고 관계가 당신에게서 끊어지지 않도록—아마도 그 연고 관계로 말미암아 우리는 살아 나갈 수 있을지도 몰라요—우리의 경험과 힘이 닿는 대로 당신을 보호하는 것 등이에요. 그런데 대체 어디서부터 일을 착수하는 것이 가장 좋을까요? 당신에게 가까이 다가가도 당신이 우리를 의심하시지 않게 하기 위해서는 어떻게 하면 좋을까요? 이곳에 처음 오셨으니까 확실히 모든 것에 대해 의심을 품고 계신 것도 무리는 아니에요. 더군다나 세상 사람들은 우리를 멸시하고 있고, 당신 역시도 세상 사람들이 갖는 의견에 영향을 받고 계세요. 특히 약혼자 프리다를 통해 그렇게 되셨지요. 어떻게 하면 우리는—전혀 그럴 생각조차 없지만—당신의 감정을 해치지 않고, 또 당신의 약혼자와 대립하는 일 없이 당신에게 다가갈 수 있을까요? 그리고 당신 손에 넘어가기 직전에 내가 자세히 읽어 본 그 편지는—바르나바스는 읽지 않았어요. 그것은 심부름꾼에게는 월권 행위예요—너무 오래돼서 언뜻 보기에 그렇게 중요한 것처럼 보이지는 않았지만, 그래도 당신에게 면장을 찾아뵈라고 지시한 것으로 인해 중요성을 띠게 되었어요. 그렇다면 우리는 이 일과 관련해서 당신에게 어떤 태도를 취해야 할까요? 만약 우리가 그것의 중요성만 강조한다면 스스로 혐의를 받게 되었을 거예요. 그 혐의란 그다지 중요치 않은 일을 과대평가하고, 보고를 전달하는 사람으로서 당신에게 그것을 과장 찬양하였을 뿐만 아니라, 우리의 목적을 추구하느라 당신의 목적을 고려하지 않았다는 거예요. 뿐만 아니라 그렇게 함으로써 그 편지 자체를 당신의 눈에도 형편없이 보이게 하여, 본의는 아니었지만 당신을 속이는 결과가 되었는지도 모르겠어요. 그러나 만약 우리가 그 편지를 그렇게 높이 평가하지 않았다고 해도 역시 혐의를 받았을지도 몰라요. 그 이유는 우리가 그다지 중요하지도 않은 편지를 전해 주는 데 왜 그렇게도 열을 올렸나 하는 점 때문이에요. 우리는 어째서 말과 행동이 서로 모순되는가, 우리는 어째서 편지를 받는 당신뿐만 아니라 우리에게 편지를 전해 주라고 부탁한 사람까지도 속이는 것일까? 분명 편지를 부탁한 사람은 우리가 그 편지를 받는 사람에게 쓸데없는 설명으로 편지의 가치를 떨어뜨리라고 맡긴 것은 아닐 거예요. 그래서 이 양극의 중간을 간다는 것, 따라서 편지를 올바르게 판단한다는 것은 불가능한 일이에요. 편지는 스스로 끊임없이 그 가치를 변화시키고 있어요. 편지에 의해 야기되는 깊은 생각은 끝이 없고, 또 그런 깊은 생각에 잠기다가 어디쯤에서 멈추게 될지는 단지 우연에 의해 정해질 뿐이니까 의견 역시 우연한 것에 지나지 않을 거예요. 더군다나 당신에 대한 불안이나 염려가 그 사이에 개입한다면, 모든 일은 엉망진창이 되어 버리는 거예요. 내가 이렇게 말씀드린다고 해서 너무나 엄격히 비판하시면 곤란해요. 예를 들어 언젠가 그런 일이 있었던 것처럼 바르나바스가 다음과 같은 보고를 가지고 왔다고 쳐요. 보고의 내용인즉, 당신이 바르나바스의 심부름꾼 역할에 대해 불만을 품고 있으며, 바르나바스는 그러한 눈치를 채고 깜짝 놀란 데다가 유감스럽게도 심부름꾼으로서의 특이한 신경과민까지 한몫해서 이 일에서 물러나겠다고 느닷없이 말했다고 쳐요. 그러면 나는 실패를 만회하기 위해 필요하다면 거짓말도 하고 갖가지 나쁜 짓이라도 했을 거예요. 적어도 내가 믿기에는 그것이 당신을 위하고, 우리를 위한 길이에요."

이때 누군가 문을 두드리자 올가가 달려가서 문을 열어젖혔다. 어둠 속에서 한 줄기 광선이 비쳤다.

밤늦게 찾아온 방문객은 무언가를 수군거리며 물었는데 대답하는 쪽에서도 수군거리며 말했다. 그러나 방문객은 그 대답에 불만을 느꼈는지 방 안으로 들어오려고 했다. 올가는 그 사람을 막아 낼 수 없었던지 아말리아를 불렀다. 올가는 부모님이 잠에서 깨지 않도록 아말리아가 있는 꾀를 다해서 이 사람을 물리쳐 주기를 은근히 바랐다. 아닌 게 아니라 아말리아는 급히 달려오더니 올가를 옆으로 밀어젖히고 거리로 나서서 뒤로 문을 닫아 버렸다. 그런가 하면 어느 사이에 그녀는 되돌아왔다. 올가가 하지 못했던 일을 순식간에 해치운 것이다.

K는 올가에게서 방문객은 다름 아닌 자신을 찾아온 사람이라는 것을 들었다. 즉 조수 한 사람이 프리다의 부탁을 받고 찾아왔던 것이다. 올가는 K가 그 조수를 만나지 못하도록 방해를 하였다. K 스스로가 나중에 조수가 자신을 찾아온 사실을 프리다에게 고백하는 것은 좋지만, 조수에게 들키는 것은 안 된다는 것이었다. K는 그 말에 동의했다. 그러나 여기서

밤을 새며 바르나바스를 기다리는 것이 어떻겠느냐고 묻는 올가의 제의는 거절해 버렸다. 제의 자체는 K가 받아들여도 괜찮은 것이었을지도 모른다. 밤이 이미 깊은 데다가 이제 그가 원하건 원하지 않건 간에 이 가족과 밀접한 관계를 맺은 것처럼 느껴졌기 때문이다. 또 다른 이유로는 이러한 밀접한 관계를 고려해 볼 때, 이곳에 묵는 것이 고통스러울지라도, 이 마을에서는 이 집에 묵는 것이 가장 자연스러운 일이었다. 그런데도 불구하고 K는 거절했다. 조수가 찾아온 탓에 깜짝 놀랐던 것이다. K의 의중을 알고 있던 프리다와 K가 무서운 사람이라는 것을 알고 그를 두려워하던 조수들이 어떻게 합작하게 되었는지, 그리고 합작한 끝에 프리다가 어떻게 감히 조수를 시켜서 K를 부르러 보냈는지—그것도 심부름 온 것은 한 사람뿐이고, 또 한 사람은 프리다에게 남아 있었던 모양이다—그 이유를 도무지 이해할 수 없었다. 그는 올가에게 채찍을 갖고 있느냐고 물었다. 그녀는 채찍을 가지고 있지는 않았지만 대신 버드나무 회초리를 가지고 있었기 때문에 그것을 얻었다. 그리고 이 집에 또 다른 출구가 있는지에 대해 물었다. 마침 안뜰을 지나는 출구가 있었다. 다만 그곳은 거리로 나오기 전에 이웃집 정원의 울타리를 넘어서 마당을 지나가야만 했다. K는 그것을 실행에 옮기려 했다. 올가가 안뜰을 지나 그를 울타리로 인도하는 동안, K는 걱정하는 그녀를 빨리 안심시키기 위해 그녀가 이야기하는 도중 약간의 술책을 썼다고 해서 조금도 화를 내지는 않았다. 오히려 자기는 그녀의 마음을 아주 잘 이해하고 있다고 설명했다. 이어서 그녀가 자기에게 여러 가지로 이야기해 준 것은 자기를 신용해 주는 증거라고 생각한다며 감사를 표하고, 또한 밤중이라도 상관없으니 바르나바스가 돌아오면 곧 학교로 보내 달라고 부탁했다. K는 또 이렇게도 말했다. 바르나바스가 갖다 주는 편지가 자신에게 있어 단 하나의 희망은 아닐 것이며, 또 그것이 단 하나의 희망이라면 정말 한심하기 짝이 없는 노릇이다, 자신은 결코 바르나바스가 갖다 주는 편지를 단념하지 않을 것이다, 자기는 그것을 믿음과 동시에 그녀도 잊지 않겠다. 자기에게 있어서는 어떠한 편지보다도 그녀가 훨씬 소중하며, 그녀의 용감성과 그녀의 신중한 태도와 그녀의 총명한 두뇌, 거기다가 가족에 대한 그녀의 헌신적인 정신이 소중하다, 만일 자기가 올가와 아말리아 중에서 한 사람을 골라잡아야 하는 경우가 생긴다면 결코 선택하기 어려워서 망설이는 일은 없을 것이라는 말로 이야기를 끝마쳤다. 그러고는 그녀의 손을 힘껏 쥐더니 어느새 이웃 집 정원의 울타리 위로 펄쩍 뛰어올랐다.

20

그 길로 K는 큰길까지 나섰다. 앞이 잘 보이지 않는 흐릿한 밤이었으나 조수가 여전히 바르나바스의 집 앞을 왔다 갔다 하고 있는 것이 보였다. 조수는 간혹 걸음을 멈추고 커튼을 내린 창 너머에서 방 안을 등불로 비춰 보려고 했다. K는 그를 불렀다. 그는 별로 놀라는 기색도 없이 집 안을 정찰하는 것을 중지하고 K 쪽으로 걸어왔다.

"누구를 찾고 있지?"

K가 물었다. 그리고 자신의 넓적다리에다 버드나무 회초리의 휘청거리는 탄력성을 시험해 보았다.

"선생님을 찾고 있었습니다."

조수가 다가오면서 말했다.

"대체 너는 누구냐?"

K가 느닷없이 물었다. 아무래도 조수가 아닌 것처럼 느껴

졌기 때문이다. 그 사람은 예전의 조수보다도 늙었으며, 피곤한 기색이 역력했고, 주름살도 더 많이 잡힌 것처럼 보였지만 얼굴은 더 통통하게 살이 쪄 있었다. 걸음걸이 또한 관절에 전기가 오는 것처럼 민첩하게 걸어가는 조수들의 그것과는 아주 딴판이었다. 속도는 느렸고, 약간 절름거리긴 했지만 가냘프고 고귀한 걸음걸이였다.

"저를 모르십니까?"

하고 묻더니,

"선생님의 옛날 조수 예레미아스예요."

라고 대답했다. K는,

"응, 그래?"

하고 등 뒤에 감추어 두었던 버드나무 회초리를 조금 끄집어냈다.

"아주 많이 변했군."

"그것은 제가 혼자 있기 때문이에요. 혼자 있다 보면 즐거운 청춘도 자연히 날아가 버리거든요."

"대체 아르투르는 어디 있나?"

K가 물었다.

"아르투르 말씀입니까?"

예레미아스가 반문했다.

"그 귀여운 자식 말이죠? 그 자식은 그만두었어요. 아무튼 선생님은 우리를 심하고 엄격하게 대하셨지요. 아무리 마음씨가 고운 사람이라도 도저히 감당하지 못했을 겁니다. 그 자식은 성으로 돌아간 후 선생님에 대한 불평불만이 대단했어요."

"그러면 자네는?"

K가 물었다.

"저는 남아 있기로 했어요. 아르투르가 제 몫까지 호소해 주었으니까요."

예레미아스가 말했다.

"대체 자네들은 무엇에 대해 불평을 하는 거야?"

K가 물었다.

"그것은 선생님이 농담을 조금도 이해하시지 못한다는 점이에요. 대체 우리가 무슨 짓을 했다고 그러시는 거죠? 약간의 농담을 하고, 약간 웃었으며, 선생님의 약혼자를 조금 놀렸을 뿐, 그 밖에는 모두 명령대로 실행했습니다. 갈라터가 우리를 선생님에게 보냈을 때……."

하고 예레미아스가 말했다.

"갈라터?"

K가 물었다.

"네, 갈라터요. 그 당시 그가 클람의 대리를 보고 있었지요. 그 갈라터가 우리를 선생님한테 파견했을 때 이렇게 말했어요—저는 그것을 또렷이 기억하고 있어요. 하기야 그것이 우리의 천직이긴 하지만요— '자네들은 측량 기사의 조수로 가는 거야.'라고. 그래서 우리가 말했지요. '하지만 우리는 그 일에 대해서는 아무것도 몰라요.' 그랬더니 그는 '그건 아무래도 상관없어. 필요하다면 측량 기사가 가르쳐 줄 거야. 가장 중요한 일은 너희들이 그 사람의 마음을 즐겁게 해 주는 거야. 내게 들어온 보고에 의하면 그는 만사를 아주 까다롭게 생각하는 모양이야. 그가 이 마을에 왔다는 것 자체가 그로서는 대단히 중요한 일이지. 사실은 아무것도 아니지만 말이야. 그 점을 너희들은 그 사람에게 가르쳐 주지 않으면 안 돼.'라고 했어요."

예레미아스가 말했다.

"응, 그렇다면 갈라터가 옳다는 건가? 자네들이 명령을 정말로 이행했어?"

K가 물었다.

"그런 건 알 수 없어요. 더군다나 이렇게 짧은 시간으로는 불가능해요. 제가 느낀 것은 선생님이 아주 난폭하다는 것이었으며, 우리가 불평한 것도 바로 그 점이었어요. 그러나 도무지 알 수 없는 것은 어쨌든 근무자의 한 사람에 지나지 않는 선생님이, 더욱이 성 근무자가 된 것도 아니면서 어째서 그런 근무가 괴롭다는 사실을 간파하시지 못하나 하는 점이었어요. 또 하나는 제멋대로 그리고 경솔하게도 일하는 사람의 일을 더욱 곤란하게 하는 것이―사실 선생님은 그랬지만―얼마나 옳지 못한 일인지 선생님은 모르고 계시더군요. 우리를 울타리에서 얼어 죽을 뻔하게 하지를 않나, 또 한마디만 나무라도 며칠 동안이나 속으로 고민하는 사람인 아르투르를 주먹으로 때려눕히다시피 하지를 않나, 게다가 오늘 오후처럼 저를 여기저기로 내몰고 쫓아내지를 않나―그 때문에 숨을 가라앉히는 데 한 시간이나 걸렸어요―그러니 그런 무분별하고 무자비한 일이 어디 있겠습니까! 저는 이제 어린애가 아니에요!"

예레미아스가 말했다.

"예레미아스, 자네가 하는 말은 전부 지당해. 다만 그런 말은 갈라터 앞에서 하라고. 자네들을 제멋대로 파견한 건 바로 그 사람이지, 내가 자네들을 보내 달라고 부탁한 것은 아니란 말이야. 그리고 내가 자네들을 요청하지 않았으니, 또 송환될 수도 있었을 거야. 나로서는 될 수 있으면 권력 행사를 하지 않고 조용히 자네들을 돌려보내려고 했는데, 자네들은 분명 권력을 행사해서 일이 처리되기를 바랐던 거야. 그것은 그렇다 치고 왜 나를 처음 찾아왔을 때 지금처럼 그렇게 솔직히 말하지 않았지?"

K가 말했다.

"근무 중이었으니까요. 그것은 분명한 일이에요."

예레미아스가 말했다.

"그렇다면 이제 자네는 근무 중이 아니란 말인가?"

K가 물었다.

"지금은 근무 중이 아니에요. 아르투르가 성에 가서 그만두겠다고 신고했으니까요. 아마 지금쯤은 우리를 성에서 완전히 해방시키기 위해 수속이 진행되고 있을 거예요."

예레미아스가 대답했다.

"그런데 자네는 마치 근무 중인 것처럼 나를 찾고 있지 않았나!"

K가 말했다.

"아니에요. 저는 다만 프리다의 마음을 진정시키기 위해서 선생님을 찾았던 거예요. 바르나바스 집 처녀에게 반하셔서 프리다를 차 버렸을 때 프리다는 몹시 슬퍼했어요. 선생님을 잃었다는 사실보다는 선생님에게 배신당했다는 사실을 슬퍼한 거예요. 물론 프리다는 이미 훨씬 전부터 그렇게 될 것이라고 짐작하고 그것 때문에 무척 고민해 왔어요. 그래도 저는 선생님이 많은 것을 이해하게 되었을 거라고 생각하고 그것을 살피기 위해 일부러 학교 창문 옆으로 가 보았어요. 그런데 선생님은 계시지 않고 프리다 혼자서 학교 의자에 앉아 울고 있었어요. 저는 프리다에게 다가갔고, 우리 두 사람은 그럭저럭 뜻이 맞았지요. 그래서 다 해치워 버렸어요. 그리고 이제 저는 신사관의 객실 전속 사환이 되었어요. 적어도 성에서 제 사건이 해결될 때까지는 그래요. 프리다는 술집으로 되돌아갔어요. 프리다로서는 그쪽이 훨씬 나을 거예요. 선생님의 아내가 된다는 것은 프리다로서 결코 현명한 일이 아니니까요. 선생님은 프리다가 선생님을 위해 바치려고 했던 희생과 헌신적인 태도를 높이 평가하시지 못했어요. 그러나 지금도 프리다는 선생님이 어떤 사람에게 억울한 짓이나 당하시지 않을까, 혹시 바르나바스 집에 가시지는 않았을까 염려하고 있어요. 선생님께서 어디로 가셨을지는 물론 짐작하고도 남았지만 저는 그것을 확인하기 위해 이곳에 온 거예요. 여러 가지로 흥분한 뒤라서 프리다가 안심하고 잘 수 있도록 해 주어야만 하니까요. 물론 저도 불쌍하고 딱하기는 마찬가지예요. 그래서 제가 이렇게 나온 건데, 선생님을 찾았을 뿐만 아니라 처녀들이 바늘에 실처럼 선생님을 따라다니고 선생님 명령대로 움직이는 꼴까지 목격하고 말았지요. 그중에서도 살결이 검은 여자, 진짜 도둑고양이 같은 여자가 선생님을 위해 마음을 쓰고 있더군요. 말하자면 누구나가 하고 싶은 대로, 끌리는 대로 하는 겁니다. 여하튼 선생님은 이웃집 정원을 빙 둘러서 오실 필요는 없었어요. 저 역시 그 길을 알고 있었으니까요."

예레미아스가 말했다.

그러고 보니 예상하고 있었던 일, 그러면서도 막아 낼 도리가 없었던 일이 드디어 일어난 모양이다. 프리다가 그를 차 버렸다. 그렇다고 모든 일이 결정된 것은 아니다. 아직 사태가 그렇게 나쁘다고는 할 수 없다. 지금이라도 프리다를 다시 얻는 데는 늦지 않았다. 대체로 프리다는 모르는 사람에게도, 이 조수들에게까지도 문제없이 마음이 동하는 여자다. 조수들은 프리다의 입장을 자기네들 입장과 똑같이 생각하고, 이제 자기네들이 그만두겠다고 말한 것을 계기로 하여 프리다에게도 권해서 그렇게 하도록 한 모양이다. 그러나 그는 단지 그녀 앞에 다시 나타나서 그가 갖고 있는 가장 유리한 점을 모조리 그녀의 기억에 떠오르도록 하면 된다. 그녀는 후회하고 다시 그의 소유가 될 것이다. 더욱이 바르나바스네 딸들 덕분에 성공을 거두었다는 것을 이유로 삼아 이번 방문의 타당성을 설명할 수 있다면 그야말로 근사하다고 아니할 수 없을 것이다. 그러나 K는 프리다의 마음을 가라앉히기 위해 이모저모로 깊이 생각해 보았지만, 사실인즉 조금도 안심이 되지 않았다. 조금 전까지도 그는 올가 앞에서 프리다를 칭찬하고, 프리다를 자기의 단 하나뿐인 기둥이라고 자랑했는데, 이 기둥은 그다지 튼튼하지 못했다. K에게서 프리다를 빼앗는 데는 구태여 힘이 센 사람도 필요 없었고, 신통하게도 구미가 당길 것 같지 않은 이 조수, 그다지 생기 없는 인상을 준 이 살덩어리만으로도 충분했던 것이다. 예레미아스는 점점 멀어져 갔다. K는 그를 불러 세웠다.

"예레미아스, 자네에게 솔직하게 말할 것이 있으니 자네도 정직하게 대답해 주게. 이제 우리 두 사람은 주인과 하인 관계가 아니야. 자네도 기쁘겠지만 이것은 나로서도 기쁜 일일세. 그러니 우리는 서로 털끝만큼도 속일 필요가 없어. 이제 나는 자네가 보는 앞에서 이 회초리를 꺾어 버리겠네. 이 회초리는 자네를 때리려고 장만한 거야. 내가 정원 길을 택한 것은 자네가 무서워서가 아니고 갑자기 자네를 놀라게 해서 회초리로 두서너 대 갈겨 주려고 생각했기 때문이지. 그러나 이미 지난간 일이니까 내가 한 일을 나쁘게 생각하지는 마. 사실 자네가 관청에서 내게 억지로 떠맡긴 하인이 아니라 단순히 한 사람의 지인이었다면 우리는 분명 사이가 좋았을 거야. 다만 가끔씩 자네의 행동이 나를 좀 귀찮게 했을지는 모르지만 말이야. 이제라도 늦지 않았으니, 지금까지 소홀했던 일을 만회해 보세."

K가 말했다.

"정말입니까?"

조수는 하품을 하고 피곤한 두 눈을 비비면서 말했다.

"선생님한테 더 자세한 설명을 드린다면 좋겠지만 아무튼 시간이 없어요. 프리다한테 가 봐야 하거든요. 그녀가 저를 기다리고 있어요. 그녀는 아직 일을 시작하지 않았어요. 그녀는 모든 것을 잊기 위해 바로 일에 매진하려 했지만 제 권고에 따라 주인이 그녀에게 약간의 휴식 시간을 주었어요. 그 시간만은 적어도 둘이서 보내려고 합니다. 또 선생님의 제안에 대해서 말씀드리자면, 저는 거짓말을 하고 싶지도 않고 그렇다고 선생님을 믿고 무엇이건 맡기고 싶은 생각도 없어요. 저와 선생님은 사정이 아주 다르니까요. 선생님과 제가 고용 관계에 있었을 때는 선생님은 제게 아주 중요한 인물이었습니다. 물론 선생님의 성질 때문이 아니라 선생님이 일을 명령하는 자리에 있었기 때문이지요. 그때만 해도 저는 선생님이 바라시는 거라면 무조건 해 드렸지만 이제는 선생님이 뭐라 해도 저와는 상관이 없어요. 설령 회초리를 든다 해도 조금도 제 마음을 움직이지는 못해요. 저는 단지 제가 얼마나 난폭한 주인을 가졌었나 하고 새삼 돌이켜 볼 뿐입니다. 그것으로 제 마음을 어떻게 해 보려고 하다니 이제는 어림없어요."

"자네는 마치 두 번 다시 나를 무서워하지 않겠다는 말투군. 그러나 그렇게 생각하면 오산이지. 자네는 아직 나한테서 떨어져 나간 것이 아닐 거야. 일이 그렇게 빨리 낙착되지는 않아……."

"때로는 더 빠른 경우도 있습니다."

예레미아스가 말했다.

"때로는 그럴지도 모르겠지만 이 경우는 그렇지 않아. 적어도 나는 아직 문서상으로 해결된 것을 손에 쥐고 있지 않아.

수속은 이제 겨우 시작되었을 뿐이고, 나는 연고 관계를 통해서 아직 자네에게 아무런 손도 대지 않았지만 이제부터 그렇게 할 거야. 하지만 수속 밟은 결과가 자네에게 불리하게 나오면 그때 자네는 주인의 마음에 들 준비가 전혀 되어 있지 않은 것에 당황하게 될걸? 그러고 보니 버드나무 회초리를 분지른 것은 괜한 일이 되었군. 그리고 프리다를 끌고 나온 것에 대해 자네는 우쭐하겠지만, 내가 자네라는 인간에 대해 경의를 품고 있다 해도―자네가 나에 대해서 이미 경의를 품고 있지 않는다 해도―나는 존경하는 마음에는 변함이 없어. 자네가 프리다를 붙잡는 데 사용한 그 거짓의 탈을 벗기는 데는 내가 알기로 프리다에게 몇 마디만 귀띔하면 충분해. 자네는 거짓말로 프리다를 내게서 이간시킨 거야."

K가 말했다.

"그런 위협에도 이제 저는 꿈쩍하지 않아요. 선생님은 정말로 저를 조수로 둘 생각이 눈곱만큼도 없으시군요. 아마도 조수인 제가 두려운 모양이시죠? 조수가 두려우신 거예요. 그러니까 그 착한 아르투르를 때리신 거겠지요."

예레미아스가 말했다.

"그럴지도 모르지. 그렇다고 해서 아픈 것이 덜했나? 나는 앞으로도 이처럼 자네에게 나에 대한 공포심을 얼마든지 불어넣어 줄 수 있어. 자네가 조수 노릇을 하는 데 재미를 느끼지 못한 것을 잘 알고 있지만, 나로서는 자네에게 억지로 조수 노릇을 시키는 것이 이미 공포라는 개념을 떠나서 다시없는 낙이야. 아르투르는 그만 포기하고 자네만 잡아 두는 것이 중요한 일거리가 될 것 같군. 그러면 자네를 보다 더 주의해서 관찰할 수 있겠지."

K가 말했다.

"대체 선생님은 제가 그런 것을 조금이라도 두려워할 거라고 생각하십니까?"

예레미아스가 말했다.

"물론이지. 확실히 조금은 무서워하겠지. 자네가 똑똑하다면 훨씬 더 무서워할 테고. 그런데 자네는 왜 훨씬 전에 프리다에게 가지 않았지? 대체 자네는 그녀를 좋아하나? 말해봐!"

K가 말했다.

"좋아하느냐고 물으셨습니까? 그녀는 얌전하고 영리하고 클람의 옛 애인이었어요. 그러니까 그녀에게 경의를 표하지 않으면 안 돼요. 그리고 그녀는 선생님으로부터 자유의 몸이 되고 싶다고 늘 제게 애원했어요. 제가 그녀를 돌봐 주면 안 될 이유가 어디 있겠습니까. 더군다나 저는 선생님께 폐가 될 일을 저지르지 않았어요. 선생님은 바르나바스 집의 돼먹지 못한 계집애들과 즐기시지 않았습니까?"

예레미아스가 말했다.

"이제 자네가 무엇을 염려하고 있는지 알겠군. 참 딱한 노릇이야. 자네는 거짓말로 나를 속이려 하고 있어. 프리다가 원한 것은 단 하나, 개처럼 추잡하게 날뛰는 조수들에게서 빠져나와 자유의 몸이 되는 것이었어. 유감스럽게도 내게는 그녀의 소원을 다 들어 줄 시간적 여유가 없었기 때문에 지금 이렇게 태만의 결과가 나타났을 뿐이야."

"측량 기사님, 측량 기사님!"

하고 부르는 소리가 골목에서 들려왔다. 소리의 주인공은 바로 바르나바스였다. 그는 숨 가쁘게 허덕거리며 쫓아오면서도 K에게 인사하는 것을 잊지 않았다.

"성공했어요."

바르나바스가 말했다.

"무엇을 말인가? 내 청원서는 클람에게 제출했겠지?"

K가 물었다.

"그 일은 잘 안 되었어요. 상당히 노력해 보았지만 불가능했어요. 저는 아무런 명령도 없는데 하루 종일 책상 옆에 서 있었어요. 책상 옆에 너무나 바짝 서 있었기 때문에, 한 번은 제 그림자에 가려진 서기에게 떠밀린 적도 있었어요. 클람이 고개를 쳐들 때마다—그런 일은 금지되어 있지만—저는 손을 높이 쳐들고 제가 그곳에 있다고 알려 주었어요. 그렇게 될 수 있는 한 오랫동안 사무국에 버티고 있다 보니 나중에는 하인들과 저만 남게 되었어요. 그리고 다시 클람이 되돌아오는 것을 보고 기뻐했는데, 클람은 저를 위해서 되돌아온 것이 아니었어요. 그는 그저 대단히 바쁜 기색으로 책을 열람하기 위해 왔을 따름이에요. 그러더니 곧 다시 나가 버렸어요. 마지막까지 제가 움직이지 않고 서 있었더니 하인이 마치 비로 저를 쓸어 내다시피 하면서 문 밖으로 몰아냈어요. 저는 선생님이 두 번 다시 제가 한 일에 대해 불만을 느끼시지 않도록 아무것도 감추지 않고 다 말씀드리겠어요."

바르나바스가 말했다.

"자네가 아무리 애썼다고는 하지만 아무런 성과도 거두지 못했다면 내게 무슨 소용이 있을까, 바르나바스!"

K가 말했다.

"그래도 저로서는 성공한 셈이에요. 제가 저의 사무국에서 나오자―저는 그것을 저의 사무국이라고 부르고 있어요―그때 마침 깊숙한 복도에서 신사 한 분이 천천히 걸어 나오시더군요. 그 밖에 사람의 그림자라고는 하나도 보이지 않았어요. 좌우간 시간이 몹시 늦었던 모양이에요. 저는 그를 기다리기로 결심했어요. 거기에 남아 있을 수 있는 좋은 기회였지요. 저는 선생님에게 나쁜 보고를 전달할 수가 없어서 그곳에 계속 남아 있을 수 있기를 간절히 바라고 있었어요. 그러나 그 밖에도 그 신사를 기다린 보람이 있었어요. 그 신사는 에를랑어라고 하는 사람인데 혹시 그분을 아십니까? 그분은 클람의 수석 비서 중 한 사람이에요. 몸은 허약하고 작은 편이며 발을 약간 절어요. 에를랑어는 곧 저를 알아보았어요. 그는 기억력이 뛰어난 것과 세상 물정에 통달한 것과 인물 감식에 탁월한 것으로 유명해요. 그는 눈썹을 모으고 눈살을 한 번 찌푸리기만 하면 누가 누군지 곧 알아낸다고 해요. 한 번도 본 적이 없고 단지 소문으로만 듣거나 신문, 잡지, 책에서 읽은 사람을 만나도 그 사람이 누군지 가끔 알아맞힌다고 하더군요. 예를 들면, 저만 하더라도 그가 전에 저를 본 적이 있는 것 같지는 않아요. 그렇게 사람을 잘 알아맞히기로 유명한 사람이지만, 에를랑어는 그래도 확신을 갖지 못하는 듯 우선은 질문부터 했어요. '자네는 바르나바스가 아닌가?' 그러더니 '자네는 측량 기사를 알고 있지? 그렇지 않아?' 하고 물었는가 하면, 또 '그것 참 잘됐네. 지금 신사관으로 가는 길인데 측량 기사더러 나를 찾아오라고 전해 주게. 내가 묵는 곳은 15호실이야. 좌우간 빨리 와야 하네. 나는 그곳에서 두서너 가지의 용무만 마치고 내일 새벽 5시에는 다시 성으로 돌아와야 해. 어쨌든 내가 그와의 면회를 대단히 중요하게 생각하고 있다고 그에게 전해 주게.' 하고 말했어요."

그때 갑자기 예레미아스가 달려갔다. 그때까지 혼자 흥분에 겨워 예레미아스를 전혀 알아보지 못한 바르나바스가 이렇게 물었다.

"예레미아스가 왜 저러는 거죠?"

"나보다도 먼저 에를랑어에게 가려는 거겠지."

K는 말하기가 무섭게 예레미아스의 뒤를 쫓아서 달리기 시작했다. K는 그를 붙잡아 그의 팔에 매달리며 말했다.

"이렇게 갑자기 자네 마음을 움직이게 한 것은 프리다에 대한 사모의 정 때문인가? 그 점에 있어서라면 나도 자네에게 지지 않네. 그러니까 서로 발을 맞추어 가기로 하지."

21

 어두운 신사관 앞에는 몇 사람 안 되는 무리가 모여 있었다. 그중 두서너 명은 손에 등불을 들고 있어서 얼굴을 분간할 수 있었다. K는 아는 얼굴 하나를 발견했다. 마차꾼 게르스텍커가 K에게 인사하면서 이렇게 물었다.
 "여전히 마을에 계신 거요?"
 "물론입니다. 이곳에 오래도록 묵기 위해서 왔으니까요."
 K가 말했다.
 "아무래도 상관없소."
 게르스텍커는 이렇게 말하고 기침을 세차게 하더니 다른 사람 쪽으로 돌아서 버렸다.
 모두들 에를랑어를 기다리고 있는 중이었다. 에를랑어는 이미 도착했으나, 진정을 하려는 이들을 만나기 전에 잠깐 모무스와 의논을 하고 있었다. 그들의 말에 따르면 건물 안에서 기다리는 것이 허락되지 않아 이렇게 바깥의 눈 위에 서 있는 것이라고 했다. 바깥은 그다지 춥지는 않았지만 그래도 이들을 밤에, 이렇게 몇 시간 동안이나 건물 앞에 서 있게 한다는 것은 아무리 생각해도 무자비한 일이었다. 그것은 물론 에를랑어의 책임은 아니었다. 이러한 실정에 대해 에를랑어는 거의 알지 못했다. 그는 기분 좋게 사람과 접촉하는 성격이었으므로 만일 이 사실이 그에게 알려졌다면 그는 틀림없이 굉장히 화를 냈을 것이다. 그것은 신사관 안주인의 책임이었다. 그녀는 병적이라고 할 만큼 깔끔한 것을 좋아하는 성격이어서 수많은 진정인들이 한꺼번에 신사관으로 밀려 들어오는 것을 지긋지긋하게 싫어했다.

"어쩔 도리가 없으니 꼭 들어와야겠다면 이 집 사정을 좀 생각해서 제발 한 사람씩 차례로 들어와 주세요."

이것이 늘 그녀가 하는 말버릇이었다.

안주인이 자기주장을 관철한 결과 진정인들은—그들은 처음에는 곧장 방 앞 복도에까지 가서 기다렸지만 얼마 후 계단에서, 그 다음에는 현관에서, 마지막으로 술집에서 기다리게 되었다—결국 거리로 내쫓겼다. 그래도 그녀는 만족하지 않았다. 그녀로서는 자기 집에 있으면서 끊임없이 '포위당하고' 있는 것을 도저히 참을 수가 없었다. 이것은 그녀 자신의 표현이다. 대체 무엇 때문에 이런 진정인들이 드나드는 것인지 그녀는 그 이유를 알지 못했다.

"현관 계단을 더럽히기 위해서 드나드는 것이지."

언젠가 어떤 관리가 아마도 화가 났던지, 그녀의 질문에 대해 이렇게 대답한 적이 있었다. 그녀는 이 말이 딱 마음에 들었던지 그 후로 즐겨 인용하곤 했다. 그녀는 신사관 맞은편에 이 진정인들이 대기하고 있을 수 있는 건물 한 채를 건축하려고 노력했는데, 그것은 또한 진정인들의 희망이기도 했다. 심문이나 진정인들의 협의도 신사관 밖에서 실시하기를 그녀는 열렬히 바랐지만, 관리들이 그것을 반대했다. 그다지 중요치 않은 문제에 있어서는 꾸준한 노력과 여성다운 섬세한 정열로 규모는 작지만 일종의 전제 정치를 이룩할 수 있는 그녀였으나, 관리들이 정색을 하고 반대했으므로 그녀로서도 억지를 쓸 수가 없었다. 아마도 안주인은 앞으로도 신사관에서의 심문과 협의를 참아 내지 않으면 안 될 것이다. 왜냐하면 성에서 마을로 출장 오는 양반들은 대개가 신사관을 떠나기를 싫어했기 때문이다. 그 양반들은 언제나 바쁜 모양이었고 어쩔 수 없이 마을에 있는 것처럼 보였다. 그들은 이곳 마을에서의 숙박을 목적한 기한 이상 연기할 생각은 조금도 없었다. 따라서 단지 신사관의 평화로운 분위기를 깨뜨리고 싶지 않다는 생각에, 관리들에게 서류 일체를 꾸려서 길 건너 맞은편 건물로 자리를 옮기고 그곳에서 시간을 헛되이 보내 달라고 바랄 수는 없는 노릇이었다. 사실 관리들이 가장 좋아하는 것은 공무를 술집이나 자기 방에서—경우에 따라서는 식사 중이라든가, 침대 속에 들어가서 잠들기 전에, 또는 아침에 너무 지쳐 일어나지 못하고 그대로 드러누워 있고 싶을 때—처리하는 것이었다. 그래서 여관 밖에서 사람들과 협의를 하거나 심문하는 것은 불가능했지만 반대로 대기소를 세우는 문제는 유리한 해결점에 접근한 것처럼 보였다. 물론 이것은 안주인에 대한 따끔한 처벌이었다. 왜냐하면—이것은 대수롭지 않은 웃음거리에 지나지 않았지만—바로 이 대기소 문제로 인해 여러 차례나 협의를 해야 했기 때문에 신사관의 복도는 거의 빌 사이가 없었던 것이다.

 기다리던 사람들은 비교적 작은 목소리로 이런 이야기를 서로 지껄여 댔다. 에를랑어는 한밤중이 되어서야 겨우 사람들을 불러들였다. 모두들 거기에 대해 불평불만을 늘어놓았으나 아무도 이의를 제기하지 않는 데 대해 K는 깜짝 놀라지 않을 수 없었다. 그래서 그 이유를 물어보았더니, 에를랑어는 오히려 그들에게 감사를 받아야 된다는 대답이었다. 마음이 착할 뿐만 아니라 자신의 직무에 대해 높은 식견을 가지고 있기 때문에 에를랑어는 손수 마을까지 출장 올 생각을 한 것이다. 그렇지 않았다면 하급 비서를 대신 보내서 조서를 작성하는 일도 가능하며, 또 그렇게 하는 편이 어쩌면 규칙에 맞았을 것이다. 그런데 그는 대개 이런 것을 거부하고 스스로 모든 일을 체험하려고 한다. 그러자면 자연히 며칠이고 자신의 밤 시간을 희생해야 한다. 애초 그의 직무 계획에는 마을로 출장 오는 시간 같은 건 예정되어 있지 않았으니까. 그 말을 듣고 K는 다음과 같이 반문했다. 클람도 낮에 마을로 내려와서 며칠이고 묵지 않는가? 고작 비서의 신분인 에를랑어가 성의 클람 이상으로 그렇게 중요한 존재인가? 이 말에 두서너 사람은 호의로 웃어 주었지만 다른 사람들은 당황해서 입을 다물어 버렸다. 그러나 대개가 다 침묵을 지키고 있었기 때문에

K는 대답다운 대답을 듣지 못했다. 단지 한 사람만이 물론 클람은 성에서나 마을에서나 없어서는 안 될 인물이라고 머뭇거리면서 말했을 뿐이다.

그때 현관문이 열리더니 등불을 든 하인 둘 사이에 모무스가 나타났다.

"에를랑어 비서님에게 맨 처음으로 면회가 허락된 게르스텍커와 K, 이 두 사람 여기 있는가?"

그가 물었다. 두 사람은 동시에 이름을 댔다. 그런데 그들보다도 먼저 예레미아스가,

"저는 이곳 객실의 전속 사환입니다."

하고 말을 던지자, 모무스가 빙그레 웃으며 인사로 그의 어깨를 툭 치니까 그는 집 안으로 살그머니 미끄러져 들어갔다.

"이제부터 예레미아스에게 각별히 주의를 해야겠군."

K가 나직이 중얼거렸다. 하지만 K는 예레미아스가 성에서 반대 공작을 하고 있는 아르투르보다는 위험성이 훨씬 적다는 사실을 잘 알고 있었다. 어쩌면 조수들이 성가시고 귀찮게 해도 차라리 그들에게 그러한 괴로움을 당하는 편이 그들을 제멋대로 쏘다니게 하고, 그들에게 음모를—그들은 음모를 꾸미는 데 뛰어난 소질을 가지고 있는 것 같으니까—함부로 꾸미도록 내버려 두는 것보다 현명했을지도 모른다.

모무스는 K가 그 옆을 지나갔을 때 비로소 측량 기사라는 것을 알아보았다는 듯한 태도를 취했다.

"아아, 측량 기사 양반. 심문당하는 것을 그렇게도 싫어하시던 분이 심문을 당하러 이곳에 오셨군요. 차라리 그때 나한

테서 심문을 당하는 편이 훨씬 간단하셨을 텐데 말이오. 물론 옳은 심문을 선택하기는 어렵지만."

모무스가 이렇게 말하기에 K가 그 말을 듣고 걸음을 멈추려고 하니까 모무스가 다시 말했다.

"가세요, 가요! 그때 같으면 당신의 대답이 필요했겠지만, 지금은 필요 없어요."

그런데도 불구하고 K는 모무스의 태도에 약간 흥분하면서 이렇게 말했다.

"당신은 당신 생각밖에는 안 하는군요. 나는 단순히 관청을 위해서만 답변하는 것은 아니에요. 그때나, 지금이나."

모무스는 다음과 같이 말했다.

"우리가 대체 누구를 생각해야 한단 말이오? 그 밖에 또 누가 있소? 어서 가세요!"

복도에서 하인 하나가 그들을 맞이하며 안내했다. K가 이미 알고 있는 길을 지나 안뜰을 횡단한 다음 입구로 들어가더니 천장이 낮은, 약간 아래로 내려가는 복도로 데리고 갔다. 위층에는 고급 관리들만 숙박하고 있는 데 비해서, 비서들은 이 복도에 면한 방에 묵고 있는 게 분명했다. 에를랑어도—그는 수석 비서 중 한 사람이었다—그 점에 있어서는 다름이 없었다.

하인은 등불을 껐다. 이곳에는 밝은 전기 조명이 있었기 때문이다. 설비의 규모는 작았지만 아담하고 우아했다. 공간은 최대한으로 잘 이용되고 있었다. 복도는 꼿꼿이 서야만 지나갈 수 있을 정도였다. 양쪽에는 문이 거의 빈틈없이 총총히 연달아 있었다. 양쪽 벽은 천장까지 닿지는 않았다. 아마도 환기를 고려해서 그런 모양이었다. 여기에 있는 몇 개의 작은 방 중 이 깊숙한 지하실처럼 생긴 복도 쪽으로는 창이 달려 있지 않았다. 이와 같이 완전히 폐쇄되어 있지 않은 벽의 결점은 복도가 시끄러우면 따라서 필연적으로 방들도 시끄러울 수밖에 없다는 것이었다. 많은 방에는 사람들이 들어 있는 것 같았는데, 아직 거의 잠자리에 들지 않아서 인기척이라든가 망치 소리, 유리 울리는 소리 등이 들려왔다. 유쾌하다는 인상은 받지 못했다. 사람 목소리는 자연히 흐려져서 가끔 한두 마디의 말만 알아들을 수 있을 정도였다. 또 안에서 회의를 하고 있는 기색은 없고, 단지 누군가에게 필기를 시키고 있거나 아니면 무언가를 낭독하는 모양이었다. 컵과 접시 소리가 들려오는 방 안에서는 한마디의 말도 새어 나오지 않았다. 그러나 망치 소리는 K가 어디선가 들은 것 같은 이야기를 상기시켰다. '많은 관리들은 끊임없는 정신적 긴장을 풀고 답답함을 해소하기 위해 가끔 가구 공업이나 정밀 기계 공업 같은 것으로 기분 전환을 꾀한다.' 복도에는 사람의 그림자라고는 보이지 않았고, 단지 어떤 문 앞에 얼굴빛이 나쁘고 마른 데다가 키가 후리후리한 신사 하나가—속에 잠옷 입은 것을 그대로 드러낸 채—털가죽 외투를 걸치고 앉아 있을 뿐이었다. 아마도 방 안에 있기가 너무나 지루하고 답답했는지 방 밖으로 나와서 신문을, 그것도 그저 우두커니 읽고 있는 듯했다. 가끔 이 사람은 하품을 하면서 읽는 것을 그만두고 앞으로 허리를 구부리기도 하고 복도를 두리번거리기도 했다. 그는 자기가 부른 사람이 빨리 오지 않고 꾸물거리고 있어서 그가 나타나기만을 고대하고 있는 모양이었다. 두 사람이 그 옆을 지나가자, 하인이 이 신사에 관해 게르스텍커에게 설명했다.

"핀츠가우어 씨!"

그 말을 듣고 게르스텍커는 고개를 끄덕거리면서,

"저분은 오랫동안 마을에 내려오시지 않았지요."
하고 말했다.

"네, 상당히 오래지요."

하인이 긍정했다.

드디어 그들은 어느 문 앞에 이르렀다. 다른 문과 조금도 다름이 없었으나 하인은 이 방 안에 에를랑어가 묵고 있다고 했다. 하인은 K의 어깨를 타고 위에 뚫려 있는 넓은 틈으로 방 안을 들여다보았다.

"침대에 누워 계십니다."

하인은 어깨 위에서 내려오며 말했다.

"옷을 입고 계시기는 한데 졸고 계신 것 같아요. 이곳 마을로 내려오시게 되면 생활양식이 바뀌어서 저렇게 갑자기 피곤을 느끼시곤 하지요. 좀 기다려야 할 것 같은데요. 잠에서 깨어나시면 초인종을 울리실 거예요. 사실 지금까지 마을에 계시는 동안 저렇게 잠만 주무시고 잠에서 깨시면 곧 마차를 타고 성으로 돌아가신 적도 있어요. 아무튼 그분이 여기서 하시는 일은 자기 뜻대로 좌우할 수 있는 그런 종류의 일이에요."

"그렇다면 차라리 끝까지 주무시는 게 낫겠소. 만약 잠에서 깨어 일을 볼 시간이 얼마 남지 않았다는 사실을 깨닫게 되면 자기가 잠든 것에 대해 무척 불쾌하게 생각하고는 성급하게 일을 처리하려 들 테니까 말이오. 그렇게 되면 거의 말도 붙일 수 없게 되잖소."

게르스텍커가 말했다.

"당신은 건축용 자재를 내주러 오셨지요?"

하인이 마차꾼 게르스텍커에게 물었다.

게르스텍커는 고개를 끄덕이며 하인을 옆으로 끌고 가더니 무슨 소린지 가만히 귀에다 속삭였다. 그런데 하인은 그 말에 거의 귀를 기울이지 않은 채 자기 어깨까지도 닿지 않는 게르스텍커의 머리 너머로 저쪽을 바라보고는 자못 점잖을 빼면서 천천히 머리를 쓰다듬고 있다.

22

 K가 무심코 주위를 둘러보니, 상당히 멀리 떨어진 복도의 구부러진 모퉁이에서 프리다의 모습이 눈에 띄었다. 그녀는 누군지 알지 못하겠다는 듯 K를 뚫어지게 바라만 볼 뿐이었다. 그녀의 손에는 빈 그릇이 놓인 쟁반이 들려 있었다. 하인에게 곧 돌아오겠다고 말하고, 그는 프리다에게 달려갔다. 그러나 하인은 전혀 그에게 주의를 기울이지 않았다. 이 하인은 사람이 말을 걸면 걸수록 정신이 빠진 사람처럼 보였다. K는 프리다 옆으로 가더니 그녀를 다시 자기 소유로 하겠다는 듯이 양 어깨를 붙들고 두서너 마디 의미도 없는 질문을 던지고는 그 눈동자에서 무엇을 찾아내려는 듯 들여다보았다. 프리다의 완고한 태도는 도무지 풀리지 않았다. 그녀는 쟁반 위에서 그릇을 이리저리 옮겨놓으며 겸연쩍게 말했다.
 "대체 나한테 무슨 용무라도 있으신가요? 어서 저분들이 있는 곳으로 가 보거나 하세요. 저분들의 이름이 무엇인지 당신은 잘 아시겠죠. 당신은 저분들 있는 곳에서 오셨지요? 당신의 얼굴을 보면 알 수 있어요."

K는 당황해서 화제를 돌렸다. 이렇게 느닷없이 말을 끄집어내면 갈피를 잡을 수가 없다. 더군다나 가장 상황이 나쁜 것부터, 하필이면 내게 가장 거북한 일부터 시작하다니!

"당신이 술집에 있는 줄만 알았어."

K가 말했다. 프리다는 깜짝 놀란 듯이 그를 쳐다보더니, 비어 있는 한 손으로 그의 이마와 뺨을 다정하게 어루만져 주었다. 그것은 마치 그의 얼굴 생김새를 잊어버려서 손으로 더듬어 회상해 보려는 것 같았다. 그녀의 눈빛조차 그의 얼굴을 회상하기 위해 애쓰는 것처럼 보였으며, 마치 베일에 덮인 것 같은 안타까운 표정이었다.

"나는 다시 술집에 채용되었어요."

그녀가 말했다. 마치 지금 하고 있는 이야기는 중요치 않으나, 이 이야기로 인해 K와 다른 이야기를 할 수 있는 계기가 되는 것이 훨씬 중요하다는 듯 일부러 천천히 말했다.

"지금 내가 하고 있는 일은 아무런 소용도 없고 또 나한테 맞지도 않아요. 이런 일쯤은 다른 어떤 여자라도 할 수 있어요. 침대를 정돈하고, 애교스런 표정을 지으며, 손님 시중을 귀찮아하지 않고 오히려 기꺼이 할 수 있는 여자라면 누구라도 객실의 전속 하녀가 될 수 있지요. 하지만 술집이라면 사정이 달라요. 나는 다시 술집에 채용되었어요. 그때는 그다지 떳떳하게 술집에서 나오지 못했지만, 이번에는 나를 돌봐 주는 후원자가 생겼어요. 그런데 주인은 내게 후원자가 있어서, 그 덕분에 나를 다시 채용하기가 쉬웠다고 아주 기뻐하고 있어요. 뿐만 아니라 모두들 내게 그 자리를 맡으라고 권했지요. 술집이 내게 무슨 기억을 떠오르게 하는지 잘 생각해 보신다면 아실 거예요. 결국 나는 그 자리를 맡고 말았어요. 나는 지금 이곳에서 임시로 보조 역할을 하고 있을 뿐이에요. 페피는 자기가 곧 술집을 그만두어야 하는 그런 수치스런 꼴을 당하지 않게 해 달라고 애원했어요. 그래서 우리는 어쨌든 그녀가 열심히 했고, 모든 일에 최선을 다한 점을 고려해서 그녀에게 24시간의 여유를 주었어요."

"그럴듯한 얘기지만 당신은 얼마 전에 나 때문에 술집을 떠난 사람이야. 그런데 왜 우리의 결혼식을 앞둔 마당에 다시 술집으로 되돌아가려는 거지?"

"결혼식 같은 건 있을 수 없어요."

프리다가 말했다.

"내가 성실치 못한 탓인가?"

K가 다시 묻자 프리다가 고개를 끄덕거렸다.

"생각 좀 해 봐, 프리다. 당신은 불성실이란 말을 입에 올리지만, 그 불성실에 대해 우리는 이미 몇 번이고 얘기했었잖아. 결국은 얼토당토않은 오해였다는 것을 당신도 인정했지. 그 후 내게 변한 것은 아무것도 없어. 모든 것이 깨끗한 그대로이고, 지금까지도 그랬으며, 앞으로도 변함이 없을 거야. 그러니 당신이 변한 건 다른 사람의 사주에 의해서거나 아니면 그 밖의 다른 일 때문일 거야. 여하튼 그 두 사람이 어떤 여자들인지 한번 생각해 봐. 그중 살결이 검은 쪽은—이렇게 일일이 내 자신을 변호해야 하다니 정말 부끄러운 일이군. 자기를 변호하지 않으면 안 된다니 정말 부끄러울 지경이야. 그러나 당신이 그렇게 요구하고 있으니까—당신에게도 귀찮은 존재지만, 내게도 당신 못지않게 귀찮은 존재야. 만일 그 여자를 멀리할 수만 있다면 나는 그렇게 할 것이고, 또 그녀의 성질로 보건대 그것은 문제없을 거야. 아무도 그녀만큼 수줍은 태도를 취하지는 못할 테니까."

"그래요."

프리다가 외쳤다. 하지만 그 말은 그녀의 본의가 아닌 듯이 튀어나왔다. 그녀의 기분을 그렇게라도 전환시킬 수 있게 되자 K는 기뻤다. 프리다는 그녀 자신이 그랬으면 하고 생각했던 것과 전혀 다른 존재가 되어 버렸다.

"당신은 그 여자를 수줍다고 생각하시는군요. 여자 중에서도 가장 뻔뻔스런 여자를 당신은 수줍다고 말씀하고 계세요. 하지만 나는 당신이 곧이들리지도 않는 소리를 진정으로 말씀하시고, 또 그것이 위선적인 태도가 아니라는 걸 잘 알고 있어요. 교반관의 주인아주머니가 당신에 관해서 이렇게 말씀하셨지요. '나는 그 사람을 참고 볼 수도 없었지만 그렇다고 모른 체할 수도 없었어. 겨우 아장아장 걸음마를 뗀 어린 앤데 무턱대고 앞으로만 나아가려고 하는 걸 보니 참고 있을 수만은 없는 노릇이지. 아무래도 간섭하지 않으면 안 되겠어.' 라고 말이에요."

프리다가 말했다.

"이번에는 주인아주머니의 의견에 따라야겠군."

K가 미소를 지으며 말했다. 이어서,

"그러나 이제 그 여자에 관해서는—그녀가 수줍음을 타는 건지, 뻔뻔스러운 건지 어떤지는 도외시하고—아무런 말도 듣고 싶지 않아."

하고 말했다.

"그런데 어째서 당신은 그녀가 수줍어한다고 말씀하시는 거죠?"

프리다가 주저하는 기색도 없이 물었다. K는 프리다가 이처럼 자신의 이야기에 관심 갖게 된 것을 유리한 징조로 해석했다.

"당신은 시험 삼아 물으시는 건가요, 아니면 그렇게 함으로써 다른 여자들을 멸시하시려는 건가요?"

그녀가 물었다.

"그 어느 쪽도 아니야. 내가 그 여자에 대해 그렇게 말한 것은 감사의 뜻에서 나온 거야. 이쪽에서 모르는 체해도 무관한 사이이고, 가령 저쪽에서 말을 걸어온다 해도 감히 다시 찾아갈 엄두조차 내지 못할 여자니까. 그런 경우 찾아가지 않으면 나로서는 큰 손해를 보게 돼. 아무튼 내가 그 여자를 찾아가는 것은 당신도 알다시피 우리 두 사람의 장래를 위해서야. 그래서 나는 또 다른 여자와도 이야기하지 않으면 안 돼. 나는 그녀의 유능한 재주와 신중한 몸가짐, 공평무사한 태도를 높이 평가하고 있어. 그 여자가 남자를 유혹한다고 말할 수 있는 사람은 아무도 없을 거야."

K가 말했다.

"하인들의 의견은 다르던데요."

프리다가 말했다.

"어떤 점에서든지 간에 당신은 지금 하인들의 정욕을 바탕으로 해서 내 불성실성을 결론지으려는 것 아닌가?"

프리다는 잠자코 있었다. 그리고 K가 그녀의 손에서 쟁반을 빼앗아 바닥에 놓고, 그녀의 겨드랑이 밑에다 팔을 낀 채 좁은 장소를 왔다 갔다 해도 K가 하는 대로 몸을 맡겼다.

"당신은 성실하다는 것이 무엇을 의미하는지 모르고 있어요."

그녀는 이렇게 말하면서 그의 몸이 너무 바짝 다가오지 못하도록 몸을 약간 비켜섰다.

"당신이 그 여자들에 관해 어떤 태도를 취하든 그것은 그다지 중요하지 않아요. 하지만 당신이 이미 그 집에 가서, 색시방의 냄새를 옷에 배어 갖고 돌아왔다는 것 자체가 내게는 견딜 수 없는 모욕이에요. 그리고 당신은 아무 말도 없이 학교에서 빠져나가셨어요. 그 다음에는 그 여자들 집에서 밤늦게까지 앉아 계셨지요. 그리고 당신이 그곳에 계신지 찾으러 갔더니 그 여자들을 통해서 없다고 부정하셨어요. 없다고 딱 잡아떼셨잖아요. 그것도 말할 수 없이 수줍은 색시를 통해서 말이에요! 그래도 그 집에서 남몰래 비밀 통로를 통해 빠져나온 것을 보면 그 여자들의 평판이 두려웠나 보죠? 그 여자의 소문이 몹시 두려워서! 이제 이 이야기는 그만두기로 해요!"

"그래, 이 이야기는 집어치우고 다른 이야기를 하기로 하지, 프리다! 이 일에 대해서는 달리 말할 것도 없어. 왜 내가 그곳에 가야만 했는지는 당신도 잘 알 거야. 나로서도 쉬운 일은 아니지만 억지로 참아 가며 한 거야. 그러니 더 이상 곤란하게 해서는 안 돼. 오늘 나는 잠깐 그곳에 들러서 바르나바스가 돌아왔는지 어쩐지 물어보려고 했어. 어쩌면 중대한 편지를 가지고 돌아왔을지도 모르는 일이니까. 그러나 그는 집에 오지 않았어. 집 식구들이 그것을 내게 확언했으며 나 또한 그러리라 생각했지. 나는 나중에라도 그가 학교로 나를 찾아오도록 만들고 싶지 않았어. 그가 눈앞에 나타나면 당신이 괴로울까 봐 두려웠기 때문이야. 시간이 점차 흘렀지만 유감스럽게도 그는 여전히 돌아오지 않았어. 대신에 내가 몹시 싫어하는 다른 남자가 왔지. 나는 그에게 정찰당하는 것이 싫어서 이웃집 정원을 통해 빠져나왔는데, 그렇다고 그에게 몸을 숨길 생각도 없어서 바로 큰길로 나와 떳떳하게 그 사람 곁으로 다가갔어. 사실은 가늘고 휘어지는 버드나무 회초리를 손에 들고서 말이야. 그것뿐, 더 이상 말할 것도 없어. 물론 다른 것에 대해서는 말할 것이 있지만. 당신이 그 가족에 대해 언급하는 것조차 꺼리는 것처럼 나도 마찬가지로 입에 올리기 싫은 일이 있는데 대체 조수들은 어떠했지? 내가 그 가족에게 취한 태도와 당신이 그들에게 취한 태도를 서로 비교해 봐. 나는 그 가족에 대한 당신의 반감을 이해할 수도 있고 또 공감할 수도 있어. 나는 단지 용무가 있어서 그들을 찾아간 것뿐이야. 가끔 내가 그들에게 나쁜 짓을 하고 있는 것은 아닌가, 그들을 함부로 이용하고 있는 것은 아닌가 느껴질 뿐이었어. 그와 반대로 당신과 조수들은 어떠했지? 당신은 그들이 당신 뒤를 쫓아다닌다는 것을 부정하지 않았어. 게다가 그들에게 어떤 매력을 느낀다고까지 고백했지. 그렇지만 나는 화내지 않았어. 여기에는 당신의 힘으로도 어쩔 수 없는 힘이 작용하고 있다는 사실을 깨달았기 때문이야. 나는 당신이 적어도 자신의 몸을 보호하려고 하는 것만으로도 만족했어. 그래서 당신의 몸을 보호하는 데 협력한 거야. 그런데 내가 단지 두서너 시간 동안 감시를 소홀히 한 탓에(게다가 학교의 문은 꼭 잠겨 있고 조수들은 이미 도망쳐 버렸다고 믿었기 때문에)—내가 그들을 너무 얕잡아 본 게 아닌가 하는 생각이 들지만—그 예레미아스라는 놈이(자세히 보면 그렇게 튼튼하지도 않고 나이를 먹을 만큼 먹은 젊은이에 지나지 않는데) 창가를 향해 걸어가는 뻔뻔한 태도를 취한 것만으로 나는 프리다 당신을 잃었으며, 결혼식 같은 건 있을 수 없다는 말까지 들었어. 원래 내가 비난할 성질의 것이 아니라면 나는 나무라지 않아. 언제까지라도 나무라지 않아."

K는 이렇게 말하며 여기서 프리다의 기분을 좀 다른 쪽으로 돌리는 것이 좋겠다고 생각했다. 그래서 K는 프리다에게 점심때부터 아무것도 먹지 못했으니 먹을 것을 좀 갖다 달라고 부탁했다. 그녀도 K의 부탁을 받고는 기분이 가벼워졌는지 고개를 끄덕이며 음식을 가지러 달려갔는데, K가 부엌으로 통할 것으로 생각했던 복도 쪽으로 가지 않고 옆으로 두서너 계단 아래쪽으로 내려갔다.

잠시 후 그녀는 얇게 썬 차디찬 고기 한 접시와 포도주 한 병을 가져왔다. 그것은 아무리 보아도 식사 때 먹고 남은 찌꺼기 같았다. 여러 조각의 고기가 세로로 놓여 있는가 하면, 소시지 껍질이 접시에 남아 있었으며, 포도주 병은 사분의 삼 가량이 비어 있었다. 그러나 K는 아무 소리 없이 급하게 먹기 시작했다.

"부엌에 갔다 온 거야?"

그가 물었다.

"아뇨, 내 방에 갔다 왔어요. 이 아래층에 내 방이 있어요."

그녀가 말했다.

"그곳으로 나를 안내해 주겠어? 당신 방에 가서 잠깐 앉아서 먹어야겠어."

K가 말했다.

"의자를 갖다 드릴게요."

프리다는 말 끝나기가 무섭게 벌써 걷기 시작했다.

"필요 없어. 당신 방에 가지도 않을 테고 의자도 필요 없어."

K는 그녀를 붙들며 말했다. 프리다는 그가 붙잡는 것을 꾹 참으며 고개를 깊숙이 수그린 채 입술을 깨물었다.

"그래요, 아래층에 그가 있어요. 그럴 거라고 생각하셨나요? 그는 내 침대에서 자고 있어요. 바깥에서 벌벌 떨며 식사도 거의 못했지요. 모든 게 다 당신 잘못이에요. 당신이 조수들을 몰아내지만 않았다면, 그리고 그 여자들의 꽁무니만 쫓아다니지 않았다면 우리는 지금쯤 아주 편안하게 학교 안에 앉아 있었을 거예요. 당신이 우리의 행복을 파괴했어요. 당신은 예레미아스가 조수 일을 하는 동안 감히 나를 유혹하리라고 생각하셨나요? 그렇다면 당신은 이곳의 질서를 전적으로 오해하고 계신 거예요. 물론 그는 내게 가까이 오려 했고 고민까지 하면서 나를 노리기도 했어요. 그러나 그것은 단지 장난이었어요. 굶주린 개가 장난을 치긴 해도 감히 식탁으로 뛰어오르지 못하는 거나 마찬가지지요. 나 역시 그랬어요. 나도 그에게 끌렸어요. 그는 어렸을 때부터 내 친구였어요—우리는 함께 성 뒷산의 산비탈에서 놀았어요. 아름다운 시절이었지요. 당신은 한 번도 내 과거를 묻지 않았어요—그러나 그런 일은 모두 예레미아스가 근무에 얽매이는 한 결정적인 것은 아니었어요. 왜냐하면 나는 당신의 미래의 아내로서의 의무를 터득하고 있었으니까요. 그런데 당신은 조수들을 내쫓아 버리고 그것이 마치 나를 위해서인 양—어느 의미에서는 사실이지만—굉장히 자랑스러워 하셨어요. 아르투르의 경우에는 당신의 계획이—일시적이기는 하지만—성공했어요. 그렇다고는 하지만 아르투르는 연약한 사람이어서 예레미아스가 지니고 있는 것 같은 어떤 곤란을 두려워하지 않는 정열은 없어요. 그런데도 당신은 어느 날 밤에 그를 주먹으로 때려서—당신이 그렇게 때림으로 말미암아 우리는 불행 속으로 떨어졌어요—그를 거의 때려눕혔어요. 그는 고소하기 위해 성으로 갔어요. 곧 돌아올지는 모르겠지만 좌우간 지금은 없어요. 그러나 예레미아스는 남아 있었어요. 근무 중에는 주인이 눈을 한 번만 깜빡거려도 무서워하지만, 근무 중이 아니라면 그는 아무것도 무서워하지 않아요. 그는 내게 와서 나를 유혹했어요. 당신에게 버림받고 옛 친구에게 사로잡힌 나는 혼자서 견디고 지탱할 힘을 잃었어요. 나는 학교 문을 열어 주지 않았으나, 그가 창문을 부수고 들어와 나를 빼냈지요. 그래서 우리는 이곳으로 도망쳐 왔어요. 주인은 그를 존경하고 있으며, 손님들을 위해서도 그와 같은 객실 전속 사환을 두는 것만큼 근사하고 바람직한 일은 없다고 생각하고 있어요. 그렇게 해서 우리는 이곳에 채용되었어요. 두 명이 내 방에 살고 있는 것이 아니라, 우리 두 사람이 공동으로 한 방을 쓰고 있는 거예요."

"아무리 그렇다고 해도 나는 조수들을 쫓아낸 것에 대해 후회하지 않아."

K는, "만일 사정이 당신이 말한 대로라면, 그러니까 조수들이 직무상의 속박을 받고 있는 것에만 당신이 충실하다면 차라리 일이 이렇게 된 게 잘된 건지도 모르겠어. 단지 가죽 채찍이 무서워서 복종하는 두 마리의 맹수 사이에서 우리의 결혼 생활이 행복할 리 있겠어? 오히려 그 집 사람들에게 감사해야겠군. 뜻하지 않게 우리 사이를 갈라놓는 데 큰 역할을 했으니까."

하고 말했다. 두 사람은 잠자코 있었다. 그런가 하면 어깨를 나란히 해서 이리저리 왔다 갔다 했다. 어느 쪽이 먼저 그 동작을 시작했는지는 알 수 없었다. 프리다는 K에게 바짝 붙어서, 그가 다시 자신을 안아 주지 않는 것을 야속하게 생각하고 있는 듯했다. K는 다시 말을 계속했다.

"그렇다면 일은 다 끝난 셈이야. 이제 우리는 이별할 때가 온 것 같군. 당신은 남편 예레미아스에게 가야겠지. 예레미아스는 학교에서 몸이 언 채로 돌아왔을 거야. 게다가 그런 상태라면 당신은 그를 더 이상 내버려 둘 수도 없을 테니까. 이제 나는 혼자서 학교로 가든지 아니면—당신이 없으면 그곳에 있을 아무런 이유도 없으니까—나를 받아 주는 집으로 가야겠어. 그런데도 불구하고 내가 지금 이렇게 머뭇거리는 것은 다름이 아니라, 이제껏 정당한 이유를 가지고 당신이 말해 준 것에 대해 약간의 의심을 품게 되었기 때문이야. 나는 예레미아스에 대해서 당신과 정반대의 인상을 갖고 있어. 그는 조수로 근무하고 있는 동안에도 늘 당신의 꽁무니만 쫓아다녔지. 따라서 조수로 계속 근무하고 있었다 해도 당신에게 덤벼드는 것을 진심으로 자중하고 삼갔을 거라고는 생각지 않아. 이제 조수로서의 직무가 해지되었다고 하면 사정은 아주 달라진 거야. 내가 다음과 같이 말한다 해도 양해해 주기 바래. 당신이 어렸을 때부터 그와 친구였는지는 모르겠지만 그는—오늘의 짤막한 이야기로 그 사실을 알았지만—내가 생각하기에 그런 감정적인 요소를 그다지 중대시하고 있지 않아. 당신의 눈에 그가 왜 그토록 정열적으로 비쳐졌는지 나로서는 도무지 알 수가 없어. 그의 사고방식은 각별히 냉혹한 것 같더군. 그는 나에 관한 좋지 않은 명령을 갈라터에게 받아내서 이행하려 하고 있어. 근무에 대한 일종의 정열을 가지고—이곳에서는 그런 정열도 보기 드문 것이 아니니까 나 역시 그것을 인정하기는 하지만—그 명령을 이행하려면 그로서는 우리 둘의 관계를 파괴해야만 해. 그는 아마도 여러 가지 방법으로 그것을 시도해 보았을 거야. 실례를 들어 볼까? 그는 육욕의 마음으로 당신을 유혹하려고 했어. 그리고 또 하나는—이 점에서는 주인아주머니도 뒷받침을 한 셈이지만—내가 성실치 않다고 꾸며 댄 것이지. 그의 모략은 성공했어. 아마도 그를 둘러싼 분위기에 무엇인지는 모르겠지만 클람을 연상시키는 점이 있어서, 그것이 도움이 된 것 같아. 그는 실직하긴 했지만 동시에 직업이 필요 없게 되었어. 그는 이미 성과를 얻었고, 당신을 학교 창문에서 끌어내렸어. 그러나 그것으로 그의 일은 끝나 버렸고, 이제 정열은 식고 지쳐 버린 거야. 그는 오히려 아르투르의 처지를 부러워하고 있더군. 아르투르는 불평불만도 전혀 없을 뿐만 아니라 칭찬과 새로운 명령을 받아 오니까. 좌우간 누구든지 남아서 앞으로 사태가 어떻게 전개되는지 주시해야만 해. 이제 예레미아스에게는 당신을 돌보는 일이 귀찮고 따분한 의무일 테니까. 당신에 대한 애정은 티끌만큼도 없다고 그는 내게 분명히 말했어. 당신은 클람의 애인이고 따라서 그가 당신을 존경하긴 하지만, 그로서는 당신 방에 살면서 자기 자신을 '작은 클람'이라고 느껴 보는 것도 아주 굉장한 기분이 들 거야. 그러나 그것뿐이야. 당신이라는 존재는 이제 그의 눈에는 한 푼의 가치도 없어. 당신을 이곳에 살게 한 것은 그로서는 자기 본분에 충실한 부차적인 것에 불과해. 당신의 마음을 불안하게 하지 않기 위해 지금 여기서 묵고는 있지만, 그것은 일시적인 것에 불과하고 아마도 성에서 새로운 통지를 받을 때까지, 그리고 당신한테 감기 치료를 받고 몸살이 풀릴 때까지 있다면 오래 가는 거야."

"당신은 어쩌면 그렇게 사람을 중상하시죠?"

프리다가 작은 두 주먹을 맞대어 치면서 말했다.

"중상이라고? 나는 결코 그를 중상하는 게 아니야. 어쩌면 그에게 억울한 말을 하고 있는지는 모르지만 충분히 있을 수 있는 일이야. 내가 지금 그에 관해서 한 말은 표면상으로만 문제가 되는 게 아니라 다른 뜻으로도 해석할 수 있어. 그런데 이게 중상이라고? 만일 중상이라면 그것은 단지 그 사람에 대한 당신의 사랑과 싸운다는 목적에서겠지. 어쨌든 중상이 필요하고, 또 그것이 적당한 수단이라면 나는 주저하지 않고 중상할 거야. 그렇다고 나를 비난할 사람은 아무도 없어. 그와 나를 비교해 볼 때, 그는 명령을 내리는 사람 덕택에 나처럼 고립된 채 기댈 곳이 없는 사람이 약간의 중상을 한다고 해도 별 지장을 받지 않을 정도로 유리한 입장에 서 있으니까. 중상이란 비교적 죄가 없고 따져 보면 결국 무력한 방어 수단일 뿐이야. 그러니까 그 주먹은 가만 놔둬."

K는 프리다의 손을 자신의 손으로 감싸 쥐었다. 프리다는 손을 빼내려고 했지만 미소를 띠고 있었고 그다지 힘을 주어 빼내려고는 하지 않았다.

"그러나 나를 중상해서는 안 돼. 당신은 그를 사랑하고 있는 것이 아니라 단지 그렇다고 생각할 뿐이며, 내가 당신의 망상을 깨우쳐 주면 당신은 내게 감사할 거야. 만약 누군가가 폭력을 쓰지 않고 면밀한 주의와 계략으로 나한테서 당신을 데리고 갈 작정이라면 그는 두 조수들의 힘을 빌릴 수밖에 없을걸. 겉으로 보기에는 선량하고 천진난만하며 쾌활하고 책임도 없는, 그리고 저 높은 성에서 날아온 데다가 동시에 어린 시절의 추억도 가지고 있을 테니까. 그것은 대단히 사랑스러운 거겠지. 그것에 비하면 나라는 사람은 정반대야. 나는 당신이 전혀 이해하지 못하는 일을 할 뿐만 아니라 비위에도 맞지 않은 일에 몰려서, 더군다나 그 일 때문에 당신이 지긋지긋하게 싫어하는 사람들, 그리고 죄 없는 내게 그 혐오의 일부를 전가하려는 사람들과 함께 지내지 않으면 안 되니까 말이야. 당신과 나 사이의 결함이 짓궂고도 교묘하게 다른 사람한테 이용당한 것이지. 어떠한 관계라 하더라도 결함은 있기 마련이야. 우리의 관계에서도 마찬가지고. 우리는 서로 아주 다른 곳에서 살다가 만났어. 그리고 서로를 알게 된 후 인생이 아주 새로운 길로 접어들게 되자 서로 불안을 느끼고 있는 거야. 그것은 너무나 새로운 인생행로였기 때문에 어쩔 수 없어. 나라는 사람에 관해서는 중요치 않으니까 말할 필요도 없겠지. 나는 당신의 시선을 끈 후부터 끊임없이 당신의 호의를 받아 왔어. 다른 사람의 호의를 받는다는 것은 몸에 쉽게 배는 법이지. 그러나 다른 일은 다 그만두기로 하고, 말하자면 당신은 클람에게 억지로 납치당한 거야. 그것이 무엇을 의미하는지 나는 아직 모르지만 그래도 어렴풋하게나마 조금씩 알 것 같아. 사람들은 비틀거리기도 하고 어떻게 하면 좋을지 갈피를 잡지 못할 때가 있지. 가령 이쪽에서 당신을 받아들일 태세를 갖추었다 해도 내가 언제나 그 자리에 대기하고 있지는 않았으며, 또 내가 대기하고 있었다 해도 그때는 당신이 몽상에 잠기거나, 현실적으로 가까이 있는 인물에게, 예를 들면 주인아주머니 같은 사람에게 붙잡혀 있었어. 당신은 불쌍하게도 나를 외면하고 정체를 파악할 수 없는 불확실한 것을 동경하고는 했어. 그러는 동안 당신의 시선이 쏠리는 곳에 안성맞춤으로 사람들의 그림자가 나타나는 경우가 있었지. 당신은 그런 것들에 눈이 어두워져 순간적인 것과 환영, 옛 추억, 더욱더 멀어져 가는 과거의 생활을 마치 현실의 생활인 것으로 오인하고 착각에 빠지고 말았어. 프리다, 그것은 당신의 과오야. 우리의 결정적인 결합을 어렵게 하는 마지막 과오—더 정확하게 말하면 경멸할 만한 과오—라고. 자, 이제 마음을 가라앉히고 당신 자신으로 돌아와야 해. 당신은 클람이 조수들을 파견했다고 생각하겠지만—사실은 갈라터가 그들을 보낸 거야—그들은 그러한 당신의 착각을 기회로 삼아 완전히 당신을 현혹시켰고, 그 결과 당신이 그들의 더러움과 음란 속에서 클람의 흔적을 보았다고 해도—그것은 거름 더미 속에서 보석을 보았다고 생각한 것이나 다름없어. 설령 보석이 그곳에 있다 해도 실제로는 결코 찾아낼 수 없지만—그들은 단지 머슴 따위의 젊은이에 지나지 않아. 다만 그들이 몸이 허약해서 찬바람을 약간만 쐬어도 병에 걸려 침대에 쓰러져 버리는 것을 제외한다면 말이야. 그들은 말머슴다운 교활함을 가지고, 자신들이 드러누울 자리를 찾아내는 요령을 터득하고 있지."

하고 K가 말했다. 프리다는 K의 어깨에 머리를 기대고 있었다. 팔과 팔을 서로 휘감고 두 사람은 말없이 이리저리 왔다

갔다 했다.

"하지만 우리가……."

하고 프리다가 천천히 그리고 냉정하게, 거의 기분 좋은 어투로 말했다. 그녀는 마치 자신에게 K의 어깨에 기대어 쉴 수 있는 아주 짧은 시간밖에 허용되지 않았고, 그 짧은 시간을 끝까지 즐기려는 것 같았다.

"그러나 만약 우리가 그날 밤 다른 곳으로 이사했다면 우리는 어디든 안전한 장소에서 함께 지낼 수 있었을 거예요. 또 언제든지 당신의 손을 잡을 수 있는 가까운 위치에 있었을 거예요. 나는 당신이 내 가까이에 있다는 것이 중요해요. 당신을 알게 된 후부터 나는 당신이 안 계실 때마다 얼마나 쓸쓸하고 외로웠는지 몰라요. 당신이 내 옆에 가까이 있었으면 하는 것이 내가 가진 단 하나의 꿈이었어요. 나는 그렇게 생각했어요. 그 밖에 다른 꿈은 꿔 본 적도 없어요."

그때 옆으로 통하는 복도에서 소리치는 소리가 들려왔다. 예레미아스였다. 그는 계단 맨 아랫단에 서 있었다. 셔츠 바람이었으나 프리다의 숄을 어깨에 두르고 있었다. 더벅머리는 쥐어뜯긴 것처럼 어수선하게 헝클어지고, 듬성한 수염은 비에 젖은 듯했으며, 애원하는 듯 나무라는 듯 눈을 크게 부릅뜨면서 거무스름한 뺨을 빨갛게 물들이는가 하면—그러나 그 뺨은 너무나 힘없이 축 늘어져 보였다—추위에 견디다 못해 숄에 달린 술까지 함께 흔들릴 정도로 벌거벗은 다리를 와들와들 떨면서 서 있었다. 그는 병원에서 탈출한 환자 같은 모습이었으며, 이런 환자는 곧 침대로 다시 돌려보내는 수밖에 다른 도리가 없었다. 프리다도 그렇게 생각했는지 K 옆을 떠나서 아래에 있는 그에게로 갔다. 그녀는 예레미아스 옆으로 가서 숄을 몸에다 조심스럽게 감싸 주었다. 서둘러 그를 방 안으로 몰아넣기 위해 그의 원기를 북돋아 준 모양이었다. 그때 비로소 그는 K의 존재를 알았다는 듯이,

"아아, 측량 기사님!"

하고 말했다. 그는 더 이상 이야기하는 것은 달갑지 않다는 듯 프리다의 뺨을 어루만지면서 타이르듯이 말했다.

"방해해서 죄송합니다! 몸이 불편해서 이만 실례하겠습니다. 신열이 나는 것 같아서 따끈한 차를 마시고 땀을 내야겠어요. 아무튼 저 지긋지긋한 학교 울타리는 잊으려야 잊을 수가 없어요. 게다가 저는 언 몸으로 밤새도록 돌아다녔지요. 사람들은 잘 알지도 못하면서 가치 없는 일 때문에 건강을 해치기도 하잖아요. 측량 기사님, 기사님이 저 같은 사람 때문에 방해를 받으시다니요. 어서 우리 방으로 들어오세요. 할말이 있으시다면 프리다에게 해 주세요. 뭐, 정들었던 사람끼리 이별하자면 헤어지는 마지막 순간에 할 말이 더 많을 거예요. 할 말이 너무 많아서 제삼자는—가령 제삼자가 침대에 누워 약속된 차를 갖다 주기만을 바라고 있을 때도—이해할 수도 없을 거예요. 어쨌든 들어오세요. 저는 아주 조용히 있겠습니다."

"그만두세요."

프리다가 그의 팔을 잡아당기며 말했다.

"이 사람은 지금 신열이 나서 무슨 소리를 지껄이고 있는지

도 몰라요. 그러니 K씨, 제발 방으로 들어오지 마세요. 저것은 내 방이기도 하고 예레미아스의 방이기도 하지만 원래는 내 독방이에요. 나는 당신이 방에 들어오는 것을 원치 않아요. 아, K씨! 당신은 왜 내 뒤를 쫓아오시는 건가요? 나는 결코 당신에게 돌아가지 않아요. 그럴 가능성에 대해서 생각만 해도 몸서리가 쳐져요. 당신은 당신이 좋아하는 처녀들이 있는 곳으로 가세요. 그녀들은 속옷 바람으로 난롯가에 있는 소파 위에 앉아서 당신을 기다리고 있다대요. 그리고 누군가 당신을 데리러 가면 고양이처럼 콧김을 내며 으르렁거린다잖아요. 그곳이 그렇게도 당신의 마음을 끈다면 틀림없이 당신 집이나 마찬가지일 거예요. 내가 늘 당신에게 말했죠. 그곳에 가지 말라고. 아무런 효과도 없었지만 좌우간 나는 당신을 만류했어요. 그것도 이제는 옛날이야기고 이제 당신은 자유의 몸이에요. 아름다운 생활이 당신 눈앞에 전개될 거예요. 아마도 당신은 그 처녀들 중 한 사람 때문에 하인들과 다투게 될 수도 있겠지만, 두 번째 처녀에 관해서는 그녀를 당신에게 내주지 않기 위해 뻗대는 사람은 아무도 없을 거예요. 두 사람은 처음부터 축복받은 연분이에요. 거기에 대해서 구구한 변명은 하지 마세요. 다 알고 있으니까요. 당신은 무엇이든 반박할 수 있지만 결국에 가서는 반박한 보람도 없게 될 거예요. 아닌가요? 예레미아스, 이분은 무엇이든 다 반박하지 않았나요?"

프리다가 말했다. 예레미아스와 프리다는 고개를 끄덕거리기도 하고 또 미소를 띠기도 했는데, 은연중에 서로 마음이

통하는 모양이었다. 이어 프리다가,

"이분이 그렇게 반박해서 과연 그 대가로 무슨 소득이 있었을까요? 이제 나와는 아무 상관도 없는 일이에요. 그들에게 무슨 일이 일어나더라도 그것은 전적으로 그들과 이분 사이의 문제지요. 결코 나에 관한 문제는 아니에요. 내 문제는 당신이 전처럼 건강한 몸이 될 때까지, 당신을 간호해야 한다는 거예요. 나 때문에 K가 당신을 괴롭히기 전과 같이 건강한 몸이 되세요!"
하고 말했다.

"정말 같이 들어가지 않으시겠어요, 측량 기사님?"

예레미아스가 물었다. 프리다는 이제 전혀 K 쪽을 돌아보지도 않고, 이것이 마지막이라는 듯이 예레미아스를 끌고 가 버렸다. 아래쪽으로 조그마한 문 하나가 눈에 띄었다. 그것은 이곳 복도에 있는 문보다 더 낮았기 때문에 예레미아스뿐만 아니라 프리다까지도 허리를 구부리지 않으면 들어갈 수가 없었다. 방 안은 밝고 따뜻할 것 같았다. 잠시 동안 속삭이는 소리가 들려왔다. 예레미아스를 침대로 데리고 가기 위해 프리다가 여러 가지 사랑 어린 말로 그를 설득하고 있는 모양이었다. 그때 문이 닫혔다.

그제야 비로소 K는 복도가 아주 조용하다는 것을 깨달았다. 이곳 복도―그가 프리다와 함께 서 있었던 부근은 모두 경영자 전용 방인 것 같았다―뿐만 아니라, 조금 전까지 그렇게 활기에 차 있던 방마다 달린 기다란 복도까지도 조용했다. 그렇다면 성 양반들 역시 잠든 모양이다. K는 몹시 피곤했다.

아마도 지친 탓인지, 그는 예레미아스에 대해 당연히 취해야 할 방비도 갖추지 못했다. 어쩌면 예레미아스의 예를 따르는 것이 현명했을지도 모르겠다. 그는 사람들의 이목을 끌 정도로 감기에 걸려 있었다—그의 초라한 모습은 감기에서 온 것이 아니라 선천적인 것이어서 따끈한 차를 마셨다고 해서 감기 기운을 뗄 수는 없는 노릇인데—아닌 게 아니라 몹시 지쳤으므로 그것을 겉으로 적나라하게 나타내어 복도에 쓰러져 버리는 것이—이것만으로도 퍽 기분 좋은 일이지만—게다가 조금 졸기도 하고, 또 간호도 받아 보는 것이 현명했을지도 모르겠다. 물론 예레미아스와는 달리 상황이 좋지 못했을 수도 있다. 그러나 그는 이렇게 동정을 얻는 경쟁에 있어서 확실히—당연한 일이지만—유리한 위치와 승리를 차지했을 것이며, 또 그 밖의 다른 경쟁에 있어서도 같은 결과였을 것이다. K는 지칠 대로 지쳤기 때문에 이 방들—그중에는 빈방도 꽤 많은 것 같았는데—중 하나에 들어가서 근사한 침대에 누워 마음 놓고 자 보았으면 하고 생각했다. 그의 생각으로는 이렇게 하는 것이 여러 가지를 보충할 수 있는 길이었다. 자기 전에 마실 술도 한 병 마련되어 있고, 프리다가 마룻바닥에 놓고 간 쟁반 위에는 작은 포도주 병도 있었다. 그는 귀찮아하지도 않고 돌아와서 그 작은 병에 든 포도주를 다 마셔 버렸다.

적어도 이제 에를랑어 앞에 나설 만큼의 기운은 차린 것 같았다. 그는 에를랑어의 방문을 찾았다. 그러나 이미 하인이나 게르스텍커의 모습은 보이지 않았다. 더군다나 그 문이 그 문 같아서 도저히 분간할 수가 없었다. 그래도 대강 복도 어디쯤에 문이 있었는지는 기억할 수 있을 것 같았다. 그는 짐작 가는 문 하나를 열어 보기로 했다. 열어 본다고 하더라도 그다지 위험스러울 것 같지는 않았다. 만일 그곳이 에를랑어의 방이라면 아마도 상대방은 자신을 맞아 줄 것이며, 다른 사람의 방이었다면 실례했다고 변명하며 다시 나올 수도 있는 노릇이었다. 만일 손님이 자고 있는 방이라면—아무래도 이 경우가 가장 가능성이 많을 것 같은데—자신의 방문을 상대는 전혀 깨닫지도 못할 것이다. 다만 방이 텅 비어 있는 경우가 가장 난처할지도 모르겠다. 왜냐하면 그런 경우 침대 속으로 들어가서 한없이 자 버리고 싶은 유혹을 이겨 낼 수 없을 것 같았기 때문이다. K는 다시 한 번 복도를 따라 좌우 양쪽을 살피면서 걸어갔다. 누구라도 좋으니 에를랑어의 방을 알려 주고, 이런 모험을 면하게 해 줄 사람이라도 오지 않을까 하고 주위를 살폈으나, 그 기다란 복도에는 사람의 그림자조차 눈에 띄지 않고 고요한 정적 속에 잠겨 있었다. K는 그 다음의 문에 귀를 대고 방 안의 인기척을 엿들었다. 그곳도 손님이 없는 빈방 같았다. 혹시 잠자는 사람이 깰까 봐 조용히 문을 두드려 보았지만 아무 반응도 없었다. 조심조심하며 살그머니 문을 여니, 이번에는 나지막한 목소리로 그를 맞이하는 사람이 있었다.

그곳은 방이 아주 작아서 폭 넓은 침대가 반을 차지하고 있었다. 침대 옆 탁자 위에는 전등이 켜져 있고, 그 전등 옆에는 여행 가방이 놓여 있었다. 침대 속에서는 누군가 이불을 덮고 완전히 몸을 가린 채 꿈틀거리면서 이불과 요 사이로 속삭이듯이 물었다.

"누구지?"

사태가 이쯤 되고 보니 그대로 가 버릴 수도 없는 노릇이었다. K는 불룩하게 부푼—비어 있는 것이 아니라 사람이 들어 있는—침대를 못마땅하게 바라보았다. 그제야 K는 질문이 생각나서 이름을 댔다. 이름을 댄 것에 좋은 인상을 받았는지 침대에 누워 있던 남자가 얼굴까지 덮은 이불을 약간 끌어내렸는데, 그래도 침대 밖에서 심상치 않은 일이라도 벌어질까 봐 마음이 놓이지 않는지 당장이라도 이불을 뒤집어쓸 태세를 갖추었다. 그러나 이어서 단번에 이불을 발로 힘차게 걷어차더니 침대 위로 꼿꼿이 일어섰다. 분명히 에를랑어는 아니었다. 키는 작지만 인품이 좋고 아주 잘생긴 신사로서 그의 얼굴에는 어딘가 모를 모순이 담겨 있었다. 뺨은 어린아이처럼 통통하고, 눈동자도 어린아이처럼 즐거운 빛을 띠고 있었지만, 반면에 높은 이마와 뾰족한 코, 다물어지지 않는 가느다란 입매, 거의 사라져 버릴 것 같은 턱, 그것들은 전혀 어린아이답지 않은 탁월한 사고력을 보여 주고 있었기 때문에 이처럼 모순된 인상을 준 것이다. 이 탁월한 사고력에 대한 만족감과 자기 자신에 대한 만족감이야말로 어린아이다운 순진함의 잔재를 그 얼굴에 간직하게 한 원인인 것 같았다.

"프리드리히를 아세요?"

그가 물었다. K는 모른다고 대답했다.

"그는 당신을 잘 알고 있던데요."

그가 미소를 지으며 말했다. K는 고개를 끄덕였다. 그에게는 자신을 안다는 사람이 한둘이 아니었다. 이것은 K의 인생 행로에 있어서 가장 큰 장애 중 하나이기도 했다.

"나는 프리드리히의 비섭니다. 뷔르겔이라고 해요."

그 남자가 말했다.

"실례했습니다."

K는 문의 손잡이를 잡기 위해 손을 뻗으며 말했다.

"다른 방으로 착각하고 문을 열어서 대단히 죄송합니다. 나는 에를랑어 수석 비서가 오라고 해서 가는 길이었습니다."

K가 말했다.

"그것 참 안 됐군요. 다른 사람한테 호출당한 것이 문제가 아니라 문을 혼동한 것 말입니다. 그런데 어쩌지요? 나는 한번 잠이 깨면 두 번 다시 잠들 수가 없어요. 이것은 내 개인적인 불행이니까 당신이 미안하게 생각할 필요는 없어요. 이곳은 왜 이렇게 문을 착각하도록 만들었는지 모르겠어요. 물론 거기에는 그만한 이유가 있어요. 전해 오는 격언 중에 비서들의 방문은 언제나 개방되어 있어야 한다는 말이 있으니까요. 물론 그렇다고 해서 말 그대로 해석할 필요는 없습니다만."

뷔르겔은 그렇게 말하더니 K의 의향을 떠보려는 듯 자못 기쁜 기색으로 K를 쳐다보았다. 지금 자신이 말한 것과는 반대로 이 남자는 마음껏 휴식을 취하고 있는 것처럼 보였다. 뷔르겔은 현재의 K처럼 극도로 피곤한 경험을 한 번도 겪어 보지 못한 듯했다.

"대체 당신은 지금 어디로 가시겠다는 거요? 새벽 4신데.

당신이 간다면 사람들의 단잠을 방해하는 것 아니겠어요? 방해를 받는 것에 습관이 된 사람은 없을 테고, 또 그러한 방해를 참아 낼 사람은 없어요. 대개 비서들이란 신경이 과민한 족속들이니까요. 그러니 여기서 좀 참고 기다려 보세요. 이곳에서는 새벽 5시면 일어들 나니까요. 그 무렵이라면 호출에 응해도 좋을 거예요. 그러니 그렇게 손잡이만 잡고 계시지 말고 이리 와서 앉으세요. 보시다피 여기는 장소가 협소하니까, 침대 가에 앉으시는 것이 좋겠어요. 의자나 탁자가 없어서 놀라셨죠? 그래요, 나는 폭이 좁고 기다란 호텔 침대와 실내 가구 한 점, 아니면 커다란 침대와 화장대 하나 중 하나를 선택해야 했어요. 그래서 나는 그중 기다란 침대를 선택했지요. 뭐니 뭐니 해도 침실에서는 침대가 제일 중요하니까요! 사지를 쭉 펴고 편안하게 잠자고 싶은 사람에게는 그야말로 침대가 제일 중요해요. 늘 피곤하고 그렇다고 편히 자지도 못하는 나로서는 하루의 대부분을 침대 속에서 보내고 있어요. 이 속에서 사람들을 심문하고 진정인들의 실정도 청취하고 있지요. 경과는 아주 좋아요. 물론 진정인들이 앉을 만한 장소는 없지만 그런 고통쯤은 참아 주니까요. 진정인의 입장에서 본다면 자신들은 서 있더라도 조서를 작성하는 사람이 기분 좋게 앉아 있는 편이, 자신들이 편안히 앉아서 상대에게 야단맞는 것보다 훨씬 유쾌할 테니까요. 나는 침대 가장자리밖에는 권할 수가 없는데, 이곳은 사무를 집행할 만한 장소는 못 되고 그저 밤에 얘기를 나누는 장소로만 사용하고 있어요. 그런데 측량 기사 양반, 당신은 참 조용하시군요."

뷔르겔이 말했다.

"너무 피곤해서요."

K는 상대방이 권하는 대로 체면도 차리지 않고 곧 침대 위에 앉아서 침대 기둥에 기대어 있었다.

"물론 그러시겠지요."

뷔르겔이 웃으면서 말했다.

"여기서는 누구나 다 피곤해요. 예를 들어 내가 어제와 오늘 이틀 동안 한 일만 해도 결코 사소한 일이 아니거든요. 내가 지금 다시 잠드는 것은 불가능하지만, 그러나 있을 수 없는 일이 일어나서 당신이 이곳에 계시는 동안 내가 잠든다 해도 제발 조용히 해 주시고 문도 열지 말아 주세요. 그렇다고 염려할 건 없어요. 나는 절대로 잠들지 않을 테고, 설령 그런 달콤한 일이 벌어진다 해도 고작 이삼 분뿐일 테니까요. 나는 진정인들과 접촉하는 데 너무나 익숙해서인지 사람을 대하고 있을 때 오히려 쉽게 잠에 빠져 버려요."

이 말을 듣고 기쁨에 넘쳐서,

"어서 주무세요, 비서님! 그러면 나도 조금 잘 테니까요."
하고 K는 말했다.

"아니에요. 아니에요."

뷔르겔은 다시 웃으며,

"자라고 권하시게 해서 미안하지만 그렇게 쉽게 잠들 수는 없어요. 다만 이야기를 하다 보면 그런 기회가 생길 수 있고, 이야기하는 것이 나로 하여금 가장 빨리 잠들 수 있도록 해주는 것이지요. 사실 우리는 일의 성질상 신경이 지치기 마련이에요. 나는 연락 비서관이에요. 연락 비서관이 무엇인지 모르시나요? 나로 말할 것 같으면 가장 많은 연락 업무를 맡아 보고 있어요."

하고 말했다. 여기서 그는 본의가 아니겠지만 자못 기쁜 표정으로 두 손을 비볐다.

"즉 나는 프리드리히와 마을 간의 연락을 맡아 보고 있어요. 자세히 말하면 나는 성에 있는 그의 비서들과 마을에 있는 비서들 간의 연락 관계를 맡고 있지요. 그래서 대개는 마을에 있지만 그렇다고 언제나 그런 건 아니에요. 언제든지 성으로 마차를 달릴 준비를 갖추고 있어야만 하니까요. 저기 저 여행 가방 좀 보세요. 참으로 불안정한 생활이 아닐 수 없어요. 누구에게나 맞는 직업은 아니지요. 그러나 한편으로 나는 이제 이런 종류의 일 없이는 도저히 지낼 수가 없다는 것이 옳은 표현일 거예요. 다른 일은 아주 싱겁게 보이거든요. 당신의 측량 업무는 어떤가요?"

"나는 측량 기사로서 일거리를 맡은 적이 없어요."

K가 말했다. 지금 화제에 오른 일거리 같은 것은 거의 생각지도 않았던 일이다. 사실 그가 열망하고 있던 것은 오로지 뷔르겔이 잠들어 주었으면 하는 것뿐이었다. 그러나 그것까지도 그는 단지 자기 자신에 대한 일종의 의무감에서 그러는 것에 불과했고, 이미 속으로는 뷔르겔이 잠드는 것은 까마득하게 멀다는 사실을 알고 있는 듯했다.

"알 수 없는 일이군."

뷔르겔은 연신 고갯짓을 하면서 말하더니 기록을 해 두기 위해서인지 이불 밑에서 메모 카드 한 장을 끄집어냈다.

"측량 기사이면서 측량 거리를 갖고 있지 않다고요?"

K는 기계적으로 고개를 끄덕였다. 그는 침대 기둥에 왼팔을 뻗어 그 팔 위에 고개를 얹었다. 여러 가지로 편한 자세를 취해 보았으나, 이 자세가 가장 편안했다. 그제야 비로소 K는 뷔르겔의 말을 좀 더 주의해서 들을 수 있게 되었다. 뷔르겔은 계속해서 말했다.

"나는 이 사건에 대해 앞으로 조사해 볼 용의가 있어요. 좌우간 우리에게는 전문적인 능력을 써 먹지 않고 그대로 방치해 두는 일은 용납되어 있지 않아요. 게다가 그것은 당신을 모욕하는 거나 다름없어요. 당신은 대체 그것 때문에 고민스럽지 않나요?"

"나 역시 그것으로 고민하고 있어요."

K는 천천히 말하고 나서 혼자 빙그레 웃었다. 사실 지금 그런 일로는 조금도 고민하고 있지 않았기 때문이다. 뷔르겔의 이러한 제의는 그에게 아무런 감명도 주지 못했다. 제삼자가 그저 심심풀이로 하는 것으로밖에는 생각되지 않았던 것이다. 그는 K를 초빙하게 된 구체적인 사정에 대해서 아무것도 모르고, 또 초빙으로 인해 마을이나 성과 맞닥뜨리게 된 난관이라든가 K가 이 땅에 머무르는 동안 일어난—또는 일어날 것 같은 징조를 보이던—갖가지 분쟁에 대해서는 조금도 모르고 있었다. 뿐만 아니라 그는 비서로서 당연히 그런 일이 생길지도 모른다는 예감이나 추측을 육감적으로 마음에 떠올려야 하는데, 그런 기색은 도무지 없고 다짜고짜 작은 메모

카드에 사건을 기록해서 성에 가면 해결해 주겠다는 식이었다.

"당신은 이미 여러 번 실망하신 모양이군요."

뷔르겔이 말했다. 그는 이렇게 말함으로써 인간사에 퍽 정통하고 있는 것처럼 보였다. K는 이 방에 들어왔을 때부터 뷔르겔을 얕보아서는 안 된다고 자신에게 경고했지만, 아무튼 지금의 상태로서는 자신의 피로 외에는 아무것도 판단하기 어려웠다.

"아니지요."

뷔르겔은 이렇게 말했는데, 그것이 마치 K의 어떤 생각에 답변하려는 듯이, 또 K를 동정해서 말하는 수고를 덜어 주려는 듯했다.

"실망했다고 해서 겁을 먹거나 풀이 죽어서는 안 돼요. 확실히 이곳에서는 사람을 놀라게 하는 일이 꽤 많아요. 처음 이곳에 도착한 사람의 눈에는 그 장애를 뚫고 나갈 수 없을 것처럼 느껴질 거예요. 사정이 어찌 됐든 나는 이 땅의 사정을 검토해 볼 생각은 없어요. 아마도 사람의 눈에 비치는 현상은 그 외관이 보여 주는 실지와 그대로 부합하겠지요. 좌우간 내 입장에서는 그것을 확인하는 데 충분한 거리가 부족해요. 그러나 주의해야 할 것은, 그래도 역시 전체의 상태에 거의 부합하지 않는 기회―그런 기회가 오면 말 한마디로, 눈빛 하나로, 믿음을 조금 나타내는 것만으로도 평생 동안 뼈아프게 고생한 것보다 더 많은 일을 이룩할 수 있어요―가 흔히 생긴다는 거예요. 확실히 그래요. 물론 이런 기회는 그것이 이용되지 않는 한 전체의 상태에 부합하고 있어요. 그러나 대체 왜 그것이 이용되지 않는지 나는 나 자신에게 몇 번이고 되풀이해서 물어보지요."

 뷔르겔이 말했다. K는 그 이유를 알 수 없었다. 그는 뷔르겔이 말하는 내용이 자신과 큰 관계가 있는 것처럼 느껴졌지만, 이제 그는 자신과 관련된 모든 일에 대해 무척 싫증이 났다. 그는 약간 고개를 옆으로 돌렸다. 그렇게 함으로써 뷔르겔이 질문할 수 있는 길을 터 주고, 그 질문에는 상관하지 않겠다는 눈치였다.

 "마을에서의 심문은……."

 뷔르겔은 팔을 뻗어 하품을 하며 말했는데, 그러한 동작은 진실한 말과 이상한 대조를 이루었다.

 "마을에서의 심문은 대개 밤에 실시되기 때문에 비서들의 불평도 이만저만이 아니에요. 그런데 그들은 왜 불평을 할까요? 일이 너무 힘들어서 그럴까요? 밤에는 자고 싶어서 그럴까요? 아니에요. 그들이 불평하는 것은 절대 그런 것들이 아니에요. 어디서건 마찬가지겠지만 비서들 사이에도 부지런한 사람이 있고 그렇지 않은 사람이 있어요. 그러나 그들 중 일이 힘들다고 불평하는 사람은 한 사람도 없어요. 더군다나 그런 것을 공공연히 호소하는 사람은 없지요. 그런 것은 우리가 할 짓이 아니니까요. 이 점에 관해서 우리는 평상시와 집무 시간을 따로 구별하지 않아요. 그런 구별 같은 건 우리들이 알 바가 아니에요. 그러면서 비서들은 밤에 심문이 이루어지는 것에 대해 왜 반대하는 걸까요? 진정인에 대한 동정에서 그런 것일까요? 아니, 아니, 결코 그런 것도 아니에요. 비서들은 진정인에 대해 아주 무자비해요. 물론 자기 자신에 대해서보다 더 무자비하다는 것은 아니고 아주 똑같이 무자비하다고 할 수 있어요. 이런 가혹한 성격은 직무를 강철과 같이 엄격히 준수하고 수행하려는 것 외에는 아무것도 아니에요. 즉 진정인이 스스로 바랄 수 있는 최대의 동정이라고 할 수 있지요. 이것도 결국 피상적인 관찰밖에 하지 못하는 사람은 깨닫지도 못하는 것이지만 모두들 이것에 전적으로 동의하고 있어요. 예를 들면 진정인들이 환영하는 밤의 심문이 그래요. 밤의 심문에 대한 근본적인 불평불만이 접수되어 본 적은 없어요. 그렇다면 비서들이 싫증 내는 원인은 대체 어디에 있을까요?"

그것에 대해서도 K는 알지 못했다. 그는 거의 아무것도 알지 못했으므로 뷔르겔이 정색하고 답변을 요구하고 있는지, 아니면 건성으로 그러는 것인지 분간할 수가 없었다. K는 그저 '만일 당신 침대에 나를 재워 준다면 내일 낮에—물론 저녁때가 더 낫지만—당신의 모든 질문에 대답해 주지.' 하고 생각할 뿐이었다. 그러나 뷔르겔은 조금도 주의를 기울이지 않는 것 같았다. 그는 자기 자신이 제기한 질문에 완전히 정신을 팔고 있었다.

"내가 알고 있는 한, 또 나 자신이 경험한 바에 의하면 비서들은 밤의 심문에 관해 대략 다음과 같이 생각하고 있어요. 즉 밤에는 심문의 공정성을 충분히 유지하기가 곤란하다는 거예요. 아니, 불가능하다고 해도 과언은 아니지요. 그래서 밤에 진정인들을 심문하는 것은 적당치 않다는 거예요. 이것은 외적인 것과 연관되어 있는 것이 아니에요. 물론 밤이라 할지라도 낮과 똑같이 여러 가지 형식을 엄격하게 지켜 나갈 수 있어요. 따라서 그것이 문제가 되지는 않지만 밤에는 공적인 판단을 그르치게 돼요. 밤에는 무의식적으로 사물을 사적인 관점에서 판단하기 쉬우니까요. 진정인들의 주장이, 그것에 알맞은 정도 이상으로 중요성을 띠게 되지요. 판단 속에는 진정인들의 다른 상태라든가 그들의 고뇌나 걱정에 적합한 고려가 전혀 참작되지 않아요. 진정인들과 관리들 간의 필요 불가결한 선이 가령 그것이 겉으로는 나무랄 여지없이 존재하고 있다고 하더라도 흔들리고 말아요. 그 밖에도—당연히 그래야겠지만—단지 질문의 응답을 주고받는 경우라도, 이상스러운 일이지만 아주 적당치 않게 임무의 교환이 이루어지는 것 같아요. 적어도 비서들은 그렇게 말하고 있어요. 따라서 일반 사람들, 직무상 그런 일에 대해 아주 이상하게 예민한 감각이 부여되어 있는 사람들에게 있어서는 더 말할 나위도 없지요. 그러나 그들이라 할지라도—이것은 이미 우리 사이에서 화제에 오른 일이긴 하지만—밤에 심문하는 동안에는 그런 불리한 작용을 거의 깨닫지 못해요. 반대로 그들은 처음부터 그 불리한 작용을 저지하려 들고, 그 결과 나중에는 아주 굉장한 일이나 한 것처럼 생각하게 돼요. 그러나 나중에 그 조서를 다시 읽어 보면 명백히 드러난 약점을 보고 어처구니가 없을 때가 한두 번이 아니에요. 그런데 이것은 적어도 우리의 규칙에 비추어 볼 때 이미 일반적인 간단한 수속으로는 수정할 수 없는 결점이고, 뿐만 아니라 진정인들로 말하면 부당 이득의 절반은 되는 셈이지요. 나중에 가서는 분명 감독 관청에 의해 개선될 테지만 이것은 단지 정의를 위해 필요한 조치일 뿐이고, 아직 진정인들에게 손해를 입히지는 않았어요. 사정이 이러하니 비서들이 불평불만을 하는 것도 당연하지 않겠어요?"

K는 깜박 잠이 들었다가 다시 깼다.

'어찌 된 일이지? 어찌 된 건가?'

하고 K는 스스로 물어보았다. K는 축 늘어진 눈꺼풀 밑으로 뷔르겔을 바라보았다. 그는 이제 자신과 어려운 질의를 주고받는 관리가 아니라 그저 자신을 잠자지 못하도록 방해하는 것 외에는 다른 뜻을 찾아볼 수 없는 사람이었다. 그러나 뷔르겔은 자신의 생각에 완전히 몰두하여 지금 K를 약간 어리둥절하게 만들었다는 데 성공했다는 듯 빙그레 웃었다. 그러나 뷔르겔은 K를 다시 옳은 길로 인도해야겠다는 마음의 준비가 되어 있었다.

"그런데 이 불평불만을 꼭 정당한 것이라고만 볼 수는 없어요. 그야말로 밤의 심문은 어디에도 문자 그대로의 규칙이 있는 것은 아니에요. 그러나 여러 가지 사정에 의해서, 말하자면 일이 너무 벅차다든가 성에서의 관리들의 근무 태도, 일을 손에서 쉽게 놓을 수 없다는 것, 또 진정인에 대한 심문은 다른 심리가 완전히 끝난 후에 시작해야 하며 즉시 완료해야 한다는 규칙, 또 다른 많은 일들이 밤의 심문을 피할 수 없는 필연적인 것으로 만들어 버렸지요. 그런데 이것이 필연적으로 된 것은—나는 그렇게 말해요—적어도 간접적으로는 규칙의 결과이기도 해요. 그래서 밤의 심문 제도에 대해 투덜거리는 것은—물론 약간 과장되긴 했어요. 그러니까 역시 과장해서 이렇게 말해도 상관없겠지요—규칙에 대해 투덜거리는 거나 마찬가지예요. 이와 반대로 비서들이 규칙의 범위 내에서 밤의 심문과 겉으로 보는 손해에 대해서 될 수 있는 대로 자신의 몸을 지키려고 노력하는 것은 오로지 비서들 권한에 속하는 거예요. 사실 그들은 그렇게 하고 있는데, 그것도 가장 큰 규모로 하고 있어요. 즉 그들은 어떠한 경우에도 가능한 한 두려워할 필요가 없는 심의의 대상만을 인정해요. 심의하기 전에 미리 자신의 기분을 체크하고 그 결과 필요하다고 생각되는 것이 있으면 마지막 순간에 있어서도 심리를 모조리 취소해 버려요. 실지로 진정인을 호출하기 전에 진정인 한 사람을 열 번씩 소환하는 일도 종종 있는데 그렇게 함으로써 자신이 붙게 되는 것이죠. 그 결과 해당 사건을 담당하지 않고 따라서 권한이 없기 때문에 쉽게 그 사건을 처리할 수 있는 동료에게 부탁해서 대신해 달라고 하는 거예요. 그래서 심문을 적어도 밤이 될 무렵이나 끝날 무렵에 하기로 하고 그 중간 시간은 피해요. 이상 말한 것 같은 규준은 얼마든지 있어요. 그들은 좀처럼 쉽게 사람에게 넘어가거나 굽히지 않아요. 그들은 침범을 당하기 쉬운 반면 똑같은 정도로 저항력이 강해요."

K는 자고 있었다. 물론 깊은 잠은 아니었다. 적어도 견딜 수 없을 정도로 지친 상태에서 눈을 뜨고 뷔르겔의 말을 듣고 있던 조금 전보다는 더 잘 듣고 있었다. 뷔르겔의 말 한마디

한마디가 그의 고막을 울렸다. 괴롭고 귀찮다는 생각마저 이제 다 사라져 버렸다. 그는 왠지 자유로운 몸이 된 것처럼 느껴졌다. 뷔르겔은 이미 그를 붙들고 있지 않았다. 그는 몇 번이나 뷔르겔에게 손을 뻗어 더듬어 보았다. 그는 아직도 깊은 잠에 빠지지는 않았다. 다만 잠의 분위기에 잠겨 있었을 뿐이었다. 이제 아무도 그에게서 이 잠을 빼앗을 수는 없었다. 그리고 그는 자신이 그 일에서 큰 승리를 거둔 것으로 생각하는 듯했다. 벌써 승리를 축하하기 위해 사람들이 그곳에 모여들었다. 자기였는지 다른 사람이었는지, 이 승리를 축하하기 위해 샴페인 잔을 높이 쳐들었다. 그리하여 무엇이 문제였는지 모두들 알게 되었다. 그래서 투쟁과 승리가 또 한번 되풀이된다. 아니, 되풀이되는 것이 아니라 지금 이 순간 처음으로 이루어진 것이며, 그것을 미리 축하하는 것이다. 다행히 결과가 확실하니까 그의 승리에 대한 축하가 중지되는 일은 없다. 벌거벗은 그리스 신의 어느 조상과 꼭 닮은 비서 하나가 K에게 맹렬히 공격을 받고 있다. 그것은 보기에도 참 우스운 광경이다. 거드름을 피우며 뻐기는 비서에게 K는 끊임없이 덤벼들어 상대방을 깜짝 놀라게 하고 있다. 상대방은 높이 쳐든 팔을 휘젓고 불끈 쥔 주먹을 휘두르면서 자신의 나체를 가려야만 했다. 그 동작이 옆에서 보기에 참으로 느렸다. K는 잠 속에서 그 꼴을 보고는 빙그레 웃었다. 싸움은 오래 계속되지 않았다. K는 큰 걸음걸이로 어슬렁어슬렁 앞으로 나아갔다. 대체 그게 무슨 싸움이란 말인가? 참다운 저항 같은 건 하나도 없었다. 비서가 가끔씩 흑흑 흐느껴 울 뿐이었다. 이 그리스 신은 간지럼을 타는 소녀처럼 흑흑 소리 내며 울었다. 결국 상대방은 가 버렸다. 광장에는 K 혼자만 남았다. K는 완전한 전투태세를 갖추고 주위를 돌아다보며 적을 찾았다. 하지만 아무도 없었다. 그들은 이미 물러가 버렸고 깨진 샴페인 잔만이 땅바닥에 흩어져 있을 뿐이다. K는 그나마도 아주 짓밟아 버렸다. 그런데 유리 조각이 발에 박히는 바람에 깜짝 놀라 눈을 떴다. 선잠을 깬 어린아이처럼 기분이 좋지 않았다. 그래도 드러내 놓은 뷔르겔의 가슴을 보았을 때 꿈에서 계속된 이런 생각들이 그의 머릿속을 스쳐 갔다. 여기에 너의 그리스 신이 있다. 그리스 신을 깃이불에서 끄집어내라!

"그러나……."

뷔르겔은 기억 속에서 예증을 찾고 있었으나, 그것을 찾아내지 못하겠다는 듯 깊은 생각에 잠긴 채 얼굴을 천장으로 돌리며 말했다.

"그러나 모든 주위의 규칙에도 불구하고 그래도 진정인들은 비서들의 그런 밤중의 약점을—나는 항상 그것을 약점이라고 말하지만—자기 자신을 위해서 이용할 가능성이 있어요. 물론 그것은 아주 드문, 더 정확하게 말하자면 결코 실현될 수 없는 가능성이지요. 예를 들면 진정인이 한밤중에 느닷없이 나타난다는 그런 거예요. 당신이 보기에는 이러한 것이 당장이라도 일어날 것 같겠지만 실제로는 거의 일어나지 않는다는 데 놀라실 거예요. 그래요. 당신은 사정을 잘 모르시니까요. 그러나 그런 당신일지라도 관청 조직이 얼마나 빈틈이 없는지를 아신다면 깜짝 놀라실 거예요. 따라서 이처럼 빈

틈이 없다는 데서부터 다음과 같은 일이 발생해요. 즉 관청에 청원할 거리가 있는 사람이라든가 그 밖의 이유로 심문당해야만 하는 자는 누구든 지체 없이—장본인은 아직 그 사건에 대해서 알지도 못하는데—벌써 소환을 당하고 있어요. 그러나 이렇게 되었다고 해서 아직 심문을 받지는 않아요. 대개의 경우 그다지 기회가 무르익지 않는 법이지요. 그러나 소환장은 가지고 있어요. 그러니까 아무 예고 없이 그가 갑자기 올 수는 없는 거예요. 기껏해야 시기가 나쁠 때나 공교로울 때 올 수 있을 정도지요. 그럴 때면 그는 단지 소환장의 날짜와 시간에 주의를 받을 뿐이에요. 그런 사람이 이번에는 제대로 시간에 맞춰서 온다고 해도 보통은 쫓겨나요. 그런 경우 쫓아내는 것쯤은 문제없으니까요. 진정인이 손에 들고 있는 소환장과 서류에 기입되어 있는 문구 같은 것은 비서들을 납득시킬 수 있는 것이 아니라 오히려 강력한 방위 무기가 되도록 만들어요. 물론 방위라는 것은 그 사건을 담당하고 있는 비서에게만 관계있어요. 밤중에 자고 있는 또 다른 비서들을 느닷없이 찾아간다는 것은 누구에게나 가능한 일이에요. 그러나 아무도 그런 짓을 하지 않을 테니 거의 무의미한 일이나 마찬가지지요. 그런 짓을 하면 바로 담당 비서의 감정을 해칠 뿐이에요. 비서들끼리 상호간의 일에 대해 질투를 느끼는 적은 없어요. 누구나 무턱대고 높이 평가하고, 대견하게 짊어진 무거운 짐을 부담하고 있어요. 우리가 결코 용납하지 못하는 것은 진정인이 관할을 무시하는 일이에요. 그 담당자에게 말해봤자 일이 잘 진행되지 않을 거라 생각하고, 담당자가 아닌

자에게 빠져나가려고 시도하다가 실패한 사람이 한둘이 아니에요. 결국에 가서 그런 시도는 다음과 같은 사정에 부딪쳐 박살나고 말아요. 즉 담당이 아닌 비서가 이를테면 그가 밤중에 갑자기 진정인의 습격을 받고 나서 그 진정인을 도와줄 생각이 간절하게 든다 해도 그는 담당이 아니라는 이유로 거의 변호사 정도로밖에는 간섭할 수가 없어요. 아니, 결국엔 거기까지도 채 가지 못해요. 왜냐하면 그 비서에게는 사실—그들은 법의 이면을 잘 알기 때문에 설사 시간만 있다면 무슨 일을 해 줄 수 있다 해도—자기 담당이 아닌 다른 일에 소비할 시간이 전혀 없기 때문이에요. 단 한순간이라도 그런 일에 시간을 충당할 수가 없어요. 그런 줄 뻔히 알면서 대체 누가 자기 담당도 아닌 일을 맡아서 밤 시간을 낭비할까요? 거기다가 진정인들도 날마다 자기 일이 있기 때문에 담당자의 소환이나 지시에 응하는 것은 사실 벅찬 일이에요. 다만 벅차다는 것은 진정인들의 입장에서 한 말이고, 비서들의 입장에서 벅차다고 할 때와는 사뭇 뜻이 다르지요."

K는 미소를 지으며 고개를 끄덕였다. 이제야 자세히 알아들은 것 같았다. 그렇다고 뷔르겔이 한 말에 K가 관심을 가진 것이 아니고 단지 지금 그렇게 확신했기 때문이다. 이제 그는 곧 이번에는 꿈도 꾸지 않고 잠이 들어 버릴 것이다. 담당 비서들과 담당이 아닌 비서들 사이에 끼어도, 또 분주한 진정인들의 무리를 앞에 보면서도 그는 깊은 잠 속으로 빠져들 것이다. 그러면 모든 것으로부터 도망칠 수 있을 것이라고 그는 확신했다. 나지막하고도 흐뭇해하는 듯한, 그리고 자신이 잠

드는 데 조금도 효과가 없는 것 같은 뷔르겔의 음성에 이제는 완전히 익숙해졌기 때문에 그의 음성은 잠을 방해하기는커녕 잠을 재촉하는 것처럼 느껴졌다.

'방아, 방아, 물방아야, 덜컹덜컹 돌아라! 너는 나를 위해 덜컹덜컹 도는구나!'

그는 생각했다.

"자, 그렇다면……."

뷔르겔은 두 손가락으로 아랫입술을 만지작거리면서 눈을 크게 뜨고 목을 쑥 뺀 채 마치 그가 애쓰고 방황하던 끝에 어느 매혹적인 조망에 가까워졌다는 듯이 말했다.

"자, 그렇다면 앞서 말한 드문 가능성, 즉 실현될 것 같지 않은 가능성이 어디에 있을까요? 그 비밀을 푸는 열쇠는 관할에 관한 규정 속에 감추어져 있어요. 어느 특정한 비서만이 모든 사건을 담당할 수 있다는 규정은 없어요. 또 사실 아주 활동적인 조직에서는 결코 그렇게 할 수도 없고요. 어느 한 비서가 이를 전담하면 다른 많은 비서들은 그다지 깊이 관여하지는 않지만 그래도 어느 정도는 그 일에 관여할 따름이에요. 대체 그 누가—가령 최대의 활동가라고 할지라도—최소의 사건이나마 그것에 관한 모든 자료를 한꺼번에 자기 책상 위에 수집할 수 있을까요? 그것은 불가능한 일이에요. 앞서 어느 한 비서가 전담한다고 말했는데, 사실 그것 자체가 지나친 표현이었어요. 그들 비서들이 일에 거의 관여하지 않는 것처럼 보일 때도 그것은 전면적으로 관여하고 있는 것 아닐까요? 이런 종류의 문제에 있어서는 사건을 파악하는 정열만이 결정적인 요소가 되는 것이에요. 그리고 이런 정열은 비서들에게 있어서는 항상 변치 않는 것이고, 또 항상 완전한 강도로 존재하는 것이지요. 어쩌면 비서들끼리도 차이점이 있을지 몰라요. 그 차이점을 일일이 열거할 수는 없지만 정열에 관해서는 그렇지 않아요. 그들 중에는 어느 사건을—가령 자기 담당이 아닌 사건이라도—맡아 달라고 권유를 받으면 자제할 수 있는 사람이 아무도 없어요. 물론 형식상 외적으로는 사건을 질서정연하게 심리해 두지 않으면 안 되죠. 따라서 진정인들에게 있어서는 사건마다 정해진 비서가 한 사람씩 전면에 나타나게 되는 것이며, 그들은 그 비서에게 공적으로 사건을 의뢰하게 돼요. 그러나 그때 선발되는 비서는 사건에 대해 최대의 권한을 가진 사람이어야 된다는 법칙은 절대로 없어요. 누가 그 역할을 맡게 될지는 조직이 결정해요. 또 그때그때의 상황에 따라 결정하지요. 말하자면 사정이 대충 그러하다는 거예요. 그런데 측량 기사 양반, 좀 생각해 보세요. 지금 당신에게 말한 바대로 어딜 가나 장애와 난관이 놓여 있는데도 불구하고 진정인이 한밤중에 당해 사건을 가지고 어느 정도 권한이 있는 비서를 갑자기 습격할 가능성이 있는지 어쩐지 좀 생각해 보란 말이에요. 그런 가능성에 대해서 당신은 한 번도 생각해 보신 적이 없겠지요. 어쩐지 그런 것 같군요. 사실 뭐, 그런 일은 생각할 필요조차 없어요. 그런 가능성은 없다고 해도 무방할 만큼 희박한 것이니까요. 이처럼 정밀하게 만들어진 체로 거를 때, 그것을 빠져나가는 것이 있다면 그것은 특별한 형태의 작고 교묘한 날 아니면 안 될 테니까요! 그런 것이 있을 리 없다고 당신은 생각하시겠지요? 당신 말씀이 옳아요. 그런 건 전혀 없어요. 그러나 어느 날 밤—모든 걸 보증할 수 있는 사람은 없어요—그런 일이 일어나죠. 물론 내가 알고 있는 과거의 비서 중에는 그런 사람이 하나도 없어요. 단지 이것만으로는 증명도 되지 않아요. 내가 알고 있는 비서의 수는 여기서 문제가 된 인간의 수와 비교해 볼 때 아주 한정된 수예요. 더욱이 그런 꼴을 당한 비서가 그것을 또 고백하리라고는 도저히 확신할 수가 없어요. 아무튼 그것은 완전히 개인적인 일일뿐더러 또 어느 의미에서는 관리로서의 체면과 직결되는 일이니까요. 어쨌든 내 경험이 증명하는 바에 의하면 지금 문제가 된 것은 아주 드물고 풍설로만 떠도는, 따라서 그 밖의 다른 어떤 것에 의해서도 증명되지 않는 것이에요. 그러니 그런 것을 걱정하는 건 지나친 생각이에요. 만일 그런 일이 실제 일어났다고 해도, 이 세상에는 그런 일이 일어날 수 없다고 증명할 수만 있다면—증명하기는 대단히 쉬워요—그것으로써 문제는 간단히 처리되는 셈이에요. 아무튼 그렇게 생각해야 될 거예요. 어쨌든 그것에 대한 불안 때문에 이불 밑에 숨어서 마음 놓고 바깥을 내다보지 못한다는 것은 아주 병적인 짓이에요. 그렇다고 전혀 있을 것 같지 않은 일이 갑자기 어떤 형태로 나타난다면, 그때는 만사가 다 틀어져 버린 걸까요? 만사가 틀어진다는 것은 정말이지 일어나지 않을 것 같은 일 중에서도 더욱 일어날 수 없는 일이에요. 그렇다고 해도 진정인이 방 안으로 들어와 버리면 사정은 아주 곤란해져요. 그때는 가슴이 죄는 것 같지요. 그래서 '얼마 동안 견뎌 낼 수 있을까?' 하고 스스로 물어보지 않으면 안 돼요. 그러나 전혀 견뎌 낼 수 없다는 것이 명백한 사실이에요. 당신도 이 경우를 상상해 보세요. 한 번도 본 적이 없고 늘 기다리기만 했던, 참다운 갈망을 가지고 기다리고만 있던, 그리고 목적을 이룰 수 없음을 언제나 당연시 여기고 있던 진정인이 가엾은 인생 속으로 들어와 달라고, 그 인생을 자기 것으로 생각하고 찾아봐 달라고, 그리고 절망적인 요구하에서 함께 고민해 달라고 청하는 것과 같아요. 이러한 청은 고요한 밤이면 더욱더 매혹적으로 느껴지는 법이죠. 그러니 이러한 청에 응한다는 것은 엄밀한 의미에서는 관리의 신분을 포기하겠다는 거나 마찬가지예요. 이런 상태에서는 이미 청을 거부하기가 불가능해져요. 정확히 말해서 될 대로 되라는 기분에 젖는 것이지요. 더 정확하게 말하면 무척 행복한 상태라고나 할까요. 될 대로 되라는 절망적인 기분은 무방비 상태와도 일맥상통해요. 우리는 무방비 상태로 여기 앉아서 진정인의 탄원을 기다리고 있어요. 그리고 상대방이 그 소원을 입 밖으로 내뱉기만 하면 그것을 들어주지 않을 수 없다는 사실도 잘 알고 있어요. 가령 그 소원이 적어도 우리가 보기에 관청 조직을 파괴해 버리는 것이 된다 할지라도 마찬가지예요. 이런 경우는 공무 집행 중 일어날 수 있는 최악의 경우이긴 하지만요. 왜냐하면 첫째로―그 밖의 일은 다 그만두고라도―이때는 우선 자기 자신을 위해서 억지로 터무니없는 승진을 요구하는 것이 되기 때문이에요. 말하자면 우리의 지위로는 탄원―지금 여기서 문제가 되어 있는 것 같은 탄원—을 들어줄 자격이 전혀 없으니까요. 그러나 한편으로는 밤의 진정인이 이처럼 가까이 있는 것만으로도 어느 정도는 직무에 대한 힘이 생겨요. 우리는 우리의 세력권 밖에 속하는 일까지도 의무를 갖게 되죠. 그리고 우리는 실수로 그것을 수행하기도 해요. 마치 숲의 도적들처럼 진정인은 다른 때 같으면 도저히 우리에게 강요할 수 없는 희생을 밤에 강요하니까요. 그것도 좋다고 쳐 둡시다. 좌우간 지금 진정인은 아직도 거기 있으면서 우리를 격려하고, 강요하고, 용기와 열의를 북돋아 주어요. 모든 일이 반은 의식을 상실한 상태에서 여전히 진행되고 있다니까요. 그러나 그 다음은 어떻게 될까요? 일은 끝나 버리고, 진정인은 싫증을 내며 관심조차 없어져서 우리를 떠나 버려요. 우리만 그곳에 남아서 무방비 상태로 직권 남용에 당면하여 앞으로 어떻게 될 것인지 전혀 상상할 수도 없을 지경에 이르러요! 그럼에도 불구하고 우리는 행복해요. 이 얼마나 자멸적인 행복인가요! 진짜 사정을 진정인에게 감추려고 노력할 수도 있었을 텐데 말예요. 진정인은 스스로는 아무것도 깨닫지 못해요. 사실 진정인은 스스로 생각하기에 아무래도 상관없다는 이유에서—지치고 낙담하고 과로하고 실망한 탓에 분별력을 잃고 냉담해져—자신이 생각한 바와는 다른 방식으로 침입해 들어온 거예요. 그리고 아무 영문도 모르고 거기 앉아서 열심히—만일 그가 무엇이든 열중할 수 있다면—자기 과실이나 피로에 관한 생각에 잠겨 있지요. 그렇다면 그를 그대로 내버려 둘 수는 없을까요? 안 돼요, 그것은 안 될 말이에요. 우리는 행복에 겨운 사람이 지니는 독특한 수다스런 성격으로 모든 것을 다 설명해 버려요. 우리는 자기 자신을 조금도 돌보지 않고 무슨 일이 일어났는지, 어떤 이유에서 일어났는지, 그리고 이 기회가 얼마나 드문 것이며 전례 없이 귀중한 것이라는 사실 등을 기어코 상세히 가르치고야 말죠. 우리는 결국 다음과 같은 일까지 가르쳐 주게 돼요. 진정인은 의지할 곳도 없고—의지할 곳이 없다는 것은 일개 진정인으로서는 적합한 것이지만—헤매다가 그저 우연히 이 절호의 기회를 얻은 것이라고. 그래서 마음만 먹으면, 측량 기사 양반, 잘 들어 두세요, 모든 일을 뜻대로 지배할 수도 있다고. 더군다나 그러기 위해서는 진정인이 자기 소원을 말하기만 하면 된다고. 이쪽에서는 이미 소원을 들어 줄 만반의 준비가 되어 있을 뿐 아니라 듣고 싶어서 안달이 나 있다고. 그런 말들을 죄다 해 버리지요. 관리가 고생하는 것은 바로 이때예요. 우리가 그것까지 한다면 측량 기사 양반, 그것은 바로 아무래도 필연적인 일이 일어났음을 뜻해요. 우리는 겸손한 태도로 꾸준히 기다리지 않으면 안 돼요."

K는 이 모든 것이 진행되고 있는 동안에도 아랑곳없이 잠들어 있었다. K는 침대 기둥 위에 왼팔을 얹고 그 위에 머리를 올려놓고 있었는데, 그 머리가 미끄러져서 허공에 뜨더니 점점 아래로 수그러졌다. 왼팔로 몸을 의지하는 것만으로는 충분하지 않아서 K는 저도 모르게 오른팔을 이불 위에 뻗고 지탱하려고 했으나 그만 공교롭게도 이불 밑으로 쑥 내민 뷔르겔의 발을 잡고 말았다. 뷔르겔은 그쪽을 쳐다보았는데 그것이 퍽이나 괴로우면서도 발을 오무리지는 않았다.

그때 한쪽 벽을 두서너 차례 세차게 두드리는 소리가 났다. K는 깜짝 놀라 눈을 뜨고는 그쪽을 쳐다보았다.

"측량 기사 거기에 있어요?"
하고 묻는 소리가 들렸다.

"있어요."

뷔르겔이 대답하고 K에게서 발을 빼더니, 갑자기 어린아이처럼 제멋대로 난폭하게 침대에 드러누워 버렸다.

"그러면 이제 이쪽으로 보내 주세요."
하고 벽 쪽에서 목소리가 났다. 뷔르겔에 관해서, 또 뷔르겔이 아직도 K를 필요로 할지도 모른다는 것 따위는 조금도 고려하지 않은 말투였다.

"에를랑어 목소린데."

뷔르겔이 속삭이듯 말했다. 에를랑어가 옆방에 있다고 해서 놀라는 기색은 전혀 없었다.

"지금 그에게 가 보세요. 아마 화를 내고 있을 테니까요. 되도록이면 그의 마음을 진정시켜 주세요. 그는 비교적 잘 자는 편이지만 우리가 너무 큰 소리로 지껄였어요. 사실 어떤 문제에 관해서 떠들다 보면 자신도 모르게 목소리를 억제할 수 없을 때가 있으니까요. 자, 빨리 가 보세요. 당신은 아직도 잠에 취한 것 같군요. 어서 가 보세요. 더 이상 이곳에 용건이 남아 있나요? 졸리다는 변명은 할 필요 없어요. 그렇잖아요. 체력에는 한계가 있는 것이고, 이 한계라는 것은 다른 경우에도 의미가 크다는 것을 무시할 수는 없지요. 그런 일에 관해서는 아무도 책임을 질 수가 없어요. 우주까지도 이러한 한계에 의해 운행을 조정하고 균형을 유지하고 있어요. 다른 점에서는 흥미가 없긴 하지만 이 점에 있어서 우주란 상상조차 할 수 없을 만큼 기막히게 잘되어 있는 묘한 조직 체계예요. 자, 가 보세요. 당신이 왜 그렇게 나를 뚫어지게 바라보고 있는지 도무지 알 수가 없군요. 만일 당신이 계속해서 우물쭈물거린다면 에를랑어가 내게 덤벼들 거예요. 나는 되도록이면 그런 것들을 피하고 싶어요. 자, 어서 가 보세요. 저쪽에서 무엇이 당신을 기다리고 있을지 누가 압니까? 모든 일에 있어서 기회는 얼마든지 있어요. 물론 그 기회라는 것이 이용하기에는 너무나 큰 기회뿐이지만요. 세상에는 자기 자신과 부딪쳐서 형편없이 망가지고 꼼짝달싹할 수 없는 사물이 상당히 많지요. 그것은 아주 놀랄 만한 일이에요. 그래도 지금 같으면 좀 할 수 있을 것 같은 느낌이 드는군요. 이제 새벽 5시예요. 사람들이 곧 떠들기 시작할 테니 좌우간 어서 나가 주세요!"

깊은 잠에서 갑자기 깬 탓에 K는 정신이 몽롱하고, 자도 자도 잠이 모자랄 정도로 졸릴 뿐만 아니라 불안전한 자세로 졸고 있었기 때문에 전신이 온통 쑤셔 왔다. K는 일어설 엄두도 내지 못하고 손으로 이마를 짚으며 눈을 무릎 위로 떨어뜨린 채 하염없이 있었다. 뷔르겔이 끊임없이 이별을 재촉했다고 하더라도 그를 방 밖으로 나가게 할 수는 없었을 것이다. 다만 K는 더 이상 방에 남아 있어도 아무런 소용이 없다고 느꼈기 때문에 천천히 방을 떠나려고 했을 뿐이다. 이 방은 그에게는 말할 수 없이 처량하게 보였다. 이 방이 어떻게 해서 거칠고 쓸쓸하게 되었는지, 그게 아니면 원래부터 그랬는지 그로서는 알 수 없었다. 이곳에서 두 번 다시 잠들 수는 없을 것이다. 이 확신이 K를 일어서게 만드는 결정적인 계기가 되었다. 그는 약간의 미소를 띠면서 의지할 것이 있으면 그것이 어떤 것이든 간에 침대며 벽, 문 할 것 없이 마구 붙잡았다. 그리고 이미 오래 전에 뷔르겔에게 작별을 고했다는 듯이 인사도 하지 않고 나가 버렸다.

23

 아마도 에를랑어가 열려진 문 옆에 서서 아는 체를 하지 않았다면, K는 그 방 앞을 무심코 지나갔을지도 모른다. 아는 체라고는 하지만 그것은 검지손가락으로 잠깐 신호를 보낸 것에 불과했다. 에를랑어는 출발 준비를 완전히 마쳤는지 외투의 깃을 목에 꼭 여미고, 털가죽 외투의 단추를 끝까지 다 잠근 채 있었다. 마침 하인 하나가 그에게 장갑을 내주던 참이었다. 손에는 털가죽 모자를 들고 있었다.
 "당신은 훨씬 전에 나를 찾아왔어야 했어요."
 에를랑어는 지그시 눈을 감고 변명 같은 건 필요 없다는 표정을 지었다. 잠시 후 그는 말을 끄집어냈다.
 "중요한 이야기니까 잘 들으세요. 예전에 프리다라는 여자가 술집에 근무하고 있었어요. 나는 그녀의 이름만 기억했다 뿐이지 본인에 관해서는 잘 몰라요. 그녀가 누구이든, 또 어떻게 되었든지 간에 나하고는 아무런 상관도 없어요. 어쨌든 그 프리다라는 여자가 가끔 클람에게 맥주를 가지고 왔어요. 지금 그곳에는 다른 여자가 근무하는 모양인데, 어쨌든 이 정도의 변화는 아무것도 아니고 누구에게나 마찬가지일 거예요. 더군다나 클람에게 있어서는 말할 나위도 없지요. 그러나 일이 커지면 커질수록—물론 클람의 일이 가장 큰 것이지만—그만큼 외부로부터 자기 자신을 지키는 힘이 줄어들어서 조금밖에 남지 않게 돼요. 그 결과 아주 하찮고 대수롭지 않은 변화 하나가 사람의 마음을 은근히 어지럽게 하는 수도 있어요. 책상 위의 지극히 작은 변화, 말하자면 오래 전부터 거기에 있었던 얼룩이 갑자기 없어지는 그런 일만 생겨도 마음이 뒤숭숭해지기도 하죠. 시중드는 여자가 새로 왔을 때도 마찬가지예요. 물론 그 모든 일이—다른 사람의 경우에는 그것이 자기네들의 일을 방해한다고 하지만—클람의 정신을 산란하게 하지는 않아요. 그것은 결코 문제 되지 않습니다. 그래도 우리는 이왕이면 될 수 있는 한 클람을 기분 좋게 해 줄 의무가 있어요. 따라서 클람에게는 아무 방해가 되지 않는 일이라 하더라도—그에게 방해란 있을 수 없으니까—제삼자인 우리의 눈으로 볼 때 혹시 방해가 되지 않을까 의심스런 경우에는 될 수 있는 한 그것을 제거하도록 노력해야만 해요. 그렇다고 해서 그를 위하거나, 그의 일을 위해 우리가 이런 방해를 제거하는 것이 아니라 우리 자신을 위해서, 그리고 양심과 마음의 안정을 위해서 그렇게 하는 거예요. 그렇기 때문에 프리다는 다시 술집으로 돌아가야만 합니다. 물론 프리다가 돌아가는 것 자체가 물의를 일으킬지도 몰라요. 그럴 경우 그녀를 다시 내보내게 될지라도 아무튼 지금으로서는 다시 술집으로 돌아가야만 해요. 내가 들은 바로는 당신이 그녀와 동거하고 있다는데 그렇다면 그녀가 다시 돌아갈 수 있도록 힘써주세요. 지금 개인적인 감정 같은 건 중요하지 않아요. 이런 일은 설명할 필요도 없기 때문에 더 이상은 언급하지 않겠어요. 게다가 다음과 같은 것까지 말한다면 나로서는 이미 필요 이상의 일을 하게 되는 셈이에요. 즉 당신이 이 작은 일에 협조하신다면 이것을 기회로 언젠가는 당신에게 유리하게 될 수도 있어요. 이 말씀만 드리기로 하지요. 당신에게 할 말은 이것뿐이니까."

그는 작별 인사로 K를 향해 고개를 끄덕거렸다. 그러고는 하인이 건네준 털가죽 모자를 눌러쓴 채 하인을 거느리고 약간 절름거리며 복도를 빠르게 내려갔다.

이곳에서는 가끔 명령이 내려지는데, 그것은 모두 손쉽게 수행할 수 있는 성질의 것이었다. 그러나 K는 이처럼 손쉽게 명령을 수행할 수 있다는 것에 기뻐하지 않았다. 명령이 프리다와 연관된 일이고, 더군다나 상대의 명령이 K에게는 마치 조소처럼 들린 것 때문만이 아니라, 그러한 명령으로 다른 모든 노력이 소용없다는 사실을 깨달았기 때문이다. 명령은 불리한 것이나 유리한 것이나 모두 그의 머리 위를 지나가 버렸다. 설령 유리한 명령이라 하더라도 결국에 가서는 불리한 것이었으며, 어쨌든 모든 명령은 그의 머리 위를 지나가 버렸다. 그리고 그는 명령에 간섭하거나 그것에 완전히 침묵함으로써 자신의 목소리에 귀를 기울이게 하기에는 신분이 너무 낮았다. 에를랑어가 거절하고 있는데 내가 어떻게 해야 한단 말인가? 그가 거절하지 않는다 해도 그에게 뭐라고 말할 수 있을까? 그동안 여러 가지로 사정이 좋지 않았지만 오늘의 이 화근은 바로 피로 때문이었다는 것을 K는 잘 알고 있다. 자신의 몸에 대한 확고한 믿음을 갖고 있던 그가, 또 그러한 믿음이 없었다면 결코 타향으로 오지 않았을 그가 어째서 불편했던 이삼 일간의 밤과 잠이 오지 않던 하룻밤을 견디지 못한 걸까? 어째서 마침내 이토록 몸을 이겨 내지 못할 정도로 지쳐 버린 걸까? 이곳에서는 아무도 지치는 일이 없고, 아니 실은 누구나가 다 지쳐 있기는 하지만 그렇다고 그것으로 인해 일을 못하게 되는 것이 아니라 오히려 일을 촉진시키고 있는 형편이다. 그러고 보면 이 피로는 좀 독특한 것이고, 따라서 K의 피로와는 전혀 다른 그 무엇이라고 결론지을 수 있을 것 같다. 이곳에서는 좋은 일을 하는 중에도 피로가 존재했다. 밖으로 나타나는 것은 피로처럼 보였는데, 사실 그것은 파괴할 수 없는 안식이며 파괴할 수 없는 평화였다. 만약 낮에도 사람이 지친 듯 보인다면 그것은 하루가 행복하고 순조롭게 진행된 증거라고 할 수 있다.

"여기 양반들에겐 언제나 대낮만이 존재하는군."

K는 중얼거렸다.

이러한 생각은, 아직 5시밖에 되지 않았는데도 복도가 활기를 띠기 시작한 것과 참으로 좋은 대조를 이루고 있었다. 방마다 요란스럽게 떠드는 소리는 무엇인지 굉장히 기쁜 일이라도 있는 것처럼 들렸다. 그것은 마치 소풍 준비를 하는 어린아이의 환성처럼 들리기도 했고, 닭장의 닭이 일제히 날갯짓을 하며 날아오르려는 것처럼, 즉 동이 트는 아침과 완전히 일치하는 기쁨처럼 들렸다. 어디선가 한 남자가 닭의 울음소리를 흉내 냈다. 복도에는 여전히 사람의 그림자라곤 보이지 않았지만 문들은 이미 움직이기 시작했다. 끊임없이 문을 여닫는 소리가 들리는가 하면, 이러한 소리로 인해 복도는 삐걱거렸다. 가끔씩 천장까지 닿지 않는 벽 위의 틈으로 손질하지 않은 흐트러진 머리카락이 보였다 사라졌다 하는 것이었다. 멀리서 하인 하나가 서류를 실은 수레를 밀면서 천천히 다가왔다. 그는 또 다른 하인이 끄는 수레와 나란히 걸어가면서 목록을 손에 들고 있었는데, 그것을 보며 문의 번호와 서류 번호를 맞추어 보는 듯했다. 수레는 거의 모든 문 앞에 섰다. 그러면 대개의 문이 열리고 관계 서류는—가끔은 그저 한 장의 종이쪽지인 경우도 있었지만—방 안에 넣어졌다. 그럴 때면 방 안에서 복도를 향해 짧은 말소리가 들려왔다. 문이 열리지 않을 때는 서류를 조심스럽게 문지방 위에 올려놓았다. 이 경우는 안에 사람이 없는 것이 아니라 오히려 안쪽의 문이 더 심하게 움직이는 것처럼 느껴졌다. 그것은 아마도 방에 있는 사람들이 문지방 위에—왜 그러는지 이유를 알 수는 없지만—쌓인 서류를 은근히 엿보고 있는 모양이었다. 방 안에 있는 사람들은 자신들이 문을 열기만 하면 쉽게 서류를 손에 넣을 수 있는데 왜 문을 열지 않는지 K로서는 도무지 알 수가 없었다. 만약 그 서류가 마지막까지 치워지지 않고 그 자리에 있다면 결국에 가서는 다른 사람에게 할당되리라고 장담할 수도 없었다. 사실 사람들은 아직도 서류가 문지방 위에 있는지, 따라서 아직도 자기들에게 분배될 희망이 있는지 그 점을 확인하려 했다. 그런데 여기 놓아둔 서류들은 대개 큰 묶음으로 되어 있었다. 그래서 K는 이것들을 일종의 자만심이나 악의에서 혹은 동료를 자극시키려는 일종의 감정에서 일시적으로 내버려 둔 것이라고 생각했다. 그가 이러한 가정을 확신하게 된 이유는—그것은 그가 으레 똑바로 쳐다보지 않을 때였지만—오랫동안 구경거리가 된 서류가 갑자기 방 안으로 들여지고, 그 후 문은 꼭 닫혀서 움직이지 않았기 때문이다. 그러자 주위의 다른 문들도 매혹의 대상이 치워진 것에 대해 실망한 것인지 아니면 만족한 것인지 어쨌든 조용해지고 다시 천천히 움직이기 시작했다.

K는 이러한 모든 것을 단순히 호기심뿐만 아니라 상당한 관심을 가지고 바라보았다. 그는 자신이 이 활동의 한복판에 서 있는 것 같은 느낌으로 하인의 뒤를—적당한 거리를 두고—따라 걸어가면서 그들이 배분하는 일을 바라보았다. 물론 하인들은 몇 번이나 고개를 숙이고 입술을 삐죽거리면서 매서운 눈초리로 그를 바라보았다. 배분이 진행될수록 일은 순조롭지 않아서 목록이 전혀 들어맞지 않기도 했고, 또 하인들이 서류 배분을 제대로 맞게 한다고만은 볼 수 없어서 신사들이 이의를 제기하기도 했다. 좌우간 한 번 배분한 것을 취소해야만 하는 일도 상당히 있는 모양이었고, 이런 경우 수레는 되돌아와서 문틈으로 서류 반환을 담판 지었다. 담판은 그

자체가 대단히 까다로운 것이어서, 반환을 둘러싸고 옥신각신하기 시작하면 굉장히 활기를 띠고 움직이던 문들이 이번에는 요지부동으로 잠가져 그런 것에 관해서는 아예 듣고 싶지도 않다는 식의 태도를 보일 때가 가끔 있었다. 사태가 이쯤 되고 보면 그때부터 정말 까다로운 일이 시작된다. 서류를 요구할 권리가 있다고 생각하는 사람들은 굉장히 초조해져서, 방 안에서 요란스러운 소리를 내기도 하고 손뼉을 치고 발을 구르는가 하면, 문틈으로 복도를 향해 일정한 서류 번호를 몇 번이고 되풀이해서 소리치기도 했다. 그럴 때면 하인 하나는 수레를 그대로 내버려 둔 채 흥분해서 날뛰는 사람을 타이르는 데 정신이 없었으며, 또 한 사람은 닫힌 문 앞에서 반환 문제로 옥신각신하고 있었다. 두 사람 다 무척 고생스러워 보였다. 흥분한 사람을 타이르려고 하면 그들은 한층 더 흥분해서 하인의 실속 없는 말에 대해 전혀 귀를 기울이지도 않았다. 그에게는 위안의 말 대신 서류가 필요했던 것이다. 한 번은 그중 한 사람이 세숫대야에 가득 찬 물을 천장 사이로 뚫린 빈틈으로 하인에게 퍼부었다. 그리고 또 다른 하인은 분명 계급이 하나 위였는데, 더욱 무서운 꼴을 당했다. 일반적으로 협상이 시작되면 상대는 지극히 구체적으로 사무적인 타협을 하게 된다. 그럴 때면 하인은 목록을, 당사자는 자기 각서와 동시에 자기가 반환해야 하는 해당 서류를 각각 증거물로 제시한다. 그런데 당사자는 반환할 서류를 손에 꼭 쥐고, 하인이 끊임없이 보려고 덤비는 그 시선에 서류의 어느 부분도 보이지 않도록 경계하고 있다. 그러면 하인은 새로운 증거물을 가지러 수레로―수레는 약간 경사진 복도 위에서 저절로 조금씩 앞으로 굴러갔는데―뛰어가기도 하고, 다시 서류를 요구하고 있는 사람에게 가서 이번에는 지금까지 서류를 소유한 자의 항의 대신 정반대의 항의를 들어야만 했다. 이러한 협상은 대단히 오래 걸렸지만 때로는 의견이 일치하기도 해서 서류의 일부를 제출하기도 하고, 그 대신 다른 서류를 받기도 했다. 단지 서류의 담당이 서로 바뀌었을 뿐이다. 그러나 누군가가 요구한 서류를 모조리 반환하지 않으면 안 되는 일도―하인의 증명으로 그가 궁지에 빠졌든, 아니면 끊임없는 타협에 싫증이 났든―있는 모양이었다. 이럴 때면 당사자는 서류를 하인에게 선뜻 내주지 않고 갑자기 그것을 복도 저 멀리로 내동댕이쳐 버리기도 한다. 그래서 서류를 동여맸던 끈이 풀어지고 종이쪽지가 날아가 버리면 하인은 그것을 제대로 주워 모으기 위해 여간 애를 쓰는 게 아니었다. 그러나 이 또한 하인이 서류를 반환해 달라고 하는데도 아무런 대답을 받지 못하는 경우와 비교하면 훨씬 나은 것이었다. 아무런 대답도 듣지 못하는 경우, 하인은 닫힌 문 앞에 서서 청하기도 하고, 다짐하기도 하며, 목록을 든 손을 휘젓으며 관청의 규칙을 인용하기도 하지만 모두 소용없는 짓이었고, 방 안에서는 아무 소리도 들려오지 않았다. 하인에게는 허가 없이 방 안으로 들어갈 수 있는 권리가 부여되지 않았다. 상황이 이쯤 되면 아무리 유능한 하인이라 할지라도 자제심을 잃게 마련이다. 그는 하는 수 없이 수레 옆으로 가서 서류 위에 걸터앉아 이마의 땀을 닦으며 잠시 동안 하염없이 다리만

간들간들 흔들 뿐이었다. 주위 사람들은 이러한 상황에 굉장한 관심을 보이며 여기저기서 수군거렸고, 조용히 있는 문은 하나도 없었다. 게다가 벽 위에 있는 공간에서는 거의 얼굴 전체를 가린 사람들이 잠시도 같은 자리에 머무르지 않고 계속해서 일의 경과를 주시하고 있었다. K는 이렇듯 불안한 소동의 도가니 속에서도 뷔르겔의 방이 쭉 닫혀 있었다는 사실과 하인이 이미 뷔르겔의 방 앞을 지나갔는데도 그에게는 서류 한 장 배달되지 않았다는 사실을 깨달았다. 아마 뷔르겔은 아직도 자고 있을 것이다. 아무튼 이렇게 떠들썩한 분위기 속에서도 자고 있는 걸 보면 그는 분명 살이 찔 만한 깊은 잠에 빠진 게 틀림없다. 그런데 그는 왜 서류를 받지 못한 것일까? 이렇게 무시당한 것은 소수의 방, 더군다나 사람이 없다고 추측되는 방뿐이었다. 그런데 한편 에를랑어의 방에는 이미 새로운 그리고 더 요란한 손님들이 들어와 있었다. 에를랑어는 말하자면 날이 새기 전에 그 손님에게 내쫓긴 격이었다. 이것은 에를랑어가 문지방에서 K를 기다리지 않으면 안 되었던—이런 일은 에를랑어의 냉정하고도 꼼꼼한 성격과 어울리지 않는 것이었는데—이유를 설명해 주고 있었다. 이런 부차적인 상황을 이모저모로 관찰한 다음, K는 곧 심부름을 하는 하인에게로 주의를 돌렸다. 언젠가 K가 일반 하인들에 관해 들은 이야기에 의하면 하인들은 무위무능하지만 편안한 생활을 보내고 있으며 거만하다고 했는데, 적어도 이 하인에게는 해당되지 않는 이야기였다. 확실히 하인들 사이에도 예외가 있는 모양이었다. 그렇지 않으면—이쪽이 더 가능성이 많은 것 같은데—그들 사이에는 여러 부류가 있는지도 모르겠다. 정말이지 K가 느낀 바로는 참으로 많은 부류가 있었다. K는 특히 이 하인의 고집이 아주 마음에 들었다. 이처럼 작고 완고한 방들과의 싸움에 있어서—K는 방 안에 있는 사람들을 보지 못했기 때문에 그것이 종종 방 자체와의 투쟁처럼 느껴졌다—이 하인은 한 걸음도 양보하지 않았다. 물론 그는 지쳐서 녹초가 되었지만—어떤 사람인들 녹초가 되지 않을 수 있겠는가—곧 기운을 차리더니 수레에서 미끄러져 내려와 꼿꼿이 서서는 이를 악물고 다시 정복해야 할 문을 향해 걸어갔다. 그런데 그는 두 번 세 번 격퇴당하면서도—물론 대단히 간단한 방법으로, 즉 고집스런 침묵으로 말미암아—조금도 물러서지 않았다. 이리하여 정면 공격으로는 무엇 하나 달성하지 못하리라는 것을 깨닫고, 이번에는 다른 방법으로, 예를 들어 K가 올바르게 이해한 거라면 계략으로 시도해 보려고 했다. 하인은 표면상으론 그 문에서 떠났다. 말하자면 문의 침묵으로 인해 지쳐 버린 듯 다른 문을 향해 갔다가 잠시 후 되돌아와서는 일부러 큰 소리로 다른 하인의 이름을 불렀다. 그러고는 마치 생각이 달라진 양 방 안 사람에게서 아무것도 빼앗지 않을 것이며 오히려 더 많은 것을 분배하겠다는 듯 닫힌 문지방 위에 서류를 쌓기 시작했다. 그런 다음 하인은 앞으로 걸어갔는데 여전히 문을 주목하고 있었다. 그리하여 방 안에 있는 사람이—곧 대개는 그렇게 되었지만—서류를 들이기 위해 살그머니 문을 열면 하인은 펄쩍 뛰어 어느새 방 앞에 도달해서 문과 기둥 사이에 발끝을 처넣고 그 사람과 마주

하며 담판을 지으려 했다. 이 경우 대개가 만족스러운 성과를 올렸다. 또 이런 방법에 실패하거나 어느 문에서는 적절한 방법이 아니라고 판단될 때는 다른 수단을 썼다. 즉 그는 서류를 요구하는 사람을 직접 상대했는데, 동시에 아무 가치도 없는 보조자—언제나 기계적으로 일하는 또 한 사람의 하인—를 옆으로 제쳐 놓고, 남몰래 속삭이는 목소리로 머리를 방 안에 깊숙이 들이민 채 신사를 설득하기 시작했다. 그는 무언가를 약속하는 모양이었다. 즉 다음 분배 때는 다른 사람에게 응분의 벌을 주겠다고 장담하는 것 같았다. 적어도 그는 몇 번이고 대상자의 문을 손가락으로 가리켰으며, 피곤하지만 가능한 한 웃음을 터뜨렸다. 그렇다고는 하지만 한두 번은 모든 시도를 포기하는 경우도 있었다. 그럴 때도 K는 그것이 단지 표면상의 포기라는 것을 알았으며, 적어도 그럴듯한 이유가 있는 포기라고 믿었다. 왜냐하면 하인은 조용히 걸어 나갔고, 주변의 소동을 조금도 거리낌 없이 참아 냈기 때문이다. 다만 가끔 오랫동안 눈을 감고 있는 것을 통해 이 소동 때문에 고민하고 있다는 것을 짐작할 수 있었다. 그러나 그럴수록 방 안 사람의 마음은 점점 가라앉았다. 그의 부르짖음은 마치 어린아이가 끊임없이 울어 대다가 점점 간격을 두고 흐느껴 우는 소리로 옮겨 가는 것과 비슷했다. 그러나 아주 조용해진 뒤에도 흐느낌은 간간이 들렸고, 문을 여닫는 소리가 났다. 좌우간 여기서 하인이 취한 태도는 아마도 완전히 옳았을 것이다. 그리하여 결국 마지막에는 단 한사람, 아무리 해도 만족하지 않는 단 한 사람만이 남았다. 그는 오랫동안 잠자코 있었는데, 그것은 단지 숨을 돌리기 위한 것이었다. 잠시 후 그는 갑자기 침묵을 깨뜨리고 전보다 한층 더 심하게 고함을 지르기 시작했다. 그 사람이 왜 그렇게 소리치고 호소하는지는 도무지 알 수가 없었다. 아마도 서류 분배 때문만은 아니었던 모양이다. 그동안에 하인은 그럭저럭 일을 끝마쳤다. 다만 서류 한 장만이, 그것도 한 장의 종이쪽지에 불과했지만, 보조하는 사람의 잘못으로 수레 속에 남아 있었다. 그런데 이제 그 서류를 누구에게 분배해야 할지 알 수가 없는 듯했다. '어쩌면 내 서류일지도 모르겠다.' 그런 생각이 K의 머릿속을 번갯불처럼 스쳐갔다. 면장은 이런 지극히 드문 경우에 관해 이야기하지 않았던가. K는 이러한 가정을 대수롭지 않은 웃음거리로 생각했지만, 결국에는 그 쪽지를 심상치 않게 들여다보고 있는 하인에게 가까이 가려고 했다. 그러나 그것은 쉬운 일이 아니었다. 그 하인은 K의 호의에 대해 불손한 태도로 나왔다. 지금까지는 괴로운 일을 당하면서도 짓궂어서인지 조바심에서인지 신경질적으로 K를 쳐다보고는 했다. 그러나 분배가 끝난 지금에는 K에 관해 좀 잊은 듯했다. 대체로 그는 다른 일에 무관심해 보였는데, 그가 극도로 지친 것을 생각해 볼 때 그것도 무리는 아니었다. 그는 지금 그 종이쪽지에 대해서 그다지 마음을 쓰지 않았다. 따라서 그는 쪽지를 읽어 보지도 않았으며, 단지 겉으로만 그런 체하고 있었을 따름이다. 여기 복도에서 그 쪽지를 분배해 주면, 아마도 모든 사람의 마음을 즐겁게 해 줄 수 있을 것이다. 그러나 그는 다른 결심을 했다. 그는 이제 분배에 싫증이 났다. 그는 검지손가락을 입술에 대며 동행한 그 하인에게 잠자코 있으라고 신호하더니—K는 아직까지도 좀 떨어진 곳에 있었는데—그 쪽지를 쫙쫙 찢어서 주머니 속에 넣었다. 이것은 K가 이곳 사무를 수행하는 과정에서 처음 목격한 규칙 위반이었다. 아니, K는 규칙 위반이 무엇인지 올바른 이해를 할 수 없었지만, 가령 그것이 규칙 위반이라고 할지라도 용서될 수 있는 성질의 것이었다. 이곳을 지배하고 있는 여러 사정으로 보아 하인이 아무 과실 없이 일한다는 것은 불가능한 일이었다. 쌓이고 쌓인 분노와 불안이 언젠가 한 번은 터질수밖에 없는 것이다. 그리고 단순히 작은 쪽지를 찢음으로써 분노와 불안으로 쌓인 마음을 풀었다면, 그것은 그래도 순진한 행동이었다. 어떤 방법으로도 가라앉힐 수 없는 방 안 사람의 목소리는 여전히 복도에 쩌렁쩌렁 울렸다. 그리고 두 하인은 다른 점에 있어서는 그다지 사이가 좋지 않았지만, 이 소음에 대해서만큼은 완전히 의견이 일치되는 모양이었다. 방 안에 있는 사람은 마치 자기한테 말을 걸거나 자기에게 고개를 끄덕거리며 환호성을 올리는 사람들을 위해서 시끄럽게 고함치는 역할을 맡은 것만 같았다. 그러나 하인은 지금 그런 일에는 조금도 관심을 기울이지 않았다. 그는 자신의 일을 다 끝마쳤다. 그는 수레의 손잡이를 다른 하인에게 잡으라고 재촉했다. 그리하여 두 사람은 이곳에 올 때와 마찬가지로 수레를 끌고 출발했는데, 다만 전보다 마음이 더 흡족했고, 따라서 수레도 그들 앞에서 뛸 정도로 빨리 밀고 갔다. 두 사람은 단 한 번 몸을 움츠리며 뒤를 돌아보았을 뿐이었다. 그것은 끊임없이 고함지르고 있던 사람이―마침 그 문 근처를 K는 헤매고 돌아다녔는데, 그것은 그 신사가 무엇을 바라고 있는지 알고 싶어서였다―고함지르는 것만으로는 충분치 못했는지 이번에는 고함지르는 것을 그만두고 미리 발견해 둔 듯한 벨을―수고를 덜게 된 것을 대단히 기뻐하면서―쉴 새 없이 울리기 시작했기 때문이다. 그러자 다른 방에서도 왁자지껄 떠들기 시작했다. 그처럼 시끄럽게 떠들어 대는 소리는 찬성을 의미하는 것 같았다. 그 사람은 아마도 사람들이 훨씬 전부터 그러고 싶었으나 왜 그런지 망설이고만 있었던 일을 해치운 모양이었다. 그 사람이 벨을 울린 것은 어쩌면 심부름을 시키기 위해 프리다를 부른 것이 아니었을까? 얼마든지 벨을 울리려면 울려라. 한편 프리다는 예레미아스의 열을 식히기 위해서 수건을 얹어 주느라고 대단히 분주했다. 설사 예레미아스의 병이 다 나았다고 해도 프리다는 틈이 없을 것이다. 그때는 그의 팔에 안겨 있을 테니까. 그러나 벨 소리는 바로 효과가 있었다. 멀리서부터 신사관의 주인이 검은 옷을 입고 평소처럼 단정하게 단추를 잠근 채 바쁜 걸음으로 다가온 것이다. 그러나 그는 자신의 위엄을 잊고 있는 듯했다. 그처럼 그는 바쁘게 달려왔다. 그는 마치 자신이 큰 불행 때문에 불려 왔고, 자신은 그 불행을 붙들어서 가슴에 꼭 누르고 숨을 막히게 하기 위해 왔다고 말하려는 듯 팔을 반쯤 벌리고 있었다. 그리고 벨이 잠시도 고르지 못하게 울릴 때마다, 그는 약간 껑충껑충 뛰면서 바쁜 걸음을 한층 더 재촉하는 것 같았다. 그러자 그의 뒤쪽 멀리에서 안주인이 나타났다. 그녀도 팔을 벌리며 달려오고 있었는데, 그 걸음걸이는 종종걸음에다가 멋까지 부리고 있었다. K는 생각했다. 그녀는 늦게 올 것이고, 그동안에 남편이 필요한 일을 전부 해치워 버릴 것이라고. K는 달려오는 주인에게 자리를 내주기 위해 벽에 바짝 붙어 섰다. 그런데 주인은 K를 목표로 달려온 듯 K 옆에서 걸음을 멈추고, 거기에 안주인까지 쫓아와서 K에게 비난을 퍼부었다. K는 놀라고 당황해서 이 비난이 대체 무슨 소린지 이해할 수가 없었다. 더군다나 그 신사의 벨 소리까지 합쳐져서—지금은 필요에 의해서 벨을 누르는 것이 아니라 단지 흥에 겨운 나머지 장난삼아 다른 벨도 일제히 울렸는데—더욱더 알아들을 수가 없었다. 하지만 자기 죄를 자세히 안다는 것이 K로서는 대단히 중요한 일이었기 때문에, K는 주인이 자신을 껴안다시피 하면서 이 소동을 등지고 함께 떠나려고 하는 것에 대해 아주 달갑게 동의했다. 사실 소동은 더 커졌다. 이제 그들이 지나가자 그들 뒤에서는—K는 주인이, 더욱이 다른 한쪽에서는 안주인이 쉴 새 없이 말을 걸었기 때문에 전혀 뒤를 돌아볼 수 없었다—모든 문이 활짝 열리고 복도는 갑자기 활기를 띠기 시작했다. 흔히 번거로운 좁은 골목길에서 볼 수 있는 것과 같은 일종의 독특한 교통 왕래가 전개되는 모양이었다. 그들 앞에 놓인 방에서는 일분일초라도 K가 빨리 지나가 주기를 초조하게 기다리는 듯했다. 마치 그래야만 방 안의 사람들을 밖으로 내보낼 수 있다는 표정이었다. 이런 광경 속에서 승리를 축하하려는 듯 연달아 벨이 울리고, 거기다가 종소리까지 더해져서 시끄러운 분위기를 자아냈다. K는 그제야 비로소—그들은 이미 두서너 대의 썰매가 대기하고 있는 새하얀 눈으로 덮인 안뜰까지 왔다—무엇이 문제인지를 깨달았다. 하지만 주인이나 안주인은 K가 어떻게 그런 일을 감행할 수 있었는지 이해할 수 없는 모양이었다.

"대체 내가 무슨 짓을 했다고 이러는 거요?"

K가 물었으나 오랫동안 명확한 대답을 얻을 수가 없었다. 두 사람에게는 K의 죄가 너무나 명백했기 때문에, K가 진심으로 묻고 있다고는 꿈에도 생각지 못했다. 상황이 그러했으므로 K가 모든 실정을 납득하는 데는 상당한 시간이 걸렸다. 두 사람이 말한 이야기의 요점은 다음과 같았다. K가 복도에 나타난 것은 옳지 못했다. K는 고작해야—온정이나 은총에 의해서든, 아니면 금지 명령에 항거해서든—술집에 들어가는 정도로 만족하지 않으면 안 된다. 만일 K가 어느 누구로부터 소환당했다면 소환된 장소로 출두하지 않으면 안 된다. 그러나 항상 다음과 같은 사실을 의식하고 있어야 한다—K도 보통 사람의 상식쯤은 가지고 있을 게 아닌가—즉 K는 지금 있어서는 안 될 장소에 있다는 것과 단지 어느 신사가 공무 집행상 필요하다고 해서 하는 수 없이 K를 그곳으로 소환해야 한다는 등등이었다. 따라서 K는 심문을 받기 위해 빨리 출두해야 하며 될 수 있는 한 빨리 돌아가야 한다. 대체 K는 복도에 있어서는 안 되는데 도대체 그것을 자각하지 못했단 말인가? 자각하기만 했어도 그곳에서 목장의 짐승처럼 헤매고 다닐 수 있었겠는가? K는 밤의 심문에 소환당한 것 아니었던가? 대체 왜 밤에 심문을 실시하는지 모르는가? 밤에 심문을

하는 이유는—여기서 K는 새삼스럽게 그 뜻을 다시 한 번 들어야 했다—성 안 사람들이 낮에 진정인들을 보면 못 견뎌하니까 밤에 인공적인 불빛 아래서 빨리 심문을 끝내고 모든 추악한 것을 잠자면서 잊으려고 하는 것이다. 그런데 K의 행동을 보니 그러한 강구를 비웃는 듯하다. 귀신도 새벽녘에는 자취를 감춘다고 하는데 K는 두 손을 주머니에 넣은 채 버티고 서 있었다. 마치 방 안의 사람들이 복도 전체와 함께 물러가기를 바라는 듯 비키려고도 하지 않았다. 그리고 이런 일도—K가 확신해도 좋지만—만일 가능하다면 틀림없이 실현되었을 것이다. 신사들은 정이 넘치기 때문에 아무도 K를 추방하지 않을 것이며, 결국 K가 떠나가지 않으면 안 된다는 명백한 일도 입 밖에 내지 않을 것이다. 누구 하나 그런 짓을 하지는 않을 것이다. 아마도 K가 있는 동안 그들은 흥분해서 몸부림칠 것이나, 그들이 좋아하는 아침 시간을 헛되이 보낸다 해도 결코 그를 쫓아 버리지는 않을 것이다. K에 대해 단호한 수단을 취하는 대신 그들은 고뇌를 선택하는 것이다. 물론 그런 경우 한 가닥 희망이 작용할 수는 있을 것이다. 즉 신사들은 '결국 K도 명백한 사실을 인식하게 되리라. 그것은 신사들로서도 괴롭기 한이 없지만 K 자신도 아침에 이런 복도에서 얼토당토않게 많은 사람들의 시선을 한 몸에 받고 서 있는 것이 견딜 수 없을 만큼 고통스러우리라.' 하고 생각할 것이다. 하지만 이것은 헛된 희망이다. 어떤 외경(畏敬)에 의해서도 완화되지 않는, 완고하고 무감각한 마음이 있다는 사실을 그들은 알지 못할뿐더러 겸손하고 친절했으므로 그런 일을 알려고도 생각하지 않는다. 저 불쌍한 밤나방도 날이 새면 조용한 곳을 찾지 않는가? 몸을 납작하게 움츠려 숨어 있다가 나중에는 사라져 버리고 싶어하지 않는가? 자신은 그렇게 하지 못하는 것에 대해 안타까움을 느끼지 않는가? 그런데 K 당신은 그 반대다. K는 오히려 사람들의 눈에 가장 잘 띄는 곳에 우뚝 서서, 만일 그것으로 날이 새는 것을 막을 수 있다면 틀림없이 그렇게 하려 했을 것이다. 물론 K로서는 날이 새는 것을 막지는 못하겠지만 유감스럽게도 날이 새는 것을 늦추거나, 곤란하게 할 수는 있다. K는 그곳에서 벌어지는 서류 분배를 보고 말았다. 그것은 관련자 외에는 아무도 보아서는 안 된다. 이 집의 주인이나 안주인도 그것을 봐서는 안 되는 것이다. 서류 분배에 관해서는 그들도 지금까지 사람들이 말하는 소리로만—예를 들면 오늘 그 하인들에게서 들었던 것처럼—들었을 뿐이다. 오늘 그 서류 분배가 얼마나 힘겹게 이루어졌는지 K는 깨달았는가? 아무튼 도저히 이해할 수 없는 일이다. 방 안의 신사들은 오직 일에만 봉사하고 있으며 결코 자기 한 개인의 이익 같은 것은 염두에도 없다. 그들은 있는 힘을 다해 기본적이고 중요한 일인 서류 분배가 빠르고 순조롭게 이루어지도록 노력하고 있는 것이다. K도 약간은 느꼈겠지만 모든 곤란이 생기는 주요 원인은 서류 분배가 거의 닫혀 있는 문 앞에서—그들이 서로 직접 교섭할 가능성조차 없이—이루어지는 데 있다. 사실 하인에게 이러한 중간 역할을 시키면 시간이 얼마나 소요될지 알 수 없을 뿐만 아니라 그 방법에 문제가 생기지 않을 수가 없다. 이것은 누구에게나 늘 두통거리며 아마 이후의 일에도 해로운 결과를 초래할 것이다. 만일 이러한 중간 역할 없이 서로 간에 직접 교섭한다면 당장이라도 양해가 이루어지겠지만 그들이 왜 직접 서로 교섭하지 않느냐고 묻는 것을 보니 K는 아직도 감감무소식인 모양이다. 이런 사람은 생전 처음 보겠다고 안주인이 말하자, 주인은 자기도 동감이라며 맞장구쳤다. 지금까지 그들은 숱한 고집쟁이들과 접촉해 왔지만 말이다. 보통 때 같으면 입 밖에 낼 수 없는 일까지도 K에게는 노골적으로 말하지 않으면 안 된다. 그렇지 않으면 K는 아주 중요한 일까지도 모르고 지나칠 테니까. 그래서 다음과 같은 이야기를 해야겠다. 당신이 그 자리에 있었기 때문에 사람들은 오직 그 이유만으로 방에서 나올 수가 없었다. 그들은 아침에 눈을 떴을 때 자신의 모습을 다른 사람에게 보이는 것을 무척 부끄러워하고 있으며, 감정을 상하게 된다. 아무리 근사한 옷차림을 한다고 해도 이처럼 벌거숭이 같은 복장으로는 도저히 사람 앞에 나설 수 없는 것이다. 그러면 그들은 왜 그렇게 부끄러워할까? 그 이유를 설명하기는 매우 어렵지만 그들은—영원히 일꾼인—오로지 그들이 잠을 잤다는 것, 그것만으로 계면쩍게 생각하는 것 같다. 그러나 그보다도 그들은 자신의 모습을 다른 사람들에게 보이는 것 이상으로, 다른 사람을 보는 것을 부끄럽게 여기는 모양이다. 진정인이라는 견딜 수 없는 군상들을 자기네들 눈으로 쳐다보는 것을, 불행 중 다행으로 야간 심문이라는 방법을 써서 그럭저럭 면했는데, 이제 아침이 되어 느닷없이 노출된 모습으로 그 군상들을 새삼스럽게 눈앞에 대하는 것이 도저히 견딜 수가 없는 모양이다. 그런 일은 그들 성미에 맞지 않는다. 그러한 사정을 고려해 주지 않는 사람이 있다니, 대체 그는 어떤 사람일까? 그것은 분명 K와 같은 사람임에 틀림없다. 율법이든 인간적인 고려와 동정이든 모든 것을 저 둔한 감각과 흐리멍덩한 눈으로 무시해 버리는 사람, 서류 분배에 방해가 되면서 이 집의 명예를 실추시키는 것쯤은 아무렇지도 않게 생각하는 사람, 게다가 그런 듣도 보도 못한 짓을 저지르고도 태연한 사람이다! 사실 그 신사들이 절망 상태에 빠져 스스로 몸을 보호하기 시작하고, 보통 사람 같으면 상상도 못할 만큼의 자제심을 발휘한 뒤에 마침내 벨에 손을 대며, 다른 방법으로는 요지부동의 K를 쫓아낼 수 없다며 구원을 청하다니! 그 신사라는 양반들이 구원을 청하다니! 그런 눈치를 챘으면 주인 내외는 물론이요, 종업원 전체가 한 명도 빠짐없이 달려갔을 텐데. 그러면 그들로서는 조금만 도와주고 곧 되돌아왔을 테지만, 부르지도 않았는데 아침부터 무턱대고 신사들 앞에 나타날 용기가 없었던 것이다. K에 대해 격분한 나머지 이들은 몸부림치며 자신들이 힘이 없다는 것에 절망하면서 여기 복도 입구에서 기다리고 있었다! 평상시 같으면 결코 기대하지도 않았던 벨 소리가 이들에게 일종의 구원이 되었다! 어쨌든 최악의 상태는 지나갔다! 마침내 K에게서 해방된 신사들이 기뻐하는 모습을 순간적이나마 K에게 보여 주고 싶다! 그러나 K에게 일이 끝난 것은 아니다. K는 이곳에서 자신이 야기한 일에 대해 반드시 책임을 져야 한다.

그들은 이러한 이야기를 하면서 그동안 술집 안까지 들어와 버렸다. K는 주인은 대단히 분개하고 있으면서 이들이 자신을 왜 여기까지 끌고 왔는지 도무지 알 수가 없었다. 아마도 주인은 K가 피곤할 테니 당장 이 건물에서 쫓아내는 건 무리라고 생각했는지도 모른다. K는 앉으라고 권하지도 않았는데 다짜고짜 맥주 통 위에 앉아 가라앉다시피 녹초가 되었다. 어둠침침한 곳에 있는 것이 K로서는 기분이 좋았다. 이 넓은 장소에 지금은 약한 전등불 하나가 맥주 통의 꼭지를 비추고 있을 뿐이었다. 바깥은 아직 깜깜 절벽이었다. 눈보라가 치는 모양이다. 이런 따뜻한 곳에 있는 것을 고맙게 여기고 쫓겨나지 않도록 조심해야 한다. 주인 내외는 여전히 앞에 서 있었다. K는 여전히 위험인물이며, 전혀 신용할 수 없는 사람이기 때문에 갑자기 일어나 복도로 달려갈 수도 있다는 태도였다. 그러나 그들 역시 놀란 데다가 새벽 일찍 일어났기 때문에 피곤했다. 특히 안주인 쪽이 더 그러했다. 그녀는 명주처럼 하느작거리는 갈색 옷을—바삐 서두르면서 어디서 그런 옷을 끄집어냈는지—입고 있었다. 치마의 폭은 좀 넓었는데 단추를 잠근 것이나 끈을 잡아맨 것이 고르지 못했다. 그리고 고개가 꺾인 듯 남편의 어깨에 기대어 고운 헝겊으로 눈을 가볍게 두드리면서 그 사이로 어린아이처럼 짓궂은 눈초리를 K에게 보냈다. 이 부부를 안심시키기 위해 K는 말했다. 그들이 지금 자기에게 해 준 이야기는 모두 처음 듣는 이야기다. 전혀 알지 못한 이야기이며, 자신은 그렇게 오랫동안 복도에 있지 않았다. 사실 자신은 그곳에서 아무 할 일도 없었다. 게다가 자신은 결코 누구를 괴롭히기 위해서 그런 것이 아니라 다만 지쳤기 때문에 그렇게 된 것이다. 따라서 저들이 불쾌해하던 것에 결말을 짓게 해 주어서 감사하다. 여기서 한마디 변명할 기회를 준다면 다행으로 여기겠다. 그것 말고는 자신의 행동에 대한 오해를 막을 길이 없다. 어쨌든 그렇게 된 것은 피곤 때문이었고, 다른 아무런 핑계를 댈 수도 없다. 그리고 이 피곤은 그가 아직도 심문을 받는 긴장에 익숙하지 못한 데서 기인한다. 사실 자신은 이곳에 온 지도 얼마 되지 않았으니까. 하지만 앞으로 이런 일에 다소 경험을 쌓으면 틀림없이 그런 일은 두 번 다시 일어나지 않을 것이다. 아마도 자신이 심문에 대해 너무 심각하게 생각하고 있는지도 모르겠지만 그것이 자신의 결점은 아니라고 생각한다. 자신은 두 번이나 심문을 받아야 했다. 한 번은 뷔르겔의 심문이었고, 또 한 번은 에를랑어의 심문이었다. 그중에서도 뷔르겔의 심문에 K는 기진맥진했다. 에를랑어의 심문은 그다지 오래 걸리지 않았으며 그는 K에게 단순한 부탁을 했을 뿐이다. 그러나 자신으로서는 두 개의 심문을 받아야 했기 때문에 도저히 감당할 수가 없었다. 그것은 한 몸에 두 개의 지게를 지지 못하는 것과 같은 이치다. 아마도 일이 이렇게 한꺼번에 닥치면 다른 사람이라도, 아마 주인이라고 할지라도 손을 들고 말았을 것이다. 두 번째 심문을 받고는 그야말로 비틀거릴 수밖에 없었다. 말하자면 술 취한 상태와 같다고나 할까. 아무튼 난생 처음으로 그 두 분을 뵙고 귀하신 음성을 들었으며 답변까지 해야만 하지 않았는가. 그러나 심문 결과는 대체로 좋았던 것 같다. 그런데 불행이 그 뒤에 일어났다. 하지만 먼저 일어난 사건을 이해해 준다면 아무도 그에게 책임을 전가시키지는 못할 것이다. 다만 유감스럽게도 그의 상태를 목격한 사람은 에를랑어와 뷔르겔밖에는 없으며, 그 두 사람은 까다로운 일이 일어나지 않도록 힘을 써 주었을 것이다. 그러나 에를랑어는 심문 뒤에 곧 성으로 출발해야 했고, 뷔르겔은 심문으로 인해 지쳤는지―그러고 보면 K에게 끝까지 견뎌 내라고 요구한 것은 무리한 주문 아니었을까?―나중에는 완전히 잠이 들어서 서류 분배 중에도 졸고 있을 지경이었다. 만일 K도 뷔르겔처럼 잠을 잘 수만 있었다면 그도 기꺼이 그 기회를 이용해서 잠이 들었을 것이며, 금지되어 있는 시찰 같은 것은 하지도 않았을 것이다. 그는 실지로 아무것도 보지 못할 만큼 잠에 취해 있었으므로 그런 것은 깨끗하게 단념할 수 있었을 것이다. 따라서 그들이 아무리 신경과민이라 해도 K 앞에 서슴없이 몸을 드러냈어도 무방했을 것이다.

두 번의 심문에 대해 언급한 것과―에를랑어의 심문까지 넣어서―K가 경의를 표하면서 그들에 관한 이야기를 한 것이 주인에게 호감을 준 모양이었다. 주인은 이미 K의 소원을, 즉 맥주 통 위에 판자를 깔고 거기서 적어도 아침까지 재워 주었으면 하는 소원을 들어주려고까지 생각한 듯했다. 그러나 안주인은 분명한 반대 의사를 내비쳤다. 그녀는 그제야 비로소 자신의 차림이 단정치 못하다는 것을 깨닫고 계면쩍어하면서 어색하게 여기저기 매무새를 고치기도 하고, 몇 번이고 되풀이하며 고개를 살살 내두르기도 했다. 그리하여 집 안 청소에 대한 오래 전부터의 고집이 다시 터지려고 하는 모양이었다. 지금 이렇게까지 피곤한 상태에 있는 K에게 이들 부부의 이야기는 아주 중요한 뜻을 지니고 있었다. 이제 다시 여기서 쫓겨난다면 지금까지 경험한 것 전부를 다 합친 것보다도 훨씬 더 불행할 것처럼 느껴졌다. 그런 일이 있어서는 안 된다! 두 내외가 합세해서 반대한다고 해도 안 될 말이다. K는 맥주통 위에 쭈그리고 앉아서 경과가 어떻게 될지 두 사람을 주시하고 있었다. 그러자 안주인은 K가 오래 전부터 눈치 채고 있던 히스테리를 부리면서 갑자기 옆으로 가기가 무섭게—그녀는 이미 남편과 다른 이야기를 하고 있었던 모양이다—이렇게 외쳤다.

"나를 쳐다보는 이 사람의 꼴 좀 보세요! 제발 빨리 쫓아버리세요!"

그러나 눈치 빠른 K는 자신이 이곳에 머무르게 되리라는 것을 확신하고 거의 무관심한 태도로 말했다.

"나는 당신을 쳐다보고 있는 게 아니라 당신의 옷을 보고 있는 거요!"

"하필이면 왜 옷을 보죠?"

안주인이 성급하게 묻고는 어깨를 움츠렸다.

"가요!"

안주인이 남편에게 말했다.

"이 남자는 술에 취했어요. 놈팡이 같으니라고! 술이 깰 때까지 여기서 자게 내버려 둬요!"

안주인은 그렇게 말하고 이번에는 페피에게—안주인이 부르는 소리를 듣고 페피가 곧 어둠 속에서 모습을 드러냈는데, 머리는 흐트러져서 산발인 데다가 몸은 피곤해 보였고, 손에 빗자루를 들고 있는 모습도 멍하니 단정치 못했다―무엇이든 베개가 될 만한 것이 있으면 이 사람에게 던져 주라고 명령했다.

24

 K가 잠에서 깼을 때도 그는 아직까지 잠을 자지 못한 것처럼 느껴졌다. 방 안은 여전히 인기척이 없고 따뜻했다. 맥주통 꼭지 위에 달린 전등은 꺼져 있었다. 창밖은 어두운 밤의 장막이었다. 그러나 그가 사지를 내뻗자 베개가 바닥에 떨어지고, 침대와 통에서 삐걱거리는 소리가 나기가 무섭게 페피가 달려왔다. 그녀는 K에게 벌써 저녁때가 되었고, 열두 시간 넘게 K가 잠을 잤다고 말했다. 뿐만 아니라 안주인이 낮에 두서너 번이나 와서 K의 상태를 물었으며, 게르스텍커도 동정을 살피러 다녀갔다고 말했다. 게르스텍커는 아침에 K가 안주인과 이야기하고 있을 때도 이곳 어둠 속에서 맥주를 마시며 K를 기다리고 있었는데, 그동안 K가 자고 있는 바람에 잠을 깨우지 못했다고 했다. 그리고 프리다도 찾아와서 잠시 동안 K 옆에 서 있었다고 했는데, 그녀는 K를 만나러 온 것이

아니라 여기서 여러 가지로 준비할 게 있어서였다고 했다. 그녀는 그날 밤부터 다시 전에 하던 일을 하기로 되어 있었기 때문이라고 페피가 말했다.

"그녀는 이제 당신을 좋아하지 않나 봐요!"

하고 페피가 커피와 과자를 가져오면서 말했다. 그녀는 전처럼 심술궂게 묻는 것이 아니라 자못 슬픈 기색으로 물었다. 그동안 그녀는 얄궂은 세상을 알았으며, 이 얄궂은 세상에서 그녀 자신의 악의는 아무 소용도 없고, 의미도 없다고 말하는 것 같은 표정이었다. 그녀는 고민을 함께 나누는 사람에게 말하는 것처럼 K에게 말했다. K가 커피를 맛보고 좀 쓰다는 기색을 보이자 그녀는 곧 달려가서 설탕이 가득 찬 항아리를 가지고 왔다. 그녀는 슬픈 표정을 감출 길이 없는 듯 보였으나, 요 먼젓번보다 더 치장을 한 모습이었다. 머리에 리본을 많이 엮어 넣었으며, 이마 위나 관자놀이의 머리칼을 곱슬곱슬 지져 붙이고 있었다. 거기다가 목에는 작은 목걸이를 걸고 있었는데, 이것이 깊숙이 앞이 파여진 옷의 젖가슴 근처까지 늘어져 있었다. 드디어 단잠을 자고 깼다는 기쁨과 이제는 커피를 마셔도 좋다는 만족감에서 K는 살그머니 머리를 땋은 곳에 손을 뻗쳐 그것을 풀려고 했다. 그러자 페피가 기운이 하나도 없는 목소리로,

"건드리지 마세요!"

하고 말하며 그와 나란히 통 위에 걸터앉았다. K 쪽에서 먼저 그녀의 고민을 물어볼 필요도 없었다. 그녀는 바로 이야기를 시작했다. 뚫어지게 커피 주전자를 응시하면서, 이야기 도중

에도 기분 전환이 필요하다는 태도였다. 그리고 자기 힘에 부치는 일이어서 고민 중이지만, 거기에 아주 몰두할 수는 없다고 했다. 우선 그녀는 자신의 불행에 대해 책임을 져야 할 사람은 K이지만, 그렇다고 K를 원망하지는 않는다고 말했다. 그녀는 말하는 동안에도 K의 입에서 항의의 말이 나오지 않도록 하기 위해 끊임없이 고개를 끄덕였다. 페피의 이야기는 다음과 같았다.

"당신이 프리다를 술집에서 데리고 나감으로써 당신은 제게 출세할 수 있는 발판을 마련해 주셨어요. 사실 프리다의 마음을 움직여서 그녀로 하여금 이곳을 떠나게 할 다른 방법은 없다고 생각했어요. 그녀는 마치 거미줄에 매달린 거미처럼 술집 한구석에 앉아 있었어요. 아니, 그녀는 할 수 있는 한 사방에 거미줄을 치고 있었어요. 그녀를 그 거미집에서 억지로 끄집어낼 수는 없는 일이었어요. 자기보다 신분이 낮은 남자에 대한 사랑만이, 따라서 그녀의 지위에 걸맞지 않는 그 무엇만이 그녀를 그 자리에서 몰아낼 수 있었어요. 그렇다면 저 자신은 어떠했을까요? 제가 일찍이 그 자리를 차지하고픈 생각을 해 본 적이 있을까요? 저는 방에서 심부름이나 하는 하녀에 불과했어요. 중요치도 않은 자리였고 앞으로도 희망이라고는 보이지 않는 존재였지요. 물론 저도 다른 처녀들처럼 아름다운 미래에 대한 꿈을 가지고 있었어요. 그 누구도 그런 꿈을 꾸지 못하도록 막을 수는 없는 일이지요. 그러나 그런 꿈을 꾼다고 해서 더 이상의 발전을 진지하게 생각해 본 적은 없어요. 저는 제 위치에 만족하고 있었으니까요. 그런데 갑자기 프리다가 술집에서 사라져 버린 거예요. 너무나 돌발적인 일이었기 때문에 주인은 그녀를 대신할 만한 적당한 사람을 바로 구할 수가 없었어요. 그때 주인의 시선이 제게—물론 저는 은근히 앞으로 나와 있었지만—머무르게 되었어요. 제가 당신을 사랑하기 시작한 것은 바로 그때였고, 저는 과거의 어떤 사람에 대해서도 느껴 보지 못할 만큼 열렬히 당신을 사랑하게 되었어요. 그때까지도 저는 언제나 작고 어둠침침한 아랫방에 앉아만 있었지요. 그리고 그곳에서 몇 해 동안, 아니 재수가 없으면 평생 동안 돌봐 주는 사람 없이 그곳에 파묻혀 지낼 생각이었어요. 그때 당신이—한 사람의 영웅이자 그녀의 해방자인 K가—나타났어요. 그리고 제가 위로 올라갈 수 있는 길을 터 주셨지요. 물론 당신은 저에 관해서는 아무것도 모르셨어요. 당신이 한 일도 저를 위해서 한 것은 아니었고요. 그러나 그것은 제가 당신에게 감사하는 마음과는 아무 상관도 없었어요. 임명되기 전날 밤—아직 임명은 확정되지 않았지만 십중팔구는 그렇게 되리라 짐작했어요—저는 몇 시간이고 당신과 이야기하며 당신의 귓전에 감사의 말을 속삭이면서 시간을 보냈지요. 그리고 당신이 몸소 책임을 진 무거운 짐이 다름 아닌 프리다였다는 사실이, 제 눈에 비친 당신의 행동을 더 높이 평가하도록 해 주었어요. 저를 방구석에서 끄집어내기 위해 당신이 프리다를 애인으로 삼았다는 사실 속에는 이해하기 어려울 만큼의 희생적인 요소가 포함되어 있어요. 프리다는 머리카락도 짧고 숱도 적을 뿐만 아니라 예쁘지도 않은 노처녀에 불과해요. 게다가 무엇인지 모를 비밀을 감추고 있는데—이것은 확실히 그녀의 외모와 관계있지만—아무튼 속마음을 알 수 없는 여자예요. 그처럼 얼굴이나 몸에 의심할 여지없는 비참한 빛이 감도는 것을 보면 적어도 어떤 비밀—클람과의 관계 같은, 아무도 확인해 볼 수 없는 그런 비밀—을 지니고 있음에 틀림없어요. 그 당시 저는 이런 생각까지 했어요. 당신이 프리다를 사랑하다니, 그런 일이 있을 수 있을까? 어쩌면 당신은 당신 자신을 속이고 있는 것 아닐까? 어쩌면 이 모든 것의 결과는 내가 출세하는 것으로 이어지지 않을까? 당신은 곧 자신의 실수를 깨닫거나 아니면 더 이상 감추려고 하지 않을 것이다, 이제 프리다를 보지 않고 나만을 보려 할 것이다, 하고 말이에요. 이것은 결코 저의 지나친 공상이 아닐 거예요. 왜냐하면 저는 처녀로서 프리다와 얼마든지 일대일로 대결할 자신이 있었기 때문이에요. 이것을 아무도 부정하지는 않을 거예요. 아무튼 당신을 순간적으로 현혹시킨 것은 다름 아닌 프리다의 지위였으며, 프리다의 지위가 당신을 환하게 비쳐 줄 광휘였던 것이지요. 그래서 저는 이런 일까지 꿈꾸게 되었어요. 즉 내가 지위를 얻으면 당신은 내게 애원하면서 가까이 올 것이다. 그때 나는 당신의 소원을 들어주며 지위를 잃든지, 아니면 당신을 거부하고 더욱 승진하든지 둘 중 하나를 선택하게 될 것이라고. 그래서 저는 모든 것을 포기하고 당신에게 가서 사랑을, 당신이 프리다 곁에서 꿈도 꾸지 못했던 사랑을, 세상의 그 어떤 명예로운 자리에 의존하지 않은 참다운 사랑을 가르쳐 주리라고 마음을 먹었어요. 그런데 사정이 달라졌어요. 과연 그것은 무엇 때문이고, 또 누구 때문일까요. 그것은 무엇보다도 먼저 당신 때문이고, 그 다음은 교활한 프리다 때문이에요. 대체 당신이 원하는 것은 무엇인가요? 정말 이상해요. 대체 무엇을 얻으려고 그렇게 기를 쓰고 계시죠? 당신은 대체 무슨 일 때문에 당신에게 가장 가깝고, 가장 좋고, 가장 아름다운 것을 잊어버리고 계시나요? 저는 그것에 희생되었고, 모든 것이 어리석었고, 모든 것이 수포로 돌아가고 말았어요. 만일 지금이라도 이 신사관에 불을 질러 태워 버릴 만한 힘이 있는 사람이 있다면, 아무런 흔적도 남지 않을 정도로, 난롯불에 종이를 불살라 버리듯 태워 버리는 남자가 있다면 그분은 오늘 제 애인이 될 거예요. 좌우간 그렇게 해서 저는 나흘 전에, 그것도 점심 식사 직전에 술집에 왔어요. 이곳의 일은 결코 쉽지 않아요. 거의 살인적이지요. 이곳에 오기 전에도 저는 단 하루도 헛되이 보낸 적이 없어요. 그러나 제가 아무리 대담한 생각을 품고 있다 해도 이런 지위를 요구하는 것은 어림도 없는 일이었어요. 그렇지만 저는 충분히 관찰해 왔어요. 그래서 이 지위가 얼마나 중요한 것인지를 잘 알고 있어요. 아무런 준비도 하지 않은 채 이 자리를 맡은 것은 아니었어요. 그런 준비 없이는 아무도 이 자리를 맡을 수가 없어요. 설령 맡는다고 해도 한 시간만 지나면 헛수고라는 걸 알게 될 거예요. 말이야 바른 말이지, 이곳에서 객실 심부름을 하는 하녀처럼 행동하려면 그야말로 행동이 재빨라야 해요! 심부름을 하는 하녀로 살자면 자기 자신이 아주 못난 사람처럼, 또 다른 사람의 머릿속에서 완전히 존재를 상실한 것처럼 느껴져요. 하녀의 일이라는 게 마치 광산의 일과 같거든요. 적어도 비서들의 복도에서는 그렇다고 할 수 있어요. 거기서는 며칠 동안이나 바쁜 걸음으로 왔다 갔다 하면서 감히 눈을 치뜨지도 못하는 낯에 진정을 올리는 소수의 사람을 제외하고는 두서너 명의 심부름하는 하녀가 있을 뿐이에요. 그 밖에 사람의 그림자라고는 하나도 볼 수 없지요. 더군다나 그 하녀들까지도 똑같이 불쾌한 표정을 짓고 있어요. 아침에는 방에서 나오는 것조차 허락되지 않아요. 아침나절은 비서들이 자기네들끼리만 오붓하게 지내고 싶어하니까요. 식사는 보통 남자 하인들이 취사장에서 날라다 주어요. 따라서 하녀들은 아무것도 할 일이 없어요. 식사 중에도 우리는 복도에 나타나서는 안 돼요. 다만 방 안 사람들이 일하고 있을 때에 한해서 하녀들의 청소가 허락되어 있어요. 그것도 물론 사람이 사용하고 있는 방은 안 되고, 사람이 들어 있지 않은 빈방에 한해서만이에요. 그런데 비서들의 일에 방해가 되지 않도록 소리를 내지 않고 청소한다는 것이 가능할까요? 며칠 동안이나 신사 양반들이 묵고 있었으며, 더욱이 천한 하인들이 들락날락 더럽힌 방인지라 마지막에 하녀들의 손에 맡겨질 무렵에는 노아의 대홍수라도 깨끗이 씻어 내릴 수 없을 지경으로 형편없는 상태이기 마련이니까요. 확실히 귀하신 신사 양반들이에요. 하지만 거부감을 강하게 극복하지 않는 한 그분들의 뒤치다꺼리를 할 수는 없어요. 물론 하녀들이 하는 일이 양적으로 굉장히 많은 것은 아니지만 꽤 힘든 일이에요. 게다가 칭찬은커녕 언제나 책망만 받을 뿐이지요. 그중에서도 가장 괴롭고 자주 듣는 책망은 청소 도중에 서류가 없어졌다는 거예요. 하지만 실제로 없어진 거라고는 하나도 없어요. 종이쪽지 한 장이라도 모두 주인에게 돌려주니까요. 그런데도 서류가 없어지는데, 그것은 결코 하녀의 잘못이 아니에요. 그렇게 되면 그 다음에 위원들이 오고 하녀들은 자연 방을 떠나지 않으면 안 돼요. 위원들이 침대를 들추며 서류를 찾지요. 하녀들은 소지품이라곤 아무것도 갖고 있지 않아요. 고작 등에 짊어지는 바구니에 들어가는 분량의 물품밖에는 없는데도 위원들은 몇 시간이고 뒤적거리면서 서류를 찾아요. 물론 위원들은 아무것도 발견하지 못해요. 대체 서류가 어떻게 그런 곳에 휩쓸려 들어갈 수 있겠어요? 하녀들이 그런 서류를 갖고 무엇을 어떻게 할 수 있단 말인가요? 그런데 결과는 언제나 판에 박힌 듯, 실망한 위원들이 주인의 입을 통해서 퍼붓는 책망과 욕설 그리고 협박과 공갈뿐이지요. 뿐만 아니라 밤낮을 가리지 않고 조용히 쉴 여유조차 조금도 없어요. 한밤중까지 소란하다가 새벽이면 다시 시끄러워지니까요. 제발 그곳을 떠났으면 싶지만 그곳에서 살지 않을 수가 없어요. 일하는 간간이 주문이 들어오기 때문에 취사장에서 사소한 음식을 가져오는 것은 하녀의 몫이니까요. 밤중이면 특히 더 해요. 그들은 갑자기 하녀의 방문을 두드리기 일쑤지요. 그러면 우리는 주문을 받아적고 취사장으로 달려가서 자고 있는 젊은 요리사를 흔들어 깨워야 해요. 주문 받은 갖가지 음식을 쟁반에 받쳐 하녀의 방문 앞까지 가지고 가면, 거기서부터는 하인이 그것을 운반해요. 이 얼마나 한심한 일인가요! 그렇다고 이것이 가장 나쁜 일은 아니에요. 최악의 경우는 오히려 주문이 오지 않은 때지요. 모두들 잠이 들어 고요하고, 사람들이 대개 잠이 들어 있는 한밤중이면 누군가 하녀의 방문 앞을 살금살금 걸어 다니기 시작해요. 그럴 때면 우리 하녀들은 침대에서 내려와―침대는 상하로 겹쳐 있어서 어디를 가나 비좁기 때문에 우리 방 안은 전체를 셋으로 나눈 큰 장롱이라고 할 수밖에 없는데―문에 몸을 기댄 채 귀를 기울이거나 불안해서 무릎을 꿇고 서로를 껴안고 있어요. 그럼에도 불구하고 문 앞을 배회하는 발소리는 여전히 그치지 않아요. 차라리 그 사람이 방 안으로 들어와 주면 좋겠다고 모두들 생각할 지경이에요. 그러나 아무 일도 일어나지 않고, 방 안으로 들어오는 사람도 없어요. 그래서 자기 자신에게 이렇게 타일러야만 해요. 지금 위험 절박한 상황은 아니며, 저것은 틀림없이 주문을 할 것인지 말 것인지 망설이며 문 앞을 왔다 갔다 하는 사람인데, 아직 결정을 내리지 못해 저러고 있는 거라고. 어쩌면 그것이 사실일지도 몰라요. 그러나 아마도 그것과는 전혀 다른 것일 수도 있어요. 원래 우리는 방 안 사람들에 대해 전혀 알지 못하며 그들의 모습조차 거의 본 적이 없어요. 아무튼 우리는 불안한 마음에 사지가 오그라들고 죽을 것만 같아요. 그리고 겨우 바깥에서 발소리가 그칠 무렵이면 우리는 벽에 기댄 채로 기진맥진해서 다시 침대에 기어 올라갈 기운도 없을 지경이지요. 이제 이런 생활이 다시금 저를 기다리고 있어요. 오늘 저녁이라도 먼저 있던 하녀의 자리로 옮기지 않으면 안 돼요. 왜 이렇게 됐을까요? 그게 다 당신과 프리다 때문이에요. 거기서 간신히 빠져나왔는데 다시 그런 생활로 되돌아가야 하다니요. 물론 거기서 빠져나올 수 있는 데는 당신의 조력도 있었지만 정작 제 자신이 굉장히 애썼기 때문에 빠져나올 수 있었던 거예요. 그런 데서 근무하는 하녀 중에 세심한 주의를 다해서 몸치장을 하는 하녀가 있을까요? 우리를 봐 주는 사람은 아무도 없어요. 기껏해야 취사장 사람들 정도지요. 그런 사람으로 만족할 수 있는 여자라면 모양을 내는 것도 괜찮을 거예요. 그 외에는 언제나 자기네들의 좁은 방에 있거나 신사들의 방에 있게 되지요. 그 신사들의 방에 깨끗한 옷을 입고 들어가는 것 자체가 경솔하고 쓸모없는 짓이라고 할 수 있어요. 언제나 전등불 밑에서, 그리고 언제나 따뜻한 방 안에서 생활하고 있으니까 그들은 늘 훈훈하고 답답한 공기 속에서 호흡하고 있는 셈이에요. 그래서 언제나 하루 온종일 피곤한 상태에 있게 되는 거고요. 일주일에 한 번 쉬는 오후 시간에는 취사장 한켠에서 조용히 안심하고 자면서 시간을 보내는 것이 고작이에요. 그런 상황에서 모양을 낼 필요가 있을까요? 몸치장을 하기는커녕 입을 것도 제대로 입지 못하는 형편인데 말이에요. 그런데 갑자기 제가 술집으로 자리를 옮긴 거예요. 이곳에서 제 자신을 내세우려면 하녀들과는 정반대의 것이 필요해요. 술집에서는 끊임없이 사람들의 시선을 받고 있는데, 개중에는 눈이 높고 관찰이 세밀한 신사 양반들도 계세요. 따라서 언제나 될 수 있는 한 우아하고, 기분좋게 보이도록 하고 있어야만 하지요. 이것은 하나의 전환기라고 할 수 있어요. 그리고 저는 스스로 어떠한 것에도 소홀히 하지 않았다고 자신할 수 있어요. 나중에는 어떻게 될 것인지, 그 점은 걱정하지도 않았어요. 또 저는 제가 이 지위에 필요한 여러 가지 재능을 갖고 있다고 확신했어요. 지금까지도 이 확신에는 변함이 없어요. 이 확신만은 어떤 사람이건 저한테서 빼앗을 수 없어요. 패배의 날인 오늘도 마찬가지고요. 다만 처음에 저는 이 재능을 어떻게 입증해 보여야 할지 난감했어요. 왜냐하면 저는 입을 것도 없고 몸치장할 것도 없는 불쌍한 객실 심부름꾼 하녀에 불과했으며, 신사 양반들은 저의 발전된 모습을 봐줄 만한 참을성도 없기 때문에 어떤 과도기나 시간 여유도 주지 않고 다짜고짜 술집 여급이 되어 주길 바랐어요—물론 그것은 당연한 일이지만—그렇지 않으면 그들은 등을 지고 말아요. 그러나 프리다도 거기에 응했으니까 그들의 요구라는 것이 대단한 것이 아니라고 생각할지도 몰라요. 그러나 그것은 옳지 못한 생각이에요. 나도 몇 번이고 그것을 생각해 본 적이 있어요. 가끔 프리다를 만나 보기도 했으며, 잠시 동안 그녀와 잠자리를 같이한 일도 있어요. 그러나 프리다의 발자취를 더듬는 것은 쉬운 일이 아니에요. 그리고 아주 조심하지 않는 한—대체 어떤 신사가 그렇게 조심할까요—곧 그녀에게 속고 말 거예요. 그녀의 외모가 얼마나 애처롭게 보이는지에 대해서 그녀 자신만큼 잘 알고 있는 사람은 아무도 없어요. 예를 들어 그녀가 머리를 풀어헤친 모습을 처음 본 사람들은 가엾어서 손뼉을 탁 칠 거예요. 만약 일이 제대로 되었다면 그런 여자는 방 심부름을 하는 하녀조차 되지 못했을 거예요. 사실은 그녀도 그 점을 잘 알고 있어요. 그것 때문에 며칠 밤이고 내게 몸을 기대어 내 머리카락을 자기 머리에 갖다 대면서 울었어요. 하지만 일단 일을 시작하면 그녀의 모든 의구심은 깨끗이 사라져 버려요. 그녀는 자기 자신을 절세의 미인으로 생각할 뿐만 아니라, 다른 모든 사람들에게도 이와 같은 감정을 일으키게 하는 요령을 알고 있어요. 그녀는 사람의 마음을 잘 알고 있는데, 이것이 그녀의 독특한 기술이라고 할 수 있어요. 또 그녀는 빨리 그리고 교묘하게 거짓말을 해서 모두에게 그녀의 모습을 자세히 관찰할 수 있는 여유를 주지 않고 감쪽같이 사람의 눈을 속여요. 물론 시간이 오래 지속되는 동안에는 이것만으로는 충분히 못해요. 뭐니 뭐니 해도 사람들은 통찰하는 눈을 가지고 있으니까요. 결국 그러한 눈에는 당할 수가 없어요. 그러나 그런 위험성을 깨닫게 되면 그녀는 곧 다른 수단을 써요. 말하자면 클람과의 관계 같은 것 말이에요. 아, 그녀와 클람과의 관계! 만일 당신이 제 말을 믿지 않으신다면 지금이라도 확인해 볼 수 있어요. 아무튼 클람에게 가서 물어보세요. 아, 얼마나 교활한지! 그러나 만일 당신이 그런 질문을 하기 위해 감히 클람에게 가는 것이 불가능하다 해도, 아마 클람을 만날 수 없다 해도—당신 같은 사람에게만 그것이 차단되어 있어요. 예를 들어 프리다 같은 사람은 언제나 가고 싶을 때 그에게 뛰어갈 수 있지요—당신은 그 사건을 확인해 볼 수 있어요. 그저 기다리시기만 하면 돼요! 왜냐하면 클람은 그처럼 잘못된 소문을 오랫동안 참고 있지 못할 테니까요. 그는 술집이나 홀에서 자기에 관한 소문이 돌면 그야말로 악착같이 꼬치꼬치 추궁하니까요. 그런 것이 그에게는 가장 중요한 일이에요. 그리고 만일 그것이 틀렸다면 곧 고치겠죠. 그러나 그가 고치지 않은 것을 보면 고칠 것이 아무것도 없는 모양이에요. 모두 참말인 게지요. 사람들이 실지로 목격하는 것은 프리다가 클람 방에 맥주를 날라 주고, 돈을 받아서 다시 방에서 나오는 장면뿐이에요. 사람들이 실지로 목격하지 않은 부분은 프리다가 말하는 것이며, 사람들은 그녀의 이야기를 곧이듣는 수밖에 없어요. 그런데 그녀가 그런 이야기를 할 리는 만무해요. 그녀는 결코 비밀을 누설하지 않을 사람이에요. 사실 그녀는 아무 말도 안 했는데 그녀 주위에서 여러 가지 비밀이 저절로 지껄여지는 거예요. 그리고 막상 그 비밀이 모두 밝혀지면 그때 가서는 그녀도 그것에 대해 이야기하는 것을 두려워하지 않아요. 그것은 구태여 무엇을 주장하려는 것이 아니라 그저 겸손한 태도로 하는 것이에요. 아무래도 다 알려진 진실을 끄집어내는 것이니까요. 물론 그것도 전부를 끄집어내는 것은 아니에요. 예를 들면 그녀가 술집에 온 이래 클람은 전과 같이 맥주를 즐기지 않는데, 그렇다고 양이 퍽 준 것은 아니지만 좌우간 전처럼 마시지는 않는다는 등의 이야기는 그녀 스스로가 절대로 지껄이지 않아요. 물론 거기에는 많은 이유가 있겠지요. 클람이 전처럼 맥주를 즐기지 않게 되었다든지, 아니면 프리다에게 정신이 팔려 맥주 마시는 것을 잊었다든지 하는 이유 말이에요. 좌우간 놀라운 일이기는 하지만 어쨌든 프리다는 클람의 애인이에요. 클람까지도 만족시키는 그녀인데 다른 누구인들 만족시키지 못하겠어요.

따라서 프리다는—술집이 필요로 하는 성격을 구비한 여급—순식간에 굉장한 미인이 되었어요. 너무 지나치게 아름답고 함부로 괄시할 수 없는 존재가 되어서 이미 술집 같은 데는 만족하지 못하도록 되어 버렸지요. 아닌 게 아니라 이제 다른 사람의 눈에도 여전히 그녀가 술집에 머물러 있는 것이 이상스럽게 보이기도 해요. 술집 여급이라는 존재 자체가 평범한 것은 아니지요. 그 점만으로도 클람과의 관계가 대단히 믿을 만한 것으로 생각돼요. 그러나 일단 술집 여급이 클람의 애인이 되었다면, 어째서 그는 그렇게 오랫동안 그녀를 술집에 내버려 둔 것일까요? 왜 그녀를 더 높은 자리로 끌어올리지 않았을까요? 여기에는 아무런 모순도 없어요. 클람이 그런 태도를 취하는 데에 일정한 근거가 있다든가, 또는 얼마 지나지 않아 프리다의 승진이 이루어진다든가 하는 말은 얼마든지 사람들에게 할 수 있어도 결국에 가서는 아무런 효과도 없어요. 사람들은 일단 고정관념을 갖게 되면 어떠한 수단을 써도 그 관념을 버릴 수가 없어요. 정말이지 프리다가 클람의 애인이 아니라는 사실을 의심하는 사람은 아무도 없어요. 다른 사람보다도 사정에 능통한 사람들까지도 이제는 의심하는 일이 지긋지긋해졌나 봐요. 그래서 그들은 '제기랄, 멋대로 클람의 애인 노릇이나 하라지! 정말 당신이 클람의 애인이라면 당신의 지위를 더 높이는 것으로 우리에게 증거를 보이란 말이야!' 하고 생각했어요. 그러나 아무런 징조도 보이지 않았을 뿐만 아니라 프리다는 여전히 술집에 머물러 있으면서 차라리 그렇게 된 것을 남몰래 기뻐하는 것 같았어요. 반면 그녀는 사람들에게서 인기를 잃어 갔어요. 물론 그녀가 그것을 깨닫지 못했을 리가 없어요. 평소에도 무슨 일이 벌어지기도 전에 벌써 눈치를 채는 그녀였으니까요. 정말로 아름답고 애교가 있는 여자라면 술집의 여러 가지 사정에 익숙해진 이상 구태여 기교를 부릴 필요도 없잖아요. 미인으로 통하는 동안은 어떤 특별한 불상사가 일어나지 않는 한 언제까지나 술집에서 일할 수 있을 거예요. 그런데 프리다 같은 여자는 언제나 자기 자리를 걱정하지 않으면 안 돼요. 물론 그녀는 다른 사람의 눈에 그것을 들키지 않았을 뿐만 아니라, 언제나 불평을 하고 자신의 지위를 저주하는 형편이었으니까요. 그러나 속으로는 언제나 사람들의 기분을 살폈지요. 그래서 그녀는 사람들이 자기한테 냉담해진 것을 알게 되었어요. 프리다가 모습을 드러내도 사람들이 거들떠보지도 않는 존재가 되고 말았다고요. 이제는 하인들까지도 그녀를 돌봐 주지 않아요. 그들은 노골적으로 올가나 올가 같은 여자에게만 붙어 다녔어요. 게다가 프리다는 여기 주인의 태도에서도 자신이 점점 그에게 필요치 않은 존재가 되어 간다는 사실을 깨닫게 되었지요. 언제나 클람에 관한 새로운 이야기를 찾아낼 수는 없는 노릇이니까요. 모든 일에는 한계가 있잖아요. 그래서 드디어 프리다는 무엇인가 아주 새로운 것을 해 보겠다고 결심했어요. 그러나 대체 누가 그것을 간파할 수 있단 말인가요. 나는 어슴푸레하게나마 예감하고는 있었지만 유감스럽게도 간파하지는 못했어요. 프리다는 스캔들을 일으킬 결심을 했어요. 클람의 애인인 자신이 아무라도 좋으니 어떤 남자에게, 그것도 아주 하찮은 남자에게 몸을 맡긴다는 계획이었지요. 그러면 화제를 불러 모아 오랫동안 소문이 돌 테고, 사람들은 다시금 클람의 애인이 갖는 의미가 무엇인지, 이 대단한 명예를 새로운 사랑 때문에 포기한다는 것이 무엇을 의미하는지, 그 점에 관해 생각하게 될 거라는 것이지요. 그러자면 거기에 알맞은 남자, 함께 재치 있는 연극을 해낼 수 있는 적당한 남자를 물색해야 하는데 그것은 어려운 일이었어요. 말하자면 프리다가 알고 있는 남자로는 안 되고, 하인들 중 하나여도 안 되니까요. 그런 남자라면 틀림없이 눈을 부릅뜨고 그녀를 쳐다보며 그대로 앞으로 나아갔을 거예요. 무엇보다도 그런 남자의 진실성을 충분히 보장할 수가 없었지요. 뿐만 아니라 프리다가 어느 날 갑자기 이런 남자에게 습격을 당해 정조를 잃고 무의식중에 정복당했다는 소문을 퍼뜨리는 것은 아무리 유창한 말솜씨로 떠벌린다고 해도 거의 불가능한 일이에요. 프리다의 상대가 아무리 하찮은 사람이라 할지라도, 또 그의 어리석고 천한 수단 방법에도 불구하고 그는 오로지 프리다만을 동경하고 있으며, 앞으로 프리다와—아, 이 얼마나 놀라운 일인가요!—결혼하는 것 외에는 아무런 희망도 품고 있지 않다고 믿어지는 남자가 아니면 안 되었어요. 더군다나 그 남자는 하인보다 신분이 낮은 천한 남자라 할지라도 어떠한 여자에게도 조소당하지 않는 남자, 판단력을 갖춘 여자라 할지라도 그에게 은근히 매력을 느낄 수 있는 남자가 아니었으면 안 되었지요. 그런데 대체 그런 남자를 어디서 찾아낼 수 있을까요? 다른 여자라면 평생을 두고 물색해도 찾아낼 수 없을 거예요. 그러나 행운의 여신은 프리다를 위해서 측량 기사 한 명을 술집으로 데리고 왔어요. 그것도 그러한 계획이 처음으로 그녀의 머릿속에서 떠오른 바로 그날 저녁때 말이에요! 그래요, 측량 기사님! 당신은 정말로 무엇을 생각하고 계시나요? 얼마나 이상한 생각을 하고 계시나요? 좋은 일자리인가요? 아니면 특별한 행운인가요? 당신은 그런 것들을 원하시나요? 아니, 그렇지는 않을 테죠. 만일 그랬다면 당신은 애당초 다른 방법으로 시작했을 테니까요. 아무튼 당신은 아무것도 아니에요. 당신 형편을 보면 참으로 딱하기 그지없어요. 당신이 측량 기사라면 아마도 그것은 하나의 특별한 직업임에 틀림없고, 따라서 기술을 터득하고 계시겠지요. 그러나 그 터득한 기술을 하나도 써먹지 못한다면 그것은 아무것도 아닌 거예요. 그런데도 불구하고 당신은 조금도 사양하지 않고 여러 가지 요구를 하고 계세요. 노골적인 것은 아니지만 그래도 사람들은 당신이 무슨 요구를 하는지 눈치를 채고 있거든요. 이것이 바로 사람의 감정을 자극하는 결과가 돼요. 대체 당신은 비록 방 심부름이나 하는 하녀라 할지라도 당신과 오랫동안 이야기를 주고받으면 자신의 품위를 떨어뜨리게 된다는 사실을 아시나요? 당신은 당신의 색다른 요구를 마음속에 간직한 채 이곳에 도착하신 첫날밤부터 이미 굉장한 함정에 빠지고 말았어요. 그것이 부끄럽지 않으신가요? 대체 프리다의 어디가 그렇게 매력이 있어서 넘어가셨나요? 이제 말씀하실 수 있지 않아요? 그렇게 야위고 피부가 누런 여자가 정말 당신의 마음에 드셨나요? 그럴 리 없지요. 당신은 그녀를 본 적도 없었으니까요. 그녀는 그저 자신이 클람의 애인이라고 당신에게 말했을 뿐이에요. 그래도 그것이 당신에게는 새로운 일이어서 효과가 있었던 모양이에요. 그 결과 이제 당신은 끝났어요. 그리고 당신과 관계를 맺었다는 이유만으로 그녀는 술집에서 나가지 않으면 안 되었어요. 물론 이제 신사관에 그녀를 위한 자리는 없어요. 저는 아침에 그녀가 떠나는 모습을 보았어요. 고용인들이 모여들었지요. 모두들 이 광경을 보고 싶어했으니까요. 하지만 그녀의 권세는 이때도 모두들 아깝게 생각할 정도로 컸어요. 모든 사람들이, 그녀의 원수까지도 그녀를 애석하게 생각했어요. 그래서 그녀의 처음 계산이 옳다는 것이 증명되었어요. 그런 남자에게 몸을 맡겼다는 것은 그 누구도 이해할 수 없는 일이며 비참한 운명이었어요. 취사장의 어린 소녀들은―물론 그녀들은 목로집 여급이라면 누가 되었든지 간에 감탄하지만―슬픔에 잠겨 있었어요. 제게도 이 광경은 무척 감동적이었지요. 그때 제 관심은 다른 대상에 쏠리고 있었지만, 그렇다고 마음의 감동을 막을 도리는 없었어요. 그런데 프리다가 조금도 슬퍼하지 않는 것이 제 눈에는 이상하게 보였어요. 사실 이것은 프리다가 겪은 무서운 불행이었지요. 물론 그녀 자신도 대단히 불행한 것 같은 모습이었어요. 그러나 이것으로는 충분치 않아요. 이런 연극으로 저를 속일 수는 없어요. 그러나 대체 무엇이 프리다로 하여금 그런 지탱할 수 있는 힘을 주었을까요? 새로운 사랑의 행복일까요? 하지만 이 생각은 금세 떨어져 나가 버렸어요. 그렇다면 또 그 밖에 무엇이었을까요? 그때 이미 그녀의 후계자라고 지목된 저에 대해서까지 평상시처럼 똑같이 친절한 태도를 취하게 만든 그 힘을 그녀에게 준 것은 과연 무엇일까요? 저로서는 그것을 깊이 생각해 볼 여유가 없었어요. 새로운 자리 때문에 여러 가지로 준비하느라고 할 일이 산더미처럼 쌓여 있었으니까요. 두서너 시간 후면 그 자리에 들어가서 일해야만 하는데도, 저는 그때까지도 머리를 곱게 빗어 내리지도 않았을 뿐만 아니라 우아한 옷, 고운 내의, 신발 등 그 무엇도 준비가 되어 있지 않았어요. 그 모든 것을 두서너 시간 안에 갖추어야만 했지요. 제대로 준비되어 있지 않다면 그런 자리는 차라리 단념해 버리는 것이 나아요. 준비 없이 임하면 처음 반 시간 이내에 실직이 확실하니까요. 그러나 부분적으로는 성공했어요. 머리를 지지는 것에 저는 독특한 소질을 갖고 있었으니까요. 언젠가는 머리를 지져 달라는 안주인에게 불려 간 적도 있어요. 그만큼 독특한 미용 기술을 가지고 있었던 거예요. 거기다가 머리숱이 많아서 저는 원하는 대로 머리를 손질할 수 있었어요. 또 옷에 대해서도 곧 도와주는 사람이 나타났지요. 친구 두 명이 제게 헌신적인 봉사를 해 준 거예요. 친구 중 한 명이 술집 여급이 된다면 그것은 그녀들에게도 명예였으니까요. 뿐만 아니라 언젠가 제가 권력을 가진 사람이 되면 자기네들한테도 많은 이익이 되리라는 판단이 선 거지요. 오래 전부터 친구 하나가 값비싼 천을 사용하지 않고 갖고 있었는데, 그것은 그녀의 보배였어요. 그녀는 종종 그 천을 보여 주면서 다른 여자들의 감탄을 받기도 했어요. 그녀는 언젠가 그것으로 마음껏 치장을 하고 뽐내는 꿈을 꾸기도 했지요. 그런데 그녀가 정말 갸륵한 행동을 했어요. 제가 그것을 필요로 하니까 선뜻 내주더군요. 두 사람은 자진해서 바느질까지 도와주었어요. 만약 자신을 위한 바느질이었다면 그렇게 열심히 하지는 않았을 거예요. 하지만 그 일은 대단히 즐겁고 가슴 설레는 일이었지요. 모두들 자신의 침대에 층층으로 앉아서 바느질을 하면서 노래를 불렀어요. 이미 완성된 부분과 그 부속물을 위아래로 서로 주고받고 했어요. 그런데 이제 와서 모든 일이 수포로 돌아가고, 다시 빈손으로 친구들에게 갈 생각을 하면 가슴이 억눌리고 죄어 오는 것만 같아요! 정말 이런 불행이 또 어디 있을까요. 도대체 당신이 얼마나 경솔한 죄를 저질렀느냐 말이에요. K씨! 그때 모두들 이 옷을 보고 얼마나 기뻐했는지 아세요? 그것은 마치 성공을 보증해 주는 것 같았어요. 그리고 나중에 리본을 다는 자리까지 마련되었을 때는 마지막 의혹마저도 사라져 버렸어요. 이웃은 정말이지 너무 곱지 않나요? 이제는 이 옷에도 구김살이 잡히고 약간 얼룩이 지기도 했지만 저는 갈아 입을 옷이 없어서 밤낮으로 이 옷만 입고 있어야 했어요. 하지만 얼마나 고운 옷인지는 지금도 보기만 해도 알 수 있어요. 저 지긋지긋한 바르나바스네 집 딸도 이것보다 더 좋은 옷은 절대로 만들지 못할 거예요. 더군다나 이 옷은 자유자재로 위아래를 죄었다 늘였다 할 수 있어요. 비록 한 벌의 옷에 지나지 않지만 여러 가지로 변형시킬 수 있는 점이 이 옷의 특징인데, 그건 제가 고안해 낸 거예요. 게다가 저를 위해서 옷을 짓는 일은 어려운 일이 아니었어요. 제 자랑은 아니지만 젊고 건강한 여자라면 어떤 옷이라도 맞으니까요. 다만 셔츠와 구두를 마련하기가 가장 힘들었는데, 여기서 실패가 시작되었어요. 친구들이 힘 닿는 데까지 도와주기는 했지만 그녀들도 별수가 없었어요. 제가 모으고 합치고 이어서 꿰맨 것은 아주 형편없는 셔츠였어요. 또 발뒤축을 높인 구두는커녕 사람들에게 감추고 싶은 슬리퍼로 버티어 나가지 않으면 안 되었지요. 두 친구는 나를 위로해 주었어요. 그렇다고 해서 프리다가 뛰어나게 좋은 옷을 입은 것은 아니었어요. 그녀는 너절하게 옷을 입고 다녔기 때문에 손님들은 그녀에게 접대를 받느니 차라리 지하실 술통 가에서 근무하는 꼬마들에게 접대받는 것이 낫겠다고 생각할 정도였지요. 사실이 그랬어요. 그러나 프리다니까 그냥 묵인된 거예요. 그녀는 총애와 촉망을 받았으며 대단한 인기를 누렸으니까요. 이것은 귀부인이 더럽고 초라한 옷을 입고 나타나면 그것이 더 매혹적인 것과 같은 이치였어요. 그러나 저 같은 새로운 사람이 그런 짓을 해 보았자 문제도 안 되지요. 게다가 프리다는 맵시 있게 옷을 입을 줄도 몰랐고 정말로 어떤 취미와도 거리가 멀어요. 만약 어떤 사람이 누르스름한 피부를 타고났다면 그는 그 피부를 감출 수밖에 없었을 거예요. 그런데 하필 프리다처럼 누르스름한 피부에는 가슴을 깊숙이 드러낸 크림색 블라우스 같은 건 입을 필요가 없어요. 온통 누런색 일색이라 쳐다보고 있으면 눈에서 눈물이 날 지경이니까요. 그리고 사실 그리 심한 정도는 아니지만 프리다처럼 인색해서는 좋은 옷차림도 할 수 없어요. 그녀는 번 돈을 모조리 저축해 두었는데 도무지 무엇 때문에 그러는지 알 수가 없었어요. 근무하는 데는 돈이 필요치 않았어요. 거짓말을 하거나 수단을 부리는 것으로 충분했으니까요. 그러나 저는 그러한 흉내를 내려고도 생각지 않았으며, 또 낼 수도 없었어요. 그래서 처음에 제 자신을 내세우기 위해 그렇게 몸치장을 한 것도 무리는 아니었어요. 더욱 강력한 수단으로 그것을 했더라면 그야말로 프리다가 아무리 교활하다 할지라도, 또 당신이 아무리 어리석다고 할지라도 저는 언제까지나 승리자로 있었을 거예요. 사실 출발은 참 멋있었어요. 이곳에서 일하면서 약간의 지식과 처세술을 익히 들어 온 터였거든요. 술집에 몸담게 되자마자 저는 이곳의 모든 사정에 정통하게 되었어요. 적어도 일에 관해서는 프리다가 없다는 것을 불편하게 여기는 사람은 아무도 없었어요. 그 다음 날에야 비로소 몇몇 손님이 프리다가 어디 갔느냐고 물었을 뿐이지요. 저는 실수하는 일조차 없어서 주인도 만족해했어요. 첫날은 제가 염려되어 주인도 술집에 붙어 있었으나 나중에는 이따금 찾아오는 정도였어요. 그러고는 나중에 가서 완전히 제게 일임을 했지요. 돈 계산이—평균 수입이 프리다가 있을 때보다 약간 많았으나—꼭 들어맞았으니까요. 나는 개혁하기로 했어요. 그때까지 프리다는 근면해서라기보다는 욕심에서, 지배욕에서, 그녀가 갖고 있는 권리 중 조금이라도 누군가에게 양도해야 하는 것 아닐까 하는 불안한 마음에서—적어도 부분적으로는 누가 보고 있을 때 특히 더 했지만—하인까지도 엄중히 감시했어요. 이와 반대로 저는 지하실 사환들에게 이 일을 모조리 할당했어요. 그렇게 하는 것이 그들에게 알맞은 처사였으니까요. 그렇게 하면 신사 양반들에게 접대하는 시간을 더 많이 늘일 수 있고, 또 손님들에게도 신속하게 접대해 드릴 수가 있었어요. 저 역시 다른 누군가와 두서너 마디라도 할 수 있고요. 물론 그렇다고 해서 프리다처럼 자기 몸을 정부인 클람에게 맡겼다고 하면서 다른 사람이 조금이라도 말을 걸거나 가까이 오면 그것을 클람에 대한 모욕이라고 생각지는 않았어요. 물론 프리다의 태도는 현명했어요. 만약 그녀가 어떤 사람을 가까이 했다면 터무니없이 기막힌 호의를 베풀었다고 모두들 생각했을 테니까요. 그러나 저는 그런 방법이 싫었어요. 또 처음부터 그런 수단을 쓸 수도 없었고요. 따라서 저는 모든 사람들에게 친절을 베풀었으며, 또 사람들도 제게 친절로 보답해 주었어요. 술집이 이렇게 변한 것에 대해 모두들 드러내 놓고 기뻐해 주었어요. 마침내 일에 지친 사람들이 맥주를 마시러 오면 모두들 단 한마디의 말, 한 번의 눈길, 한 번의 움츠림으로 저를 다른 사람처럼 변하게 만들었어요. 사람들은 악착같이 내 고수머리에 손을 댔기 때문에 저는 하루에도 열 번씩 머리를 빗어야만 했지요. 저의 고수머리와 땋은 머리의 매력은 아무도 무시할 수 없는 것이었어요. 평소에는 이렇게 넋이 빠진 것처럼 보이는 당신도 예외는 아니었어요! 이렇게 해서 일은 많지만 보람 있고 넉넉한 하루하루가 지나갔어요. 하지만 그러한 날들이 그렇게 빨리 지나가지 않고 조금만 더 오래 계속되었다면 얼마나 좋았을까요. 나흘은 너무 짧아요. 기진맥진할 정도로 긴장된 생활을 보냈다고 해도 닷새라면 모를까 나흘은 너무 짧아요. 저는 이 짧은 나흘 동안에도 후원자와 친구들을 사귀었어요. 만약 사람들의 눈빛을 믿어도 좋다면 저는 맥주잔을 가지고 갈 때 큰 바다 속을 헤엄치는 것 같았어요. 바르트마이어라는 이름의 서기는 제게 홀딱 반해서 이 목걸이와 메달(사진이나, 기념품, 머리카락 등을 목걸이에 다는 작은 갑-옮긴이)을 선사해 주셨는데, 메달 속에는—뻔뻔스럽기는 하지만—자신의 초상화를 넣었을 정도였고, 그 밖에도 이와 비슷한 일이 일어났어요. 그러나 그것도 나흘 동안만이었어요. 나흘 동안으로는 제가 아무리 노력했다 해도 프리다를 완전히 잊어버리게—거의 잊게 할 수 있을지는 몰라도—할 수는 없어요. 그러나 프리다가 큰 스캔들을 내서 자신에 관한 소문을 퍼뜨리지만 않았다면 아마도 그녀를 더 빨리 잊어버렸을지도 몰라요. 그녀는 스캔들로 인해서 다시 사람들에게 새로운 존재가 되었어요. 사람들은 프리다를 다시 보고 싶어했는데, 그건 호기심에서였어요. 언젠가는 싫증이 날 정도로 무미건조하기 짝이 없던 것이, 그 사건이 아니었더라면 아무래도 상관없었을 것이, 당신의 공적에 의해 다시 그들을 매혹시키고 말았어요. 그러나 그들도 제가 거기에 있으면서 계속해서 제 존재를 통해 영향을 미치고 있었다면 저를 희생시키지는 않았을 거예요. 그러나 그분들은 비교적 나이 먹은 신사 양반들이어서, 새로운 술집 여급에게 익숙해질 때까지는 그저 옛날 습관에 젖은 채 둔하게 앉아 있었어요. 사람이 다시 바뀌는 것이 유리하다고 해도 신사 양반들의 의사와는 반대로 이삼 일만 더 계속했다면, 아니 닷새 동안만이라도 계속했다면—정말 나흘 가지고는 부족했어요―좋았을 거예요. 아무튼 저는 임시로 채용된 여급일 뿐이었어요. 그리고 그 무엇보다도 가장 큰 불행은 이 나흘 동안 클람이―처음 이틀 동안은 마을에 있었음에도 불구하고―결국 식당에 내려오지 않았다는 사실이에요. 만일 그가 내려왔다면 그야말로 저에게는 결정적인 시험이 되었을 거예요. 시험이라고는 하지만 그것은 결코 두려워할 것이 못 되고 오히려 즐거운 마음으로 기다리는 시험이었을 거예요. 저는―이런 소리는 입에 담지 않는 것이 좋을 테지만―클람의 애인은 되지 않았을 것이고, 또 제 자신을 속이면서까지 그런 것이 되고 싶지는 않았어요. 그러나 저는 적어도 프리다처럼 솜씨 좋게 맥주 잔을 식탁 위에 놓을 수 있었을 것이며, 프리다처럼 치근거리는 태도를 취하지 않고서도 애교 있게 인사하며 주문을 받으러 돌아다녔을 거예요. 그리고 만일 클람이 여급의 눈동자 속에서 무언가를 찾으려 했다면 그는 제 눈 속에서 그것을 만족할 만큼 찾아낼 수 있었을 거예요. 그러나 그는 왜 오지 않았을까요? 우연일까요? 저도 당시에는 그렇게 생각했어요. 이틀 동안을 꼬박 이제 오실까, 저제 오실까 하고 밤 늦게까지 기다리고 있었지요. 저는 '이제 클람이 오실 거야.' 하며 한결같이 생각하고 있었어요. 저는 불안한 기다림과 그가 오면 맨 먼저 그를 보고 싶다는 욕망에 여기저기 뛰어다녔어요. 하지만 그렇게 끊임없이 실망하다 보니 결국 지치고 말았어요. 그래서 실력을 충분히 발휘할 수도 없었지요. 잠시라도 틈이 있으면 저는 곧 복도로―복도로 들어가는 것은 고용인에게 금지되어 있었지만―살금

살금 숨어 들어가서 벽감의 움푹 들어간 곳에 몸을 기대고 있었어요. 저는 이렇게도 생각했어요. '제발 지금 클람이 와 준다면 얼마나 좋을까. 그분이 방 안에서 나오면 곧 마중 나가 그분을 부축하고 식당 안으로 모실 텐데. 그분을 두 팔에 안고, 그분이 아무리 크고 무겁다 해도 쓰러지지 않을 거야.' 그러나 그분은 오시지 않았어요. 그 복도를 가 본 적이 없는 사람은 상상할 수도 없을 만큼 조용했어요. 도저히 더는 견딜 수 없을 만큼 고요했지요. 너무나 조용해서 사람이 가면 쫓겨나고 말아요. 그러나 저는 열 번 쫓겨나면 열 번 올라가 봤어요. 사실 무의미한 일이었지만 말이에요. 올 생각이 있다면 클람은 올 것이고, 만일 올 생각이 없다면 끌어당긴다 해도 오지 않을 테니까요. 가령 제가 벽감 속에서 심장의 고동 때문에 반쯤 질식할 지경이었다고 해도 그것은 무의미한 일이었어요. 그러나 그가 오지 않는다면 모든 것이 허사로 돌아갈 판이었어요. 그런데 그는 정말로 오지 않았어요. 저는 이제야 클람이 왜 오지 않았는지 그 이유를 알게 됐어요. 만일 제가 두 손을 가슴에다 대고 벽감 속에 숨어 있는 꼴을 프리다가 복도에서 보았다면 굉장히 재미있게 생각했을 거예요. 클람은 프리다가 그것을 허락하지 않았기 때문에 내려오지 않은 거예요. 단지 그녀의 청원 때문에 그런 결과가 생긴 것은 아니에요. 그녀의 청원은 클람의 귓전에까지도 이르지 못해요. 그러나 그녀는, 이 거미 같은 여자는 아무도 알지 못하는 끄나풀을 갖고 있었어요. 저는 손님에게 말할 때 옆에 앉은 사람에게 들릴 정도로 큰 소리로 말해요. 그러나 프리다는 아무 말도 없어요. 맥주를 식탁 위에 놓고는 그대로 가 버리지요. 다만 그녀의 명주 치마만이—그녀가 돈을 내고 만든 단 하나의 옷인—하느적거리는 소리를 낼 뿐이에요. 그녀는 말을 할 때 큰 소리로 하지 않고 손님의 귀에다 속삭였어요. 옆자리에 앉은 사람들이 귀를 기울일 정도로 허리를 아래로 구부리고 말이에요. 말하는 내용이야 쓸데없는 것뿐이겠지만 반드시 그렇다고는 할 수 없어요. 여러 가지 연관성을 갖고 있어서 그 하나가 다른 것을 통하여 유기적으로 지지를 받고 있으니까. 그리고 대개는 성공하지 못하지만—프리다를 계속해서 염려해 주는 사람은 없어요—그래도 그녀는 가끔 그중에서 연줄을 꼭 붙잡게 돼요. 이런 연줄을 그녀는 철저하게 이용하고 있어요. 당신이 그녀에게 그런 가능성을 제공한 거예요. 당신은 그녀 옆에서 그녀를 감시하지 않고, 집에도 거의 있지 않았으며, 다만 근처를 헤매고 다니며 여기저기서 쓸데없는 이야기만 떠들어 댔어요. 즉 당신은 모든 것에 주의를 집중시키면서도 프리다에 대해서만은 아주 주의를 소홀히 했지요. 그리고 텅 빈 학교 건물로 이사해서 결국 그녀에게 더 많은 자유를 주는 결과가 되고 말았어요. 이 모든 것이 달콤한 신혼 생활의 시작이라고 할 수 있어요. 그러나 당신이 프리다 곁에서 견뎌 내지 못했다고 해서 결코 당신을 비난하는 것은 아니에요. 사실 그녀 곁에서 배겨 내기는 힘들어요. 당신은 어째서 그녀를 완전히 떠나지 못하고 몇 번이고 되풀이해서 그녀에게 돌아갔나요? 당신은 왜 방황함으로써 그녀를 위해 투쟁하고 있는 것처럼 보이게 했나요? 당신은 마치 프리다와 접촉해 보고 나서야 당신의 가치가 없다는 것을 깨닫고, 어떻게 해서든 당신을 프리다에게 맞도록 끌어올리려고 하는 것 같았어요. 그래서 지금은—여러 가지 부자유스러운 일이 있더라도 나중에 가서 마음껏 메우기로 하고—동거 생활을 단념하고 있는 것 같아요. 그런데 그동안에도 그녀는 시간을 헛되이 보내지 않았어요. 그녀는 자기가 앞장서서 당신을 끌고 간 그 학교에 앉아서, 신사관을 관찰하고 또 당신까지도 관찰하고 있었어요. 그녀는 아주 훌륭한 심부름꾼을 부리고 있었지요. 당신의 조수들 말이에요. 당신으로서는 도무지 알 수 없는 일이겠죠. 설사 당신의 일을 알고 있는 사람이라 하더라도 그 점은 알 수 없었을 거예요. 완전히 그녀의 손에서 놀아나는 조수들 말이에요. 그녀는 조수들을 자신의 옛날 친구들에게 심부름을 보내서 그들의 기억 속에 그녀를 떠오르게 하고, 당신 같은 남자에게 감금당한 것을 한탄하고 호소했어요. 그리고 제게 반감을 갖도록 선동하고는 곧 자기가 술집으로 가겠다고 알리고, 원조를 청했으며, 클람에게는 비밀을 누설하지 말아 달라고 그들에게 신신 당부했어요. 또 그녀는 클람을 아끼지 않으면 안 되니까 어떤 일이 있어도 절대로 술집으로 내려가게 해서는 안 된다고 주장한 거예요. 그녀는 어떤 사람에게는 클람을 아끼고 보호한다고 선전하면서, 여관 주인에게는 그것이 자기 공적인 양 이제 클람은 오지 않는다는 사실에 대해 주의를 환기시켰어요. 그분이 뭣하러 오시겠어요. 아래에서는 고작 페피 따위가 접대하고 있는데 말이에요. 그렇다고 주인에게 책임이 있는 것은 아니에요. 어쨌든 저 페피는 찾아낼 수 있는 최상의 대리였으니까요. 그러나 대리로는 아무 소용이 없어요. 이삼 일 동안이라도 절대 소용없어요. 프리다의 이런 활동에 관해서 당신은 아무것도 몰라요. 당신은 바깥을 헤매고 돌아다니는 것 아니면, 그저 천하태평하게 그녀의 발치에 누워 뒹구는 것밖에 하지 않았어요. 그런데 프리다는 그동안에도 술집과 떨어져 있는 그 시간을 손꼽아 세어 보고 있었어요. 더욱이 조수들은 심부름꾼으로서의 임무를 완수할 뿐만 아니라 당신에게 질투심을 일으키는 역할까지 맡고 있었어요. 어렸을 때부터 프리다는 조수들을 알고 있었으니까 새삼스럽게 비밀이라는 것도 있을 수 없어요. 그러나 그들은 프리다 때문에 사랑에 불타기 시작했어요. 당신에게는 그것이 큰 애정으로 발전할 위험성이었지요. 그런데도 당신은 무엇이든지―모순투성이까지도―프리다의 마음에 들도록 했어요. 조수들 때문에 질투심이 생기긴 했지만, 혼자 방황하고 돌아다니는 동안에는 세 사람만 남게 되는 일이 있어도 그것을 감수했지요. 당신은 마치 프리다의 세 번째 조수 같았어요. 그래서 프리다는 그녀의 관찰을 토대로 해서 드디어 큰 공격을 결심했어요. 즉 술집으로 돌아갈 결심을 한 거예요. 가장 중요한 고비였지요. 재빠르고 교활한 프리다가 이 중요한 기회를 놓치지 않고 그것을 이용하는 것에는 혀를 내두를 수밖에 없어요. 이러한 관찰과 결심의 힘이 바로 아무도 흉내 낼 수 없는 프리다의 특기예요. 만일 제게 그러한 능력이 있었다면 제 생활은 크게 달라졌을 거예요. 만일 프리다가 하루나 이틀만 더 학교에 머물러 있었더라도 저는 쫓겨나는 일이 없었을 거예요. 모든 사람들의 사랑과 지지를 받고 마침내는 술집 여급이라는 이름이 붙었을 거예요. 또 눈부신 혼수를 장만할 만큼 돈도 충분히 벌었겠지요. 그저 하루나 이틀 상간에 이렇게 되었어요. 그랬다면 그들이 아무리 모략을 쓴다 해도 클람을 홀 근처에 얼씬 못하게 할 수는 없었을 거예요. 내려와서 술을 마시고 기분도 좋아졌겠지요. 프리다가 없다는 사실을 깨달았다 해도 그러한 변동에 대해 아주 만족해했을 거예요. 그저 하루 이틀 상간이었으니까요. 그렇게 되었다면 프리다는 스캔들과 자신의 연고 관계, 그리고 조수들과 더불어 모조리 한꺼번에, 그야말로 아무런 흔적도 남기지 않고 자취를 감추었을 거예요. 그러고는 당신에게 더욱더 매달려서, 그녀에게 그런 능력이 있다고 가정하고서 하는 이야기지만 당신을 실제로 사랑하게 되었을까요? 천만의 말씀이에요. 왜냐하면 당신도 이제 하루만 더 지내 보면 그녀가 당신을 얼마나 속였는지, 자처하는 아름다움과 자처하는 성실함, 특히 그녀에 대한 클람의 사랑이라든지 그런 따위로 당신을 얼마나 지독하게 속였는지 알게 되었을 테니까요. 하루만 더 여유가 있었다면—그 이상은 필요 없어요—당신은 그 더러운 조수들의 살림살이와 더불어 그녀를 집에서 내쫓아 버렸을 거예요. 생각 좀 해보세요. 하루면 충분하고 그 이상도 필요 없어요. 이 두 가지 위험으로 인해 그녀 위에서 이미 무덤이 닫히려고 했을 때—당신은 사람이 너무나 좋아서 마지막으로 그녀를 위한 아주 좁은 탈출구를 열어 주었지요—갑자기 뚫고 도망쳤어요. 그러고는 갑자기—아무도 그런 일을 얘기하지 않아요. 자연에 대해 거역하는 것이니까요—그녀는 여전히 그녀를 사랑하고 늘 그녀의 꽁무니만 쫓아다니는 당신을 쫓아내고, 친구들과 조수들의 후원을 받으면서 주인의 눈에 구제의 여신으로 나타났어요. 더군다나 스캔들로 말미암아 전보다 훨씬 매혹적인 존재가 되고, 대단히 귀하신 분이나 대단히 천한 사람을 막론하고 모두의 정욕의 대상이 됐지요. 천한 사람의 수중에 빠진 것은 단지 순간적이었고, 곧 그 남자를 물리쳤으며, 그 남자나 다른 모든 사람에게 전과 같이 손에 닿지 않는 존재가 되었어요. 단지 차이점은 모두들 이런 일을 의심하는 것이 당연했던 일이, 지금은 확신을 갖게 되었다는 것뿐이에요. 이렇게 해서 그녀는 돌아왔어요. 주인은 곁눈질로 저를 힐끔 보면서—능력이 충분히 있다는 사실이 증명된 저를 희생시킬 것인지 어떻게 할지 망설이고 있었는데—곧 프리다에게 설복당해서 그녀에게 유리한 말을 여러 가지로 떠벌렸어요. 특히 그가 한 말은 틀림없이 프리다가 클람을 다시 식당에 찾아오도록 만들 것이라는 거였지요. 그래서 우리는 지금, 저녁때의 그런 사태에서 계속 머물러 있는 거예요. 그러나 저는 프리다가 올 때까지 기다리지 않겠어요. 그녀는 자리를 인수한답시고 큰소리치며 뻐길 테니까요. 돈궤는 이미 안주인에게 내주었으니까 이제 저는 가도 상관없어요. 아랫방의 칸막이 침대는 저를 받아들일 준비가 다 되어 있어요. 친구들은 눈물을 흘리며 저를 맞이해 줄 거예요. 그러면 저는 옷을 벗어 버리고 머리에서 리본을 떼어 내 모조리 방 한구석에다가 처넣어 버리겠어요. 그곳은 감추는 장소로는 안성맞춤이어서 이쪽에서 잊고 싶은 시절의 기억을 쓸데없이 머릿속에 떠오르게 하지는 않을 테니까요. 그리고 저 큰 양동이와 비를 손에 들고 이를 악물며 일을 시작하겠어요. 그러기 전에 저는 모든 사정을 당신에게 이야기하지 않으면 안 되었어요. 당신은 제가 충고해 드리지 않으면 여전히 이 사정에 관해 잘 모르실 테니까요. 이번만은 제발 똑똑히 당신이 페피에게 얼마나 추악한 행동을 했는지, 또 페피를 얼마나 불행하게 했는지 잘 알아 두세요. 물론 당신도 다른 사람한테 이용당했을 뿐이지만."

페피는 이렇게 긴 이야기를 마쳤다.

그녀는 한숨을 내쉬며 눈물 몇 방울을 뺨에서 닦더니, 마치 다음과 같이 말하려는 듯이 고개를 끄덕거리며 K를 쳐다보았다. 결국 자신의 불행 같은 건 문제도 안 된다, 자신은 이 불행을 견디어 나갈 것이며 그렇다고 해서 다른 누군가의—K는 더 말할 나위도 없고—조력이나 원조나 위안 따위는 필요치 않다, 나이는 젊지만 자신은 인생이 무엇인지를 잘 알고 있으며 자기 불행은 자기가 갖는다는 격언을 확증하는 것뿐이다, 단지 이 마당에는 K가 문제이며 자기는 K의 눈앞에서 K의 실제 모습을 그려 내려고 한 것이다. 그녀의 모든 희망이 사라지고 모든 게 수포로 돌아간 지금 그것만은 꼭 하려고 했다고 말하려는 것 같았다. 이윽고 K가 입을 열었다.

"페피, 당신은 정말 터무니없는 망상을 품고 있군요. 당신이 지금 이런 여러 가지를 깨달았다는 것은 새빨간 거짓말이에요. 그것은 모두 어둡고 비좁은 아랫방에서 떠오른 꿈에 지나지 않아요. 그런 꿈은 하녀 방에서나 활개를 치지 이 넓은 술집에 가져오면 어색하기 짝이 없어요. 당신이 그런 생각을 갖고 있기 때문에 여기서 자리를 유지할 수 없는 거예요. 뭐, 더 말할 나위도 없죠. 당신이 자랑으로 삼고 있는 옷이나 머리만 해도 그래요. 그것은 하녀 방의 어둠과 침대 속에서 나온 것에 지나지 않아요. 그것들은 그곳에서라면 대단히 아름다웠을지 모르지만 여기서는 모두들—속으로 혹은 대놓고—웃고 있어요. 어쨌든 당신이 말한 이야기가 무엇이었죠? 그래요, 내가 이용당하고 속았다는 거지요. 폐피? 천만의 말씀이에요. 당신이나 나나 나쁘게 이용당하거나 속은 적은 없어요. 아닌 게 아니라 프리다는 현재 나를 버렸어요. 당신의 표현대로라면 조수 한 놈과 줄행랑을 친 셈이죠. 이 점에 있어서는 당신도 진상을 파악하고 있군요. 어쨌든 그녀는 이제 절대로 내 아내가 될 수 없어요. 그러나 내가 그녀에게 싫증이 났다든가, 그녀를 다음 날 내쫓아 버렸다든가, 또 세상에서 흔히 아내가 남편을 속이는 것처럼 그녀가 나를 속였다는 것은 전혀 맞지 않아요. 방 심부름을 하는 하녀들은 열쇠 구멍으로 엿보는 습관에 젖어서 자기네들이 실지로 목격하는 좁은 범위의 하찮은 일들을 기준 삼아 어마어마하게, 더군다나 그릇되게 전체를 추측하는 경향이 있어요. 그 결과, 예를 들어 내 경우에 있어서도 당사자인 나보다도 당신이 훨씬 많이 알고 있다고 말하지요. 나는 프리다가 왜 나를 버렸는지 당신이 내게 설명해 준 것처럼 그렇게 정확하게 설명할 수는 없어요. 사람들은 내가 그녀를 등한시했다—당신도 이 점에 대해 언급했으나 충분하지는 않았어요—고작 그 정도로밖에 설명할 수 없어요. 나로서도 유감이지만 어쨌든 그것은 사실이에요. 나는 그녀를 소홀히 했으니까요. 다만 그것은 여기서 말할 성질의 것은 못 되지만 특별한 이유가 있었어요. 만일 지금이라도 그녀가 내게 돌아온다면 나는 행복할 거예요. 그렇지만 그렇게 되면 나는 또다시 그녀를 등한시하게 될 거예요. 그렇다니까요. 그녀가 내 곁에 있었으니까 나는 늘 마음 놓고 방황했고, 당신으로부터 조소를 받았어요. 그녀가 떠나 버린 마당에 있어서, 나는 거의 아무것도 할 일이 없어져 버렸고, 피곤해서 나중에는 할 일이 완전하게 없어지기를 바라고 있어요. 나한테 또 충고해 줄 말은 없나요, 페피?"

"물론 있어요."

페피는 갑자기 활기를 띠면서 K의 어깨를 붙들고 말했다.

"우리 두 사람은 다 같이 속아 넘어간 사람들이에요. 그러니까 우리 같이 살아요! 자, 어서 저들이 있는 아랫방으로 함께 가요!"

그 말을 듣고 K는 다음과 같이 말했다.

"당신이 속았다고 불평을 하는 동안은 나는 당신과 타협할 수 없어요. 당신은 언제나 속았다고 주장하는데, 그러면 기분이 좋아지고 스스로 감동되는 모양이지요? 솔직히 말해서 당신은 이 자리에 어울리지 않아요. 당신 눈으로 보기에 가장 무식한 사람인 나도 그것을 통찰할 수 있을 정도니까, 당신이 적당치 않다는 사실은 너무나 분명해요. 당신은 참 좋은 아가씨예요, 페피. 그러나 그것으로 사람들에게 인정받기는 힘들어요. 나도 처음에는 당신이 쌀쌀맞고 건방지다고 생각했어요. 물론 사실은 그렇지 않아요. 이런 자리에 있다 보니까 머릿속에서 약간의 혼동을 일으킨 것에 불과하죠. 당신은 이 자리의 적임자가 아니에요. 물론 그렇다고 이 자리가 당신에게 너무 과하다고 말하려는 것은 아니에요. 이 자리는 그렇게 대서특필할 만한 것은 못 되지만, 뭐 세세한 점까지 따지고 들면 아랫방의 하녀보다는 약간 명예스런 자리인지도 몰라요. 그러나 전체적으로 볼 때 그렇게 큰 차이가 있는 것은 아니에요. 양쪽이 다 혼동스러울 정도로 닮았어요. 따라서 방 심부름을 하는 하녀가 술집 여급보다 낫다고 말할 수도 있어요. 왜냐하면 거기서는 비서들 밑에서 일하지만, 여기 홀에서는 고급 비서들에 대한 봉사뿐 아니라 그보다 훨씬 신분이 낮은 사람들, 예를 들면 나 같은 사람도 상대해야 하니까요. 나는 법적으로 이 술집 이외의 다른 장소에 앉으면 안 되지만, 그래도 그런 나와 교제할 가능성을 가졌다는 것이 그렇게도 굉장한 영광일까요? 당신에게는 아무래도 그런 것 같군요. 물론 그것에는 상당한 이유가 있겠지요. 그러니, 아니 그러니까 당신은 더욱 부적당하다는 거예요. 이런 지위란 어느 것이나 마찬가지고 서로 비슷비슷해요. 그런데 당신은 이곳을 마치 천국이라도 되는 양 생각하는군요. 당신은 만사를 지나치게 골몰히 생각하는 경향이 있어요. 당신은 자기 자신을 천사처럼 치장하고—사실 천사들은 그것과는 다르지만—지위 때문에 긴장해서 떨고 있는 형편이며, 늘 쫓기는 것 같은 착각을 일으켜요. 또 당신 눈으로 보기에 당신을 지지해 줄 만한 사람이 있으면 그들의 환심을 사기 위해 지나친 친절을 베푸는데, 사실 그렇게 하는 것이 오히려 그들을 귀찮게 하고 밀쳐 버리는 결과가 된다는 걸 모르고 있어요. 사람들은 술집에서 편안히 있고 싶어하고, 각자의 고생만으로도 벅차기 때문에 술집 여급의 걱정까지 사고 싶어하지 않아요. 프리다가 이곳을 그만둔 후, 귀하신 분들이 이 사건에 대해 알지 못했는지는 모르지만 이제는 그들도 이 일에 관해 알고 있고, 정말로 프리다에게 몸이 달아 있어요. 왜냐하면 프리다의 행동은 당신과는 전혀 달랐으니까요. 설사 그녀가 다른 점에서는 어떠했다 하더라도, 또 그녀가 그것을 소중히 여겼다고 하더라도 근무에 있어서만큼은 경험도 풍부하고 냉정하고 침착했어요. 당신은 이 점에 대해 스스로 역설하면서도 그 교훈을 전혀 활용하지 않았어요. 당신은 그녀의 눈빛을 본 적이 있나요? 그것은 술집 여급의 눈빛이 아니라 떳떳한 안주인과 같은 눈빛이었어요. 그녀는 언제나 전체를 내다보고 있으며, 동시에 한 사람 한 사람을 살피고 있었어요. 그리고 그 한 사람 한 사람에게 머무는 눈빛은 그 남자를 굴복시킬 만한 위력을 갖추고 있었지요. 그렇다면 그녀가 말랐다든가, 나이를 먹었다든가, 그것보다 더 산뜻한 머리칼을 가졌다고 상상하는 것이 무슨 문제가 될까요? 그런 것들은 사실 그녀가 실제 지니고 있던 것에 비하면 아무것도 아니에요. 즉 그녀의 결함에 정신이 팔렸던 사람은 더욱 위대한 것에 대한 감수성이 결핍되어 있다는 것을 보여 주는 반증이에요. 클람은 결코 그런 비난을 받을 사람이 아니에요. 나이도 어리고 경험도 없는 당신의 그릇된 관찰 때문에 당신은 프리다에 대한 클람의 사랑을 믿지 않았어요. 클람은 당신에게는—그것도 무리는 아니지만—닿지 않는 곳에 있는 것처럼 보일 거예요. 그래서 당신은 프리다도 클람에게 가까이 가지 못했을 것이라고 생각했어요. 그것은 당신의 잘못된 판단이에요. 확실한 증거가 없다고 해도 나는 프리다의 말을 믿어요. 당신으로서는 도저히 믿을 수 없겠지만 세상과 관료주의, 여성의 아름다움의 고귀함과 그 힘, 그런 것에 대한 당신의 생각과 다소 모순된다고 해도 그것은 사실이에요. 마치 우리가 여기에 나란히 앉아서 손을 꼭 쥐고 있는 것과 마찬가지로 클람과 프리다도 그것이 이 세상에서 가장 당연하다는 듯 나란히 앉아 있었어요. 그리고 그는 자진해서 내려왔어요. 더군다나 다른 일도 내버려 두고 바삐 내려왔어요. 복도에서 그의 동정을 살피는 사람은 아무도 없었어요. 클람은 전력을 다해서 내려왔어요. 그리고 당신이 보고서 깜짝 놀랐다는 프리다의 옷 같은 건 클람은 거들떠보지도 않았어요. 당신은 프리다의 말을 믿으려고도 하지 않았어요. 더군다나 당신은 그것이 자신의 정체성과 인간성을 얼마나 드러내는지, 즉 자신에게 얼마나 결점이 많고 경험이 없는지를 폭로하고 있는지 깨닫지 못하고 있어요. 클람과의 관계를 전혀 알지 못하는 사람이라 하더라도 그녀의 인품을 보게 되면 그녀를 인정하지 않을 수가 없게 돼요. 또 이 인품을 형성하고 있는 주체는 당신이나 나나 마을 사람들보다도 탁월한 존재라는 사실을 알게 돼요. 뿐만 아니라 그녀가 말하는 이야기의 내용은 보통 손님들과 여급 사이에 주고받는 것 같은—그것이 당신의 인생 목적처럼 보이는데—그런 농담 따위를 훨씬 초월해 있다는 사실까지도 알게 돼요. 내가 이렇게 말하는 것이 당신에 대한 과격한 표현일지도 모르겠군요. 사실 당신은 프리다의 특성을 잘 간파하고 있어요. 그녀의 관찰 능력이나 결단력 그리고 사람들에게 미치는 영향력에 대해서 충분히 깨닫고 있으니까요. 단지 당신은 모든 것을 잘못 해석하고 있을 따름이에요. 당신은 그녀가 그것들을 모두 자신의 이익을 위해서, 다른 사람을 해치기 위해서, 극단적으로 말하자면 당신에 대한 무기로 사용하고 있다고 생각하는 거예요. 아니, 페피, 가령 그녀가 그런 화살을 손에 쥐고 있다고 해도 이런 가까운 거리에서는 쏠래야 쏠 수도 없는 것 아니겠어요? 이 기적이라고요? 오히려 이렇게 말할 수 있지 않을까요? 그녀는 자기가 소유하고 있는 것, 자기가 기대할 수 있는 것을 희생하고 우리 둘에게 높은 자리에 앉을 수 있는 기회를 제공해 주었는데, 우리가 그녀를 실망시키고 그녀로 하여금 이곳으로 되돌아올 수밖에 없도록 만들었다고 말이에요. 물론 그런지 어떤지 나로서는 알 수도 없고, 또 나의 어디가 나쁘고 무엇이 잘못되었는지는 명백치 않아요. 다만 나 자신을 당신과 비교해 보면 자꾸 그런 생각이 드는군요. 프리다의 침착한 태도와 사무적인 요령과 기지를 가졌다면 눈에 띄지 않고 손쉽게 얻을 수 있는 것들을 우리 두 사람은 눈물로 할퀴고 쥐어뜯고 잡아당기는 것으로 손에 넣으려고 너무나 맹렬하고 시끄럽고 유치하고 경험 없이 노력한 건 아닐까요? 그것은 마치 어린아이가 식탁보를 잡아당겨 보지만 얻는 것이라고는 아무것도 없고 단지 위에 놓인 그릇만 떨어뜨려 깨뜨릴 뿐, 무엇 하나 손에 남는 물건이 없는 거나 마찬가지 아닐까요? 정말로 그런지 어떤지는 알 수 없지만 말이에요. 그러나 당신이 말한 것보다는 이쪽이 더 진실성이 있어 보인다는 점을 나는 잘 알고 있어요."

"그러시겠지요."

하고 페피는 말했다.

"프리다가 당신을 두고 줄행랑을 쳤으니까 그녀에게 완전히 반하신 거예요. 가 버린 여자를 그리워하는 것은 결코 어려운 일이 아니니까요. 설령 당신 말이 맞는다고 해도, 또 저에 관한 조롱마저 옳다고 해도, 앞으로 당신은 대체 어떻게 하실 작정이죠? 프리다는 당신을 버리고 갔어요. 제 설명이나 당신의 설명을 막론하고 그녀가 당신에게 되돌아올 가능성은 없어요. 또 가령 되돌아온다 해도 당신은 어디선가 시간을 보내지 않으면 안 돼요. 바깥은 추운데 당신은 일거리도 없고 침대도 없어요. 그러니 우리에게 오세요. 내 친구들도 당신 마음에 꼭 들 거예요. 당신을 기분 좋게 해 드릴 테니까요. 당신은 여자가 하기에 무리라고 생각되는 일만 도와주시면 돼요. 그러면 우리는 의지할 곳 없이 외롭게 살아간다는 것에서 벗어날 수 있고, 밤마다 공포와 불안에 떠는 일도 없을 거예요. 그러니 우리에게 오세요. 내 친구들도 프리다를 알고 있어요. 당신이 싫증 날 때까지 프리다에 관해 이야기해 드리겠어요. 그러니까 오시라고요. 우리는 프리다의 초상화도 갖고 있는데 그것을 보여 드리겠어요. 그 당시 프리다는 지금보다 훨씬 얌전했지요. 틀림없이 당신은 예전의 그녀와 지금의 그녀를 분간하시지 못할 거예요. 기껏해야 그녀의 눈, 이미 그때부터 무언가를 엿보고 있던 눈 정도만 알아보실 거예요. 그러니까 오시겠지요?"

"그렇게 해도 괜찮을까요? 어제 내가 복도에서 붙들리는 바람에 큰 소동이 있었다고 하는데."

"그것은 당신이 붙들렸기 때문이에요. 그러나 우리에게 오시면 당신은 결코 붙들리지 않을 거예요. 우리 세 사람 외에는 아무도 당신을 아는 사람이 없으니까요. 네, 정말로 재미있을 거예요. 이제 그곳에서의 생활을 훨씬 더 견뎌 내기 쉬울 것 같군요. 지금 이곳을 떠난다 해도 그다지 밉지 않을 것 같아요. K씨, 지금까지 우리는 셋이었지만 조금도 지루하지 않았어요. 쓰디쓴 인생을 달콤하게 해야만 했으니까요. 우리는 아주 어렸을 때부터 쓰디쓴 인생을 맛보았어요. 그래서 세 사람이 한마음 한뜻으로 살아왔지요. 대체로 우리는 될 수 있는 한 기분 좋게 지내려고 노력하고 있어요. 특히 헨리에테는 당신 마음에 드실 거예요. 에밀리에도 그럴 것이고요. 저는 이미 그 애들한테 당신 얘기를 한 적이 있어요. 그러나 그 애들은 그런 이야기를 해도 곧이듣질 않았어요. 마치 방 밖에서는 아무 일도 일어나지 않는다고 믿는 태도였지요. 그래도 우리는 서로 착 붙어 앉았어요. 우리는 서로 의지하고 있었지만 결코 권태를 느낀 적은 없었어요. 오히려 그 반대예요. 친구들을 생각하면 그곳으로 돌아가는 것이 마치 당연한 것처럼 느껴져요. 무엇 때문에 제가 그들 이상으로 출세해야 하나요? 우리 세 사람은 모두 똑같이 앞길이 막힌 신세였으므로 서로 뭉쳤어요. 그런데 지금 저 혼자만 그곳을 뚫고 나와서 그들로부터 멀어졌어요. 물론 저는 그들을 잊지 않았어요. 어떻게 하면 그들을 도와줄 수 있을지 늘 그 걱정이었지요. 그리고 제 위치가 아직 불안정한데도—그것이 어느 정도인지 전혀 알지도 못했지만—저는 집주인에게 헨리에테와 에밀리에 관해서 이야기한 적이 있어요. 집주인은 헨리에테에 관해서는 전적으로 양보하지 않는다고 말하지는 않았지만, 에밀리에에 관해서만큼은 저에게 희망을 주지 않았어요. 그러나 생각해 보세요. 그들은 그곳을 떠날 생각이 전혀 없어요. 그녀들 역시 그곳에서의 생활이 비참하다는 사실을 잘 알고 있지만 마음씨가 고와서 이미 그것에 순응해 버렸어요. 그녀들이 저와 헤어질 때 흘린 눈물은 무엇보다도 저 때문에 흘린 눈물이라고 생각해요. 제가 같이 지내던 방을 떠나지 않으면 안 된다는 것, 그리고 추운 곳—그 방에 있으면 바깥에 있는 것은 모두 차갑게 보여요—으로 나가야만 한다는 것, 알지도 못하는 홀에서 낯선 인간들과 싸워야만 한다는 것—그것의 목적은 어떻게든 연명하기 위해서였어요. 하지만 그것만이 목적이라면 지금까지의 공동생활에서도 그럭저럭 해 왔어요—을 그녀들은 슬퍼하고 있었어요. 그녀들은 제가 돌아간다고 해도 조금도 놀라지 않을 거예요. 다만 제 비위를 맞추기 위해 한바탕 울고 나서 제 팔자를 한탄해 줄지도 모르겠어요. 그러나 당신을 보고는 제가 일단 그곳을 떠난 것이 잘한 일이라는 걸 깨달을 거예요. 이제 어떤 사람이 조력자인 동시에 보호자로 와 준다면 모두들 행복해할 거예요. 그리고 모든 것은 비밀에 붙여야 하고 우리는 이 비밀로 인해 전보다 한층 더 굳게 맺어진다는 것에 대해 황홀해할 거예요. 자, 어서 오세요. 우리에게 오세요. 오신다고 해도 당신은 아무런 속박도 받지 않을 것이며, 또 우리처럼 영원히 그 방에 얽매이는 일도 없을 거예요. 그러다가 마침내 봄이 오고 당신이 어딘가에 숙소를 정하게 되면, 그리고 우리 집이 마음에 드시지 않게 되면 그때는 나가셔도 상관없어요. 물론 그렇게 되더라도 비밀만은 지켜 주셔야 해요. 우리를 배신하는 일은 절대로 하시면 안 돼요. 비밀이 새어 나가면 우리는 신사관에 있을 수 없게 돼요. 그 밖에 당신이 우리 집에 계시는 동안에는 우리가 안전하다고 생각지 않는 곳에는 결코 나타나시면 안 돼요. 좌우간 대체로 우리의 충고를 잘 들으셔야 함은 두말할 필요도 없어요. 이것만이 당신을 얽매이게 하는 단 하나의 속박이에요. 이것은 우리뿐만 아니라 당신에게도 아주 중요한 일이에요. 그 밖에 당신은 완전한 자유의 몸이라고 해도 과언이 아니에요. 우리가 당신에게 맡기는 일들은 그다지 어려울 것도 없으니 걱정할 필요는 없어요. 자, 그러니 어서 가요."

"봄까지는 얼마나 남았지요?"

K가 물었다.

"봄까지라고요?"

페피가 되물었다.

"이곳의 겨울은 길어요. 너무나 길고 단조로운 겨울이에요. 그러나 이곳에 사는 우리 중 그 누구도 그 점에 관해 불평하는 사람은 없어요. 모두들 월동 준비를 제대로 갖추었기 때문이에요. 그래도 언젠가는 봄이 오고 여름이 되면 제 시절을 맞이하게 될 거예요. 그러나 제 기억으로는 봄이나 여름이 무척 짧았던 것 같아요. 한 이삼 일밖에 안 되는 것처럼요. 그리고 이삼일 동안에도—날씨가 제아무리 좋아도—눈이 내려요."

그때 갑자기 문이 열렸다. 페피는 깜짝 놀라 몸을 움츠렸다. 깊은 생각에 잠겨 있었던 그녀의 마음은 이미 술집에서 떠나 있었던 것이다. 문을 연 것은 프리다가 아니라 안주인이었다. 그녀는 아직도 K가 그곳에 있는 것을 보고 어이가 없었던 모양이다. 사실은 당신을 기다리고 있었다고 K는 변명을 했다. 더불어 그는 이곳에서 하룻밤을 묵게 해 준 데 대해서 고맙다고 인사를 했다. 그녀는 왜 K가 자신을 기다리고 있었는지 도무지 납득이 가지 않는 모양이었다. 그래서 K는 다음과 같이 말했다. 그는 아직도 그녀가 자신에게 용무가 남았을 것이라고 생각했으며 만일 그것이 자신의 착각이었다면 용서해 달라, 이만 실례하겠다. 소사이면서도 학교 일을 게을리 한 것은 어제의 소환장 때문이다, 아무튼 이번 일과 같은 경우는 처음 경험해 본 것이다, 그래도 어제처럼 안주인을 불쾌하게 한 일은 두 번 다시 없을 것이라고. K는 이 말을 마치고 작별의 인사를 했다. 안주인은 몽롱한 눈빛으로 K를 주시했다. 그 눈빛에 사로잡힌 K는 그 후로도 오랫동안 그 자리를 떠날 수가 없었다. 안주인은 넌지시 미소를 지었다가 깜짝 놀란 K의 얼굴을 보고는 비로소 꿈에서 깬 모양이었다. 그것은 마치 자신의 미소에 대한 답을 기다리고 있었는데—아무 대답도 나오지 않아—비로소 잠에서 깼다는 표정이었다.

"당신은 어제 뻔뻔스럽게도 내 옷에 대해 무슨 말인가 하셨어요."

K는 아무런 생각도 나지 않았다.

"생각이 나시지 않나요? 어제는 그렇게 대담무쌍하시더니 오늘은 비겁하기 짝이 없군요."

K는 어제는 몸이 피곤했었다고 변명했다. 그래서 자신이 엉뚱한 소리를 지껄였을지도 모르지만 좌우간 지금은 아무런 생각도 나지 않는다. 그런데 대체 안주인의 옷에 대해 무엇이라고 했을까? 그녀의 옷은 그가 지금껏 본 적이 없을 만큼 아름답게만 보이는데. K는 지금까지 어떤 안주인도 그런 좋은 옷을 입고 일하는 것을 본 적이 없다고 덧붙였다.

"그런 말은 그만두세요!"

안주인은 빠른 어조로 말했다.

"이제 옷에 대해서는 더 이상 아무 말도 듣고 싶지 않아요. 내 옷에 신경 쓰지 마세요. 제발 상관하지 말라고요."

K는 허리를 깊숙이 숙여 인사하고는 문이 있는 곳으로 걸어갔다.

"대체 그게 무슨 뜻이에요?"

안주인이 K의 뒤에서 말을 걸었다.

"그런 옷을 입고 일하는 안주인을 본 적이 없다고요? 그게 대체 무슨 말이에요! 어떤 의도를 갖고 말씀하신 거예요?"

K는 뒤를 돌아다보며 제발 흥분하지 말라고 안주인에게 말

했다. 물론 그런 말은 무의미했다. 거기다가 자신은 옷에 대해서는 아무것도 기억나지 않았다. K 같은 신분의 사람에게는 단지 덧조각을 대어 깁지 않은 깨끗한 옷이라면 무엇이든 훌륭하게 보이는 법이다. 다만 K가 놀란 것은 그녀가 복도에서, 더군다나 밤중에 옷을 걸치지 않은 남자들 앞에서 그렇게 아름다운 야회복을 입고 나타난 장면을 보았기 때문에 한 말일 뿐, 그 이상은 아무런 의미가 없다고 변명했다.

안주인이 말을 이었다.

"이제야 어제 당신이 한 말이 기억났나 보군요. 거기다가 무의미한 주석까지 붙이다니. 옷에 관해서는 아무것도 모른다는 당신의 말이 옳아요. 제발 당신한테 간곡히 부탁하는데, 훌륭한 옷이라든가 어울리지 않는 야회복이라든가 이러쿵저러쿵 쓸데없는 비평은 삼가 주세요."

여기까지 말했을 때, 그녀는 으슬으슬 오한이 나는 모양이었다.

"내 옷에 관해 당신은 손톱만큼도 걱정할 필요 없어요. 아시겠어요?"

그래서 K가 잠자코 몸을 돌리려고 하는데 그녀가 이렇게 물었다.

"대체 당신은 어디서 옷에 관해 들으셨나요?"

K가 아무것도 모르겠다는 듯이 어깨를 으쓱거렸다. 그러자 안주인은,

"당신은 아무것도 모를 거예요."
하고 말했다.

"그러니 숫제 아는 체하지 말란 말이에요. 그리고 그만 회계실로 건너가 보세요. 당신에게 보여 줄 것이 있어요. 그것을 본다면 그런 뻔뻔스런 짓은 이제 안 할 테죠, 뭐."

그녀는 앞장서서 문 밖으로 나갔다. 계산해 달라는 것을 구실 삼아 페피가 K에게 달려왔다. 두 사람은 서둘러서 약속을 했다. K가 안뜰의 구조를 잘 알고 있었기 때문에 문제는 아주 간단했다. 안뜰에는 옆길로 통하는 길이 있고, 그 문 옆에는 쪽문이 있다. 지금부터 한 시간 후쯤 그 문 뒤에 페피가 서 있다가 세 번 문을 두드리면 열어 준다는 약속이었다.

회계실은 술 마시는 자리와 마주하고 있었다. 현관을 가로질러 가기만 하면 된다. 안주인은 불이 켜진 회계실에 서서 초조한 기색으로 K를 바라보았다. 그런데 생각지도 않은 방해를 받았다. 현관에서 기다리고 있던 게르스텍커가 K와 할 이야기가 있다는 것이다. 그를 외면하는 것은 쉽지 않았다. 안주인도 거들어 주면서 게르스텍커의 강제적인 태도를 나무랐다.

"대체 어디를 가는 거지? 어디를 가는 거요?"
하고 문이 닫힌 뒤에도 그의 외침 소리는 계속해서 들렸다. 그 목소리는 한숨과 기침 소리에 지저분하게 섞여 있었다.

작은 방은 불을 너무 때서인지 후끈후끈했다. 좁은 쪽의 벽에는 책상과 쇠로 만든 금고가 바짝 놓여 있었고, 넓은 쪽의 벽에는 장롱과 긴 의자가 놓여 있었다. 장롱은 대부분의 자리를 차지하고 있었다. 게다가 넓은 쪽의 벽을 전부 가리고 속이 깊어서 방을 몹시 좁게 만들었다. 이 장롱을 열려면 미닫

이문이 세 개나 필요했다. 안주인은 K에게 긴 의자에 앉으라고 권하며 자신은 책상 옆의 회전의자에 앉았다.

"재단을 배운 적이 있나요?"

안주인이 물었다.

"한 번도 없습니다."

K가 말했다.

"그럼 당신은 대체 뭐하는 사람이에요?"

"토지 측량 기사예요."

"그게 무엇이지요?"

K는 설명했으나 안주인은 하품만 할 뿐이었다.

"당신은 왜 사실대로 말하지 않나요? 왜 사실대로 말하지 않는 거예요?"

"당신 역시 바른 대로 말하지 않기는 마찬가지예요."

"내가요? 당신 또 서서히 그 뻔뻔스러운 태도가 나오기 시작하는군요. 설사 내가 바른 대로 말하지 않는다손 치더라도 내가 그 이유를 당신한테 변명해야 하나요? 대체 당신은 어떤 점에서 내가 당신한테 바른 대로 말하지 않았다고 생각하는 건가요?"

"당신은 당신 스스로 말하는 그런 보통 안주인이 아니니까요."

"뭐라고요? 당신은 어쩌면 그렇게 파악을 잘하고 계시나요! 그렇다면 대체 내가 그 밖에 뭐란 말이에요? 그 뻔뻔한 태도는 점점 심해져만 가는군요."

"당신이 안주인 말고 또 다른 무엇인지는 나도 잘 모르겠어요. 내가 알고 있는 것은 당신이 안주인이고, 그 밖에 당신이 입고 있는 옷은 여관집 안주인으로서는 어울리지 않으며, 또 내가 아는 바에 의하면 이 마을에서는 아무도 그런 옷을 입지 않았다는 것뿐이에요."

"그렇다면 우리는 이제 이야기의 본론으로 들어간 셈이군요. 당신은 그 말을 하지 않고는 견딜 수가 없었나 봐요. 당신은 뻔뻔스런 게 아니라 어떤 터무니없는 것을 알고 있어서, 누가 뭐라 하든 그 말을 하지 않고는 배길 수 없는 어린아이 같아요. 그렇다면 한번 말해 보세요. 이 옷의 어디가 그렇게 다르다는 거예요"

"내가 그걸 말하면 당신은 화내실 텐데요."

"아니에요. 오히려 그 말에 웃을 거예요. 분명 어린아이 같은 말일 테니까. 그래, 이 옷이 어떻다고요?"

"그걸 알고 싶으시다 이 말씀이군요. 그렇다면 말씀드리지요. 이 옷은 확실히 귀한 천으로 만들어졌어요. 하지만 이제는 구식이라 너무 조잡하고, 수선을 했다고는 하지만 낡은 데다가 당신의 나이나 모습, 지위에도 어울리지 않아요. 그것이 내 눈에 띈 거예요. 당신을 처음 봤을 때 말이오. 약 일주일 전 이곳 현관에서였지요."

"잘 알았어요. 구식이고 조잡하고 또 무엇이었지요? 대체 당신은 어디서 그런 말을 듣고 오신 거예요?"

"눈에 보이는 그대로를 말한 것뿐입니다. 어디서 듣고 말고도 없어요."

"당신은 잘도 아시는군요. 아무에게도 들은 바 없다면서 유행에 대해 아시다니. 그렇다면 당신은 내게 없어서는 안 될 사람인지도 모르겠네요. 나는 아름다운 옷에 대해서는 아무것도 모르니까요. 그건 그렇고 이 장롱이 옷으로 가득 차 있는 걸 보신다면 당신은 뭐라고 말씀하실까?"

그녀는 미닫이문을 모두 열어젖혔다. 장롱 가득히 옷으로 가득 차 있었다. 대개는 어두운 색과 회색, 빨간색과 검정색으로 모두 꼼꼼하게 펴진 채 걸려 있었다.

"모두 다 내 옷이에요. 당신 말씀대로 구식이라 좀 조잡해요. 위층 내 방에는 갖다 넣을 자리가 없는 옷들이죠. 위층에도 옷들로 가득 찬 장롱이 두 개나 있어요. 두 개나 말이에요. 두 개 다 이것과 비슷한 크기예요. 어때요, 놀라셨나요?"

"아니, 대충 그럴 거라고 생각했어요. 내가 말하지 않았습니까, 당신은 단순한 안주인이 아니라 무언가 다른 것을 노리고 있다고."

"내가 원하는 건 단지 아름답게 옷치레하는 것뿐이에요. 당신은 분명 바보 아니면 어린아이든가 아니면 성질 고약한 위험인물이에요. 나가 주세요. 이제 나가 주세요!"

K는 잽싸게 현관으로 나갔는데, 게르스텍커가 그의 소매를 잡았다. 그때 안주인이 K의 뒤통수에 대고 말했다.

"내일이면 새 옷이 다 돼요. 아마 당신을 데리러 사람을 보낼지도 몰라요."

게르스렉커는 멀리서 여주인이 말하는 것을 방해하기라도 하려는 듯이 화를 내며 손을 흔들면서 자신과 함께 가자고 K에게 재촉하듯 말했다. 아무것도 자세한 설명을 하고 싶지가 않았던 것이다.

　지금부터 학교에 가야 된다고 K가 항변을 해도, 그는 거의 귀를 기울이지 않았다. K가 따라가지 않으려고 저항하기 시작했을 때, 게르스텍커는 그에게 말했다.

　"걱정하지 말아요. 당신은 우리집에서 자유롭게 지낼 수 있어요. 학교 사환 자리 같은 것은 그만두어도 괜찮아. 이제 나와 함께 갑시다. 나는 하루 왠종일 당신을 기다렸어요. 어머니는 내가 어디에 있는지를 모르시지요."

　K가 서서히 그에게 양보하면서,

　"도데체 당신은 왜 나에게 먹을 것과 잠자리를 제공하려고 하는 거요?"
하고 물었다. 게르스텍커는 그저 거칠게 답했다.

　"나는 말을 다룰 임시고용원이 필요하고, 급료가 필요하다면 급료라도 주겠소."

　그런데 이번에는 K를 아무리 이끌어도 그는 꿈쩍도 하지 않았다.

　"나는 사실 말을 다룰 줄을 모릅니다."
하고 K가 말하자, 게르스텍크는 그것은 사실 필요하지 않다고 초조하게 말하며 양손을 마주 쥐었다.

　"당신이 왜 자꾸 나를 데리고 가고 싶어하는지 알고 있소. 내가 에를랑거에게 부탁해서 당신을 위해 무엇을 해 줄 수 있다고 생각하고 있기 때문이야."

　"그래." 하고 게르스텍커가 말했.

　"그 이외에 당신 같은 사람에게 무슨 용무가 있겠소?"

K는 웃었다. 그리고 게르스텍커의 팔을 잡았다.

그는 어둠속으로 그에게 끌려서 따라갔다. 게르스텍커의 오두막은 타다 남은 촛불로 희미하게 비치고 있었고, 경사진 서까래 밑의 벽장 같은 곳에서는 그 촛불 빛에 허리를 구부리고 책을 읽고 있었던 게르스텍커의 어머니는 K에게 떨리는 손을 내밀어 그를 옆에 앉히고 간신히 말을 했으나, 어지간한 노력으로는 그녀의 말을 알아 듣기가 힘들었다.

〈끝〉

작품 해설 및 작가 연보

카프카의 생애와 작품 세계

프란츠 카프카는 1883년 프라하에서 태어나 1924년 키어링의 요양소에서 41세의 나이로 생애를 마쳤다. 흔히 그는 요절했다고 말하는데, 요절에 대한 우리의 통념으로 볼 때 41세라는 나이는 얼마간의 저항을 느끼게 한다. 하지만 그는 죽음과 함께 새로운 인생이 시작된 사후(死後)의 완성자였다. 그의 생애에는 금세기 많은 작가들의 전기(傳記)를 특징짓는 외적 운명의 끊임없는 변전(變轉)은 찾아볼 수 없다. 예를 들어 '교양 체험'이라고 하는 것도 없고, 같은 시대의 위대한 작가와 만난 적도 없다. 법률가 카프카는 14년 동안 프라하의 '보헤미아 왕국 노동자재해보험협회'에 근무했는데, 저녁부터 밤까지 '갈겨쓰기'를 '유일의 염원'으로 하며 살았다.

이 프라하 유대 인이 '근무 시간 외'에 쓴 작품은 근래 50여 년 사이에 세계적으로 유명해졌다. 1920년대에는 독일 문학

전문가들의 작은 모임에서만 알려졌던 그의 소설은 특히 프랑스에서, 처음에는 앙드레 브르통이나 미술 잡지 〈미노트르〉에 의해 발굴되었고, 뒤에는 카뮈와 사르트르 등에 의해 발굴되었으며, 마침내는 영국과 미국에까지 파급되었다. 카프카의 작품은 사후 40년의 시간이 지난 후 비로소(빠르다고 할 사람도 있겠지만) 전 세계에 독자를 갖게 된 것이다.

프란츠 카프카의 세계는 극한 상황에 놓인 현대인의 악몽의 세계다. 즉 이것은 '고독'이라는 이름의 극한 상황으로, 고독이 이제 막다른 골목에 이르렀다는 데 고독의 전혀 새로운, 어쩔 수 없는 국면이 있다. 여기서는 스스로 모든 관계를 끊는다. 존재가 그것에 수치(數値)를 주던 세계라는 좌표에서 무서운 지동(地動)을 일으켜 영점으로 굴러 떨어져 버린 것이다. 즉 우리는 '이미 없는 것'과 '아직 없는 것'의 두 부재(不在) 사이에 끼어 있다.

현대는 그대로 부재의 세계, 제로의 세계인 것이다. 세계란 존재에 수치를 주는 좌표다. 그런데 이 존재의 수치가 영인 좌표다. 현대가 위기의 시대라고 하는 것도 바로 이런 뜻에서이다.

이러한 1910년의 상황에서 생긴 최초의 문학예술의 움직임을 우리는 일반적으로 익스프레셔니즘(표현주의)이라 부른다. 현대 문학은 표현주의와 함께 시작되었다. 바꾸어 말해 표현주의야말로 '근대의 종언'을 발견한 최초의 문학인 것이다. 더욱이 제2차 세계 대전 뒤에 이것은 보다 큰 절실함으로 문학 인식의 근본적인 문제가 되고 있다. 현대의 예술이며 문학상의 모든 시행착오는 '근대의 종언'에 의해 인간 존재가 처한 부재의 상황에서 탈출하고, 제로의 상황을 극복하며, 그로 인해 다시 존재의 수치를 획득하려는 노력 외에 아무것도 아니다.

'근대의 종언'이라는 문제를 원리적으로 해명하지 않는 한, 표현주의는 물론이고 '현대' 문학이나 예술에 대해 논하기는 불가능하다.

카프카는 결코 표현주의자는 아니었다. 그러나 표현주의가 깔아놓은 레일은 마치 카프카 문학을 향해 달린 것 같았다. 카프카 문학이야말로 뚜렷한 제로 지점에서의 '탈출 문학'이었던 것이다. 그러나 이 탈출은 끝내 좌절 외의 아무것도 아니었다. 카프카 문학은 무엇 하나도 해결 짓지 못했다. 존재의 문제는 그대로 우리의 문제다. 현대 문학의 정치적 성격도 단순히 정치적인 것이 아니고, 존재 문제이며 정치적이라는 것을 잊어서는 안 된다.

이제 카프카의 문학 세계에 대해 이야기할 때가 된 것 같다. 그에 앞서 유의해 두어야 할 점은 카프카 문학의 독자적인 특징이다. 카프카의 문학은 가운데 부분이 공백인 채 남겨진 그림과 같다. 무엇 하나 해결되지도 못하고, 모두가 좌절로 끝나버린 문학이 어떻게 가운데 부분을 그릴 수 있겠는가. 최대의 장편 소설 《성》이 끝내 미완성으로 끝난 것도 같은 이유에서일 것이다. 막스 브로트는 《성》의 초판(현행 판 제18장 중간까지)의 '후기(後記)'에서 다음과 같이 보고하고 있다.

이 소설이 어떻게 끝나는지 브로트가 카프카에게 묻자 그는 다음과 같이 대답했다.

"측량 기사 K는 적어도 부분적으로는 만족감을 얻지. 그는 끝까지 싸우지만 마침내는 힘이 다해 죽고 말아. 임종의 자리에 마을 사람들이 모였을 때 그는 성에서, 마을에서 살고 싶다고 말하지만 이러한 K의 법적 요구는 인가되지 않아. 하지만 부수적인 사정이 참작되어 마을에서 살며 일하는 것을 허가한다는 결정이 내려져."

브로트의 보고를 전적으로 부정할 수는 없겠지만, 카프카에게 있어 그러한 소설적 대단원은 자기기만이었으리라고 믿는다. 《성》을 읽는 모든 독자는 이 소설에 결말이 필요 없다는 것을, 아니 결말이 있을 수 없다는 것을 금방 깨닫게 될 것이다. 이러한 결여성이야말로 카프카 문학의 본질이다. 그의 작품이 독자의 갖가지 해석을 허용할 뿐만 아니라 해석을 강요하는 것도 바로 이 결여성 때문이다.

카프카의 생애는 약간의 연애 사건을 제외하면 겉으로는 아무런 파란도 없는 평범한 일생으로 보이지만, 내면적으로는 불행한 별 아래 태어난 고뇌의 41년이었다.

"나는 멋진 상처를 갖고 이 세상에 태어났다. 그것이 내가 세상에 나오는 몸치장의 전부였다."고 말한, 단편 《시골 의사》 속에 나오는 말은 그대로 카프카 자신에게도 들어맞는다. 문학도 결국 이 쓰라린 상처를 낫게 하지는 못했다. 그의 작품이 나치스의 손에 불태워지기 전에 그는 이미 자신이 그것의 소각을 유언했다.

그의 생애를 고뇌의 연속으로 만든 상처는 그가 태어남과 동시에 시작된다. 프란츠 카프카는 유대 인으로 태어났으나 유럽화 된 소위 서방(西方) 유대 인이었고, 따라서 민족으로서의 공고한 존재를 그대로 간직하고 있는 동방 유대 인, 즉 정통 유대 교도에는 속하지 않았다. 또한 동시에 유대 인으로서 그리스도교 세계에도 속해 있지 않았다. 또 독일어를 쓰는 사람으로서 체코 인도 아니었고, 독일어를 쓴다고 해도 체코의 독일인도 아니었다. 그렇다고 체코 태생이면서도 오스트리아에 속해 있지도 않았다. 그는 노동자 계급도 아니었다. 그런가 하면 스스로를 작가로 생각하고 있었기 때문에 관료 계급도 아니었고, 또 자신의 힘의 대부분을 전제적인 아버지가 지배하는 가정과의 싸움에 소비하고 있었기 때문에 완전한 작가도 아니었다. 그런데도 《아버지에게 띄우는 편지》에서는 "나는 우리 집안에서 남보다 더 남처럼 살고 있다."고 말하고 있다. 그는 여러 가지 세계에 조금씩 속하면서 그 어느 것에도 완전하게 소속되지 않은, 즉 나면서부터의 이방인, 아니면 파리아(Paria)였다. 이것이 그의 삶의 숙명적인 성좌였으며, 그는 평생 동안 이 상처로 인해 괴로움을 겪었다.

그는 또한 철저한 리얼리스트였다. 그의 작품에 나오는 인물들은 한결같이 매정할 정도로 직업적 기능으로만 그려져 있다. 그들이 얼핏 추상적으로 보이는 것은 그 때문이다. 그것은 그들이 현실적 인간의 추상화도 아니고, 추상 관념의 인간화, 즉 우의적(寓意的)인 인물도 아니며, 이미 현실의 인간 그 자체가 추상적 존재로 퇴락해 버렸다는 것이다. 그들의 추상성은 오히려 카프카 문학의 리얼리즘을 증명하고 있다.

그의 작품에서 이런 직업적 기능이 아닌 것은, 적어도 기능이 아니고자 하는 것은 언제나 주인공뿐이다. 그러나 바로 그 때문에 주인공은 사회에서 쫓겨나고 세계에 소속되지 못하는 비극을 부른다.

카프카의 모든 작품은 이 중심 테마를 에워싸고 펼쳐지는 하나의 〈출애굽기〉라고 할 수 있다. 그러나 결국은 내세와 부활이 없는 좌절로 끝나는 〈출애굽기〉인 것이다.

대체 무엇 때문에 좌절로 끝나는 것일까?

이방인으로서는 소속되고 싶은 세계의 율법에 다가갈 길이 없기 때문이다. 율법은 그 세계의 주민에게는 분명한 약속이지만, 이방인의 눈에는 전혀 모르는 불가해(不可解)한 규칙의 체계로 비친다. 더구나 이 규칙은 절대적인 복종을 요구하기 때문에 강제 명령으로 보일 수밖에 없다.

여기서 카프카의 작품에 자주 나오는 까다로운 관료 기관—가령 《심판》의 재판소나 《성》의 사무국 등—의 의미가 밝혀진다. 이것은 이방인의 눈에 강제 명령 체계로 비쳐지는 세계 율법의 모습이다. 이방인은 합리적 이해라는 길을 통해 율법에 다가가려고 하지만 그 세계에 통용되는 습관적 약속인 율법은 결코 합리적이고 보편타당한 것이 아니기 때문에 '이방인의 합리주의'는 그것을 불합리한 체계로 볼 수밖에 없다. 즉 합리적 이해가 정확하고 철저하게 되면 될수록 율법은 그에게서 멀어진다.

덧붙여 여기서 카프카의 에로티시즘에 대해 한마디 더 하자면, 《심판》에서도 《성》에서도 주인공과 여인의 관계는 '안녕하세요'라는 말 한마디 없이 처음부터 성적 행위가 시작된다는 것이다. 《죄와 벌》의 경우와 마찬가지로 여기서도 보통 남녀 관계가 거치는 순서와는 정반대의 길을 밟는다. 도대체 이와 같은 관계는 어떤 의미를 갖는 것일까? 인간과 인간의 결합은 중세에 있어서도 신관 교회에 의해 굳게 맺어지고 있었다. 그러나 근대는 신을 부정함으로써 인간의 결합 관계를 허물어뜨렸다. 근대 시민 사회는 계약으로 성립되는 사회라고 하지만 이와 같은 계약은 인간의 참다운 결합을 낳을 수 없다. 그래서 남겨진 유일한 결합 수단으로 에로스〔性愛〕가 지극히 중요한 의미를 갖게 된다. 19세기를 절정으로 하는 근대 문학이 모두 연애 문학인 까닭도 이 점에 있다.

카프카에 있어서의 에로티시즘은 이런 근대적 에로티시즘

의 마지막, 그리고 가장 철저한 형태다. 게다가 여기서도 여성은 철저하게 단순한 기능으로만 그려져 있다. 여성의 기능은 이른바 '관계한다'는 표현에 나타나 있듯이 '관계' 그 자체이다. 이방인은 여성과 관계함으로써 비록 덧없는 성적 결합의 순간만이라도 세계와의 관계를 얻고자 한다.

'그는 아르키메데스의 일점을 발견했다. 그러나 그는 그것을 스스로의 이익에 반대되게 이용했다. 틀림없이 그런 조건 아래에서밖에는 그것을 찾아내는 것이 용납되지 않았기 때문이다.(《그》에의 보유(補遺)에서)'

작가 연보

1883년 7월 3일, 체코의 수도 프라하에서 잡화상을 경영하는 상인의 장남으로 태어나다.
1901년 프라하 대학에 입학하여 법률을 전공하다.
1903년 장편 《아이들과 도시》를 집필했으나 이 작품은 현존하지 않는다.
1904년 《어느 투쟁의 기록》 등 본격적인 창작 활동에 몰두하다.
1906년 대학을 졸업하고 6월에는 법학사가 되어 10월부터 프라하 형사 재판소에서 견습 생활을 하며, 《시골의 결혼 준비》를 집필하다.
1908년 7월, 노동자재해보험협회에 취직(1922년 7월까지)하고 〈휘페리온〉에 8편의 산문을 발표하다.

1909년　대학 시절의 친구 브로트와 함께 여름휴가를 이용해서 여행을 떠나다.
1911년　유대 인 극장에서 공연을 관람한 후 유대 민족에 특별히 관심을 갖게 되다.
1912년　장편 《아메리카》를 집필. 최초의 소품집 《관찰》 출판. 《사형 선고》, 《변신》을 탈고하다.
1913년　장편 《아메리카》의 제1장을 〈화부〉라는 제목으로 발표하다.
1914년　5월 말, 펠리체(F.B.)와 약혼했다가 7월에 파혼. 《심판》 기고. 《유형지에서》 탈고. 제1차 세계 대전 발발하다.
1915년　《변신》 간행. 〈화부〉로 폰타네상(賞)을 받다.
1916년　4년 전에 탈고했던 《사형 선고》를 간행. 2월에는 뮌헨에서 《유형지에서》의 낭독회를 갖고, 그해 겨울부터 이듬해 봄에 걸쳐 《시골 의사》 등 단편을 탈고하다.
1917년　7월, 펠리체와 두 번째 약혼. 8월에는 처음으로 객혈하여 폐결핵의 진단을 받음. 12월 하순에는 병을 이유로 펠리체와 파혼하다.

1918년   독일 세레젠 지방을 여행하던 중, 유리에 보호리
         체크 양을 알게 되다.
1919년   《유형지에서》,《시골 의사》간행. 11월 유리에 보
         호리체크와 약혼.《아버지에게 띄우는 편지》를 집
         필하다.
1920년   《밀레나에게 띄우는 편지》를 쓰기 시작. 밀레나는
         〈화부〉를 체코 어로 번역한 밀레나 예젠스카 부인
         으로 그녀와 고뇌, 환희, 책략에 대한 편지 왕래를
         함. 그녀의 강력한 지시로 유리에 보호리체크와
         파혼한 듯하다.
1921년   《최초의 고뇌》를 집필하다.
1922년   《성》의 집필에 전념하는 한편 봄부터는《굶주린
         예술가》를 탈고. 여름에는《어느 개의 회상》을 기
         고하고 밀레나와 결별하다.
1923년   도라 뒤만트라는 여자와 동거. 10월에는《작은 여
         인》을 탈고하고《굶주린 예술가》를 출판사에 넘기
         다. 겨울에는《집》을 집필하고 도라에게서 헤브라
         이 어를 배우다.
1924년   6월 3일 폐결핵으로 사망. 그해 3월에 집필을 시작

한 《가수 요제피네》가 절필되고, 프라하의 슈트라슈니츠 유대 인 묘지에 안장되다.

김정진
- 경성제대 법대 졸업
- 숙전 강사 역임
- 서울대학교 사범대학 독문과교수 역임
- 한국 독어독문학회 회장 역임
- 문학박사 학위취득
- 역서 : 《파우스트》, 《젊은 베르테르의 슬픔》, 《성》, 《심판》, 《아메리카》, 《데미안》, 《판이한 세계》 등

판권본사소유

밀레니엄북스 70

성(城)

초판 1쇄 발행 | 2006년 3월 15일
초판 5쇄 발행 | 2016년 7월 25일

지은이 | 프란츠 카프카
옮긴이 | 김정진
펴낸이 | 신원영
펴낸곳 | (주)신원문화사
책임 편집 | 권현숙

주　소 | 서울시 강서구 금낭화로 135(금강프라자 B1)
전　화 | 3664 - 2131~4
팩　스 | 3664 - 2130

출판등록 | 1976년 9월 16일 제5 - 68호

* 잘못된 책은 바꾸어 드립니다.

ISBN 89 - 359 - 1336 - 7   03850